万家灯火

周长青——著

花山文艺出版社
河北·石家庄

图书在版编目（CIP）数据

万家灯火 / 周长青著. -- 石家庄 : 花山文艺出版社, 2024.9
ISBN 978-7-5511-6584-6

Ⅰ. ①万… Ⅱ. ①周… Ⅲ. ①长篇小说－中国－当代 Ⅳ. ①I247.5

中国国家版本馆CIP数据核字(2023)第017898号

书　　名： 万家灯火
WANJIA DENGHUO
著　　者： 周长青

选题策划： 郝建国
责任编辑： 于怀新
责任校对： 李　伟
封面设计： 陈　淼
出版发行： 花山文艺出版社（邮政编码：050061）
（河北省石家庄市友谊北大街330号）
销售热线： 0311-88643299/96/17
印　　刷： 北京一鑫印务有限责任公司
经　　销： 新华书店
开　　本： 787毫米×1092毫米 1/16
印　　张： 32.75
字　　数： 520千字
版　　次： 2024年9月第1版
2024年9月第1次印刷
书　　号： ISBN 978-7-5511-6584-6
定　　价： 68.00元

目　录

Contents

开篇

想不到，他这大半辈子，拾了十几年柴火，又与火柴打了几十年的交道。就像当初如痴如醉地喜欢程舒雯一样，他现在喜欢与火柴有关的所有事物。那机器的轰鸣与厂区的喧嚣，那车间、树木、办公楼，那办公楼前的火柴雕塑和厂门口的大石狮子，那与他相处多年的领导、同事和朋友。厂区的这一草一木，他一喜欢就是三十几年。不，应该说是四十多年！他乍一记事时，就跟着父亲到厂里来过。他不知道，一旦厂子不在了，他将置身何处，心将何安。他心底十分清楚，这一天总会到来的。厂子也像一个有生命的人，从出生的那一刻，就决定了会消亡。自从打火机、电打火出现的瞬间，就预言了火柴衰落的定数。这个火柴厂已经存在近百年了，从他爷爷到父亲，从父亲到他，都将自己的命运与这个厂子死死地绑在了一起。这里有爷爷滴落的血，有父亲流下的汗，有他付出的半生血汗。就像长在一起的连体婴儿，生硬地撕开后会流出红彤彤的鲜血，汩汩潺潺，一辈子都不会止歇。他不敢去想厂子破产的情景，就像不敢想自己死亡那一天的情景一样。

捡柴火，做火柴；找媳妇，生孩子，全是为了让自己好好过日子。像爷爷奶奶那样，像父亲母亲那样，像天下每个和谐美满的家庭那样。将恋人过成牵肠挂肚的爱人，将爱人过成打断骨头连着筋的亲人。多狂的风雨也打不散，再大的灾祸一起扛，累着乐着，吵着爱着，抱怨着高兴着。两人一起承担每次苦难，两人共同分享每份幸福。

第一次在两千多张面孔里发现程舒雯时，她还是个很单纯的姑娘，不笑不说话，说话便嬉笑，一笑能看见心。“咯咯，咯咯咯！”他就是被程舒雯的笑声摄了魂儿去的，一天到晚脑子里想的都是她那让人心颤的模样儿。自从迷上了程舒雯，他再瞅身边那些年轻女孩儿，就没有一个受看的了，不是太高就是太矮，不是太胖就是太瘦，有那不高不矮不胖不瘦的，却只能看后影儿。他想，长得好看的女人其实少之又少，能顺过眼去的女人就像原始森林里的野生人参，而程舒雯是那生长在悬崖峭壁上的灵芝仙草。

他没有意识到程舒雯那开心的笑是有意给他听、给他看的，他一直以为她在任何人面前都是那样脆脆甜甜地笑，为此他想起来就心痛，隐隐地疼了一天又一天。后来才知道，在她这样笑时心里已经有他了，那笑是怀春少女特有的情态，就像孔雀开屏一样，是为了吸引心仪的异性；后来才知道，叽叽喳喳说笑的少女们，有许多曾暗暗地喜欢受厂里、市里表彰的小伙子，包括他，因为他们是最优秀的男人。

艳遇来得如此突然，像遇到海啸一般的冲击，差一点儿将他身心撞倒。以至于他每天都要用哼歌来慢慢释放跑到身体深处的那种透骨透髓的甜蜜滋味："亲爱的人哪携手前进，携手前进，我们的生活充满阳光，充满阳光。……"夜里醒来，他嘴里总是一遍又一遍地嘟囔着："舒雯是我的！程舒雯是我对象了！"

程舒雯从未让他表白自己有多么爱她，会不会一辈子对她好，是不是以后也喜欢她苍老的样子。他却多少次独自发誓，要用自己的命来爱她，用命来呵护她，因为程舒雯抛开有权有势、有钱的众多男人，唯独选中了他。她心有所属，就像被一群人追逐的花蝶飞进深宅大院，不知撕裂了多少男人的好梦。程舒雯就是他的命！如果可能的话，他还要用下辈子、下下辈子的时光来缠住她。

爱就是爱了。他们欢欢喜喜地成婚，然后快快乐乐地你拥着我、我搂着你，在厂子分的那间新房里耳鬓厮磨着，疯玩着，狂荡着，像是不要命一样地折腾着。然后，生儿育女。

一年又一年，他从众人嘴里的小岳，成了人前人后的老岳。现在，厂里厂外，或"小岳"，或"老岳"，或"祥宗"，或"宗哥"，或"岳师傅"，或"岳主任"……也有人直接叫他"岳祥宗"。

"岳祥宗！"程舒雯猛然出现在外盒机旁，就像当年突然出现在他的生活里一样。人们不知怎么了，常常是越亲近的人越叫三个字的姓名，越远的关系越亲切地喊姓氏后面那两个字的名字。不知在什么时候，程舒雯从最初的叫他一个字成了两个字，成了三个字。而且，是扯开嗓子大喊大叫：

“岳祥宗！你他妈的还让人吃饭不？”

岳祥宗抬起头来，像是不知道程舒雯站在那里一样，目光迷乱地盯着车间里一台台的机器。那是他的战士他的兵，一年三百多天，他每天都多少次地检阅它们，检查它们。只有看到它们正常运转，他心里才感到无比熨帖，无比快活。聆听它们悦耳的金属声音，是他这一生最快乐的事。他常常沉浸在这钢铁世界里。他感到程舒雯的声音穿透力极强，在车间的铁与铁之间飞旋着，撞击着，打磨着。锋利之后，一下子扎进他的心里。

“你不知道我得早点儿吃饭去舒慧家呀？”程舒雯挥舞着一只手，像交响乐团的指挥一样，一句接一句地说，“大星期天还往厂里跑，这些破机器是你爹呀还是你娘啊？像你这号人就不该结婚，就该死在厂里！”

“你少说一句！”岳祥宗眉头紧锁着，在与程舒雯目光相交的那一刻，又倏地展开来，压低声音说，“我这就回去给你做饭，行吗？”

程舒雯依然喊叫着：“还做什么饭？！等你再做熟了，就晚三春啦！我不吃了！你这是诚心要饿死我。我死了，你好去找……”她正说着，看到欧阳琳从更衣室里走出来，便将举到半空的那只手自由落体般放了下来。

“大姨！来了？”欧阳琳眯着眼睛，面带讪笑地与程舒雯打了声招呼。她瞄了岳祥宗一眼，将手里那个浅蓝色的皮包挎在身上，提高了声音道：“你跟大姨说着，我走了。”

岳祥宗向前走了两步，要拦不拦地说：“你也别走了，一块儿去饭馆吃点儿再回去。你大姨着急，顾不得回家做饭吃了。”

此时此刻，岳祥宗又一次深深地感到，还是圣人说得对，世上“唯女子与小人为难养也”。对女人不宠不行，太宠了，就会宠出许许多多的毛病来。养女人就像养孩子，宠得太多就成了溺爱，自己受罪的时候在后头呢！程舒雯就是被自己宠坏了、惯坏了，怪不得别人。

“就你挣的那俩钱儿，还下饭馆？你是真不觉愁哇！”没等欧阳琳说话，程舒雯就插言道。在她眼里，岳祥宗就像提线木偶里最无能的小丑，怎么看怎么烦。“你说你老岳家，还有比你更没出息的吗？你爷爷那时是副厂长。你爹吧，不行不行也是个主任。你说你，一个副主任干了二十多年了！真中了那句老话，黄鼠狼生耗子，一窝不如一窝。要我看，你这个副字是死了带去了。”

“副的怎么啦？”萧鸿堃一步跨进车间，站在程舒雯的身后问。他走到岳祥宗身边，扭过头来对程舒雯说，“我这个副字不也二十多年了，怎么着，丢人啦？厂子好几千人，当上副主任的能有几个？”

程舒雯虽然怒气未消，话语却柔软了许多。她仰视着萧鸿堃的眼睛，很快地说道：“你是副厂长，他能跟你比吗？他要是熬到你这个位置，我敲着鞋帮子念佛。”

“我看你是该好好地去诵经念佛了。天天这么大火气，身体早晚要出毛病，到时候受罪的还是你自己。”萧鸿堃像是有几分关心地朝程舒雯扔下一句话，回过头对岳祥宗说：“歇班就是歇班，不要还来厂里，让弟妹生气不说，连累得你徒弟们也不能休息。——走吧，我今天请请你，顺便让你再收个女徒弟。”

“怎么还让他收女徒弟呀？”程舒雯有点儿猴急地说，“你这是唯恐天下不乱！”

萧鸿堃故意戏弄程舒雯，爽声说：“祥宗没有官运，怎么着也得走走桃花运吧。哈哈哈！”

在岳祥宗看来，萧鸿堃身材高大，说话有底气，声音极富磁性。他想，就该这样的人当官，当厂长，当市长、省长。

“你就是把我放到桃树林里，我也走不了桃花运。”岳祥宗急忙说。他明着是对萧鸿堃说，实际是说给程舒雯听的。就像他说的一样，这些年，不管程舒雯对他好也罢，不好也罢，他从来没有想过与别的女人发生什么瓜葛。就是在她提出离婚时，他也认为那是一时的气话，于是，他会想方设法避开这个话题。

岳祥宗跟着萧鸿堃走出车间时，天上正飘着小雨。抬头望去，南面的天空里，一颗大太阳在碎片般的云团里进进出出，像捉迷藏一般。古人云，东边日出西边雨，道是无晴却有晴。这头上落雨，那边晴天，不知是意味着什么。

“要不要回去拿把雨伞？”萧鸿堃停下脚步，关切地问。

“这雨下不起来。你知道，我就喜欢在小雨里走走。”

岳祥宗话音刚落，欧阳琳就追了上来。她手里抓着一把雨伞，目光盯着萧鸿堃，笑问：“萧厂长是不是也请我一起去吃饭？”

“说实在话，我还真没想叫你。”萧鸿堃直言道。他抬手指着程舒雯，对欧阳琳说：“你去问问你大姨请不请你。她要不请你，你就请请你大姨。”

“那就不好意思啦，这把雨伞只能给我师傅了。”欧阳琳说着，将雨伞递到岳祥宗的手里。

“你个丫头片子！别跟我玩心眼儿。我就是请你，你也不会把雨伞给我用。”萧鸿堃宽和地笑道。

欧阳琳俏皮地乐着，说：“厂长就是厂长，一猜就准。”

看着欧阳琳跑回程舒雯身边，萧鸿堃禁不住回头问岳祥宗：“今天你又怎么惹着弟妹了，让她追到这儿来发飙？”

“我只顾忙了，没看时间，耽误她下午去打麻将了。”岳祥宗说着，脸上没有什么表情，心里却不觉一紧。

萧鸿堃无声地一笑，没等笑容散尽，就转身向厂子大门走去。他知道，岳祥宗一定会在后面紧紧跟来。

岳祥宗没觉出萧鸿堃的笑有多么难以捉摸。他与萧鸿堃共事二十多年了，各自的状况熟悉得不能再熟悉了，所以彼此也没有什么丢人不丢人的事。只是，他心底越来越强烈地意识到，程舒雯就像已经养大的猛禽，也许到了放飞的时候。抑或是养成的老虎，该回归它那片自由自在的山林了。尽管难以割舍，尽管一想到此事他就心痛不已！该放手时不放手，不是被撕成碎片，就是被咬得千疮百孔。或者，会让程舒雯慢慢疯掉。那时，两个人都囫囵不了。

上篇

第一章　爷爷的故事

一

岳振业一进门就看到了那个女孩儿，他的精神蓦地一震，心像火苗一样“呼呼”地跳动起来。他想起了奶奶形容一个女孩儿长得俊的话：生得跟从画上走下来似的。他下意识地想，自己这一辈子，能找个这样的女孩儿就心满意足了。谢天谢地，竟有这样的女孩儿一下子出现在他眼前！他还不清楚能不能走进她的世界，更不清楚她会不会从此了解自己。毕竟，他是第一次到姬老板的家里来，也不知道以后还有没有机会再来。他怕这是第一次，也是最后一次。——第一次进门，也是最后一次走进姬家大院。

他紧随着钱开福、李明隆走进书房时，姬华民已经迎了过来。

“有句话叫虚席以待，我都虚席快一个时辰了。”姬华民大声说着，分别对走在前面的钱开福和李明隆拱了拱手，然后闪到一旁，将他们让到书房的几把椅子上坐下。

“他们告诉我今儿你们来，我一早就打发人去城里买东西了。”姬华民坐到钱开福的对面，双手搭在椅子扶手上，脸上透着喜气，像是碰见老朋友一样，畅快地说，“正好今天是河间大集，土特产品比较齐全，让我不至于冷落了各位远客。”

与姬华民一见面，钱开福就看出他是个直爽人，急忙说：“姬先生不要太客气，俺们这次来，可不是找你来吃吃喝喝的。”

“对！俺们是给你送钱来了。”李明隆抢过话头儿说。他用手一指钱开福，介绍说：“他姓钱，钱开福，是我的盟弟。咱今儿跑来就是说赚钱的事。”

姬华民笑了笑，脸颊掠过一丝难以捉摸的情绪。他将目光从李明隆的身上移开，越过钱开福，扫了岳振业一眼，最后又落到李明隆的脸上。

“送钱？”姬华民的笑意还停留在那张古铜色的脸庞上，语调却有了商人的狡黠，说，“你们知道，别说咱刘家村，就是在整个儿河间府，我的名号也是有的。说句实在话，咱有钱，可咱也缺钱。要说送钱，我举双手欢迎！你们清楚，买卖做得越大，越缺钱！”

“姬先生这话说得真实在，俺们深有体会！”钱开福从心里赞同姬华民的话，急忙附和道，“没弄这个火柴厂之前，咱不知道自己有多少钱，反正是不缺钱。这一建厂不要紧，三要巴两要巴，钱就弄没影儿了！”

“要不是北洋火柴厂到官府告咱，俺们的厂子早就建成了，火柴也生产出来了。”李明隆见钱开福的话说得越来越真实，怕他将不该说的话也说出来，赶紧接着钱开福的话说，“谁知道，他们与官府有约定，十年内，在天津三百里范围不能再建火柴厂。就这样，让俺们一下子伤了元气。你说，他们不告华昌火柴厂，不告日本人的厂子，偏偏盯上咱！”

李明隆与姬华民说话时，岳振业正好奇地看着书房的摆设。书房有三间堂屋大小，正中央放的是条几、条案和圈椅，两侧立着书橱、书架和博古架。一屋子的家具颜色相同，材质应该都是海南黄花梨。每个架子上的书都放得满满的，博古架也摆得满满的，只是不知道关着门的书橱里放了些什么。岳振业心里想，姬华民不愧是秀才出身的商人，品位与普通商人就是不同。

屋门推开时，那个女孩儿端着茶盘走了进来。她来到钱开福面前，将茶盘放到条几上，刚要端壶斟水，就听姬华民说道：“灵儿，别在这儿倒水了，端到屋里去吧。”

见到女孩儿，岳振业竟然不自在起来。他身上燥热，感觉有微汗从皮肤里渗出来，恨不得马上脱掉自己的外衣。之前，他一直想再见到这个女孩儿，此刻女孩儿来到面前，他心里竟然紧张了。他越想让自己冷静下来，那颗“怦怦”乱跳的心越是不安分。正不知如何才好，听到姬华民喊“灵儿”，他一下子解脱了。

灵儿答应一声，将茶壶重新放在茶盘上，两手端着走向书架南面的屋门。房间的镂空木门正关着，岳振业慌忙起身，跑过去帮着打开了那扇门。

回身时，他的手碰到了灵儿的手背，顿时感到全身麻酥酥的。灵儿侧过脸来冲他轻轻一笑，就像蜂蜜倒进肚里一样，瞬间甜透了他的身心。

就在岳振业痴傻傻地在门口站着时，姬华民已经陪着钱开福、李明隆走进屋内。岳振业看到，这里放着一张大八仙桌，桌旁围着四把椅子。这张桌子本来配有八把椅子，另外几把靠墙摆着。人们进屋时，桌上已摆了四个菜，有鱼有肉，还有油炸花生米和切开的咸鸭蛋。

"你们瞅，我是不是早就虚席以待了？"姬华民指着八仙桌上的盘盘碗碗，一边让钱开福、李明隆入座，一边笑呵呵地说着。大家谦让了一番，最后姬华民迎门坐下，钱开福坐在他左侧，李明隆坐在了右侧。姬华民环视了一眼，很风趣地说："这样坐也好，我左边有钱，右边有李（礼），左右逢源哪！不过，话说到前头，我酒量有限，怕是陪不好你们几位，所以，希望你们该吃就吃，该喝就喝，千万别拿自己当外人。以后大家熟了，你们就知道，我其实是一个很随便的人，不太拘小节。"

"俺们已经看出来了。"钱开福和李明隆几乎同时说出这样的话。随后，钱开福补充道："姬先生是个豪爽人，让我一见如故。"

灵儿给桌上的每个人斟上水，向姬华民打了个招呼就想抽身出去。姬华民叫住她，让她去告诉厨房上菜。然后，他一手握住桌上的酒壶，双目温和地看着钱开福说："这是我前年从衡水带回来的老酒，一个很要好的朋友送的，味道不错，就是度数高一点儿，六十多度。"

"还是先尝尝俺们从泊镇带来的酒吧。"李明隆说着，从姬华民手里拿过酒壶，回头冲岳振业说："把你那坛酒拿过来。"

岳振业回到书房，从自己刚才坐的椅子旁，将他带来的白酒和烧牛肉提到了里屋。李明隆从他手里接过酒坛，轻轻放在桌子角上，向姬华民介绍说："这是振业他爷爷让俺们带给姬先生的酒，度数低，也就五十多度。"

"俺爷爷喝了一辈子酒，只喝这'德聚源'的。"岳振业看着姬华民说道，"泊镇十几家酿酒作坊，这家比较早。据说，清朝乾隆皇帝八次南下，往返十六次，有十五次走陆路住在红杏园行宫，有一次走水路住在泊镇。乾隆登上河岸，就闻到一股酒香。吃饭时，地方官员给乾隆喝的就是'德聚源'的酒。乾隆一尝，倍加赞赏，然后为酒坊题联一副：闻风千家醉，开坛十里香。酒坊掌柜的听说皇帝都说他家的酒好，一高兴，要送给乾隆十坛好酒。

这时候，龙船已经沿着运河北去，掌柜的雇了几匹快马，追出四十多里地，才把酒送到船上。到现在，‘德聚源’门口还挂着那副对联。”

“好！咱今儿就尝尝乾隆皇帝喝过的酒。”姬华民将壶里的酒重新倒进身后的坛子里，将空壶递给了岳振业。

在岳振业说话时，李明隆已经将他眼前的酒坛开了封。岳振业从坛子上摘下酒提，将坛里的酒提上来，慢慢地倒进了酒壶里。随后，他拿起热酒的黑釉大碗，弄一点儿酒倒在了里面。这时，李明隆从怀里掏出一盒火柴，拿在手里晃了晃，有两根火柴从盒子里露出头来，他伸出手指捏出一根火柴，用两根手指夹住靠近暗黄色火柴头的地方，十分洒脱地在自己的鞋底上“唰”地擦燃，然后扔到碗里。整个过程像一次精彩的魔术表演。碗里隐隐约约地闪现淡蓝色火苗，如魅影一样快乐地跳跃着。等岳振业将酒壶放在火上，李明隆才把手里的火柴盒轻轻放到桌子角上。姬华民用余光扫了一下桌角，脸上露出若有若无的笑意。

“客人来了带美酒，极好，极好！”姬华民端起酒杯抿了一口，有几分夸张地说，“朋友围坐品佳酿，妙哉，妙哉！”

“俺们带来的还有烧牛肉，也是泊镇一绝。”岳振业紧接着姬华民的话茬儿说，“我也吃过别的地方烧的牛肉，就是吃不出这个味儿来。是不是我去给切一盘儿？牛肉就酒，越喝越有。”

“咱这儿有驴肉，就不用切牛肉了，留着我慢慢地品尝。”看到岳振业起身，姬华民急忙拦住，不无风趣地说。然后，他转过身看着钱开福，介绍道：“你们也知晓，这驴肉火烧，可是咱河间名吃。不过，火烧是刚出锅的好吃，一放就没那个香脆劲儿了。我看你们今儿也赶不回去了，我给安排住在城里‘瀛洲客栈’，那旁边有个‘姬记驴肉火烧’，是我堂弟开的，你们到那儿放开肚子吃。你们看，这就是我从他那里弄来的刚炖熟的驴肉，尝尝，都尝尝。还有三斤鲜肉，包饺子用。在咱刘家村，讲的是饺子就酒，越喝越有！”

“不只是驴肉火烧，什么吃食也是刚做出来的最好。”李明隆拿起筷子夹了一块肉，顺着姬华民的话说，“包子要吃新打屉的，窝头也是新蒸的香甜。交河煎饼出名，都是现做现吃味道才好。路上，俺们想给姬先生带点儿煎饼的，就是考虑来到这儿就没那个鲜香味儿了，过交河时便没停车。”

天刚放亮就从泊镇出来，颠簸了一路，岳振业早就饿了。他连着吃了两口肉，又吃了几颗花生米，然后随着大家喝了头三杯酒。等了个机会，他双手端起酒杯，对姬华民说：“我敬姬先生一杯。一会儿我还要赶车，敬过这杯酒我就不喝了。”

“行啊！”姬华民非常痛快地说，“今儿咱是第一次见面，就主随客便，下一次，再客随主便。咱这样，我端杯你们就端杯，我喝你们就喝，我干你们就干。半路上谁说不喝了就撂杯，前提必须是真喝好了。有了这次，咱就有下次，今儿谁要是藏了酒量，别说以后我看不起他。”

听到姬华民说“有了这次，咱就有下次”的话，岳振业心里不由得又想到了灵儿。他希望姬华民同意入股火柴厂，那样，他就还有走进姬家大院的机会，就有接触灵儿姑娘的机会。他不知道自己与灵儿有没有这种缘分，是缘浅，是缘深，还是有缘没分！他现在是那样迫切地希望灵儿来认识自己。他更希望自己走进灵儿的世界，看看她的心灵是不是像她的容貌一样姣美，一样妩媚，一样让人无法忘却。

“姬先生！”李明隆搁下酒杯，等姬华民将一口鱼肉放进嘴里，才说道，“想必你也知道俺们这趟来的目的了。”

姬华民把手里的筷子放在菜碟上，反问道：“你们怎么想起建火柴厂了？搞实业不比做商业，太难了，弄不好连整个家底都要搭进去。再说严重一点儿，一旦有个闪失，会倾家荡产的。”

“俺们也是做起来才知道其中的难处！”钱开福如实说道，“我也是看到社会上宣传实业救国，才想搞火柴的。大总统说：‘从前为清政府所制，欲开发不能，今日共和告成，措施自由，产业勃兴，盖可预补。’为此，我觉得眼下到了建厂子的最好时期。”

“国家这几十年，屡屡被洋人欺负，就是国力太弱。”岳振业插言道，“国力薄弱，就是实业不行。没有实业，就没有产品，咱们就只能去买洋人生产的东西，不说洋枪洋炮，老百姓生活用的洋布、洋火、洋油，都是洋人生产的。遭洋人侵略时，咱们真金白银地赔款；现在民国了，咱们的银子还‘哗啦哗啦’地往洋人口袋里流。”

李明隆打断岳振业的话，说：“谁叫咱技不如人呢！”

岳振业解释道：“不是咱技艺不行，更不是咱脑袋瓜儿笨，是官府的整体管理问题。就说咱们的四大发明，造纸、印刷、火药、指南针，哪个也了不起。可千百年了，咱用火药制作烟花爆竹，用指南针看阴阳宅，而洋人用火药来造枪炮，将指南针用在军舰上。就说咱要搞的火柴，其实在一千多年前，在我国也算已经发明出来了。北齐时，宫女们用木棍蘸上硫黄，往暗火上一杵，便腾地燃起明火，用来点灯引柴……”

一个女孩儿端着托盘走了进来。岳振业抬头看了一眼，发现不是灵儿，却与灵儿一样秀气。她将托盘里的一盘香椿炒鸡蛋放在桌上，十分关切地对姬华民说了句“少喝点儿，你那脸已经红了”，然后，径直走了出去。

“不瞒你们说，我从来没想去掺和建厂。”姬华民虽然意识到自己喝了不少酒，心里却很清醒，直言道，“了解我的都知道，我这人做事比较稳，看不准的事，宁可失去一个机会，也不冒着风险去做。尽管是入股，也不得不谨慎。买卖搞砸了，赔的还是我的钱。这些年，我只做商业，没做过也没想去做实业，怕是隔行如隔山呢！”

钱开福儿近奉承地说：“做事加点儿小心没错。可都有第一次。你一个读书做学问的秀才，把生意搞得还不是如此风生水起。大生纱厂创始人张謇大人，本来是一个文状元，却将企业做得全国最好。”

“说起张謇老先生，我倒是常听人提起。”姬华民用手指摩挲着酒杯，非常钦羡地说，“他是个绝顶聪明的人，真正的状元实业家。据说，太后老佛爷过六十大寿时，让前六十名进士都写副对联贺寿。他写的对联是，‘太后寿诞，六十花甲轮流转，返老还童千千岁；佛祖治国，二圣临朝天地应，大清江山万万年’。张謇写最后一个年字时，一激动，上面出了头。太后紧盯着问：‘年字为何出头？’要是换了一般人，方寸一乱，回答不好，不是被贬，就是坐牢。张謇何等机智，马上回道：‘太后添福寿，百姓出头年。’太后听了‘哈哈’一笑，随口说了句：‘你倒是状元之才。’太后的话还没落地，张謇就趴下磕头说：‘谢太后。’太后金口玉言，说出来的话不能收回去，就把张謇封了个恩科状元。”

“要不是清朝亡了，依姬先生的才学，考个进士没问题。就是封不了状元，榜眼、探花是很有可能的。”李明隆像是十分认真地说。他的话分明有意抬高姬华民，在别人看来也不是太过分，因为他毕竟是考了个秀才，再往上能考到哪一步，谁也说不好。考试做官，一是看本事，二是看运气。

“一切皆有可能！”姬华民似乎对自己的能力满怀信心，他叹了口气，说，“也许咱是生不逢时，也许是上天对咱的额外眷顾。像我这个脾气，在官场上未必吃得开，被贬、被流放、被杀，都有可能。张謇得了状元又如何？还不是看不惯官场的污浊，决意隐退，最后去做实业了。”

“我觉得，官场多张謇一个不多，少张謇一个也不少。而办实业，少了张謇却是一个很大的损失。”岳振业分析道，“正如姬先生所说，张謇要是一直在官场，可能不是被贬，就是被放逐。而做实业，给了他一个充分施展自己才能的天地，他爱上了自己做的事业，并感到搞实业对国家强盛的重要。他倡导大力发展实业，以求富民强国。他认为天下有志之士，都应该勇于投身实业，‘以拯国家于危难，救百姓于水火’。他说：‘天之生人也，与草木无异。若遗留一二有用事业，与草木同生，即不与草木同腐。故踊跃从公者，做一分便是一分，做一寸便是一寸。’张謇在官场不会有这么大的影响力，做实业却让他享誉当今，留名后世。”

姬华民始终仔细听着岳振业说话，并用欣赏的眼光看着他。他没有想到，一个年轻人能讲出这样深刻的话，心里不由得有了后生可畏的喟叹。等岳振业的话一停，他便面带微笑地说：“张謇这是做成功了，没做成功的‘张謇’不知有多少。世人只看到那艳丽的花儿，谁能知道它承受的雪打冰封之苦！当今，做实业难哪！别看现在民国了，还是兵荒马乱的世道。内有军阀，外有列强，不定哪天就打起来。做实业不比做买卖，赚一笔是一笔，就是哪天逢着战乱和土匪强盗，也不过是损失一次。开厂子可不是这样，战火一起，进原材料和销售产品都是个问题。原材料被扣了、被劫了，工厂开不了工；产品被抢了、被毁了，工人工资就成了问题……”

一个看上去有四十多岁的妇女端着一盘木须肉走了进来。她一进屋就大声笑着说：“真是赶着鸭子上架！俺买了不少菜，摸摸这个不敢做，那个不会做，只能委屈客人了！”

“今儿厨房的邝师傅没在，难为郑妈了。”姬华民向大家解释说，“邝师傅刚赶集回来，家里来人叫他，说他娘病重，就撂下菜急急慌慌地走了。”

郑妈脸上依然挂着笑，爽快地说：“俺侍弄花花草草的还行，做饭打食真弄不了。这活儿看着不难，做起来就不是那么回事了！”

“你这鱼做得挺好！”岳振业抬头看着郑妈说。他本来说的是真心话，却听郑妈说：“这位掌柜的可别拿俺开玩笑！鱼是白洋淀熏鱼，能不好吗？！鸭蛋也是白洋淀的，人家腌好煮熟了，俺就切了切。”

岳振业感到有点儿过意不去，刚要向郑妈做出解释，姬华民对她说了话：“你这菜做得还能吃，就是颜色不好看。做菜讲究色、香、味，这第一就是颜色。有时候，你菜做得味道再好，人们一看就不想吃，岂不是白瞎了！你再去做俩菜试试。”

“还做呀？”郑妈很为难地说，“俺过来就是想问问，你们四个人六个菜是不是就够了。”

“够了，够了！”钱开福先说了话。

姬华民回过头来看着钱开福，说：“喝酒就是要多弄几个菜。我这人有个习惯，喝酒全靠吃菜，吃得多，喝得就多。要是喝酒不让我吃菜，几杯酒我便醉了。今儿，我让邝师傅照着十个菜准备的。”

“我去给炒俩菜吧。”岳振业说着，站起身来，“既然菜已经备下了，就炒上来。”

“这忒好了！”郑妈立时笑得像个孩子，一把拉住岳振业的衣袖，生怕他变了主意，“俺领你去伙房。”

看着岳振业跟郑妈走了，姬华民扭头向钱开福问道：“这位小兄弟到底是干吗的？又是赶车，又是炒菜，又是谈古说今，越来越让我看不明白啦！”

“他可不简单！”李明隆在一旁说了话，“要论最厉害的，还是功夫。他家是泊镇的，不到三岁就跟着爷爷练唐拳，十来岁时，就能与大人过招了。十三岁，到沧县来带徒弟，几年下来，不管城里还是城外，出来进去都有喊他师傅的。”

钱开福补充道：“振业的姥爷在沧县是走船的，家里有大船十几艘，在运河上很有名。姬先生可能知道殷大倔，就是他姥爷。他三舅和俺们俩磕过头。”

“殷大倔，我听说过没见过。”姬华民说，“我用过几回他的船，都是直接找的把头。——对了，你们怎么不拉他入股火柴厂？”

“殷大倔那是真倔！”李明隆苦着脸说，“俺们不是没找他，他死活不干。振业的三舅私下里也跟他说过，就是不松口。他要不是这样儿，人们怎么会给他起个‘殷大倔’的绰号呢！”

“有能耐的人都有个性！”姬华民说着，又和钱开福、李明隆连着喝了两杯酒。放下酒杯，他想了想，问：“振业定亲了吗？”

钱开福回答：“没听说定亲。”

姬华民迟疑了一下，终于说出口：“我还有两个闺女，都到了结婚年龄。提亲的倒是不少，还没有一个合适的。说句不该说的话，好多条件不行的人家是看咱钱财的。也有门当户对的，孩子却都不成器，我怎么看都不顺眼。”

“振业这孩子是真行！”李明隆将手里的筷子撂下，双手扶着八仙桌，很诚恳地说，“这几年，我是看着他成长的，不但有本事，做人也本分。谁要是找到这样的女婿，那可是真有福了。”

三

岳振业跟着郑妈来到厨房，发现这里真的准备了很多菜。厨房与一般住房无异，就是多了灶台、水缸和锅碗瓢勺等用品。他看到，靠北墙的长凳上放着两盖帘饺子。正像姬华民说的，酒后的饭是水饺。

“饺子俺早就包好了。”郑妈往灶台里填了两根木头，然后又用力拉了几把风箱，说，“包饺子俺还弄了，炒菜是真难住俺了。俺一个庄户人家，一年到头也炒不了几回菜。冬天咸菜，夏天拌菜，从来不买肉的。年根买几斤腌腊肉，一吃就是一年。……”

听郑妈说话时，岳振业已经备好了京酱肉丝和青豆粉儿的材料。他将它们端到灶台上，低头看了看灶里的火，问郑妈：“你炒菜，没有给你烧火的吗？炒菜的火，越大越好，一个人做不来。”

“哪还有人？”郑妈似乎听出岳振业说话的意思，一屁股坐在灶前的大蒲团上，“呼呼”地拽了两把风箱。等火苗腾起时，又朝灶膛里放了两块稍大一点儿的木材，才开始“忽哒忽哒”有节奏地拉起了风箱。不一会儿，灶里的火就蹿出来，如红色的舌头一样贪婪地舔着灶台。这时候，郑妈才说：“姬府上下就俺跟邝师傅两个用人。他家上面的几个孩子，娶的娶、嫁的嫁，儿子另立门户，闺女去了婆家，府里只剩两个小女儿，屋里不好雇男的。”

从郑妈的话里，岳振业明白，今天看到的两个女孩儿，应该就是姬华民的女儿了。想到这儿，他心里蓦地生出了一些自卑。他感到，自己就像山谷里的一棵新藤，姬家女儿是山顶上的树，再能长的藤也很难攀上山巅的小树。想到这里，他不由得摇了摇头。

“你这菜已经做得很好了！”郑妈抻着脖子，看着岳振业盛到盘子里的菜，大声说，“你一个男的，又这么年轻，怎么会做得这么一手好菜？！按姬老爷的话说，你这菜的颜色真好。”

“饭馆里做菜的，大都是男的。男的舍得放作料，菜做出来味道才好。你炒的那菜，就是油放少了。”岳振业笑了笑说。实际上，岳振业对自己说的话并不完全认可。首先讲菜的色，是指一个菜的颜色搭配，并不是单看着色和汤色。再就是放油，也不是油放得越多越好，要看这个菜喜油不喜油。不喜油的菜放油多了，就腻得没法儿吃了。还有火候的掌握，有的要大火快炒，有的需小火慢炖。

两个菜都出锅后，郑妈放在托盘里，端起来就走。岳振业随后跟着，到院子里时，他想顺便去一下茅房。郑妈端着菜向回走了几步，把茅房的位置指给了他。岳振业穿过一个巷道，发现自己来到了姬家的后花园。他顿感眼前一亮，被这里的花草树木和奇石、回廊吸引了。花园有一亩多地大小，首先映入眼帘的除了泛绿的竹子，还有一片开满小黄花的连翘。在石板路和回廊上，摆满了大大小小的花盆，有的伸展着硕大的叶子，有的开着粉的、红的、紫的、白的花。岳振业料想，这应该是郑妈今天搬出来晒太阳的。此时的阳光很好，照在身上暖暖的，没了冬日的寒气，也没有夏日的酷热，让人舒服，令人惬意！岳振业不由得在心里说，来到如此秀美的地方，真好哇！

有女孩儿“咯咯咯咯”的笑声从高大的假山石后传过来。岳振业绕过山石，看到灵儿和另一个女孩儿正站在一棵玉兰树下，树上开满雪白色的鲜花。不远处，还有一棵满是粉红色花朵的玉兰树。岳振业忽然想起，一进姬家大院，就闻到了馥郁的花香，原来是这两棵玉兰树散发出来的。

“你在那儿傻站着干吗？还不过来帮忙！”站在灵儿对面的女孩儿手

里举着一根木棍，冲岳振业大声喊道。

听到女孩儿的喊声，岳振业抬头看了眼高高的玉兰树，发现在白色的花朵里，有一个漂亮的羽毛毽子。于是，他飞跑几步，快到树下时，用脚一踏花盆的边缘，腾空而起。伸手摘下毽子后，他轻轻地落在了地上。他手里拿的，是一个用公鸡尾巴那长长的羽毛和两枚铜钱做成的毽子。它光滑，轻盈，让人尤其喜爱。

“还会飞檐走壁，有点儿本事呀！”女孩儿从他手里夺过毽子，像对已经很熟的人一样，指斥道，“你不在屋里喝酒，跑这儿来干吗？俺爹喝不了酒，你们别死灌他。你回去护着他一点儿。”

岳振业愣住了。他想着刚才飞身而起和稳稳落下的动作，觉得在两个女孩儿面前发挥得异常好，犹如神助一般。平时，他是无论如何也做不到跳到这么高，还能平稳落地的。如果刚才他虽然拿到了毽子，却摔了个跟头，即使两个女孩儿不笑他，他也会很没面子的。

他不好意思向女孩儿问茅房在哪儿，只是装作欣赏园子景色一样四处瞅着。“你是去茅房吧？”灵儿问一句，指着一片竹子说，“那后面就是。”

三

岳振业回到酒桌时，姬华民他们已经有醉态了。他看到，姬华民正搂着钱开福的肩膀，断断续续地说：“天底下，就没有十全十美的事。谁跟钱也没仇。不管别人怎么说，反正我认为钱是好东西。今儿，咱有钱不失礼，没钱也不失礼。我就盼着咱在座的关系都越处越好，越来越好。朋友多了，这辈子就不白活！”

岳振业听出，姬华民最后几句话，特意将桌上几个人的姓氏全带上了。尽管喝了这么多酒，尽管是在家里，他还留有商人的机警和敏锐。也许，姬华民只有在家里才敢这样放开喝酒。何况，酒桌上的话，下来还有回旋的余地。酒言酒语，可以当真，也可以不当真，就看接下来双方准备怎么运作了。

“姬先生毕竟是见过大世面的人。今后建厂，就是你挑头了。我和明隆帮衬着你，扶着你干。”钱开福握着姬华民搭在桌子上的手背，两眼诚恳地瞅着姬华民说。

姬华民忽然用京腔问："当真？"钱开福回答："当真！"姬华民紧接着又问："果然？"钱开福也学着姬华民的腔调说："果然！"

"那就听我慢慢道来！"姬华民拿起一根筷子，敲着桌子唱起来，"王离了龙书案好言奉敬，为王的传口诏细听分明。今早朝郭娘娘启奏一本，叫寡人把姚刚问罪典刑。孤登基也曾把那免死牌赠，姚不反汉汉不斩姚，在凌烟阁标明。想孤王走南阳东逃西奔，老皇兄接驾在白水西村。孤念你老伯母悬梁自尽，孤念你孝三年改三月，孝三月改三日，孝三日改三时，孝三时改三刻，孝三刻改三分，三年三月三日，三时三刻三分，永不戴孝保定了乾坤！孤念你草桥关英名大震，孤念你是一个开国老臣。适才间卿递本降旨已准，寡人戒酒不听谗言，岂斩你开国老臣。孤是有道的明君！姚皇兄、姚次匡，伴驾王，孤的爱卿，你那里休流泪，免悲声，放大了胆，一步一步随定了寡人！"

四

"开福，不是我说你，你昨儿个话说得太实在了。"李明隆一边穿衣服，一边说。

钱开福一愣，去拿包的手停了下来，忐忑不安地问道："昨天，我喝得有点儿多，是不是说错话了？"

"那倒没有，就是把咱的老底儿全说出来了。"李明隆回答。

钱开福舒了一口气，说："我看姬老板也是个豪爽实在人，就没跟他说虚话。咱得实打实，要不人家凭什么相信咱，凭什么跟咱合作？依你看，他这算是答应入股，还是没答应？"

"这个，我心里也没个底。他不是说最近几天到泊镇来看看嘛，就看他来不来吧。"李明隆说到这儿，停了一会儿又说，"用姬华民的话说，一切皆有可能。"

钱开福回头看了岳振业一眼，说："我想来着，要是振业和他女儿的事有了眉目，这事就有谱儿了。我当时想把这事揽下来，又怕振业看不上人家，最后不好收场。"

听了钱开福的话，岳振业心里“突突”地跳起来。他一则是从来没有过的激动，再则是少有的紧张。他禁不住地想，昨天他要是像张謇一样，如他听到慈禧太后的话似的听到姬华民说的话，那该有多好哇！他也会马上跪下磕头，大声说：“岳父大人在上，小婿这厢有礼了！”唉！可能错过了那一刻，就错过了一辈子！

李明隆和钱开福的目光都落在岳振业的身上。岳振业感到浑身上下都有些不自在，连忙问：“他说的是哪个女儿？”

“你看上哪个了？”李明隆笑着问。

“谁知哪个能看上我？”岳振业咧嘴笑着，右手不住地抚弄着自己的头发。他眼前浮现了那个女孩儿姣好的面容，也出现了灵儿轻盈的身影。

钱开福将手里的包搭在肩上，一边朝外走一边说：“大老远地来趟河间不容易。吃了饭，咱们干脆去趟白洋淀吧。我尝着那熏鱼不错，咱带点儿回去。”

第二章　奶奶的故事

一

常言说，女大不中留，留来留去留成仇。姬华民早就为两个女儿的婚事着急。怎奈在女儿的亲事上，他在前面使劲儿，夫人在后面撤劲儿。夫人觉得，丈夫在外面做生意，一年四季很少在家，两个女儿好歹也是她的伴儿。可是，两个大姑娘生活在经常没有男人的家庭，在村里实在招眼，难免浮浪子弟对她们动歪心思。实在拗不过夫人，为了让她逐步适应女儿不在身边的日子，也是为了女儿的平安考虑，他便将她们都送进了天津女子学校。

如今，女儿们毕业回来了，姬华民的心事更大了。三天两头的，保媒拉纤的登门提亲，弄得夫人觉得烦了，也想快点儿把女儿嫁出去，过几天清静日子。

从李明隆带信儿来说要见他，他就料到是来谈入股的事。李明隆是他的远房亲戚，他早就听说这个亲戚与人搞火柴厂的事。本来他对建火柴厂没产生兴趣，听钱开福他们一说，他忽然感到这真是个发“洋财”的好事。也许，真如李明隆说的那样，是个给他送钱的好事。按岳振业说，建厂子，搞实业，是利国利民又利己。火柴和食盐一样，是大众消费品，也许以后家家户户都会用火柴，不愁销路，不愁赚钱。他做了十几年食盐生意，结交了不少权贵，靠这些权贵才赚了钱。但是，靠权贵走门路的买卖，很难保证不出事。不管哪个有权有势的倒了霉，都有可能牵涉到他。到那时，当官的为了除掉对手，不管你是官盐当私盐卖，还是私盐当官盐卖，都能入罪。从这一点儿上看，还是搞实业稳妥一些。

做实业要有一些自己人，他为此瞧上了岳振业。如果岳振业成了他姬华民的女婿，就可以很快在泊镇找到为他所用的人。把女儿许给岳振业，他首先想到的是姬雪芝。

“都吗年代了，你还跟我讲父母之命！”姬雪芝一听父亲谈自己的亲事，就嚷嚷起来，说，“现在是民国了，讲婚姻自由。俺不说自由恋爱吧，总得有同意不同意、答应不答应的自由吧？”

“他有吗不好？”姬华民没想到，提起婚事，姬雪芝的反应会这么强烈。他以为，说起嫁人，她会欢喜得跟个小兔子似的又蹦又跳，就像小时候看到他出门回来，给她带了好吃的好玩儿的一样高兴。闺女这么大了，自己怎么会不着急呢!

姬雪芝紧跟着父亲说了一句：“他有吗好？就听他白白话话、夸夸其谈吗？他一个小辈，在你们面前高谈阔论，合适吗？反正俺不待见这样的人！”

“你待见三脚踹不出屁来的人？”姬华民瞪着姬雪芝，有几分生气地说，“酒桌上讲话，本来就可以随便说的。天南海北也好，云山雾罩也好，你愿意听就听，不愿意听可以吃菜喝酒。朋友们在一起饮酒，要的就是这种气氛，没有平日里那么多约束，甚至可以放肆一点儿，这样才能见真性情。”

“既然是酒桌上的话，你用不着这么较真儿。”姬雪芝像见着了救命稻草，紧抓住不放，说，“你干吗非得让我嫁给他？”

“是啊，”夫人在一旁插言道，“酒桌上的话你这么认真干吗？”

姬华民瞅了眼夫人，语气软了下来，说：“我是觉得这个年轻人各方面条件都不错。他姥爷是沧县有名的船掌柜，他又是个好学的孩子。我还没跟你说，他从小练武，自己出来带徒弟好几年了。懂得也多，历史文化，生意经，甚至赶车、做饭都有一套。我在外面闯荡这么多年，接触的人也不少，像他这样有出息的，还真没见着几个。再说，我要投资火柴厂，一大笔钱放那儿了，得有个自己人盯着才安心。”

“爹哎，你快别提他做饭了！”姬雪芝讪笑道，“你们老一辈读书人不是讲‘君子远庖厨’吗？怎么在你眼里，一个大男人炒菜做饭也成了本事了？”

夫人用手指戳了一下姬雪芝的头，教训道："你这孩子吗也不懂！男的会做饭，家里女人不但清闲，也能吃好喝好。会做饭的男的，才知道女人天天洗衣做饭不容易，才知道体贴媳妇，疼媳妇。"

姬雪芝歪着头看着母亲，好像以前不认识似的，说："俺的亲娘啊！你是哪头儿的？一会儿向着俺说，一会儿向着爹说！你看俺爹，从来没做过饭，不也挺疼你吗？再说了，有用人在呢，用得着自己洗衣做饭吗？"

"你看看咱村儿，有几家能雇人的？"夫人说着，脸上带笑，心里不免生出几许满足，像是忽然感觉到了一种从未有过的幸福。

"你是怕俺以后穷得雇不起人呗？"姬雪芝一边向母亲撒娇，一边反驳道，"你还是俺亲娘不？怎么就不盼着俺好呢？！"

姬华民看了一眼女儿，话里带刺儿地说："你想好儿没用，得看你命里有没有。人活在世上，全由上天安排，谁也保不准今儿富明儿穷。一辈子很长，穷了，会感到一天天地很难熬；富了，又感到日子过得太快。"

"也不知道这个孩子家里是穷是富，能养得起咱这宝贝女儿不？能让咱女儿一辈子都有用人伺候不？"夫人用手抚摸着姬雪芝的头，喃喃自语似的说，"他姥爷家有钱没用，自己家有钱才是钱。"

姬华民一愣，有点儿自责地说："我还真没问他家的情况。不过，他姥爷再糊涂，也不会将女儿嫁给一个穷光蛋吧！"

二

姬华民催了几次，姬雪灵才从屋里出来。她一身男子打扮，更显得白净利落。这些年，姬华民总觉得把女儿装扮成男孩子，带出去放心。所以，姬雪灵只要跟着他出门，就要男孩儿装束。

这趟跟着父亲去泊镇，对姬雪灵来说，不知是喜还是忧。姐说："你就跟着去吧，看咱爹不把你丢泊镇，与那小子拜了天地才怪！"她知道，这是三姐开玩笑的话。不过，父亲带着她，分明是想让她跟那个人接触接触。姐不愿意出嫁，要是她能接受那个人，也去了父亲的一个大心思。她似乎能理解父亲。在她的印象里，父亲打骂过姐，却从未对她着急发怒，一直宠着她，惯着她。

“灵儿，”姬华民温和地看着姬雪灵，问，“你对那个人有印象吗？是好是坏？”

姬雪灵知道父亲说的那个人是谁，反问道：“说心里话吗？”

“你这孩子！对爹还不说心里话吗？你怎么想的就怎么说。”姬华民说话的语气依然宽和，还带着对女儿的怜爱和关心。

“说心里话，不反感。”虽然是对自己的父亲说话，姬雪灵还是觉得有点儿羞涩。

“嗯，”姬华民似乎松了一口气，轻声说，“这就好。你要是觉得他可以托付终身，咱就考虑。不行，也别勉强。毕竟，这是一辈子的大事。女怕嫁错郎，男怕选错行。别为了爹的面子，把自己给毁了。那样，爹会更难过的。”

姬雪灵听出，父亲说话时有些激动。看似强硬的父亲，有他如此柔软的一面。上车那一刻，她还认为，自己此行，像文成公主和亲、王昭君出塞一样悲壮。她们为了国家远嫁，她姬雪灵为了小家离开生她养她的地方，一样地找一个不熟识的男人，一样地成亲生子。

“酒言酒语，也许人家根本就没往心里去，也许人家早就忘了。”姬雪灵说着，心里复杂起来，竟然有些失落。她想，也许那个人早定了亲，或指腹为婚，或娃娃亲，或亲上加亲……他飞身从玉兰树上拿下羽毛毽子的那一刻，是那样矫健，那样洒脱，那样让人着迷。这样一个有本事的人，能没人看上吗？能不早早地就定了亲吗？

“阴了几天啦，今儿终于晴了！”姬华民掀起轿帘，往外看了一眼，他大声对赶车的喊，“快到富庄驿了吧？到那儿歇歇脚再走。”

姬雪灵看到了外面的天空。空中还飘飞着灰色的云团，那颗白亮的太阳行走在云团与蓝天之间，像害羞的女孩儿时不时地将自己藏起来一样。姬雪灵想，它几天不出来，是不是不好意思面对大地、树木和完全陌生的花朵了。她要是有一段时间不出门，再见到熟人和不熟的人都有一种别样的感觉，像是羞怯，像是歉疚。

“这就是那个红杏园了。”姬华民指着车外说。

姬雪灵挪到父亲身边，侧着头向车外看去。她发现，路旁开满鲜花的杏树，随着马车的飞驰，“呼呼”地向后退去。在她的恳求下，父亲让车夫将马车赶往红杏园小学歇脚。父亲说，小学附近有卖吃食的，可以先垫垫肚子，因为他们要午后才能赶到泊镇。

红杏园小学的学生正下课，孩子们就像蜜蜂围着蜂箱飞进飞出一样，在学校门口追逐嬉戏。车夫怕孩子们惊了马，离学校很远就将马车停下了。姬雪灵随父亲下了车，朝学校方向走去。

姬雪灵一边走，一边好奇地观看着身边的杏林。杏林总也看不到头，好像无边无际的样子。她猫下腰，看到落花覆盖了整片林子，煞是震撼人心。《红楼梦》上说："花开易见落难寻，阶前闷杀葬花人。独倚花锄泪暗洒，洒上空枝见血痕……"林黛玉要是看到这么多落花，肯定得愁死、哭死。姬雪灵怎么也想不通，泪与血都滴落在地上，怎会洒上空枝。

有的花瓣飘落了，有的花瓣还停留在枝头。仔细看，米粒大小的杏子已经露出头来。看到小小的绿杏，姬雪灵忽然想到明朝宰相李贤招婿的事。李贤看上了程敏政，请到家里吃饭时，指着一盘炒藕片问："因荷而得藕？"程敏政机智地回答："有杏不须梅。"——既然自己有幸被宰相大人相中，就不需要媒人了。

她将要见到的那个人，是否也禁得住他们父女的考验。

三

姬华民父女赶到泊镇时，早已过了饭时。他们在运河岸边一个连一个的客栈中，找了看上去挺不错的"运河人家"住下。在店里吃了碗烩饼，姬华民才让掌柜的去找岳振业。

不到一顿饭的工夫，岳振业就跟钱开福进了门。寒暄一番后，钱开福告诉姬华民，他们就住在离此不远的客栈里。他说，李明隆去见镇长了，镇长对在泊镇建火柴厂的事很重视，给选了三块地，在哪块地上建厂让他们自己做决定。

说着话时，李明隆回来了。他脸上堆着笑，与姬华民打了个招呼，高兴地说："镇长讲了，表哥来时，提前跟他说一声，他过来见个面。既然你已经到了，我回去说给镇长，看他吗时候有空儿。"

李明隆再回到客栈时，带来了两男一女三个人。他说，镇长要赶着去县里，就让陈副镇长过来了。他将副镇长陈耀煌和另外两个人介绍给姬华民，然后问："咱们是不是现在去看看那几块地？"

姬华民父女随着人们来到客栈的院子里，他看着陈耀煌问："需要坐车吗？"

陈耀煌扫了一眼站在院子里的人，答道："不用了，三块地都离这儿不远。再说，这么多人，一个车也装不下。"

"你们等一下，我去赶车。"钱开福慌忙说。

"有你套车的时间，咱也走到了。"陈耀煌拦住钱开福，回头对姬华民说："姬先生坐车吧。你这一路也够辛苦的了！"

姬华民整理了一下身上的衣服，晃了晃膀子，说："从早上光坐车了，我也走走吧。"

沿着运河岸一直往北走，他们先看了第一块地，然后向西拐，走了一里多路，来到第二块土地上。这时，陈耀煌问："姬先生，有合适的吗？"

"不是还有一处吗？咱都看看再说。"姬华民委婉地说。

陈耀煌看了一眼要落下去的日头，急躁地说："那咱得快点儿走，一会儿说黑天就黑天。"

一行人向南走，穿过一片缀满花蕾的梨园，来到一块开阔地带。姬华民向西看去，不远处有一个小村子。南面，是一片很大的水塘；东面，从高矮不等的房屋之间的街道上，能看清高高的运河大堤。

"我认为这块地可以考虑。"姬华民将钱开福和李明隆叫到一起，分析道，"第一个地方太洼，垫土的费用够建厂房的了。另一块地树太多，离码头也太远。"

"我觉得也是这样。"李明隆插言道。

姬华民接着说："这块地好就好在，往南往北，都是通向运河码头的大道。我的意见，要买就连南面那个水塘也买下来，这样便够到前面那条大道了。现在这里都没建设，各处四通八达，还看不出问题来，如果它周围都建起来，咱们往南就没有路走了。买下水塘，到时候咱就能从那里修一条路，直接连上大道。"

"还是姬先生考虑得长远！"听着姬华民的话，钱开福心中十分佩服，他觉得自己有了主心骨儿，心里一下子就轻松了。

“别姬先生、姬先生地叫了，你要觉得不便直呼华民，就随着明隆喊我表哥。”姬华民说着，亲切地拍了拍钱开福的肩膀。

陈耀煌走了过来，看了看面对面站着的几个人，说：“你们是不是看上这个地方了？等镇长回来，我就跟他说。也到了饭时了，咱一起吃个饭吧。”

钱开福刚想对陈耀煌说什么，姬华民说话了：“等镇长回来，咱再一起坐，我请你们去泊镇最好的饭店。今天我有点儿累了，就不安排了。”

陈耀煌犹豫了一下，带着镇上那一男一女两个人慢慢地走远。

太阳的余晖，已经从房顶和运河堤岸上散去，四处灰暗下来。世界似乎变得狭小了，天空像一个黑色的瓜皮帽，从高处向人们的头顶扣下来。那曾经灰白色的袅袅炊烟，逐渐与天色融为一体。

“你刚才想对陈副镇长说吗？”姬华民忽然问钱开福。

“我想让他跟镇长说，水塘咱们也想买。”

姬华民笑了笑，说：“我一猜你就想说这事！水塘的事咱先不提，等见了镇长再说。让他们提前知道了咱们的想法，怕就怕狮子大开口，如果跟土地价钱差不多怎么办？镇长来了，咱就跟他和业主随意一提，说不定给点儿钱就卖了。万一谈不拢，咱再说。实在不行，咱还可以考虑别的地方。”

“我明白了。”钱开福毕竟是个买卖人，姬华民的话他一听就懂了。他想，水塘和梨园中间的土地有十几亩的样子，建厂子已经够用了。买水塘只不过是顺手牵羊，想趁此得个大便宜。水塘的事合适就买，不合适就放一放。等厂子赚了钱，他不但要把水塘买下来，北面那片梨园也买过来，作为厂子的后花园。

走到镇子深处的沙家馆涮羊肉时，李明隆停了下来。他让岳振业进去订桌，自己回过身面向姬华民，说：“咱们今儿可能把陈镇长给得罪了。听振业说，这个陈镇长爱喝酒，一喝就醉，人们背后都叫他‘陈摇晃’。他今儿带着两个人来，就是想让咱管饭的。”

“这事儿我看出来了，”姬华民心里一紧，说，“我就是不知道他有这个爱喝酒的毛病。这种事咱今后还真得注意点儿。县官不如现管，这号人往往是成事不足、败事有余。我发现振业与他们几个很熟，抽时间让他去邀邀这几个人，把话儿说过去。以后，怕是用着他们的地方有很多呢！”

四

从沙家馆出来，钱开福和李明隆回了客栈，岳振业陪着姬华民父女沿着运河西岸往回走。岸边高高矮矮的房子里都亮起了灯光，走在岸上，能看到低矮的房子上的窗户。窗户里的油灯明明灭灭着，或大人或孩子的身影在灯光里晃动。人声，狗吠，偶尔还有大牲口的叫声。

停泊在运河里的大大小小的船只，都亮起了昏黄的灯光。那灯光映射到水中，融进波光里，比岸上的灯多了一些神秘和浪漫。

看到火神庙码头的灯光时，远远地就听到搬运工的唱和声："扛起大包重如山，头压低来腰压弯。不是抬上就是扛下，不是装船就是卸船。上跳板，晃又颤；爬陡坡，腿发软。一步三晃满身汗，砸伤摔伤算命硬，怕的是血从口出小命儿完……"

"这里怎么不多挂一盏桅灯？"姬华民看到搬运工在昏暗的灯影里"吭哧吭哧"地爬上爬下，禁不住问。

"怕费钱呗！多挂盏灯，一天不觉啥，日子长了就有钱了。掌柜的都算这个账。"岳振业说着，忽然想到自己姥爷家也是码头掌柜的，便说，"我姥爷的码头上灯多，一到晚上，那叫一片灯火通明。我姥爷说，黑灯瞎火的装船卸船，出点儿事就不是灯油钱。都说我姥爷倔，其实他就是认死理，他认准的事，九头牛也拉不回来。要是钻了牛角尖儿，明摆着是错的事，他也只认自己那个理。"

姬华民在黑影里忍不住一笑，说："谁也有这个时候。听你这么一说，你姥爷是个明白人。把码头点亮了，乍一说是为了工人们，其实，最后受益的还是掌柜的。"

岳振业正想附和着姬华民说几句话，肩膀被一个女孩儿从后面抱着了。女孩儿"嘻嘻哈哈"地笑着，嘴几乎是贴到了岳振业的脸上，毫无顾忌地说："我老远就看出来是你！吗时候回来的？为吗不去看我？"

姬雪灵正又惊愕又诧异地看着岳振业，被女孩儿一眼看到，也一把搂住说："哪儿来的小哥，长得这么好看？！认识认识呗！"

"别胡闹！"岳振业将女孩儿的手从自己的肩头放下去，应付道，"俺们还有事，回头我去看你。”

“说话要算数呀！我这两天可等着你。”女孩儿放开搂着姬雪灵的手，指着她的鼻子尖儿说，“你也一块儿来。”

摆脱了女孩儿的纠缠，岳振业看着像是惊魂未定的姬雪灵，没等她问，便忙着解释道：“她是咱们刚过来的火神庙码头慕容掌柜家的千金，镇上人都叫她‘疯丫头’，大多不知道她的名字。其实，她叫慕容巧莹，我的小师妹。”

“还有这样的女孩儿！”姬雪灵像是自言自语地说一句，然后说，“俺发现，认识你的人还真不少。镇上那个女的不但认识你，看你的眼神还是那样儿的，像是你亲妹妹似的。”

“泊镇这个地方不大，年龄相仿的，即使互相叫不上名儿来，也是面熟的。”岳振业接着说，“‘疯丫头’跟我师父学拳时，我才知道她叫慕容巧莹。”

“那，她真是你的师妹了！”姬雪灵一句话出口，心里忽然有种酸酸的感觉。她不由得想，也许，自己真的对岳振业有了好感。这种情绪是什么时候开始产生的，她并不十分清楚。是在后花园里，还是在客栈里？是从岳振业看她的目光里，还是从他那坚定而自信的步伐里？是今天才有的，还是那一天就有了？

岳振业好像也急于向姬雪灵表白自己，说：“吗师妹不师妹的，学拳时只喊师父，没人师兄师妹地叫。”

“振业！”走在前面的姬华民忽然停住脚步，指着一处亮灯的地方，问，“那是吗地方，这么高还有灯光？”

“钟鼓楼。”岳振业紧走几步，来到姬华民面前，说，“泊镇最高的地方有两处，一处是清真寺，一处就是这钟鼓楼。小时候，俺们常来这里。住在这儿的是个老人，小孩儿们都怕他。他对我挺好。”

“能上去看看吗？”姬华民和婉地问。

“可以。走，咱上去。”岳振业说着，自己走在了前面。沿着河岸走了一百多步，就是一个大圆门，它像石牌坊一样，三层飞檐，昂然傲立在运河岸边。岳振业对姬华民父女说，不管河里的水深水浅，也不论船大船小，人们站在船上，远远地就能看到这个大门。逢年过节，最高的飞檐上还要挂上大红灯笼，向河里过往的客人传递喜庆气氛，迎接远行的泊镇人回家团圆。

穿过大圆门，面对着钟鼓楼走二三百步，就到了它跟前。钟鼓楼是两个一样高耸的建筑，钟楼在大十字街的东侧，鼓楼在街的西侧，相距一百多步的样子。他们从钟楼旁走过，穿过一条南北大街，径直来到西面的鼓楼。从楼下向上望去，鼓楼更显得高大巍峨，像一座山一般。岳振业没直接上楼，先在楼下喊道："白叔！我是振业。我带客人上去啦。"

岳振业连着喊了三遍，才陪着姬华民父女进了楼门。他一边往上走，一边压低声音说："夜里上来，不跟白叔打好招呼不行。有一天晚上，镇长来这里，刚一进门，一个飞镖迎面打来，钉在离他头顶不到两寸的地方。"

推开二楼的一个房门，姬华民看到被岳振业称为"白叔"的老者，正坐在面向十字街的窗前饮酒。见他们进来，并不起身，将手里的一杯酒喝了，说了句"坐吧"，便拿起筷子去吃菜。

屋里只有一把闲着的木凳，姬华民坐下后，老者从自己面前的抽屉里拿出系着烟袋的烟斗，放在姬华民身边，然后又拿出了火镰放在烟袋旁。火镰是一个黑乎乎的牛皮袋儿，一块镰刀似的铁片镶在袋子的下沿。乍一看，整个火镰像一个没有柄的斧头。姬华民抓起烟杆儿，将黄铜的烟斗伸进烟袋，装满了烟叶，抽出来用拇指摁了摁，将烟嘴儿叼在嘴里。然后，他从火镰的牛皮袋里捏出一小撮棉絮一样的火绒。将淡黄色的火绒放在燧石上后，他左手握着灰黑的燧石，右手拿起火镰，"啪啪"地敲击起来。火镰与燧石的每一次撞击都迸出火星，却点不着火绒。这时，老者从姬华民手里将火镰与燧石拿过去，快速地撞击了几下后，火绒开始冒烟了。火绒在老者小心翼翼地侍弄下，出现了微弱的红光，姬华民赶紧将烟斗伸过去，接住火绒紧吸几口烟嘴儿，烟袋锅儿里就发出了火光。

"这东西以后用不着了！"老者终于又说了一句话，然后就接着喝酒吃菜，再也不出声。

"到楼上看看吧，大鼓在上边。"岳振业等姬华民抽完了一袋烟，便带着他们父女上了三楼。楼上的结构像个亭子，四面透风。亭子中央，有一面立在木架子上的大鼓，鼓面有两米左右。一个硕大的鼓槌，躺在放桅灯的桌子上，一旁还有一个半米多高的计时漏壶。静下心来，能听到漏壶里的水滴落下去的声音。岳振业向姬雪灵介绍说，钟楼在凌晨敲钟，鼓楼在黄昏擂鼓，一早一晚，一东一西。白叔只管鼓楼的鼓，一个时辰敲一次，一次敲十二下。所以，他晚上一边喝酒，一边等时辰。钟楼的钟声一响，他就倒头大睡，一睡大半天。

“一个怪老头！”姬雪灵轻声言道。

“听说，他过去不这样。”岳振业描述道，“十多年前，他在天津武馆授徒。洋人打进城时，杀了他媳妇和几个孩子。他找洋鬼子去拼命，砍死了几个洋人，逃到老家来了。从那以后，他的脾气就变了。他那大烟袋不是给吗人也抽的，逢贵客他才肯拿出来。他给你烟袋用，你要用了，他就高兴；不用，他就恼了，立马下逐客令。”

出了放鼓的亭子，外面是一个宽敞的平台。姬华民扶着平台栏杆，望着夜幕下的小城。城里灯火点点，与夜空的幽幽星光交相辉映着。他想，等火柴厂建成投产，首先要让这里的每户人家都用上火柴。那时，人们就不再使火镰，不再留存火种，用方便快捷的火柴，点燃这万家灯火。

五

“姬先生高义！”镇长一见姬华民，便表现出极大的热情，像是看到了救星和恩人一样，大声说，“你们建火柴厂，是利国利民的大好事。这是实业兴国，是振兴国货在咱们泊镇的具体实践！”

姬华民对官员们的做派并不陌生，大多是逢场作戏，不能当真话来听。在他们面前，你越维护个人利益，就显得你越是真实。于是，他很直接，也很随意地说：“大道理不是咱讲的。咱就是个商人，最关心的是赚不赚钱。”

镇长看上去依然很认真的样子，说：“火柴厂一建成，你就不是个商人了，是为泊镇发展做出贡献的实业家了。县里指示我们，尽最大力量支持你们，有吗困难直接跟我说。你们投资泊镇，是来帮我的，我一定会让你们顺利地赚到钱。”

“有你这句话，我这颗心算放在肚子里了。”姬华民深切地说，“现在最要紧的，是把这地的事定下来，我好赶紧回去筹建厂的钱。”

“这事我已经给你办得差不多了。”镇长把卖主叫到跟前，对姬华民说，“这块地十二亩多，他一亩要三十块大洋，合三百六十多块。我拍板，给他三百。我现在是一手托两家，按道理说，应该向着自己的百姓说话。为了表示我们的诚意，如今只能让百姓吃点儿亏。咱三头对面，把话说开了，吃亏沾光也说到了明处。看你们买卖双方还有要说的吗？没有的话，你们之间写协议，我让人帮你们把契税的事给办了。”

“是这样，”姬华民补充道，“我们建厂房也好，搞生产也好，离不开水。从运河弄水，成本太高。所以，我想把前面那个水塘也买下来，用水时就方便了。”

镇长看了眼卖主，卷了根烟放到嘴上叼着。然后，他从身上摸出一盒火柴，抽出一根，随手在身旁的树干上“噌”地划燃。点着烟后，他又将火柴在空中晃了晃，最后把挥灭的火柴甩手丢在了地上。

“你说话。”镇长对半天不吱声的卖主说。

卖主犹豫了一下，说：“水塘俺暂时还不想卖。夏天养鱼，冬天割苇子，也是个收入呢。”

“这事儿好办。”姬华民连忙说道，“我们除了用水，别的方面也用不着水塘。水塘卖给我们后，你还可以在里面养鱼、割苇子。这个，在协议里给你写上。”

“这样总可以了吧？”镇长拍板说，“水塘按十银元一亩，这就不少了。赶紧去办吧 。”

人们忙着去写协议、办契税了，把镇长与姬华民留在了地里。闲聊时，镇长看到岳振业和姬雪灵朝北面的梨园走去，便说：“昨儿我闺女回去，说令郎长得好。她本来是看上岳家这小子了，一下就变了主意。难道，这就叫一见钟情？”

姬华民有点儿疑惑地望着镇长。

“哦！是这样，我闺女昨儿跟陈镇长一起来的。”镇长解释道，“这两年，她总闹着说要嫁给自己喜欢的人。当然，只是她一厢情愿，我始终就不同意。”

“这两个人，贵千金都不能嫁。”姬华民看着岳振业与女儿进了梨园，回过头来对镇长说，“我这个孩子已经有了婚约。振业与我女儿正交往着。”

“这么说，他们没有这个缘分了。”镇长说完，像是有点儿自嘲似的笑了笑。

钱开福和李明隆回来了，他们带来了与卖主签订的土地买卖协议和在镇上缴契税的文书。姬华民没有仔细瞅那张协议，直接去看镇上出具的“红契”：

买　契

据买主泊镇永华火柴股份有限公司呈报，置买土地坐落在西郊日华大道以北。饬检契约、凭证、声请、税契等情，查核相符，照章征税，发给印契，以凭管业。

计开：买主姓名：泊镇永华火柴股份有限公司。原业主姓名：李满堂。中人：马福谦。坐落：西郊日华大道以北。面积：计一十九亩三分（含水塘七亩）。买价：三百七十元。四至：东至红杏大街；西至赵家道口；南至日华大道；北至北大门街。立契日期：中华民国二年四月。契税金额：二十三元。

中华民国二年四月九日发给

泊字第三十一号

姬华民看完，把手里的东西重新递给了钱开福。他忽然意识到，从此，他不再是一个经营食盐的商人，开始涉足实业了。这是完全陌生的事，也因陌生而新鲜，而充满诱惑力。对于他后半生，不知这是转机还是陷阱，是幸运还是不幸。一切，都难卜未知。

六

正常年份，梨花在四月中旬绽放。梨花花期很短，还不等人们满足欣赏玩味的欲望，就急急忙忙地结了果子。

岳振业带着姬雪灵来到梨树下时，树上的蓓蕾似绽未绽，露出一点点的白色，像花的精灵正偷偷地向外窥探，那样羞涩，那样俏皮，那样让人怜爱，以至于他们都不忍心去触碰那花苞。

两只黑蝴蝶不知从哪儿突然飞来，在他们的身边追逐、嬉戏，飞上飞下。一会儿让他们触手可及，一会儿让他们抬头仰望，撩拨得两个人的心里痒痒的。不久，那蝴蝶落在一人多高的花枝上，它们离得那样近，扇动的翅膀几乎碰到了一起。它们身后的分翅拖着飘带一样的长尾，上有美丽的红、黄、蓝花纹，像京剧脸谱上画出的眼睛。

看着看着，岳振业就有了搂住姬雪灵的冲动。他借着追蝶赏花，开始有意往姬雪灵身边靠拢，有一次，几乎挨着了她的衣服。姬雪灵很警觉，一直躲着他。她不想再一次让岳振业碰她。昨天，在爬一个沟坡时，她毫无防备地让岳振业抓住了她的手，弄得她那只手酥麻了半天。她问父亲："女人让男人攥了手，会不会怀上孩子？"父亲只说了一句："回去问你娘！"她想到半夜，爬起来在油灯下摩挲了半天手心。

姬雪灵越来越无法摆脱岳振业了，他越来越强烈地想达到自己的目的。她心里又是欢快，又是惊恐，那颗心也有点儿不安分了。慌乱之中，她脱口说了句："你还没带俺去家里看看，也不知道你家在哪儿，是做吗的？！"

岳振业像是被黄蜂蜇了一下，立时就安静下来，说："俺就住在钟鼓楼北面，临街门市，后院印刷，主要是印书、印报。在泊镇，说起印刷来，俺家不是最大的，却是最早的。俺家的条件跟你没法比，你不会……"

"俺说你懂得咋这么多，原来是看的书多。"姬雪灵似乎知道岳振业往下想说什么，急忙打断了他的话。她并没有认为岳振业与自己的家庭有什么不一样，她从小就没有钱财观念，只知道自己家的房子比村里的人多一些而已。

"你这话算是说对了，"岳振业不无自豪地说，"除了借书看，俺家新印的书，我全看一遍。小时候，我经常弄得手上黑乎乎的。"

"是不是弄得脸上也都是黑的？"姬雪灵说完，很开心地笑了。

姬雪灵笑得无所顾忌，笑得天真烂漫，像个几岁的孩子。她的笑又唤起岳振业去拥抱那姣美身段的渴望，特别是姬雪灵身体里散发出来的香气，让他感到一阵阵眩晕。他觉得姬雪灵的一颦一笑都是那样诱人，比雪白的梨花还甜美，有一种沁人心脾的巨大力量。他以前从来没有看到过如此清纯、如此姣美的女孩儿。

岳振业发现，如果一任自己的这种情绪发展下去，会让他完全失控的。

他不知道自己猛地抱住姬雪灵，会不会吓住她，会不会让她痛哭。他不想去打破让花香、鸟鸣、蝶舞、阳光、美人共同营造出的美妙气氛，就像不想打碎一块美玉，让其狼藉满地一样。他要尽可能更多地享受这一切，让自己尽情沉醉其中，洗去所有的杂念。然而，要想这样，他又必须回到现实中来。他已经明显地感到，在让他迷醉的地方，有天使，也有魔鬼。

“是不是结婚，必须门当户对？”岳振业终于向姬雪灵提出了这个很现实的问题。

姬雪灵用黑亮的眼睛看了看他，不知是无法回答还是不想回答，自顾自地俯下身去看地上的小花。梨树下，遍地都是盛开的花儿，像纽扣一般大，千朵万朵地聚在一起，把土地染得白一片红一片。

“这开白花的是荠菜，开黄花的是蒲公英。”岳振业说着，发现荠菜和蒲公英之中，也生长着苦菜、青青菜、牛舌草、老鸹筋。姬雪灵没问，他便没接着往下介绍。“荠菜和蒲公英可以拌着吃，包饺子也行。俺娘还用它做过煎饼。”

“俺爹说，你姥爷是沧州的大财主，怎么舍得将女儿嫁到泊镇？”姬雪灵直起身，看着岳振业说，“好像也不是门当户对呀？”

岳振业实话实说道：“俺爹俺娘成亲时，姥爷家还没这么多船。姥爷带着俺娘去德州，到泊镇时她不小心掉到河里。河水已经很凉了，俺爹穿着衣服就跳进水里，把俺娘救了上来，抱到家里。后来，俺娘就成了俺娘。”

“要是俺掉进水里，你会这么着急去救吗？”姬雪灵忽闪着眼睛，有些调皮地问。

“你说呢？”岳振业反问。

“俺可不愿意！”姬雪灵笑道，“现在这么冷，俺可不愿意落水，还不冻死！俺宁可让爹扔大道上被别人捡去，也不愿掉河里。”

岳振业“呵呵”一笑，冲姬雪灵做了个鬼脸儿，道：“你要这么说，俺比俺爹有福气。爹差点儿淹死才捞了个媳妇，俺随手就能捡个媳妇，长得还这么好看！”

“谁说让你捡到啦？”姬雪灵说着，脸腾地红了。

七

出来七八天，走了几百里地，岳振业才把亲戚家走了一遍。就像过年走亲戚一样，他以泊镇为中心，在一百里范围内几乎转了一圈儿，才将自己要结婚的事告诉给所有的姨娘姑舅。

小时候去亲戚家拜年，对他来说是件很高兴的事。他盼着过年，盼着给娘姨姑舅拜年，不但有好吃的，还能拿到“年钱儿”。长大后，才觉出走亲戚拜年其实是一件很辛苦的事，因为，不管忙闲，他都要把所有的亲戚都走到。

他想把结婚的事只通知泊镇的几门亲戚，住得远的亲戚就不告诉了。大老远的，人家不来不合适，来了又受累又花钱，条件好的不在乎，条件不行的还要硬撑着与别人掏一样的喜礼。母亲说，亲戚没有住得远近，只有走得远近。亲戚在走，长年不走，多近的亲戚也疏远了。谁都有几门子穷亲戚，不能怕让人家花钱，就不说给了。往往是越穷的亲戚，越怕被别人瞧不起，越爱怪礼。你不说给人家，他得了便宜还卖乖，说你眼里没他，最后落个“便宜怪”，好像是咱不懂事，咱不近人情似的。

现在，他终于走完了亲戚，心里顿时轻松下来。走在运河大堤上，他像个孩子似的，一会儿用土坷垃去投树上的小鸟；一会儿用脚踹树，让知了惊叫着飞起来；一会儿去追赶跑到河堤上来的野兔。后来，他干脆冲着河水呼喊起来：“我要娶媳妇啦！”他连着嚷了几遍，吓得水草里的青蛙“呱呱”叫着跳进深水里。

“恭喜，恭喜呀！”一只装满货物的大船从运河的拐弯儿处驶出来，船头站着一个身穿灰色长衫的年轻人。他开朗地笑着说：“成家立业，男儿本色！可喜可贺！”

不知是由于自己心里高兴，还是那个年轻人生得不让人讨厌，岳振业十分欢喜地对他喊：“你要是能跳到岸上来，我请你喝喜酒。”

“我怕是没时间喝你的喜酒。我们要赶到泊镇去。”年轻人笑着回答，表现出一副诚恳的样子。

“我就是泊镇的呀！”岳振业按捺不住心里的激动，大声说。

“是吗？”年轻人从船上找了一根长杆，将长衫挽在腰间，借力跳上岸来，接着问道，“你这是要回泊镇吗？”

岳振业与年轻人互通了姓名，得知他叫萧志川，是天津静海人，这次是押运机器设备去永华火柴厂的。船上满满装着的是火柴排梗机、卸梗机。

“巧了！”岳振业笑道，“我就是永华的。”

“那还愣着干吗？上船，跟我们一起走吧！”萧志川拍了一下岳振业的肩，说，“给你杆子，你先上船，到上面再把杆子扔给我。”

岳振业看了看船与岸的距离，很有把握地说：“不用，你先上，我随后就到。”

萧志川将信将疑地回到船上，冲着岸上说：“你要是能上船，我拜你为大哥，再给你送个大红包。”

“就这么办了！”岳振业说完，沿着河岸紧跑几步，用脚一蹬河边的柳树，便像一匹跨越溪涧的骏马，飞落船头。萧志川跑过来，一把抱住岳振业，惊喜地说：“这辈子，咱俩就是生死弟兄啦！”

八

姬雪灵正在从陪嫁的樟木箱子里往外收拾东西，岳振业从后面轻轻搂住了她。他感到姬雪灵的身子“簌簌”地抖动着，像只受惊的鸟儿。衣裳、绸缎被一件件地拿出来时，他看到有两根金条放在一只新鞋里，禁不住笑着说：“还带金子来了，怕我饿着你呀！”

“可能是俺娘放的。”姬雪灵说着，接着拿出几种东西后，一个白瓷的物件从箱子底儿露了出来。她拿起来一看，手像是被烫了一下，那物件儿又掉进箱子里，发出“咚”的一声闷响。这是一个脱得精光的男人压着没穿衣服的女人的瓷器，男女的身体白得刺眼。

那个瓷器只有小孩儿手掌一般大，岳振业伸手去拿时，被姬雪灵猛地摁住了。他真切地感到她的心跳得越来越厉害，身子像是站不住了，紧紧地贴在自己的身上。他觉得自己的心也跳得很快，说话时声音开始发抖：“这是一个男的欺负女的！”

“你可不能这样欺负俺！”姬雪灵小声说，身子像是要虚脱了一样，一点儿一点儿地顺着岳振业的前胸往下滑。

岳振业一弯腰将姬雪灵抱起来，看着她绯红的小脸，充满爱怜地说："我不欺负你！我抱着你，捧着你！"

姬雪灵的身体抖得越来越厉害，像是知道一场要命的灾难就要发生一样。她想，岳振业如此高大强壮的身子，如果跟那个瓷器所示的一样压在她身上，自己还不被压扁？但是，母亲在箱子里放了这个东西，就是要告诉她，被丈夫压在身上，是一个女人必须过的一关。

岳振业将姬雪灵放在婚床上，然后很快地脱去了自己的衣服。姬雪灵一眼看到，丈夫那赤条条的肉体，比自己想像的还要健硕，不由得在心底近乎绝望地叫了一声"完了"，便闭上了眼睛。当岳振业给她一颗一颗地解开纽襻，她似乎已经不会挣扎，像一条呼吸急促却只能任人宰割的鱼。她任这个男人脱光自己身上的衣服，任男人的双眼贪婪地看着她像白瓷一样雪白的胴体……

该发生的都发生了。可是，当岳振业像山一样压向自己身下的"土地"时，那地忽然崩塌了。山陷了下去，被土地紧紧包裹起来，无论如何也动弹不得。他慌了，从来没有过的慌乱。他越慌乱，自己陷得就越深，像处在泥潭里一样，似乎能把整个人慢慢吞进去。

"俺是不是要死了？"姬雪灵轻声抽泣起来。

听到姬雪灵的哭声，岳振业似乎冷静下来了。他是个男人，不能让自己心爱的女人这样痛苦，也不能让她娇小的身子受这么大的委屈。他抱紧姬雪灵在床上一滚，将她放在自己的胸膛上，就这样过了一阵儿。

"我给你说一段顺口溜吧。"岳振业也不管姬雪灵听不听，就轻声哼起来，"小巴狗，上南山，提大米，捞干饭。爹吃了，赶集去；娘吃了，铺席去；爷爷吃了抱娃娃，奶奶吃了纺棉花，小孩儿吃了打尜尜。"

岳振业说完一段，发现姬雪灵已慢慢平静下来，不再哭泣。于是，他腾出一只手，拭去她脸上的泪水，接着说："我还有呢：小板凳，四条腿，我给奶奶嗑瓜子；奶奶嫌我脏，我给奶奶做面汤；奶奶说我没搁油，我给奶奶磕仨头。"

"这都是谁教你的？"姬雪灵终于说话了。

"姥姥教的。我小时候经常住姥姥家。"岳振业听到姬雪灵问他，急忙回答。虽然她的声音还有些抖，她压住自己的身体却安静了下来。他心里似乎有了底气，于是对姬雪灵说：“你也给我说一段儿。”

“俺不说！”姬雪灵的话竟然有了撒娇的语调。

“我看你是不会说。”岳振业故意逗着姬雪灵，说，“小时候准是没人教你！要么，你就是全忘了。”

姬雪灵将贴着岳振业胸膛的脸抬起来，娇嗔地说：“谁说俺忘了？你听着：月亮奶奶，好吃韭菜；韭菜齁辣，好吃黄瓜；黄瓜有种，好吃油饼；油饼喷香，好喝面汤；面汤稀烂，好吃鸡蛋；鸡蛋腥气，好吃公鸡；公鸡有毛，好吃蟠桃；蟠桃有核，好吃牛犊；牛犊跑得快，搬个桌子摆下菜。……”

岳振业察觉到，在姬雪灵说话时，他们就已经自由了。姬雪灵不说，也不从他身上离开，他也乐得如此。他又嗅到姬雪灵那肉体的馨香，又感觉到她胸脯的丰满柔滑。他心里泛起那甜美的滋味，全身都无限快活起来。古人说，春宵一刻值千金，这妙不可言的滋味，还真是千金难买！他一面抱紧姬雪灵，一面说：“你这数儿数得挺好！下面听我的：从前有座山，山里有个洞，洞里有个锅，锅里有个盆儿，盆儿里有个碟儿，碟儿里有个碗儿，碗儿里有个勺儿，勺儿里有个豆儿。我吃了，你馋了，我的故事讲完了。”

“不行！俺还没说话呢，你就讲完了。再罚你说一段。”姬雪灵扭动着身体，做出娇憨之态。此时此刻，她觉得在岳振业的怀抱中挣扎一下，有一种说不出的美好。她明显地感觉到了自己的幸福，感觉自己嫁了个好男人。从岳振业遇到大事如此镇静，不惊慌失措的性格上，她认定自己嫁了个可以依靠的人，可以托付终身的人。精神的愉悦和肉体的快乐，让她感到尤其幸福。

“好吧，就听你的！”岳振业说，“我再说一段儿：凡是人，皆须爱；天同覆，地同载。行高者，名自高；人所重，非貌高。才大者，望自大；人所服，非言大……”

“这些，俺也会说。人之初，性本善；性相近，习相远。苟不教，性乃迁……”姬雪灵打断岳振业的《弟子规》，自己一边开心地笑，一边背起了《三字经》。

天刚蒙蒙亮，岳振业和姬雪灵就醒了。两个人睁开眼你看看我，我看看你，岳振业“扑哧”一声先乐了。姬雪灵扭过头去，抿着嘴笑。岳振业用手去扳她的头，姬雪灵又是娇嗔又是羞赧地说：“去！”

第三章　把头的故事

一

慕容巧莹见夏茵和覃琴站在招工启事前不走了，便独自走进前面的人群。夏茵陪着覃琴看完了启事，又接着看一旁的“泊镇永华火柴股份有限公司董事会名单”：

经股东大会选举通过，公司董事会成员如下：
姬华民　钱开福　李明隆　马福谦　白崇友　王凤迎
岳振业　彭兴德　阎信玉　韩宗振　彭宝元　萧志川
臧德红
董事长：姬华民
副董事长：钱开福　李明隆
董事：马福谦　白崇友　王凤迎　彭兴德　韩宗振
监察：岳振业　阎信玉　萧志川　彭宝元　臧德红

“看到你彭哥的名字了吗？”一个三十岁左右的男人走过来，手指着“彭宝元”三个字说。

夏茵和覃琴互相看了一眼，然后摇了摇头。

“在这儿还有不认识咱的，稀罕！”彭宝元做出一副很吃惊的样子，说，“你们是不是想到厂里来上班？找你彭哥呀！在泊镇一提‘元大头’，谁不知道？我一跺脚，不说泊镇颤三颤吧，人们十天半月的也睡不了安稳觉。”

“你跺跺脚我看看。”慕容巧莹站在彭宝元身后，抱着胳膊哂笑着说，

“你还元大头？！先把你脑袋上的长毛剃了，才看出你是不是元大头。”

“怎么你也来这儿了？不会是也要进厂吧？”彭宝元摸了一把头上蓬松的长发说。他那头发像长年不洗似的，四下里生长着，弄得整个脑袋像个爹着棘刺的豪猪。

“姑奶奶来当工人？你就是八抬大轿来请我，我也不来。”慕容巧莹无所顾忌地说。

彭宝元撂下脸来，问：“你这孩子怎么说话呢？我跟你爹论哥们儿，你怎么就成了姑奶奶？怪不得都叫你‘疯丫头’！”

“我呸！”慕容巧莹冲彭宝元瞪了瞪眼，拉起夏茵就要走。

夏茵拽住慕容巧莹，很不舍地说：“他真管着这儿招人。那管事儿的上面有他的名字。”

慕容巧莹看看夏茵，又看看覃琴，见她俩似乎都有去求彭宝元的意思。她看了看报名处拥挤的人群，回过头来瞧着彭宝元。

“你看，这是不是我的名儿？”彭宝元指着董事会名单，十分得意地说。

“它认得我，我不认识它。你就说，这进厂做工的事，你是真办了，还是假办了？”慕容巧莹将信将疑地问。

“我要办不成，下次见着你，就喊你姑奶奶。”彭宝元见几个女孩儿终于找他帮忙，心里高兴，脸上也露出喜色。他眯着一对儿小眼睛，瞄了一下夏茵，说：“你们把姓名、年龄和住址告诉我，就等着来上班吧。”

二

镇长和副县长分别宣读贺词后，上前拉住红绸的一角，缓缓将写着“泊镇永华火柴股份有限公司”的牌子揭开了。顿时，宽敞的工厂门口鞭炮震天响起，腾起的烟雾笼罩了人们头顶的天空。烟气缭绕中，会看到许多笑脸，如仙山云雾中的神佛一般忽隐忽现。不管是笑着还是瞧着，每个人的心头都或兴奋或激动。这是泊镇第一家规模较大的生产“洋货”的企业，也是县里第一家。镇长和副县长可能不会想到，他们揭开的，是一个百年火柴厂的辉煌历史。

姬华民可能也没想到，他一手建成的火柴厂会走得那么远。像百岁老人泥泞坎坷的一生一样，有懵懂的童年，有血气方刚的青年，也有成熟稳健的中年。它走过百年雨雪寒暑，穿过战火和动荡，在三万多天里，温暖了亿万人的日子，引动了几代人的悲欢。姬华民只知道，为了厂子土建工程、砖木工程，为了买机器、购原料，他费了自己做盐业生意十几年都没费到的精力，吃了几十年都没吃过的苦。一年来，他不停地奔波在河间、天津、北京之间，募集资金，走托关系，说好话，赔笑脸，办执照、办护照……

“怎么样，我是不是说话算数？我说了，只要你办下护照，我立马给你发营业执照。”镇长跟着姬华民朝生产车间走着，说，“实话讲，这回我还是真服了你，竟能打通北洋军政府的关系拿到护照！”

走在姬华民右侧的副县长扭过头来，不解地问：“办个厂子，要护照干吗？”

没等姬华民回答，镇长就接过去说：“有些生产火柴的原材料要从国外进，像美国、英国、日本，必须得有护照才行。”

整个厂子都运转起来了。走进卸梗车间，机器的轰鸣声使人们无法正常交谈了。看到姬华民他们进来，车间把头韩宗振立即跑了过来，笑容可掬地向镇长、副县长等领导介绍卸梗机的生产情况。

姬华民放慢了脚步，悄然留在了人们的身后。他望着车间里忙碌的工人和不停转动的机器设备，心里一热，忍了半天也没忍住那带着欢喜和屈辱的情绪，眼泪像火山喷发般涌了出来。

三

覃琴在厂子里找到岳振业时，已经跑得上气不接下气了。岳振业知道出了要紧的事，上去扶住她，心里着急，嘴上却说：“你喘匀了气儿再说话。”

当覃琴终于说出“元大头把夏茵带到家里去”时，岳振业就已经明白发生了什么事。彭宝元在厂里是出了名的“花大雷”，前几天，媳妇因为他“逛窑子”的事，一赌气回了娘家。这加空儿夏茵跟他去家里，这不是羊入虎口吗？！何况，彭宝元对夏茵垂涎已久。

岳振业一边朝彭宝元家跑一边想，自己悔不该不听王凤迎的话，把彭宝元弄到厂子来。他以为，彭宝元只是有好女色的毛病，想不到还很霸道，现在更是色胆包天、肆无忌惮，使得他那车间的女孩儿人人自危。看来，朋友不在一起共事，只是偶尔吃吃喝喝，看不出一个人的本性好坏。哪一天到一起了，问题就全出来了。岳振业现在是有苦难言，管又管不了，撵又撵不走。请神容易送神难，这尊神供上了，你突然不给他烧香上供了，他不找你事儿才怪！

彭宝元家的院门上着栓，隔着门就隐约听到夏茵的叫喊声。岳振业心里一急，翻墙跳了过去。一条大狗四脚着地地立在面前，看着他愣了一下，倏地往他身上蹿来。他顾不得搭理平时很喜欢的这只狼狗，径直闯进屋里。

彭宝元已经脱光了，正撕扯着夏茵的衣服。听到岳振业的呵斥，他“嗖”地蹦到一旁，惊问：“振业！你怎么来了？”

“我再不来，你就惹大祸了！”岳振业说着，发现夏茵胸前的衣服已经被撕开了，一个乳房像只雪白的兔子一样跳了出来。他心里为夏茵的糊涂而气恼，不知她为什么会轻易地跟一个男人到家里来，而且是一个名声不好的男人。于是，他冲夏茵大声喊道：“还不走！”

夏茵一边抽泣，一边整理好自己的衣服。她走过彭宝元身边时，伸手就要打他，被岳振业一把抓住了。他用力向后一拉，将夏茵甩出门去。夏茵一路踉跄，“呜呜”地哭着跑远了。

“你他娘的！”彭宝元朝岳振业骂一句，一张胖脸上露出很痛苦的神情，抱怨道，“你真是饱汉子不知饿汉子饥，我都五六天没碰女人了，你想憋死我呀？！”

岳振业没好气儿地说：“院儿里不是还有条老母狗吗？你去找它解决吧！你今儿这么干，跟畜生有吗区别？你做事是一点儿也不顾后果呀！今儿你要把人家女孩儿给糟蹋了，你还怎么当把头？谁还让自家的女孩儿在你手下干活儿？到时候，我不管你，董事会也不愿意，股东们还不找上门来？！”

“我今儿把夏茵弄了，明儿就娶她进门。”彭宝元梗着脖子，三百个不服、八百个不在乎地说，“我家那位不是回娘家吗？我让她永远也回不来！”

“做你的春秋大梦吧！”岳振业说完，挥手撩开门帘走了出去。

四

韩宗振看到一个女工猫腰拿东西，屁股正对着他。看着她浑圆的屁股，他心里一痒，上去就摸了一把。女工大喊了一声，回头发现是韩宗振，红着脸不再吱声。一旁的覃琴气不过，叱责道："你怎么这么流氓？你想成为第二个'元大头'吗？"

"就是，你调戏一个孩子干吗？"一个中年妇女站在十米以外的卸梗机前，嘶哑着嗓子说，"你小子有种，冲老娘来！"

韩宗振露出一脸奸笑，暧昧地说："你快饶了我吧！你那大屁股要是坐我身上，还不把我压瘪了。我怕是有命来没命活！"

"你小子早死早托生，俺看你早就该回炉重做了。"中年妇女说完，哈哈大笑起来。

韩宗振说不过那个妇女，回头对覃琴说："你还管闲事！你的事我还没找你算账呢！你早上是不是来晚了？"

"谁说俺来晚了？"覃琴嘴上问着，心里已清楚韩宗振要陷害她。

"我说你来晚了，你就是来晚了！"韩宗振瞪着骨碌碌转的眼睛，问，"你是认罚钱还是罚站？认罚站的话，自己去那边儿站着，这会儿太阳正好！"

韩宗振手指的是太阳正晒着的北墙根儿，那是卸梗车间夏天惩罚工人迟到、早退、偷懒的地方。冬天，韩宗振就让被罚的工人站在南墙根儿，甚至让他们跪在结冰的尿桶上。

覃琴撂下手里的活儿，气呼呼地去了太阳底下。

韩宗振心满意足地拢了拢自己油亮的头发，背起手在车间里转悠。来到郭文发的面前，他凶巴巴地说："我那眼镜你带来了吗？你要再不给我拿来，我就去找董事长，你这班儿就别想上了。"

"你那眼镜真的不是我拿的！"郭文发显出一副可怜的样子。他犹豫了一下，声音很小地说，"既然你没了眼镜，我在街上买了一个，你看看合适不合适？"

韩宗振从郭文发手里一把抓过眼镜，架在鼻梁上，摇着脑袋前后左右地看了看，板着一张猴子般瘦削的脸，说："还说不是你拿的，这不就是我那副吗？！"

"天地良心！这副眼镜真是我从街上买来的。"郭文发说着，心里委屈得想哭。他想，万不该不听孩子他娘的话，为了息事宁人，去买了一副和韩宗振那个差不多的眼镜。现在可好，越描越黑，这回是跳进黄河也洗不清了。

"这次我放你一马，再有下回，我把你手剁下来，挂在车间里示众！"韩宗振扔下一句话，忽然看到孙四阿从外面跑进车间，急忙扑过去，拦住她问："你干吗去了？"

"俺去喝了口水。"孙四阿毕竟是个十二三岁的孩子，没意识到自己出去喝水有什么不对，就实话实说道。

韩宗振不依不饶地问："谁让你去的？你跟我说了吗？"

孙四阿不知轻重地回答："去喝碗水还得跟你说吗？是不是拉屎尿尿都要告诉你？"

"我让你嘴硬！"韩宗振甩手就是一巴掌，打得孙四阿在原地转了一圈儿，"啪"地倒在地上。他上去又踢了两脚，然后拽着孙四阿的胳膊，一直将她拖到北墙根儿，扔在覃琴旁边，说："又一个不知死活的东西。"

韩宗振刚要转身回车间，一抬头看到覃琴满脸汗水的样子，"嘿嘿"一笑，说："你说你这脑袋是不是进水了，这么爱管闲事？元大头也是你说的吗？那是我过命的哥们儿！我看你出出汗好，一出汗脑袋里的水就全出来了，以后就学乖啦！"

此时，天上没有一丝云，天空出奇地蓝。刺眼的白日头处在天的中央，霸持着整个天穹，骄横强势，非常恣意地把滚烫的光泼洒下来。韩宗振觉得太阳底下是训诫工人的好地方，便让车间的工人停下手里的活儿，走出来站在覃琴后面，听他扯着嗓子讲话："你们站着的这个地方，已经有很多人不陌生了，但，还是有人胆大妄为，目无领导！把我说的话当放屁！从今以后，再有迟到、早退，偷懒耍滑的，别让我说，自己乖乖地到这儿来站着。你要是不来，让我逮住了，就让你跪在日头底下，吗时候最热，我吗时候让你来跪着。哪个要是不听招呼，你就给我滚蛋！三条腿的蛤蟆不好找，两条腿的人有的是！还有，以后要是再有哪个的手不干不净，拿车间的东西，偷别人的钱财，我绝饶不了你！你不是三只手吗，我非给你剁下一只来……”

人们的目光投向郭文发，只见他紧低着头，脸涨得通红。

五

泊镇的傍晚最热闹。下班的人流里，夹杂着送水的、赶车的、做小买卖的。那人声、马声、驴声、牛声、狗声，好似被中午的阳光晒蔫了，让灰黑的夜色一染，就像沾了雨露，一下子茁壮起来。做小生意的人，在家里磨了一天的豆腐，炖了一天的烧肉，煮了一天的杂碎，熬了一天的麻糖，都在太阳落山后出来了，大街小巷里满是锣声、鼓声、梆子声、吆喝声。在这里，一种声音对应着的是一种买卖，敲铜锣的是卖小磨香油的，敲木梆子的是卖水豆腐的，打小鼓的是收旧货的……人们坐在家里，就能听出是卖什么的过来了。

大十字街是泊镇最热闹的地方，饭馆、当铺、糕点铺大都在这一段街上。萧志川安排的饭馆就在鼓楼底下，这也是岳振业的意思。岳振业几乎每次都这样，尽量把吃饭的地方安排在钟鼓楼附近，酒后剩下菜，便给鼓楼上的老者送去；剩不下菜，他也会再点一道菜送到鼓楼上，作为鼓楼老者在长夜里的佐酒菜。

萧志川将从酒坊买来的两坛好酒放在桌上，等了一会儿，见没有人来，便想到街上去走走。他想，有酒坛子在桌上放着，来的人就知道他已经到了，不至于失礼。他对泊镇的街道还不是很熟悉，这个大十字街，也只是白天来过一次，黄昏的热闹景象让他感到特别新奇。等他转回来，马福谦已经到了。马福谦是火柴厂股东，在这一带有些声望。“失礼了！”萧志川习惯地对马福谦拱了拱手。

“我说怎么有酒没人呢！”马福谦笑道，“你再不回来，我自己喝下半斤酒去就走人了。酒是我喜欢的酒，菜是我喜欢的菜。”

“这盘菜是掌柜添的，新推出的菜，让客人们先尝尝。每张桌儿都有。”在一旁斟水的小跑堂插言道。

马福谦像是要让饭馆掌柜的听到他的话，大声喊：“今儿杨大掌柜的大方起来了，添这么好的菜。我看有这盘儿就行了，咱不点菜了，吃了喝了走人，让兔崽子们来了喝西北风。都这个时候了，谁让他们还不冒上来！”

话音刚落，韩宗振就进屋了。马福谦一见，哈哈一笑，说：“这位不像是从水里冒上来的，像从地狱的门缝儿里挤出来的，你看，瘦得跟个小鬼似的。”

韩宗振似乎没听懂马福谦的话，他嘿嘿一笑，问：“还没点菜呢？”

“你不来，俺们哪敢点哪！”马福谦继续拿韩宗振开着玩笑，说，“俗话说，阎王好见小鬼难缠。——志川，你去点菜吧，看着点就行，荤素搭配。”

萧志川一回身，正与彭宝元撞了个满怀。

“马哥！你瞧，这位才像刚从水里冒上来的，脸上还挂着水珠儿呢！”韩宗振说着彭宝元，却讨好地瞅着马福谦，最后又补充了一句，“一提元哥，人们就想到河坡上趴着的那些大圆家伙。”

“去你姨那个 × 的！”彭宝元擦了擦脸上的汗，朝韩宗振骂了一句，然后说，“我还以为你们喝上了呢！等我呢？”

马福谦看着彭宝元在自己身边坐下，抬手搭在他的肩膀上问：“今儿怎么来晚了？这不是你‘元大头’的风格呀，喝酒、找窑姐儿，你向来都是跑在前面的。”

“唉！别提了！”彭宝元叹一口气，举起糊着膏药的左手说，“刚来时，挨了一黑砖。亏了我反应快，用手挡了一下，这要是砸脑袋上，今儿就来不了啦。到了药铺，大夫说，我这骨头都快断了！”

“你是不是又去勾搭人家小媳妇了？”马福谦半是玩笑半是认真地说，“你去找窑姐儿也就算了，千万别去勾搭人家媳妇。这年月，谁找个媳妇也不容易，尤其是日子过得不行的。闹不好，人家要找你拼命的。老话不是说吗，奸出人命赌生盗。”

“我想，元哥这回挨打，不是因为这事，十有八九是厂里的工人干的。”韩宗振略一思量，说，“我上回出去喝酒，也挨了一回黑砖。仗着我没十分醉，身子一闪就躲开了。第二天我去看了看，见那块砖砸在了墙上，碎了一地。我都有点儿后怕，这他奶奶的要是砸上我，不要了我的命，也得让我趴了炕。”

“看来，长个猴样儿有好处，跳得快。”彭宝元嘻嘻笑着说。

韩宗振没理会彭宝元的话，接着说："现在的工人不好管，管严了，他报复你；不管，他真不给你出活儿，能歇着就歇着，能磨蹭就磨蹭。"

彭宝元猥琐地一笑，说："工人不听话好说，你弄他们。我见你买的又是锁阳又是肉苁蓉的，吃了不能白吃呀！你把他们都弄舒服了，不怕他们不听你的话！"

"你以为我像你呀！逮到嘴里就是肉！"韩宗振看着彭宝元那一张胖脸上很小的眼睛，讥嘲道，"兔子不吃窝边草，吃了会遭报应的。"

"吗报应不报应，牡丹花下死，做鬼也风流！"彭宝元的眼睛亮起来，说，"就说那个覃琴，要真吃到嘴里，死了也值啦。她本来是我给办进厂的，却跑到你们卸梗车间去了。我想吃也吃不到了！"

"你找了个那么傻的媳妇，还总想着到外面吃嫩草？不当王八就不错啦！"韩宗振讲完，话题一转说，"我前几天做了一个梦，梦到在河岸上扔着个大元宝，我猫腰去捡时，它动了，直接就爬进河里。我一看，它哪是元宝，闹半天是宝元。"

"你小子跟我整这个？"彭宝元用眼瞄了一下马福谦，回过头冲着韩宗振说，"你听我讲。一天我走到钟楼时，听到上面钟响。不该响时它响了，肯定是出了事。我上去一看，是两条狗在大钟底下配上了。狗一动，钟就震得响。好嘛，原来是狗 × 的钟震！我下来走老远了，那狗 × 的还钟震（韩宗振）。"

"打住，打住！"马福谦见韩宗振撂了脸，被彭宝元的话气得眼露凶光，忙分开双臂，像是要用手去按左右的两个人，怕他们跳起来大打出手似的。马福谦从心里看不起这种人，一句不和就翻脸，只能沾光不能吃亏。可是，人活在世上，什么人都能碰上，什么人也得接触，有权有势的，有钱有人的，穷困潦倒的，软弱无能的，三教九流，甚至地痞流氓。就像一棵处在荆棘中的树，你无法选择周围的环境，你无法阻碍杂草灌木的生长，只能让自己长成一棵尽可能高大的树。常言道，两座山碰不到一起，两个人总会碰到一块儿。尤其在泊镇这种小地方，他可以看不起一些人，但必须去交往。总有人请他帮忙，总有人求他平事、了事，在与社会上各种各类的人打交道中，他蹚开了自己的路子，有了自己的威信。

"振业！就等你了。"彭宝元一见岳振业进屋，便欣然地喊起来。当他发现覃琴竟然跟在岳振业身后，一时愣住了。他不知道这是怎么回事，也捉摸不透要发生什么事。岳振业明明说，是萧志川想请几个把头吃顿饭，怎么覃琴也来了。

覃琴一眼看到彭宝元和韩宗振，顿时冷了脸，瞅着岳振业说："表哥！俺还有事，俺走了！"

岳振业心里也糊涂了。本来，他认为韩宗振是管覃琴的把头，她进厂又是彭宝元给办的，今天正好和他们一起吃个饭。他不知道覃琴怎么就临时变了主意。

"表妹要有事，我去送一送。"萧志川向岳振业打了声招呼，就追着覃琴出去了。

彭宝元看到覃琴和萧志川都走了，很费解地向岳振业问道："她真是你表妹？"

"是啊！"岳振业挨着彭宝元坐下，说，"她是我老姨家的亲表妹。她家条件差点儿，这些年都不愿跟俺们走得太近。我这个表妹的脾气随我老姨，有吗事也不来找我。听说，她进厂还是你给办的？"

"应该应该！"彭宝元客气一句，接着说，"你这表妹长得真好看！让人……"

"你可不要打她的主意！"岳振业瞪了彭宝元一眼，亦庄亦谐地说，"你要敢动她，我把你大脑袋、小脑袋都揪下来喂狗。"

"你借我个胆子，我也不敢哪！"彭宝元急忙回答。

韩宗振有点儿幸灾乐祸，在一旁煽风点火地说："他这货可没吗准头儿。我看最保险的，还是让她赶紧嫁人。"

马福谦也说了话："志川这个人不错，挺稳当的，我看他们俩就挺合适。我愿当这个媒人。"

"我也有这个想法，还得看他们俩有没有这个缘分。如果他们能走到一起，我就来请你这个大红媒。"岳振业说着，见桌上已经摆了三个菜，酒也斟满了，就端起杯来，说道，"志川早就想请几位一聚，今儿终于如愿。按理，我是来陪酒的，应该先到，抱歉了。他去送覃琴了，咱不等了。我先陪各位喝三杯酒。"

六

“你表哥这是怎么一回事？”夏茵追着覃琴，不依不饶地说，“人家吗也让他看到了，他现在见了俺就像没事人儿似的！”

“你还想怎么着？你是想再露一回让他看吗？”覃琴说完，自己忍不住“扑哧”一声笑了。

夏茵打了覃琴胳膊一下，假装生气地说：“你别跟俺装糊涂！俺心里怎么想的，你比谁都清楚。”

覃琴当然知道夏茵的心思。还在岳振业从彭宝元家救夏茵之前，她就知道夏茵喜欢上了表哥。所以，当彭宝元将夏茵骗到家去时，她第一个就想到让表哥去帮她，也不枉夏茵喜欢他一场。谁知道，自那天以后，夏茵更加鬼迷心窍，竟然想到要给表哥做小。表哥一表人才，又有浑身的本领，还有侠义心肠，哪个女孩儿不喜欢，她也喜欢，可喜欢归喜欢，不能有非分之想。如果表哥也像其他人一样，有了钱就想找女人，娶小老婆，他就再也不值得让好女孩儿喜欢了。何况，表哥心里如果有了别的女人，董事长就会看轻了他，表嫂对他的爱也就减了几分，甚至把心伤透，像一朵没有阳光雨露的鲜花，很快就枯萎凋零。许多男人有了原配又找姨太太，以为身边有了两个女人，一个女人对他有十分爱，他就有了二十分的爱。殊不知，这时的原配对他也就剩了三分真爱，而二房，对他有一二分真爱就算不错了。

“这事俺真帮不上忙！你跟俺说也没用。”覃琴犹豫了一下，忽然觉得该把话跟夏茵说清楚了，劝道，“你想啊，俺表哥救了你，然后再娶了你，不跟从朋友手里抢媳妇一样吗？”

“照你这意思，俺这辈子活该找不到好男人了呗！”夏茵伤心地说着，像是失望到了极点。

“谁说你找不到好男人了？”覃琴看着夏茵忧郁的眼睛，说，“咱别说全天下，就泊镇这几万人，好男人也不止俺表哥一个。”

夏茵长叹了一口气，言道：“你还别说，在俺眼里，还就你表哥一个好男人。你瞅瞅咱周围的这些男人，不是高了就是矮了，不是胖了就是瘦了，怎么看怎么不顺眼。有那不高不矮、不胖不瘦的，外表看着像个男人，做事磨磨叽叽的，还不如一个女人。再有就是像彭宝元、韩宗振这样的，头顶长疮、脚底流脓，坏透了的。”

“没想到，你对男人倒挺留心的！”覃琴心里并不认可夏茵的话，脸上却笑着说，“你要想找俺表哥，办法也不是没有。你可以去找彭宝元，要是他让表哥娶你，表哥心结一解，这事就顺了。”

夏茵停下脚步，拉着覃琴的手心有余悸地说：“你说这话可够损的！让俺再去找彭宝元，他还不吃了俺哪！你是没经历，他那天就跟饿狼见了肥肉似的，简直是疯了，吓死人啦！”

“那，俺就真没办法了。”覃琴甩开夏茵的手，无奈地说。

“你刚才一说，还真提醒俺了。”夏茵像是捡到了一个金镏子，高兴地说，“俺去找你表嫂，她要是同意了，这事就八九不离十。”

“亏你想得出来！”覃琴看着夏茵，像是突然不认识她一样。她想，女人一旦喜欢上了男人，是不是就变傻了？夏茵这么精明的一个女孩儿，自从看上了表哥，就变得痴痴癫癫的，满脑子想的都是表哥，像是什么事也看不明白了。

夏茵重新抓住覃琴的手，说：“走，跟俺去找你表嫂。”

覃琴很坚决地说：“要去你去，俺可不陪你去挨骂。”

“你不去俺自己去，俺又不是不认识大门。”夏茵说完，赌气似的往前走。走了十几步，她回头看看，见覃琴正站在一个鞋铺前低头看鞋。她知道覃琴真不会跟她去了，心里也犹豫起来。以往，都是她陪覃琴去她表嫂家的，自己还没一个人去过。可是，她不去，又怎么知道覃琴的表嫂是什么想法呢？！现在的财主家虽说很少三妻四妾了，找房姨太太的还是不少。表嫂是个大家闺秀，看惯了一个男人有妻有妾，想必岳振业再纳一个也能容得了。——管她呢！自己不去尽力争取，天上永远都不会往下掉馅儿饼。

夏茵打着找覃琴的幌子，被姬雪灵迎进了屋。她正在看书，桌上反扣着一本《忠烈侠义传》。姬雪灵对夏茵说，书是岳振业买的，她拿出来随便翻翻，看着看着就放不下了。夏茵注意到，这里有很多书，厚的薄的，大的小的，一摞一摞地摆在柜子上。

“怪不得岳经理这么能干，这么有本事，原来是他看的书多，知道的多。”夏茵心里充满对岳振业的敬重和爱慕，眼里流露着柔情，嘴里说着自己想说且说出来别人又愿听的话。

“他没你说得这么好吧？！”姬雪灵虽然很认可夏茵的话，却不能不谦和地回答。

“恐怕比俺说得还好。现在，厂里的女孩子们都爱跟岳经理在一起。”夏茵借说他人，说着自己心里的渴望和妒忌，“厂里女孩子又多，岳经理走到哪儿，后面都跟着一溜儿女孩儿。尤其是覃琴和‘疯丫头’，走到哪儿跟到哪儿。”

夏茵的话说得姬雪灵心里酸溜溜的。姬雪灵还不清楚，夏茵为什么一上来就跟她说这样的话，也不明白夏茵说这话是为了她好，还是有什么目的。姬雪灵只有顺着夏茵的话茬儿说：“覃琴是表妹，走得近，在一起的时间多，也是应该的。‘疯丫头’俺知道，他们从小一起长大。振业并不稀罕她，要是稀罕她，就不会娶俺了。”

“覃琴跟俺说过，她早就喜欢表哥。要不是家里穷，高攀不上表哥，他们也就是夫妻了。”夏茵说着，见姬雪灵的脸色越来越不好看，知道她把自己的话当真了，就更加进一步地说，“现在不一样了，有了表嫂，她过门来当二房，就不那么看重穷富了。覃琴是表妹，亲上加亲，也是老辈儿就传下来的。她在周围女孩儿中算最好看的，又会打扮，时间一长，不怕岳经理不动心。现在，还只是她看上表哥，要是岳经理再喜欢她了，这事就板上钉钉了。到时候，人家是亲戚，你在这个家可就成了外人，你这个夫人也就不好当了。”

“要是真像你说的这样，俺拦也拦不住。”姬雪灵想，男追女隔重山，女追男隔层纱。覃琴要是真喜欢自己男人了，可能也就是一层窗户纸的事，一捅就破，她真没有办法将他们两个硬生生地分开。

夏茵好像看出了姬雪灵的心思，关切地说：“俺觉得，现在最好的办法，就是赶紧给岳经理纳妾。你看你这肚子都显怀了，俺不知道你现在能不能亲热，反正生了孩子，得有一段时间分居吧？那时候，外面的女孩子正好乘虚而入，不知娶来的是吗人。不如找个熟悉的，自己放心的人给岳经理做姨太太。你看过去许多夫人，把贴身丫鬟给丈夫纳了妾，就是为了好管。”

姬雪灵已经清楚了夏茵今天到家里来的意思。这之前，她对夏茵并没有不好的印象，现在看着她说话的神情和语气，突然心生厌恶。她觉得，夏茵在貌似关心她的时候，好似成了这里的半个主人。她努力让自己静下心来，沉思了一会儿，说：“找不找姨太太，找吗样儿的姨太太，还得听振业的，俺既拦不住，也做不了主。何况，俺在泊镇也认识不了几个女孩子，覃琴表妹不能找，俺就只认识‘疯丫头’了。”

“找‘疯丫头’也不是不行。”夏茵像是跟姬雪灵很贴心地说，“岳经理过去看不上‘疯丫头’，也许是觉得她那疯疯癫癫的样子，不适合做正房夫人，不一定就不能当姨太太。好歹，她还是个黄花大闺女；再说，长得又不算丑。不过，要把她娶过来，就凭她那脾气，这个家也就没有今儿这么安生了。她老爹是泊镇一霸，将这个独生女惯得无法无天，想干吗就干吗。依我看，还是别招惹她最好。”

听着夏茵的话，姬雪灵在心里暗自一笑。她对眼前这个伶牙俐齿的女孩子，又是厌又是怵。她不知道自己的男人怎么碰上这么个人，还救了她。这要让她缠上，他们就要有一段日子不得安宁了。本来她很想有个人来说说话儿的，此刻，却不愿意再找话题。她想让夏茵快点儿离开，便说：“那俺只能依靠妹子你了。你给留意着点儿，有合适的就告诉我，我再跟振业商量。”

夏茵真想直接告诉姬雪灵自己喜欢岳振业，一则毕竟她是个女孩子，二则又怕还没过门，就让姬雪灵看轻了自己，所以话到嘴边儿，却没有说出口。她忽然觉得，还是找个中间人最稳妥。

七

已是掌灯时分，岳振业还没有回来，姬雪灵就知道他又去应酬了。夏季天长，太阳到戌时才落山。公婆吃饭早，不管岳振业回来不回来，都是日落前吃晚饭。这可能是祖上传下来的习惯或规矩，他们节俭的日子过惯了，亮着天吃饭，省得晚了还要点灯熬油。吃了饭，姬雪灵便没了事做，便觉得黑夜尤其漫长。岳振业人在泊镇还好，不管回家早晚，毕竟能回来，他们还有在一起的快乐时刻，黑夜显得短，天也显得亮得早、亮得快。可岳振业是厂里销售经理，经常出门，有时十天半月也回不来。那样的夜晚，对于姬雪灵来说，尤其缓慢难熬。

今晚，岳振业在泊镇，天上还有圆圆的月亮。小时候，姬雪灵觉得月亮是一样的，无非就是有时圆有时不圆。长大了才知道同是圆月亮也有所不同，同是不圆的月亮却天差地远。嫁到泊镇后，她才认识到，其实每天的月亮都不一样，一天的月亮，在不同的时间去看也不一样。现在的月亮很圆，也很亮，亮得就像一块晶莹的白玉。若有若无的云飘到月亮上，如烟火一样缭绕一番，便消散在深邃的夜空。一缕云朵似围巾般被风从远处吹来，轻轻覆住月亮，等它滑过去后，月亮就像被拭去了浮尘，更加白亮了。

姬雪灵知道月亮上有两个人，一个叫吴刚，一个叫嫦娥。两个人都是成过亲的，都因夫妻之间出了问题，最后像犯人被流放一样到了那苦寒之地，远离了人间烟火，再没有了男女鱼水之欢。嫦娥的丈夫是那个射下九个太阳的男人，因他看上别人的媳妇，嫦娥一气之下吃了仙丹飞到天上。吴刚的妻子与皇孙相好，他杀了那个皇孙，老天爷便罚他到月亮上去砍树。多少年过去了，两个孤独的人，两个心死了的人，再也燃不起情爱之火。

嫦娥夫妻生活的年代，可能一个男人只能找一个女人，不然，她就不会因丈夫又喜欢上了别的女人，生那么大的气，姬雪灵想。

姬雪灵想，古时候，有人带着五百童男五百童女去日本，也是按一个男孩儿配一个女孩儿准备的。就连玉皇大帝，不也是只有一个王母娘娘吗？还有灶王爷和灶王奶奶，也是一男一女……

现在的男人，都想找两个或更多的女人吗？难道真像夏茵所言，必须给岳振业找一房姨太太，他才不会在外面乱搞，或者才不会带一个与她反目为仇的女人回来吗？想到岳振业会搂着别的女人，像搂着她一样说情话，姬雪灵的心就像刀割一样疼。她不了解那些让男人纳妾的女人是怎么想的，只知道自己接受不了丈夫怀里再有其他女人。如果那样，她宁可像嫦娥一样离开。

听到大门响，姬雪灵就知道是岳振业回来了。她脑子里那些乱七八糟的想法，一下子被心中的喜悦掩盖了。她悄悄地躲在屋门旁，等岳振业一进来，就从身后将他抱住了。她今天抱得很紧，像是怕失去自己的丈夫一样。

“我还以为你睡了呢！”岳振业说着，将双手握在姬雪灵细腻绵软的手上，轻声问，“你怎么不点灯？黑灯瞎火的，不怕磕着碰着？”

“俺加着小心呢！”姬雪灵将脸贴在岳振业的背上，温柔地说，“你看，这会儿的月亮很亮。”

姬雪灵去看月亮时，忽然发现那月光已经照进屋里，洒在地上，也洒在床上。她想，一会儿，她与丈夫躺在床上，就可以沐浴着月光看天上的月亮了。她感觉岳振业的衣服被汗水浸湿了，弄得自己的脸有点儿凉丝丝的。她开始用手给岳振业解衣裳扣子。

岳振业撒开握着姬雪灵的手，任她摸索着一个个地将扣子解开。他忽然想到新婚之夜，自己一个一个地解开姬雪灵衣服纽襻的情景，心头顿时有了将她压在身子底下的冲动。等姬雪灵将他的上衣脱下来，他才侧过身，看着她将衣服挂在床头，小声说：“我去洗洗。”

姬雪灵脱掉自己身上的衣服，爬上床等岳振业回来。岳振业进屋后没直接上床，而是从自己天天提着的粗布兜子里，拿出用草纸裹着的一包东西递给姬雪灵，说：“我给你带来的好东西。”

“哈，这么多！”姬雪灵打开纸包，借着月光，她看到了大大小小、各种图案的火柴盒。她像个见到糖块的孩子，高兴地叫起来。

姬雪灵想去点油灯，岳振业伸出一只手搂住她，说：“明儿早上再慢慢看吧。”

“那，俺就先数一数。”姬雪灵盘腿坐在床上，在月光下一边数一边看。数完了一遍，她又一个个地摆开。看到一个有美女图案的火柴盒时，她想到了夏茵，随口说：“夏茵到咱家来了。”

“跟覃琴来的？”岳振业看着姬雪灵摆弄火柴盒的手，心不在焉地问。看着姬雪灵高兴的样子，他心里也美滋滋的，有一种从未有过的成就感和幸福感。

“她自己一个人来的，跟俺说了半天话儿。”姬雪灵犹豫了一下，终于说道，“俺听得出来，她看上你了，想给你做姨太太。”

“胡闹！”岳振业一下子抬起头来，随口说。他不知道姬雪灵是想说夏茵的事，还是要试探他的心思。他很干脆地说：“我对她没这个想法。她如果再来，你就直接告诉她，让她别胡思乱想了。”

听了岳振业的话，姬雪灵将火柴盒放到枕头底下，抱着丈夫倒在床上。她用嘴贴着他的耳朵说：“俺也不喜欢这个人。俺说不上她哪儿不好，就是烦她。你要娶姨太太，还是找覃琴这样的。”

岳振业用手抚摸着姬雪灵的头发，发自内心地说：“我有你就心满意足了，就觉得这是上天对我的厚爱了。我再有别的想法，不但对不住你，也会遭天谴的！覃琴表妹，我想让她嫁给志川。”

姬雪灵被岳振业的话感动了，她觉得眼里有泪要流出来，急忙转移话题，关切地问：“你既然这么想了，还不快点儿撮合他们两个？时间拖久了，万一哪个找了别人，不是错过了这段姻缘吗？”

“不会的。”岳振业好像已经有了十足的把握，说，“我看出来了，他们相互都有了好感。我想让他俩再多接触接触，进一步了解了解，等他们都迫不及待地想明确关系了，我再一说，自然就水到渠成啦。如果他们真有一个找了别人，就证明他们不是互相爱着，你就是把他们绑到一起也没有用，时间一长，还会出问题。我觉得，易得者易失！轻易得来的感情，怕他们不珍惜。”

“那，你说俺是不是和你好得太快了，嫁得太早了？”姬雪灵问着，将身子蜷缩在岳振业的怀里，脸和耳朵紧挨着他的心口，似乎想快一点儿听到他心里的话。

岳振业依然摩挲着姬雪灵披散在身后的长发，深情地说：“我可没觉得咱俩好得太快，你再不嫁，我就要急疯了。看不到你的那些日子，我是真想啊，想让你快点儿嫁过来。真的，我感到自己是受了九九八十一难的精神折磨，才把你迎进门。我能娶到你，太难得了！难得你一百多里嫁过来，难得你不嫌弃我条件不如你！难得，你这么善良、温柔，还长得这么好看！”

“你今儿怎么总拣俺爱听的说？又送俺喜欢的东西！是不是有吗企图？”姬雪灵心里欢喜，嘴上诘问着。

“我能有吗企图？你这肚子又碰不得！”岳振业笑着说。

姬雪灵仰起头，却只能看到岳振业的下巴。她看着他突出的喉结，娇嗔地说：“看看，你这狐狸尾巴露出来了吧！俺知道你这么哄着俺，就是图谋不轨。怪不得夏茵说，女人怀孩子时，男人最爱到外头找女人了。她劝俺快点儿给你找个姨太太，免得你饥不择食，自己找了坏女人。”

“这个夏茵！一个小姑娘，怎么吗话儿都敢说呀！”岳振业有些讶然地问。他停了停，发自内心地说：“媳妇吃苦受罪地怀着孩子，男人却去寻欢作乐，本身就是坏了德行，做了没有良心的事！借此弄个姨太太到家里来，更不是丈夫所为。做人要反反正正，你一个男人在家弄正房二房，要是媳妇再弄家个男人来行吗？”

姬雪灵听了岳振业的话，忽然“咯咯”笑起来。笑过，她说：“从古到今，只有男的三妻四妾，哪有女的嫁给几个男人的？”

“谁说没有？在母系社会，女人就有多个男的。”岳振业说，“我知道的，唐朝的太平公主，宋朝的山阴公主，都养了很多男人。”

姬雪灵用手抚摸着岳振业的胸膛，很伤感地说：“别的男人养几个女的俺也没觉得多么不好，可要是自己的丈夫娶个姨太太，俺还真受不了。俺想了，要是你这样，俺就离开，永远也不回来。”

岳振业“呵呵”一笑，捧起姬雪灵的脸，说：“傻媳妇！你心里是不是别扭一天了？你从夏茵走了就担心，就别扭？要知道是这样，我今儿就不出去应酬了，早点儿回来陪你，免得你伤心这么久。”

姬雪灵听了岳振业的话，顿时感受到丈夫的体贴和关爱，心里一热，眼泪“扑簌簌”地流了出来。月光里，那泪滴是如此晶莹。

岳振业将姬雪灵抱在怀里，疼爱地问：“你怎么还哭了呢？”

姬雪灵也不说话，像个孩子似的依偎在岳振业的怀里，任泪水尽情地流着。她心里五味杂陈，自己也说不清那是伤心的泪水，还是喜悦的泪水，抑或是感动的泪水。

看到姬雪灵流泪，岳振业立时心乱了。他似乎感到是自己做错了什么，又是自责又是愧疚。成亲这么长时间了，他没让姬雪灵完全了解自己，没有让他听到过自己的心声。最近，他们之间交流得可能太少了，少到姬雪灵已经感受不到自己对她全部的爱，竟然为了一个外人说的话而难过和纠结。他想哄姬雪灵开心，就看着她泪光闪闪的眼睛，像认真又像玩笑地说：“不行了！这样搂着你，我还真受不了。”

“你要实在忍不了，就上来吧。”姬雪灵说着，躺到枕头上，用手解开了胸前粉红的兜肚。银色的月光，照在她雪白的乳房上，闪着诱人的光芒。

岳振业抓过身后的被单搭在姬雪灵身上。母亲说，女人怀孕三四个月是最容易流产的时候，如果第一胎流产了，以后再怀孩子就难了。一个女人，不能生养自己的孩子，是一辈子最大的痛苦。他无论如何也不能让姬雪灵受到这样的伤害，便说：“你能忍，我就能忍。现在这个时候，咱忍不了也得忍！”

“那，你可没有俺们女人能忍。”姬雪灵把手从岳振业身上拿开，说，“俺们村的刘婶儿，十几岁就没了丈夫，她守着一个孩子过了几十年。村里像她这样，没了丈夫也不改嫁的有好几个。而没了媳妇的那些男的们，几年甚至几个月就又娶进一个来。”

“男人分好男人和坏男人，丈夫也分小丈夫和大丈夫。”岳振业双手抱着头躺在枕头上，像是自我勉励地说，“小丈夫为了枕席之欢可以吗也不顾，像我这样的大丈夫，却能容常人所不能容，忍常人所不能忍。”

姬雪灵又“咯咯”地笑起来。岳振业也随着笑了。

八

听到人们议论火柴厂，岳振业身不由己地停了下来。

此时，街的拐角处被斜射的阳光照着，有几个人正晒着太阳闲聊：“……他一死，扔到门板上便抬了回来。家里人都老实，紧着就埋了。要是换了别人，你怎么抬回来的，就怎么抬回去。他既然死在你们厂子里，给不够钱就在那儿放着。最后，不怕他们不服软儿。”

“服软儿？你也不看看厂子那些当官的都是些吗人！虽然几个董事都是外地的，可董事长的姑爷是咱泊镇的。他那些盟兄弟，当股东的当股东，当把头的当把头。他们在咱街上可都是有一号的，谁敢惹？！闹不好，还得再死几口子。”

“也是，他就自认倒霉吧。谁让他叫蒋克四呢！蒋克四将克死，没把别人克死，自个儿先死了。”

“他就是累死的。你想，一天连轴转，干十三四个小时，铁打的人也熬不住。”

“怎么别人没事儿，就他死了？”

“你别着忙，就这么干下去，死人的事还在后头呢！就是死不了，也得脱层皮，最后落一身病。”

“听说董事长的姑爷人还不错，是鼓楼街搞印刷的老岳家的小子。老岳那人俺认识，挺老实忠厚的。他那小子俺没见过。”

“跟地痞无赖拜把子的人，还能好到哪儿去？无非就是一个唱红脸，一个唱白脸，哪有好玩意儿！”

岳振业身边儿的臧德红听不下去了，怒气冲冲地说：“哪来的混账东西？等我去揍那个狗 × 的！”

“不要动不动就用拳头说话！”岳振业一把抓住臧德红的胳膊，板着脸说，“在这儿听人家说话，本来就是咱不对。你别多事，免得都难堪。你这见火就着的毛病得改一改了，时间长了，会闯大祸的。”

岳振业想，谁人背后无人说，哪个人前不说人。说人议论人，都是有心没心的事，挡不了也管不住。好事有人说，坏事更有人说。从这一点上来看，坏事有可能会变成好事。

“公司不是给蒋克四家丧葬费了吗？”岳振业看着臧德红问。

臧德红犹豫了一下，说：“是给了，在韩宗振手里。他说，蒋克四家来要再给，不要就算啦。我估计，那钱早让他扔到烟馆了。”

岳振业心里“咯噔”一下，再一次意识到自己带给公司的问题来了。当初，担心建厂时社会上的流氓无赖过来捣乱，他便拉了一些在泊镇有名气的人来壮声威，如今却成了一个让人头疼的问题。中了岳父说的那句话，让这些人来处理眼前的小问题，会成为以后的大问题。彭宝元的好色，阎信玉的好赌，韩宗振的抽大烟，在他们进厂前还看不出是要命的问题，现在当了把头，这问题就显得越来越大了。

姬华民曾跟岳振业说，要好好体会《出师表》里的那句话：“亲贤臣，远小人，此先汉所以兴隆也；亲小人，远贤臣，此后汉所以倾颓也。”他说，治国跟治理公司一个道理。你喜欢哪种人，身边就聚哪种人；你用哪样的人，就会来哪样的人。你周边都是小人了，君子就离你越来越远。君子不会趋炎附势，你得俯下身子去请他。小人不一样，只要你有钱有势，他就哭着喊着来傍你。

真是物以类聚，人以群分。岳振业想，他用了彭宝元、韩宗振他们不要紧，要紧的是他们也会聚拢一些人，是和他们一样，和他们亲近的人。厂里这样的人多了，就一发不可收拾了。

回到厂子，岳振业便让人叫来了韩宗振。问起蒋克四丧葬费的事，韩宗振没有直接回答，而是转移话题，说："都说蒋克四是累死的，纯粹是胡吣！没病死不了人，死了，说明他本身就有病。怎么厂子几百号人，就他累死了？所以，我觉得给他的丧葬费太多了，等于承认他是为工厂生产累死的。善门难开，善门难闭！开了这个头，以后再有这种情况怎么办？到时候，你给少了，人家就会不依不饶了。现在厂子正兴旺，拿这些钱不当回事，以后厂子不行了呢？你现在虽然是副经理，可厂子一半是你老丈人的，也就是你的，你不能不想这些事儿。再说，我好歹也是股东，这钱也有我的一份。"

"丧葬费给多少，可以开理事会时提出来，在会上定一下，以后就按新的规定执行。"岳振业盯着韩宗振，加重语气问，"我现在问你，那钱是不是你领走了？"

韩宗振有点儿吞吞吐吐地说："是，钱是在我这儿。等理事会定了给多少钱，我立马给他家送去。"

岳振业瞅了韩宗振半晌，瞅得他心里有点儿发毛了。最后，岳振业干脆直截了当地问："那钱是不是让你抽大烟了？"

韩宗振"嘻嘻"一笑，回答："那钱我是动了一点儿。不过你放心，只要理事会定了丧葬费的数额，我一分不少地给蒋克四家送过去。这事不用你操心。我觉得，你该操心的是宝元，他总调戏那些女工，早晚给你惹大事！你还不知道，他早就盯上覃琴了，要不是她来了我的卸梗车间，要不是后来知道了她是你表妹，覃琴早毁在他手里了。"

"当初，是我安排表妹去卸梗车间的。"岳振业插了一句。

"还是你有先见之明！"韩宗振奉承了一句，接着说，"宝元现在一天比一天强势，吗事都敢做主。听说，前几天他差点儿连你也打了？！亏了你功夫好，换个别人，他那一巴掌过去，不打个半死，也得躺地下半天爬不起来。"

岳振业苦笑了一下，说："宝元是有点儿太过分了。他是我请进来的，现在是请神容易送神难哪！"

"你要是想让他离开咱永华公司，我有办法。"韩宗振将虚掩着的房门关上，一只胳膊搭在办公桌上，神秘兮兮地说，"他好哪口咱就给他来哪口，我让他永远从厂里消失，而且让他舒舒服服地离开。"

岳振业不知韩宗振如何去做，有些担心地说：“你可不要胡来。别惹毛了他，弄得不好收拾！”

“我还是那句话，这事不用你操心，也不用你担责，我一人做事一人当。”韩宗振站直了身子，左手捏着右手的手指，发出“咯吱咯吱”的声音。

九

天很黑，黑得让郭文发分不清这是人间还是地狱。天上一颗星星也看不到，像是天已经死了。河里有几点亮光，如鬼火般明明灭灭。

“再有下回，我把你手剁下来，挂在车间里示众！”韩宗振的话像一把刀子，在郭文发的心上来回蹭着。最让他受不了的，是媳妇无休止的抱怨，“俺不让你去买眼镜，你偏不听。这回好了，真成贼了！这以后，你让俺和孩子怎么出去见人？一个大男人，搞成这样，你还怎么有脸活着？你还不如死了算了，活着也是丢人现眼……”

是啊，他怎么就没听媳妇的话呢？！这些年，他一直听媳妇的话，就这一次没听，结果就错了。他不过是想息事宁人，最后却落了个里外不是人。这人世间，怎么还有如此黑白不分的事，怎么还有这么恶毒的人呢？！出来进去，他都觉得有无数双眼睛鄙视他，有无数声音嘲笑他，妻儿老小还怎么见人？！这些天，有人瞅他一眼，他就觉得那是嫌弃他的眼神；有人凑在一起说话，他就认为那是说他偷东西的事。他真恨不得找个地缝钻进去。他觉得自己正一天天地变得渺小，小得像条蛆虫，像粒老鼠屎。也许，他还真不如死了，免得脏了别人的脚。

看着黝黑的河水，郭文发终于大叫一声：“韩宗振，我 × 你娘！”

也许，在跳进水的那一刻，郭文发才觉得，自己活了几十年，这一声大喊，最像男人。

十

韩宗振进门时，发现彭宝元已经口鼻流血，死在那里了。一个女人光着屁股倒在床上，像是晕了过去。

“牡丹花下死，做鬼也风流，这可是你说的！”韩宗振自言自语道，“你现在是风流鬼了，可惜了我那些杜仲、锁阳、钟乳石啊！”

韩宗振走到那个女人跟前，伸出两个手指在她鼻孔上试了试，发现她果然还有气息，只是吓昏了。他退出房间，突然扯着嗓子大喊：“死人啦，死人啦！这屋的人都死了哇！”

悦春楼老鸨扭着个大屁股跑过来，一眼看到屋里赤裸地躺着两个人，惊得大呼：“俺的亲娘啊，这是怎么啦？”

闻声而来的人们围住了整间屋子。有人上前看了看彭宝元，见他已经浑身冰凉，只好丢下他，回头把那个女的弄醒了。

“这位大爷怎么就死了呢？”老鸨问慢慢清醒了的女人。

女人浑身哆嗦着，断断续续地说：“俺、俺也不知道。他一直要、一直要，后来、后来鼻子流血，嘴里流血，就、就不动了。”

“你别把他从身上推下来呀！”韩宗振像是很生气地在一旁大声说，唯恐别人听不到。他一手抓着老鸨的胳膊，问：“你不告诉她们呀？这种情况，千万不能推开客人，过一会儿他就能缓过来。这一推，就把他推到鬼门关里去了。”

老鸨六神无主地说：“说了，怎么不说。以前也有过这种事，那大爷就没事了。这个是新到的，还没来得及教，彭大爷就盯上了她，哪知她是个催命鬼！”

“现在怎么办吧？”韩宗振紧咬着不放，像是很悲伤地说，“俺朋友说没命就没命了，这不让人疼死嘛！全泊镇，还有比他身板再好的吗？要说是在女人身上累死，也没人相信！他跟我一块儿出来，却没能跟我一块儿回去，我怎么向他家人交代啊！”

“俺认头拿钱。”老鸨毕竟与社会上的各类人都打过交道，是个见过世面的人。听了韩宗振的话，她马上意识到这是个可以给钱了事的人。于是，她拉住韩宗振的手，说：“你来，俺给你去拿钱。”

韩宗振跟老鸨到了一间屋子里，问：“你想出多少钱？”

“五十块。”老鸨分明是早就想好了，随口说，“这是老规矩，以前都是这么办的。你可以去打听，还有比俺这儿给得多的吗？你像怡春院，最多是三十块大洋。”

“要是这样，我就做不了主啦！我去喊他家的人自己来找你算账。”韩宗振说着，抬腿就往外走，一边走一边说，“元大头是吗人你也知道。他家的人，我可是个个都不敢惹！”

老鸨追到门口，又将韩宗振拉回了屋里。她赔着笑脸说：“你也别生气，咱把事儿能说起来就说起来。那五十块大洋，是给元大头家的，单独给你还有十块大洋。”

“你这是打发要饭的呢？”韩宗振说着，甩开老鸨的手就走。

“等等，等等！你着什么急呀？”老鸨迫切地问，“俺知道，你也是一手托两家，你就说多少钱吧？”

“一百块。少了我可不去作这个瘪子。”韩宗振说着，显出一副很为难的样子。

“这么多钱，俺一个人可就做不了主啦！”老鸨像是很无奈地撒开拉着韩宗振的手，绵里藏针地说，“你可能知道，俺这个地方，陈镇长和慕容掌柜的都有股份，那就等俺与他们商量商量再说吧。”

“那，你去商量，我去通知元大头家，你们三头对面地说。”韩宗振向门口走了几步，又扭过头来说，“你们能说起来最好，说不起来就打官司！”

看到韩宗振出了门，老鸨迟疑了一下，提高声音说：“我再多出十块大洋！”

韩宗振还没有走远，听到老鸨的话，很快就踅回身来，面带着一丝得意的笑容，说：“要是这样的话，我也别说一百了，你就给八十吧。你涨二十，我落二十。我觉得，这个数还能说下。”

“你也别说八十了，俺也不说六十了，七十，就七十啦！”老鸨说着，怕韩宗振不愿意，先从身上摸出十块大洋，抓过他的手“哗啦啦”地拍到手心里，说，“这十块大洋是给你的，你多辛苦、多费心。回头，你看上哪个姑娘，俺让她陪你几天。”

韩宗振把十块大洋握在手里，心里高兴，嘴上说：“我这个人你还不了解，这么多年，我从来都没找过姑娘。这种地方，我也是陪朋友来过有数的几回。”

“你这么规矩，谁找了你也是有福了！”老鸨似乎对结果也很满意，说着韩宗振爱听的话，打开身边那个柜子的铜锁，数出七十块大洋递给韩宗振，嘟囔道，“昨儿一懒沉，没把钱放到钱庄，像是专为今儿这事准备的！要是放钱庄去，或许就没有这事了！”

韩宗振将那钱数了一遍，找了块布包好，然后拿起桌上的毛笔写了一张收条。他让老鸨找了辆车，将彭宝元的尸体装上去，直接送到了家里。彭宝元的媳妇打开大门，一时不知发生了什么事，愣在一旁看着，像是一个看热闹的人。韩宗振跟她说了句什么，她便像喝了迷魂药似的跟着他进了里屋。

“瑞莉！他死在那种地方，你用不着太伤心难过。”韩宗振对彭宝元的媳妇杨瑞莉说。

“俺不伤心，也不难过！”杨瑞莉冷冷地说。

韩宗振感到杨瑞莉的话像是从冰窖里发出来的。他看得出来，杨瑞莉跟着彭宝元的这几年，已经伤透了心。瞅着她那可怜的样子，他不知道是该同情她，还是该幸灾乐祸。她当初那样绝情地离开他，嫁给自认为可以终身依靠的彭宝元，今天终于有了报应！

“悦春楼给了五十块钱。他们原本只给三十块，我说要和他们打官司，才给到五十。这是两边倒霉的事，要不是他们怕影响生意，这些钱他们是断然不会给的。”韩宗振从身上掏出钱来，抓住杨瑞莉的手递过去，她的手像抽筋一样猛地往回一缩，那几十块大洋“哗啦啦”地掉到地上。

“人都死了，要钱还有吗用？！”杨瑞莉看着滚了一地的大洋，傻了似的说。

“别说傻话了！他死了，你和孩子还要过日子，没钱哪儿行？”韩宗振像是很体贴又很义气地说，“等宝元入土为安，我带着你去公司找找董事长。虽然他死在外面，怎么说也是厂子的人，又是把头，厂子好歹也得再给点儿钱。”

第四章　总统的故事

一

姬华民等了半天，终于见到了秘书长张一麟。他这是第二次与张一麟见面了。上次见面，是冯国璋刚从教育部调他来总统府任秘书长的时候。他是举人出身，在袁世凯当总统时就是秘书长。后来，袁世凯称帝，他羞于与之为伍，赋闲回了原籍。袁世凯倒台后，他去了教育部。冯国璋认为他是秘书长的最佳人选，又将他安排到总统府。

张一麟的面庞像他的性格一样有棱有角，给人一种厚道可信的感觉，不像一些地方官员那样世故圆滑。见了姬华民，他还像上一次会面那样不失热情地说："抱歉！让你久等了！"

"又来打扰秘书长了，应该抱歉的是我。"姬华民说着，站起身来，等张一麟坐下，他才重新坐回椅子上。

"我猜，你又是为厂子的事来的吧？怎么样，工厂发展得如何？"张一麟操着满口的南方口音，温和地问。

姬华民是来向冯国璋求助的，不敢隐瞒，只能如实说道："厂子投产的前两年，发展一直很好。现在，原材料成了大问题。生产火柴的原料都是从美国、日本进口。今年以来，日本人不让原料出口我国，工厂生产就紧张了。俺们厂的氯酸钾从日本进口，他们一限制，市场上氯酸钾紧缺了，价格一下子抬高了好几倍。没办法，厂子就用土硝替代了氯酸钾，结果生产的火柴不好用，产品一下子全积压了。"

"这种情况是全国性的。"张一麟对国家工业发展情况是很了解的，他与实业家张謇、荣宗敬相交甚好，由此更清楚民族工业的兴衰。他进一步说，“目前，外国对我们封锁工业原料和设备的进口，就是想扼杀咱们的民族工业。实业界，尤其是靠进口外国原料和产品出口的企业，都要度过一段困难时期。”

“是啊，太困难了！现在，俺们厂一是缺原材料，二是缺周转资金。”姬华民趁机说出了来总统府的目的，他接着说，“厂子越困难，社会上越给添事，这个部门那个单位三天两头地来要钱。他们把公司当成一块肥肉，都想啃一口；地痞流氓也时不时地来添回乱。”

张一麟“哦”了一声，说：“这个情况，等总统下午一回来我就跟他说。现在，我先安排你们住下。”

“俺们已经住下啦，就不麻烦秘书长了。”姬华民说着，让岳振业拿过一个兜子，从里面掏出一大包火柴，放到张一麟面前，说，“你看，这就是俺们厂生产的火柴，是去年用氯酸钾生产的那一批。”

张一麟拿过火柴看着，发现里面有“双人牌”和“飞艇牌”两个牌子，正反两面的图案印刷得都很精美，正面的图案上方有“发展国货，振兴实业”的字样。他好像想起了姬华民刚才说的话，一边打开火柴盒，一边问：“现在民国政府要求各地重视发展和扶持民族工业，地方上还敢这样出难题、乱收费吗？”

姬华民无奈地摇了摇头，说：“刚开始建厂时，地方还是挺支持的，也行了很多方便。投产后，尤其是这一段时间，县里和镇上的主要领导都换了，新来的人不管三七二十一，大小钱儿全找厂子要。企业发展好的时候还觉不出有多大负担，产品一积压，钱收不回来，就感到是雪上加霜了。”

张一麟放下手里的火柴，刚想说什么，岳振业从兜子里拿出一摞书，说：“这是俺家印的书，我也不知道秘书长喜欢哪方面的，就随便挑了几本。张秘书长有机会去泊镇时，自己到俺家看看。”

“这是我女婿，叫岳振业，一直跟着我在厂子里忙活。”姬华民向张一麟介绍道。

“不错，不错！”张一麟抬头看了岳振业一眼，高兴地说。

岳振业不知道张一麟是夸他，还是说那些书。他发现张一麟对书比对火柴还感兴趣，便热情地对张一麟说：“泊镇搞印刷的有十几家，从清朝就用雕版印刷了，在周边影响很大。天津、北京的书商都到俺们那儿去印书。”

“有这么多家印书？”张一麟似乎有些惊讶地问。他翻开一本书看着，说：“印刷质量挺好！你们不知道，我这人平生第一爱好就是书。了解我的朋友都说我嗜书如命。”

“我这女婿也是天天离不了书，你们要是到一块儿，就有的可谈了。”姬华民不无骄傲地说。

岳振业慌忙说：“俺哪敢跟秘书长相提并论！秘书长看的是学问，俺看的是闲书。”

张一麟笑了笑，说：“看来，这火柴盒也是在当地印的。火柴厂建在这里，包装印制这块倒是便宜了。我以前只听说泊镇出产鸭梨，不知道还有这么多家搞印刷的。”

“听俺爷爷说，最初就是因为泊镇有那么多梨树，才发展了雕版印刷。”岳振业更详细地说，“刻板用的材料是梨木和枣木，这些泊镇遍地都是。应该是先有的木刻技艺，后有了雕版制作与印刷。现在，木刻和雕版印刷成了泊镇发展很快的两个行业。”

岳振业的话刚说完，姬华民见张一麟站了起来，便说：“秘书长太忙，俺就不多打扰了。这次来，俺就是想请总统帮着解决一部分资金，让厂子渡过难关。俺这也是没了办法的办法，不然，哪能来烦扰秘书长和总统呢！”

“客气话就别说了，帮企业解决困难，也是政府的责任，何况你与冯总统既是老乡又是亲戚。”张一麟顿了顿，说，“你们明天上午来听话儿吧。”

姬华民重新谢过，刚走到门口，就听张一麟在后面问：“你们住在哪儿了？”

“离这儿不远，大栅栏西口的义成客栈。”姬华民回答。

出了总统府，姬华民对岳振业说：“我有点儿累了，回去歇着了。你第一次来北京，四处转转吧。来这里不比在泊镇，硬茬子太多，别管闲事。天黑前一定要回到客栈。”

“听说王府井那边儿有个东安市场，我到那里看看，给雪灵和孩子带点儿东西回去。”岳振业说完，便和姬华民分了手。

姬华民在大栅栏街口吃了碗炸酱面，回客栈躺下，一会儿想想厂子的事，一会儿想想见张一麟的事，不知什么时候就睡着了。醒来时，岳振业已经回来了。两个人正说着话，总统府秘书处的一个年轻人找了来，对他们说："张秘书长已经和总统讲了，冯总统答应尽快解决你们的困难。秘书长明天上午有事，让你们回去听消息。"

送走了秘书处的年轻人，姬华民对岳振业说："咱在这里也没事了，明儿一早就回泊镇吧。"

二

杨瑞莉打开门，看到门口站着的是韩宗振。尽管她不知道韩宗振又来干什么，还是满心欢喜地将他迎了进来。从彭宝元死了以后，除了娘家人来过，就是韩宗振来过两趟了。没人来串门，一个是人们怕寡妇门前是非多，再一个就是这几年彭宝元不让她跟外人交往，不管是男人还是女人。他说，篱笆扎得紧，野狗进不来。没有内鬼，引不来外贼。你看潘金莲，武大郎寻思她和王婆来往还能有什么事，结果就是这个女人把西门庆弄上了自己媳妇的床。

"你怎么上着班儿就出来了？"杨瑞莉问着，心里感到一阵快活，手脚也变得麻利起来。韩宗振刚坐到炕沿儿上，她就把一碗热水递了过去。

"董事长去北京了，我忙里偷闲，来看看你和孩子。"韩宗振说着，用眼四下里瞅了瞅。随后，像是很关心地问："兴德没在家呀？"

杨瑞莉倚着炕柜坐下，回答："他老舅昨儿来了，带他走了。"

韩宗振听了杨瑞莉的话，看着她那单薄的衣裳下若隐若现的奶头，唾沫一下子涌了上来。他赶紧端起碗喝了一口水，连同涎液一起咽了下去。在吞下喉咙的瞬间，他被烫得叫了一声："这么热！"

杨瑞莉"扑哧"一笑，说："俺才烧的水。"

"看来，你这是干柴火烧的。"韩宗振自我解嘲地开了句玩笑。他看到，杨瑞莉笑得胸前像有两个顽皮的孩子蹦蹦跳跳着，惹得他心口也"扑通扑通"跳起来。他想起了干柴烈火的话，心里已经有点儿把持不住了。

"那死鬼走了的这些天，也就你来看看俺和孩子，俺能不热乎一点儿吗？！"杨瑞莉说着一语双关的话，那眼神似乎又回到了七年前看韩宗振时的样子。她和韩宗振是从小的邻居，当她该嫁给他的时候，韩宗振认识了彭宝元，彭宝元认识了她。彭宝元被小鸟依人般的女孩儿吸引了，一天，他终于把她高高地举到了头顶上。杨瑞莉在彭宝元的头上开心地笑了，她认为自己被举到了天上。她从此认定，这个魁梧的男人能保护和爱护她一辈子。

韩宗振心想，他哪里是来看孩子，还不是为了看到她杨瑞莉。上次，他捧着一颗热乎乎的心来，来时想了她一路。想到她一见他就扑过来，也想自己见到她就扑上去。进门一看孩子在炕上，他那颗滚烫的心一下子就凉了半截儿。来了几次，他没太留意屋里，今天终于发现杨瑞莉家的摆设还和刚结婚时一样，一样儿也没多，一样儿也没少。于是，他下意识地说了句："这几年，你吃了不少苦！"

"光吃苦吗？俺这哪是人过的日子呀！"杨瑞莉一句话没说完，眼泪就"簌簌"地流下来。她像受了很大刺激似的，疯了一般脱下那件遮体的紫袄，赤裸了整个上身。

韩宗振先是一惊，接着便瞪大了眼睛。他看到，杨瑞莉那雪白的肉体上布满伤痕，胳膊、胸脯、肚子上那些或青或紫或红的伤，因那肉体的白皙而更加扎眼。

在韩宗振发愣的时候，杨瑞莉又脱掉了裤子，露出比上半身还要多的伤疤。杨瑞莉站在韩宗振面前，像一个洁净的白玉雕塑，被一双肮脏的手摸得面目全非一样。

"这……都是元大头弄的？"韩宗振站起来，直勾勾地看着杨瑞莉那淌满泪水的脸，哑着嗓子问。

"他简直不是人！"杨瑞莉说着，像火山爆发般哭出声来。这是她压抑了千百个日子的情绪，有悔恨，有迷茫，甚至带有绝望。那个无休止地折磨她的男人是自己选的，为了他，她甚至不惜离家私奔。怪谁呢？怨谁呢？能向谁去倾诉呢？她曾像一个走在漫漫黑夜里的人，四下里看不到一点儿灯光，有的是寒风的怪叫，野狼的哀嚎，鬼魅的恐怖，未知的终点。谁料想，天说亮就亮了，温暖的朝阳"呼"地洒满全身。在看到彭宝元的尸体被抬进院子的那一刻，她冰冷的身心便开始回暖了。

韩宗振走上前，一把抱住杨瑞莉，眼里也涌上泪来。抱着这个日思夜想的裸体女人，他竟然没有感到该有的癫狂和激动，心里除了同情，还有越来越多的痛苦。他声音有些颤抖地说："你疼死我了！"

不知搂抱了多久，韩宗振的占有欲就像个小兽一样爬上心头。他用手托起杨瑞莉的脸，伸出舌头去舔上面的泪水。一开始，那泪有点儿涩，有点儿咸，慢慢地，它便有了甜美的味道。这时，他解开了自己的衣扣，将裸露的胸口压在杨瑞莉软软的乳房上。一种肉体相碰的快感，像划燃的火柴，"噌"地烧了起来。这是他从来没有过的感觉。为了它，他不惜结束了相交十年的兄弟的命，不惜被人笑他出入一个寡妇家，不惜被人骂他霸占了朋友的媳妇。

…………

杨瑞莉将头埋在韩宗振胸前，嘟嘟囔囔地说："俺从来没有觉出和男人睡觉有吗好！那个死鬼是个变态，除了结婚那几天，他没在炕上跟俺亲热过，不是在桌子上就是在柜子上，甚至摁在地上。夏天还好，冬天冰得俺不是前胸疼就是后背痛。隔三岔五的，就把俺绑起来吊起来折腾。俺吓都吓死了，哪还有心情。他还是个醋坛子，不让俺和男的说话，出去看男人一眼，他就把俺打个半死。俺现在真后悔没有嫁给你，跟他遭了这几年的罪！"

韩宗振双手抱着杨瑞莉的头，心里想，如果当初她嫁给自己，他未必会像现在这样对她好。就像一颗珍珠，只有失而复得才倍加爱惜。他将遮着杨瑞莉半个脸的头发撩开，抚弄着她娇嫩的耳朵，安慰道："别说了，一切都过去了。以后，你对我好，我对你好，才不枉咱们彼此牵肠挂肚地惦记一场！"

三

"真他娘的完蛋货，给这俩钱儿就把你们打发了？"陈耀煌瞪着眼睛，气呼呼地说，"你这个倪虎儿呀，就是个泥虎！别掉地下，掉地下就跟一坨牛粪似的，软瘫了！"

倪虎儿"嘻嘻"笑着，说："钱开福都要答应了，李明隆把马福谦叫了来说和。马福谦那人，咱能不给面子吗？厂子也有他的股份，他哪能胳膊肘往外拐？正说着，岳振业从北京回来了。我一看，再闹下去咱也没有好果子吃，只好凭人家赏了。”

“他们厂子正在困难时候，火柴把仓库堆得满满地，卖不出去。俺们看到，还有一车车的来退货的。”倪虎儿身旁的一个小胖子说，“人家也答应了，等过一段儿情况好了，该给多少给多少。别说陈焕顺是在厂子受的伤，就是外边的人，既然找到他们了，有困难也得帮。”

“你是三岁小孩儿呀？这种话也能信？”陈耀煌冷冷一笑，叱问道，“困难吗时候过去？要是过不去，厂子黄了呢？你找谁去？！瘦死的骆驼比马大，他们再困难也能拿出给一个人的钱来，就看想拿不想拿了。”

小胖子有些不知深浅地问：“你怎么不自己出面找他们？你是镇长，他们能不听你的吗？”

“你这不是屁话嘛！”陈耀煌被问到痛处，恼羞成怒，提高声音说，“他们要给我面子，我还找你们干吗？”

倪虎儿不愿再看陈耀煌的脸色，想快点儿离开。他将桌上的二十块大洋往陈耀煌面前推了推，问：“接下来咱怎么办？”

“去，你们再去！带着陈焕顺去。”陈耀煌不假思索地说，“你们有吗可怕的？就跟他们软磨硬泡，软的不行来硬的，竖的不行来横的。那个岳振业不是会把式吗？他要敢动手，我让警察上。我看是他的把式厉害，还是警察的枪厉害。”

“有你这句话，你就赌好吧！走！”倪虎儿说着，朝小胖子一挥手，向外便走。

“回来！”陈耀煌在倪虎儿身后喊了一句，说，“把这些钱拿去，当弟兄们的吃喝费用。”

倪虎儿叫小胖子重新拾起桌子上的钱，高兴地说：“谢谢镇长！”

“甭谢！等要来钱，我还得扣回来呢！”陈耀煌瞥了倪虎儿一眼，不加掩饰地说。

倪虎儿带着弟兄们出了镇政府大门，一直奔陈焕顺家而来。陈焕顺的媳妇打开门，将他们让进屋里。陈焕顺正懒洋洋地躺在炕头，见了倪虎儿慌忙坐了起来。说起到厂子要钱的事，他死活不去。陈焕顺的媳妇在一旁着急地解释：“他这是烂泥扶不上墙，你甭指着他做成事！”

倪虎儿听了“烂泥”，心里竟然有点儿不舒服。刚才陈耀煌说他是一坨牛粪似的泥，不也等于说他是烂泥嘛。今天是怎么了，都拿他这个“倪”做开了文章。这要是过去的皇上，触犯了他的名讳，拉出去就给砍了。倪虎儿想着，没好气地对陈焕顺说：“你别不知道好歹！这可是陈镇长的意思，陈镇长也是想把你家的事管好。你们要不是当家户族，他那么忙，才懒得管你这破事呢！你既然找他了，就得听他的安排。”

“董事长既然答应，给钱是早晚的事。”陈焕顺皱着眉头，说，“一时给不了钱俺也理解，厂子现在正在难处。因为没钱买原料，都停工了。咱再这么一个劲儿地催，就有点儿不合适了。”

“你哪这么多废话！”小胖子上前一步，黑着脸说，“让你去你就去，再啰里啰唆，信不信我连你这只手也给弄残喽！”

陈焕顺媳妇看到这个势头，也冲丈夫发火道：“又不让你去死，叫你去，你就跟着去一趟！大不了，到那儿不说话。”

“俺也说不了话！”陈焕顺说着，开始换衣服。

四

“高级点心高级糖，高级老头上茅房。茅房没有高级的灯，高级老头掉茅坑。”姬雪灵坐在院子里，一边整理饭桌上糊火柴盒的木片，一边给儿子哼着歌谣。

“我要吃点心！”儿子喊着，“我要吃糖！”

姬雪灵哄着儿子，疼爱地说：“等你爹从北京回来，就给你带糖了，还有点心，还有好多好多好吃的。”

“爹！”儿子又喊了一声。

“是啊，等你爹……”姬雪灵的话说了一半，她的脸颊就被一双大手捂住了。她扭过头，抬眼看着岳振业，惊喜地说：“怎么回来得这么快？”

岳振业俯下身，将脸贴在姬雪灵润泽的面颊上，眼睛看着儿子，说：“该办的事办了，他姥爷说回来，就回来啦！”

“爹！我吃糖，我吃点心！”儿子跑到岳振业身后，去翻看他从北京带回来的东西。

岳振业搂住儿子，用手摸了摸他光滑的脸蛋儿，连声说：“好的，好的，爹给你拿点心，给你拿糖！”

姬雪灵站在一旁，看着父子俩挨着头在兜子里找东西，心里有一种甜蜜美好的感觉。儿子的手先拿了一块糖，高高地举着送了过来。她刚想接，岳振业已将一块驴打滚儿放在她手里。尽管姬雪灵从小就吃过父亲从北京买回来的驴打滚儿，还是轻轻地咬了一小口，像是第一次吃到这种珍馐佳肴似的说：“好吃！”

“卖这驴打滚儿的店老板，还讲了一个故事。”岳振业看着姬雪灵甜甜地吃着驴打滚儿，说道，“当年，乾隆皇帝把香妃抢到宫里后，她不吃不喝。乾隆叫御膳房做了多少山珍海味，她连动都不动。最后，皇帝下令，让从她家乡来的军营为她做一道美食送进宫。这时，香妃的丈夫为了打听她的消息进了军营，做了这驴打滚儿。香妃看到后，知道是丈夫来了皇城，就拿起驴打滚儿吃起来。”

听着岳振业讲的故事，姬雪灵感到这驴打滚儿与过去吃的有了不同的滋味。一道传统的美食，一段凄美的故事，让姬雪灵又一次体会了自己家庭生活的美满。

“再给你尝尝这豌豆黄儿，听说是慈禧太后最爱吃的。”岳振业将一盒黄黄的点心放在桌子上，拿出一块送到姬雪灵嘴里说。

“怪不得表嫂生得这么滋润，原来是表哥喂出来的！”覃琴一进院儿，正看到岳振业给姬雪灵吃东西，就笑嘻嘻地说道。她走到姬雪灵跟前，还不忘转头对身后的萧志川说：“你得向表哥学着点儿！”

萧志川看着地上堆着的东西，欣喜地说：“见个面儿，分一半儿，一会儿给我多带点儿，我也回去喂给孩子他娘吃。”

“吗孩子他娘，这么难听！”覃琴瞪了萧志川一眼，娇嗔地说了一句，然后，像告状似的对姬雪灵说，“孩子还在肚子里，他就开始喊上了！烦人不烦人？！”

姬雪灵笑着摸了摸覃琴已经鼓起来的肚子，像一个母亲给吵架的孩子解围似的说：“在肚子里，你也是孩子娘了。你这要是个女孩儿就好了，正好给俺恒慷做媳妇。”

“俺不要媳妇，俺要糖！”小恒慷仰起头，稚气地说。

院子里的几个人哄然而笑。覃琴还没等脸上的笑意散尽，就对姬雪灵说："俺要生的是男孩儿，你这胎是个女孩儿也行啊，咱还是亲上做亲的儿女亲家。你也出怀了，就别再糊盒儿了！你累着不好，累着俺儿媳妇更不好！"

姬雪灵开心地一笑，表白道："俺也不是为了糊盒儿挣钱，就是要培养恒慷从小就勤劳过日子的习惯。"

"我说你表嫂好几次了，让她等孩子生下来，再做这些事。我一去北京，她又拿出来了！"岳振业满心怜爱地说。他理解姬雪灵富日子穷过的习惯，也赞成她从小培养孩子勤勉节俭的想法，更心疼她怀着身孕手脚不停地做完家务后，还来糊火柴盒！

"俗话说，小孩子三岁看老。恒慷都两周多了，再不抓紧教育就晚了。"姬雪灵解释道。她带了两年多的孩子，已经体会到，孩子的性情兴趣的养成，是从一出生就开始的。大人的一言一行，孩子其实都看在眼里、听到耳朵里了，正所谓耳濡目染，正所谓"苟不教，性乃迁"。等孩子三岁以后，性格就定型了，再想改变就难了。

覃琴喜爱地看了眼小恒慷，回过头对姬雪灵说："俺可管不了孩子。这么着吧，要是俺生个女孩儿，一落地就抱你家来吧，你亲手调理她，别到时候怪俺没把你儿媳妇教好！"

"只要你舍得，生了儿子也能抱过来。"姬雪灵笑着说，"反正一只羊是轰着，一群羊也是赶着。带几个孩子，比你自个儿带一个孩子也费不了多大劲儿。"

覃琴刚想接话儿，小恒慷拿着一块点心给她送过来。萧志川一见，哈哈地笑着，说："快看看你姑爷，现在就知道给丈母娘抬轿啦！"

"是说我吗？"小恒慷扑闪着一双亮眼睛，天真地问。

小恒慷娇嫩的声音和天真无邪的表情，将人们全逗乐了。

覃琴从小恒慷手里接过点心，好奇地看了看，然后咬了一口，一面嚼着一面问："这是吗呀？"

"不好吃吗？"姬雪灵从覃琴吃东西的表情里，看不出她是喜欢还是不喜欢，便随口问了一句。

覃琴赶紧回答："好吃，好吃！"

"好吃不如爱吃。"萧志川看了眼桌子上那盒黄澄澄的豌豆黄儿，弯腰拿起一块，说，“我尝尝这个！”

“你也尝尝这个。你表哥说，这是慈禧太后最爱吃的。”姬雪灵说着，拿起豌豆黄儿递给覃琴。

覃琴拿着豌豆黄儿放到鼻子下闻了闻，又仔细地瞅着，说：“看着就好吃。只怕吃馋了，以后买不起。”

“以后有你姑爷恒慷呢，让他孝敬你。”岳振业被大家说话的气氛所感染，也向覃琴打趣道。他说着，开始分从北京带回来的吃食。他将麻糖、茯苓饼、豌豆黄儿、驴打滚儿、老北京灌肠都给萧志川夫妇装了一份，然后拿到离他们近的地方。

萧志川见岳振业将送给他们的东西放过来，便开玩笑地说：“你这是要撵俺们走？俺们既然来了，就没打算走。我买了烧牛肉和猪蹄，在你这儿炒俩素菜，给你接风，咱哥俩儿好好喝喝。”

“我也没打算让你们走，只是怕一会儿喝多了，忘了给你们捎回去。”岳振业抬头看看天色，热诚地说，“我这就去弄菜，咱一边儿喝一边儿聊。”

“俺去准备，你一会儿炒就行了。”姬雪灵说完，就往堂屋走。

覃琴紧跟在姬雪灵的身后，说：“俺来帮你。表嫂！”

“覃琴就是勤快！”岳振业说着，抱着儿子坐在凳子上。过了片刻，他看着萧志川，接着说：“我跟他姥爷从北京回来，先去的厂子，正碰上倪景河家的老二来给陈焕顺要钱。我原来看着陈焕顺老实巴交的，怎么找社会上的这些人出头？”

萧志川思忖着，说：“依我看，这是陈耀煌找的人。我听说，陈焕顺刚碰着手时，陈镇长找过董事长。不知董事长怎么跟他说的，看来没达到镇长的满意。陈耀煌与陈焕顺没出五服，他也许觉得在家族里丢了面子。”

“看来，这事还不算完。”岳振业若有所思地说。

五

倪虎儿带着陈焕顺在工厂门口堵了四天了。刚开始那两天，他们还允许工人出入，后来，见没人搭理他们，倪虎儿就又喊来了七八个小兄弟。他手下有了十几个人，身材或高或矮、或胖或瘦，手里或刀或剑或棍棒，自以为是梁山好汉，行侠仗义一般。他们一清早就封了大门，不让来上班的工人进厂。不料想，公司副经理臧德红从厂子里出来，向进不了厂的工人宣布放假三天。工人们“呼啦”一声散去，把倪虎儿的十几个人晾在了门口。

“俺不待在这儿了，俺回家。”陈焕顺抹着脸上的汗水，痛苦地对倪虎儿说，“你们算把俺害了！俺没脸回厂子上班，这钱也要不来，也不知到最后能要来多少？！”

倪虎儿一脚把陈焕顺踹倒在地，满脸怒气地说：“你他娘的着急，老子比你还急呢！你当我在这大太阳底下晒着好受？！你敢走，老子把你腿给打折了！”

“俺去找陈耀煌，不让他管俺这事了。”陈焕顺嘟囔道。

“你去找陈镇长？可以呀！等老子走了你再去。”倪虎儿气急败坏地说着，把手里的扇子遮在了头顶上。

随着太阳升高，地上的温度也越来越高。快晌午时，那阳光就像投下来的火，烤得倪虎儿他们站也不行，坐也不行。正热得难受，小胖子挑着半桶水来了。倪虎儿冲他没好气地叫道：“挑个水怎么去了这么半天？我还以为你掉井里啦！还他娘的是半桶！”

小胖子哭丧着脸，说：“刚才过前面树林，碰到了魏警长，他们给喝下去半桶。魏警长着急了，说咱这儿再不整点儿事，他们就回去了，过午也不来啦。”

“你当我不着急呀！厂子的人不出来，咱是能闯到厂部去揍他们，还是能冲进车间砸东西？真要那样，警察抓的就是咱们了。”倪虎儿眼珠转了几转，像是脑袋开了窍儿似的说，“我估摸着，魏警长他们在小树林儿候着的事，厂子的人可能知道了。要不，咱这么闹，他们怎么也不来呢？”

倪虎儿和小胖子正说话时，有人跑过来说，大道上来了两辆到厂子退货的车。他心里一喜，带着小胖子赶了过来。他的人已经把车拦下了，正与货主争吵。他还没听清他们嚷嚷什么，就大喊：“弟兄们！给我把火柴卸下来！谁搬的多就是谁的。”

围着车的十几个人，心里的怨气正没地方发，听到倪虎儿的话，招呼一声“好”，便拥上去搬火柴箱。货主想护着车上的东西，被几个人拽到一边儿，你一拳我一脚地打倒在地。赶车的吓得扯着嗓子喊起来："救命啊！打死人了。"

"小兔崽子们，你们找死呀！"马福谦几步跨到货主身边，三下五除二，将打人的几个小子扔了出去，俯身搀起地上的货主。

倪虎儿一愣，见是马福谦站在面前，气得跺着脚说："马叔！我敬你是前辈，不与你计较。你别再管闲事了，免得大家撕破脸！"

"我是看你老子的面儿上，才来管管你。"马福谦往前走了两步，神情严厉地说，"不要让别人拿你当枪使，你丢的是你老子的面儿！快带着你的人滚蛋！"

"你还真拿自己当根葱了？！"倪虎儿手指着马福谦说，"我叫你马叔，你是马叔；我不叫你，你连马粪都不是！"

"我看你是真活够了！"马福谦说着，挥手朝倪虎儿脸上打去。

倪虎儿头一歪，躲过了马福谦的一掌。他一个腾跃，跳到一个手下旁边，抓过他手里的长棍，就往马福谦肩上打来。马福谦侧身闪开棍子后，他又横着扫了过去。打了几个回合，他感觉不是马福谦的对手，就对手下人喊："弟兄们！给我打！"

空手与手持刀棒的十几个年轻人对打，再高的功夫也占不了便宜。马福谦见他们举着刀剑一窝蜂似的扑过来，便飞快地将身子挪开，出手抓住了一个人握刀的手腕。就在他夺刀的瞬间，倪虎儿的棍子向他胳膊狠狠砸下来。那棍子还在半空，就被一块砖头打中上端，倪虎儿被震得一下子撒了手。那长棍飞起来，在空中划了个弧，一头扎在地上，像被狂风刮的一样在那里颤抖着。

"马哥！我来了！"岳振业踢起砖头，打飞了倪虎儿手里的棍子，喊一声，挥动长枪撂倒了几个围着马福谦的人。

倪虎儿知道，他的这些手下不是马福谦和岳振业两个人的对手。他将小胖子从地上拉起来，刚想走，身后响起了枪声。

"把长枪放下！"魏警长带着十几个警察，站在倪虎儿他们身后，看着岳振业和马福谦喊道。

"你们来得正好，这些人来厂子闹事。"岳振业心里已经知道警察和倪虎儿他们勾结，仍大声对魏警长喊道。

魏警长端着枪走到岳振业面前，指了指地上躺着的几个人，怪笑着说：“我没看到有人闹事，只看见你把他们给打伤了。把你手里的家伙放下，不然，我开枪了。”

岳振业扔下手里的长枪，接着对魏警长说：“咱警察得讲理呀！他们人多，俺们就两个人，怎么是俺们打了他们呢！”

“讲理是吧？”魏警长向身后的警察一挥手，说，“把他俩给我绑了，带回警察局去讲理。”

听到魏警长的话，上来几个警察将岳振业和马福谦五花大绑起来。刚要带走，萧志川与二三十个厂子的工人赶来了。快到跟前时，萧志川大喊：“有话好说，不要抓人！”

“好说？是好说！”魏警长用枪指着萧志川，蛮横地喊道，“那也得到警察局去说。”

“不许带人走”“把人放了”，火柴厂的人纷纷嚷起来。

魏警长向空中“叭叭”打了两枪，他刚要朝人们喊什么，就听到身后响起了一阵枪声。他惊疑地回过头去，发现大道上尘土飞扬，一队军人快马而来，像洪水一般迅猛。他还没闹明白是怎么回事，这些人就到了跟前，把他们团团围住。

尘土还没散尽，一位身穿中山装的中年人咳嗽两声，从马队后走了出来。岳振业一看，抑制不住内心的喜悦，放开声音喊道：“张秘书长！”

张一麟向岳振业招了招手，走到魏警长面前，用宽厚的语气问：“发生了什么事？怎么还把人给绑起来了？”

“他们打架斗殴！”魏警长一时心虚，回话时声音走了调儿。

“既然是打架斗殴，怎么只绑了两个人？”张一麟话里带着锋芒，语气仍然是平和的。他见魏警长没有回答，便说：“看来是他们两个打起来了？那你后面这些拿刀拿棒的是干什么的？”

魏警长直了眼睛，壮着胆子说：“你这会儿光问我了，我能问问，你们是干吗的？”

“我们是总统府卫队。”张一麟身后的军官大声回答。

魏警长一愣。过了一会儿，他好像缓过神来，阴阳怪气地看着张一麟，说：“总统府卫队？你们可吓死俺了！这么说，你是总统了？我得快去告诉俺们局长，让他来接总统的大驾！”

“别去了，我来啦！”警察局局长说着，与陈耀煌满头大汗地跑了来。局长看了一眼绑着的岳振业和马福谦，扬手给了魏警长一巴掌，厉声说：“还不快松绑！”

陈耀煌向张一麟点头哈腰地说：“我刚收到通知，来晚了，秘书长不要怪罪。县长正往这儿赶，让我先来迎接。你看咱是直接去镇政府，还是先到火柴厂歇歇脚？”

“先到厂子看看吧。”张一麟随和地说。

陪在张一麟身边的军官回过身去，向军人下达了列队的命令。一百多名军人、一百多匹马眨眼间就站成了齐刷刷的方队，人与人齐，枪与枪齐，马与马齐。最后，军官举起手枪，大声问：“冯总统给我们下的口令是——”

“一举足则万足齐发，一举枪则万枪同声。行若奔涛，立如直木！”一百多名军人齐发声，一百多支枪向天齐射。这声音，撼动了小城，随着运河水潺湲地流传开去。

六

卫队官兵在火柴厂休整了五天。这几天里，清晨他们在厂外的空地上操练，傍晚沿着日华大道纵马驰骋，夜里就睡在车间。每逢早晚，都有泊镇的大人孩子到火柴厂门口来看他们练兵。甚至在他们走了以后，孩子们还习惯地到他们训练的地方来，在被踩踏得十分松软的浮土上，学着他们的样子前翻、后翻、对打、呐喊。

张一麟由岳振业陪着，几乎走遍了整个小城。南头的清真寺，大十字街上的钟鼓楼，运河岸的几个码头，他们都去了。除了看小城的风土人情，岳振业没忘带他去品尝泊镇的特色小吃，更没忘领他去那十几家印刷作坊淘书。

送走张一麟和总统卫队，姬华民马上召集各位副董事长、副经理们开会。按公司章程，股东大会推选了董事会、董事长和副董事长，董事会又聘了总经理、副总经理。姬华民是火柴厂董事长兼总经理，下面分别有生产、销售、后勤等三名副总经理。

“这几天，原料也进来了，该添的设备也买了。下一步，要马上通知所有工人上班，厂子全面开工，争取早点儿把前一段儿的损失补回来。”姬华民向副董事长和经理们布置着工作，他条理分明地说：“大家都知道，这一次，我们推出了‘骏马牌’、‘飞马牌’和‘火车牌’三个新产品，等第一批火柴出来后，销售和后勤一起，赶紧安排人员带着这些产品，去走访所有商家。不管是以前退货的，还是没有退货的，一家也不能落下。要真心实意地向人家赔礼道歉，该补偿损失的就补偿损失，该收回积压的产品就收回。对老客户，可以将新产品先让人家试销。在工人管理上，取消体罚，对违反厂子规定的，比如迟到、早退、旷工，只给予适当的经济处罚。处罚标准，由后勤负责制定，管生产的进行监督，以车间为单位具体实施执行。工人上班时间，全厂统一实行八小时工作制。国外早就这样，不是我脑瓜儿一热，自己想出来的。俗话儿说，磨刀不误砍柴工，让工人们鼓足了精神干满八个小时，比出工不出力地干十几个小时效率要高。确实需要加班加点的车间，要上报生产经理批准，在后勤备案才能实行。对于那些童工，实行六小时工作制，工资标准不变。这个问题，我私下里与开福、明隆沟通过，都觉得这些童工，如果不是家庭实在困难，谁舍得让这么小的孩子出来打工挣钱？在座的都是当父母的人了，我一说大家都懂。咱们没有能力去救济泊镇所有贫困家庭，帮咱厂子里的这几十个孩子，还没有多大问题。”

“董事长一跟我谈这个事，我就觉得很好。”李明隆插言道，“这样做，不只是帮这几十个孩子，也不只是救这几十个家庭，它在社会上能产生好的影响，对厂子的发展有很大的益处。这些孩子们很快会长大，如果他们那时还在咱厂子干，会因为小时候厂子对他们的关照而更热爱厂子。也许，会把咱厂子当成他自己的家。”

姬华民等李明隆说完，接着讲道：“往下我要说的，是工人来上班的问题。我不知道你们注意没注意，每天工厂开门前，门口都挤着一堆人。我问过，有的工人怕上班晚了，提前半个小时就来门口等着。目前，工人家里还没有钟表，他们只能听着钟鼓楼的钟声，到厂门口来等时间。夏天还好，冬天在冰天雪地里待着，要受多大的罪！所以，后勤的人辛苦点儿，提前来开门，在第一个工人来时，就把大门敞开。具体有吗困难，你们自己克服。一个人，最多是两三个人吃点儿苦，总比几十、几百号人受罪要强得多。再说，这些提前来的工人，进了车间干活儿也好，不干活儿也好，总能提前准备准备，不也能提高工作效率吗？——好了，我先说这么多，下边儿你们说吧。”

“董事长说得太好了！”等姬华民的话音一落，臧德红马上说道，“这些，其实是俺们该想到的，让董事长操心，我心里实在不是滋味儿。我吗也不说了，以后多想多做。我今儿表个态，俺们后勤上，一定把董事长刚才说的这些事落实到位，同时，配合销售上挨个儿去拜访商户，把前边儿不好的影响挽回来。”

岳振业一直看着臧德红说话，见他不讲了，便说：“我也说个后勤上的事吧，也是通过张秘书长和卫队这一来，才想到的，德红不要见怪。这几天，张秘书长吃住都往街里跑，卫队的弟兄们只能睡在车间里。我觉得，厂子应该有个让客人吃饭、住宿的地方，免得让他们再跑到街里去吃住。虽说不算太远，终究是不方便。这次冯总统送来四万大洋，不知能不能挤出这个钱来。如果宽裕的话，就盖一排房子，专门用于接待客商。我想了想，觉得安排在厂子东北角最好，那里距东门近，出去就是通街里的路，各方面都便宜。”

“振业这个想法儿挺好！有这么个地方，不光方便了客商，一年下来，能省出一笔数目不小的接待费。”钱开福稍一停顿，瞅着姬华民，说，“我也有个想法，早就跟明隆一起念叨过，知道厂子资金不足，就没跟董事长说。咱厂子北面这片梨园，如果能买下来，就先买下来。现在用不着，可以作为厂子的后花园，铺几条甬路，建两个亭子。到时候，厂子人员也好，客人、商户也好，闲暇时间可以去里面转转看看，甚至可以在里面喝茶、谈生意。最主要的，买下这个梨园，厂子就与北面那条路连上了。目前这条路还没有名字，咱们可以叫它‘泊火路’，厂子北大门就开在这条路上了。”

听着大家的建议和意见，姬华民一直沉思着，没有打断也没有评价。等大家都不谈了，他才说：“你们的想法都不错，说明你们为了厂子的发展用了很大心思。这两天，开福先就大伙儿说的几件事搞个预算，后天一上班，咱们在董事会上定一下。”

七

已是晚秋，野外梨园的鸭梨被采收殆尽，火柴厂自己的梨园里还挂满了金黄的果实。为了接待冯国璋，姬华民让几十名工人清理了大半天，把梨树下的落果和落叶打扫干净，还让家里养着鸟的工人把鹦鹉、百灵带来，挂在高高矮矮的梨树枝上。

姬华民陪着冯国璋一行三人走进梨园时，只见树影婆娑，百鸟啁啾，鸭梨累累，满园弥漫着香甜的气息。他们沿着回廊走了几十米，来到一个六角亭下。在这里，岳振业已经提前备好了红茶。

“我前两年来时，厂子还没有吃住的地方，也没有这个园子。”张一麟抿了一口茶，说，“看来，你们这两年发展得不错。”

姬华民笑了笑，坦诚地说：“实不相瞒，这个园子还是用你送来的钱买下来的。”

“你看，俺们河间人说话多实在，有一说一，有二说二。”坐在张一麟身边的张占魁朗声说道。

“现在就一麟一个南方人，咱们都是河间人。”冯国璋笑了笑，面向张一麟说，“你不知道，民国前，河间管辖范围有十个县两个州，不仅泊镇，再远一点儿的庆云、阜城全属河间。西汉时期，在这里设立了河间国，刘德受封为河间王。你爱读书，想必知道刘德，他一生的最大功绩，就是修建日华宫抢救整理古籍。没有刘德，你可能就看不到《诗经》《周易》《左传》了。”

“我记得上次来时问过振业，他说厂南那条大道叫日华路，向西一直通到日华宫遗址。”张一麟心里怀着期盼，向冯国璋问道，“咱们去河间时，可否去看看？”

“当然。”冯国璋端起茶杯尝了一口，然后一饮而尽，爽快地说，“你一个读书人，过日华宫遗址而不去凭吊，有伤大雅。雅嘛，本身就是从《诗经》而来呀！”

“总统说的是！”张一麟像发现了一本好书，非常高兴地说。

“我说过，不要喊我总统了。”冯国璋冲张一麟说了一句，然后对所有在场的人嘱咐道："我现在已经不是总统，你们都叫我冯先生就行了。这样，出来进去方便，也不招摇。"

"总统说得对！"张占魁像是和冯国璋开玩笑一样，应了一句。

冯国璋扭头看了张占魁一眼，目光巡视之处，发现他身后的一个梨树枝上，有一个很大的鸭梨。那黄色的鸭梨悬在梨树的最高处，在阳光的照耀下，有些卖弄地晃动着。于是，他问："张大师！能否把那个鸭梨给我取下来？"

张占魁顺着冯国璋手指的方向，回头看了一眼，一边起身一边说："既然冯先生说话了，本人就勉为其难吧。"

岳振业见张占魁走出亭子，便紧随其后来到梨树下。他知道，张占魁在总统府当过卫队长，武功威震京城。他的徒弟韩慕侠，去年秋后在北京擂台上，只用了三招就打败了狂妄的俄国大力士康泰尔。岳振业不敢冒昧地向他求教，现在终于可以一睹雄风了。只见张占魁舒展了一下身子，猛然腾起，用脚一点亭子的立柱，借力飞身而去，眨眼间就把鸭梨拿在了手上。岳振业眼见一个六十多岁的老人如此矫健，情不自禁地喊了一声"好"。

"这梨还真不小，没有一斤也得十六两！"张占魁轻松地说着俏皮话儿，把鸭梨轻轻地放在冯国璋面前，脸不变色气不喘，像是什么也没发生一样坐回自己的石凳上。

"都说这片园子的梨特别大、特别甜。可能是由于摘得晚的缘故。"姬华民介绍道，"这儿的梨不到霜降不摘。到那时，梨叶是红的，鸭梨是黄的，比北京香山的枫叶还好看。自从建了这个园子，厂子一年比一年好。人们说，这个园子改变了厂子的风水。"

"是好风水！所谓风水，就是有风有水。"张一麟指了指他们住的院子，微笑着说，"那边的荷塘有水，这里的梨树生风，这风水不用行家看，我就能看出好来。"

"一麟既然会看风水好坏，就带我到泊镇有风水的地方，去看看风景吧。"冯国璋将茶杯里的水喝下去，站起身来。

梨园中间，是厂内的一条南北路。顺着这条路出南门，是日华大道；出北门，到泊火大道。在园子与厂区衔接的地方，有一座汉白玉雕塑，长方形底座的北面，是冯国璋亲书的"发展实业，振兴国货"八个大字，南面是厂子概况。雕塑是一匹驰骋的骏马，与“飞马牌”火柴上的奔马呈现出一样的昂扬气势。

走到北门，张一麟让姬华民和李明隆回了厂里，只由岳振业陪着，顺着泊火大道向东走。西下的红日照着脊背，给人一种惬意的、暖洋洋的感觉。道路南侧，已经盖满了房子，北侧却是一个连一个的水坑。快到运河大堤时，才看到一座孤零零的城隍庙出现在道北。城隍庙红墙泥瓦，朱红色的大门敞开着，从大道上就能看到纵深殿阁。冯国璋瞅了一眼，没有要进去的意思，于是直接走上了运河堤岸。

在河坡上，就听到了前面的打斗喊杀声。上了大堤，岳振业看到有几十个人厮杀在一起。在这些人里，他发现了慕容巧莹和倪家的伙计，便知道这又是两个脚行起了冲突。

“冯先生！咱避一避吧。”岳振业担心杀红了眼的人们误伤了冯国璋，便以请求的口吻说。

冯国璋皱了皱眉头，坦然说道：“我这几十年，经历的战争，看到的血腥太多了！现在，一个行将就木的人，我更没什么可怕的！占魁，你过去看看，别闹出人命。”

岳振业先于张占魁赶到两个脚行厮杀的地方。慕容巧莹听到岳振业的喊声，手里挥动着沾满鲜血的大刀，头也不回地嚷：“振业哥！你来得正是时候，帮我杀狗 × 的们！”

“还愣着干吗？快动手！”张占魁向岳振业喊一句，大步上前，不管是慕容家的还是倪家的人，只要是打在一起的，他全给放倒在地上。很快，两边的人就停了手。

“巧莹姐！马行头不行了！”一个年轻脚夫蹲在地上，用手抱着一个浑身是血的人，抻着脖子喊起来。

慕容巧莹跑过去，见马行头已经闭上了眼睛。听到她的声音，他就像回光返照一样，睁开眼看着慕容巧莹，十分费力地说：“我可能再、再也帮、帮不了你、你了！下、下辈子，俺、俺也要长、长得跟、跟岳经理一、一样，追、追你，娶、娶、娶……”

听着马行头的话，慕容巧莹把自己被泪水打湿的脸，紧紧地贴到他满是胡楂儿的脸上。她此刻才明白，马行头一直暗暗喜欢着她，陪伴着她。

她总以为，马行头对她的服从和追随，不过是因为她是慕容家的小姐，想不到，那是因为他深深爱着自己。他明知道她喜欢的人是岳振业，还要喜欢她！别人都叫她“疯丫头”，他怎么会喜欢“疯丫头”，怎么会爱上一个疯疯癫癫的女人呢？慕容巧莹想到了他为自己跑前跑后的样子，想到不管她说什么甚至骂什么，他的脸上总是挂着笑，总是像很开心的样子。如今，他的脸上依然带着微笑，却无法开心了！但却无情地撕裂了别人的心！

“狗 × 的！我杀了你们！”慕容巧莹突然跳起来，拿着大刀想去砍倪家的人，被岳振业一把抓住了手腕。

“人为财死，鸟为食亡，古今一理！”冯国璋看着眼前发生的一切，感叹道，“国家与国家，为经济起战争，弄得尸横遍野；脚行与脚行，为钱财拼性命，使得家破人亡！”

倪景河跑了来，看到冯国璋就跪下了，战战兢兢地说：“总统！小人该死，没有管好几个儿子，惊着大驾了！”

倪家脚行的人，见老掌柜的给冯国璋跪下了，也“呼啦啦”地跪在后面。等冯国璋让他们起来后，倪虎儿争辩道：“爹！是“疯丫头”先动手的。”

“是你们先卸了俺们的船！”慕容巧莹手指着倪虎儿，气呼呼地说。她刚说完，慕容蠡从后面一把将她拽过去，冲脸上就是一巴掌。

倪景河见慕容蠡打了女儿，也朝倪虎儿踢了一脚，大声骂：“给我滚回去！有老子在，你们闹腾吗？！”

两个脚行的人各自带着死伤的脚夫，一南一北地走了，剩下倪景河与慕容蠡还站在冯国璋面前。冯国璋看着他们，训诫道：“本是同根生，相煎何太急！都是受苦受累的脚夫，已经不容易了，怎能让他们再搭上性命。不是拖家带口，谁肯干这苦力活儿？”

“总统教训的是！”倪景河点头哈腰地说，“不知总统一会儿可有时间？俺们设宴，给总统压惊！”

“你们还是赶紧回去，安抚伤亡的脚夫吧。”冯国璋说着，感觉说话生硬了一些，便补充道，“我要在泊镇住一段时间，还有机会。”

西沉的太阳通红通红的，像一块硕大的鸡血石从云隙中滑落下去。运河里，半河晚霞，半河树荫，一河来来往往的大船小船。冯国璋知道，这里之所以叫泊镇，因为此处是南来北往的船只停泊的商业小镇。泊镇是沧州和德州之间最大的古镇，几千年前就有了停靠客船和商船的码头。冯国璋看着微波荡漾的运河水，对岳振业说：“都说井水不犯河水。我看这码头上的大船，多数是装卸火柴厂的货物，火柴厂有必要帮着协调一下这些码头。哪个码头装货，哪个码头卸货，哪个码头卸木头，哪个码头卸化学原料，免得再起纷争。”

“冯先生的办法好，回去你就把这个意思跟董事长说说。”张一麟向岳振业嘱咐道。

第五章　朋友的故事

一

萧志川领着岳振业走进吕丫儿家之前，岳振业根本没有想到，火柴厂的工人会生活在如此贫困的家庭里。

一进门，岳振业就差点儿撞到低矮的门楣上。进了屋，又闻到了一股刺鼻的气味。他四下里看了看，发现那酸臭难闻的气味，是从炕上的那床补丁摞补丁的被子里散发出来的。炕上只有这一床被，却放着五个枕头。他正在疑惑，萧志川解释道："他们一家五口，就盖这一床被子，晚上通脚睡在一起。里面的被套是从老辈儿留下来的。被子一年只洗一次，要等到夏天，找个最好的天，早晨拆洗，白天晾干了，晚上再盖被单。"

对于岳振业来说，萧志川的话就像天方夜谭。他从小生长在不愁吃不愁穿的家庭，即使看到大街上那些穿着补丁衣服的人，也不会想到他们家里的生活这么艰难。

"泊镇有一首歌谣：'透风屋，破烂被；衣衫褴褛，补丁缀！吃了这顿没那顿，全家一个窝里睡！'这就是每个贫苦家庭的真实状况。"萧志川说着说着，动了感情，眼里闪出泪光。

"俺家现在好多了！"吕丫儿的母亲说，"前几年，她奶奶病着，长年吃药。丫儿七岁就去了厂里，总是站着干活儿，一干就是十几个小时，大腿血脉不通，不能走路了，只好让她爹背着去。后来厂里减了工时，她的腿才好点儿了。现在走起路来，虽然还一瘸一拐的，却不再用她爹背着啦。她奶奶去年没了，少了个大负担。等还完了亲戚友人的账，俺这日子就好过了。"

听着吕丫儿母亲的话，岳振业感到鼻子一酸。不知是同情还是感慨，那话说得实在让人落泪。过着这样困难的日子，他们还对生活抱着微弱的希望，哪怕那希望其实只像黑夜里的一点儿星光，像擦亮的一根火柴，或者，只是一盏明灭不定的油灯。比起那些像是活在阳光里的有钱人的孩子，吕丫儿是多么悲苦哇！

岳振业和吕丫儿的母亲聊了一会儿，临走时，从身上掏出三块大洋放在炕上。她一开始不要，岳振业说是厂子给的，她才收起来，然后“扑通”跪下，给他们磕了个头。

从吕丫儿家出来，萧志川说：“你自己拿钱帮人，又能救助多少家庭呢？现在，是社会出了问题，是整个国家有问题了。只要有这些军阀在，有贪官污吏在，有地痞流氓在，中国老百姓的日子就永远过不好。要将穷人从苦难中救出来，只有彻底将它们推翻。”

“十年前就推翻了清朝，老百姓不还是过着这样的苦日子吗？”岳振业心里有几分苦恼，很不耐烦地说，“从古至今，都有穷人富人，神仙也改变不了。我看到日子太难的就帮一下，看不见的也没办法！做点儿实际的，总比你们这样空谈强。”

萧志川本来还想对岳振业说点儿什么，想起覃琴“不要拉俺表哥下水”的话，只得打住。

岳振业回到家，天已经黑下来。一进院子，便看到两个儿子拿着一盒火柴弹着玩儿。岳恒慷将火柴头放在刷磷的地方，用手指猛地一弹木棍儿，燃烧的火柴就射了出去，在空中划出一道亮光，然后熄灭在黑暗里。岳振业一时火起，大喝一声，一脚踹到岳恒慷身上。岳恒慷踉跄几步，额头撞上了放在墙角的铁锨，“哇”的一声哭起来。

姬雪灵听到孩子的哭声，急急忙忙地从屋里跑出来。她拉起岳恒慷，看到脸上有黑乎乎的东西，到屋里拿灯一照，惊叫起来：“流血了！”

小儿子岳恒恺看到哥哥满脸是血，也吓得“哇哇”哭起来。

岳振业慌了，他掏出汗巾摁在岳恒慷额头上，抱起来就往外跑。好在他家离诊所不远，大夫见他急急忙忙地进来，撂下面前的病人就过来了。处理完伤口，上了药，大夫说：“没伤到骨头，换两次药就好。只怕是要落个疤瘌。”

岳振业松了口气。从诊所出来，正好碰到一个卖糖葫芦的。他问了问儿子，上前拦住了商贩。当他掏钱时，岳恒慷在一旁说："给恒恺也买一串吧。"

回到家，他把自己拿着的糖葫芦放到儿子手里，让他去给弟弟。见到姬雪灵，他只说"换两次药就好"，却没讲要留下伤疤的事。

姬雪灵拉过岳恒慷，小心翼翼地抚摸了一下他的额头。然后，她便放桌子盛饭。直到吃饱饭，她才把岳振业拉到里屋，压低声音问："你今儿怎么发这么大火儿？孩子不就糟蹋几根火柴嘛，你至于把他伤成这样吗？！"

"我今儿心情不太好。"岳振业坐在床上，将与萧志川一起去吕丫儿家的事对姬雪灵说了一遍。

"哪天你把她叫咱家来，俺把穿不着的衣服给她找几件。"姬雪灵说着，话题一转说，"覃琴跟俺说了，她男人近来总跟一些生人来往，说是泊镇新到的共产党，是来救穷人的。俺跟她说了，让她劝劝自个儿男人，别跟这些人走得太近了，闹不好是要没命的。"

岳振业看了一眼姬雪灵，说："我跟志川也是这么说。看他那意思，还想拉我一块儿掺和呢！"

"你可不能跟他一样。"姬雪灵急忙说道。她无论如何也不愿让自己的丈夫去做有危险的事。她将自己的身心都交给了岳振业，把他看得比自己的命还重要。她宁可自己苦点儿累点儿，也不想给丈夫增加一点儿负担。她渴望就这样与丈夫平平淡淡、和和美美地过日子，直到老去。依赖丈夫已经成了自己的习惯，她现在不敢想象没有男人的日子。她怀着依恋、怀着柔情地对岳振业说："你要是有个三长两短，俺就没法儿活了。"

岳振业攥住姬雪灵的手，说："我可舍不得丢下这么好看、这么贤惠的媳妇！再说，萧志川他们还要推翻资本家，我哪能与老丈人对着干！"

"要走，也是我走在你前头！"姬雪灵紧随了一句。

"我也要走在前头！"岳恒恺跑进屋，抱着母亲的大腿说。

"傻孩子！别瞎说！"姬雪灵抚摸着岳恒恺的头，看着走进来的岳恒慷，忽然问："知道爹为吗打你吗？"

岳恒慷低着头说："知道。我玩儿火柴了。"

姬雪灵抓住岳恒慷的小手，疼爱地说：“以后不要糟蹋东西啦！娘不是给你们讲过《卖火柴的小女孩》吗？留着火柴，可以给小女孩儿取暖。”

“娘！你再给俺讲一遍吧！”岳恒慷央求道。

“俺也听！”岳恒恺紧紧偎傍着母亲，说。

“好吧！”姬雪灵往床里挪了挪，让两个儿子围着她坐下，娓娓地说，“大年三十的晚上，一个可怜的小女孩儿，光着脚走在街上。天太冷了，她的脚冻得通红通红的，她的手快冻僵了。哪怕有一根火柴，也能给她取暖……”

“娘！以后我和弟弟不玩儿火柴了，给那个小女孩儿取暖。我不让她冻死！”岳恒慷像是忽然之间长大了一样，认真地说。

“俺们恒慷懂事了！是个大人了。”姬雪灵欣慰地说道，“咱们不能让小女孩儿冻死！冻死了，俺的儿子就找不到媳妇啦！”

二

夏茵早就知道倪虎儿看上她了。她有意无意地躲着他，是心里有道坎儿始终过不去。倪虎儿虽然比岳振业家产多，却是龙、虎、豹三兄弟的。最主要的，是她觉得倪虎儿身上那种流里流气的味道总散不尽，像从骨子里发出来的一样。虽然他现在是小组负责人了，一言一行却总是让人心里不踏实。把自己的一辈子交给这样的人，她有点儿不甘心；现在让他管着自己，她也有点儿不情愿。

“倪组长！”夏茵喊着，语气有几分调侃的意味。她坐在远离倪虎儿的凳子上，看着他问：“王组长怎么还没来？”

倪虎儿双手抱肘，两眼死死地盯着夏茵的脸，像是欣赏一件宝贝。后来，他见夏茵又想问什么，便责备道：“你这人就是性急！你也是刚进门嘛！先坐下歇会儿。”

“今儿有吗事呀？能不能先跟俺说，说完俺回去歇着。”夏茵说着，心里一阵阵发慌，不敢直视倪虎儿的眼睛。她感觉自己像个进了笼子的野兔，一心只想快点儿逃出去。

“看看，看看！你这急性子又上来了！”倪虎儿摇了摇头，说，“你要是在做岳振业的工作上，也这么着急，就好啦！”

夏茵一听倪虎儿又说到给岳振业做思想工作的事，马上抱怨道：“做岳经理的工作，干吗非得找俺？萧书记都做不通工作，更何况俺？”

“正因为萧书记做不通工作，才让咱们来做。”倪虎儿笑了笑，忽然诡秘地说，“萧书记把这个任务交给我，我交给你，他就认为我在这个事上真动脑子啦。你是覃琴最好的姐们儿，岳振业又救过你，这事儿由你来做，是不是再合适不过了？我想，萧书记也是这么考虑的，不然，这事儿他为吗交给咱们小组？”

夏茵犹豫了一下，搪塞道：“俺怕去见他。”

“你怕吗？还怕他吃了你呀！”倪虎儿说话时眼睛瞪得很圆，语气却变得很柔和，就像热恋的人之间的窃窃私语。

“俺是，怕俺吃了他！”夏茵说着，竟然笑出声来。

倪虎儿像个醉酒的人，痴呆呆地看着夏茵，像是自语一般地说：“你笑的样子真好看！我就是让你这笑给迷住的，弄得我一到晚上就想你，想得我翻来覆去地睡不着觉。我太喜欢你笑的样子了！”

“倪组长！”夏茵提高了声音，像是很生气地说，“俺是来谈工作的，你说点儿真格的，好吗？！你再说乱七八糟的，俺就走。”

“我现在说的就是真格的。我说的是真话，我真的喜欢你，你还看不出来吗？”倪虎儿不停地表白着。

夏茵“呼”地站起来，愤然道：“可，俺不喜欢你！”

“你喜不喜欢我，那是你的事，跟我没半点儿关系！我喜欢你就行了！”倪虎儿说着，怕夏茵离开，就起身堵在了门口。

“你这是干吗？”夏茵预感到要发生什么，有几分惊恐地问。她怯怯地看着倪虎儿色眯眯的样子，追问了一句：“你要耍流氓？！”

“有好几年没人说我流氓了！为了你，哥就再流氓一回！”倪虎儿说着，像小时候跟兄弟们抢东西一样，不顾一切地扑过去。

夏茵本能地躲开了倪虎儿的一扑。倪虎儿扑了个空，险些摔在地上。夏茵敏捷地在桌凳之间绕来绕去，有几次都差点儿从门口逃走。倪虎儿像个钓鱼的老手，并不急于将上钩的鱼拖上岸，而是溜来溜去，以不让鱼脱钩为目的。不管他怎样去抓夏茵，却像个守门员一样始终看紧门口。倪虎儿明白，只要不让夏茵跑出门去，她今天就是囊中之物了。他想起猫抓老鼠的情景，猫逮着老鼠，并不急于吃了它，而是戏耍够了才下嘴。猫享受的就是这个过程。太容易得到，可能就索然无味了。

“王组长！”夏茵像是终于有了主意，看着倪虎儿身后，大声喊了一句。她想趁倪虎儿分心的机会，冷不丁逃出去。

“实话跟你说，我今儿根本就没叫王组长来。”倪虎儿像骗过了一个精明的孩子，开心地笑道。就在夏茵走神的一刹那，他一把抱住了她，非常得意地说：“你以为，你今儿走得了吗？我这叫‘摆下龙门阵，只等有缘人’，怪就怪你长得太好了！泊镇谁不想得到你？元大头想，我更想！”

“来人哪！”夏茵像掉到魔窟里，变了声地喊起来。

倪虎儿用手捂住夏茵的嘴，冷笑道：“你喊破了嗓子也没用！你以为岳振业救了你一次，还能救你第二次吗？你早晚也是属于男人的，让我弄总比让元大头弄强多了。”

夏茵极力挣扎着。她觉得倪虎儿的力气出奇地大，闹到最后，被倪虎儿重重地压在桌子上。她感到自己的屁股后面被倪虎儿身上的硬物顶住了，心里禁不住一阵狂跳。她将倪虎儿的手推开，喘着粗气，怀着最后一点儿希望，质问：“你又不是没有媳妇，干吗来糟蹋俺？你要再这样，俺去告诉你媳妇！”

“从今以后，你就是我媳妇了！”倪虎儿说着，一手摁着夏茵的后背，一手褪下了她的裤子。

“你疼死我了！”夏茵“哎哟”一声，嘴里叫着，身体却一动不动，任由倪虎儿摆弄。她听人说，女人的第一次很疼，而她感到并没有想象得那样痛苦。尽管如此，她还是下意识地喊了一声。不知为什么，在被倪虎儿抱住的时候，她就有了被占有的欲望。那一刻，她忽然感到被倪虎儿抱着和被岳振业或元大头抱着，其实没有什么区别。正如倪虎儿说的，自己的身子早晚是男人的，只要这个男人喜欢她一辈子就行。她用自己的身体取悦男人，男人用甜言蜜语取悦她。不管这个男人是高是矮，是丑是俊，也不管这个男人对别人是好是坏，只要对自己好就满足了。

“舒服哇！”倪虎儿像吃到天下最美味的东西一样，心满意足地喊了一声。他那抱住夏茵的手松开了，身体像累垮了一样倒在地上，心里却十分愉悦地说："我现在就是死了，这一辈子也值啦！"

夏茵转过身来，一屁股坐在倪虎儿身上，猛然在他的胳膊上咬了一口，恨恨地说："我杀了你！"

倪虎儿"啊"地叫了一声，骂道："你这是谋杀亲夫！"

"你是谁的亲夫？俺可不是你媳妇，你媳妇在家呢！"夏茵已经认为自己是倪虎儿的人了，却还没觉得是他的媳妇。他还没有娶她，她也不知道自己该不该嫁给他。她感到，对于倪家，她还是个外人。她生气地说："你有媳妇还来欺负俺？"

"我媳妇病十多天了。我出来找人，还不是为了疼她！"倪虎儿将手伸进夏茵的粉袄里，揉捏着她的胸脯，狡黠地说。

"那你去找妓女呀！"夏茵揶揄道。

倪虎儿"嘿嘿"笑着，说："哥不是喜欢你吗？哥虽然流氓，却从来不去逛窑子。能内部解决的，干吗到外边去？"

"你别忘了，你是组长！"夏茵提醒道。尽管她知道，像倪虎儿这样的人，别说是一个小小的组长，就是当县长也约束不了他。他敢在办公室里搞下属，还有什么可让他怕的。

"组长怎么啦？组长也有七情六欲！"倪虎儿脱口说道，"要是当组长不能找女人，我还不如去寺庙当和尚！就是去当和尚，我也要先得到你。在泊镇，除了媳妇，我就喜欢俩女的，一个是你，一个是陈绮云。只要这两个心愿了啦，我就心甘情愿地去当和尚了。"

"你这真是吃着碗里的，看着锅里的！"夏茵拧了倪虎儿一把，警告道，"绮云那孩子还小，你可别再作孽！"

"她小，总有长大的时候，我等！"倪虎儿嬉皮笑脸地说着，将夏茵从身上推下去，一翻身骑在她大腿上，笑道，"现在哥有了你，还有什么可急的。"

夏茵见倪虎儿又动手动脚，急忙说："俺还疼着呢！"

"我知道你疼！"倪虎儿心里有几分失望，脸上却堆着笑，温存地说，"你身上疼，哥心上疼！哥就等两天再找你。你要觉得行了，记得来找哥。"

"呸！"夏茵佯装生气地说，"你想得太美了！"

三

直隶第九师范学校宽敞的正门在泊火大道的北侧，与火柴厂宏伟壮观的北大门遥遥相对。学校建于一九二五年，刚过了十年校庆，在校生们就与全国各大院校的学生一样，展开了轰轰烈烈的罢课游行，掀起又一次抗日救亡高潮。

岳恒慷来到九师门前时，看到一名女学生在同学们的簇拥下，站在高高的条凳上慷慨激昂地演说着："……关外的同胞正在日本帝国主义的铁蹄下痛苦挣扎，他们饱受蹂躏，家破人亡！现在，我们中华民族的危机空前严重，华北岌岌可危，天津危在旦夕，泊镇大难将至。泱泱中华，早已千孔百疮；华北之大，已经安放不下一张书桌了。'强敌已入腹心，偷息绝不可能'。在民族面临生死存亡的紧要关头，在亡国灭种的紧急时刻，我们唯一的出路是武装起来，进行抗击日本侵略的民族革命战争。抗日则生，不抗日则死！抗日救国，已成为每个中华同胞的神圣天职。全国亿万人民的抗日怒火已经熊熊点燃，在黄河两岸，在大江南北，到处响彻抗日救亡的号角。同胞们，乡亲们，我们要赶快行动起来，积极参军，抵御外寇，保卫华北，保卫天津，保卫我们自己的骨肉亲人。"

听了女学生的演讲，岳恒慷早已热血沸腾。他向前走了几步，毫不犹豫地站到报名参军的行列里。刚排了一会儿，就有一名英武的军人走到他面前，蔼然问道："这位小兄弟，你是不是练武之人？"

"你怎么知道？"岳恒慷有几分诧异地问。

"这个我要看不准，还怎么授人武功？"军人笑了笑，依然温和地说，"我是二十九军大刀队的武术教官，咱俩切磋切磋可否？"

岳恒慷婉言拒绝道："等我报上名，再与你比试如何？"

"如果你能接我三招，我直接带你入伍。你要胜了，我把大刀队教官的头衔让给你。"军人庄重地说。

"我不当教官，我要上阵杀鬼子。"岳恒慷轻慢地说，"敌人都是钢枪钢炮，我们还要大刀干什么？难道用刀去砍敌人的枪炮吗？"

军人"哈哈"一笑，"唰"地从背上抽出寒光闪闪的大刀，朗声说道："大刀砍不断枪炮，却能砍断强盗的脖子。你知道长城喜峰口战役吗？我们就是用大刀砍杀了三千多日寇。我这把刀，将二十多个小鬼子送回了老家。你说是大刀没用，还是武功没用？远战靠枪炮，近战看功夫，各有用武之地。再说，我们大刀队成员也有枪，长枪短枪都有，还是军队里最好的装备。”

“我要赢了你，你真能带我上阵杀敌？”岳恒慷紧盯着军人问道。

“你只要跟我走，想不上战场都难。”军人坦率地说，“我来泊镇征兵，就是要带着去打击侵略者的。”

“好！”岳恒慷将外衣一脱，大声说，“我就与你较量较量。”

军人将手里的大刀交给身后的战友，随即拉开架势。他以逸待劳，等年轻气盛的岳恒慷到了跟前，才出手过招。几个回合后，他见岳恒慷一脚向他踢过来，便身子下蹲，虚晃一个扫堂腿，然后一个跃步将拳头冲着岳恒慷的左肩砸去。岳恒慷身子向右一闪，军人的一个推掌发力而来，正中他的右肩，他身子不由自主地向后“噔噔”地退了几步，被一双小手从后面撑住。

岳恒慷回头一看，见弟弟岳恒恺正得意地瞅着他，说：“没想到是我吧？哥！让我来助你一臂之力。”

“好了！”军人走过来，赞许地说，“你一个年轻人，能接我这么多招，已经很了不起了。我话复前言，带你去部队。”

“我也要去当兵，跟我哥一起。”岳恒恺对军人说。

军人伸手摸着岳恒恺的头，温和地说：“现在不行。等你长到你哥这样高，我再来叫你去参军。”

“个儿矮怎么了？”岳恒恺对军人说，“我可能打不过你，不信喊个你手下的人跟我比比，看我不把他打趴下！”

“我信。”军人开怀一笑，说，“等你再练几年功夫，一定能把我打趴下。那时候，我就把你请进大刀队，来助我一臂之力。”

“我不听你的。我让爹来找你们当官的说。”岳恒恺说完，拉着哥哥就走。

军人看着岳恒慷、岳恒恺哥儿俩的背影，高声说：“记住，我叫秦忠勇，也是咱泊镇人。你们是唐拳，我练的是六合拳。”

岳恒慷停住脚，回头朝秦忠勇拱了拱手，然后被弟弟拽着快步朝家里走去。一进大门，岳恒恺就大声喊“爹”喊“娘”。等看到父母，他开口便说：

“我要跟哥哥一起当兵，去打鬼子。”

岳振业抬起头来，没有理会岳恒恺，而是瞅着岳恒慷问：“怎么回事？去哪儿当兵？”

“二十九军来泊镇征兵了。”岳恒慷如实答道，“一个大刀队的教官，让我跟他去部队。”

“大刀队我听说过。”岳振业看了一眼妻子，说，“喜峰口大捷，二十九军大刀队功不可没。”

姬雪灵不无担忧地说：“这年头，靠大刀哪行？你功夫再好，也躲不过人家的子弹。”

“那个教官说了，他们虽然叫大刀队，每个人也都有枪，而且是队伍上最先进的武器。”岳恒慷向母亲解释道，“娘！你不会舍不得让我去当兵打鬼子吧？”

“舍是肯定舍不得。战场上子弹不长眼，我能不担心吗？”姬雪灵充满怜爱地说，“让不让你去，要听你爹的。”

岳振业沉思了一会儿，说：“本来，我不想让你到国民党军队里当兵。不过，据说二十九军还是积极抗日的，你如果愿意去，我也不拦你。国民党军队现在很腐败，你一定要洁身自好，我不想让咱老岳家出一个兵痞或军阀。”

“这个你放心！”岳恒慷坚毅地说，“我会做到出淤泥而不染的。如果我变了，你们就别让我进这个家门了。”

“傻孩子！”姬雪灵慈爱地说，“这个家，永远是你的家，不管到什么时候，我们也会认你这个儿子。我和你爹都相信，你不会变坏的，因为你是老岳家的子孙。”

岳恒慷听到母亲的话，“扑通”一声跪在母亲面前，无比激动地说：“这话我记下了！我一定会给你和爹争气的。”

姬雪灵抬起手，轻轻地抚摸着儿子额头上的疤痕，欣然说道：“还好，这个疤瘌没耽误你当兵！”

“我想，等一场仗打下来，在别人眼里，它就成了英雄疤！”岳恒慷有点儿顽皮地说，“现在也算英雄疤，是我英雄的父亲给我留下的疤。就像岳母刺字，让我坚定信念，知道什么该做，什么不该做。”

“我又没上过战场，哪来的英雄？！”岳振业苦笑道。

岳恒慷很自豪地回答：“战场上出英雄，但英雄不是都来自战场。这些年，爹从运河里救慕容姑姑，从流氓手里救夏姨，在街上惩治恶霸，去穷人家嘘寒问暖，留下了许多见义勇为、扶危济困、打抱不平的故事。在我眼里，甚至在泊镇人眼里，你早就成了英雄。”

“我也要当英雄！”岳恒恺嚷道，“像爹一样，像哥一样。”

姬雪灵笑起来，十分开心地说：“你哥儿俩要是都成了英雄，我可就是英雄的母亲了！”

岳振业用嘉许的目光看着姬雪灵，若有所思地说：“你把我那件白布衫拿出来。”

当姬雪灵去衣橱里取布衫时，岳振业拿起了八仙桌上的毛笔。姬雪灵回头看了一眼，便明白了丈夫的心思。她把布衫铺在桌子上，然后开始轻柔地研墨。岳振业将毛笔蘸满墨水，略一思忖，提笔在白布衫上写道：“日寇猖獗，山河破碎。我欲杀敌，怎奈年长。所幸有子，慷慨请缨。愿儿奋勇，驱遣强敌。甘洒热血，报效国家。”

岳振业双手举起写满字的布衫，满怀豪情地对岳恒慷说：“我愿你在家尽孝，更愿你为国尽忠。你将它带在身上，陪你上战场，就像我陪在你身边一样。”

四

我魏绛闻此言如梦方醒，
却原来这内中还有隐情。
公孙兄为救孤丧了性命，
老程婴为救孤你舍了亲生。
似这样大义人理当尊敬，
反落得晋国上下留骂名。
…………

剧院里，王凤迎正和两位工人听得入迷，忽然觉得头上有水浇了下来。

全身被浇湿的工人站起来，向头顶上的包厢看了看，抬脚就往上走。王凤迎急忙拉住，说：“算了吧！一会儿就干了。看戏，看戏！”

“我上去看看是怎么回事，是水呀还是尿哇？咱不去找他，一会儿又泼下来了。”工人说着，甩开王凤迎，“噔噔噔”地朝楼上走去。

王凤迎紧随着到了楼上包厢，见倪景河正搂着一个年轻女人看戏。倪景河见一个工人进了包厢，顿时咆哮道：“你进来干吗？给我滚出去！”

“我来问问，是谁往楼下泼水。”工人没有被倪景河的话吓住，理直气壮地说，“你看，我身上全湿透了！”

“湿了就扔了它。”倪景河撒开搂着女人的手，不耐烦地说，“他妈的臭烘烘的，你这身皮早该扔了！”

“你这是怎么说话呢？”工人十分气愤地说。

倪景河霍地站起来，指着工人的鼻子，恶狠狠地说：“你大爷我就是这样说话！你再叫唤，看我不削你！”

“倪掌柜的！不要动这么大气，他年轻不懂事！”王凤迎说着，伸手去压倪景河的手。

“你一边儿去！我今儿就要教训教训这个小私孩子！”倪景河一扬手，王凤迎闪开了，却打在了身边那个工人的脸上。

被打的工人还没反应过来，另一个工人抬脚就踹到倪景河的肚子上。倪景河被踹得直接坐在了地上。他刚要起来，看到两个警察跑来，就坐着大声嚷起来：“踢死我啦！给我揍他！”

警察看了眼被倪景河指认的工人，不由分说，上来就是一顿暴打。等王凤迎将警察拉开，这个工人已经被打得满脸是血。一个警察又踹了工人一脚，走过去扶起倪景河，问：“倪叔！你没事儿吧？”

“我肚子疼，疼死我啦！”倪景河听到警察亲切地喊他叔，猜想可能是儿子的下级，立时来了劲儿，放开嗓门大喊大叫起来，“把这几个人全给我打出去！”

“住手！”王凤迎挺身面对着警察，很镇静地说，“这就要出人命了，还敢动手？你们把人打死，怎么向局长交代？先救人要紧！”

在警察犹疑之际，王凤迎一弯腰背起受伤的工人，离开了包厢。出了剧院，他背上的工人说：“王哥！把我放下来，我自己能走。”

王凤迎将工人放在地上，和另一名工人搀扶着他，一瘸一拐地朝大十字街上的诊所走去。诊所就在鼓楼附近，离剧院只有三百多步的样子。已近亥时，街上的小商小贩寥寥无几，行人也稀少了。在诊所给工人上完药，王凤迎让另一名工人送受伤的人回家，他径直去了萧志川家。他向萧志川讲述了发生在剧院里的事，问道：“你看这事怎么办好？咱厂子上千号人，在外面被警察打的事屡屡发生，再不想办法，他们蹬着鼻子上脸，还不欺负到家里来呀！我的意思，咱这次要发挥工会的作用，替工人们讨回公道。”

萧志川听完王凤迎的话，想了想，说：“县委本来准备在这个月组织工人大罢工。现在出了这事，可借此组织工人到警察局去要一个说法。你通知下去，明儿一上班，抬着受伤的工人去警察局。能去多少人，就去多少人。咱们要让警察局人人知道，火柴厂的工人不是好惹的。同时，让厂里的财主看到工人的力量，也给日本人一个下马威。我明天先找县领导汇报，争取县委的支持。”

“太好了！我这就让人们分头去通知。”王凤迎高兴地说着，放下手里的茶杯就往外走。他觉得，有了县委的领导，自己更有底气了，成功的希望也更大了。

第二天，太阳刚出来，火柴厂一百多名工人抬着被警察打伤的人往红杏街走来。有人看到这么多人去警察局，急忙跑到局里告诉了局长。等工人们赶到时，警察局的大门已经紧紧地关闭了。工人们呼喊着，纷纷向前，有的用拳头，有的用砖头，“咚咚”“咚咚咚咚”地敲响了大木门。折腾了有一袋烟的工夫，里面的人也不来开门。这时，有几个工人从附近抬来了檩条，十几个人分两侧抱紧后，“咣咣”地撞向木门。顶门柱很快就被撞坏，警察局大门随着“哗啦”一声响，一扇歪了，一扇倒了。工人们拥进院子，四下里喊着找局长。

王凤迎首先推开局长办公室的门，发现里面空无一人。最后，他看到刘局长从茅房里走了出来。刘局长看了看满院子的工人，立时满脸堆笑，打着官腔说：“老少爷们儿！我已经知道这个事了。我本来想一早去你们厂子的，这不闹开肚子了，一起来就开始跑茅房。”

“你们关大门干吗？”工人们嚷起来。

“是吗，大门关了吗？”刘局长佯装不知，回头看看身边的几个警察，板起脸来问："谁关的大门？你们要作死吗？咱警察局的大门也是随便关的吗？回头让我查出来，看我不处理他！"

"你们警察局欺负俺们厂子的人，不是一次两次啦！这一回，不能就这么算了！"吕丫儿走到刘局长面前，气愤地说。

"怎么是你们警察局呢？应该是咱们警察局。"刘局长想拉近与工人们的距离，下一步好交谈，所以很耐心地说，"警察是保一方平安的，是保护咱乡亲父老的。别说是咱们警察知法犯法，就是日本人随便打人，我们也要管。大家放心，我一定会妥善处理此事，绝对达到你们的满意。现在到了上班时间了，你们赶紧去厂里，无故旷工，厂子要把你们开除了，家里的老婆孩子靠什么来养？"

"这个事不用局长费心！"王凤迎走到吕丫儿身旁，看着刘局长的眼睛，说，"今儿来的，都是下了夜班的工人。"

刘局长苦笑了一下，说："要是这样的话，咱就有时间谈了。你看，这么多人，也全进不了我办公室，不如你们找几个代表，咱到屋里坐下来慢慢说话。这事说大就大，说小就小，我先听听你们有吗要求，再说怎么处理的事。"

"还是先听听刘局长想怎么处理吧。"萧志川拨开人群，走到刘局长面前，凛然地说，"说大说小，全凭刘局长一句话了。你先说说你的想法，工人们接受得了更好，如果接受不了，可以再提要求。我觉得，别的事都好说，就看局里怎么处理那两个打人的警察了。"

"先把那两个打人的警察叫出来，让俺们看看他们是吗东西，敢把人往死里打！"吕丫儿手指着警察们的办公室，大声说。

"叫他们出来有什么用？你们还能把他们再打一顿？有什么事还不是要靠局里解决？"刘局长说着，威胁道，"如果你们非要找打人的，我就不管了，你们愿怎么着就怎么着。我这作着难，出头为你们管事，你们还不知情！你们认为，事这么好处理呀？"

"你这话说得就不对了！"萧志川有点儿冲动地反驳道，"打人的警察是你的手下，他们惹了事，你当然要负责任！再说，让他们站出来向工人们道个歉，也不为过吧？"

刘局长听了萧志川的话，立时变了脸，很不高兴地说："既然你认为我失职，你们可以去县里告我，别来警察局闹了。去吧，你们马上去！县里怎么处理，我都听着。”

“你这局长……”萧志川的话还没说完，岳振业走到他面前，上来就给了他一巴掌。

岳振业全然不顾被打蒙的萧志川，抬头对院子里的工人高声说：“这个事，是火柴厂与警察局的事，你们不要掺和进来。我代表厂子保证，一定会处理好这件事。如果解决不了，被打工人的医药费和工资全由我来出。你们马上回去歇着，谁要不走，我就带他到厂子接着加班干活儿。”

工人们听了岳振业的话，迟疑了一下，便有人带头往外走。很快，岳振业和刘局长面对的，只剩下萧志川一个人。岳振业瞪了他一眼，厉声说：“你怎么还不走？快走！回去我再好好收拾你！”

看着萧志川远去的背影，岳振业扭头对刘局长说：“他是我妹夫，说话嘴上没把门的，刘局长别怪，我替他赔礼道歉了！”

“既然是岳经理的亲戚，我怎么敢怪罪！”刘局长扬手挠了挠头，皱着眉说，“不过，我就纳闷儿了，别人被打，他出的哪项头？还有那么多工人，全都怒气冲冲的，像是要吃了我似的！你的妹夫不会是共产党吧？今天这事，肯定是共产党组织起来的。”

岳振业笑了笑，说：“这话你说严重了，与共产党无关，听说是厂子工会出面组织的。你这是头一次领教工会的厉害。火柴厂自从有了工会，厂子就没消停过。”

“人越多越难管。人一多，下面再有个替工人说话的组织，就更难管了。”刘局长说着，将岳振业让进自己的办公室，拿起水杯要给他倒水。

“我不渴。”岳振业摁住刘局长去端水壶的手，说，“咱先说说眼前的事怎么办吧。谈妥了，我好回去跟工人交代。我觉得，他们闹了半天，无非就两个方面的事，一个是受伤工人的医药费，一个是怎么处理打人的警察。”

刘局长自己斟了杯水，放到办公桌上，像是很认真地说：“刚才你不是跟工人说了吗，医药费你出！你出医药费，我处理警察，这不就得了吗？”

“你还真让我自己出医药费呀？”岳振业问了刘局长一句，接着抱怨道，“我可是给你解了围，到最后，不但没从你这儿落好，还要搭钱进去。

我为了你，把我妹夫也打了！回去后，我妹妹还不知怎么找我闹呢！”

“你不是代表厂子来的吗？”刘局长有几分疑惑地问。

岳振业苦笑道：“我只不过那么一说。事情发生得突然，我一听说就赶过来了，哪有时间跟厂子讲。”

“也是！”刘局长微微点了点头，接着说，“其实，你不来，我也有法儿治他们。跟你说实话，我已经通知了日本宪兵队，他们正往这儿赶来。你要不撵那些人回去，日本人一到，有他们好果子吃。咱泊镇人就这副德行，窝里横，见了日本人就熊了！”

“刘局长！你这事办得有点儿莽撞了！”岳振业提醒道，“能自己解决的事，尽量不要找外人。今儿多亏工人们走了，要是让日本人过来杀了人，这笔账可全记在你头上了。日本人能走，咱可是要在泊镇一辈辈儿地生活下去。”

刘局长想了想，一手按着办公桌，一手扶着大腿，慢条斯理地说：“你讲得不无道理！这样吧，工人的医药费我出，他因伤不能上班的事你去处理。至于打人的那俩混蛋玩意儿，我让他们停职反省。你看这样总可以了吧？——再说，倪警长他老子被踢了一脚，没准儿我这么处理他还不愿意呢！这工作，还得我去做。”

“我就知道刘局长是个明白人！”岳振业有点儿奉承地说。

岳振业刚想走，又被刘局长叫住了。刘局长从抽屉里拿出一沓条子，递给岳振业，毫不客气地说：“这是局里出不了的费用，你跟姬经理说一下，给报了。”

“我以为刘局长要立个字据呢！”岳振业打趣着刘局长，草草地看了看，发现大多是个人买东西及吃喝的消费。他心里厌恶，脸上却笑着说：“这可比那个工人的医药费多多了！”

“一码归一码。”刘局长也笑着，说，“你们给我帮忙，我心里有数。以后有用得着我刘某的地方，你尽管说话！”

岳振业从警察局出来，走着走着，看到有个修长的人影向他追过来。快到他跟前时，那人抬起脚向他踹过来。他一回手抓住那人的脚腕子，扭过头去一看，是萧志川。

“这样也行啊？！”萧志川单腿着地，摇晃着身子说。

“我打你一掌，你踢我一脚，咱扯平了。”岳振业像是如释重负地说。与萧志川结识二十多年，两个人从来没有红过脸，今天竟然打了他一巴掌，虽然是迫不得已，心里也不是个滋味。

萧志川争持说：“我这一脚没踢上，不算。我还没吃早饭呢，你请我吃顿羊汤，咱才算扯平。”

“既然你说出来了，我请啦！”岳振业很痛快地答应道，“正好，我也没吃饭。”

“我也没吃早饭。”王凤迎在他们身后说。

萧志川诧异地问：“你怎么没回去？”

“我看你没走，怕你跟岳经理打起来，就一边儿等着你了。”王凤迎解释道。

萧志川哈哈一笑，说：“我哪敢跟姐夫动手呀！一个是我打不过他，刚才偷袭都没沾光，差点儿让他把我扔出去；再一个，我要跟他打起来，家里就有收拾我的人了。我留下来，就是觉得他这一巴掌打得蹊跷，想问个清楚。”

岳振业听了，向红杏街路口一指，说：“你甭问我，你去问那一队日本宪兵吧！警察局把他们搬来，可不是来看热闹的。工人们要是让他们堵在局里，不杀头也得坐牢。”

萧志川看着向警察局跑去的宪兵队，心里一阵后怕。他禁不住说道：“振业！你真是神通广大！你不加入我们，是一大憾事！”

“你们要闹得掉了脑袋，该遗憾的是我了！”岳振业说完，马上又后悔了。多年后，岳振业还懊悔当初说了这么一句话。

五

倪虎儿盯着陈耀煌看了半天，也看不出陈绮云哪点儿随他。陈耀煌是大嘴、大鼻子、小眼睛，陈绮云是小嘴儿、小鼻子、大眼睛；陈耀煌是方脸，陈绮云是圆脸。倪虎儿想，没准儿陈绮云是随母亲，可也该有一点儿她父亲的影子。这要走在大街上，谁能看出他们是父女。孩子完全随父亲，谁也说不出什么话来；这要全随了母亲，就不好说了！看陈绮云，陈耀煌的老婆肯定有几分姿色，如果再有几分花心，这陈绮云是不是他陈耀煌的女儿，就是个问题了。老猫尿房檐，辈辈往下传，陈耀煌的老婆有问题，他女儿也好不到哪儿去。看来，陈绮云只能拿来玩玩儿，当老婆不行，当妾也不行。不管当老婆还是当妾，后院都得起火，闹不好烧得他体无完肤，或死无全尸。

“你小子艳福不浅嘛！元大头没得到的女人，落你手里了。”陈耀煌像是嫉妒又像是羡慕地对倪虎儿说。

“术业有专攻。你陈团长对酒有研究，咱对女人有研究。”倪虎儿说着，心里想：我要把你女儿弄到手，那才是真有艳福！你陈耀煌整天泡在酒里，一天仨醉俩倒，给你女人也是白搭。回家往床上一躺，跟个死猪似的，老婆不找别人才怪呢！

陈耀煌笑了笑，深有感触地说：“人这一辈子，无非是吃喝玩乐四个字！我占了吃喝，你占了玩乐。你小子比我能耐呀，摊了个好爹，不愁吃不愁喝，才有闲心去玩去乐。咱俩的吃喝玩乐，虽然都是生理需求，我却在初级阶段，你可比我高了一个层次。”

“这不是高低的事，主要看你喜欢吗？你喜欢什么，什么就是好东西！你不喜欢的东西，对你来说就是累赘。”倪虎儿津津乐道，“你喜欢喝，给你两坛酒，比让你跟仙女睡一觉还好。我就喜欢年轻好看的女人，你给我十坛酒，不如让我跟美妞亲一口。”

“你说的是这个道理。这两天我琢磨了，你加入共产党，是不是就为了得到那个叫夏茵的女人呢？”陈耀煌终于切入正题。

倪虎儿愣了半天才说：“这话可不能乱讲！共产党是要被砍头的。我这人只玩儿女人，不玩儿命！我还想趁着身子骨还行，多见识几个女人呢，哪能干这不要命的事。”

“你就别抵赖了。”陈耀煌看着倪虎儿故作镇静的样子，冷笑道，“我是从绮云那儿知道的，还能错的了？没有十足的把握，我今儿也不请你来。”

“陈绮云还是个孩子，她的话你怎么能相信？”倪虎儿说这话时，心里也不相信，陈绮云作为九师的一名学生，会成了自卫团或日本人的特务。

“你他娘的也知道她是个孩子，竟然让她干这掉脑袋的事？！”陈耀煌非常恼火地说，“她在家，我都不舍得让她做家务；你们可好，拉着她干这刀刃上舔血的活儿！亏了被我发现得早，不然，她丢了命，我哭都找不到地方。”

从陈耀煌的话里，倪虎儿听出来，他是跟踪陈绮云才发现情况的。这样，与陈绮云接触多的人和她去过的站点，都可能暴露了。他现在最心急的，是赶紧通知上级，让和陈绮云直接联系的党员转移或者暂时避一避。他心里想着，对陈耀煌分辩道：“你跟我着急也没用！我刚认识陈绮云，还不知道她是你女儿。”

“不过，这样也好！”陈耀煌话题一转，颇有几分得意地说，“这样一来，让我掌握了你们在泊镇的所有人和所有窝点，我可以轻松地向皇军买功，还可以说绮云是自卫团安排打入共产党内部的，等于把她保护起来了。”

“你这话别说得太早了。”倪虎儿既是点拨又是要挟地说，“如果陈绮云是自卫团内线的事传出去，共产党不杀她，自然会有人杀她。怕是聪明反被聪明误哇！”

陈耀煌从烟盒里抽出一根烟，将桌上那盒日本猴牌火柴拿在手里，说：“这他娘的还真是个事！你倒提醒我了。螳螂捕蝉，黄雀在后，不得不防。不过，我现在也是骑虎难下了。自卫团要抓捕共产党的消息，皇军可能早就知道了。和日本人一打交道才知道，他们比猴儿还精，要不人家怎么打进中国来呢！”

“是啊，这日本鬼子，安上个尾巴就是猴了。”倪虎儿看着陈耀煌手里的火柴盒，随口说。陈耀煌手里的火柴盒上，是一个人面猴身的动物，像人又像猴，是人又是猴。说它是人，却长着尾巴；说它是猴，却生出人的脸。倪虎儿见过无数种上面是猴子的日本火柴盒，有粗犷的如意猴儿，有精美的发财猴儿，有树上树下摘桃子的小猴儿，也有举着一根划燃的火柴向台下推销的大猴儿，有搂着亲热的公猴儿，也有抱着崽子的母猴儿……千姿百态，惟妙惟肖，不一而足。

“你老子也够精明的。”陈耀煌点着烟吸一口，说，“甭看只有仨孩子，却弄得警察局里有，国民党军队里有，现在共产党里也有了。要不是顾忌这些，我早把你请上老虎凳了，还用费这么多话！”

“让我拜你个大哥呗？！这样，咱自卫团里也有自家弟兄了！说实在的，我早就想与你结拜了，就是一直高攀不上。”倪虎儿亦真亦假地说。他想，真要与陈耀煌拜了把子，陈绮云就是他的干女儿了。近水楼台，得月不得月的，先得到人再说。

陈耀煌猛吸了一口烟，将烟雾吹到倪虎儿的脸上，说："你别跟我打哈哈！今儿喊你来，就是让你配合我，抓一条大鱼献给皇军。他们刚到泊镇，第一印象很重要。我想给皇军留下一个好印象，不想让石南谷岳太君说我自卫团无能。"

"你怎么就知道日本鬼子能在泊镇待下？不怕他们一走，老少爷们儿把你千刀万剐？！"倪虎儿说着，不由得想到他爹说的话：国民党和共产党，现在还不知道哪片云彩下雨。咱除了不伺候日本人，你哥儿仨干吗也行。日本人是外来的，在泊镇会水土不服，一定是待不长，咱不能陪他们玩儿。想到这儿，倪虎儿不无嘲讽地对陈耀煌说："不过，你这人命好，能左右逢源。你原来是镇长，后来又成了自卫团团长。过去，你帮国民党，对付共产党；现在你帮日本鬼子，对付国民党和共产党。没准儿，鬼子前脚儿走，你后脚儿又替国民党对付共产党。只是，这样玩儿也悬着呢，如果共产党成了气候，你可就真倒霉了。"

"共产党能成气候？做你的春秋大梦吧！"陈耀煌像听天方夜谭一样睁大了眼睛，不屑地说，"你就看看你们这伙人，一群虾兵蟹将，我都懒得去逮，怕污了我的名声。我为吗想抓条大鱼？就泊镇这些虾米，还不够给皇军炒盘儿菜的呢！"

倪虎儿心里一急，脱口说道："我们共产党总比国民党那些乌龟王八蛋强！日本鬼子还没进泊镇，就跑得没影儿了。剩下几个没跑的，也成了鬼子的走狗。"

"你也别在这里指桑骂槐！"陈耀煌压住火气，说，"你现在是不打自招了吧？那咱后面的话就好说了！你就告诉我，共产党的县长、书记什么时候来泊镇，来干吗，去哪儿，剩下的事你就别管了。"

"你还是抓起我来吧！跟小鬼子就说我是县长。"倪虎儿倔强地说，"我要是成了叛徒，别说我祖宗脸上无光，我一出去就得被他们生吞活剥了！你还是给我来个痛快的，一刀杀了我，总比东躲西藏、提心吊胆地过日子强。"

"好，好！你小子有种！"陈耀煌气急败坏地说，"你要不说，别说皇军了，我就有的是办法整你。我顾忌你兄弟们的关系，是不想跟他们撕破脸儿。别把我逼急了，逼急了，我可什么事也做得出来。要不要让我送你一份大礼？——听说你媳妇也是咱泊镇的大美人，要是把她和夏茵一起送给皇军，准赏你一顶大大的绿帽戴。这以后你要是跟皇军成了连襟，我就真拿你没办法了！”

“你敢！”倪虎儿跳起来，喷着唾沫星子说。陈耀煌的话像一把刀子，捅在了他的软肋上，他咆哮道：“老子可不是吃素的！你敢打她们的主意，我让你死无全尸！”

陈耀煌也站起来，掏出手枪顶在倪虎儿的脑门儿，恶狠狠地说：“你他娘的别跟我狂，信不信我把你脑袋打成筛子底儿？你要不听话，咱就弄个鱼死网破！”

“你这是铁了心地要拉我下水呀！奶奶的，我算毁在你手里啦！”倪虎儿说着，冷汗从脸上冒了出来。

六

倪家与慕容家几十年的仇怨，倪虎儿一直如鲠在喉。君子报仇，十年不晚，他好像总是在等一个机会。那天，陈耀煌的话提醒了他，他想把慕容巧莹当条鲜鱼，送到小鬼子的嘴里。他跟陈耀煌一起见了日本司令官石南谷岳后，便将这个“老鬼子”当成了目标。他觉得，这是一石二鸟，是一举两得的事，既报了仇，出了一口恶气，又拉拢了鬼子头目。于是，他跟“老鬼子”说泊镇有个非常漂亮的暗娼，不见一般人，只接待有头有脸的来客，石南谷岳一听，果然很感兴趣。他问倪虎儿那个“半掩门”的女人长得怎样，倪虎儿绘声绘色地描述了半天，也不知道鬼子是否清楚了慕容巧莹的样子。最后，他从身上掏出夏茵的照片让鬼子看，说“比这个长得还好看”。石南谷岳盯着照片看了许久，淫笑道：“好，好！用你们中国人的话说，棒极了！”

石南谷岳在东北待了很多年，汉语说得比较流利。他让倪虎儿先回去，说自己有时间再去找他。倪虎儿回家等了不到三天，石南谷岳就带着两个日本兵找到了脚行。

倪虎儿给“老鬼子”沏好了茶，说去看看慕容巧莹家是否有客人。他从家里出来后，直接去了火神庙码头。他发现慕容蠡在码头上忙碌着，便一溜儿小跑地回到家，很兴奋地对石南谷岳说：“可以去了！她家正好没客人。”

石南谷岳放下手里的茶杯，站起来整理了一下自己的便装。倪虎儿拿出平时很少用的礼帽扣在头上，陪着“老鬼子”往慕容巧莹家走去。快到她家门前时，倪虎儿停下脚步，让“老鬼子”自己进去。石南谷岳看了看气派的慕容府大门，有几分疑惑地问：“这是她家吗？”

“就是她家。你看，那门不是半掩着嘛！”倪虎儿似乎看出“老鬼子”的心思，赔着笑脸解释道，“这些年，她从泊镇头面人物那里得了不少钱，盖了这个大房子。你放心去玩儿吧，准让你玩儿高兴了！”

“吆西！吆西！”石南谷岳拍了拍倪虎儿的肩膀，十分欣喜地说。

慕容蠡出去时只将门虚掩上，这是多年的习惯。在女儿小时候，慕容蠡曾反锁过大门，女儿后来自己翻墙出去了。那次的经历让他很后怕，从此女儿在家时，他就不再锁门。他从来也没去想，有一天，会给女儿带来危险。女儿从小就被当男孩儿养，使她像男人一样争强好胜。论武功，在泊镇没有几个比她强的。

石南谷岳进门时，慕容巧莹午睡刚醒。看到一个陌生男人出现在自己家里，她不免有些惊讶，却故作镇静地问：“你是干吗的？”

“我来陪你玩玩儿。”石南谷岳看着慕容巧莹睡眼惺忪，一副睡美人的样子，马上激动起来，那种强烈的欲望很快占据了心头。他像是有点儿等不及地问：“你要多少钱？”

“俺干吗要你的钱？”慕容巧莹一脸迷茫地问。

石南谷岳将一只手搭在慕容巧莹的肩上，色迷心窍地说：“你是现在不想做，还是瞧不起我？告诉你，我是大日本皇军驻泊镇的最高长官，你陪我这一次，我会常常关照你的。”

慕容巧莹听出了石南谷岳来的目的，她猛地将鬼子的手推开，骂道：“哪个狗 × 的让我陪人睡觉？我们是正经人家，不是婊子暗娼，你走错门了。”

“你不要跟我假装正经！是不是不愿陪我？”石南谷岳说着，便用手去摸慕容巧莹的脸。他看到，这张椭圆的脸光滑白净，非常姣好，非常迷人。

还有那因生气而剧烈起伏的胸脯，也散发着一种摄人心魄的力量，让他不能自持。

“出去！”慕容巧莹将石南谷岳的手打开，气愤地说，“你们日本人都是强盗吗？随便到家里来，还想逼良为娼！”

石南谷岳似乎意识到自己被倪虎儿骗了，进了普通人家。然而，那被撩拨起来的欲望让他控制不住自己。看着眼前这个美丽的女人，他只好将错就错。于是，他不顾一切地去搂慕容巧莹。他以为，站在面前的不过是一个弱女子，岂料，还没贴身，他就被慕容巧莹踢翻在地。石南谷岳自恃练过几年唐手，一个鲤鱼打挺从地上跳起来，想与慕容巧莹过招。哪知道，他的唐手遇到了唐拳，没出三招，他就被慕容巧莹抓住了手腕。慕容巧莹一个反手，抬腿将石南谷岳踹到了墙角。

“不准动！”石南谷岳被一个女人侮辱，恼羞成怒，从身上拔出手枪，一步步朝慕容巧莹逼过来。最后，他将枪顶在慕容巧莹的胸口，威胁道：“你要不想死的话，就陪我到床上去。我高兴了，也不会亏待你。你要再敢反抗，我让外边的人进来扒了你的衣裳。那样的话，你要陪的就不是我一个人了。”

“你打死我吧！”慕容巧莹看着石南谷岳狰狞的脸，痛苦地说。

“就是打死你，我也要把你的衣服扒下来，先伺候完我，再把你作为女共党挂到大街上去。”石南谷岳对慕容巧莹说出了自己恶毒的想法后，发现她像是真的被吓住了。于是，他一手拿枪，一手去解慕容巧莹的衣服。

慕容巧莹知道，日本人什么事都干得出来。自从鬼子来了以后，钟鼓楼的钟不鸣了，鼓不响了，那里成了挂尸体和人头的地方。繁华的大十字街，变得阴森恐怖，人们晚上都不敢从那里经过了。慕容巧莹觉得自己今天难逃魔掌，心里便冷静下来。她看到鬼子笨拙地解着衣服，索性说道：“让我自己来。”

“这就对了！”石南谷岳开心地说。

慕容巧莹解开身上所有的衣扣，脱得只剩下一个粉红的裤头和浅蓝色的兜肚。她笑着瞅了石南谷岳一眼，伸手去帮他脱衣服。面对慕容巧莹雪白的身子，石南谷岳看直了眼，任她去解自己的腰带。他的裤子被脱下来时，慕容巧莹乘其不备，一把抓住他的下身，用尽全身的力气一拧一扽，便拿在了手里。石南谷岳“啊”地惨叫一声，双手捂着大腿中间，疼得倒在地上来回翻滚。

看着张着大嘴叫喊的石南谷岳，慕容巧莹一弯腰将手里的东西捂到他的嘴里，说：“狗 × 的！这回，我叫你断子绝孙！”

院子里的两个日本兵听到石南谷岳的叫声，端着枪就冲进屋来。慕容巧莹躲过了他们锋利的刺刀，一个扫堂腿，将他们掀翻，然后夺门而出。日本兵从地上爬起来，忙着去看护石南谷岳，没有顾上去追慕容巧莹。慕容巧莹径直朝运河边跑去，刚上了河堤，就看到一队日伪军走过来，她顾不得多想，心里一急，“咚”的一声跳进河水里。

眼见慕容巧莹跳河的人，跑到火神庙码头告诉了慕容鑫。慕容鑫将信将疑，先赶到家里看了一眼，发现女儿的房间里有血迹，才确定女儿出了事。他疯了似的跑到河边，看到的只有湍急的水流和来来往往的船只。他冲着河水大声喊道：“莹莹，莹莹！你在哪儿？你不能丢下老爹呀！”

脚夫们闻讯赶来。慕容鑫对他们说，谁要找到慕容巧莹，就把火神庙码头交给他。找不到活的，死的也行。要是找到活的，可以连码头带人一块儿送给他。

既然老掌柜的发了话，脚夫们很快就行动起来。沿着河边找的，或骑车或步行，顺着河岸一路搜寻下去。驾船找的，在水面上一字排开，扬起帆顺流而下。打捞的人，从慕容巧莹跳水处开始，一点点地扩大着搜救范围。一时间，运河里喧哗起来。水里有许多救人的，两岸站满观看的，用人们后来的说法，“一河筒子都是人”。

天黑下来时，人们都一无所获地回来了。不管是脚夫，还是帮忙救人找人的，大家围坐在一起，谈起慕容鑫的话，便说：没人看上他的财产才去救人，谁也不会乘人之危。至于将慕容巧莹娶回家，谁也没那个胆量。慕容巧莹手阉“老鬼子”的事，成了泊镇几天几夜的话题。几十年后，泊镇人还时不时地说起这个事。

慕容鑫在女儿屋里一动不动地坐了一个多时辰，直到岳振业进来，他才动了动身子，还没说话，就“呜呜”地哭起来。

岳振业理解慕容鑫与女儿相依为命的这份感情，听着一个年过花甲的老人的痛哭，想到慕容巧莹欢蹦乱跳的样子，鼻子一酸，禁不住流下泪来。他抬手抹了一把泪水，从身上掏出火柴，点亮了柜子上的那盏油灯。

“你说，怎么会活不见人、死不见尸呢？！”慕容鑫啜泣着说，像是自言自语，又像是问岳振业。

“没有消息，就是好消息。”岳振业对慕容鑫宽解道，“巧莹从小在河水里泡大，水性比我还强，不会让水淹着。说不定哪会儿就突然站在你面前，她调皮，经常干这事。”

慕容鑫长叹了一口气，说：“你这是宽我心哪！她再调皮，也不会跟她爹开这么大的玩笑。”

“巧莹的事你别多想了，明儿我组织人去找。”岳振业承诺了一句，随后便嘱咐道，“我现在最担心的是你。巧莹弄掉了鬼子的命根子，他们不会善罢甘休，一定来找你的麻烦。你得赶紧出去躲躲。”

“我都这么大年纪了，还怕吗？女儿要是没了，我活着也没劲儿了！”慕容鑫几乎是绝望地说。

岳振业看着慕容鑫像是一下子苍老了许多的脸庞，有些心酸地说：“你不能这么想。只有你好好地活着，才有父女重逢的时候。”

慕容鑫沉默了半天，终于拿定了主意，毅然决然地说：“我听你的，明儿一早就去天津。我那儿有个房子，一会儿我把地址写给你。你不但要替我找女儿，还要替我打理码头和脚行。我想了，如果女儿没了，码头和脚行都给你们火柴厂，反正这些年我做的都是你们的买卖，赚的也是你们厂子的钱。”

“这事你先别考虑，等咱过了这道坎儿再说。”岳振业恳切地劝道。他觉得，人在极度悲伤的时候，容易做出错误的决定。事后反悔就失了诚信，不反悔就失了财产。

七

“你这招够损的！”夏茵看着满脸是伤的倪虎儿，又是心疼又是斥责地说，“你们两家仇再大，毕竟都是一个泊镇街上住着，不该用这么阴损的办法，更不该让一个鬼子去糟蹋人家。亏了巧莹有两下子，不然，死也落不下个清白身子。”

“我这回是真服了这个女人！听说老鬼子也是个练家子，怎么会让一个女的连看家的东西给揪下来？如此看来，他练的不是铁裆功。”倪虎儿说完，“嘿嘿”一乐，嘴角笑得疼起来。他“啊”了一声，赶紧用手去捂着嘴，那忍不住的坏笑又从眼睛里流露出来。

“活该！”夏茵像是说鬼子，又像是说倪虎儿。

“老鬼子少了这安身立命的家伙，甭想再有哪个女人喜欢他了！”倪虎儿幸灾乐祸地说，“日本人性大，没了这家伙，就等于要了他半条命，所以，他才往死里整我。”

夏茵一边给倪虎儿脸上的伤口擦药，一边说：“不作死，就不会死！你这回是捡了条命。下次再这样作，就没有这么幸运了。”

“这要感谢陈耀煌。没想到，我最看不上的人，却救了我一条命！”倪虎儿有几分感慨地说。

“我正想问你，陈耀煌怎么会为你出头？”夏茵忽然问道。

倪虎儿犹豫了一下，遮遮掩掩地说：“还不是我哥求的他。再说，他闺女是咱们的人，他怕我告诉老鬼子，就做了个顺水人情。”

尽管倪虎儿这样说也能说得通，夏茵从他那游移不定的眼神和说话的语气里，还是看出这事并没有他说得这样简单。他把鬼子的命差点儿给弄没了，鬼子怎么会这么轻易地放过他？夏茵太了解倪虎儿了，她知道这里面一定还有更深的猫儿腻。

“哥进去这几天，最想的就是你。”倪虎儿说着，一把搂住了夏茵的腰。

“你都伤成这样了，还不老实？！”夏茵推开倪虎儿来解腰带的手，作色道。

“都是皮外伤，又没有伤筋动骨，不碍事。”倪虎儿用手摩挲着夏茵的腹部，说，“刚进去时我还真是担心，怕老鬼子以牙还牙，将我这宝贝也割了去。要是那样儿，我也去跳河，真没脸见人了！”

“别闹了！时间差不多了，咱该去啦。”夏茵说着，向后退了一步，整理着被倪虎儿弄乱的衣服，“你要坚持不住，就别去了。”

“去，必须去！你去哪儿我就去哪儿，这才叫出双入对。”倪虎儿从身上掏出一个手雷，递给夏茵，说，“我才弄到手的，一共两颗，见面分一半，给你这颗。”

夏茵接过手雷瞅了一眼，揣进怀里。她用疑惑的目光看了看倪虎儿，转身向门外走去。她心里已开始怀疑倪虎儿。她怀疑倪虎儿与陈耀煌的关系，怀疑他这两颗日本手雷的来历，甚至怀疑他与陈绮云是不是有了特殊联系。

他们到剧院时，观众已经开始入场了。倪虎儿四下里望了望，拉着夏茵的衣袖，随着人流走了进去。剧院前厅，有一左一右两个出入剧场的大门，有两个普通门口宽。两个门都没安装木门，只分别悬挂着两块灰黑的布帘。此时，门帘都撩了起来，像拉开的舞台帷幕，从前厅一眼就能看到剧场里的座椅和走动的人影。左边的大门旁，有个角门，可以通向二楼，那里是剧院的工作人员办公和休息的地方。夏茵随着倪虎儿到了二楼，才发现这里与剧场的包厢是相通的。

他们走进一间由仓库改成的会议室时，王凤迎和火柴厂的几名党员已经到了。见他俩一前一后地进来，大家沉默了一下，便有人问起倪虎儿的伤情。顺着这个话茬儿，有人开始称赞倪虎儿在宪兵队的表现。倪虎儿也装出受伤很重的样子，说日本鬼子多么残忍，对他怎样折磨，说他如何坚强……说得人们对他越来越佩服起来。正说得热闹，萧志川陪着赵副书记和组织部王部长进来了。

萧志川向大家介绍了赵副书记和王部长，又一一介绍了在场的人。他与赵书记对视了一下，随后宣布会议开始。会议的第一项内容，就是由萧志川宣布对倪虎儿的处分：鉴于倪虎儿为报私仇，勾结鬼子糟蹋民女，完全丧失了党性原则，泊镇党委决定撤免他红杏街党小组组长职务，并作出深刻检查，短期内不得参加党的各种会议和活动。红星街党小组暂由夏茵负责。

听完萧志川宣读的处分决定，倪虎儿刚想发作，被夏茵一把摁住了。只听王部长十分威严地说：“这次跳河自杀的，幸亏是财主的女儿，要是普通人家的孩子，县里就不同意这么简单地处理了……”

倪虎儿低下了头，像是悔悟和服从的样子。来剧场的路上，他确实有些后悔，怕对陈耀煌说的那一句话，让他一辈子都不得安生；怕和他一起战斗多年的党员或被杀或被抓，让他成为泊镇人民的罪人。此刻，听了王部长的话，他心里反而平和了。他渴望自卫团和鬼子的到来，就像是一个看戏的人，急等着下一场的演出似的。他想：你无情，就别怪我无义！你们就等着吃枪子儿吧！别看你现在还对我吹胡子瞪眼，一会儿可能就让你永远闭上嘴！

“下面，按照县委的部署，我说一下火柴厂工人罢工的具体安排。”萧志川将手里的那张草纸打开，说，“王凤迎，负责油药车间工人的组织动员，吕丫儿负责卸梗车间工人的组织动员，孙四阿负责排梗车间……”

“鬼子来了！”随着一声枪响，门外的一名警卫人员推开了会议室的门大喊。屋里的人飞快地掏出手枪，保护着赵书记和王部长往外面冲去。门外，几名警卫人员正与楼梯上的鬼子激战着。

撤退的路线是萧志川早就选定的。他们沿着包厢走廊跑了一会儿，迎面碰上了十几个鬼子和伪军。

“上房顶！”萧志川说着，带着赵书记他们往回跑了十几步，在包厢与办公区接壤的地方找到了上屋顶的天窗。等赵书记和王部长上去后，萧志川也将夏茵和倪虎儿推了上去。

“你们先走，我顶着！”倪虎儿守在天窗口上，对萧志川他们说。等萧志川他们在屋顶上跑出不远，倪虎儿冲着萧志川的背影开了一枪。他还没看见萧志川倒下，就被上来的两个鬼子按住了。他冲着前面大喊：“夏茵！救我！”

听到喊声，夏茵回过头来，掏出怀里的手雷扔向倪虎儿。随着“轰隆”一声巨响，倪虎儿和鬼子先是被炸飞，然后又从屋顶被炸出的窟窿里“稀里哗啦”地掉了下去。

“我走不了啦，你快带赵书记走！”萧志川对跑过来扶他的夏茵说。倪虎儿那一枪，打在了他的大腿上。

夏茵带着赵书记和王部长，从剧院屋顶下到紧挨剧院后墙的矮房上，接着又跑过几个屋脊，才跳进一条胡同里。看着赵书记他们安全离去，想到被她炸死的倪虎儿和倒在屋顶上的萧志川，她“哇”的一声大哭起来。

八

红色的圆月已经爬到了房顶之上。随着夜色越来越浓，那红色的月亮越来越淡，最后，变得苍白寒冷起来。惨淡的月光，照着火柴厂招待所的院子，也照在萧志川布满伤痕的脸上。

萧志川被绑在冰凉的木人桩上，身上被扒得只剩下了一条裤衩。这木人桩是岳振业安装的，他平时到这里来等待天南地北的客商时，总是拿它练一阵。萧志川也曾在这木人桩上练过，如今，它却成了沾满鲜血的枷锁，牢牢地困住了他。

“原来我真是小瞧了你！”韩宗振用枪顶着萧志川的喉咙，用猫头鹰一样的眼睛盯着萧志川的脸，说，“没想到，你是茅房里的石头，又臭又硬。别看皇军治不了你，老子有的是办法治你！你再不说，一会儿老子把你的心挖出来下酒。”

萧志川知道韩宗振是个心狠手辣的家伙，说得出来也做得出来。他意识到，这里可能是他生命的最后一站。他心里也有些许安慰，能活着再看看他工作了二十多年的火柴厂，看看曾与岳振业他们一起说笑的地方，对他来说，这比死在鬼子宪兵队里要好。小鬼子没从他嘴里问出一句话，便让陈耀煌和韩宗振将他带回了火柴厂。他知道，敌人这是让厂子的工人们看一看他的惨状，看一看一个共产党员的最后下场，用以震慑他人。所以，他忍着身体的疼痛，强打起精神，笑着从工人们面前走过来。他想，即使是被挖去了心脏，他也要像忠臣比干那样，站着走过厂区，笑着面对死亡。

韩宗振继续说：“我知道你和岳振业是朋友，也是亲戚，可死到临头，朋友和亲戚还有用吗？你只要说出岳振业入党时间和入党介绍人，我立马放了你，不但请你喝酒，还要与你结拜成兄弟。以后，有你哥我罩着，你就等着吃香的喝辣的吧！”

“我这辈子没有这个福分了，下辈子吧！”萧志川有几分吃力地抬起头来，断断续续地说，“岳振业是不是共产党，你心里比谁都清楚。我说他是党员，你相信吗？反正，我不信。我们共产党，是要打倒他们这些资本家的，他那么明白的人，能搬起石头砸自己的脚？我知道，他从厂子把你开除了，你记了仇，可是，也不至于逼着我胡说八道哇！你要不离开厂子，能去保安队吗？你得感谢人家才对。”

萧志川多么希望岳振业和他是一个战壕的战友哇！也许，当时如果岳振业在，就不会出现那种情况。对于倪虎儿这样一个被陈耀煌从鬼子宪兵队里弄出来的人，他应该有起码的防备。当发现倪虎儿带着伤出现在会场上，他就该警惕起来。如果那样，他们会及时避免被敌人包围。所幸，赵副书记和王部长安全脱险，否则，其代价就更加惨重，他纵有一死也难赎其过！

“好小子！你这是说我公报私仇。”韩宗振将枪收起来，从身上拔出匕首，说，“看我割了你的舌头！”

“韩队长！”隋瑞廷从伙房里端着菜走出来，喊道，“已经上了俩菜了，你赶紧请大家入座吧。”

听到隋瑞廷的话，陈耀煌站起来，上前拍了拍韩宗振的肩膀，吩咐道：“你接着审，顺便看着他，别让人把他弄走了。”

“这事好说。”韩宗振扬起匕首，“唰”地一下割断了萧志川的喉咙，然后一刀捅进了他的腹部，冷冷地说，“我看也审不出什么来了！谁来弄，就让他弄个死尸走吧。”

隋瑞廷一见，吓得手一抖，端着的那盘菜“啪”地掉在了地上。

“你这是怕少喝一杯酒，要了一条命！”陈耀煌摇了摇头，陪着石场向屋里走去。石场名义上是日本驻火柴厂的监督员，实际是特高课派到厂子来刺探情报的。火柴厂几千工人，人员复杂，在地方涉及面大，情报来源也广，是泊镇政治社会的风向标。因此，日本军队一进泊镇，就安排石场进了火柴厂。

韩宗振拔出滴着血的匕首，随即扎在萧志川的胸口上。他用刀割下萧志川的心脏，递到隋瑞廷面前，说：“你不是扔了一盘菜吗，拿去爆炒或醋熘一个。给我接着！”

隋瑞廷哆哆嗦嗦地接住韩宗振手里的心脏，转身跑进厨房。

韩宗振到客房把沾满血的手洗了洗，才来到宴会厅。他打开酒坛，给石场、陈耀煌等人斟上酒，站着说：“喝酒！今儿痛快，总算出了一口恶气！咱一醉方休！”

陈耀煌端起酒杯喝了一口，然后看着韩宗振说：“今儿晚上，我本来要让你看着那个家伙的，你这一刀下去，这里也用不着人了，你可以回去，抱着别人老婆睡个踏实觉儿了！”

“陈团长又拿我打哈哈！”韩宗振像是有几分认真地说，“这么多年了，咱别老提这茬儿了！我家里，哪来的别人老婆？！”

“我家里也没别人老婆！”石场插言道，“我只有一个老婆，是从神户带出来的。”

“神户的好哇！”陈耀煌坏笑着看了一眼韩宗振，回头对石场说，“不过，泊镇有句话，孩子自己的好，老婆别人的好。你要想弄个别人的老婆，可以让韩队长给你物色一个。只是，这得让他提前给你驯好了，别弄个生马驹子，落得跟石南太君似的，没吃着兔肉，倒让兔子咬了一口。那零件要是弄坏了，不好配呀！”

石场还没听明白陈耀煌的话，桌上的人就“嘻嘻”地笑起来。

“八嘎呀路！”石场看到人们发笑，知道陈耀煌说的话不是好话，便忍不住骂了一句。

“来啦！爆炒心尖！”韩宗振见隋瑞廷端着菜进来，接过去放到桌上，大声喊道。他见在座的人都不动筷子，就夹了一口放到嘴里，边嚼边说：“好吃，好吃！别看那小子又臭又硬，他这心倒是挺香的。”

隋瑞廷看着韩宗振嚼了几口，皱了皱眉，转身向门外走去。刚走到院子，就碰到了岳振业和警察局刘局长。他一把拉住岳振业的胳膊，低声说：“岳经理，你来晚了一步哇！”

岳振业看到了绑在木人桩上的尸体。他一动不动地站在萧志川的尸体前，像是自己也成了一个没了灵魂的木桩。后来，他想去将萧志川解下来，被刘局长拦住了。

“人已经死啦，咱也用不着这么急了。我去找里面的人说一声。”刘局长说着，向人影晃动的宴会厅走去。

陈耀煌首先看到了刘局长，他挥了挥手，说：“刘局长！是哪阵风把你吹来了？你来得正好，我们刚开喝，快坐下！”

“酒我就不喝了。我是奉了石南太君的命，来你这提人的。”刘局长说着，掏出盖有印章的提讯证递给了陈耀煌。

“你来得不巧，韩队长刚送他去了西天。”陈耀煌接过提讯证看了一眼，指了指韩宗振，说。

韩宗振站起来，向刘局长解释道：“这小子冥顽不化，我一不小心，就结果了他。”

“别是杀人灭口就行！”刘局长一语双关地说，“既然人已经死了，话我也不多说了。你看，这死尸是放在这儿，还是让我带走？”

“你要能带走，那就带走好了！”韩宗振迫不及待地说。

“慢着！”陈耀煌插言道，“你带一具死尸走，好像也没什么用吧？我还准备割下他的头，明天一早挂在厂门口示众呢！”

“好吧！”刘局长将提讯证慢慢地放到衣兜里，随口说道，“不过，我劝你还是别示众，那样对石场太君不利。激起工人们的反日情绪，石场太君怕是在厂里待不住了。”

韩宗振看了石场一眼，站起来拉住刘局长的手，说：“你能弄走就弄走吧。”

“既然警察局想要，就让刘局长把人带走。”石场说了话，“我这里还住着客人，别把他们吓着。”

“那，我就把这个尸体弄回去了。”刘局长看到酒桌上的人都没话了，才说。他回到院子里，岳振业已经将萧志川从木人桩上放了下来。刘局长对身边的两个警察说：“你俩抬上，咱们走。”

岳振业挡在警察面前，说：“让我来！”

两个警察帮着岳振业背起萧志川的尸体，刚要走，隋瑞廷跑了过来。他将一个油布包悄悄掖到岳振业怀里，低声说：“岳经理！小心放好！”

岳振业似乎猜到了隋瑞廷给他的是什么，他暗自骂了一句，忍了半天的泪水“哗”地流出来。他有点儿哽咽地说：“志川兄弟！咱回家了！”

岳振业背着萧志川，一边走，一边流着泪。他想起了二十多年前，那个从船上跳到运河岸上来的年轻人，想起与覃琴结婚时那个意气风发的新郎，想起志川反复劝他加入共产党时的实诚样子，想到他在警察局打志川的那一耳光……没想到，他一语成谶！

来到萧志川家门口时，姬雪灵已经陪着覃琴他们站在那里了。岳恒恺和萧天雍跑过来，从岳振业的背上接过萧志川的尸体。岳振业怕萧志川的样子吓到姬雪灵和覃琴，急忙脱下衣服盖在尸体上。

覃琴做梦也没想到，回来的是萧志川冰凉的尸体。她疯了似的抱住了萧志川的大腿，一下子晕厥了过去。人们七手八脚地将她和萧志川弄到屋里。覃琴醒过来后，想看萧志川盖住的脸和身体，被岳振业拽住了：“人死了，就别看了。你要记住的，应该是他最好的样子！”

“我不管！你就让我看他最后一眼吧！哥呀！我以后再也看不到他了哇！”覃琴撕心裂肺地哭闹着。

姬雪灵紧紧地抱住覃琴，说：“听你哥的没错！人死了，你看一眼也没什么用了，就留个好的念想吧！”

“嫂子呀！志川哪！”覃琴颠三倒四地喊着，“哇哇”地哭起来。

萧天雍拿起一把菜刀向外冲去，被岳恒恺双手抱住了。岳振业听到喊声，过来夺下了他手里的刀，厉声说：“你这是要找谁去算账？还不知道是哪个害了你爹，你就去拼命！”

萧天雍抱住头，蹲在地上“呜呜”地哭起来。

第六章　天津的故事

一

看到张宅门前的运河，岳振业心里便有了一种亲切感。他想，如果从泊镇坐船来天津，可以在张伯番的家门口下船。

岳振业发现，张宅处在运河的臂弯里，奔流不息的京杭大运河，自宅南流来，从宅西流去，环抱着这一片古香古色的建筑。大运河流经一千多年的岁月，流过两千多公里的土地，将一些美好的故事带给两岸的百姓，将一切美丽的风景带给沿途的生灵。运河岸边，杨柳高耸，翠枝低拂，清爽的河风跳上岸来，像个顽皮的孩子似的弹拨一番柳条，径直奔张宅的朱红色大门而来。

岳振业抓起门环，轻轻地敲了敲木门，大门便被守门人从里面打开了。守门人是个四十多岁的汉子，他不失热情地冲岳振业和姬华民点了点头，问清了来由，便领着他们走进了宽大的院子。

张伯番正在院子的西侧练功，一个六十多岁的男人坐在不远处瞅着，像个武术教练似的。岳振业朝守门人抱拳致谢后，便与姬华民不动声色地站在一旁。张伯番八十岁上下的年纪，须发皆白，身手却极其轻盈，一看便知是天天练功的人。他练的唐拳，看那一招一式，是地地道道的泊镇功夫。

唐拳是李世民的三弟李玄霸创下的。李玄霸靠唐拳和一对铁锤，成为隋唐第一条好汉。他少亡后，李世民将此拳发扬光大，成为唐拳始祖。唐拳在乾隆年间由李自成的后人传入泊镇，二百多年来，落地生根，枝繁叶茂，其弟子达到数千人。唐拳是防身自卫的绝技，也是强身健体的武功。它要求练功之人必须清心寡欲，心不静时不练，饭后酒后不练。演练时，心为用兵之元帅，眼为开路之先行，脚为能行之战马，手为能打之将军，身为领路之兵丁……

“失礼了！”张伯番练完后，定了定神，走到姬华民他们面前，解释道，“我每天早晨和傍晚两次练功，每次半个时辰，雷打不动。这些年，因此慢待了许多客人！请莫见怪！”

“打扰张老先生，该过意不去的，是我们爷儿俩！”姬华民诚恳地说，“我们一早从泊镇出来，到这里就这个时间了。今儿知道了老先生的练功时辰，我们再来时就不会这么莽撞了。”

“我看老先生练的是唐拳，应是泊镇唐拳嫡传。”岳振业插言道，“我练的也是唐拳，老先生是前辈。”

“是吗？那太好了，咱们真有缘分哪！”张伯番面带喜色地重新打量了一下岳振业，谦恭地说，“要说前辈，我不敢当！只是比你虚长些年龄而已！”

“年长就是前辈。按咱庄里习惯，我都要叫你张叔，他更该称你为前辈了！”姬华民很快地接过张伯番的话茬儿，谦恭地说。他的话既是套近乎，又是向张伯番透露他与岳振业的关系。

果然，张伯番微微一笑，对姬华民说：“我看出来了，你是姬老板，这位是令婿岳振业！我猜得没错吧？马福谦只跟我说姬老板要来，没说振业一起来的话。想不到，我渴慕已久的两个人，会一同到家里来，幸甚幸甚！”

听了张伯番的话，姬华民心里高兴，嘴上却说：“张老板的话从何说起，这不是让俺爷儿俩无地自容吗？！在泊镇还有我们的一席之地，到了天津地界，就成了井底之蛙了。”

“哪里！姬老板的火柴厂，在泊镇是第一号，放到天津也是有一号的。”张伯番用坚毅的目光看着姬华民，坦率地说，“三年前我到泊镇去，本来想拜见姬老板，碰上我朋友刘律衡出事，我急急忙忙地赶过去，错失了一次机会。我想，可能是缘分不到吧！”

“张老先生与刘律衡是朋友？”岳振业有几分诧异地问，“据我所知，刘律衡不是天津人，也很少来天津，怎么会与老先生相识？何况，他才过而立之年？”

“他这忘年交太多了！”那位坐在一旁看张伯番练功的男人走过来，轻松地笑着说，“上到九十九，下到刚会走，只要张叔喜欢就去结交。上到总统冯国璋，下到平民百姓，张叔都有走动。”

“老话说得好，在家靠父母，出外靠朋友！我十几岁到天津，全靠朋友的扶持，才在这里站稳了脚跟。”张伯番很是感慨地说。随后，他指着身边的男人，向姬华民介绍道：“这个秦凤鸣，是我四十多年的朋友了。他是三条石秦记德铁厂的大掌柜，论武艺、论义气，在天津可是响当当的。——对了，他也是泊镇人！”

姬华民听了，冲秦凤鸣一抱拳，动情地说：“看来，上天待我姬华民不薄呀，能在这里碰到振业的家乡人！有了老乡的帮助，以后，我在天津的生意就好做了。”

“老乡见老乡，两眼泪汪汪！”秦凤鸣说着，眼里便真的有了泪光。他扭头看了一眼张伯番，对姬华民说：“四十多年前，我一到天津就认识了张叔。如果没有张叔投资，秦记德便开不起来；就是开起来了，也开不下去，更开不到现在。”

“看来，张老先生是泊镇的贵人哪！”姬华民发自内心地说。他已经看出来，秦凤鸣是重情重义的性情中人。能让秦凤鸣感念不尽的张伯番，一定也是古道热肠的人。当着真人不能说假话，在这样的人面前，自己不用设防。于是，他直言道：“我这次来，就是请张老先生入股的。”

张伯番丝毫没有犹豫，十分爽快地说：“我求之不得！不瞒你说，那一次去泊镇，我就想与姬老板谈合作的事。——咱不在这儿说话了，到屋里慢慢谈。刚才已经慢待你们了，还站在这里，就有拒人于千里之嫌啦！”

几个人随张伯番来到会客厅时，早有女佣沏好了茶肃立在那里了。等人们一落座，她就利落地将茶水端了上来。张伯番原本要让姬华民坐到八仙桌旁，彼此谦让了一回，最后分主宾面对面地坐在两侧的太师椅上。客厅里有十把太师椅，有两把放在八仙桌左右，其他的几把椅子在八仙桌前分列两旁，像大臣上朝一般。太师椅后，一侧是书橱，一侧是博古架。两侧都有一个内门，右侧的门楣上方，是一幅与客厅摆设浑然一体的深红色木刻作品，上面是遒劲有力的“景贤斋”三个金黄色的大字，左下角刻有精美的印章，也是金黄色。木门南面挂着两幅画，一幅是荷花，一幅是兰草。

“这‘景贤斋’三个字是求的冯总统的墨宝，让马福谦从泊镇刻来的。”张伯番见姬华民的目光落在了“景贤斋”几个字上，便带着几分自豪地解释道。

姬华民收回目光，面向张伯番说：“泊镇木刻的兴起，得益于雕版印刷。现在，已经成为一个独特的行业，全镇做木刻的有几十家。”

“马福谦给我送木刻时，让我很惊讶，没想到，泊镇的木刻技术会达到如此出神入化的境界。”张伯番赞叹道，“我发现，这幅木刻不但保留了原来的神韵，还弥补了冯总统在笔锋上的不足，完全超乎我的想象。所以，我又专程去了趟泊镇，看了十几家雕刻作坊。我有一些专做园林和古建筑的朋友，于是就想把泊镇的雕刻作坊联合起来，为园林和古建供应木刻。对我的想法，那些作坊的人大都不感兴趣，说他们的产品已经供不应求，无须集中推销。马福谦说，他们可能是怕将所有产品放在一起，显不出自己的做工好坏，到最后砸了自己的牌子，买卖就做不下去了。他建议我投资你们永华火柴，说不但自己能赚钱，也为发展民族工业出一份力。我刚动了心，第二天，他却过来对我说，你们目前还不想发展新的股东。”

“还有这事？”姬华民一愣，扭头看着岳振业问。他不知道张伯番提起旧事是什么意思，担心他想起前边儿的尴尬遭遇，会影响投资入股的决心，抑或表面应付一下，投个仨瓜俩枣的，对缓解永华火柴的困境只能是杯水车薪。

岳振业很快领悟出姬华民问他的心思，马上回答道：“是有这个事。当时马福谦问了我一句，我觉得厂里不缺资金，随口就回绝了。”

“你该跟我说一声！接受不接受张老先生入股，也该见个面儿！多一个朋友多一条路，尤其是像张老先生这样德高望重的朋友。”姬华民指责了岳振业一句，回头对张伯番说：“都是孩子年轻不懂事，实在抱歉！”

张伯番会心地笑了笑，说：“都是过去的事啦！我刚才说了，是我们的缘分还不到。人与人的缘分是上天早就安排好了的，差一天也不行。你放心，入股的事该怎么办就怎么办。你想让我入多少，我就入多少。我这里没有，就去找朋友募集。”

“张老先生真是爽快人！”姬华民非常高兴地说，“我现在是韩信点兵——多多益善。”

张伯番想了一下，说："天津就要打仗了，你们最好不要在这里久留。我先给你解决两万大洋吧，你们抓紧回泊镇。我计划明天去北京看看刘律衡，等我回来后，再找朋友给你们筹些款，然后让凤鸣给你们送过去。"

"我再给你们凑一万，一块儿带回去。"秦凤鸣主动说，"你们最好明天就回泊镇。天津战事，说打就打。真打起来，就危险了。"

"我来天津还有一件事。"姬华民看着秦凤鸣，说，"听说二十九军在天津。我外孙就在二十九军，我想跟振业去看看他。"

秦凤鸣略一思量，说："军队现在调动频繁，怕是不好找人。他在部队干什么？也许我能帮上忙。"

"他原来在三十八师韩克崧团，不知道现在团长换了没有？"岳振业插言道。

"韩克崧团？！"秦凤鸣开心地笑起来，说，"我二小子就在韩克崧团，是大刀队队长。我明天领你们去见他，让他去找咱外甥。"

"咱不说好了吗，明天你跟我去北京？！"张伯番嗔怪道，"怎么，一见到你老乡，就不理我这个碴儿了？"

"怎么会呢！"秦凤鸣憨笑道，"我想换别人陪你去。陪你去北京，谁去也行。去找韩克崧团，别人去我不放心。"

张伯番坚持说："我就让你陪我去北京。你这么着，一会儿吃了晚饭，你就带着姬董事长他们去找你二小子。不耽误咱明天去北京的事。"

"既然张叔这么说了，我只好遵命！"秦凤鸣显出很无奈的样子，说，"晚饭咱不在张叔这儿吃了，去我厂子。我那儿离驻军的地方比较近，咱吃了饭就去，回来就住在我那儿。"

"俺们爷俩儿已经住下了，就不麻烦秦老板了。"姬华民客气道。

"住下不要紧，退了！"张伯番很干脆地说，"凤鸣那里的条件不比宾馆差。伙食也不错！那交河大煎饼，比泊镇的味儿不赖。"

等张伯番把话说完，岳振业便向他问道："刘律衡现在在北京吗？"

"他在北京坐牢。"张伯番怅然地摇了摇头，说，"与他一起进去的，前几年就写了自首书出来了，他就是不肯写。害得我还要去监狱里看他。话说回来，就是因为他这个性格，我才跟他交往。"

岳振业犹豫了一下，最后说道："这次我就不去看刘律衡了。有机会，我陪你们一起去看他。我有好几年没见到他了。”

“天不早了，你们跟我走吧。”秦凤鸣站起身来，说，“咱先去退了旅馆，然后跟我去厂子。”

二

二十九军对日寇的作战，说打就打起来了。整个天津城，东西南北、里里外外都响起了枪炮声。不久，日本飞机扑到城市上空，炸弹的轰隆声，远远近近地传来，比大年初一吃饺子放鞭炮还密集。

城里许多地方都燃起了大火。日本飞机如幽灵一样在夜空里飞旋，怪叫着射出刺眼的火光，在俯冲和攀升之际，撼动街巷的爆炸声随之而起。

秦凤鸣看到天津的战斗已经如此激烈，便拉住岳振业说，不要再找部队了，太危险不说，怕是找到韩克崧团也难见到孩子。

“现在天津还有不危险的地方吗？咱就是回到厂里也不安全。”岳振业思子心切，近乎倔强地说，“至于能不能见到孩子，那就碰运气了。不试试，哪知道就找不到他。要是能看到孩子最好，他知道我们都在天津，就更加大胆杀敌了。所以，去看孩子，也是对他的鼓励。”

秦凤鸣拗不过岳振业，只好陪着岳振业继续往前走。战斗一打响，找部队似乎更容易了。他们知道，哪里有枪炮声，就往哪里去。走了有四五里地，他们遇到了给攻打火车站的部队送弹药的民众。秦凤鸣与岳振业紧走几步，去给那些运送弹药的人们帮忙。岳振业看到一个年轻人肩上扛着两个箱子，想替他扛一个。年轻人扭头看了看岳振业，有点儿轻慢地说：“你老人家还是帮着推车吧，这箱子太沉！”

“你是不是看我老了？”岳振业不服气地说，“别看我比你年纪大，你把这两个箱子给我，保准比你走得快！”

年轻人不肯。岳振业不由分说，从他右肩上夺下弹药箱，快步走到年轻人前面去了。

岳振业他们到火车站时，交战双方正在一站台上肉搏，枪声和喊杀声响成一片。他放下弹药箱，飞身冲进了激战的人群。他踢翻了几个日本兵，忽然发现有两个鬼子正与一名军人拼刺刀，于是，一伸胳膊夹住了一个鬼子的脖子，往后一提，随手抓住了他手里的枪。他用刺刀结果了鬼子，端着枪往前冲去。

鬼子被赶出一站台。岳振业还想随着战士向二站台追击，被一个军官模样的人喝住了。那名军官瞪着眼睛，毫不客气地说："你快回去！让你这么大年纪的人上战场，我们就该亡国啦！"

岳振业刚想反驳，身后传来朱团长的话："老先生留步吧！你不是要到韩克崧团看孩子吗？他们团正在攻打东局子机场，去晚了，就不知道还在不在那里了。"

"我怎么就不能杀鬼子啦？"岳振业转过身，看着朱团长和他身边的秦凤鸣说，"杨继业像我这个岁数率军出征，佘太君百岁还挂帅杀敌。我岳振业是岳飞的岳，杨继业的业，不能给先人丢脸！"

朱团长被岳振业的话逗乐了。他笑了笑，十分敬佩地说："你今天杀了几个鬼子，已经很了不起啦，不愧是老英雄！看到你，我就知道你孩子也错不了。等这一仗打下来，我就去找韩克崧，把你孩子弄到我手下来。"

"好！咱一言为定！"被朱团长一赞扬，岳振业的脸上露出笑容，他兴奋地说，"孩子在你手下当兵，我放心！等打跑了小鬼子，你到泊镇来，我请你喝最好的酒！"

"这话我记下了！"朱团长爽快地说。

秦凤鸣与朱团长握了握手，然后拉着岳振业奔向东局子机场。离东局子机场很远时，就听到那里的枪炮声依然很激烈。这表明，韩克崧团还在攻打机场。想到快要见到孩子了，他们不由得加快了脚步。

东局子机场喊杀声一片。战士们已经夺下机场，将十几架战斗机点燃了。在熊熊的火光映照下，他们正强攻机场办公楼和鬼子营房，战斗空前惨烈。秦凤鸣找到儿子秦忠勇时，他正向团长请战，要带着大刀队冲锋。

"你们大刀队是有两下子，搞个奇袭、近身肉搏还行，攻打敌人工事，靠的是枪炮！"韩克崧断然拒绝道，"你们又不是刀枪不入，那身手，这会儿没有用武之地。再说，你们大刀队是二十九军的自豪，是咱三十八师的眼珠子，要是毁在我手里，师长还不把我活剐了呀！你先老实在这儿待着，等战士们攻进去，你们再上。"

秦忠勇还想与团长争辩，忽然听到秦凤鸣的咳嗽声。他一扭头看到了父亲，惊诧地问："爹！你怎么现在跑过来啦？这里正在打仗，那子弹可不长眼睛啊！"

秦凤鸣看到儿子，心里高兴，嘴上却说："你以为我是来看热闹的呀？！我也不是来看你！是你岳叔从泊镇赶过来，要来看看儿子。"

"你是岳连长、岳恒慷的父亲吧？"秦忠勇瞅着岳振业说。

"你们认识？"岳振业喜出望外地问。

"老乡嘛，哪能不认识？！我这就去找他。"秦忠勇说完，也不等韩克崧团长同意，就跑到前边儿去了。

韩克崧带了多年的兵，第一次遇到父亲到战场上来看儿子的，一时不知如何是好。他向岳振业客套了一番，然后又说了岳恒慷如何会带兵、作战如何勇敢之类的话。正说着，秦忠勇独自一人跑了回来。

"岳连长呢？"韩克崧大声问。

秦忠勇来到岳振业面前，吞吞吐吐地说："岳连长，他，他受了伤，被送到卫生队去了。"

岳振业有一种不祥的预感。从昨天晚上出来找部队，他心里就莫名地烦躁。在火车站杀了几个鬼子，心里刚痛快一点儿，被那个军官一喊，又开始憋屈起来。看着秦忠勇欲言又止的样子，他知道，儿子伤得不轻。

秦忠勇带着岳振业找到卫生队时，岳恒慷已经和牺牲的战友们放到一起了。秦忠勇首先看到岳恒慷的遗体，他为其整理了一下军装，才把岳振业喊了过来。

岳振业显得出奇地冷静。他默默地看了一会儿岳恒慷，又为儿子从上到下整理了一遍衣服。他发现，那件写满毛笔字的白布衫从儿子的挎包里露出一角，便打开包将它抽出来，盖在了岳恒慷的身上。当他拿起放在儿子脑袋旁边的军帽，想给岳恒慷戴在头上时，借着飞机燃烧的火光，他看到了儿子额头上的那道伤疤。岳振业轻轻抚摸着那光滑的疤痕，眼泪再也控制不住，扑簌簌地掉了下来。这个伤疤，是他十年前打儿子时留下的。他带着儿子上药时，懂事的小恒慷一声也没有哭。回来时，他心里有几分歉疚，特意给儿子去买糖葫芦。小恒慷接过糖葫芦时，又让他给弟弟恒凯买了一串。如今，疼爱弟弟的哥哥没了，永远地走了！只剩下岳恒凯孤零零的一个。而他岳振业，这两个让他骄傲的儿子，也只剩了一个！

“大叔！你现在是把岳连长的遗体带走，还是留下来？”站在岳振业身后的一位副团长小心翼翼地问。

岳振业站起身，面朝着副团长，说：“就让他和战友们在一起吧！安葬后，叫忠勇告诉我埋在了哪里，我好让他兄弟去祭拜。”

“放心吧！”副团长动情地说，“岳连长是为国捐躯，我们一定会好好安葬。部队不会忘记他！”

攻打机场办公楼的战斗还在继续。远处，有枪炮声和炸弹的爆炸声传过来。不知有多少人正不顾一切地杀向敌人，也不知有多少人正在牺牲！他们在为国家雪耻，为战友复仇。

岳振业跟着秦凤鸣回厂子时，泪水落了一路。他满脑子想的，都是岳恒慷让他疼爱的乖巧的往事。越想儿子的好处，那泪水便流得越快，流得越多。

三

岳振业不知该怎么对姬雪灵说儿子牺牲的事。一开始，他想先不告诉妻子，怕她承受不了这巨大的丧子之痛。姬华民却说，还是如实对灵儿讲吧，她没有那么脆弱。岳振业也清楚，看似柔弱的妻子有她坚强的一面，他更知道恒慷在她心里的分量。儿子是她一口口地喂大的，一步步教大的，小恒慷的每一次成长，每一句童稚的话，每一件逗趣的事，都能让她人前背后地说个不停，笑个不停。儿子一年年长大的过程中，最依赖的是母亲。姬雪灵的喜怒哀乐，也紧紧依赖着儿子。儿子高兴，她就高兴；儿子伤心，她就心烦。她把儿子看得比自己的命还重要。

“见到咱儿子了吗？”岳振业一进门，姬雪灵的第一句话就这样问。话一问完，她紧紧盯着岳振业的脸，生怕丈夫说的关于儿子的哪一句话她没听清。似乎，她想把丈夫谈到儿子时的每个神情、每个语气都印在自己脑子里。

岳振业把手里的兜子放到柜子上，像是因旅途劳顿而疲惫地说了一句：“见到了！”

姬雪灵还想往下问，却见丈夫径直走到留声机旁，挑了一张黑胶唱片放在唱盘里，然后将唱针放了上去。留声机开始转动，很快，便响亮地唱了起来：

…………

恨辽邦打战表兴兵犯境，
杨家将请长缨慷慨出征。
众儿郎齐奋勇冲锋陷阵，
老令公提金刀勇冠三军。
父子们忠心赤胆为国效命，
金沙滩拼死战鬼泣神惊。
众儿郎壮志未酬疆场饮恨，
洒碧血染黄沙浩气长存！

…………

看着岳振业的言谈举止，姬雪灵预感到出了什么大事。她不知该不该再问，该怎样来问。终于，她忍不住，鼓了鼓勇气，弱弱地问：“见到儿子时，他在干吗？”

岳振业似乎在用心听着留声机里那激越的京剧唱腔，头也不回地回答：“他刚下了火线，和战士们在一起。”

“他上战场啦？！”姬雪灵惊声问。

岳振业听出，姬雪灵的声音已经变了调。他急忙转过身来，看到妻子的嘴角痉挛般地抖着。他一把将她抱在怀里，自己的眼睛先湿润了。他心疼妻子，更心疼失去的儿子。他知道，儿子的死，会给妻子造成多大的伤害！他能做的，就是把这种剧痛分解开，让妻子慢慢来接受这残酷的事件，不至于在一次激烈的打击下昏厥过去。

不知过了多久，姬雪灵在岳振业耳旁轻声问：“儿子受伤了吗？”

“打仗哪有不受伤的？！”岳振业强忍着眼泪说。他怕眼泪掉到姬雪灵的背上，让妻子知道了自己的脆弱。在妻子面前，他必须坚强。只有让妻子看到他的强大，她心里才能获得更多的慰藉。此时此刻，他感到妻子心里已经有了心理准备，便缓缓地说：“这一战打得很难，已经牺牲了好几百人！我到那儿时，仗还在打着。咱儿子已经下来，和牺牲的战士们在一起！”

姬雪灵不说话了。她的身体剧烈地颤抖起来。

“你哭出来吧！”岳振业担心姬雪灵憋坏了身子，温情地说。

岳振业的话刚说完，姬雪灵就“哇”的一声哭起来。这哭喊像大水决堤的涛声，像火山喷发的烈焰，一发而不可收。岳振业抱紧了她，生怕她晕倒在地。他想劝导一下妻子，又怕一说话，自己的眼泪流出来。等妻子的哭声缓下来，他的心里也平静一些了，才一字一顿地说：“从古到今，好男儿就是要保家卫国的。千百年来，流血牺牲的烈士成千上万哪！他们哪一个不是父母的心肝宝贝！我还见到了恒慷最后一面，他身旁倒下的那好几百战友，或许到最后父母也不知道是死是活，不知道死在哪儿、葬在哪儿！”

“振业说得对！”姬华民带着岳恒恺、萧天雍和覃琴几个人走进屋来，说，“能见到慷儿最后一面，已是上天对咱的垂怜了！哭是哭的，别哭坏了身子。慷儿在天有灵，也不愿看到咱们这样哭哭啼啼！他死得英勇壮烈，咱们也要坚强。”

“爹呀！往后我只有恒恺一个儿子啦！”姬雪灵抬起头来，满脸泪水地对姬华民说。

姬华民用手扶住女儿的肩膀，安慰道：“你不是还有这么多亲人吗？恺儿也像慷儿一样出色呀！你看，当年杨继业带着八个儿子出战，回来的不是只有杨六郎一个孩子嘛！我在外面一听振业给你放佘太君的这段唱词，就明白是什么意思了！没想到，振业看着粗枝大叶的，心还这么细！”

岳恒恺从父亲怀里搀过母亲，让她坐在了床上。

覃琴紧挨着姬雪灵坐下，搂着她的肩膀说：“俺才没了丈夫，你这又没了孩子！都是咱的命啊！看透了，咱也就不难过了！”

“俺到最后也没见到慷儿一面。”姬雪灵哭着，埋怨道，“你表哥都见到孩子了，也不知道把他带回来，让俺娘儿俩见一面！”

“志川死时，都到家了，你们不是也没让俺看他一眼吗？”覃琴幽怨地说，“当时，你也说过，人死了，看一眼还有什么用，就留个好的念想吧！俺现在也觉得，没让俺看志川就对了，到现在俺满脑子都是他的音容笑貌。

等过了这段时间，你就会感到，表哥没把慷儿弄回来，全是为你考虑。”

“这大热的天，想弄回来就能弄回来呀！”姬华民低头看着女儿说。他回身抱了抱岳振业，接着讲道：“对慷儿来说，让他与战友们在一起，是再好不过的事。他生前与战友们一道，到了那边儿，也不能让他们分离。”

在岳振业的印象里，姬华民这是第一次抱他。这一个拥抱，是姬华民对他的肯定，也是对他这些年疼爱女儿的赞许。他用感激的眼神与姬华民对视了一下，说：“等局势稳定下来，让恒恺去趟天津，给他哥去上坟。”

“到时候，我跟表弟一块儿去。”萧天雍马上说道。

四

蒋崇福是继岳振业以后，在泊镇武功最厉害的一位。据说，他曾赤手空拳打倒十来个壮汉。日本人到泊镇后，对他百般拉拢，他就是不买小鬼子的账。最后是韩宗振给石南谷岳出了个主意，由陈耀煌出面，与特务队队长香川请蒋崇福喝了一顿酒。席间，韩宗振给蒋崇福的杯里下了药，致使他昏睡过去。等他醒来时，正与日本女子挺身队的藤原纪香赤身裸体地睡在一个被窝里。香川以此要挟，迫使他成了保安队的副队长，在韩宗振手下为日本人卖命。

蒋崇福想洁身自好，却早已身不由己。多日来，不得不违心地帮小鬼子做一些险事难事。好在，到了保安队，请他饮酒的人多了，使他这个平日爱喝上几杯的人沉醉其中。他还想像那莲花一样，身处淤泥而不染。所以，他一直坚持让自己做到守时重信、仗义疏财，尽量不做昧良心的事。

不管是别人请他喝酒，还是他请别人喝酒，他总是到得最早的，今天也不例外。他到沙家馆时，“新桥驿”房间还空无一人。沙家馆是泊镇经营涮羊肉最早并且也是最大的店，有十几个房间，都是用泊镇名胜古迹命名的。除了“新桥驿”，还有“日华宫”“红杏园”“奎星阁”“钟鼓楼”等。各个房间，都装点着本地文人雅士的书法作品，大多写的是古诗新词。来得早的客人，可以一边欣赏诗文一边等人。

泊镇在明朝时被称为新桥驿。一进“新桥驿”房间，就是明代河间知府瞿祐的诗《新桥夜泊》：“浪静风恬月色明，苇花滩上雁知更；大鱼故欲惊人梦，跃出船头水有声。”对面儿墙上，是古人王元翊的《新桥夜泊》：“新桥水驿下津门，独镇河西胜古村；曲港东连扁渡里，轻舟北泊小营屯。几家蟹断留霜印，两岸渔灯照酒痕；夜半钟声苏客梦，一帆隐隐上朝暾。”

蒋崇福看完了“新桥驿”的诗文，见对面的“日华宫”开着门，还没有来客人，便信步走了进去。“日华宫”里，东面墙上是清朝乾隆皇帝的《日华坊》：“请书献乐甚彬彬，华表千秋景行新；令史诸侯传曾读，最心许者是斯人。”西面墙上，是明朝官吏杨德周的诗：“贤王千古溯高风，只说燕台市骏空；野草茫茫斜照里，停车还指日华宫。”欣赏过了“日华宫”的诗，蒋崇福还想乘兴到“红杏园”看看，却听见韩宗振扯着嗓子喊他的声音。

“我就知道你已经来了。”韩宗振看到蒋崇福自“日华宫”出来，连忙吩咐道，“你去楼下迎一迎香川和石场太君，顺便把肉和菜点了。今儿石场请客，他有钱，你就拣最好的点。羊宝羊鞭啦，小肠毛肚啦，可劲儿点。点完就让店家把锅子上来。——对了，咱改到‘奎星阁’了。我跟香川说错了房间，咱就将错就错吧。”

蒋崇福一下楼，就碰到了香川和石场说笑着走进店来。他与这两个人打了声招呼，就到高过胸口的木台前点菜点肉，然后告诉店家抓紧上锅子。回到二楼的房间时，屋里的几个人都围着桌子坐下了。

“都安排好了？”韩宗振看到蒋崇福进来，问了一声，紧接着说，“你给二位太君先满上酒。”

蒋崇福刚要抓酒壶，石场站起来说：“这次是我请各位队长，一定要让我来斟这第一杯酒。何况，今天我年龄最小。”

韩宗振一见石场给他满酒，慌忙站起身来，受宠若惊地说：“这可使不得！你是我们泊镇的客人，又是永华大权在握的人，怎敢劳驾太君！我在厂子时，只是个小小的把头，你可是我的大掌柜的！”

石场给蒋崇福倒酒时，蒋崇福只是把酒杯向石场面前推了推。韩宗振不满地瞪了他一眼，蒋崇福装作没看见，等石场给他斟满了酒，又不慌不忙地将杯子拿到自己跟前。

饭店跑堂的将烧着炭火的铜锅端了上来。把锅子放稳后，他提起桌上的暖瓶，又往锅里添了一些水。然后，跑堂才陆陆续续地把肉、菜和各种调料端了上来。

韩宗振不知是担心支不动蒋崇福，在众人面前失了面子，还是想巴结香川，给日本人抬轿，他亲自将涮羊肉的小料一一递给香川，让他在麻酱碗里放了孜然、冬菜、香菜、熟芝麻、韭菜花、酱豆腐等配料，然后挑了一头最大的糖蒜放到他的调料碗旁边。

石场给在座的每个人都斟满了酒，最后才给自己满上。他坐下来，看了香川一眼，示意他先说话。

“喝酒之前，我先把事儿说了。”香川看了看韩宗振和蒋崇福，见他们正听他说话，才开口道，“今天把各位队长叫来，是要执行石南旅团长的一项特殊命令。本来，我要将你们请到我的办公室去说的，石场君愿意请你们到这儿来聚聚，我也就不再麻烦你们跑一趟了。”

“既然是石南旅团长的命令，咱绝对执行，不打折扣地办好！”韩宗振拍着胸脯说，“香川队长，你尽管说，上刀山下火海，咱也不皱一下眉头！”

香川笑了一笑，对韩宗振说：“这事儿没那么严重！就是杀个人的事。这个人曾经是你的上司，在泊镇名气很大，皇军不便出头，才让你们保安队来办。”

“你说的这个人可是岳振业？”韩宗振很兴奋地问了一句。

“我知道你与那个岳振业有仇。但是，这次我们要杀的不是他，是他的岳父姬华民。”香川很直接地对韩宗振说，“你们知道，石场君是永华的监督员。最近他发现，姬华民总是侵犯我们的利益，不择手段地挤占大日本在支那的火柴市场。不仅如此，他还对石场君阳奉阴违，煽动手下反抗皇军，欺压、打击对我们友善的工人。我们警告了他几次，他充耳不闻，一直冥顽不化，甚至在工人面前冒犯石场君。与石场君过不去，就是与大日本皇军对抗，这是我们绝对不能容忍的！旅团长决定，尽快送他上西天。”

蒋崇福听了，心里一惊。他不清楚这个石场与那个石南旅团长是什么关系，只明白了，今天的酒场和暗杀姬华民，都是石场策划的。也许，从上一次将他弄醉，让他与藤原纪香睡在一起，自始至终就是一个阴谋。他无法料想，杀了姬华民，会给泊镇带来什么可怕的后果，对永华来说却注定了是个大灾难。也许，姬华民一死，厂子就无法再维持下去。厂子倒闭，那几千名工人就要失业，它牵涉到的上千个贫民家庭就没了饭吃。还有那些给厂子糊火柴盒的人家，那些在码头装卸的脚夫，以及那些与永华火柴厂有经济往来的行业和人员，造纸的、印刷的、卖化工原料的……甚至挑水送水的，都一下子断了营生，最起码是减少了收入。这样说来，杀了一个姬华民，对泊镇就是造了一个不小的罪孽！他不愿让泊镇人把这个仇恨记在保安队账上，更不愿让乡亲父老把这个账记在他身上。退一步说，不管保安队是否参与其事，他蒋崇福是绝对不会动手杀人的。他想了半晌，最后对香川说："你们要想杀姬华民还不容易？带几个人去厂里，一枪将他崩了不就得了！要不，随便给他弄个罪名，把他传到宪兵队或特务队，一刀砍了他的头。你们用这么多心思、费这么大事儿干吗？！"

香川有点儿不高兴地看了蒋崇福一眼，板着脸解释道："当前泊镇局势不稳，是要安抚人心的时候。直接杀姬华民，会给刁民以把柄，让他们借题发挥，鼓动一些人闹事。真要闹起来，就给石南旅团长带来不必要的麻烦了。"

"那就背地里杀他。"蒋崇福似乎没看到香川的脸色，有点儿不管不顾地揶揄道，"你们不是常干暗杀的事吗？！"

"你不懂！"石场见香川要发作，急忙摁住他的手，对蒋崇福和韩宗振说，"姬华民的死，不能让人发现与皇军有一丝一毫的关系。所以，这件事才让保安队来做。"

"这不是掩耳盗铃吗？！泊镇人都知道，保安队是听你们日本人指挥的。保安队去做和特务队做没有多大区别。"蒋崇福鄙夷地一笑说。话刚说完，他忽然悟出，保安队杀人和特务队杀人其实并不一样。保安队里都是泊镇人，特务队上全是小鬼子。保安队杀人，可以说成是报私仇，尤其是韩宗振在永华干过，与岳振业等人有个人恩怨。万一杀姬华民的事闹大了，日本人可以说成是韩宗振擅自干的，甚至可以找个替罪羊，杀个保安队的人，甚至毙了韩宗振以平民愤。

韩宗振见蒋崇福的话越说越离谱，怕激怒了香川，便转移话题说："水开了，咱边说边吃。——这沙家馆的羊肉就是好，在开水里涮三下准熟，吃起来特别嫩滑、鲜美，你到天津、北京也吃不出这个味儿。这才是真正的涮羊肉！有的饭店，把肉放到锅子里半天才熟，吃起来就跟嚼棉花似的，怎么嚼也嚼不烂。还有这毛肚，这里用的是羊百叶，不是牛百叶，放在锅子里数七个数，捞出来正好吃。时间不能长了，时间一长，也成了棉花套子。”

“韩队长在吃上真是行家！”石场说着，拿起筷子，夹了一片薄薄的羊肉，像韩宗振说的那样，在锅子里来回涮了三下，蘸了调料，放到嘴里“吧嗒吧嗒”地吃起来。

香川也想拿筷子，韩宗振抢先一步，用他的筷子夹起黑色的羊百叶，放到锅子里，嘴里开始数：“一、二、三……”

蒋崇福看着韩宗振的表演，心里不由得冷笑了一下。在日本人来泊镇之前，人们不管是涮羊百叶还是牛百叶，都是数八个数的。现在，人们忌讳“八”，是怕给自己惹祸。“八个数”和“八路”很容易让人误听，尤其是那些酒后还支棱着耳朵的汉奸特务们。

“吆西！”香川将韩宗振帮他涮好的羊百叶放到嘴里，没等吃完便欣然地赞一句。他连着吃了两口百叶，然后举起酒杯与大家碰了碰，一饮而尽。放下酒杯，他又涮了一片羊肉吃起来。看着蒋崇福给他的杯里斟满了酒，他咳嗽一声，十分严肃地说：“杀姬华民，是旅团长的命令。以保安队韩队长、蒋队长为主，我们协助。你们带两个自己信得过的人，先把姬华民绑了，再给厂子送信儿。信儿一送出，就杀了他。你们万一失败，皇军马上动手，将姬华民他们围住。这一次，绝不能让他活着回到泊镇。”

石场补充道：“前天，姬华民与岳振业去了天津，说是找张伯番和一个叫秦凤鸣的人。这两天，就该回来了。”

蒋崇福听出了香川的言外之意，如果保安队失手，日本人可能将他们都包围起来，当成土匪用枪都给“突突”了。如果保安队得手，就是一个普通的劫匪绑架撕票的事件。螳螂捕蝉，黄雀在后哇！姬华民是那只蝉，保安队是螳螂，日本人就是黄雀。黄雀可以只吃蝉，也可以将蝉与螳螂一起吃了。当螳螂失去了利用价值，或者是某种需要时，就成了黄雀的腹中之物。日本人反复无常，谁也不能保证他们不会杀人灭口！可以确定的是，姬华民这一次死定了。名震泊镇三十年的大掌柜的，做梦也没有想到，他活在这个世界上的时间不多了。

五

“我这个人的好运厄运都与四有缘哪！”刘律衡开心地笑着，说，“我一九〇四年出生，一九三四年四月入狱，一九四四年四月出狱。进去时正是而立之年，出来时已到不惑之龄，整整十年！碣石山人有言，十年磨一剑，霜刃未曾试；今日把示君，谁有不平事？”

张伯番看着刘律衡高兴的样子，也十分放松地打趣道：“你再晚出来几年，就是磨成最好的剑恐怕也没用武之地了！你坐牢，折腾的是我这个老头子。再这样下去，我这把老骨头，就为你跑散架啦！”

“我也怕摸不着打小鬼子，便赶紧出来了！”刘律衡“哈哈”一笑，诙谐地说，“有张叔三天两头地来看我，我还真不愿出来。你们不知道，张叔一来，监狱的头儿都陪着，狱友们老羡慕呢！”

岳振业被刘律衡身上表现出来的乐观精神感染了。他想，在监狱里一待就是十年，受尽严刑拷打和非人的折磨，依然志向不改，信念不变，需要多么顽强的意志呀！尤其在战友们都“自首”出狱后，他一个人孤独地“蹲大牢”，更需要超乎常人的毅力。想到此，他从心里敬佩刘律衡，对自己的这位领路人又多了几分景仰。他看着谈笑风生的刘律衡，衷心地说：“刘书记真不像个凡人！一个人在狱中坚持了这么长时间，太了不起啦！就是那卧薪尝胆的勾践，也不过在吴国受了三两年屈辱。要是让他在那里待十年，又是打又是审的，估计不是疯掉就是颓废了。”

“对我们来说，那实在不算什么！”刘律衡看了看秦凤鸣，风趣地说，“这就像秦厂长打铁一样，不经锤打，不成大器。我十几岁参加革命，风里来雨里去，像走钢丝一样走在生死线上，正好到里面休养一段时间。在监狱里，我思考了很多东西，更加确信，我选择的是一条正确的道路。现在出来了，这以后，怕是没有那样悠闲的日子了！”

岳振业听出来了，刘律衡说的我们，也把他包括在内。他后面的话，既是说的自己，也是说给他岳振业听的。他何尝不是这样，自从刘律衡介绍他入党，快二十年了，他从来没有后悔过。他唯一遗憾的，是不能像其他党员一样，与反动派进行面对面的斗争，或者到战场上冲锋陷阵杀敌人，只能暗地里做些力所能及的事。尤其是在刘律衡被捕后，各级组织没人知道他是党的人，因此也没人联络他，没人给他安排工作。他就像失去方向的船，在大海里漫无目的地漂荡。

“刘书记！这些年你不像在坐牢，倒像去闭关修炼了！”秦凤鸣受大家说话氛围的影响，亦庄亦谐地说，“你这一出来，就像书上说的仙侠高手学成下山，够小鬼子喝一壶的啦！”

刘律衡笑笑，诚挚地说：“秦厂长太抬举我啦！我不像你和振业兄，有一身的本事；我也不是神仙，有通天的道行。消灭日寇，把侵略者从天津赶出去，从中国赶出去，还要靠全体同志的努力，靠全国军民的流血牺牲。今天，我到张叔这儿来，可不是来听你们说我好话儿的！我一是来看看张叔，二是来为姬厂长送行。”

“我还真不是抬举你。”秦凤鸣认真地说，“这些年，我从张叔这儿和朋友那里，听了不少关于你的事。我感到，你就是那运筹帷幄的诸葛亮，能在谈笑间，让敌人‘樯橹灰飞烟灭’。而我，不过是一介武夫。杀几个鬼子还行，排兵布阵，没法儿跟你比！”

“凤鸣自从过了耳顺之年，学会捧着人说话了！”张伯番“呵呵”一笑，说，“想当年，他与义和团一起在天津杀洋人的时候，那可是血气方刚、敢砍敢杀，就像火柴似的，一碰就着！当时我说过他，你秦凤鸣谁也不服，就服自己！”

秦凤鸣有几分自豪地说：“好汉不提当年勇！那时候，我还真没怕过事，也没怕过谁。真是路见不平拔刀相助，干就得了！”

“你以为我这是表扬你呀？！”张伯番话锋一转，毫不客气地说，“老话儿说，少要稳当，老要张狂，你这是活反啦！”

没等秦凤鸣说话，刘律衡赞佩道：“秦厂长威风不减当年！前几天我听说，他带着一百多位天津和泊镇的武林老英雄，在清凉江畔力战鬼子骑兵部队，救下了我们一个营的人。”

“那是我们去河间参加张占魁的葬礼，回来时绕道儿泊镇，赶巧碰上而已。”秦凤鸣不无自豪地说。

岳振业听秦凤鸣提起河间，便想到岳父今天还要赶往河间老家。他静静地看着秦凤鸣，等他话音一落，便抢先说：“秦厂长！天不早了。你还要与我岳父去老家，该动身了。”

姬华民正坐在八仙桌旁边的椅子上，看人们尽兴地谈笑。他心里着急走，却不忍打断大家说话。听到岳振业的话，他顺势说：“是啊，天不早了。我还要去闺女家待一下。”

姬雪灵的三姐姬雪芝从天津女子学校毕业不久，她的老师便找到河间刘家村，替她的儿子来求婚。姬雪芝也愿意来天津，于是，在岳振业与姬雪灵结婚两个月后，她就高高兴兴地嫁了过来。三十年了，她早已是子孙满堂。

送走姬华民与秦凤鸣，刘律衡他们又回到了客厅。张伯番看看刘律衡，又看看岳振业，像个孩子似的说：“你俩这么一坐，一文一武分列两边，跟上朝一样。我这儿老了老了，又体验了一回当皇帝的感觉！你们也别笑话，我做生意顺风顺水的时候，连天津的县太爷都是这儿的常客，我那会儿就觉得自己是个土皇帝了！”

“刘书记比县太爷官还大。”岳振业说了一句，怕张伯番听不明白，又补充道，“他当津南特委书记，管着好几个县呢！”

刘律衡郑重地说：“在我们党内，这只是分工不同，没有官大官小。在这腥风血雨的时候，别说头上的官帽了，怕是放官帽的脑袋说没就没。我加入组织二十多年，好几次都是走到鬼门关又回来的。这回被抓进去，蒋介石本来是想要了我的命的，要不是张学良和宋哲元开恩，我这脑袋早就掉了。”

“我始终不明白你们为吗这么拼命？！老了，也不想明白啦！”张伯番貌似冷漠，却至诚地说，“我佩服的是你们提着脑袋做事的这种精神，看重的是你刘律衡守信重诺的品性。”

“张叔不是外人，我不妨说几句真心话。我知道，我走的是一条九死一生的路。我自己选择的这条路，从跨出的第一步起，每行一步都充满了艰难险阻，荆棘丛生，这是必然的。在这条路上，每前行一步都是战友和同志用鲜血甚至生命铺垫的，我们没有再回头的路！”刘律衡感慨地说。这一刻，他想起了与他一起创建津南特委的那些同志，想起了与他一起领导马颊河民工大暴动的战友……

听到刘律衡的话，岳振业眼睛一红，忍不住伤感地说：“志川几年前也被敌人杀害了。他牺牲前，不知道我已经是党员了，还不遗余力地动员我加入党组织。”

“我是前几天才知道萧志川同志已经牺牲，想不到他离开我们好几年了！他是我党难得的好同志，是我的好兄长！”刘律衡的神色冷峻，动情地说，“你与志川都是我发展的党员。我当初认为，让你们一个在明，一个在暗，有利于党的工作。你在暗处，更能发挥自己的作用。我在监狱里，时常想起你和志川。我怕自己不在了，没人能证明你是早年入党的老党员，特意托付快出狱的刘澜涛同志，一旦我被敌人杀了，就到我的老家大堤东村找我堂弟子良，要我存放在他那儿的文件，来向组织说明你的情况。振业呀！你是我党的好同志，这些年一个人默默地做了很多工作。快二十年了，你受委屈啦！等时机到了，我会去趟泊镇，将你介绍给地方党组织。”

泪水模糊了岳振业的眼睛。从刘律衡发自肺腑、充满感情的话语里，他看到党对自己的关心，也看到组织对自己的评价。有了这些，他以前吃多少苦，受多大委屈，也会感到欣慰和欢喜的。他想到，有多少像他这样潜伏的党员，为了民族的兴亡，不管个人得失、不顾个人安危地战斗着；又有多少早期入党的同志，因为介绍人牺牲或失踪，不明不白地活着或死去。比起他们，他是多么幸运！

六

岳振业一进家门，姬雪灵就扑在他身上大哭起来。岳振业心里一惊，往家走时那些快乐心情，像被狂风“哗”地卷起来，全都摔进深不见底的山谷里。他急忙问妻子家里发生了什么事。问了好几声，她才抬起头来，哑着嗓子哭诉道：“咱爹被土匪绑架了！”

“吗时候的事？”岳振业一边问着，一边扶着姬雪灵坐在长条凳上，稳了稳心神，安慰道，“你别着急，慢慢说。土匪绑架，无非是要钱，咱给他钱就是了，用不着这样哭哭啼啼的！”

姬雪灵擦了擦眼泪，将土匪送来的信递给了岳振业，颠三倒四地说：“你进门之前，恒恺跟明隆叔去筹钱了。这信是明隆叔拿过来的。土匪要一万大洋，明隆叔说厂里一时拿不出这么多钱。我以为，你和爹在一起呢！

你不在爹身边，不知爹多害怕、多受折磨呢！”

“你不用担心！爹有凤鸣哥陪着，不会有事的。”岳振业左手搂着姬雪灵，右手给她擦着眼泪，不住地宽慰道。他想，岳父他们一定是碰到了悍匪或大股土匪，不然，凭秦凤鸣的本事，几个蟊贼是不会得手的。

“你不是说秦凤鸣功夫深吗？怎么会让土匪给绑了呢？”姬雪灵追问道，“会不会是土匪人太多？怎么张口就要一万大洋呢？会不会他们认识爹？去年正太茶庄的掌柜被劫，绑匪只要二百大洋！”

岳振业等姬雪灵连珠炮似的问完，才说：“看情形，他们是早有预谋的。这股土匪知道，爹去天津都是我陪着的，已经做好了对付我的准备，所以凤鸣哥也搪不住。只要他们是冲着钱来的，这事儿就好说了。你在家好好歇着，我叫覃琴来陪着你，我先去会会这帮土匪。”

“俺来了！”覃琴说着，一撩门帘走了进来。紧跟在她身后的，是吕丫儿和孙四阿。

“你们来了我就放心了！”岳振业舒了一口气，说，“我先走，等恒恺他们筹齐了钱，再去找我。”

岳振业转身刚要走，姬雪灵站起来，从后面拉住了他的衣裳。每次丈夫出远门，她都要给他整理一下衣服，像送自己的男人远征一样。今天，她依旧替岳振业扽了扽衣襟衣袖，等他转过身来，又给他抚平了衣领，轻声说：“千万小心一点儿！爹已经被抓住了，你……”

“你放心吧！我有分寸。”岳振业说完，快步走出屋子。他到后院牵出那匹膘肥体壮的青骢马，将那匹刚跟他从天津驾车回来的白马留下了。他牵着马走出大门，刚跃上马背，就听到王凤迎在后面扯着嗓子喊他。他回过头，见王凤迎、夏茵、陈绮云等人跑了过来。

“岳经理！你这是去哪儿？”王凤迎喘着粗气，焦急地问。

岳振业看看跑到自己面前的十几个人，简捷地说：“去救岳父。”

“你一个人去怎么行？！”夏茵上来抓住岳振业手里的马缰，提醒道，“你不是跟警察局刘局长熟吗？让他安排警察跟你一起去。他要派不出人来，就借给咱十四、二十四的马，我们陪你去。”

“这事儿不能让警察掺和，他们一去，孩子他姥爷的命就没了。”岳振业毅然决然地说，“你们也不能去，又不是与土匪拼命，人去多了没用。

你们赶紧回厂，让人们都别往这儿跑了，该干吗还干吗。”

夏茵松开了抓着马缰的手。岳振业一抖缰绳，青骢马“呼”地飞奔而起，刹那间，便将人们远远地抛在身后。

随着马背的起伏，岳振业的心里也起起伏伏的。他有几分感动，也有几分感慨。他觉得，人们一听说岳父被土匪绑架，就急急慌慌地跑过来，足以说明他和岳父在厂里的人缘！这些年，工人们看他岳父也好、看他也好，反正一直维护着岳父的权威，一直服从他的安排，使火柴厂从无到有、从小到大，一步步走到今天。厂子就像一艘大船，遇到过险滩，遇到过风浪，由于人们的齐心努力，最终能够战胜狂风巨浪，闯过泥滩暗礁，驶向平稳的水面。岳振业想到与李明隆、钱开福第一次进姬府的情形，想到在姬府后花园与姬雪芝、姬雪灵会面时的场景。当时，他多么渴望能娶那两个女孩儿中的一位呀！做梦也没想到，他会如愿以偿，而且娶到的是温柔善良的姬雪灵。几十年过去，他与姬雪灵相濡以沫，在人间的喧嚣中，过着如隐居深山的神仙伴侣般的日子。他感到，从小到大，从大到老，他的命运被安排得如此完美。用岳父的话来说，这是上天的眷顾。不知这一次，上天会怎样安排岳父的命运，会不会再一次眷顾他，让他过了这一劫，却有惊无险？！这些土匪都是些什么人，怎么会知道他从天津回河间，在半路上劫了他？也许，这次绑架，真是有预谋的。

土匪绑架姬华民的地方，是快进入河间境内的田庄关帝庙。岳振业不熟悉去田庄的道路，从南到北地穿过河间地界后，他一边问路一边赶路，耽搁了一些时间，到田庄村南时，太阳已经快落山了。在夕阳的映照下，岳振业很快发现了村东那座高大的建筑。他打马向前，快速奔向关帝庙。快到庙前时，他怕马蹄声惊动了劫匪，便跳下青骢马，将它拴在了路边的松树林里。

关帝庙建在两米多高的岗子上，四周的田野里长满了玉米、高粱，显得那古老的庙宇有些突兀。岳振业没有走通向关帝庙的马路，而是从庄稼地里的小道儿上绕了过去。来到关帝庙坐落的土岗子下，他矫捷地攀着斜坡上的树木爬了上去。他用眼打量了一下关帝庙的瓦墙，见那上面盖的青瓦像帽子似的凸出墙体，没有超绝的轻功是没办法跳过去的。于是，他顺着墙根儿向大门摸去。

庙门里外都没人。岳振业正疑惑地站在宽大的门厅里，忽然听到配殿内传来说话声。他循着那声音走过去，快到跟前时，才听出说话的是秦凤鸣。他心中不由得一阵暗喜：秦凤鸣和岳父还活着！他轻轻地走过去，探头向殿内一看，见秦凤鸣正与一个五十多岁的妇人倚坐在粗大的柱子下歇息。岳振业不知发生了什么，也顾不得多想，一步跨进大殿，喊了一声“凤鸣哥”。

秦凤鸣一愣，发现是岳振业走进来，便挣扎着想站起身。他费了很大力气，最后在岳振业和那个女人的搀扶下才站稳了身躯。他苦笑着说：“一帆刚给我解开绳子，腿还没缓过劲儿来！”

“这位就是传说中的天津侠女洪一帆？幸会！”岳振业向洪一帆拱了拱手，敬重地说。他听张伯番说过，洪一帆自认是秦凤鸣的弟子，其实是他的红颜知己。因为其父亲是天津赫赫有名的船老板，几十年来，她为秦凤鸣化解了许多危机，在津门传为佳话。可能是因为有秦凤鸣在这儿比照着，她一直没有找到可以托付终身的男人，所以，快六十了还孤身一人。她因扶危济困的豪侠举止，而被众人尊崇，成为家喻户晓的仙姑般的人物。天津有一座闻名遐迩的天后宫，被洪一帆救济过的百姓，都说她是天后娘娘再世。连她的未嫁，也被说成是因为她的仙体高贵而不能成婚。

“我扶着凤鸣，你快去大殿看看姬老板吧。”洪一帆尽力搀住秦凤鸣对岳振业说。看着岳振业转身要走，她随后又跟了一句：“他怕是不行了！”

岳振业觉得脑袋“嗡”的一声。听洪一帆的话音，他就知道岳父凶多吉少了。一瞬间，看到秦凤鸣健在的惊喜，被沉痛的心情所替代。他三步并作两步地奔向大殿，像赶着去救人一般。脚跨进去的那一刻，他看到岳父被牢牢地绑在朱红色的大柱子上。

姬华民低垂着头，胸前被利刃所伤，从刀口流到脚下的血已经成了暗红色。绑着他的柱子的后面，就是高大的关公塑像。由于年久失修，关公像上的油漆剥落，身上头上布满了灰黑色的蜘蛛网。关公大刀所指的地方，已经露出天来，似乎这青龙偃月刀已经有了灵性，主人震怒时，它能从屋顶上径直飞出，去铲除人间的邪恶。

岳振业将姬华民身上拇指粗的麻绳解开，慢慢将他放倒在大殿里。他看到姬华民的眼睛似睁非睁，便用手替他慢慢地合上双目，自言自语地说：“不知是谁害了你！等我查到凶手，一定替你宰了他！你就放心地走吧！”

此时此刻，岳振业似乎忘记了悲伤。他心里想的，是回去怎么面对姬雪灵，怎么向她交代。几年的时间，她失去了疼爱的儿子，又失去了疼爱她的父亲，她怎么禁得住，怎能承受得了！天爷呀，为什么要让一个慈祥的母亲、一个乖巧的女儿遭受如此残酷的打击？！公道何在，天理何存？！

在来田庄的路上，岳振业还觉得这些年老天对他不薄，现在想来，它竟如此残忍！命运之神，上面举着的是鲜花，下面捅的是刀子！将他为之骄傲的儿子恒慷带走了，将他最好的朋友萧志川带走了，将要好的儿时伙伴慕容巧莹带走了……现在，又将欣赏他、爱护他的岳父带走了！仔细想想，这都是小鬼子来了以后发生的事，是侵略者给他带来的灾难。国恨家仇，让他咬牙切齿地愤怒起来。他更进一步相信，这次岳父遇害，肯定与日本鬼子有关。石场进火柴厂后，多次与岳父起冲突。岳父不肯让利于日本商人，不肯放弃自己的市场，得罪了那些被端着刺刀的鬼子保护着的奸商。

"这不是简单的劫持，是有预谋的刺杀。"秦凤鸣来到大殿，肃穆地向姬华民的遗体鞠了一躬，然后对岳振业说，"这些人是冲着姬先生来的。他们事先在路上挖了一条沟，我和姬先生下车捧土填沟时，有人从后面摸上来，将麻袋一下子套在了我的头上。绑我的至少有三四个人，有个人功夫比较厉害，不然，就是给我套上麻袋，我也对付得了这么几个人。他们好像知道我秦凤鸣不是吃素的，提前做了准备。他们要杀的人是姬先生，并不想要我的命。不然，给我套麻袋那会儿，刀子也就随着捅过来了。到了这庙里，他们把我绑到偏殿，将姬先生弄到大殿来了。他们自始至终没说几句话，我也没看到他们的模样。"

"你要是看到他们，你这命也就没了。"洪一帆快人快语地说，"你说得没错，这不是一般的绑票。他们写信要钱，我带着钱来了，却看不到他们的人影儿。明摆着，他们不是要钱。杀姬老板，也不是土匪撕票，是用计杀人。我不清楚他们给姬老板的家人怎么写的信，送到'秦记德'的信我看了，交钱赎人的最后时间是明儿晌午以前。我认为，他们杀了姬先生就走了，怕时间长了露出马脚。我一来就奔了这大殿，那时姬先生就没气息了，这地上的血早已凝固。"

岳振业第一次听到一个女子这样头头是道的说话，暗自感叹：真是巾帼不让须眉！他站起身来，很确定地说："这是日本人做的。也就是小鬼子干这种不择手段、阴险毒辣的事！”

听到岳振业的话，秦凤鸣赞同地点了点头。自古至今，中华民族的子孙们，世世代代都坚守仁义礼智信，不管是个人寻仇还是国与国交战，话都说到明处，事也办到明处。厮杀前，我摆阵你来破，破了阵就算你胜；厮杀中，我一挂免战牌，你便不能再来攻城。人无信不立，业无信不兴，国无信不长。找人暗杀、背后偷袭，都被看作是小人勾当，会被钉在耻辱柱上，千秋万代让世人唾弃。

“咱们快点儿离开这儿吧！”洪一帆提醒道，“我总觉得那伙儿人还在这附近。等他们回过味儿来，找咱要钱，咱就走不了啦！”

“走！”岳振业说完，俯下身子，在秦凤鸣和洪一帆的帮助下，背起姬华民的遗体往外走去。

西沉的红日被墨一样的浓云湮灭了。黑云像浓烟一样翻腾，滚滚而上，如魔鬼般张牙舞爪地吞噬着蓝天。早看东南，晚看西北。乌云从西北露出头，预示着暴风雨就要来了。

洪一帆从庙前的一棵大槐树上解下自己的枣红马，与秦凤鸣一起跟在岳振业后面往前走。到了放马的松树林，岳振业打一声呼哨，不一会儿，青骢马就拖着缰绳来到他们面前。

岳振业一拍马背，青骢马便伏下身子。他跨上马后，让秦凤鸣将岳父僵硬的遗体与他绑在了一起。他一抖缰绳，青骢马一跃而起，沿着大路向前奔去。

看着远去的青骢马，洪一帆犹豫了一下，最后将手里的缰绳交给了秦凤鸣。秦凤鸣很快领会了洪一帆的心思。一边是家乡的朋友，一边是惦念他的家人，何去何从，洪一帆无法给他做决定。一向做事果断的秦凤鸣，此时也左右为难了。毕竟，他如果陪着岳振业去泊镇，尚不知他是生是死的亲人们会很着急的。

正迟疑不决时，秦凤鸣听到了睿儿喊“爷爷”的声音。他以为是幻听，直到洪一帆说“睿儿来了”，他才回过头去。

“好孙子！知道爷爷渴了！”秦凤鸣抱了抱扑到他怀里的睿儿，接过他带来的水壶“咕咚咕咚”地喝了几口，心满意足地说，“还是亲孙子好哇！不像你洪奶奶，也不知给我带水来！”

洪一帆一把夺过秦凤鸣手里的水壶，似嗔非嗔地说：“我还渴得嗓子冒烟儿呢！”

秦凤鸣没理会洪一帆，身心释然地看着睿儿，说：“你来了就好说了！你与洪奶奶先回天津，免得家里人担心。我去趟泊镇，帮朋友料理一下后事。”

洪一帆将水壶给了睿儿，说：“我跟你爷爷去泊镇，你自己回去吧。要下雨了，路上注意点儿。”

秦凤鸣知道，洪一帆要去做的事，别人拦也拦不住。于是，他上了马后，伸手将她拉了上去。“走了！”秦凤鸣像是提醒洪一帆，又像是与睿儿告别。待洪一帆抱紧秦凤鸣后，他双腿一夹马腹，枣红马像是早就盼着去追青骢马似的，蹬开四蹄，野兔一般向前疾驰。

广袤的田野上，出现了两匹奔跑的骏马。天上的乌云也加快了速度，像是追逐快马而来。大地上的树木、庄稼，以为那乌云是扑过来的妖魅，开始瑟瑟抖动，一起发出凄厉的叫声。天空下的一切很快由明变暗，两匹马似乎由于跑得太快，一下子闯入了另一个世界。

风是雨头。岳振业知道，雷雨就要来了。面对将临的狂风骤雨，背着岳父冰冷的尸体，他心里忽然感到莫名的孤寂。此时此刻，他在孤独地赶路，家中妻子在焦急地等待。岳父遇害，这是绑票案最坏的结果，不知妻子能否想到，能否承受？！半个多世纪的父女之情，一旦撕裂，天人永隔，想想都替妻子心痛不已！

狂风越来越大了。岳振业觉得像冥冥之中有人推着他前行一样。风将身后的马蹄声送来，越来越近，越来越响亮。岳振业心里一热，一股暖流瞬间传遍全身。他放慢了速度，等两匹马奔跑的声音融在一起，才纵马飞奔。有了秦凤鸣的陪伴，岳振业的心里踏实了许多，感觉那树木的摇摆和庄稼的起伏，成了一种拨动心弦的独特景象。

有两辆马车迎面而来，到跟前时，才发现来的是岳恒恺和萧天雍。岳振业勒住马，坐在马上看着岳恒恺跳下车，踉跄着走过来。

看着父亲背着姥爷的样子，岳恒恺愣了半晌，才带着哭腔问了一句：“我姥爷怎么啦？”

“快点儿解开！把你姥爷放到车上去。”岳振业没有直接回答岳恒恺的话，而是大声吩咐道。那样子，像在工厂里给儿子派活儿一样。见到儿子，他心里立时有了底气。在岳父的遗体被解下去的那一刻，他身上的负担和心里的重负都轻松了下来。他看着儿子和萧天雍将岳父的尸体小心翼翼地放到车上，看着儿子将洪一帆搀到另一辆马车上，看着儿子跑回他姥爷的车旁"哇哇"大哭……等儿子哭了一阵儿后，他才说："走吧！雨这就下来了。到家后，不要再哭。你哭，你娘就更难过了！记住！记住了吗？"

车马刚动地方，大路上就出现了一个马队。他们迎面而来，到眼前，才看清是王凤迎、隋瑞廷等三十几个火柴厂的工人们。王凤迎来到岳振业面前，关切地问："董事长呢？"

"在车上。"岳振业回答了一句，看了看周围的工人们，忍不住责怪王凤迎说，"我不是说了吗，不让你们来了？！这种天气，你还带着大伙往这儿跑，不是蹭等着让人们挨淋吗？！"

王凤迎刚想说什么，隋瑞廷替他辩解道："凤迎哥本来不让大伙儿跟着，是兄弟们放心不下你和董事长。与其在家里急得转圈儿，不如过来看个究竟。再说，你都在前边来了，我们现在才过来，即使帮不上忙，也添不了什么乱。"

岳振业听隋瑞廷说得有道理，心里便得到一丝安慰。他不是不愿让工人们来，只是不肯让他们跟着吃苦受罪。眼前这些与他熟识的工人们一来，已经超越了单纯的经理和工人们的关系，饱含了患难与共的兄弟情义。是兄弟，就能风雨同担，就能共赴危难。

刚到泊镇边界的一个小村子，雨就来了。先是"噼里啪啦"的大雨点，很快，那雨就像泼水一样朝人们劈头盖脸地浇下来。雨水在风的吹送下，如秋千一样来回冲荡，从高空落下来的水就成了鞭子一般，前后左右、上上下下地抽打着人们。几十号人马，只能坚持着向前走。他们知道，一旦等雨停下来，等路上有了积水，等雨水渗入泥土，道路就更加难走。

上苍好像是要将这些人捶打成钢筋铁骨的汉子，它使出了各种手段，疯狂地磨砺着他们。闪电来了，一道一道，漫天彻地，似乎要把天空撕碎；霹雳来了，追赶着电光，一声接一声，远远近近响个不断。在岳振业他们刚刚经过的地方，一个响雷，将那棵枝叶繁茂的老桑树劈翻在地，飞起的断枝残叶随后被风雨打落在泥水里。

来得快的风雨走得也急。一袋烟的工夫，老天爷就像是耗尽了全部能量一样，光泯雷藏，风走雨息，只留下一地泥泞让人们艰难地跋涉。路更滑了，跟在车后的工人们，不时有人因马的趔趄摔下马去。

岳振业他们人疲马乏地赶到泊镇时，小城已经睡了，大街小巷看不到一个人影。偶尔有几声狗叫，传递着一种亲切的烟火气息。进了城，岳振业感到心里越来越忐忑了。他不知道怎么面对妻子，也很难料想妻子怎么面对突然降临的父女俩的生离死别！

快到家门口时，岳振业让车马停下来，独自一人往家里走去。他准备自己去对妻子说岳父遇难的事，免得她突然看到父亲死亡的样子，一时受不了这残酷的打击。进了院子，他发现这里站了许多人，看不清人们的面孔，只见人影憧憧，等待在雨后的清凉里。一名工人看到了岳振业，立刻上来接过马缰绳，喊一声“岳经理回来啦”，便牵着马急急地向后院走去。

人们围拢过来，想听岳振业带回的消息。见岳振业不说话，他们便闪开了一条路，默默地看着他走进屋里。岳振业撩开门帘，见覃琴、夏茵和吕丫儿正陪着妻子说话。姬雪灵看到他，像被惊牛猛地拱下床一样很快地站起来，欲言又止。四目相对，却都不愿先开口。

“嫂子！赶紧给表哥找身衣服换上，别冻病了！”覃琴用手拽了一下姬雪灵的衣袖，提醒道。

姬雪灵“哦”了一声，转过身到箱子里找衣服。夏茵见状，拉着吕丫儿去了堂屋。覃琴看了岳振业一眼，也走了出去。

岳振业走到姬雪灵身后，双手搭在她的肩上。姬雪灵低着头，像是在找衣服，手却早就停了下来。她似乎完全明白了岳振业传递给她的信息，还是忍不住问道：“爹呢？”

“睡着了！在外面车上。”岳振业强忍着眼泪，很压抑地说。他从妻子双腿开始颤抖的情形，看出她对绑架的结果已经十分清楚了。

“这不是绑票，是小鬼子借此杀人。”岳振业紧紧扶住姬雪灵，向她叙说道，“根本就没见到绑票的人。凤鸣哥也被绑了，却丝毫没动他。那些人是冲着爹来的……”

“俺跟爹说过多少次，不要得罪小鬼子，不要得罪小鬼子！爹就是不听！”姬雪灵突然吼叫起来，像火山喷发一样地说，“小鬼子就不是人，不是人啊！”

院子里传来哭声，姬雪灵一听，“哇”的一声大哭起来。她蓦地转过身，挣扎着向外奔去。岳振业赶紧搀住，随着她向院子里跑。刚踏出屋门，就见人们用门板抬着姬华民的遗体到了跟前。岳振业拉着姬雪灵闪在一旁，让人们将遗体抬进了堂屋。有人搬过来几个长条凳，将门板放在了上面。

姬华民的遗体被盖上了一条白色的单子。姬雪灵不顾一切地扑过去，掀开布单，看到了父亲惨白的脸，她扯开嗓子叫一声“爹”，歇斯底里地大哭起来。

“三哥呀！我不该拉你来泊镇哪！”李明隆低头看着姬华民的遗容，流着眼泪絮叨着，“你要不来建这个火柴厂，也不会操这么多年的心，吃这么多年的苦，受这么多年的罪！也不会落这个下场！你要是在刘家村，早就是子孙绕膝，颐养天年了，不会这么大岁数了还为了厂子东跑西颠……”

“明隆爷爷！你别难过了！天快亮了，你赶紧回家歇一会儿吧。”萧天雍扶着李明隆一只胳膊，凑到他耳旁说。随后，他抬起头，提高了声音说：“大叔大婶！天不早了，都回去睡会儿吧。我陪着恒恺在这儿守灵，你们就放心吧。”

“大伙儿都累了一天了，赶紧回去歇着。”王凤迎大声说，“明儿该去上班儿还去上班儿，这里让谁来谁再来。厂子的人如果都来，这儿也转不开。再说，董事长走了，咱该生产还生产，不能让小鬼子看咱们的笑话！”

人们陆陆续续地走了。姬雪灵瘫坐在灵前，也不再哭泣。岳振业蹲下身子，手搭在她的肩头上，十分愧疚地说：“都怪我没有照顾好咱爹！这些年，爹出门时我都陪着，就这一次……”

“这不怪你！你去了也没用。秦大哥这么有功夫，还不是没躲开吗？”姬雪灵哑着嗓子说。

“妹妹说得对！”洪一帆在一旁说，“一看妹妹就是个明白人。这个仇，应该记在日本人身上。”

听着姬雪灵的话，岳振业有几分感动。他想，不过几年的时间，妻子先后失去了儿子和父亲，对她这是多大的打击呀！难得她在这极度悲伤的时刻，还如此通情理，还能这么理智地看问题。

七

一场大雨，虽然下得时间短，却早已将天上那半个月亮和几颗星星洗得瓦亮，像刚从水里捞出来的白玉一样，纯净而润泽。

姬雪灵似乎哭干了泪水，两眼呆呆地看着窗外的天空。岳振业手边的丝帕早就湿透了，那上面满是姬雪灵的眼泪。丝帕放置了一会儿，再摸上去有种凉凉的感觉。

“俺还不如三姐。她人在天津，却能见爹最后一面！”姬雪灵伤心地说。她把这话已经说了十几遍了，说一遍哭一次。也分不清这是自责还是抱怨，反正她始终沉溺在这种情绪里不能自拔。

“三姐是见了爹最后一面，可她却与爹分开了这么多年。你从小到现在，一直守着爹，该知足了。况且，这些都是定数，不要为此再折磨自己。”岳振业温和地劝解着，说，“我记得，有一个算命的对恺儿他爷爷说过：‘别看你这么孝顺，等你母亲闭眼时，你并不在身边。’果不其然，奶奶走时，咱爹出门没赶上。爹回来时，奶奶都入土三天了。”

姬雪灵仰起脸看着岳振业，疑惑地问：“怎么以前没听你说过这事？不是现在拿来哄俺的吧？！”

“真不是哄你。身边这种事多了。”岳振业认真地说。他知道，只有给妻子讲这些很宿命的事，她那纠结的灵魂才能得以解脱，她心里才能慢慢平静下来。安抚妻子的同时，又何尝不是在宽慰自己。于是，他继续说道：“人这一辈子，是上天早就给安排好的。几十年也好，上百年也罢，都跟古书上说的一样，在上界犯了天规，才到人间来受这一遭苦的。所以，你看人出生时是自己哭着，别人笑着；人去世时，是自己笑着，别人哭着。出生时自己哭，是自己不愿来；去世时别人哭，是别人不愿让走。从古到今，人们来来去去，哭哭笑笑，不知有多少轮回了！人刚离世，不让家人把眼泪掉在亡者身上，就是怕他尘缘难断，心里牵挂太多，到了那奈何桥上一分心，跌入忘川河。真要落到河里，会受尽千年折磨才能爬上岸。过了奈何桥，就到望乡台了，那里是死者看亲人最后一眼的地方。然后，在望乡台旁喝下孟婆汤，就脱胎换骨，忘了前生，轻轻松松、了无牵挂地或成仙，或成佛，或走向来世……”

听岳振业不停地讲着，姬雪灵忽然感到就像小时候听母亲讲故事一样，心里慢慢就熨帖了，踏实了。她忽然想起了早早过世的亲生爹娘，心里立时涌起一种别样的情绪。比起与亲爹亲娘那短暂的缘分，能跟养父母相伴五十多年，也是一种福分了。想着想着，禁不住对岳振业说：“你知道吗？俺是爹抱养的！娘跟俺说，俺刚满一周，生身父母就落水死了。是俺命大，被人救上来送回刘家村。爹娘本来是俺的堂叔堂婶儿，他们收留了俺，并带人把俺父母的尸体打捞上来，装进棺材葬在了祖坟里。在刘家村，未出嫁的闺女不能上坟，爹却每年都带俺去给父母烧一回纸钱，再磕一个头。直到俺嫁给你的头天晚上，娘才把这一切告诉了俺。俺之前一直蒙在鼓里，不知那一个头是给自己亲爹亲娘磕的。从小到大，爹娘最疼俺，甚于所有哥哥姐姐。俺始终以为爹娘宠俺，是因为在这个家里俺是最小的。岂不知，爹娘是因为俺没了亲生父母，怕俺再受委屈。俺比三姐小一岁，小时候她总说爹娘偏心，吗事都向着俺！”

“都几十年了，你怎么现在才愿告诉我？”岳振业抱住姬雪灵，轻声问。他紧紧地搂着妻子，分明是想让她多感受一些来自丈夫的宠爱。在恒慷、恒恺长大后，他很少拥抱妻子了！虽然对妻子的爱有增无减，虽然夫妻之爱越来越浓厚，却不再像年轻时那样渴望着表达出来。他忽然感到近年来亏欠了妻子，像妻子这样一个从小就失去父母的人，他应该给她更多的情爱和关爱，让她从父母那儿失去的一切，尽可能地从丈夫这儿得到一些补偿。

姬雪灵将手放在岳振业的手上，坦陈道：“有时候，俺也想对你说，又怕话一说出来，你看轻了俺与爹娘的感情，与他们隔心，不再真心实意地帮着爹。还怕你对俺的感情里，更多的是同情。”

岳振业会意地点了点头，拍着姬雪灵的额头说：“你这个小脑袋瓜儿，还装着这些想法！其实，我早就知道你是爹娘抱养的。你不说，我也不能说破，就怕你担心我跟爹因此隔膜了。如果那样，同是一件事，同样的态度和做法，也会让人多想。”

“就是这个理。”姬雪灵附和道。

“实际上，我也有件事，一直没敢告诉你，怕你知道了担惊受怕。”

岳振业看着姬雪灵，迟疑了一下，终于说出口，“你不知道，我早就加入共产党了，比志川还早。特委刘书记第一次到泊镇，我们就认识了。不久，他介绍我入了党，却不让我接触泊镇其他党员，直接受他的领导。过了几年，刘书记就被捕了，在监狱里待了十年，前些日子才出来。这次去天津，我在张叔家见到了他。”

姬雪灵不说话了。正当岳振业不知所措、担心她哭闹时，姬雪灵平心静气地说：“这话要是放到过去，俺会很生气。俺会为你担心，会为这个家担心。这几年，俺眼见着日本鬼子在这里杀人放火，耳听着八路军游击队打鬼子杀敌人的事，对共产党也有了更进一步的了解。尤其是爹这一死，俺感到，只有八路军能给爹报仇，能给泊镇那些被鬼子杀了的人报仇。爹是被小鬼子杀的无疑了，志川也是，还有巧莹，都是被鬼子杀的！志川要是活着，知道你也是共产党员，和他是兄弟加同志，心里该多高兴！你不该瞒着他！”

岳振业长舒了一口气。二十年来，压在心头的一块大石头终于搬开了，顿时感到心情豁朗了许多。他替姬雪灵撩起散落到眼前的头发，解释道：“不告诉志川，这是刘书记特意交代的。刘书记还说，最好也不要让家里人知道，必定我们做的是闹不好就掉脑袋的事。”

“不管你做什么，都要保护好自己。俺特别怕失去你！”姬雪灵依偎在岳振业的怀里，柔情依依地说。

岳振业无数次地想过，有朝一日，突然告诉妻子自己是共产党员时，她会是什么反应。他并不奢望妻子原谅自己，只求妻子不对他大发脾气。没想到，事情的发展会这样出人意料。看来，做什么事，说什么话；何时做，何时说，都有个时机问题。

八

王凤迎来找岳振业时，岳振业与秦凤鸣刚撂下饭碗。他看了看秦凤鸣，欲言又止。岳振业看出王凤迎有话要讲，便说：“秦大哥不是外人，你想说什么就说吧。”

“我们想端了厂子南门的这个炮楼。”听了岳振业的话，王凤迎直截了当地说，“前天，县大队拔了富庄驿的鬼子炮楼。那可是方圆几十里最大的炮楼，鬼子、伪军有三百来号人。县大队连同区小队，用了一个多时辰就把鬼子汉奸全给灭了。蒋崇福那个混蛋，刚升了队长，带着媳妇孩子去了那里，都被火烧死了。据说，蒋崇福说什么也不投降，躲在炮楼里抵死顽抗。县大队攻不进去，就架起了柴火烧炮楼。最后，他亲手杀了自己的妻子儿女，自己从炮楼上跳下来，烧得跟个煳大雀儿似的。这小子，倒是条汉子，就是投错了人！”

“咱这个炮楼里有多少鬼子汉奸，你们清楚吗？”岳振业让王凤迎坐在凳子上，像是先生考学生一样地问。

王凤迎不假思索地回答道：“原来有三十六个鬼子，六十五个伪军。几天前，石南谷岳带人去支援天津的鬼子，从各个炮楼抽走了一部分人，现在这里还有二十四个鬼子。伪军还是那些人。人虽然多，却没有几个肯为小鬼子卖命的，不像蒋崇福。有几个顽固的，也被我们的人控制起来了。咱们这边儿一动手，那几个也就被送上西天了。”

“准备什么时候动手？”岳振业追问道。听了王凤迎的话，岳振业心里激动，表情却很淡漠，像是此事与他不相干似的。

“现在就动手。人已经快集合齐了。”王凤迎出人意料地回答。他看着岳振业惊讶的样子，补充道：“本来，这事不准备对你说。快晌午时，韩宗振陪着香川到炮楼来吃饭了。这两个人是谋杀董事长的元凶，我们商量了一下，决定给你一次杀他们的机会，也算你亲自为董事长报仇了。”

岳振业吃了一惊，紧盯着王凤迎问：“你怎么知道他俩是杀我岳父的凶手？”

“是蒋崇福的手下自己招的。”王凤迎介绍道，“烧富庄驿炮楼时，抓了蒋崇福的一个心腹，他参与了杀害董事长的事。据他说，韩宗振想连秦大哥一起杀，是蒋崇福给拦住了。这个混账东西，还算有一点儿人性。”

岳振业“呼”地站起来，对秦凤鸣说：“秦大哥！你先歇着，我去宰了那两个畜生！”

“这事哪能少了我呢？！”秦凤鸣站起身，态度很坚决地说，“我这人就是爱凑热闹。何况，这里面还牵涉到我。我想去看看，那个要杀我的姓韩的小子长了几个脑袋，够我砍的不？！”

“秦大哥！这是去打仗，不是去看热闹。那枪子儿可不长眼睛！”岳振业说着，从墙上摘下自己的大刀，接着劝道，“你还是在这儿等着。等我将韩宗振拿来，让你砍他的脑袋就是。炮楼那儿你万万去不得，有个闪失，我没法儿去向侄子们交代。”

秦凤鸣坚持道：“我这么大岁数，就是死了也不算少亡了，怕什么？这要在古时候，我早被活埋啦！古代打仗，不是有观敌瞭阵的吗，我就当去给你们助阵吧！”

“你就让他去吧。”洪一帆从外面走进来，帮着秦凤鸣说道，“他认准的事，谁说也没用。有我在，你们别担心。我还没见过打炮楼的，也想去看看呢！”

岳振业还没说话，王凤迎就抢先说道：“秦大哥！你们去了，千万离远一点儿。你们是火柴厂的客人，你得讲客随主便，我们是要保证你安全的。”

秦凤鸣还想说什么，王凤迎已经跟着岳振业向外走了。他与洪一帆急忙拿起自己的兵器，紧跟着岳振业往车间方向走。来到排梗车间，他们发现这里已经聚拢了三百多人，有男有女，有拿长枪的，有拿短枪的，还有拿唢呐的。

“想不到，你们在我眼皮子底下，拉起了这样一支队伍！”岳振业看着王凤迎说。表面上，他像是在责怪王凤迎，而那语气却让人感到轻松温和。

王凤迎憨厚地笑着说：“这些人都是在厂外训练的，没耽误干活儿，也没给厂子添麻烦。一旦厂子需要，这就是护厂队。”

“更让我没想到的是，你们把我儿子也拉了进来！”岳振业好像没听到王凤迎的话，自顾自地说着。随后，他冲人群后面大声喊了一句：“岳恒恺！你给我出来！”

岳恒恺穿着重孝慢吞吞地走了过来。正在岳振业对儿子的穿戴迷惑不解时，两名工人走上前，扯开了他们手里的横幅，只见上面写着十几个大字：“严惩凶手韩宗振，血债要用血来偿。”看到这一切，岳振业一下子明白了。他想，王凤迎他们是要以声讨韩宗振为岳父报仇的名义，去接近炮楼，拿下炮楼。他看出来了，这次拔据点，儿子想冲在前面。他又想起那句“杀敌亲兄弟，上阵父子兵”的话，心里隐隐有了一丝担忧。他的两个儿子，恒慷在天津打了抗击日本入侵的第一仗，也许，恒恺将在泊镇打这终结鬼子侵略的最后一战。几年时间，从小鬼子气势汹汹地杀过来，到他们今天的苟延残喘，是千百万英雄和烈士用鲜血拼出来的！

“爹！”岳恒恺喊。他站到岳振业面前，很拘束的样子。

“恺儿，别给咱老岳家丢脸！要像你大哥那样杀鬼子，为你姥爷报仇！”岳振业提高了声音，叮咛道。

岳恒恺振奋起来，痛快地回答：“放心吧！爹！”

王凤迎扭头看着岳振业，说：“时间差不多了，咱出发吧！”

岳振业刚想说话，一个工人急急慌慌地跑进车间，凑到王凤迎身边，压低了声音说：“韩宗振和香川从炮楼离开了。”

夏茵走过来，疑惑地向王凤迎问：“发生了什么事？”

“韩宗振跑了。”王凤迎拧着眉头，颇为懊丧地说。

“他躲过初一，躲不过十五。”岳振业豁达地说。他十分清楚，不能因为跑了香川和韩宗振，就取消攻打炮楼的行动。他用坚定的目光看着王凤迎和夏茵，催促道：“赶快行动吧。”

王凤迎一声令下，十几支唢呐如暴风骤雨般陡然响起。唢呐队伍的后面，有八个人抬着一口朱红的大棺材，岳恒恺扶棺而行。这支特别的队伍，沿着火柴厂中间的大道，浩浩荡荡地向南大门进发。人们群情激愤，像是去收网抓鱼一样。出了南门，是日华大道，道南就是虎视火柴厂七年之久的鬼子炮楼。炮楼下，是鬼子、伪军营房，营房与炮楼呈鼎足之势。

队伍行进得尤其顺利，没有发生岳振业担心的敌人鸣枪示警，甚至连一声威吓都没有，好像炮楼里空无一人一样。岳振业禁不住向王凤迎提醒道：“情况有点儿不对！”

“这个时间，小鬼子正在睡觉。”王凤迎不以为然地回答。

岳振业进一步说：“咱这么大的动静儿，死猪也给吵醒了！”

说话间，工人们已经越过了大道，“呼啦”一声围住了敌人营房的大门。人们向前一拥，大门轻而易举地就被挤开了。

大门一开，只见鬼子、伪军正荷枪实弹地对着工人们。敌人前面，绑着几个穿伪军衣服的人。岳振业意识到，这可能就是王凤迎说的“我们的人”。

“鬼子有准备，快回……”一个绑着双手的人喊了一句，被身后的一个伪军头目“砰”地一枪打倒在地。

“抄家伙！”王凤迎吼了一声，几个抬棺的工人掀开棺材盖，把藏在里面的长枪发给了人们。

工人们持枪与敌人对峙着。

“快回去吧！老子今天不想杀你们。”伪军头目狞笑着，用戏弄的语调说，“回去吧，多出几箱火柴，比什么都强。枪在你们手里，跟他妈的烧火棍差不多，别来逞强了。”

“就是！”伪军头目身边的一个人拍着胸脯，轻蔑地说，“你们有能耐，朝这儿打。打中了，我们就投降。”

“小子！看这儿。”闻讯赶来的冀中六十三团仝连长喊着，一枪打过去，拍胸脯的人那只手还没落下去，就歪倒在伪军头目身上。

冲锋号响了。在一片喊杀声中，伪军头目身后的人开枪杀了他，纷纷调转枪口去打鬼子。炮楼上的机枪“哒哒哒”地响了，仝连长喊一声“卧倒”，然后命令身旁的机枪手压制炮楼上的鬼子。

岳振业见敌我僵持不下，拉着秦凤鸣说：“跟我来！”

他们跑到伪军营房后面，岳振业对秦凤鸣说：“你帮我一把。”

秦凤鸣屈起左腿，将两只手交叉着放在上面。岳振业用右脚一点秦凤鸣的手掌，借着他往上推举的力量，跃上三米多高的房顶。

“你也帮我一下！”岳振业刚要离开，听到后面传来一个熟悉的声音。他低头一看，暗暗吃了一惊。站在下面的，是他几年未见的鼓楼老人。岳振业喊了一句“白叔”，秦凤鸣会意，将鼓楼老人也送上了屋顶。岳振业拉住“白叔”的那一刻，鼓楼老人说：“老了！这要在以前，我用枪一点，再高我也能上来。”

鼓楼老人紧随着岳振业从屋顶上跳下去，冲到了鬼子身后。他先甩出几枚飞镖，然后大喝一声，挺枪向鬼子杀过去。他用的是两米多长的红缨枪，直刺似矛，横扫如棍。他手里的长枪上下左右地一阵翻腾，只见红缨如火一样飞来飞去，眨眼间，就有几个鬼子被打倒在地。

鬼子受到前后夹击，慌忙往炮楼方向逃跑。岳振业紧急转身，去截杀跑向炮楼的鬼子。有两个跑到炮楼跟前的鬼子，忽然回过头来，向岳振业和鼓楼老人开了枪。岳振业躲过了飞来的子弹，鼓楼老人却中了一枪。开枪的两个鬼子，被随后赶到的秦凤鸣用飞镖杀了一个，另一个刚想进炮楼，岳振业手起刀落，将他砍翻在地。

岳振业回到鼓楼老人身边时，他已经奄奄一息了。见到岳振业，他强打起精神，说："我就是来找你的，碰上你们打炮楼，让我杀了个痛快，过瘾啊！这么多年，你也不知道白叔叫什么吧？我叫白林翰，光绪十五年，入仕翰林院。当年在天津，江湖上叫我长枪翰林。我在天津杀了洋人，跑到泊镇后，一直没敢收徒。如果收徒，我第一个想收的人就是你。"

"我就是你的徒弟！我现在就拜你为师。"岳振业激动地说着，跪在白林翰身旁，磕头道，"师傅在上，受振业一拜！"

白林翰的脸上露出欣慰的笑容，接着说："我的话还没说完。你岳父是被蒋崇福杀的，他是我在日本人来了以后，收的一个徒弟。我指望他杀鬼子，没想到他却投靠了小鬼子，实在该死！我来这儿，就是想告诉你，他死了，算是偿了姬老板一命。记得姬老板一来泊镇，我就知道，从老辈子传下来的老玩意儿要变了。现在，世道也要变了，可惜，我看不到了。不说了，我太难受了，我得走了。下辈子，咱爷俩儿再聚！"

白林翰说完，猛地抬起胳膊，将手里的飞镖扎在了自己胸口上。

"爹！这不是……"岳恒恺跑过来，站在岳振业身边问。

"我师傅。一个真正的英雄豪杰！"岳振业回答儿子，也是对所有人说。他站起身，向岳恒恺交代道："把你这个爷爷放到那口棺材里，一会儿抬回厂子。"

看着岳恒恺与萧天雍抬着白林翰走了，岳振业转身进了炮楼。炮楼里的几个鬼子已经被解决了，他很快上到炮楼的最高点。站在这里，俯瞰火柴厂，就像在灶台旁俯视菜盆里的鱼，随时都会被抓起来扔进锅里。想到几年来小鬼子每天都是这样看着火柴厂的一举一动，他不禁有几分后怕。

"振业哥！"一个女人拍了岳振业肩膀一下，喊道。

岳振业转回身，看到眼前站着一个穿着八路军服装的女人。

"几年没见，不认识了？我是巧莹！"慕容巧莹说着，上来抱住了岳振业，开心地笑起来。

岳振业推开慕容巧莹，双手扶着她柔软的肩膀，端详着那张熟悉的笑脸，说：“这要不是青天白日的，我还以为自己到了阴曹地府了呢！”

“我还没活够呢，先不去找阎王爷玩儿。”慕容巧莹笑呵呵地说，“我废了那个老鬼子，就想好了退路了。你知道，我到了水里，跟走平地一样。出了泊镇我就上岸了。你知道，我没穿衣服，不敢四处走，便躲在了高粱地里。等了不一会儿，过来一个人，让我上去就给打蒙了。我换他的衣裳时，发现他身上带着枪。等他醒了，我才知道他是冀中六十三团的。我跟他到了部队上，逼着他跟我成了亲。”

“你这是半路上给自己劫了个男人哪！”听了慕容巧莹的叙述，岳振业不由得笑起来。

慕容巧莹跟着笑了一阵儿，头也不回地喊：“小仝！”

仝连长应了一声，很快地从下面跑了上来，问：“巧莹同志！有何吩咐？”

“这就是我经常对你提起的岳振业，跟我一块儿光屁股长大的振业哥！”慕容巧莹不无自豪地向仝连长介绍道。

岳振业握住仝连长的手，说：“亏了你们及时赶到，不然，我们的牺牲就大了！我们要抓鱼，却被鱼拖进网里。看来，敌人已经得到了消息，设了一个圈套……”

岳振业与仝连长说话时，慕容巧莹已经将目光移向远方。她看到，在那条绵亘蜿蜒的运河上，船只静静地来来往往，像无声的画卷慢慢展开一样。在运河的拐弯处，就是火神庙码头，那是她长大的地方。

中篇

第一章　爸爸的故事

一

泊镇已经看不到日本人的踪影，大街小巷恢复了过去的安宁与繁华。日寇在这里占据七八年，百姓们好像从地狱走了一遭。经历了生死的人们，更加珍惜平静温馨的生活，更能体会到不用天天担惊受怕所带来的幸福感。

人们重新获得自由与和平，天上的老祖宗们好像激动得热泪横流，鬼子投降三天后，就开始“哗哗”地下起雨来。过了一周时间，那雨还没有停下的样子。刚下雨的那两天，大家还说“鬼子一走，立时就风调雨顺了”！于是，人们站在窗前，站在屋檐下，尽情地欣赏着飘落的雨滴，看那雨点儿打在树叶上、竹叶上，打在丝瓜秧上，打在葡萄架上。雨下得时间一长，人们就开始烦躁、焦虑起来，再也没有看雨的悠闲和惬意。尤其是在屋里滴滴答答地漏雨后，人们的心里头就像屋外的天空一样变得灰暗，仿佛忘了阳光照耀的情景。

鬼子一败，那些效忠“皇军”的伪军、汉奸和特务们，很快被国民党反动派收编，进了保安团和还乡队。国民党的保安团依然在日华中路的大院子里，还乡队住进了红杏街鬼子宪兵队留下的营房。

赶走了泊镇的日本鬼子后，八路军便撤到城外休整。冀中八分区六十三团分别驻扎到城北的五里屯、龙屯，县大队驻扎在城南的南三里、余庄，渤海军区一分区十八团驻扎在运河东面的潘庄、刘辛、段庄等村子里。

八路军天天在保安团眼皮子底下走来走去，让兼着保安团团长的县长徐冬霖睡觉都不踏实。他想除掉这心腹大患，一则有国共调停小组签订的协议，二则军事实力相差悬殊。正在一筹莫展的时候，韩宗振给他出了个主意：趁着阴雨连绵，运河水上涨，扒开运河大堤，水淹附近的那几个村子，将八路军逼走。徐冬霖一听，胸中块垒立时全消，马上召集保安团、还乡队和警察局的人，布置炸堤放水的任务。

落雨的夜，街上早就没了人影。这时，保安团、还乡队和警察局的人如幽灵一样出动了。还乡队偷渡运河，想去扒开运河东大堤，刚上岸就被八路军发现，一阵激战，丢下十几具尸体，逃回了运河西岸。警察局的人在刘局长带领下，刚到五里屯附近，就听到东岸响起枪声。于是，刘局长命人向五里屯方向开了枪。等六十三团一还击，他们马上撤回了城里。

保安团倾巢出动，在南三里东南的运河堤上动了手。当住在南三里的县大队发现他们时，运河大堤已经被扒开了一个大口子。他们攻了几次没有冲上保安团的阵地，见汹涌的河水已经滚滚而下，急忙赶回村里帮助群众转移。

河水一旦脱离了河道的束缚，便野性大发。它像逃出潘多拉魔盒的妖物，吼叫着冲进村子里。村里的土房淋了十来天的雨，已经快湿透了。在一片犬吠、马嘶、人叫的混杂声音里，低矮破旧的房子被大水一冲，开始“噼里啪啦”地倒下。决堤的运河水漫过南三里，一路北来，越过日华西路，直接扑进永华火柴厂。

上夜班的工人听到有人喊“来大水了”，急忙停下机器，冒着雨往车间外面的道路上跑。岳恒恺和萧天雍跑过来，大声喊着，让人们到厂区中央的奔马石雕前集合。这里场地开阔，不会因房子倾覆砸到慌乱的工人们。等人们都聚集过来后，水已经没过了膝盖。有的女工没见过发大水，吓得“哇哇”地哭起来。

岳恒恺让萧天雍和隋瑞廷组织工人们从厂子北门撤离，自己一个人往配电室跑去。路上，他顺手捡起了一块砖头，准备用它去砸锁。到了配电室，才发现那门口挂着一把铁锤。这是厂里根据父亲的建议，挂个铁锤在这里，让人们在紧急情况下砸门用的。岳恒恺抓起铁锤，“咣”地一下砸开了门上的大锁，进去断了全厂的电源。

岳恒恺从配电室出来后，厂里的水已经齐腰深了。他连游带蹚地来到厂子大门口时，听到身后传来十分揪心的房子倒塌的声音。那一刻，他在心里惊呼道：“完了！厂子完了！”

萧天雍带着那几百工人并没有走远，只是找了个安全的地方，淋着紧一阵儿慢一阵儿的大雨站在水里，眼望着黑成一片的火柴厂。见岳恒恺回来了，萧天雍无奈地说："我让人们先回家，都不肯走！"

"师傅们！先回家吧。"岳恒恺向工人们大声喊道，"这水还不知道从哪儿来的，都回去看看家里的情况。先把家里安顿好了，明天早上如果水退了，再到厂里来。"

听到岳恒恺的话，大部分工人不放心家里，流着泪离开了。最后，剩下几十名老工人，说什么也不肯离去。他们对工作了多年的火柴厂充满感情，他们更清楚，火柴厂一倒，将意味着什么。

在岳恒恺再三劝说下，他们退到城隍庙前面的平台上。这里，向东看是老城区，向西看是火柴厂。天放亮时，岳恒恺看到父亲陪着钱开福和李明隆深一脚浅一脚地往厂子赶，急忙上前拦住他们，把厂子的情况向他们叙述了一遍。

"我这半辈子的心血呀，就这样打了水漂了！"钱开福绝望地说着，"呜呜"地哭起来。他一哭，岳振业和李明隆也掉下泪来。

想当年，岳振业陪着钱开福、李明隆去河间找姬华民求助，一晃过去了三十多年。如今，姬华民被害，厂子又遭此一劫！难道，永华火柴厂的气数已尽？！都说三十年河东，三十年河西，火柴厂是否已经到了下一个轮回？！

钱开福和李明隆挣扎着想去厂子看看，被岳恒恺死死地拉住了。他说："厂子那儿有一人深的水了，你们去了什么也看不到。等水下去，我马上组织工人们去抢修，到时候你们再去。"

岳振业听了儿子的话，也劝钱开福和李明隆回去。到最后，他们谁也没劝了谁，只好一起来到了城隍庙前的平台上。天亮时，一些回家的工人又来了，陆陆续续站满了庙前宽阔的平台。从平台上向东看去，运河大堤上密密麻麻地站满了人。大堤上的人看着浩浩洪水，也看着庙台上心慌意乱的人；庙台上的人看着大堤上茫然无措的人，也看着厂子那儿汹涌来去的水。不管是大堤上的人还是庙台上的人，心里都十分清楚，火柴厂一倒，多半个泊镇都要受影响，不管是厂子工人还是码头工人，也不管是商业还是手工业。几十年来，泊镇各行各业都与火柴厂有了千丝万缕的联系。所以，没有了火柴厂，泊镇人今后的日子将越来越难了。

早饭时间，雨慢慢地停了，乌云却没有散去。天上的云彩还在翻腾，地上的水却平缓下来，而且在一点点地退下去。

去打探消息的萧天雍回来说，南三里村前的运河被保安团扒开了一个大口子，全村的房子倒得没剩下几间。后来，王凤迎也来了，他印证了萧天雍的话，说徐冬霖为了撵走泊镇附近的八路军，派出三股力量去破坏运河大堤，只有保安团扒开了河堤，还乡队和警察局的人都被八路军打了回去。冀中六十三团和县大队连夜挡堤，现在已经堵住了运河决口。

等庙前没有了明水，岳恒恺便带着工人们踩着深过脚面的淤泥往火柴厂走。到了厂子才发现，这里的水还能没过膝盖。排梗一车间、卸梗三车间、包装车间和原料库、成品库都被水泡倒了，满院子都是从仓库里冲出来的东西。排梗车间的机器设备已经裸露出来，那上面还挂着工人们的衣服。

看着这一片狼藉和倒塌的车间，人们心里清楚，火柴厂短期内没有了复工的希望。失去了工厂，也就失去了工作，失去了生活来源。工人们不知道今后的日子该怎么过，不知道身后那一大家子人靠什么来养，在迷茫无助之下，许多人绝望地哭起来。

二

保安团，保安团，
保安团让人遭祸患。
扒堤放大水，
村淹厂也淹！
村中百姓无房住，
城里群众没吃穿。
县长来作孽，
无法又无天。
保安团里没好人，
一群乌龟王八蛋！
踹了寡妇门，

挖了绝户坟；
偷鸡又摸狗，
丢人又现眼！
别说老天不报应，
保安团早晚要玩儿完！

徐冬霖将手里的传单拍到韩宗振面前，恼羞成怒地说：“都是你出的好主意！没逮着鱼，倒弄得满身腥。咱扒堤放水，失了民心；八路军抗洪修堤，得了民心！现在，南三里的县大队不但没被赶走，他们还帮着村里人盖房搭屋，与土包子们融为一体，已经成了一块难啃的骨头。咱保安团炸运河大堤，水淹泊镇，已经成了天津《大公报》和共产党《新华日报》的头条新闻，让国民政府的形象严重受损。为这事，上头把我狠狠地骂了一顿！”

“县长大人息怒！”韩宗振不住地赔着笑脸，说，“我也没料到事情会变得这样。我一心想着水淹八路了，没想到，这大水一路下来，把永华火柴厂也给淹了！”

“我看你是蓄意而为，对扒堤放水造成的后果，你早就心知肚明。”徐冬霖余怒未消地说，“你是火柴厂出来的，怎么会不知道从南三里过来的水，会淹了厂子呢？”

韩宗振像受了很大委屈，苦着一张脸分辩道：“这话你可就太冤枉我了。我为什么要淹火柴厂？我即便是在厂里有几个不对眼的，也不至于跟全厂好几千人过不去呀！这些人失了业，最后知道扒运河大堤是我的主意，还不活剐了我呀！”

“你也别嘴硬了，我也不想怪你，毕竟这事是我拍的板。”徐冬霖慢悠悠地说着，语气忽然一转，说，“问题是上头追得紧，非要有人为此负责。你知道，我刚当上这县长，不想被一撸到底。耀煌自始至终不知道这个事，让他担责任也不合适……”

“你别说了！我全听明白了。”韩宗振打断徐冬霖的话，说，“这个责任我可以担，怎么处理我也行，我只有一个条件，对外要说我不过是个替罪羊。你这当县长的可以一走了之，我还要在泊镇混下去。”

徐冬霖没想到韩宗振答应得这么痛快，他喜眉笑眼地说：“跟韩团长做伴这些日子，只知道你办事能力比较强，想不到你还是个爽快人。你豪爽，我也不能不义气。咱明里损失暗里补，我最后准让你高兴了！”

韩宗振听着徐冬霖的话，心里早就算计起来。他十分清楚，这是一笔不会赔钱的交易。徐冬霖刚上任，没有意外的话，总要干上几年。他不可能长时间兼着保安团团长一职。上司让他兼职，是让他自己来物色保安团团长。韩宗振早就惦记着这个头衔，这次替县长受了过，无疑为他增加了升职的砝码。再者，陈耀煌比自己大了几岁，跟他韩宗振比，已经没了胜算。

徐冬霖似乎看透了韩宗振的心思，他直言道：“上头的处理意见，最大不过是停职反省。你辛苦这么多年，正好借此休息一下。等风头过去，我就上报，让你接替我来当这个保安团团长。”

“有你这句话，就是当不了团长，我也高兴！”韩宗振紧接着徐冬霖的话说。他心想：你徐某人可以不让我当这个保安团团长，但绝不能将这个团长撂给别人。你要真敢这样做，就别怪我不客气！

“你尽管放心，上头要是不同意，我这个县长也不干了。你想，我连自己县里的事都主不了，还当这个县长干什么？”徐冬霖信誓旦旦地说。

徐冬霖的话，让韩宗振多少有一点儿感动。他知道，说出这话的人，不是太义气，就是太圆滑。他听说，这个徐县长在学生时代，就热衷于政治斗争，是帮助国民政府“反共”的积极分子。也许，这几十年下来，早修炼得老奸巨猾了。不管怎样，到时候他要是食言反悔，泊镇就是他翻船的地方，不让他在这儿掉脑袋，就让他夹着尾巴滚蛋。韩宗振忽然想到，从现在开始，他就该搜集徐冬霖贪污受贿、玩忽职守的证据，以备不时之需。

“真要让你闹到这个地步，我就是当上团长，干着也没什么意思了！”韩宗振说着，脸上表露出很诚恳的神情。他之所以这样说，也是想在徐冬霖面前显示自己的仗义。话说到这份儿上，他感到这个话题不能再谈下去了，于是，趁徐冬霖还没有接话，他说：“水淹南三里这个事，咱受处分，却让八路军得了红利，我怎么想也咽不下这口气。我琢磨着，咱还得想个办法，出了这口恶气！”

“真要想出好的办法，我先给你记一功。”徐冬霖随着韩宗振的话说。他初来乍到，最紧要的是培植自己的心腹。除了封官许愿，最有效的办法就是倾听下属的建议，不管是好的还是差的，他都鼓励着去做。他知道，让提建议的人去干想干的事，他才有积极性，才能不遗余力地去干好。干成了，功劳是他徐县长的；不成，自然有人去担责。纳言用人，方显他徐某的开明之处。他看着韩宗振跃跃欲试的样子，进一步说："我何尝不想出了这口恶气！让他们四下里围着，我是如鲠在喉，睡觉都不安稳。陈团长这官当的时间长了，本来就懈怠，这次由团长成为副团长，更没心干活儿了。他现在是属陀螺的，拨一拨动一动，有时候拨也不动。全县的担子都压在我一个人身上，再加上保安团，我真有点儿力不从心。所以，我想尽快找到保安团团长的人选，这样，我就卸下一半的负担了，喘气也能痛快点儿。"

韩宗振觉得徐冬霖说的是真心话，便按捺不住心头的冲动，成竹在胸地说："我这次就想让陈团长主动去打南三里的县大队。住在南三里的是县大队二连和大队部，总共没有一百五十人。我得到情报，县大队的队长、连长都到河间开会了，留守的是副队长、副连长，指挥协调的能力大打折扣。而且，这个二连是刚由几个区小队组成的，蜂营蚁队，不堪一击。我是这么想的……"

"你放手去做吧，我信得过你。"徐冬霖打断韩宗振的话，抬敬着他说道，"你在保安团干了不是一天两天了，经验比我丰富，该干什么，不该干什么，该怎么干，比我明白。就注意一条，咱才跟八路签的互不侵犯协议，是美方参与调停的，咱不能让美国人说出话来，那样，咱这个活儿就白干了。所以，打县大队必须出师有名。"

"这个我知道，我有分寸。"韩宗振很轻松地说。他知道，徐冬霖不让把话说完，是给他自己留有余地，给自己留个退路。何况，他也不愿意把自己的计划跟徐冬霖挑明，怕他一句话给否了，耽误自己谋虑已久、日思夜想的好事。

三

火柴厂停工，工人们就失去了生活的依靠。岳恒恺与萧天雍商量，想趁此走访一下每名工人，对全家都在火柴厂工作和十分困难的家庭，给予帮助和接济。他俩还没动身，父亲就找了过来，说与钱开福、李明隆等股东们商量好了，要对困难的工人实行救济和借款，让他负责张榜公布，并说了救济标准和借款、还款的具体事宜。岳恒恺也向父亲讲了他准备和萧天雍去走访工人家庭的事，父亲听了很高兴，说："你们比我想得周全。厂子停着，你们也没别的事，到工人们家里看看，对厂子和你们个人，都有好处。既然去走访，就把工人的家庭情况都摸清楚，像家里有几口人，有多少挣钱的，年龄最大的多少岁，最小的几岁，有没有病人，做好记录。等厂子开了工，根据工人的家庭情况来安排合适的岗位，方便他们照顾病人和孩子。"

听了父亲的话，岳恒恺很开心。他去书房拿了笔墨纸张，便与萧天雍出了门。到了门外，他们才意识到，平时没去过工人家里，现在竟然无从下手。迟疑了片刻，萧天雍首先说："从吕妮儿家开始吧，我认得她家。听我娘说，二十年前，伯父就与我爹一起去过她家，好像也是访贫问苦。"

"你就直接说去看吕妮儿不就得了！"岳恒恺打趣道。

萧天雍佯装不高兴地说："你要不愿意也行，我听你的。你说先去谁家？"

岳恒恺伸手抱住萧天雍的肩膀，"嘿嘿"一笑，说："尽管你这是假公济私，却不失为一条妙计。咱就先去她家，让她带着咱再去离她近的工人家。这样推下去，咱这盘棋就活了。"

萧天雍满心欢喜地来到吕妮儿家，却没碰到她。就在他想问还没问时，岳恒恺替他问了。吕妮儿的父亲说，她去同事家玩儿了。萧天雍不免有几分失落，不时地看看屋里又看看窗外，摸底登记的事全由岳恒恺一个人做了。随后，吕妮儿的父亲将他们领到了邻居家。他们一家一家地走下来，顺顺利利，竟然没吃一个闭门羹。萧天雍以为会碰到吕妮儿，哪知走了三十多家，也没看到她的影子。临近晌午时，他们得知，下一个是柳宛婧家。

柳宛婧是吕妮儿的朋友，岳恒恺并不认识。萧天雍料想，吕妮儿可能在她家，就对岳恒恺说："快晌午了，咱再走最后一家行吗？你还欠我一顿涮羊肉，今儿就补上吧。一会儿你去沙家馆占座儿，我去喊隋瑞廷。"

"我正有此意！今儿我高兴，陪你多喝几盅。"岳恒恺爽快地答应道。实际上，他今天的心情很复杂。看到工人们那破旧低矮的房子和破烂不堪的家什，心里充满凄苦和怜悯；看到工人们高接远迎的样子，听到他们推心置腹的话语，他又有一种自豪和成就感。他对工人们有了一个重新认识，似乎找到了跟他们交流与相处的途径，也知道了该怎样帮助他们，怎样管理他们。

柳宛婧家住的也是低矮的土房。她家临近运河大堤，那房顶好像才到堤岸的半腰。歪斜的门楼，似乎沾风就倒的样子。一扇残破的木门像鱼的骨头一样惨白，从门的缝隙处留存的黑斑上，能看出它曾经是一扇刷过黑漆的大门。

木门打开的那一刻，岳恒恺感到眼前“唰”地一亮。开门的正是柳宛婧，一个让人一见就怦然心动的女孩儿。她不是那种大眼睛、圆脸盘儿的漂亮女子，那单眼皮的眼睛里甚至流露着几分忧郁，可那秀气的样子却让人忍不住喜欢起来。她那瓜子形的脸庞与瘦溜的身体搭配得很精妙，皮肤细腻的脸颊泛着若有若无的粉红色，像是刚洗去胭脂一般。黑亮的头发，将迷人的脸蛋儿衬托得更加俊俏。看着眼前衣着朴素的柳宛婧，岳恒恺忽然悟出什么叫天生丽质。

领着过来的工人，等岳恒恺、萧天雍与柳宛婧相互认识了，便转身回了家。他们走进院子时，柳宛婧的母亲迎了出来。柳宛婧像邻居给她引见岳恒恺、萧天雍一样，将他们介绍给自己的母亲。随后，母亲走在前面，柳宛婧走在最后，一起进了堂屋。

柳宛婧的父亲早年过世，母亲一个人将她和弟弟拉扯大。如今，母亲居家糊火柴盒，弟弟还在上学，她刚来火柴厂上班。

岳恒恺拿出笔墨，想将柳宛婧家的情况登记入册时，竟然觉得手有点儿抖。他意识到，自己是在柳宛婧面前有些激动，已经不能自持了。于是，他将笔墨纸张一股脑儿地给了萧天雍。萧天雍瞅了他一眼，笑了笑，接过了毛笔。

萧天雍握笔写字时，柳宛婧与她母亲都围过来看着。岳恒恺站在她们旁边，看着柳宛婧的侧影，越看越想看。他见过的女孩儿也有千百个，有擦肩而过的，有吃饭聊天的，有天天碰面的，从来没有过这种感觉。他隐隐地感到，他与眼前这个女孩儿前世有约，他们注定会在一起。想着想着，心里便有了一种甘甜的滋味。

登记完了，萧天雍将手边的东西拾掇起来，放到岳恒恺的兜子里。他抬头看着柳宛婧，将心里想了半天的话说了出来："恒恺请吃涮羊肉，你去喊吕妮儿，一起去沙家馆吧。这可是解馋的一个机会，错过了这个村，就没这个店啦！"

柳宛婧正犹豫时，她的母亲说话了："小婧就不去啦！她弟弟快回来了，俺们还要赶紧做饭呢！俺替小婧谢谢两位老板！"

萧天雍听出柳宛婧的母亲话里的意思，便知趣地拉着岳恒恺往外走。柳宛婧送出大门，就站下了。他们走出十几步，便听到身后的关门声。岳恒恺不由得转回身，呆呆地看着那扇紧闭的木门。

"去年今日此门中……"萧天雍站在岳恒恺身后，拉着长声诵读唐朝诗人崔护的《题都城南庄》。

"打住！"岳恒恺转回身，上来就去捂萧天雍的嘴，夸张地说，"你这语调，都能酸掉牙了！"

萧天雍推开岳恒恺的手，笑着揶揄道："我这牙酸不下来，你那眼珠子反正是快掉下来了。你不知道你瞧人家柳宛婧的样子，恨不得一口把她吃了似的。你要不是不错眼珠地盯着她看，她母亲也不至于不让她跟咱们出来吃饭。"

"她不出来，我还省钱了呢！"岳恒恺看着萧天雍，直言道，"你哪里是请柳宛婧，分明是想见吕妮儿。这一上午，你心不在焉的样子，像霜打了的茄子似的。"

"我追吕妮儿，全厂都知道，也不怕你说。"萧天雍毫不忌讳地说。他看着柳宛婧的家门，对岳恒恺说："倒是这个柳宛婧，看你敢追不敢追吧。你发现她家院子里那棵桃树了吗？前些天，吕妮儿说要到她家来看桃花。这就像是昨天的事，一眨眼，现在那桃子都快摘了。所以，你要真看上柳宛婧，就得抓紧。不定哪天半路里杀出个程咬金，把人和树这么一占，让你以后连桃花跟人面都看不到了。"

"你确定她现在没有人追？没有定亲？"岳恒恺急切地问。

萧天雍回头看着岳恒恺，郑重地说："背后有没有人追我说不好，没定亲我敢打包票。我听吕妮儿说，柳宛婧是个很有主意的人，不是轻易就能追到手的。你看她娘那个架势，对柳宛婧管得是很严的。在确定追柳宛婧之前，你得有个心理准备，还得有耐心。关云长过五关斩六将，你最起码得过两关，一个是她本人，一个是她母亲。还不知道柳宛婧要给你设几关呢！难哪！”

“难就对了！想得到好东西都难，更何况是人。你放心，我既有耐心，也有恒心。”岳恒恺说着，一副势在必得的样子。

“最好不要假公济私！”萧天雍反唇相讥道。

四

陈绮云从家里出来时，母亲就让她带上油纸伞。她拿着雨伞走到院子里，打开看了看，发现有一根伞骨坏了。她抬头望了望天，觉得一时半会儿雨下不来，便将伞放在了大门楼里。

自从县大队驻守南三里，她每个周日都去那里看自己的恋人。她的恋人上的也是泊镇师范，是她的上届同学，如今是县大队副队长。师范毕业后，她本来也想去县大队，组织上认为她父亲是保安团团长，她留在城里更有利于抗日工作，于是她就去鼓楼小学当了教师。

出城时，东南方向天就上来了。她加快了脚步，还是没跑过乌云的速度。很快，她的头发就被狂风吹乱，紧接着雨就落了下来。她看到前面的路上有一排大树，便急急忙忙地朝那儿跑过去。她不知道，下小雨时可以去大树底下避一避，下起暴雨来，多大的树也挡不住风雨。她跑到树下时，衣裳还没湿透，在那儿站了一会儿，浑身上下就湿透了。她看了看身上湿淋淋的衣服，一时茫然不定，不知是回家还是接着往前走。犹豫了一阵儿，她看到南三里就在前边，就冒着雨向前走去。走着走着，她感觉后面有人跟过来，赶忙从提兜里掏出手枪，闪到一棵柳树后面。

大路上悄无一人，只有风摇树梢、雨打庄稼的声音。陈绮云在树下站了一会儿，将枪放进布兜子，继续赶往南三里。走了不远，忽然听到身后有响声，她下意识地去兜里掏枪。枪还没掏出来，她就被扑倒在泥水里。她扭过头，只叫了一个“韩”字，就被掐住了脖子。

韩宗振在陈绮云后面已经跟了很长时间。当大雨将陈绮云上下浇透时，衣裳便紧贴在身上，裹住了她那凹凸迷人的身段。韩宗振清楚地看到了她滚圆的屁股和隆起的胸部，顿时，他身体里的欲火开始毫无节制地冲腾起来。陈绮云是他早就喜欢的女孩儿，而她，竟然跑去找了个县大队的。他又是气恼，又是嫉妒，还有几分惋惜。他想羞辱她，惩治她，更想得到她……这次，终于有了机会。当陈绮云警觉到后面有人跟着时，他很快躲进了路旁的庄稼地，然后从庄稼之间的小路上绕到她的前面，像捕食的野兽一样藏在路边。他知道陈绮云带着枪，因此，当她走过时，他用最快的速度猛扑上来。他用力掐着她的脖子，直到她一动不动了，才将她抱进庄稼地。他急切地拽下她的裤子，像渴得要死的人一样，几近疯狂地抓过一碗水“咕咚咕咚”地饮下去，然后才拿着碗翻来覆去地又瞅又瞧。

就像一件价值连城的精美瓷器，尽管传了一代又一代，尽管有一茬儿又一茬儿的人觊觎过这件宝贝，它也会在不经意之间被猫呀狗呀弄到地上“砰”的一声摔碎。美女也是如此，不管她如何倾国倾城，不管有多少俊杰侠士怜爱着、呵护着，最后也有可能被地痞无赖霸占了。陈绮云十几岁就出落成泊镇数一数二的俊人，十年来，不知有多少男人渴慕她，不知有多少男人暗恋她，却在眨眼间被韩宗振糟蹋了。

盯着陈绮云半裸的身体，韩宗振呆愣了半天。最后，他将她拖到临近路边的地方，把早就准备好的一颗纽扣塞进她手里，然后拔出枪来，朝她身上连开了两枪。他上了大道，一溜小跑儿地回了泊镇城里。

城里的雨已经停了，道路上的积水还在“哗啦哗啦”地四处流着。韩宗振回家换了身衣服，又溜达到从城里通往南三里的路口附近。不出所料，他刚到那儿，就有两个从南边过来的人跑到他面前，慌里慌张地说：“不好了，前边儿死人啦！看着像是你们陈团长的闺女。”

“什么？陈团长的闺女？你们看清楚了吗？”韩宗振心中兴奋，却一脸惊愕地追问。

“没错儿！泊镇的大美人，还能看错？！”过来的高个子男人说着，又叹了一声，“红颜薄命啊！”

“你们别是玩儿我吧？”韩宗振瞪着眼睛，说，“我去告诉陈团长，结果没有这事，他还不跟我急眼哪！”

高个子不耐烦地说：“你不信，可以不去通知陈团长。”

韩宗振掏出手枪，对着眼前的高个子和旁边那个胖子，厉声说：“真要是陈团长的闺女死了，你俩都脱不了干系。你们不是说她是个大美人吗，怕是你俩见色起意，强奸杀人吧！”

“你别血口喷人！”胖子着急地喊道，“俺俩过来时，那里就已经有人围着看了。”

“那好，你们跟我去趟保安团，跟陈团长说清楚了再走。”韩宗振说着，挥了挥手枪，像押着犯人似的向保安团走去。

陈耀煌不在保安团。韩宗振喊过两个手下，交代道：“你们把这两人给我看好了。我去找陈团长。”

韩宗振说着，不管身后那两人怎么喊，头也不回地出了保安团。他来到陈耀煌的家里，一见面就说：“你还不知道呀？！你闺女在去南三里的道儿上出了点儿事，快去看看吧。”

“她不是在学校里吗？怎么去了南三里？”陈耀煌将信将疑地说着，目光落在了从里屋出来的老婆身上。

老婆低垂着头，嗫嚅道：“她说去南三里看同学……”

“看同学？！下这么大雨！”陈耀煌大声喊叫着，一边换衣服一边说，“闺女让我操心，你也给我添乱！你等着，回来再找你算账！”

陈耀煌扎好皮带，习惯地摸了摸挂在上面的手枪，风风火火地冲出门去。老婆在后面一边系着衣服上的纽襻，一边跌跌撞撞地追赶着丈夫。出了胡同，他们迎面碰上了带着队伍赶来的保安团孟排长。

“刚才南三里那儿派人来说，小姐被杀了！我赶紧集合人过来了。”孟排长紧跟在陈耀煌身后说。

陈耀煌铁青着脸，一句话也不说，只是加快了脚步。他老婆一听，“哇”的一声大哭起来。她险些跌倒，上来两个保安团的人，连拉带拽地搀着她向前走。快到现场时，他们远远地看到那里围了许多人。见陈耀煌带着人来了，人们忙不迭地向后退去，让出了一条路。

陈绮云的尸身被盖上了衣服，县大队的几个人在周围守着，不让人靠得太近。陈耀煌傻了似的站在离女儿三四米远的地方，他老婆早就连滚带爬地哭着扑了过去。在看到女儿灰白的脸色时，陈耀煌如恶狼似的大吼了一声，从身后的属下手里夺过卡宾枪，向着前面的庄稼“哒哒哒哒”地一阵扫射，直到打光了弹夹里的子弹。

在场围观的人惊叫着，捂着脑袋蹲在地上。等枪声一停，人们便如惊弓之鸟一样，慌乱地四散逃去。

警察局刘局长带着几个人赶了来，他让人将陈耀煌的老婆拉到一旁，自己弯下腰去，仔细地看着陈绮云的头发，然后到脸，到脖子，到脖子上的掐痕。他慢慢撩起盖在她身上的衣服时，看到了胸前的枪口。他又撩了撩蒙在她下身的衣服，发现她肚子以下裸露着，便很快地放了下来。

刘局长围着陈绮云转了一圈儿，最后蹲下去，从她的手里拿出了那颗纽扣。他刚想放进自己的衣兜，孟排长眼疾手快，一把抓过去递给了陈耀煌。

陈耀煌看了一眼纽扣，气得浑身哆嗦起来。他大声向孟排长指令道："你去保安团把队伍拉过来，就说是我的命令。我要去找他们要个说法！"

"陈团长！你不要冲动！"刘局长拦住陈耀煌，劝道，"凶手是先掐死了令爱，又向胸口开了两枪。这是熟人作案。等我们查实了，你再有所行动也不迟。"

"绮云正与县大队姓钟的副大队长交往。"韩宗振站在一旁，看着陈耀煌说，"她逢周末就来南三里，保安团只有你自己不知道。我扣了两个从南三里回城的人，他们说，路上碰到过一个县大队的人，慌里慌张地进村去了。我敢肯定……"

"孟排长！马上回去给我调人来，带足弹药。"陈耀煌再一次冲孟排长喊道。他像是被猪油蒙了心，已经听不进别人的话。

"我去找徐县长，让他再派些人过来帮咱。"韩宗振眼见着已经烧到了火候，便急于脱身。他刚一迈步，便"扑通"一声跪倒在地上。抬起头时，仿佛发现面对的正是陈绮云，自己好像给她跪下一般。他心里一紧，感到一种瘆人的寒气瞬间占据了他的躯壳。

五

韩宗振一见徐冬霖，就得意地笑着说："大功告成！陈耀煌已经开始调动他的人，要去打南三里了。"

徐冬霖好像没听清韩宗振的话，或者是还想再仔细听一遍，他向前走了两步，迫不及待地命令道："你再说一遍！"

“陈耀煌的宝贝女儿被杀了。他恼羞成怒，去集合队伍了，闹不好要血洗南三里。”韩宗振又明明白白地说了一遍。

“好！”徐冬霖表面上很快慰地说着，心里却不由得打了个寒噤。他没想到，韩宗振如此心狠手辣，为了达到自己的目的，竟不惜残害同事的女儿。他想，亏了自己当时没往下问，不然，他这个县长就成了最大的帮凶，与韩宗振一起做了这么下三烂的事。他意识到，韩宗振这种人惹不得，也用不得，还是敬而远之最好。

韩宗振分不清徐冬霖说的这个“好”，是称赞他干得好，还是说陈耀煌打得好。他见徐冬霖没了下文，便急不可耐地说：“陈团长能调动的只有一百多号人，与南三里的县大队旗鼓相当。虽说县大队是一群乌合之众，一对一地去打还是有点儿吃力。从村外往村里打很难，闹不好，就让他们跑了。咱是不是再调些人过去，将南三里的县大队包围起来，一网打尽。”

“调，我这就调人！把保安团的人全调上去，还有还乡队，全力以赴，不让一个县大队的人活着出去。”徐冬霖像是深思熟虑地说。他给韩宗振倒了杯热水，关心道：“你忙了有大半天了吧？先喘口气，等南三里那儿一响枪，咱就带着人赶过去。”

“现在外面刮的是北风，怕是听不到南三里传来的枪声。”韩宗振有点儿焦急地说，“战机稍纵即逝，越快行动越好。咱北面有八路的冀中六十三团，东面有渤海军区十八团，南面的余庄还住着县大队一连和三连，他们要是得到信儿过来增援，咱就前功尽弃了。所以，得速战速决，两个时辰之内必须把他们灭了。”

“既然你这么说，咱立即动身！”徐冬霖说着，抓起桌上的手枪，扭头就往外走。到了门外，他才告诉韩宗振道：“不瞒你说，我早就把人集合起来了，就等你的消息。老将出马，一个顶俩！我相信你的能力，料定你两天之内就能把这事儿给办了。”

“还是县长高明！”韩宗振恭维地说着，紧随徐冬霖来到办公室北面的院子里。他看到，这里果然聚集了五六百保安团及还乡队的人，正仨一群、俩一伙地谈笑着、打闹着。弹药箱和轻、重机枪从南到北摆了一大排，有的人就坐在弹药箱或重机枪的枪筒上。

“集合！”保安团二营傅营长见徐冬霖来了，马上向院子里的人下达了命令。

保安团有三个营，一营、二营属徐冬霖直接指挥，他同时兼着一营营长。陈耀煌只有调动三营的权力，得到这个权力，还是因为他原来就是保安团团长的缘故。保安团一营和三营各有两个连驻守在七十里外的镇上，保安团留在泊镇的兵力只有六百多人。

等保安团在前面集合完毕，还乡队也排在了他们的队伍后面。他们列队的速度明显不如保安团，军容也显得十分稀松。还乡队不到三百人，数量虽少，人员却很复杂，有在国民党军队里犯了规被除名的人，有被共产党土改分了土地的人，有当过伪军的汉奸，也有游手好闲的市井无赖。

徐冬霖围着集合好的队伍看了看，回头对傅营长说：“去南三里。快速前进，二十分钟之内，到达目的地。”

傅营长一声令下，队伍出发了，跑出院子，跑出大门，匆匆忙忙地跑出了城。他们跑一阵儿走一阵儿，出城不远就听到了南三里密集的枪声和爆炸声。

“好！打得好！”徐冬霖停下来，看着南三里的方向，兴冲冲地说。等韩宗振走到面前，他马上下令道：“一连、二连跟我去村北埋伏，阻击来援的八路；傅营长带三连去村南，拦住从余庄增援的县大队；韩团长！你带还乡队从县大队后面进村，与陈团长一起夹击。我从一连再抽一个排给你。务必全歼，不让一个人跑了。回城后，我给你们摆庆功酒。分头执行吧！”

韩宗振带着三百多人，像去抢占山头一样火急火燎地跑向南三里。他感到，徐冬霖给他这么多人，又让他来抄县大队的后路，是对他的信任和重用，因此他情绪高涨，一直跑在队伍的前面。他后面的人见韩团长这样卖力，不管是受他的影响，还是慑于他的淫威，都一步不落地紧跟着向前跑。他们从村子的西北角进村，然后沿着东西大街，快速向激战的东北角摸去。县大队的人正全力抗击陈耀煌的保安团，没料到韩宗振会带着几百人从后面上来。一开始，韩宗振没有打枪，指挥手下悄悄靠近县大队的人，几个人对付一个，一下子就抓了二十多个人。等县大队的人察觉后，韩宗振才喊了声“打”，顿时，机枪、步枪都响了，当时就打死了十几个人。

县大队发现自己被包围后，很快退到院子里。韩宗振仗着自己人多、武器好，弹药也充足，先用猛烈的火力压制住对方，趁机拿下了一个又一个院子，打死打伤了三十多人。

“你来得正是时候！”陈耀煌看到韩宗振，松了一口气，说，“这些土包子，还他娘的挺厉害！你要再不来，我就让他们赶出村了。”

“徐县长亲自带队来的。”韩宗振介绍道，“他带着两个连去了村北，傅营长带着一个连去了村南，八路就是来增援，一时半会儿也过不来。咱玩命儿地招呼，越快消灭他们越好。徐县长说给咱庆功呢！”

陈耀煌扭头看了一眼县大队据守的院子，说:“他们已经被消灭大半了，我估计，再有半个小时，也就全肃清了。”

“陈团长！”孟排长跑来说，“我们已经把县大队姓钟的副队长逼到了屋里。他负隅顽抗，我们攻了几次都没攻进去。连长让我来喊你。连长说，这是县大队最大的官，把他解决了，一切都好办了。”

“绮云要来看的那个人就是他！”韩宗振在一旁提醒道。

陈耀煌眼里露出凶光，他咬牙切齿地说：“我今天要活剥了他！你们跟我来。”

“弟兄们！跟我来！”韩宗振向他带来的人喊道。

三连连长见陈耀煌和韩宗振来了，迎上来说：“屋里连那个姓钟的，只剩下四五个人。他们用土坯把门和窗户都堵住了，我们冲了几次都没冲进去，还搭上了好几个弟兄！”

韩宗振爬到前面的高房上往下看了看，回来对手下说：“把机枪全调上去，朝着那房子的门窗给我使劲儿打！其余人都给我做好准备，机枪一响，马上靠近那个门和窗户；等枪声一停，立即把手榴弹和炸药包放到门窗那儿。我就不信炸不飞那些土坯。”

三连长带着六七挺机枪上了房顶，朝着县大队用土坯堵住的门窗疯狂地射击，顿时打得坯土乱飞乱溅。地面上的人在机枪的掩护下，分别接近了屋门和窗户。枪声一停，有人趁机冲上去，把炸药包、手榴弹堆在门窗下，然后一拉手榴弹，瞬间跳开了。随着“轰隆轰隆”几声巨响，堵门的土坯被炸倒了，孟排长没等烟雾散尽就带着人冲进屋去。窗户被炸开了一个大窟窿，有几个人同时用脚踹倒了剩下的土坯，先后跳了进去。

屋里五个人，只有钟副队长和一个文书还活着。孟排长很快就将他俩押到陈耀煌和韩宗振面前，十分得意地说："那几个都被炸上了天，这俩被活捉了。"

韩宗振提着手枪走到他俩面前，还没说话，那个文书就开口骂道："你们这些没人味的东西！打日本鬼子时是孬种，现在来能耐了！我们的人快来了，你们这群畜生，还不够塞牙缝儿的！等着吧，我看你们怎么死！"

"你看不到了！"韩宗振说着，猛地抬起手，一枪打在了文书的头上。文书用眼瞪着韩宗振，慢慢向后倒去。

"你怎能随便杀人呢？刽子手！"钟副队长怒斥道。

韩宗振将枪抵在钟副队长的额头上，眼睛像饿狼一样露出凶光，声音嘶哑地说："老子来就是杀人的。信不信我连你也一枪崩了？"

"慢着！"陈耀煌拽住韩宗振端枪的手，阴着脸说，"让我来。"

"我只是吓唬吓唬他。"韩宗振闪在一旁，说，"这小子就是钟队长。咱还用得上他，怎么会轻而易举地杀他呢！"

陈耀煌走上前，将钟副队长上上下下地看了一遍，忽然抬手朝他脸上恶狠狠地打了几巴掌，咬着牙说："是你害死了我女儿呀！你让我断了后哇！我要把你千刀万剐！"

"陈团长！"韩宗振提醒道，"咱得动作快点儿，等增援的人来了，就麻烦啦！现在还有两个地方没打下来，有一个是他们的大队部。咱将这个姓钟的带过去，让他去劝降。"

韩宗振押着钟副队长来到大队部前的高房上，很小心地躲在他后面向对面屋里喊道："里面的人给我听着，你们的大队长已经被抓住了，现在，这里被几百人包围着，你们还能逃出我们的手掌心吗？赶快出来投降！如果你们不投降，我就在这里将他杀了，这样的话，就是你们害死了他。"

"姓钟的，你他娘的赶紧说话！"孟排长将枪口顶在钟副队长的后背上，催促道。

钟副队长侧耳听了听，发现村里和村北都响着激烈的枪声。于是，他激动地向大队部里的人喊道："同志们！不要上了他们的当！你们听听，我们的同志还在与敌人战斗，六十三团已经打过来了，南三里就是他们的葬身之地！同志们，坚持住，为牺牲的战友们报仇！"

好像为了见证钟副队长的话，他的话音刚落，村北就响起嘹亮的冲锋号。徐冬霖派的人跑来了，说："徐县长顶不住了！他让你们也赶紧撤，八路来了有上千人。"

"同志们！听到了吗？六十三团发起总攻了！"钟副队长向屋里喊着，被孟连长拽到了后面。

"撤吧！"陈耀煌看着韩宗振说了一句，没等他搭话，就对自己的手下喊，"弟兄们！赶紧撤！回城里。"

保安团的人早就听到村外的冲锋号声，陈耀煌一说撤退，他们跑得比兔子还快。押着县大队被俘人员的人，不停地踢打催促着他们，唯恐被后面的八路军追上。有两个腿上受了重伤的人因为走不快，被他们打得在地上翻滚着。韩宗振走过去，问："怎么回事？"

"他俩不走。"保安团的人回答。

"不走就把他们留在这儿！"韩宗振说着，掏出枪来，冲着两个人的胸口"叭叭"就是两枪。

进了城，韩宗振对还乡队的人说："把抓的那几个当官的留下，其余的你们带走。"

韩宗振押着钟副队长、杜副政委、高指导员和孙指导员等六七个人来到保安团。徐冬霖看到他们进了院儿，从饭桌旁站起来，笑着说道："各位功臣们回来啦！我已摆好酒宴，给你们庆功！"

院子里摆了三张桌子，酒菜都端上了桌。韩宗振扫了一眼，指挥着手下将钟副队长、杜副政委和高指导员用铁丝绑在树上，将孙连长和另外几个人用麻绳绞着脖子，反背着捆了双手扔在地上。

"痛快呀！"韩宗振紧挨着徐冬霖坐在酒桌旁，兴奋地说，"徐县长！你不知道，我们打死了三十多个，抓回来七十多人。我连他们的大队长、政委和连长、指导员都弄这儿来了。"

"干得好！"徐冬霖拍了一下韩宗振的肩膀，说，"我应了给你们庆功，就给你们庆功！我去之前便安排好了，让伙房的人到河东买来了杜家烧鸡，去南头买了代家烧牛肉，去北头买了史家酱猪蹄，还有运河的鱼虾……一句话，把泊镇好吃的都买来了。今儿这酒也是最好的十里香，是店家藏了十几年，让我用枪逼着才拿出来的。"

"弟兄们！感谢县长的盛情！"韩宗振站起来，面向三张桌子上的人大声说，“借着县长的好酒好菜，咱敬县长一杯。这杯酒，谁不喝也不行。”

徐冬霖站起来，说：“是我敬弟兄们！你们辛苦了！”

韩宗振一饮而尽，放下酒杯，发现傅营长和孟排长只是端了端酒杯，酒杯里的酒一点儿没动。他手指着酒杯，十分不满地说：“你俩怎么回事儿？是瞧不起徐县长，还是瞧不起我韩宗振？”

“我不喝酒。我今儿只管斟酒！”孟排长解释道。

“平时不喝酒也就算了，今儿是县长为咱们庆功，别说是酒，就是毒药也得喝下去！”韩宗振不依不饶地说。

孟排长紧接着说：“要是毒药，我就喝了，这酒我真不会喝。”

话说到这份儿上，韩宗振一时不知道怎样下台。他一扭头看到绑在树上的几个人，于是对孟排长说：“你不喝酒可以，给我去捅他们一刀，这杯酒我替你喝了。”

孟排长一听，抄起一把大刀，走到卢班长面前，猛地举起刀来。在一声惨叫下，卢班长的一只胳膊被砍了下来。孟排长提着血淋淋的胳膊，扔到韩宗振脚下，轻松地说：“今儿我是不是可以不喝了？”

“够利索！”韩宗振用赞赏的目光看着孟排长，说，“你今儿就管斟酒，谁再让你喝酒，我替你喝。”

傅营长见韩宗振的目光落在了他身上，便头也不回地喊：“拿几把刺刀来。”

有人拿来五六把刺刀，“啪”地放在傅营长面前。傅营长屁股也不动一下，左手抓住刀，一把把地递到右手上，用力甩了出去，“嗖嗖嗖”，刺刀飞过孟排长的头顶，分别扎进了钟副队长和杜副政委的身上。在场的人喊一声“好”，随后鼓起掌来。

陈耀煌站起身，走到钟副队长面前，伸手拔下一把刺刀，恨恨地说：“不知道我闺女怎么看上了你？！我要让你长点儿记性，到了那边儿，我让你看不到她，也让她看不上你！”

陈耀煌说着，用刺刀狠狠地割下了钟副队长的鼻子和两个耳朵，随后，猛地将刺刀扎进了他的眼里，转了几下，将两只眼睛先后剜了出来。钟副队长凄厉地喊着，晕厥过去。

“你们这帮畜生！”杜副政委怒骂道，“落到你们手里，我们也没打算活。你们要是还有点儿人味儿，就给我们来个痛快的！”

“好！我给你来个痛快的看看！”韩宗振说着，拿起孟排长用过的大刀走到高指导员面前，“唰”地一下将他的头砍了下来。顿时，鲜血如火山一样喷发而出，染红了高处的柳枝柳叶。

杜副政委气得血水上涌，“哇”地从口里喷出去。昏死之际，他像看到了地狱，看到眼前魔舞鬼跳。

六

姬雪灵正与覃琴坐在屋门口说话，岳恒恺与萧天雍走进院儿来。岳恒恺本来想去书房找父亲的，见母亲抬眼看他，便跟着萧天雍来到屋门口，站在了母亲面前。

“刚才俺正跟你娘说呢，不知道你跟柳宛婧到吗程度了？”覃琴温和地问着，脸上充满祈望的神色，像是关心自己孩子的婚姻一样关心着岳恒恺的终身大事。

“八字还没一撇呢！”岳恒恺说着，轻轻地摇了摇头，眼里满是惆怅和不安。他想了一下，又对覃琴说：“不知她是看不上我，还是不相信我真喜欢她，她总是跟我若即若离的。表姑！你再见到她时，替我问问，看她到底是什么意思。”

“行，我一见到她就问她。”覃琴爽快地答应一声，转过头对姬雪灵说道：“咱恺儿要长相有长相，要才能有才能，要条件有条件，俺就不信，还有看不上咱孩子的闺女！说句实话，宛婧要是找了恺儿，她家可真是烧了高香啦！”

“可能就是因为表弟条件太好，她才有顾虑。”萧天雍忍不住插言道，“她娘那人比较保守，怕自己女儿被人欺负，愿意找个门当户对的。宛婧受她娘的影响，也怕找了浪荡哥儿。听说，也有人给她介绍那肩膀一般齐的，她又看不上。”

“这话我怎么没有听你说过？”岳恒恺瞪着萧天雍责问道。

“你也没问过我呀！”萧天雍马上反驳道。他顿了顿，才笑着说：“其实，这也是吕妮儿才告诉我的。吕妮儿问她，如果抛开门第，是否能考虑你。

宛婧回答，那样的话，另说。她没有把话说死了，你还是有希望的，再努把力……”

岳恒恺不想把话题纠缠在他与柳宛婧的事上，更不愿让别人教他怎么去做。他打断萧天雍的话，说：“咱先别管宛婧答应不答应了，反正这不是一天两天的事。你先问问表姑，让不让你参加县大队吧，这才是正事！”

“什么？你要去县大队？！”覃琴非常诧异地盯着儿子问。

“是。我与表弟商量着，想到县大队去，一起打汉奸，打城里的这些国民党反动派。”萧天雍老老实实地回答。

覃琴心有余悸地说：“难道你们不知道，保安团才打了县大队？听说，他们打死了一百多人，抓住七十多名干部和战士。抓回来的人，也被他们杀得差不多了。这时候你们想去县大队，是不想要脑袋了吗？你们不怕死，俺还怕呢！”

“那是保安团自己嚷出来的。”岳恒恺解释说，“实际上，县大队也就牺牲了二三十人。保安团死得比县大队人多，所以他们才杀被俘人员进行报复。自古两军交战，不斩来使，不杀俘虏。他们连伤兵都杀，简直是丧心病狂，灭绝人性！这些人在城里一天，百姓就一天没有好日子过。我和天雍去县大队，就是为了解放泊镇，消灭这些猪狗不如的东西，给镇上的人们一个太平世界。”

“说得好！”岳振业听到儿子的声音，从书房里走出来，站在他身后说，“儿子真的长大了！你今天说的这些，就是革命道理。对于这些反动派，你不革他们的命，他们就会要了你的命。南三里的百姓，过着好好的日子，让他们扒堤放水，弄得家破人亡！咱火柴厂的这些工人们，被他们弄得失了业，没了生活保障。他们一天不除，百姓就一天不得安宁。”

岳恒恺听到父亲的话，高兴地搂住他的一条胳膊，激动地问：“这么说，你同意我去县大队了？”

“这事你还要问你娘。”岳振业看着儿子，严肃却充满温情地说，“儿行千里母担忧！不管到什么时候，你都要记住，最疼你、最关心你的，永远是你的母亲！所以，有事多征求你娘的意见。你娘同意的，我肯定支持。”

“你爹这是要当甩手掌柜的啦！”姬雪灵温和地笑了笑，慢悠悠地说，“这些年，家里的事都是你爹做主，他现在想推给俺，俺可不想管，也管不了。

要说去县大队的事，俺本心是舍不得你去的。这是掉脑袋的事，不是闹着玩儿的。前几年，你哥打小鬼子死了，俺和你爹就剩下你这么一个儿子。俺可不想咱家再添一个烈士，让俺老无所依！不过，话又说回来，如果都像俺这么想，老百姓吗时候才能过上安稳的日子呀！所以，去不去县大队，你还是自己拿主意。你也二十多岁了，已经是大人了，是该为自己的选择负责任的时候啦！”

“娘！你太明白了！”岳恒恺走到母亲背后，双手扶着她的肩膀说。他与萧天雍对视了一下，表态道，“解放泊镇，是县大队的最后一战了。打完这一仗，我就回家照顾你们二老，哪儿也不去了！战士们都身经百战，我就去打这一仗，能有什么闪失？你们不用担心。”

“正因为你们没打过仗，俺才担心！”姬雪灵抬起胳膊，将手搭在岳恒恺的手背上，用力抓了抓儿子的手，说，“仗打得多了，才有经验，才知道怎样保护自己。”

岳恒恺对母亲提醒道：“娘！你忘了，打火柴厂那儿的鬼子炮楼，我与爹都参与了。你放心，我知道保护自己，消灭敌人。再说，城里的这些汉奸，已经是强弩之末，没有杀伤力了，说不定八路军的枪炮一响，他们就吓得屁滚尿流了。”

“你这话说得就不完全对了。”岳振业看着儿子，十分耐心地纠正道，“敌人已是穷途末路不假，但越是这时候他们越疯狂。就像毒蛇被砍下来的头一样，咬着人就不会撒开了。被蛇头咬到，一样会没命的。这次他们偷袭南三里，就说明这一点。垂死挣扎的敌人，有他的可怕之处，千万不能掉以轻心。发生南三里这样的事，就是因为县大队太大意了，没料到处在重重包围之中的国民党反动派，会发动突然袭击。这是一次血的教训。”

听着岳恒恺与父母的对话，覃琴忽地黯然神伤。她艳羡地对姬雪灵说：“你看你们这一家子，有事还能一块儿商量。自志川走了后，俺连个可以说话的人都没有了！俺也跟你一样，过去习惯了吗事都由雍儿他爹做主，没了他，好多事俺都不知道怎么办才好。”

“我觉得，雍儿去县大队的事，志川一定支持。”姬雪灵看着覃琴的眼睛说，“他是党员干部，可能会主动让儿子去县大队。”

覃琴舒了口气，像是减去了心里的重负。她拢起垂在额头的头发，恳挚地说：“俺也是这么想的。他做事全凭热情，想做就做，从不考虑后果。只要他认定的事，掉脑袋也要去做。他要是活到现在该多好哇！能看到小鬼子投降，能看到泊镇解放。他的理想就要变成现实了，他该多高兴啊！”

“志川泉下有知，也会非常高兴的。”姬雪灵看着覃琴，宽慰道，“他出生入死，不就是为了让妻子儿女过上太平日子吗？”

“应该说，是为了全天下的妻子儿女，为了子孙后代都能过上好日子。”岳振业补充道。

岳恒恺回到萧天雍身旁，紧紧地攥着他的手，欢喜地说：“听到了吗？表姑同意你去县大队了！一会儿咱就出城去吧。”

“我去县大队，我娘同意就行了。你不行，你还要争取一个人的同意。”萧天雍煞有介事地说。

“谁？”岳恒恺满脸疑惑地问。

萧天雍微笑着回答：“柳宛婧。”

“你别跟我开玩笑了。”岳恒恺撒开萧天雍的手，信口说道。

“我不是开玩笑。”萧天雍认真地向岳恒恺解释道，“就着这个事，你去问问宛婧，看看她什么态度，看她说什么。她要是留恋你，不愿让你去，就说明你们的关系八九不离十了。她要是对这事漠不关心，说明你还有很长的路要走。”

七

子夜，复仇的枪声就在这个新旧交替的时间点上打响了。渤海军区一分区十八团、冀中八分区六十三团和饶武支队官兵刚刚由八路军改称解放军，泊镇就成为他们第一个要解放的目标。

这是南三里事件发生两天后，是一个解放泊镇的战役，也是一次复仇的战斗。保安团偷袭南三里和屠杀被俘人员的事，引燃了泊镇百姓的怒火。人们给城外的部队送来一封又一封的请愿书：“今民等为死者雪恨，为生者保命计，请大军尽速剿灭匪徒，严惩杀人凶犯。我等与徐匪不共戴天，当挺身战场，死而无憾！”“徐匪不除，民无宁日！愿解放军如百姓所请，早日破城杀敌。”……解放军战士纷纷写下请战血书：“为战友报仇雪耻，让敌人血债血偿！”“坚决消灭顽敌，惩办凶手，讨还血债！”……

泊镇是敌伪县政府所在地，驻有保安团、还乡队和鬼子投降后从附近各县逃来的汉奸残部等反动武装。伪县政府和警察局在运河西岸的中段，保安团在日华中路路北，还乡队在红杏街南段路东原日本宪兵队的驻地，三者成犄角之势。汉奸残部八百多人，驻守在火车站。泊镇作战指挥部决定，十八团攻打位于河东的火车站；六十三团、饶武支队和县大队围攻河西的县政府、保安团、警察局和还乡队。六十三团于龙屯出发，从泊镇西面攻城；饶武支队和县大队于南三里出发，沿着运河西岸进攻。

袭击南三里后，徐冬霖担心解放军报复，加强了县政府和保安团的防守与警戒。他从七十里外的镇上抽回了三个连的兵力，并调保安团一营驻守县政府。六十三团二营刚接近县政府，就被敌人发现。双方一交火，徐冬霖就命令保安团二营增援县政府。这时，饶武支队和县大队已经包围了保安团。他们没有料到敌人一上来就突围，闹了个措手不及。双方只打了十几分钟，在陈耀煌的掩护下，傅营长就带着二营跑了出去。保安团二营赶到县政府，在六十三团二营背后开了火。最后，徐冬霖让人打开大门，接应二营进了县政府。

保安团住在一个三进三出的大四合院里。院子的大门朝南，建在东南角上，是典型的“巽门”。老话儿说：“坎宅巽门，不用问人；在商兴商，在朝利臣。”几年前，这里是一个杨姓丝绸商人的府邸。因永华火柴驻厂监督员石场看上了杨家的小女儿，要纳其为妾，吓得他们全家连夜逃往苏州。保安团随后住进来，在庭院中央盖了一个十几米高的炮楼。院落的每个角上全建起了房顶碉堡，碉堡与炮楼上都安了探照灯，把商人的家弄得固若金汤的样子。饶武支队和县大队本来要趁着夜色突袭保安团，此刻，探照灯将保安团周围照得亮如白昼，冲锋的战士们全暴露在灯光下，优势顿时成了劣势。战士们几次用枪打掉探照灯，还没冲多远，敌人就换上新的灯照了过来。随着一阵枪炮声，战士们又退了回来。

“这样打下去，牺牲太大！”岳恒恺对县大队耿队长说。在耿队长将目光落在他身上时，他指着西面那片与保安团相邻的房子，提议道：“咱们可以从那里穿过去。该拆墙的拆墙，该挖地道的挖地道，以减少伤亡。”

耿队长向岳恒恺手指的方向看了看，赞许地说：“这个主意好！咱去找翟队长商量商量。”

岳恒恺陪着耿队长来到饶武支队，把自己的想法对翟队长一说，他沉思了一会儿，说：“好是好，怕是群众工作不好做。这事儿不能拖太久！一时半会儿，那些房子的主人能同意吗？”

“他们的工作，我来做。”岳恒恺充满信心地说，“即便我说不通，也能找到能说通的人。这么做，只是破坏房子的墙，真要是这样打下去，一发炮弹落到他们屋子里，就不是一面墙的事了！”

“行！你就这么跟他们去讲。”耿队长点了点头，接着说，“我组织人向敌人喊话，分散他们的注意力，你们趁机过去。”

岳恒恺喊上萧天雍，让他与自己一同去执行任务。他俩穿过几条胡同，绕到清真寺大街上时，正碰上父亲带着人来给部队送饭。这时他才发现，天已经蒙蒙亮了。父亲得知他们要去保安团西侧的民房，马上说：“我跟你们一块儿去，那里有几家我熟。”

“你再熟，也不如我熟！”不知什么时候，马福谦来到他们身后，插言道，“别看我是要死的人，我说话，他们还是给点儿面子的。”

岳恒恺看到，马福谦的身子已经佝偻了，要不是有那根拐杖支着，可能见风就倒。岳恒恺不禁感叹岁月无情，将心中那个像是永远充满活力与智慧的人弄得如此苍老不堪。马福谦在泊镇，尤其是在清真寺周围，简直就是一面旗帜，人们的一言一行似乎都看他的旗角往哪个方向飘。如今他虽是衰朽残年，威望好像一分未减。多么难办的事，只要他一出面，便会迎刃而解。

“马叔！你不能去，那儿太危险了！”岳恒恺关切地说。

“我不是跟你说了吗？！我是要死的人了，还怕危险吗？”马福谦虽然身躯佝偻，头脑却很清楚、敏锐，他无比豪迈地说，“这会儿的泊镇，就像咱头顶上的天，眼看着就亮了。我要是真让保安团的人打死了，我这口老血也要喷到天上，把那云彩染得更红更好看！——你让我最后再出个彩儿，这一辈子，我就算没白活！”

“马叔真是英雄气魄！”萧天雍被马福谦的话感动了，紧紧地抓着他扶着拐杖的手，由衷地说。

岳恒恺想把自己的手枪给父亲，被他拒绝了。县大队的战士都是一长一短双枪配置，只是枪的名称和型号各有不同。长枪有汉阳造、三八大盖、卡宾枪甚至冲锋枪，短枪有驳壳枪、勃朗宁和“撅把子”。岳恒恺除了双枪，背上还有父亲传给他的一把大刀。

父子俩相互叮嘱了几句，岳恒恺和萧天雍先穿过了日华中路，父亲随后陪着马福谦慢慢地向路北走来。岳恒恺选择了紧挨着保安团的一处房子。他想，只要做通了这家人的工作，部队就能按计划行动了。这是路北的第二家，大门朝西，是一个有北房和南房的小四合院。岳恒恺看到门上没有上锁，便知道里面有人。他认为，部队与保安团打了半夜的仗，房子里的人应该早就被惊醒了，于是上前敲了敲门。等了一会儿，一个人拉开了门。他嘴里嘟嘟囔囔地探出头来，一见穿着八路军衣服的岳恒恺，喊了声“八路来了”，就往回跑。萧天雍抬手一枪打在那人的腿上，冲上去夺下了他手里的枪。

岳恒恺一出门楼，就看到北房门口有人正向他射击。他抽回身子，一颗子弹擦着他身后的砖墙飞出去，划出一溜儿火星。他随手一枪，将北屋门口的砖角打飞了，只听“哎哟”一声，门后的人缩了回去。他正要向北屋冲，保安团房顶碉堡里的机枪“哒哒哒哒”地响起来，子弹“噼里啪啦”地打在门楼的墙上。他和萧天雍等了个机会，一齐向碉堡里的敌人射击起来。敌人的机枪一停，岳恒恺猛地向北屋扔了一颗手榴弹，趁着烟雾，他提着大刀飞快地冲过去。才要进屋，就见两把刺刀向他捅过来。他用刀背儿猛地弹开刺刀，刚要往下砍，屋里的两个人就“扑通”一声跪在地上，嘴里喊：“饶命啊！”岳恒恺的大刀应声抬起，一个人的帽子被削去半个，那人吓得捂着脑袋趴在地上。

萧天雍见岳恒恺收拾了屋里的敌人，便返回门楼将那个受伤的人提进屋，然后一撒手扔在地上，大声问：“这儿就你们三个吗？什么人住在这里？快说！”

“这是陈团长的家。他媳妇住在南屋。”跪着的那个人回答。

陈耀煌带人袭击南三里后，怕县大队找他报仇，就拉着老婆搬到了这个紧邻保安团的房子里。一来这里相对安全，二来是让老婆换换环境，免得她总坐在女儿的屋里哭哭啼啼。他料想，即便有人找到这儿来，也会先去北房，于是调了一个班的人守在北屋，他和老婆住进了南屋。

岳恒恺押着一个保安团的人来到南屋时，陈耀煌的老婆正守着一盏豆油灯坐在床上。她看到岳恒恺，愣了一下，猛地朝他扑过来，嘴里喊着：“你还俺孩子来！她可是去找你们钟队长的，你这遭天杀的，为吗要杀她呀！”

保安团的人将陈耀煌的老婆拉开，说：“你闺女不是八路杀的。听警察局的人说，杀人的是韩团长——韩宗振。”

“你胡说！”陈耀煌的老婆声嘶力竭地说，“韩团长怎么会杀俺闺女呢！分明是县大队的人杀的！”

“警察局的人怎么说？”岳恒恺看着保安团的人追问道。

保安团的人扭头看着岳恒恺，回答：“警察局刘局长在第一现场发现了一块玉佩，认出是韩团长的。昨儿晚上，他带人到保安团来找韩团长了。韩团长打完南三里就没来保安团，听说是被停职了。”

陈耀煌的老婆被保安团的人扶到床上坐下，两眼呆呆地看着跳动的豆油灯，自言自语道：“你个遭天杀的！你丧尽天良啊！让俺见着你，活剥了你的皮……”

县大队耿队长在萧天雍和二连连长的掩护下走进屋来。二连在南三里战斗中损失惨重，新二连是打保安团的前一天才组建的，岳恒恺和萧天雍都被编到这个连里。连长对岳恒恺说，听到这儿响枪，耿队长就带着人过来了。岳恒恺向他们汇报了这里发生的事，耿队长便走进里屋，对陈耀煌的老婆说：“等我们抓到了韩宗振，一定会严惩，为陈绮云同志报仇，让你出了这口气！现在，我们要拿下保安团，希望你配合我们行动。”

岳恒恺把县大队的计划向陈耀煌的老婆说了一遍，她像没有听到一样默不作声。耿队长忍不住说：“我知道，现在保安团只剩下你男人的两个连，二百多号人。现在，包围他们的有两千战士。我们围而不攻，是想给陈团长留条活路。你要是能劝他放下武器，不但救了他，也救了那二百多人。那些人也都是上有父母、下有妻子儿女的，你忍心看着他们死吗？”

“这房子不是俺们的，你们想拆哪儿就拆哪儿，俺不管。”陈耀煌的老婆像病了一样，恹恹无力地说，“俺现在成了你们的人质，让俺去劝俺男人，俺就去劝，听不听是他的事。”

耿队长见陈耀煌的老婆同意了，转回身对站在门外的连长说：“你带一个排在这里埋伏，如果前面进展顺利，你就从这儿过去，搜查一下敌人的碉堡和炮楼里有没有藏匿下来的敌人；如果进展不顺利，你带人从这儿攻上去。”

连长答应一声，耿队长便带着陈耀煌的老婆去了保安团大门口。他们刚来到门前，陈耀煌就开门出来了。他得知自己老婆被抓，担心她有个三长两短，已经给房顶碉堡里的敌人下了不许开枪的命令。此时，听了耿队长和他老婆的劝说，略一思忖，说：“所有事都是我做的，与我老婆无关。要杀要剐冲我来，不许伤害她。只要不难为她，我就缴枪。”

“你们放下武器，我们不但不伤害你家里人，也放过你，放过所有保安团的弟兄们。”耿队长语气十分坚定地说。

“是男人，说话就要算数！”陈耀煌像是说自己，又像是对耿队长说。他让保安团的人将枪放在门口，到台阶前集合。看着人们陆陆续续地走下台阶，他在后面说：“弟兄们！我不仅是为了救老婆，也是为了救大家。耿队长说得对，你们上有父母……”

陈耀煌的话还没有说完，孟排长从大门里走出来，“啪啪”地向他连着开了两枪。他两眼瞪着孟排长，慢慢地倒在了台阶上。他至死也不明白，这个平时对自己百依百顺、被自己视为心腹的人，为什么会在关键时刻对自己下毒手。

“弟兄们！”孟排长站在陈耀煌的尸体旁，大声喊叫着，“陈耀煌为了自己老婆缴枪投降，咱们不能变节！咱们杀了他们那么多人，他们怎么可能放过咱……”

“砰砰！砰砰！”岳恒恺和连长从院儿里冲出来，几乎同时向孟排长开了枪。随着清脆的枪声，他一个跟头栽下台阶。岳恒恺弯腰捡起孟排长掉落的手枪，向耿队长走过去。

陈耀煌的老婆似乎被枪声惊醒，她疯了似的哭喊着，跌跌撞撞地朝陈耀煌倒下的地方跑。

“你带几个人，去逮韩宗振。”耿队长向陈耀煌的尸体看了一眼，对岳恒恺说。岳恒恺刚要走，他又补充道：“一定给我把他抓住！”

连长给了岳恒恺两个人，嘱咐道：“这个韩宗振十分狡诈，你们一定要注意，不要被他暗算。”

“放心吧，连长！”岳恒恺说完，拉着萧天雍就走。几个人朝韩宗振家走了一会儿，岳恒恺又停下来，说：“不对！我考虑，他十有八九不在家。”

“我想也是。”萧天雍附和道，“即便他平时在家，咱这仗一打起来，他也躲了。他去的地方有两个，一个是大烟馆，一个是他靠家儿那儿。这儿离他姘头家近，咱先去那儿看看。”

韩宗振的姘头是彭宝元的老婆杨瑞莉。这些年，她一直依靠韩宗振生活，成了他的外房。岳恒恺敲开她家大门时，她先是拦着不让进门，见拦不住了，就大声哭叫起来：“地痞无赖欺负俺孤儿寡母，你们共产党、八路军也欺负人哪！你们缺八辈儿德啦！你们这是要把俺往绝路上逼呀！老天爷呀！你睁开眼看看吧，天底下没有俺一个妇道人家的活路了！元大头你个死鬼，你两眼一闭享清闲去了，留下俺和儿子受罪呀！受气呀……”

“你别胡搅蛮缠！”岳恒恺推开杨瑞莉，厉声说，“有人看到韩宗振到这儿来了。我们只找韩宗振，与你无关！”

杨瑞莉借着岳恒恺的手劲儿，一屁股坐在院子里，抱住岳恒恺的大腿哭喊道：“你这是侮辱人！你往俺身上泼脏水，污损俺清白！你不能走，哪儿也不能去，给俺说清楚了！说不清，俺跟你没完！”

萧天雍将枪顶在杨瑞莉的背上，吓唬道：“你再这样胡闹，就是与韩宗振同流合污，我们连你一起抓走。”

“慢着！”杨瑞莉的儿子彭兴德从东厢房里出来，抓住萧天雍的胳膊阻止道。他低头看着母亲的侧脸，劝道：“娘！你就把那个姓韩的交出来吧！他做了那么多丧天良的事，早该遭报应了！”

“你放屁！”杨瑞莉扭过脸看着儿子骂道，“他是你干爹！你这样说他，是大逆不道！”

彭兴德咬着牙说：“我亲爹就是他害死的！我认他当干爹，就是认贼作父！我忍了他二十年了，早就想宰了他！”

“泊镇人都知道，当年，就是他药死了你男人！”岳恒恺借着彭兴德的话题说。

杨瑞莉抬头看着岳恒恺，嘴里喷着唾沫星子说：“俺怎么能不知道！是俺让他去干的。”

“娘！你疯了吗？！”彭兴德瞪着大眼瞅着母亲，吃惊地问。他似乎有点儿不认识自己的母亲了。这么多年，她一直给人逆来顺受的样子，给人老鸡护崽儿般的慈母的样子。彭兴德总是觉得母亲活得很屈辱，总觉得韩宗振想来就来、想走就走，是母亲慑于他的淫威。此刻，她却突然变了脸，变成了与潘金莲一样谋害亲夫的荡妇。

杨瑞莉确实疯了，她像得了狂犬病，见谁咬谁，谁说话她就冲谁去。听到儿子的责问，她抢地呼天地“哇哇”哭了几声，扯着嗓子骂道：“你个畜生！你知道个屁呀！要不是你干爹，俺早就抱着你跳河死了，还有你在这儿说话的份儿吗？！你个没良心的，你还想杀他，你这是恩将仇报呀！这是要下地狱的！”

“他杀了我爹，我还叫他干爹，泊镇人有谁不笑话我？”彭兴德像受了莫大的委屈，淌着泪说，“俺都快三十的人了，连个媳妇都找不到，还不是让他拖累的！他这是要让咱断子绝孙呀！”

“你自己没本事，能怪谁？！”杨瑞莉像一头被激怒的母狮子，咆哮道，“你是说俺是破鞋，名声不好，影响你讨女人啦！俺这就去死，俺让他们杀了我，俺也解脱了，你也能讨个好媳妇了！”

“我没闲工夫听你们说这些破事，你快松手！”岳恒恺不耐烦地说着，一条腿用力拖着杨瑞莉向前迈了两步，见她还死死地抱着自己的大腿，就对萧天雍说：“快到屋里搜搜，注意安全。”

萧天雍带着两个战士刚走到屋门口，韩宗振就提着枪出来了。他向院子里扫了一眼，紧盯着岳恒恺，似笑非笑地说：“别搜了，我跟你们走就是了。想我韩宗振威震泊镇几十年，今儿栽在你们这些小崽子手里！看来，这世道是要变了！”

“算你识相！”萧天雍说着，上前夺下韩宗振手里的“王八盒子”，将韩宗振推到院子里。

杨瑞莉放开岳恒恺的大腿，一骨碌从地上爬起来，紧紧拽住韩宗振的胳膊，急巴巴地问：“你怎么出来了？！你落在他们手里，还有命活吗？你不出来，谅他们也找不到，他们还敢在俺这儿掘地三尺怎么着？你这不是……”

韩宗振看着杨瑞莉为自己担惊受怕的样子，一把将她搂在怀里，满脸悲情地说：“有你这些话，我这辈子值了！死了也不冤啦！”

“俺真后悔，当初没有早点儿嫁给你！……”杨瑞莉在韩宗振的怀里，似乎成了一只小绵羊，柔顺地说着。

“没有什么好后悔的。早了，我也许还不知道怎么疼你！”韩宗振温存地说着，将左手悄悄伸进衣服里，决绝地说，“我走了！”

岳恒恺没有料到韩宗振身上还藏着一把勃朗宁手枪，听到萧天雍喊了声“小心”，他才慌忙躲闪。韩宗振的枪响了，子弹打在他的胳膊上。他顾不得疼痛，瞄准逃跑的韩宗振，“啪啪啪”地连着开了几枪。已经跳上墙头的韩宗振，被子弹射中，一头栽到墙外去了。

岳恒恺用手按住伤口，紧跟着萧天雍跑到院外的胡同里。韩宗振已经断了气，他的身上，除了岳恒恺打的枪眼儿，还有萧天雍用“王八盒子”打的几个窟窿。两名战士一人抓住韩宗振的一条胳膊，拖着就向胡同口走。这时，杨瑞莉追过来，争抢韩宗振的尸体。萧天雍上前阻拦，她逮着他的胳膊“咔嚓”就是一口。最后，彭兴德从后面搂住了她的腰，她双脚离地依然踹着骂着。

杨瑞莉已经彻底绝望了。她感到在这个世界上，没有比自己的命运更糟糕的，没有比自己更倒霉的，她靠山山倒，靠海海枯。失去了靠山的杨瑞莉，只觉得眼前是一片无尽的黑暗。她号啕大哭着，在儿子的怀里挣扎着，眼巴巴地看着自己生活的希望被人拖走，越走越远。

岳恒恺他们将韩宗振的尸体弄到保安团门前，与那些被打死的敌人放在了一起。他们刚走开，陈耀煌的老婆就抱着一个黑釉的大瓷碗冲过去，拿出碗里的石头咣咣地砸碎了韩宗振的脑袋。县大队的战士上前去拽她时，她已将韩宗振头顶上冒出的脑浆装到碗里，踉踉跄跄地迎着晨曦走去，一边走一边哭喊着：“孩子呀！俺给你报仇了！俺砸死了那个混蛋王八蛋，那个畜生！”

耿队长喊来卫生员分别给岳恒恺和萧天雍包扎了伤口。他们都伤到了小臂，因为岳恒恺枪伤较重，被卫生员用纱布吊在了脖子上。耿队长对他们说，县政府已被六十三团和增援的饶武支队攻克，徐冬霖带着三百多残兵败将向北溃逃，解放军去追击了，让县大队留下打扫战场。他让岳恒恺、萧天雍先回家养伤，等伤好了再归队。

岳恒恺和萧天雍刚要离开，就看到群众自发组织的秧歌队敲锣打鼓地过来了。走在前面的是小竹马，紧跟着的是黑旗高跷，然后是跑旱船、舞狮和扭秧歌的。欢庆泊镇解放的人们，脸上挂着开心的笑容，像天空的朝霞一样灿烂。迎着一缕缕霞光，瞅着一张张笑脸，听着或激越或铿锵的锣鼓，岳恒恺的心头充满自豪和欣慰。他感到自己从来都没有像今天这样高兴过、振奋过。他觉得走过来又走过去的人群，像一条欢快的河流，将泊镇的大街小巷都渲染得喜气洋洋。

隋瑞廷在人群里看到岳恒恺和萧天雍，他飞快地挤过来，眼睛发亮，脸上带笑，很羡慕地说："听说是你们打下的保安团？早知道来打保安团，我也跟你俩一块儿参加县大队了。"

"我们也没想到这么快就打保安团。"岳恒恺抑制不住心头的喜悦，激动地说。

"你俩还没吃饭吧？走！我请你们去喝碗羊肠汤。"隋瑞廷伸出双臂，分别搂住岳恒恺和萧天雍，豪爽地说，"晌午我炒几个拿手菜，庆祝一下。庆祝你俩凯旋，也庆祝咱泊镇解放。"

"庆祝俺俩都挂彩吧！"萧天雍哈哈笑着，自嘲道。

听到萧天雍的笑声，在不远处看秧歌的吕妮儿拉着柳宛婧走过来。她双手捧起萧天雍受伤的手臂，紧张地问："你受伤了吗？伤得厉害不厉害？"

"我这是让彭兴德他娘咬的，恒恺哥的手臂才是被枪打伤的。"萧天雍很轻松，也很开心地笑着说。他见吕妮儿眼里满是疑惑，随即解释道："我们去抓韩宗振，恒恺哥中了他一枪。不过，恒恺哥那一梭子子弹全招呼到韩宗振身上了，我也给补了两枪。"

"这么说，韩宗振死了？"隋瑞廷又惊又喜地说，"你们为泊镇除了一大祸害，奇功一件！为这事儿，晌午我也得弄几个硬菜！"

站在一旁的柳宛婧听到韩宗振死了，脸上立刻飘过一丝阴云。为了掩饰自己的慌乱，她急忙打趣道："你俩可真是难兄难弟，一块儿穿八路军的衣裳，一块儿打仗，又一块儿受伤，伤得还都是胳膊！"

"宛婧！"吕妮儿松开萧天雍的胳膊，回手拉住柳宛婧，笑盈盈地说，"你看恒恺哥，穿上八路军的衣裳，是不是特精神？泊镇再也找不出像他这样既有本事又帅气的人了。"

"哪里！我可比不上天雍，他穿这身衣服，不是更英武吗？"岳恒恺指着萧天雍说。他被吕妮儿一说，既欢喜又难为情。他明白吕妮儿当着柳宛婧夸他的意思，心里不免有几分感激。

“我们这是穿的六十三团换下的衣服。”萧天雍解释道，“等恒恺哥伤好了，我们去参加解放军，到时候还精神。”

吕妮儿看了一眼萧天雍，很单纯地问：“真的假的？你问问他们要女兵不？俺也去。”

“这是要夫唱妇随呀！”岳恒恺看着吕妮儿，戏谑地说。他发现，他的话音儿刚落，吕妮儿的脸就腾地红了。再看看柳宛婧，像是没有听到他说的话，紧锁着眉头，一副心事重重的样子。

第二章　妈妈的故事

一

柳宛婧只是想过来看看韩宗振被打死的地方，顺便来安慰一下杨瑞莉，毕竟她是与韩宗振相好的女人，没料到，杨瑞莉会提起韩宗振未了的一个心愿。杨瑞莉抹着眼泪说："你可能也知道，这些年，你表舅为吗对你家这么照顾，对你这么好！他是把你当兴德的媳妇来看待的。还在你小的时候，他就对俺说：'宛婧这孩子不错，将来给兴德做媳妇吧，我来撮合。'"

"俺不知道！"柳宛婧虽然被杨瑞莉说得头有点儿发蒙，心里还算清楚，她很直白地说，"俺从未听表舅说过这事，也没听俺娘说过。表舅对俺家好，俺就认为他是个疼人的人，愿意帮助俺家。听俺娘说，别看他们出了五服，两家关系一直走得很近。"

"你表舅疼人不假，也是疼他该疼的人。"杨瑞莉没有想到柳宛婧说话一点儿不留余地，于是近乎生硬地说道。

柳宛婧坚持说："这些年两家关系好，不就是因为互相关心、互相照顾吗？你敬俺一尺，俺敬你一丈，越走越近。有句老话不是说，关系在走，再近的亲戚，三年不走也生疏了。有些原来非亲非故的关系，走着走着就近了。夫妻不就是这样吗？本来没有血缘关系，过着过着就亲了，成了天下最近的亲人。"

杨瑞莉愣愣地看着柳宛婧，为一个女孩子能说出这样的话来而暗自惊讶。她意识到，这个女孩子如果进了彭家门，她是降伏不住的。然而，这会是彭家的幸运，会对自己不争气的儿子有很大的帮助。一个好女人，能福佑三代。为了儿子，为了彭家，她受点儿委屈也是值得的。她看着柳宛婧，越来越坚定了把她娶进门的主意。她清楚，仅凭儿子的能力，是娶不到一个这样好的媳妇的，毕竟儿子比柳宛婧大七八岁，为人处世也没有柳宛婧精明。杨瑞莉恨不得现在就把柳宛婧绑了，让她与儿子拜堂同房，生米做成熟饭，柳宛婧不乐意也得乐意了。一个女人让男人睡了，只要原来不是特别厌恨这个男人，大多会屈服认命。当年，她本来看好韩宗振的，只因元大头先入为主，她就进了彭家。哪怕元大头对她好一点儿，她也会死心塌地跟他好好过日子的；即便元大头死了，她也会守着儿子安安分分地过一辈子……

“听你这意思，是说俺糊弄你，还是说你表舅糊弄了俺？”杨瑞莉的脸上露出阴郁的神情，有点儿不高兴地盯着柳宛婧说。

柳宛婧看出了杨瑞莉的情绪变化，便缓和了语气，委婉地说：“也许表舅跟俺娘提过，俺娘没说。俺回去问问娘，看是不是有这么回事，是怎么说起的。也看看俺娘是怎么想的。”

杨瑞莉听了柳宛婧的话，脸色立马好看了。她心里也明白，柳宛婧说这样的话，是有意应付她，目的是脱身。她想把话都挑明了，看看柳宛婧的反应，于是，便依然盯着柳宛婧的眼睛追问道：“要是你娘说，你表舅跟她说过这事，你是不是就嫁给兴德？”

柳宛婧从来没有想过与彭兴德有什么瓜葛，他根本就不是她心里想要的男人。彭兴德过去有个名声很臭的爹，如今有个名声不好的娘，他本人又从里到外透出一种鄙俗猥琐，因而三十的人了还找不到媳妇，柳宛婧打死也不会看上他！此刻，被杨瑞莉盯着问，她不能说自己的心里话，只好推托道：“你可能听俺表舅说过，俺吗事都听娘的。婚嫁大事，俺自个儿在外头哪敢乱说。”

“你先别管你娘是怎么想的，俺就是想问问你心里是吗想法。”杨瑞莉不依不饶地说，“只要你同意，俺就是给你娘下跪，也要成全你俩。人心都是肉长的，俺不信在你娘那儿说不下这事。”

柳宛婧感到自己被杨瑞莉逼到墙旮旯里。她越来越强烈地感到，自己应该尽快离开这里。看杨瑞莉这个架势，像是今天就要摁着她的脑袋与彭兴德成亲。她觉得面对着的是一个老巫婆，心里竟然有几分害怕了。她望了眼窗外，见温暖的阳光正从嫩绿的树叶之间投射下来，在窗户上不停地跳动着。她的心里一下子敞亮起来，直言道：“现在泊镇解放了，不像过去了。俺们的事，就不用难为你们老辈儿人了。有吗事，俺找兴德直接说。”

“找俺说吗？”彭兴德从外面走进来，面带笑容地问。他看到柳宛婧坐在他家里，脸上的喜色更浓烈了。

柳宛婧一怔，随口说道：“找你说火柴厂的事。”

“你早就知道了吗？”彭兴德有几分兴奋地说，“俺刚听说。听王凤迎说，省里派来了工作组，专为火柴厂复工来的。”

柳宛婧并不知道火柴厂要复工的事，更不知道省工作组到泊镇的事。听到彭兴德的话，她心里欢喜，表面上却极力掩饰地说：“火柴厂要想复工生产，哪有那么容易。厂房大多都倒了，机器也生了锈，各处破破烂烂的，仨月俩月也开不了工。再说，盖厂房，修设备，买原材料，这也不是一个钱两个钱的事，得需要一大笔钱呢！”

彭兴德与柳宛婧说话，杨瑞莉在一旁插不上嘴，便去堂屋里给柳宛婧盛了碗水，然后放到柜子上，说：“讲了这么半天话，你也渴了吧？快喝点儿水，现在不凉不热，正好儿喝。”

“我也渴了，我先喝！”彭兴德说着，像抢似的抓过碗，“咕咚咕咚”地喝起来。

“你这孩子！一点儿礼数都不懂！”杨瑞莉很生气地说着，冲着彭兴德的后背“啪”地就是一巴掌。

柳宛婧会心地笑了笑，说：“俺不渴，让他喝吧。”

彭兴德一口气儿将碗里的水喝下去，冲着柳宛婧傻呵呵地笑起来，两滴口水从嘴角掉出来，落在胸前的衣服上。

柳宛婧看清了彭兴德的笑，她感到他笑得那样痴傻、那样幼稚。多年以后，她偶然想起彭兴德咧着嘴傻笑的样子，竟然觉得这是一个儿子在母亲和自己喜欢的人面前流露出的独有的笑颜，是一种让人心疼又让人怜爱的憨态。

“我再给你去倒碗水。”彭兴德说着，转身就往堂屋走。

“俺真不渴！别麻烦了。”柳宛婧说完，紧追着彭兴德来到堂屋，然后疾步走向院子。到了外面，她才提高声音冲屋里喊了句“俺走啦”，便逃似的离开了彭家。

彭兴德手里拿着碗，呆呆地望着柳宛婧远去的身影。杨瑞莉从他身后走来，猛地冲他屁股上踹了一脚，恨恨地说：“你傻看有吗用？！有本事，你把她追回来。”

“你踹我干吗？”彭兴德回过头，眼瞪着杨瑞莉吼道。

杨瑞莉举起手，不解气地说：“俺踹你，俺还打你呢！俺打死你这个没出息的东西！”

“我瞅瞅女的就没出息了吗？”彭兴德反驳道。

“有能耐你把她领回家来，那才叫本事。”杨瑞莉手指着彭兴德，说，“你要能把她领家来，俺什么也不让你俩做，就让你把她放到炕头上，天天瞅着。”

彭兴德抱怨道：“我是不是你亲生的？人家亲娘都看着自己儿子好，你怎么就把我给看扁了？！”

“俺看着你好有吗用，人家闺女看不上你，说吗也不行。”杨瑞莉数落道，“今儿要不是你抢着喝那碗水，她也走不了这么快。你是怕俺在水里给她下药吗？”

“是！我就是怕你给她下药。”彭兴德赌气地说，“我就是打一辈子光棍儿，也不干这下三烂的事！你跟韩宗振交好了这么多年，我还真怕你……”

杨瑞莉一听，随手抄起风箱上的紫铜饭勺就往彭兴德的身上打。彭兴德像只受惊的老鼠，“嗖”地蹦出屋去。杨瑞莉将饭勺儿甩出手，气急败坏地喊道：“你个畜生！真是烂泥扶不上墙啊！”

二

等人们都坐下后，慕容巧莹就将工作组的老宋、黎襄和唐涛一一介绍起来。老宋是会师井冈山的老革命，黎襄也是抗战初期参军的同志，只有唐涛来自南开大学应用化学研究所。

听到唐涛是搞应用化学研究的，岳振业禁不住多看了他几眼。这是个与儿子岳恒恺年龄相仿的年轻人，个头也跟岳恒恺差不多，眼睛深邃，眉宇间流露着一种坚毅和沉稳。当慕容巧莹介绍到他时，他缓缓地站了起来，向在场的人点头示意，一副彬彬有礼的样子。岳振业看着唐涛，心里想，永华火柴厂不仅是恢复生产，也将有一个新的跨越了。建厂三十多年，来大学生还是第一次，这也是到泊镇帮助工作的第一个高学历的人。政府派老革命和大学里的人来，看出了上级对永华火柴厂的重视程度。

唐涛坐下后，慕容巧莹就开始向工作组介绍岳振业、王凤迎、夏茵等人。随后，她做了一个开场白，有几分兴奋地说："前些日子，中央领导到河间来，特意问起咱永华火柴厂的情况。我向老领导汇报了厂子的现状。老领导还和我握了握手，再三叮嘱要尽快恢复火柴生产，支援前线和后方建设。——在这之前，我做梦也没想到，能见到老领导！"慕容巧莹说到这里，难掩心中的喜悦，禁不住开心地笑出声来。

岳振业看着慕容巧莹，非常清楚她说起见老领导来为什么如此欢快，他从心里也为她感到高兴。一个在他眼里永远也长不大的"疯丫头"，在党的队伍里出生入死地锻炼了几年，竟然成熟起来。

"老领导很关心永华火柴厂。"老宋接过慕容巧莹的话，慢悠悠地说，"老领导说，泊镇永华火柴厂，不但为我国发展民族工业做出了很大的贡献，也有力地支持了国共抗战，同时保持了英勇不屈的民族气节。在华北抗日战场上，尤其是冀中八路军，用的都是泊镇生产的火柴。老领导对我说，这次来永华火柴厂，要代他向发起建设火柴厂的有志之士致敬，向勤劳勇敢的工人们致敬。老领导还知道，厂里的工人们不怕流血牺牲，一举拔掉了泊镇的鬼子炮楼，并与解放军一起消灭了国民党反动派，赶跑了以徐冬霖为首的暴徒，不愧为英雄的泊镇人民的杰出代表！"

听了老宋的话，岳振业的心里一热，激动的泪水顿时涌满了眼眶。他不敢再动，生怕一动泪水会从眼里流出来。他想，老领导的话，是对钱开福、李明隆的肯定，是对岳父姬华民的赞扬，也是对他的赞赏。毕竟，从始至终，他都参与了火柴厂的筹建和生产。

"当老领导得知永华火柴厂被国民党反动派破坏，已经停工停产后，马上下达指示，要我们尽快恢复火柴生产。"说到这里，老宋咳嗽一声，接着讲，"我们几个就是受省里的调派，来协助火柴厂复工复产的。通过几天的走访调查，我们得知，仅靠原来的几位股东，是没有力量重建和投入生产的。为此，我与慕容书记跟镇委主要领导商量，在永华火柴厂试行公私合营。今天把大家请到这里来，就是要通报情况，同时听取大伙儿的意见。”

“今天，能到场的主要股东，只有振业大哥。”慕容巧莹用温和的目光看着岳振业，说，“姬家是火柴厂最大的股东，这些年，振业哥一直是姬家的代表，先请你说说自己的想法吧。另外，公私合营后，我们准备让恒恺出任厂子总经理，看看你有什么意见。”

岳振业似乎已经想到会让他第一个说话。他抬起头，看着对面的慕容巧莹说：“我是姬家的代表不假，却不能完全代表姬家，毕竟姬家的子孙还有不少。大家都知道，对于姬家，我是个外姓人，之所以在厂子是姬家的代表，是因为这些年我一直参与厂子的建设和生产。火柴厂实行公私合营我是支持的，因为这是目前唯一能复产的办法。不过，我也要去征求另外几个大股东的意见。眼下，他们有的在河间，有的在天津。按我的想法，他们同意合营，咱什么事也没有；不同意合营，就动员他们退股。”

“我们一到泊镇，就听说岳振业是个豪爽义气的人，看你今天说话，怎么这么优柔寡断？！”老宋有几分不高兴地说。听岳振业说了一番话，他心里有点儿生气。他不耐烦地对岳振业说：“按你这么说，咱这厂子半年也开不了工。去河间与股东见面还好说，现在天津还是敌占区，哪能说去便能去？现在前方战事正紧，我们可等不起。”

慕容巧莹见老宋性子有点儿急，便插话道：“振业哥的话没毛病。既然同意公私合营，我们就能马上组织工人先干着。盖房的盖房，抢修机器的抢修机器，进原材料的进原材料，找股东的找股东，筹集资金的筹集资金，互不耽误。无论如何，在保证火柴厂尽快投入生产的同时，充分做好股东们的工作。在泊镇实行企业公私合营，火柴厂是第一个，不能出现负面影响，这是经济需要，更是政治需要。”

岳振业一直看着慕容巧莹说话，他再一次感到，她成熟了，说话留有余地，办事游刃有余。他知道慕容巧莹是向着他说话，他也想帮一帮她。于是，他爽快地说：“股东们的工作，由我来做。我明天就去河间，然后从那里去天津。一周之内，我准能赶回来。”

“这太好了！”慕容巧莹高兴地说，“我就说嘛，振业哥是个透亮人，为了火柴厂早日生产，你不会不管的！我代表泊镇党委政府，谢谢你！你这次见股东们，是不是让政府派人跟你一起去？”

“不用。我一个人去最好。”岳振业很直白地谢绝道，“我觉得，让恺儿当总经理不合适。现在解放了，再让股东把持着企业，会让群众产生误解。如果觉得他有能力，让他当个车间负责人还行。”

“岳经理这话说得有几分道理。”老宋紧跟着岳振业的话说，“当时有人提出让岳恒恺来担任火柴厂公私合营后的总经理，我当时就感到不妥。那样，群众就会说，火柴厂公私合营，是换汤不换药，到头来还是让大股东管着，群众体会不到人民当家做主的新气象。我也了解过，岳恒恺确实是个不错的小伙子，有能力，有见识，在群众中也有声望和威信，还参加过县大队，与国民党匪徒打过仗，是厂领导挺好的人选。但是，话说回来，他毕竟是大股东的后人，暂时还是不要当火柴厂主要负责人。他还年轻，在车间锻炼锻炼，对他有好处。”

“这个事咱再商量。”慕容巧莹看了一眼老宋，委婉地说，“既然振业哥去做股东们的工作，现在最大的问题是抢修机器和厂房，召回工人……”

三

大水过后，火柴厂保留下来最完整的建筑就是厂招待所了。这是厂子发展最好时盖的房子，东西向一排九间，四周砌的是“三七”墙，隔断为“二四”墙，用的全是土制蓝砖，靠洋灰粘接，既防水又防盐碱。据说，那洋灰是用石灰与火山灰混合而成，比传说中的鸡蛋液拌白灰还牢固。在这片房子里，南北客商住过，冯国璋住过，日本人也住过。如今，省工作组也要来这里住了。

工人们听说要清理厂区，一大早就推着小车、扛着铁锨和扫帚来到厂子。岳恒恺知道工作组要住招待所，就先带着一些工人来这里清理了。屋里铺着青砖，很好清理；院子里铺的是青石板，就更好清理了。他们用了不到一个时辰，便将招待所打扫得干干净净，甚至看不出被大水泡过的样子。

在王凤迎的安排下，岳恒恺与萧天雍到镇委将老宋他们的行李搬了来，剩下的细活儿，就交给了吕妮儿、柳宛婧等几个女工。女工们将木床、木桌和凳子擦洗干净，将窗户也擦亮了。坏了玻璃的地方，也有人跑回家拿来了纸和面糊，七手八脚地给粘上了。

吕妮儿想解开老宋的背包，帮着他铺床，被老宋用手摁住了。老宋忙不迭地说："我自己来。要帮你去帮小唐，他是个毕业没几年的学生，自理能力差。我革命二十多年了，行军打仗，早就生活自理了。要说做饭可能差点儿，缝缝补补……"

老宋的话还没说完，吕妮儿就拉着柳宛婧跑了出去。她们来到唐涛的宿舍时，早有个女工在那里帮他整理房间了。见吕妮儿她们进来，女工抬起头说："宛婧姐，你知道吗？唐哥是天津南开大学毕业的，一毕业就留在了化学研究所。俺长这么大，第一回见到大学生。唐哥说，他可能要留在厂里当技术员呢！"

"太好了！"柳宛婧脱口说道。她可能意识到自己在众人面前有点儿兴奋过头，便掩饰住情绪，向唐涛问道："唐技术员的老家是哪儿的？怎么从大学出来参加工作组呢？"

唐涛在几个女工面前并不感到窘迫，他很大方地说："我老家是山西的。爷爷那辈儿到北平谋生，我出生在北平。"

"你怎么会到工作组来呢？"柳宛婧又追问了一句。

吕妮儿拉着柳宛婧的衣襟扽了一下，提醒道："说不好这是组织秘密，不要乱问了！"

"不妨事。"唐涛笑了笑，直爽地说，"泊镇解放了，我的身份也亮开了，没有了秘密可言。在大学里，我还真不敢说。我早几年就是党员了，去哪儿都听组织的，这次来泊镇也是。"

唐涛和女工们说着话时，床已经铺好了，他带来的书和洗漱用品也被分别放在了桌子和窗台上。柳宛婧看看桌子上的那摞书，又看看洁净如新的搪瓷牙缸，本能地感到自己与唐涛的差距。她心里没了一见到唐涛的那种兴奋喜悦，有的只是一些莫名的挫败感。她真切地感到，她和唐涛不是一个世界的人。就像运河里的水和岸上的杨柳一样，能互相看到，却永远也走不到一块儿。再说，那水是流动的，可能看了岸边的杨柳一眼，也可能看都没看，就汩汩地远去了。柳宛婧心里胡思乱想着，忽然发现窗台上放着一个绘着仕女图的小瓷瓶，便拿到院子里的水井旁去刷。她把瓷瓶里里外外地刷干净后，将里面灌满清水，然后从花池里折了一枝红色的月季花插在了里面。

柳宛婧将花瓶放到桌子上，被女工一眼看到，大喊大叫道："宛婧姐，你真细心！屋里有了这鲜花儿，一下子就不一样了。你弄的这是月季还是玫瑰？这两种花儿，俺一直分不清。"

"你说它是月季它就是月季，你说它是玫瑰它就是玫瑰！"吕妮儿开玩笑地说。

"可惜了，实在可惜了！"唐涛摇了摇头，惋伤地说，"这花儿长在那花池里，谁都能欣赏，也能多活几天。你折了来，怕是不几天就蔫了！"

柳宛婧本来是想让唐涛高兴的，没想到落了一顿埋怨。她的心情一落千丈，于是想快点儿离开这里。吕妮儿见柳宛婧的脸上露出疲惫和不快的神色，就先说了话："这里拾掇清了，咱走吧。该回家吃饭了。估计别人也走了。"

吕妮儿拉着柳宛婧和女工出了招待所，走了不远，女工眨眼看着她问："你说唐哥能留下吗？"

"那就看你的本事了。"吕妮儿笑着回答，"你要是能留住他的心，就能留住他这个人。"

女工很不好意思地红了脸，嘴上却说："俺不行！要是宛婧姐喜欢他，也许能让他喜欢上宛婧姐。论长相，论个头，他与宛婧姐比较般配。像宛婧姐这样漂亮的，估计他以前见都没见过。"

柳宛婧心里免不了一动。很快，她想到唐涛刚才露出的神情，便像要自我解脱似的说："人家是大学生，大学里要多漂亮的有多漂亮的。那些女学生又有学问，才真是跟他最般配。"

"唐哥就得找个漂亮贤惠的。"女工很实在地对柳宛婧说，"你也是，找就找长得好看的，这样生的孩子才好。你要找个歪瓜裂枣的，就像那个彭兴德……"

"说曹操，曹操到！"吕妮儿用手指头捅了女工一下，说。

她们看到，彭兴德一溜儿小跑地过来了。到了她们面前，他冲吕妮儿点了点头，直接对柳宛婧说："俺娘叫你去家里吃饭。你娘也在俺家，就等你了。”

柳宛婧一愣，随后说：“俺去不了。俺们几个都说好了，去吕妮儿家吃。人家也都等着呢。”

彭兴德一听，脸上的表情顿时僵住了。柳宛婧她们走出很远了，他还垂头丧气地站在那里。

“既然你说了，就到俺家去吃吧。”吕妮儿伸手搂住柳宛婧的肩头，亲热地说道。

四

岳振业见到洪一帆时，才知道秦凤鸣已经去世了。在天津国民政府庆祝日军投降大会上，秦凤鸣一高兴，仰坐在椅子上，就再也没有醒来。洪一帆还说，张伯番也不在了，前几年，家人到书房喊他吃早饭，发现他静静地躺在那张黄花梨床上，早已没了呼吸。岳振业虽然感到震惊和悲伤，想到秦凤鸣和张伯番没有受病痛的折磨，得以如此善终，心里也便有了一丝安慰。

他本来是想通过张伯番去找刘律衡的。离开家时，姬雪灵对他说，泊镇解放了，许多地下党都出来工作，他也该落实自己的党员身份了。岳振业能领会姬雪灵的心思，他公开了自己入党二十多年的事，对家庭和儿子恒恺都有好处。尤其是像他们这样的火柴厂的大股东，更需要一个光环罩着。儿子恒慷虽然死在抗日战场上，但是，他参加的毕竟是国民党军队。

岳振业把自己的布兜子拿过来，将带来的几只杜家烧鸡和两包火柴给了洪一帆。洪一帆将烧鸡随手放在桌子上，拿着火柴高兴地说，这是稀罕物！在天津市面上，有很长时间看不到泊镇火柴了。于是，岳振业将永华火柴厂的情况对她简单说了几句，便匆匆与她告别，去见厂子的股东们。

钱开福和李明隆从泊镇一解放时就双双躲到了天津。当岳振业向他们说起政府要在火柴厂搞公私合营时，两个人惊讶的同时，也有几分欣幸。他们十分清楚，仅凭股东们自己的力量，厂子是无法起死回生的。何况，人们对形势还看不透，不敢也不愿再往这上面投入资金。岳振业又向他们说了中央对火柴厂的关心和对厂子创始人的赞誉与肯定，两个人的脸上便露出了久久不见的喜色。看到他们的态度，岳振业的心里就有了底儿。

岳振业急着赶回泊镇，来到天津南门时才想到要给家人带些东西。他往回走了几步，凑到一个卖日用品的摊位前。他给姬雪灵挑了一把梳头用的篦子，向商家询价时，旁边一个二十多岁的女孩儿看着他问："大叔！你是泊镇的吧？"

"是啊！"岳振业扭头看着女孩儿，不失热情地回答道。

"我一听你这口音，就猜着你是泊镇的。"女孩儿扬扬自得地说。她看着岳振业将篦子放进兜里，接着问："你这是要回泊镇吧？能与你搭个伴儿吗？"

岳振业困惑地看着女孩儿，反问道："听你这口音，也不是泊镇的！一个女孩子，去这么远干吗？"

女孩儿没有直接回答，而是用非常敬重的语气问道："你知道泊镇火柴厂有个叫岳振业的吗？听说他在泊镇武功是最厉害的，曾经杀鬼子拔炮楼，还跟着创建了火柴厂。我对这个人很感兴趣，一直想找他座谈座谈。我是报社记者。"

"你看，我像你说的那个岳振业吗？"岳振业慈祥地笑着，瞅着女孩儿问道。

"不会吧？"女孩儿也笑起来，有几分俏皮地说，"不会这么巧吧？！——你还别说，看你这举止和气质，说你就是岳振业，我还真有点儿相信。"

岳振业显出一个长者的姿态，宽和地说："你相信也罢，不相信也罢，既然你要与我同行，就叫我岳叔吧。"

女孩儿刚要说什么，身后来了一个年轻人，拉了拉她的衣袖，匆匆忙忙地说："傅冬！咱们走吧。"

"你终于来了！"被称为傅冬的女孩儿回过头去，惊喜地对年轻人说，"我还以为你来不了啦！我把去泊镇的伴儿都找好了。"

"这位是？"年轻人看着岳振业，满怀疑虑地问。

"叫岳叔就行了。"傅冬说着，指着年轻人对岳振业介绍道："这是我大学同学，你就叫他小赵吧。"

三个人说着话，来到了城门口，被几个荷枪实弹的国民党士兵拦住了。

傅冬亮出了记者证，被国民党兵推开了，口气强硬地说：“现在是非常时期，记者出入天津也得搜查。”

“你看看这个行吗？”傅冬从身上掏出一封用华北“剿总”便笺写的证明信，朝当兵的递了过去。

国民党兵拿在手上看了两眼，就将信将疑地还给了傅冬，语气缓和下来，说：“看你是个女的，就不搜查了。你后面那两个必须查。”

“查吧。”岳振业将手里的兜子扔给当兵的。

几个国民党兵围上来，瞪大了眼睛去瞅兜子里的东西。他们看到，里面除了两包火柴和一把篦子，就再也没有其他东西。他们将兜子甩给岳振业，又将他全身上下摸了个遍，才转身去搜查小赵。小赵的包裹里也没有他们感兴趣的东西，最后，一个国民党兵从里面抽出两个相框。他看着镶在里面的老年夫妇的照片，眼里露出怀疑的目光，像审犯人一样问：“你为吗从天津往外带相片？”

“我老家在农村，没有扩洗设备，我拿到这里放大了两张。上面的人都已经过世，拿回去上供用。”小赵不慌不忙，从容地解释着。

“打开！看看里面有没有夹带东西。”一个当兵的厉声说。

小赵急忙护住照片，决然地说：“老总！不能打开呀！照相馆的师傅费了很大工夫才弄好的，一打开，就没法儿恢复原样儿了。”

“是啊，”岳振业从小赵那焦急的样子里似乎看出了什么，于是上前拦住国民党兵，说道，“你瞧这镜框儿弄得多精致，一看就是非常专业的师傅做的，咱打开了，怕是弄不好啦！”

“你们哪儿这么多废话？”小赵身后的大个子兵高声说着，抓过相框就要拆，嘴里威胁着，“我看你们是不想出城了。”

岳振业一把抓住大个子的手，他“呀”地叫了一声，手动了几下，也没挣脱岳振业五指的钳制。见此情景，旁边几个国民党兵从背上摘下枪，对准了岳振业。

“怎么回事？”一名军官从吉普车上跳下来，站在几个国民党兵的后面喝问。

“没什么，你的弟兄们想拆去世老人的相片，我们正交涉着呢！”岳振业对走过来的军官说。

军官走到近前，打量了岳振业半晌，忽然问：“你是岳叔吧？”

岳振业定睛看着军官，想不起在哪儿见过，更想不起他是谁。

“我姓曹，以前是岳连长的兵。”军官自我介绍着，示意大个子兵松开了抓着相框的手。随后，曹军官关切地问：“岳叔！你这是要回泊镇吗？我送你去火车站吧。”

“今儿没有到泊镇的火车了。”岳振业说着，踢了小赵的腿一下，径直向城门走去。一边走，一边对曹军官说：“这些年，我来来去去不知有多少回了，习惯了坐马车。出了城门，我们租辆马车回去。”

岳振业他们刚走出城门，就有几个车夫围了上来。他们要了两辆马车，然后，岳振业对傅冬说：“你和小赵坐那辆车，我坐这辆车。”

“我要与岳叔坐一辆车。”傅冬说着，就想上车。

岳振业拉住傅冬，语气坚定地说：“你跟小赵坐一辆车吧。你们是不是还有更进一层的关系？不管怎样，你也不该跟我一个老头子坐在一辆车上。”

“我与小赵就是同学关系。我对象姓周，也是我同学。”傅冬会意地笑了笑，落落大方地说。他看岳振业还有些犹豫，便解释道：“我跟你坐一辆车，是想与你多聊聊。到了泊镇，怕没了时间。”

“哈哈哈！这三百里地下来，可有的聊了！”岳振业爽朗地笑着，将傅冬扶上了马车。曹军官也想帮扶岳振业，却见他脚下一用力，早已轻松地跃了上去。

曹军官自我解嘲地说：“我忘了，你不仅是岳连长的父亲，也是他师傅！等天下太平了，我也要去拜你为师。”

“拜不拜师傅咱再说。欢迎你到泊镇来，我用地方最好的酒、最好的菜招待你！”岳振业热情地说。

“一定！”曹军官十分开心地说，“我一定去。当初，岳连长对我比对亲兄弟还亲，我一定到泊镇去！不瞒你说，岳叔！这些年，我总感到亏欠岳连长！”

“这些年兵荒马乱的，没人怪你。”岳振业开朗地说，“等海晏河清，你再不到泊镇来，我可真要怪你了！”

岳振业与曹军官又寒暄了几句，马车便加快速度往前走了。驶出去几百米，他才看到曹军官上了吉普车返回城里。

傅冬问了岳振业许多事，从他与钱开福、李明隆去河间找姬华民，到他与岳父赴北平找冯国璋入股，甚至问到他在天津杀日本鬼子，在泊镇带人拔鬼子炮楼的事。傅冬越听，从心里越对岳振业敬佩，最后由衷地说：“岳叔就是泊镇大侠呀！我回去一定要好好写写。我想了，题目就叫《岳振业的侠义人生》，你看行不行？你跟着筹建和发展火柴企业，是对民族的侠义；你杀鬼子斩强盗，是对国家的侠义；你打抱不平，见义勇为，是对乡亲的侠义……”

“你别再说了，你再说我就找不到北啦！”岳振业笑着说。

“咱现在是往南走，找北干什么？”傅冬风趣地回答。

车到沧州时，太阳就落山了。傅冬看了眼西坠的日头，回头向岳振业问道：“岳叔！泊镇也没有山，为什么人们都说日落是‘太阳落山’呢？”

“我个人认为，这是明朝以后的说法。”岳振业沉吟了一下，耐心地说，“燕王扫北后，泊镇赤地千里，被杀得没了人烟。朝廷从山西、山东往这儿移民，这里大多成了山区人的后代，于是就跟着祖辈一样说日落是落山。”

傅冬听了，很佩服地说：“岳叔不但一身武艺，还有满腹才华。看来，你读了不少书。”

“说起来，书是读过几本，毕竟我家祖辈是印书的。跟你们上过大学的比，那是一个天上一个地下。”岳振业谦虚地说着，不愿再让傅冬将自己夸来夸去，便马上转了话题，说，“太阳一落，天就黑得快了，说黑就黑。咱是不是在沧州住一晚，明天起早再走？”

傅冬抬头望了望前面的马车，说：“看小赵的吧。他走咱就走，他住咱就住。”

走了不到半个时辰，天就完全黑了下来。马车借着桅灯的光亮往前走，速度明显慢了。漆黑的夜晚，除了前面马车上微弱的灯光，再也没有了光亮。当看到路旁掌灯的宅院时，他们才知道自己正穿过一个村庄。然后，他们看着点点灯光向后退去，越退越远，直到消失不见；然后，他们的眼睛慢慢适应了黑暗，能模糊地看到路旁的树木和收了庄稼的田园。

离泊镇越来越近了，岳振业似乎闻到了家里饭菜的香味。还有十几里就到泊镇时，他突然看到前面的马车停了下来，桅灯下出现了几条晃动的人影，随后就听到小赵声嘶力竭的求救声。

岳振业很快就反应过来，他跳下车，飞速朝前面的马车跑去。那几个黑影已经向野地里逃窜。岳振业翻过路旁的壕沟，斜刺里插了过去，不大工夫就追上了逃奔的劫匪。劫匪见只有一个人追上来，便停下了脚步。一个瘦小的劫匪端起枪，“砰”的一声打在了岳振业脚下。另一个又高又胖的劫匪举起大刀，厉声恐吓道：“你找死呀？！再追，我劈了你！”

岳振业也不说话，“嗖”地纵身上前，三下五除二，还没等劫匪闹明白发生了什么事，他们手里的刀枪就没了踪影。岳振业从一个劫匪身上夺过被抢走的包裹时，傅冬和小赵也追了上来。

“岳大侠！你刚才已经砍死了几个抢劫的，就别再杀这几个人了吧！”傅冬看着被打翻在地的劫匪，虚张声势地说。

几个劫匪一听，吓得“扑通”一声跪在地上，不住地磕头道：“大侠饶命！我们再也不干这事了！”

“滚！”岳振业吼了一声。

劫匪听了，从地上爬起来就跑。看着他们连滚带爬的样子，岳振业和傅冬对视了一眼，“哈哈”地笑起来。笑毕，小赵向岳振业深鞠一躬，说：“太感谢岳叔了！你不知道，这兜子里的两张相片，比我的命都宝贵！”

听小赵一说，联想到在天津城门他舍命保护相片的情景，岳振业对傅冬和小赵的身份已清楚了个八九。直至到了坐落在泊镇北端的中共中央华北局城市工作部门口，就全部验证了他的猜想。要进院子时，傅冬似乎想对岳振业解释什么，岳振业心领神会地笑了笑，爽朗地说：“甭说啦，我都明白了。”

“既然到了门口，就一起进来吧。”一个男人豪放的声音在岳振业身后响起来。傅冬抬头一看，喜冲冲地喊道：“刘部长！”

“我料到这几天会有人从天津过来，没想到这么快！”被傅冬称作“刘部长”的刘礼欣悦地说。他与傅冬、小赵分别握了握手，亲和地说道：“你们一路辛苦了！”

岳振业和刘礼见过几次面，他知道刘礼是城市工作部的主要负责人。“城工部”是一座由山西建筑风格的青砖房组成的大四合院，房屋从上到下有五六米的样子，房顶四周全是三尺高的女儿墙。四十年前，这里是一个山西商人开设的铺面，一开始经营盐业，后来改为当铺。再后来，成为直隶第九师范的校舍。几个月前，这里成立了城市工作委员会，刘礼被任命为书记，但人们还是习惯称他“刘部长”。刘礼住在“城工部”南面的一条胡同里，没事很少到这里来。

岳振业沉思之际，刘礼已上来拉住他的手，不由分说将他拽进了“城工部”大院儿，热情地说：“现在已经到了吃晚饭的时间，你就替我陪陪天津来的客人吧。”

站在院子里四下看去，东西南北都有亮着灯光的屋子。刘礼将他们领进了一个黑着灯的小会议室，然后从身上拿出火镰准备取火点灯。岳振业一见，便将手伸进自己的布兜子，取出了一包火柴。他用指甲划开外包装，从中拿出一盒火柴打开，“噗”的一声划燃了，手捧着点上了刘礼端过来的油灯。

“我们已经没有火柴用了！”刘礼看了眼岳振业手里的火柴，将自己手心的火镰举到他面前，讪讪地说，“一停电，还得用这古老的玩意儿。哈哈！”

岳振业将那包撕开的火柴放到桌子上，豪爽地说：“那，这包火柴就给你们吧！”

“要这样的话，今儿晚上我得好好请请你！”刘礼开心地说。

“要是这样的话，这包火柴也留下了！”岳振业风趣地说着，从兜子里掏出最后一包火柴。他看着刘礼疑惑的样子，解释道：“我本来是给天津的老朋友捎的。很遗憾，故人已去，故而又带了回来。能送给你们，也是物尽其用了。”

五

柳宛婧听说，唐涛经常因为做化学实验忘了吃饭，就在家里包了韭菜羊肉馅儿的水饺，煮熟了，趁热急急忙忙地给他送了过来。

唐涛果然还在实验室里。因为厂子的车间、宿舍都没有修建好，实验室暂时还设在招待所，与他自己住的屋子只一墙之隔。

柳宛婧并没有敲门，直接推开暗黄色木门闯进实验室。唐涛一愣，很快扭过头来，还没来得及说话，就听柳宛婧压低声音，兴奋地说：“你还没吃饭吧？我给煮了饺子，还热乎着呢，你快吃吧！”

“我已经吃过饭了。”唐涛如实说道。

心底火热的柳宛婧像被兜头泼了一盆冷水，浑身一激灵，面容变得僵硬，情致也一落千丈。她努力控制好自己的仪态，乞求似的说：“你看，俺大老远地给你送来了，你尝尝！你尝一个也行！”

唐涛看着柳宛婧恳切的样子，便伸出拇指和食指，像是怕被烫伤一样，轻轻地捏了一个水饺放到嘴里。一开始，他嚼得很快，后来变得越来越慢，像是起初已经用尽了力气似的。

柳宛婧目不转睛地看着唐涛，唯恐错过唐涛吃水饺时的每一个表情。她的心房随着唐涛咀嚼的速度一下一下地跳动，唐涛嚼得快，她心跳就快；唐涛嚼得慢，她心跳就慢。唐涛停下不嚼了，她就感到心也不跳了，像是要窒息了一般。

“好！”唐涛终于说话了，他两眼放光地说，“这饺子太好吃啦！说真的，我长这么大，第一次吃到这么好的饺子，人间美味呀！”

听了唐涛的话，柳宛婧顿时喜笑颜开。她非常激动地说：“好吃，你就多吃几个。以后，我一有时间，就给你包饺子。”

唐涛又吃了两个，便从身上掏出手绢擦了擦手，说什么也不再吃了。情急之下，柳宛婧用手拿起一个水饺，尽力让道：“你再吃一个，我喂你！我来时洗过手的。”

“不吃了！我不能再吃了。”唐涛一边躲，一边用手去推柳宛婧的胳膊。最后，他感到盛情难却，便婉转地说：“等过两天，我们买韭菜和肉，你来给包饺子就行了。饺子还是刚出锅的好吃。”

柳宛婧见唐涛这样说，只好将水饺放回碗里。她看唐涛坐回椅子上，自己便搬过一把凳子，与他面对面地坐下，热诚地说：“还是我去买肉买菜吧。你不知道，羊肉要用从肋排上剔下来的，那个鲜嫩柔滑；韭菜也有讲究，用春秋两季的头茬儿韭菜。这种韭菜甭看卖相不好，但香味纯正。夏天的韭菜不行，六月韭，臭死狗！”

唐涛笑吟吟地听着，等柳宛婧讲完，他才说：“看你一个年轻女孩儿，说起做饭来还真有两下子！”

柳宛婧被唐涛一夸，顿时不知往下该说什么了。她局促不安地坐了一会儿，忽然想起了什么，伸手从衣兜里拿出一盒烟，递到唐涛面前，有几分得意地说：“这是俺们泊镇刚出的。俺一个不错的姐妹在烟厂里，她给了我一盒。你尝尝。”

唐涛将那盒卷烟拿在手里，发现它整体包装为枣红色，穿插有一些白色的镂空，设计得十分细腻精美。正面是烟的牌子“新中国”，然后是红色的雄鸡般的国家地图。背面竖写着一行行的文字：“本公司为适应民生，发展烟业起见，特选上等原料，聘请高等技师加工精制。烟丝金黄，气味芬芳；有裨口胃，补助精神；品质高尚，价格低廉。如蒙惠顾，无任欢迎”。最后的文字是“地方国营河北省泊镇五洲烟厂启”。

“今年，俺们泊镇新建了好几个厂子，都是国营的。”柳宛婧很自豪地说，“除了这个烟厂，还有十里香酒厂、旭日升铸造厂。”

柳宛婧向唐涛说泊镇的发展变化，显然是想让他喜欢上这里，喜欢泊镇的事，喜欢泊镇的人，喜欢泊镇的一草一木。不知唐涛是否领会了柳宛婧的意图，他像是心不在焉地把玩了一会儿手里的卷烟，然后打开烟盒，从里面抽出一根烟，竖起来看了看黄澄澄的烟丝，便放到鼻下闻起来。柳宛婧一见，拿起火柴就要给唐涛点烟。她喜欢看男人吸烟的样子，男人优哉游哉地吞云吐雾，太让她着迷了。她想，唐涛从容地叼着烟卷儿的举止，一定会比别的男人更有风度。

“你不想活了！”唐涛像被蝎子蜇了屁股似的，突然叫喊着跳起来，一把将柳宛婧推了出去。柳宛婧猝不及防，向后猛地倒去，重重地摔在地上。

见柳宛婧倒在地上，唐涛便站起身，伸出一只手去拽她。他一边用力拉她，一边带着余怒和歉意，严厉地说：“这实验室到处都是化学物品，一见明火，闹不好就爆炸，咱俩就没命了！”

柳宛婧虽然被摔疼了，听了唐涛的话，也觉得自己太莽撞了。在唐涛拉她的那一刻，她感到了那柔软而温热的大手传递过来的暖流，这令人震颤的热流如岩浆般淌遍全身，让她感到从未有过的舒爽与惬意。刹那间，她真想就势扑到唐涛的怀里。忽然想到刚才的冒失，柳宛婧才理智地收住身子，苦笑着说：“俺第一次到实验室来，没想到，这里这么危险！”

唐涛见柳宛婧并没有因被他推倒而生气，便不依不饶地说：“火柴厂最怕的就是火！在厂子内，是绝对不能抽烟的。你是厂里的工人，怎么连这点儿安全意识都没有？！”

柳宛婧被唐涛一说，脸“唰”地红了。她脸红的样子竟然那么迷人，唐涛忍不住多看了一会儿。直到柳宛婧莞尔一笑，唐涛才意识到自己失态了。于是，他心里顿时有几分慌乱。为了掩饰内心的忐忑，他伸手端起桌子上的水饺，说：“我拿给宋组长他们去尝尝。”

“我去吧。”柳宛婧很快反应过来，一把夺过盛着水饺的碗，头也不回地出了实验室。她被唐涛的话一下子气着了，心里暗自怪起他来：这个唐涛！不问问她吃没吃饭，却想将自己用心包的水饺送给别人，实在是太不近人情了！柳宛婧端着水饺站在院子里，呆呆地看着实验室的门，一赌气，转身就往家走。

柳宛婧长这么大，也没有吃过放这么多羊肉的水饺，为此，她还让母亲数落了半天。母亲说，你要是一上来就这么惯着男人，这个人咱不嫁也罢！自古情爱都是男追女，哪有上赶着去追男人的。将男人惯坏了，自己受罪的事还在后头呢！柳宛婧想着想着，拿起碗里的水饺就大口大口地吃起来。她一边走一边吃，全不顾好奇地看着她的路人。后来，不知是觉得受了委屈，还是被水饺噎住了，她眼里的泪“哗”地涌出来，如豆子般地滚落在地上。

六

在岳恒恺的印象里，自从父亲粗暴地推了哥哥，将哥的额头上磕了一个疤瘌后，就再也没有打骂过他们哥儿俩。都说棍棒底下出孝子，可父亲不怒而威，他们哥儿俩从父亲的一个眼神里，就知道自己做对了还是做错了，也知道该怎么去做。岳恒恺从内心里就有几分怕父亲，可能是因为父亲不只是父亲，还是教他武功的师傅。也可能是因为母亲敬重父亲，每每给他们讲父亲传奇般的往事，他耳濡目染，崇拜父亲的情愫便在心底扎了根。

人间的路，是母亲扶着他学会走的；人生的路，却是在父亲的扶助下一路走来的。少年时，他一有事就去问父亲，慢慢地，问父亲的时候就越来越少了。有时候与父亲说起事来，父亲也不会简单地告诉他该怎么做，而是说出几种做法，让他自己去抉择。

近几年，他很少与父亲坐下来说话。今天，为了与柳宛婧的感情纠葛，他又单独与父亲面对面地坐在了一起。他实在猜不透柳宛婧的心思，起先，她不拒绝他，也不答应他，像是有意考验他，又像是故意折磨他。唐涛出现不久，柳宛婧就明确地拒绝了他，也拒绝了包括彭兴德在内的所有追求者。如果说原来她是一朵牡丹花，谁都能看上两眼，那么，现在她已经成了一株向日葵，只围着唐涛转了。

“你试着把她忘了吧。”岳振业像是深思熟虑地说，“我听说厂里看上她的人不少。我这么看着，可能都是因为她长得俊，包括你。外表好看的女人，有很多人追的女人，会被惯坏的。你要想娶这样一个人，怕是追的时候糟心，进了门更糟心。对居家过日子来说，好女人往往不是漂亮女人。”

“俺娘也算是个俊人吧？”岳恒恺壮着胆子说。

岳振业粲然一笑，从从容容地说：“我没说俊人就不是好媳妇。说真的，像你娘这样又好看又贤惠的女人，不是说找就找得到的。你要能给娶回一个像你娘这样心地善良、通情达理的人，还真是咱老岳家的福分。对一个家来说，好媳妇兴旺三代，坏媳妇祸害三代。有这么句话，一个家庭的幸福和睦，需要全家每个人的付出和努力；一个家庭的不幸，有一个人就足够了。”

岳恒恺觉得，父亲说的话，既简单朴素，又有几分深奥的道理。现在看来，他真不知道柳宛婧是什么性情。直到目前，他看到的只是柳宛婧的外貌和表面的言行，还没有深入她的内心。反过来说，即便日后发现柳宛婧有这样那样的毛病，他也认定自己能慢慢地改变她，让她融入自己的家庭。他想，看着这么善良温和的一个女孩儿，再坏能坏到哪儿去。

“我可能走火入魔了！”岳恒恺照实说道，“白天她在我眼前晃来晃去，晚上她在我心里晃来晃去，我怕是一时半会儿忘不了她。我现在睁眼闭眼都是她，看到的都是她的好，怎么能说忘就忘呢！”

“你能这样毫无隐瞒地说出来，能推心置腹地跟我说话，我特别高兴！”岳振业十分欣慰地说，“不管吗事，不到最后，你永远也不知道结果。

你如果觉得实在忘不了她，也就只好听天由命了！世间事，往往是谋事在人，成事在天。所以，要尽人事，听天命！这样，你才不会将来后悔。你能将她领进家门，我和你娘都欢迎；你领不家来，我觉得也没吗好遗憾的。不是你的，你强求也强求不来。从古到今，像这样有缘没分的事太多了！”

“爹！谢谢你！”听了父亲的话，岳恒恺有点儿激动地说。此刻，他感到心里豁然开朗了。他想，他有这样的父亲、这样的母亲，在感情上受点儿挫折又算得了什么。不过，想到柳宛婧对他说的那句“你就死了你那个心吧”，他的心头就有种难以名状的疼。

“你爷儿俩在自己家里说话，怎么还这么客气？！”慕容巧莹一撩门帘走了进来，笑嘻嘻地问。

岳恒恺忙不迭地站起来，叫了声“莹姑”，让慕容巧莹坐在自己坐过的椅子上。慕容巧莹将椅子向一侧拉了拉，然后才坐了下来。她两眼盯着岳振业，接着问：“你爷儿俩这是在说什么事呢？”

岳振业先看了看儿子，见他没有要讲的意思，才说：“你侄儿喜欢上了一个人，正对我说着呢！”

“好事！”慕容巧莹惊喜地说，“看来，我快喝上恺儿的喜酒了！不知哪个女孩儿这么幸运，让咱恺儿看上？”

岳恒恺顿时流露出一种窘态，用手抚摸了一下后脑勺，很不好意思地说：“我看上了人家，人家看不上我！”

慕容巧莹“哈哈”一笑，眼里泛出亮光。看到岳恒恺的样子，她又很快收住了笑，大惑不解地问：“在咱泊镇，还有看不上恺儿的女孩儿？就恺儿这条件，要说找个媳妇，到女人堆儿里还不随便扒拉呀！谁家的女子这么没眼力？我认识不？”

“这个丫头你不一定认得，是咱厂里的一个女工。”岳振业瞅着慕容巧莹回答，他略一停顿，又说，“那个丫头你不认得，她喜欢的那个人你应该知道，是省里来的那个技术员。”

“你说的是小唐啊！”慕容巧莹像是恍然大悟似的说。说完，她又笑起来。正当岳振业父子闹不清慕容巧莹为什么发笑时，她提高了声音说：“人家小唐早就有对象了。听老宋说，他对象的父亲是老宋的首长，与老宋一起转到地方了，现在省里工作。”

岳恒恺像是初次见到日出一样，激动地抓住慕容巧莹的胳膊，追问道："你说的是真的吗？莹姑！唐涛真有对象了？"

慕容巧莹还没有回答，岳振业先说了话："我明白了！看来，唐技术员在咱厂里待不长！他最好能在这里待个一年半载的，等厂里技术水平提升一步再走。"

"让他在厂里多待些时间问题不大，问题是怕恺儿着急呀！"慕容巧莹笑盈盈地看着岳恒恺，轻快地打趣道。

"唐技术员走不走，跟人家丫头喜不喜欢他没多大关系。"岳振业抬头看着儿子，直来直去地说，"小唐没来时，人家不是也没明确答应你吗？！"

"你怎么看上这个女孩儿的？是不是她长得很好看？"慕容巧莹有几分好奇地问，不等岳恒恺回答，她就自顾自地接着说，"找媳妇别光看模样，你又不是往家买花。女的长得好，刚结婚可能觉得高兴，真在一起过日子了，屁用也没有！结婚前，看长相好不好；结婚后，只看心肠好不好。夫妻时间长了，好像也觉不出对方丑俊了。"

慕容巧莹说话时，岳振业不住地点头。等她的话音刚落，岳振业就看着儿子，郑重地说："你莹姑说得对。仔细想想，两口子就是这个情况。什么丑呀俊呀，真过起日子来，半点儿用都没有。"

"那人们找对象也愿意找个好看的，最起码是看着顺眼的，是自己喜欢的。"岳恒恺说出话来，似乎有点儿太固执。

"你要说这话，我还得跟你说说。"慕容巧莹似乎被岳振业抬爱她的话鼓舞了，她滔滔不绝地说起来，"我觉得，要想以后的日子过得舒坦，找对象就要找个喜欢你的，不能去找你喜欢的。喜欢你的，结婚后才会疼你、爱你、关心你；你喜欢的，可能只会让你宠、让你照顾，只会气你，没准儿还天天欺负你。都说强扭的瓜不甜，应该就是这个道理。"

岳恒恺听了，像听天方夜谭一样笑了笑，试探着问："你跟姑父你俩，一开始是谁喜欢谁？"

"他喜欢我，我也喜欢他，我们是互相喜欢。"慕容巧莹脱口说道。她见岳恒恺一脸疑惑的神情，便说："别看这么跟你说，我也知道劝人劝不了心。一会儿我去找小唐，问问他是不是对这个女工上了心。要是他也喜欢这个人，拿定主意不回省里了，想为此留在泊镇，你就彻底没戏了。如果不是这样，你愿意追这个自己喜欢的人，就放开胆子去追吧！——说了半天，这个女孩儿叫什么？”

“柳宛婧！”岳恒恺如实回答。

“我大体也是这么跟他说的。能忘就忘，忘不了就追，追不上就认命。”岳振业好似做总结发言一样说道。说完，像是忽然想起什么，盯着慕容巧莹问道：“你一个大忙人，轻易不来家了。你今儿过来，不会是专为开导恺儿的吧？”

“肯定不是！”慕容巧莹抻了抻身上的衣服，坦诚地说，“我听说有的股东又不愿火柴厂搞公私合营了，想问问你知道这个情况不？你怎么看这个事？”

岳恒恺一听慕容巧莹说到公事，便向她说了一声，知趣地离开了。

岳振业思量了一下，没有直接回答慕容巧莹的问题，而是很委婉地说：“一个家庭，有时候意见还不一样呢，更何况这么多股东！一个股东背后，都是一大家子人，有的老子是这主意，没准儿孩子就是那主意。也有的股东，一开始担心自己的股权被政府没收，乍一说公私合营当时很高兴，回过头来一看，见政府真是保护民族工商业，就又反悔了。”

“跟你说话，我也就不拐弯抹角了。我只想知道，这些反对公私合营的人，是不是都有过汉奸行为？”慕容巧莹神情严肃地看着岳振业问。她见岳振业没有完全听懂她的话，便直言道：“石场这个老鬼子进火柴厂，有的股东打着日本旗到大门口去欢迎，这不是汉奸行径是什么？如果现在还是这几个人出来反对公私合营，我就想把领头儿的抓起来，让他围着泊镇大街游行，杀鸡给猴看。在战场上，这叫擒贼先擒王。这样一来，我看哪个还敢跟政府作对！”

“毛主席曾经说过，民族资产阶级有他的两面性。”岳振业发现慕容巧莹说话有点儿激动，于是和缓地对她讲道，“这个阶层的人，有革命性的一面，也有软弱性和妥协性的一面。在日本鬼子杀气腾腾地占领泊镇时，他们为了保护自己的利益，不得不向侵略者示弱，从而做出一些妥协。我觉得，单从这方面看，绝不能说他们是汉奸。你父亲也回到泊镇了，有啥事多跟他沟通，毕竟他比你经验多、阅历广。以后不要这么意气用事，更不要脑袋一热，由着自己的性子来。你现在毕竟是镇上的领导！”

“我也是着急呀！”慕容巧莹诉苦道，“按你说的，那些不愿合营的股东，可以收购他们的股权。可是，你也知道，这一年泊镇建了好几个国营厂子，早就寅吃卯粮了，哪有钱给他们？！”

岳振业笑了笑，像是已经深思熟虑地说：“你也别为了钱的事上火，这事好办，我去和他们说说，等火柴厂复工后有了钱，分期付给他们就行了。”

“还是你有办法！”慕容巧莹对岳振业粲然一笑，佩服地说。

“我这也是没有办法的办法。”听了慕容巧莹的夸赞，尤其看到她那熟悉的笑容，岳振业心里无比愉悦，表面上却不动声色，说话也轻描淡写。此刻，他忽然觉得，别看慕容巧莹表面上看是成熟稳重了，骨子里还是留有过去鲁莽轻率的性情。这性格是他早就习惯了的，也是他少年时期喜欢与之交往的因素之一。

慕容巧莹盯着岳振业的眼睛，热切地问：“听嫂子说，你是二十年前就参加地下党的老革命，现在泊镇解放了，为什么不把组织关系落实了？我知道，你刚才说的话，是《中国革命与中国共产党》里的内容。由此可以证明，你读过这篇文章，但不能证明你是老党员。不过，你让我想起了里面的一句话。毛主席说：‘对于民族资产阶级采取慎重的政策，是完全必要的’。——看来，你的指点是对的，是完全有必要的！”

岳振业自我解嘲地笑了笑，苦恼地说：“落实组织关系，我也着急呀！可介绍我入党的人，走的走，亡的亡，无从着手哇！”

“我给你想着这事。你不用担心，会有结果的。”慕容巧莹既是安慰岳振业，又是提醒自己，让自己记住答应帮朋友忙的事。

七

慕容巧莹去了岳家一趟，应下了两件事：一个是查找岳振业的党关系，一个是为岳恒恺去见唐涛。岳振业的组织问题不是一天两天的事了，所以，不可能在一两天里得到落实。找唐涛的事随时可以办，因此，她怕自己忙起来给忘了，从岳振业家出来后，便直接去了火柴厂招待所。

老宋正坐在花池旁与黎襄说话，见慕容巧莹走进院儿，以为是来找他的，便起身迎了上来。得知她要见唐涛，老宋虽然心里有些疑惑，却立刻说“他在实验室”，随后指了指靠南头的一个木门。

唐涛已经听到了老宋和慕容巧莹说话的声音，慕容巧莹刚一敲门，他就把门拉开了。他将椅子让给慕容巧莹坐下，自己倚着桌子站在对面，关切地问：“慕容书记，今天没歇班儿吗？”

“你不是也没歇着吗？”慕容巧莹机敏地回应道。

“我歇班儿跟不歇班儿都在这儿，没有礼拜！”唐涛笑着说。

“辛苦你了！”慕容巧莹诚挚地说着，看了眼桌上大大小小的玻璃器皿及各种实验用品，随即问，“对你这位化学研究所的大学生来说，搞火柴实验不是太难吧？这几天有进展吗？”

唐涛见慕容巧莹问到他，急忙回答：“药头儿配方确定了，就是各种成分的剂量还掌握不好。要想生产的火柴安全好用，药浆和磷浆的调制必须匹配好。要说难，难就难在这个地方。如果是单独地做药头配方，那就容易多了。”

对于唐涛的话，慕容巧莹只听了个大概意思。因此，她只好谦和地说：“科学的事，你跟我说，我也不懂。有一点你记住了，等你研制的火柴生产出来，我拉着书记、镇长一起来给你庆功。”

“谢谢慕容书记的关爱！这一天，不会很远！”唐涛快乐地说着，脸上露出又振奋又激动的神情。

“自打来泊镇，回过家吗？”慕容巧莹想转移话题了，她做出很关心群众生活的姿态，亲切地问。不等唐涛回答，她又接着说：“别光顾着搞实验，该回家还得回家看看。我听说，你已经有对象了，是在省里工作吗？别让人家苦等着，要多创造见面的机会。”

唐涛坦率地说：“她是在省里工作，我俩一个大学毕业。”

慕容巧莹微微一笑，像是很失望地说：“我本来想把你留在泊镇的，看来，是没办法留你了。我不能不近人情，强留下你，让你俩两地分居。不过，你既然要回省里，就不要在这里招惹女孩子。你可能不知道，泊镇的女孩儿很厉害的。为了你，她会寻死觅活。一旦发生这样的事，你可能想回省里也回不去了。”

“慕容书记！你说得很及时！”唐涛从慕容巧莹的话里，像是听出了点儿什么，他坦言道，“最近，有一个女孩子常到这里来，倒是挺讨人喜欢。”

“看，是不是让我说着了！”慕容巧莹像是第一次听说这个事，急忙说，“泊镇的女孩儿敢爱敢恨，她一定是喜欢上你了。你要是把握不好分寸，就很容易出问题。”

唐涛虽然被慕容巧莹说得心慌意乱，还是忍不住说道：“慕容书记！你是没见到这个女孩子，她是人见人爱的那种，谁见了也喜欢。你别误会，我说的喜欢，不是爱！”

慕容巧莹“哈哈哈哈”地笑起来。她看到，唐涛的眼睛明亮而清澈，说话像几岁的孩子一样阳光而率真，于是说：“你可别跟我咬文嚼字！你大学毕业，我小学还是勉强毕业。你要知道，在泊镇，女孩儿看上你，喜欢你，待见你，稀罕你，爱你，都是一个意思。”

“其实，我也看出她喜欢我。我以为，只要我不表态，就不会有什么问题。”唐涛有几分腼腆了，吞吞吐吐地说，“说真的，我挺享受被漂亮女孩子喜欢的感觉，也喜欢她包的羊肉饺子！”

看着唐涛说话心虚的样子，慕容巧莹觉得，自己今天不但帮了岳恒恺的忙，也帮了唐涛的忙，帮了工作组的忙。不然，真要中了她说的话，工作组的名誉和形象都要受影响。

八

从永华火柴厂一建成投产，厂里就有两个药浆调制师傅，他们互相帮助又互相戒备，互相成就又互相制约。在调制药浆时，一位师傅将自己调好的药浆交给第二位师傅，经第二位师傅再加入自己的化学原料后，放到蘸药车间使用。他们的工资，比一般工人多出一倍，所以，为了保住自己优厚的待遇，他们死死地守护和发展着药浆配方。

三十多年，调制药浆的人从小田、小黄，变成了老田头、老黄头。为了让自己调制药浆的技术一代代传下去，他们不断研制和更新配方，以确保自己的技术不落后于市场。他们知道，只要他们的调制技术不被市场淘汰，他们本人也就不会被厂子淘汰。因此，虽然厂里让他们各自带一个年轻人，他们却不把配方一五一十地教给徒弟，都暗自留了一手。他们怕教会了徒弟，饿死师傅。他们担心自己意外离世造成配方失传，每当他们研制出一种药浆配方，都将它告诉自己的一个孩子，以便让其在子孙中传承下去。他们深信，只要子孙手里有药浆配方，就不会找不到活路。为此，他们把配方看得比自己的命还重要。所以，当唐涛研制出火柴药浆的新配方，要在蘸药车间使用时，一下子惹怒了老田头与老黄头。

在化学原料仓库门口，老田头和老黄头就像两尊狮子一样蹲守在那里，不让任何人出入。这是为了保护自己的饭碗不被抢走，愤怒起来的狮子，一双眼睛瞪得圆圆的，一张口就能撕碎对手似的。

“人家唐技术员是省里派来的，是代表政府的。你们这么挡着，不是跟政府过不去吗？！”来取化学原料的工人对老田头说。

老田头梗着脖子，像悬崖上一棵被山谷的风吹歪了的老树，扯着嗓子说：“你不要胡说！我不让你们这么瞎闹哄，就是为政府负责。我和老黄干这活儿三十多年了，我不相信，一个愣头小子，来了这么两天就能做出药浆。药浆一出问题就是大问题，这事儿以前不是没遇到过。到末了，还不是又把我和老黄请回来，给他们擦屁股！那时候，是大股东说了算，咱也管不了，出了事，倒霉的是股东们。现在，公私合营了，出了事，不只是股东们，也有政府的份儿。你能说，我这不是为政府着想吗？”

“你不要把话儿说得这么好听，你们还不是怕砸了自己的饭碗！”柳宛婧走到老田头面前，快言快语地说，“人家是大学生，学的就是这个，你能说人家是愣头青？依我看，人家闭着眼，也比你们弄出来的强多了。”

“这儿没有你说话的份儿！”老田头被点到痛处，再一次被激怒了，他喷着唾沫星子，毫不客气地说，“全厂谁不知道，你看上那个小白脸了！你也不拿镜子照照！亏了你还知道人家是大学生，你能配上人家吗？我看你就是癞蛤蟆想吃天鹅肉！”

柳宛婧气得手发抖了，她指着老田头的脸，口不择言地说：“你不让取原料，就是破坏生产，是汉奸行为！”

老田头腾地站起来，大喊大叫着：“你说谁是汉奸？你才是汉奸，是汉奸崽子！不信，你回去问问你娘……”

“老田！你别把话儿扯远了！”老黄头从后面拍了老田头的肩膀一下，

拦住他说，“咱就事论事，都不要说过头话儿。大家都是为了更好地生产，为了厂子更好地发展。”

“你没看到，我一个五十多岁的人了，让一个丫头片子指着鼻子诬害吗？”老田头黑着脸，大声问道，“你能顺下这口气去？”

老黄头接着劝道：“既然咱知道她是个小丫头片子，还跟她较吗劲儿？别让人说咱欺负人家孩子！”

“你们要用姓唐的弄成的配方，出了问题怎么办？”老田头的徒弟门立常站在一旁，咄咄逼人地问。

柳宛婧毫不示弱，大声说：“如果唐技术员的配方出了问题，我负责任！”

门立常轻蔑地一笑，不怀好意地说：“你负责？怕是把你卖了也弥补不了损失！卖十回，卖一百回也不顶用。”

“要卖就回家去卖你媳妇，你媳妇值钱！”柳宛婧给门立常来了个针尖对麦芒，反驳道。

门立常朝柳宛婧面前迈了两步，瞪着眼还想说什么，老黄头伸手将他扒拉到一边儿，说：“你们别在这儿斗嘴啦！不行的话，这事咱找岳主任去说。”

“老师傅说得对，有事要找领导解决。”唐涛快步走了过来，将柳宛婧拉到自己身后，上前赔着笑脸，对老田头说，“师傅！你别生气。你们是老前辈，我还要向你学习呢！”

“你……”柳宛婧瞪了唐涛一眼，用力甩开唐涛抓着她胳膊的手，气呼呼地离开了。她感到很委屈，自己为唐涛出了半天头，他却跑来给人家赔笑脸，弄得她里外不是人！柳宛婧忽然领悟到，从认识唐涛的那一刻起，自始至终，都是她自作多情！

柳宛婧向蘸药车间走了一段距离，忽然停下，转身朝厂部急匆匆地走去。她本来想去车间找岳恒恺的，走着走着，才想起他到厂里去开会了。她来到厂部的会议室门外，听到里面还有人在高声讲话。她极其无聊地在那里站了一会儿，看到过来过去的人用异样的眼光瞅她，便觉得浑身不自在起来。她再一次想到，唐涛都对她那样了，她还觍着脸跑来为他的事找岳恒恺，实在是个贱骨头！她在心里恨恨地说了一声“贱”，转身就往回走。

走出几十米，便听到后面散会了。于是，她便停住脚步，从谈笑着走过来的人群里去寻找岳恒恺。

“岳恒恺！”柳宛婧冲着岳恒恺的侧影喊了一声。她好像第一次发现，岳恒恺在众人中竟然算是一个英武的男人。没等岳恒恺应声，她又嚷道：“你过来！”

岳恒恺扭头一看，发现是柳宛婧叫他，便丢下与他说话的人，急忙跑了过来。他看着柳宛婧因生气而涨得红润起来的脸，笑呵呵地打趣道：“在厂里，你好歹也叫我一声岳主任嘛！你要认为我这主任不称职，就喊我恒恺好了。”

“我没时间跟你闲扯！”柳宛婧板着脸，语气生硬地说，“你快去看看，老田头和老黄头堵着化工仓库的大门，不让取原材料！”

“为什么？”听了柳宛婧的话，看到她着急的样子，岳恒恺心里已明白了八九，嘴上却疑惑地问了一句。

柳宛婧诉说道：“你不是布置从今儿开始，车间就用唐技术员的药浆配方吗？刚才大伙儿去仓库搬原料，那俩老东西早就在那儿等着了，堵住门不让人们进去。”

岳恒恺看着柳宛婧说话的样子，感到心里有点儿酸，有点儿疼，还有点儿好笑。他清楚地知道，她这是因为唐涛才来找他的。他真想捉弄她一下，让她焦虑，让她懊恼，从而释放自己心头的屈辱。这个念头只是在脑子里闪了闪，话到嘴边，却说道：“这事儿你不用着急。刚才开会时，镇上领导又强调了，必须保证唐技术员研制的药浆配方顺利生产。镇上和厂里都下决心了，不是谁想拦就能拦住的。”

“这下子好了！”柳宛婧丢下这么一句话，对岳恒恺怜爱的眼神看也不看，转身就走。

“哎！”岳恒恺想说什么，知道柳宛婧已无心再听，于是又咽了回去。他看着柳宛婧轻快地远去，自嘲地摇了摇头。

九

火柴厂按唐涛试制的药头配方生产出来的产品，质量提高了，成本也降低了，引得厂内厂外一片赞誉之声，说还是人家大学生，一出手就这么了不起。镇上将这个捷报递到县里，县里报到省里，为此，省委特地派罗省长代表省委、省政府到火柴厂参加了庆功会。会上，罗省长亲自给唐涛颁发了嘉奖令。同时，他宣布，火柴厂工作组圆满地完成了自己的任务，全体成员三天之内撤回省里。

柳宛婧听到这一消息，脑袋“嗡”地一下子大了。她在人前强忍住泪水，一转身，眼泪就扑簌簌地淌了出来。等泪流干了，她找了个镜子照了照，直到看不出哭过的痕迹，才跑去见唐涛。她问唐涛，工作组什么时候走，唐涛说，他不跟工作组一起走。还没等柳宛婧反应过来，唐涛又说，他回趟天津，明天一早的火车。柳宛婧问，不回来了吗？唐涛回答，怕是近期不会再来了。柳宛婧说，我来送你。唐涛急忙说，千万别来，我走得太早。

此时此刻，柳宛婧深切地感到，唐涛的出现，就是为了来吹皱那一池春水，等她心湖里泛起涟漪，然后扬长而去，留下一潭死水。唐涛注定是她生命里的匆匆过客，他让她看到世间还有如此好的男人，让她对别的男人再无感觉，让她的情海里再无波澜。

尽管柳宛婧认识到，自己来送不送唐涛，已经毫无意义，还是忍不住起了一个大早，摸黑来到厂子东门。她知道，唐涛要坐火车去天津，势必要从东门出来。她在东门附近来回徘徊了半个多时辰，就见唐涛扛着行李独自从大门里出来了。她像看到久违的恋人，高高兴兴地跑了过去。

“你这个人怎么回事？怎么不听话呢？！”唐涛看到柳宛婧，并没有停下脚步，也没有表现出欣喜的样子，而是铁青着脸，如同大人训斥孩子一样，严厉而冷傲地责问起来。

柳宛婧要去帮唐涛拿肩上的行李，手刚抓住背带，唐涛猛地一转身，她被拽了个趔趄，险些摔倒在地。

“行了！我还用你帮忙吗？”唐涛依然冷若冰霜地说，“既然见到我了，现在该回去了吧？”

“俺送你去车站吧。”柳宛婧冻了很长时间，又被唐涛身上冒出的寒气浸没，从里到外都感到冰冷，却依然低声下气地说。她觉得，唐涛冷酷无情的样子，显出了一个男人别样的魅力。她紧跟着唐涛走了几步，接着说：“你看，有俺陪着你走，是不是就不孤单了？”

“你没听懂人话吗？”唐涛终于停了下来，回过头大声呵斥。他见柳宛婧的神态一似受到惊吓的小白兔，便和缓了语气，解释道：“我对象昨天过来了，就住在前面的旅馆里。一会儿让她看到我们，她会怎么想？你这不是给我添乱吗？”

柳宛婧呆住了。她呆呆地立在寒风里，呆呆地看着唐涛高大的身躯成了一个魔怪似的飘忽的黑影。她想，唐涛就是一个魔鬼，让她不知不觉地着了魔。他用魔性如此无情地勾走了她的魂儿，让她如此无助，如此绝望，如此痛苦！她在心里默默地对唐涛说：“你没感到自己的行囊变沉了吗？你活生生地带走了一个少女的心！”

岳恒恺从柳宛婧身后走过来。他想在她身后咳嗽一声，又怕吓着柳宛婧，于是绕到她面前。此刻，柳宛婧急需一个有力的肩膀来依靠，就这样让岳恒恺赶上了。她忘情地扑在岳恒恺的肩上，哽咽道：“俺的心被掏空了！”

“怎么会呢？”岳恒恺说着，感到灵光一动，于是很富有哲理和温情地劝道，“也许，你的心就像南飞的燕子，被寒风吹到了一个温暖的地方。但是，那里不是它的家，它的家在这里，在北方的屋檐下。等这里春暖花开了，它自然就会回来。”

“俺现在就剩下一个躯壳了，你还想吗？”柳宛婧语无伦次地说，“如果他不出现，俺可能早就接受你了！俺知道你对俺好。你还想吗？还能喜欢吗？像原来那样，像什么也没出现过，也没发生过……”

岳恒恺曾无数次地想去搂抱柳宛婧这俏丽的身躯，此刻忽然被柳宛婧搂住，反而不知所措了。他犹豫了半天，正想伸开双臂去搂她时，却被她一把推开了。然后，她像跟他生了很大的气，头也不回，倔生生地往回走。

“我喜欢你！无论如何，我都喜欢你！”岳恒恺突然大声地喊起来。他想，他喜欢她窈窕的身体，也喜欢她温柔的内心。是的，心能带走身体！但是，有身体在，那颗心早晚都会回来。岳恒恺充分相信，自己能用宠爱、珍惜和温情呵护，唤回柳宛婧那颗高飞的心，让那心踏踏实实地融合在她的身体里，让她的身心与自己完全交融在一起。

柳宛婧停了下来。岳恒恺走到她身后，轻声说道：“我不骗你，我早就喜欢你了。我甚至想，让我抱你一下，你让我去死都行！”

柳宛婧蓦地转过身，又一次抱住了岳恒恺。这一回，岳恒恺没有犹豫，他紧紧地搂住了柳宛婧。他感到自己是那样幸福，那样激动，就像找回了自己丢失很久的珍宝一样。

“你说，他为什么对俺这么冷漠？他说的那些话是人话吗？！”柳宛婧像是自言自语，又像是在问岳恒恺。

“有些人就是这样，你越上赶着他，他越拿自己当回事，拿别人不当回事！现在，是他欠你的，你不欠他的。别想了！就像被风吹走的风筝，再好看，再舍不得，也不是你的了！”岳恒恺款款柔柔地说着，沉醉在搂抱柳宛婧绵柔身体的激情里。他永远也不会告诉柳宛婧，唐涛对她表面的冷厉，可能是怕她一直对自己心存幻想，也可能是怕自己一不留神爱上这个可爱的女孩儿。不然，他又何苦呢？

“你可以去死了！”柳宛婧从岳恒恺的怀里挣脱出去，脸上带着泪痕，故意板着脸说，“你是想跳河死，上吊死，还是喝药死？”

岳恒恺一愣，等回过味儿来，才笑嘻嘻地说：“抱上了一个这么好看的人，我哪还舍得死？！”

柳宛婧破涕为笑，娇嗔地说：“你要无赖！”

东边的地平线已开始泛红，新的一天就这样开始了。岳恒恺兴奋异常，他终于看到了美好的曙光。

第三章　蒙冤人的故事

一

夏茵刚回到办公室里，隋瑞廷就紧跟着进来了。夏茵让他坐下说话，他忙忙叨叨地说："我说两句话就走。我就想跟夏书记反映一下，尤西良总往食堂里跑，到食堂不是要这儿就是要那儿！你要不给他，他就不给你报账。"

"竟然有这事？真是胆大妄为！"像是听说自己家里进了强盗一样，夏茵倏地站起来，盯着隋瑞廷的眼睛问，"你说的是真的？他这不是自己往枪口上撞吗？"

"夏书记！你也别着急，我就是想让你出面说说他，别让我们食堂为难了，也别难为我们食堂啦！"隋瑞廷见夏茵的反应这么大，顿时有些后怕了，于是赶忙解释道。他本来是想息事宁人的。他现在最怕的，是夏茵把事给闹大，让自己惹火烧身。他清楚尤西良的为人，如果让他知道是他隋瑞廷找夏茵告状，他是不会善罢甘休的。

尤西良是厂子会计。隋瑞廷走后，夏茵便让人把他找了来。夏茵知道，尤西良解放前曾参加国民党反动派的"三青团"，泊镇解放后，才从中脱离了出来。为此，夏茵一直对他有看法。经隋瑞廷这么一说，夏茵更认为他是"狗改不了吃屎"。

"夏书记！您有什么吩咐？"尤西良一进门，脸上便堆满笑容，点头哈腰地说，"有事您尽管言语。您的事，就是我亲娘老子的事！"

夏茵看着尤西良嬉皮笑脸的样子，心里有一种本能的厌恶。她神情严峻，直白地说："我找你没私事。有人跟我反映你的问题，叫你来问问，你一定要说实话。”

“我还有什么问题？”尤西良叫嚷起来，“我就解放前那点儿事，我早跟组织说清楚了。是谁又想给折腾出来？”

“不是过去的问题，是食堂的事。”夏茵盯着尤西良的眼睛，明明白白地说。她见尤西良直着眼不说话，就问：“你是不是经常到食堂里去拿东西？”

尤西良脸一变，继续喊道：“天地良心！我怎么会去食堂拿东西？我去拿他们就给呀？要拿，也只能是他们食堂内部的人。这是谁栽赃陷害？岂不是唯恐天下不乱吗？”

“我让你跟我说实话，你跟我喊什么？”夏茵恼怒地说，“你要再喊叫，我就把你交给民兵连，让他们来处理。”

“别，千万别！我求求你啦！”尤西良对夏茵不再称呼“您”，装出一副可怜相，哀求道，“我不知道是谁跟你说的？是不是隋瑞廷？对，一定是他！咱厂里就他爱扯老婆舌头！他不光嚼舌根子，还给小鬼子炒过人心呢……”

夏茵本来是冷眼看着尤西良说话的，听到这里，忍不住插了一句，问：“你这是说的什么？乱七八糟的！”

尤西良认为自己的话引起了夏茵的注意，便进一步添油加醋地说：“你不知道吗？你没听说，那年鬼子抓住萧志川书记，就是隋瑞廷将他的心给挖出来，爆炒了端到酒桌上去的。”

“这事我了解。据查，是韩宗振下的手，不是隋瑞廷。”提起当年的事，夏茵的心里像是碰翻了一堆调味瓶，又有酸又有苦。她曾为此懊恼了很长时间，认为萧志川的死有她很大的责任。

“那事儿咱们谁也没在现场，还不都是听说的！不管怎么讲，隋瑞廷、韩宗振都是在场的，连切带炒肯定是隋瑞廷，这个没错吧？”尤西良见自己轻易地把话题转移了，心中暗暗欢喜，于是条理清楚地说起来。他没有想到，夏茵看起来气势威猛，却远远不是他的对手。他稍微一用心思，就把她玩弄于股掌之中。尤西良自鸣得意，一下子打开了话匣子，编派道：“还有一件事，我可是亲耳听到的。隋瑞廷说，萧书记和倪虎儿的死，都是你造成的。要不是你带着倪虎儿去开会，也不会让鬼子盯上。他还说，你就是个扫把星，谁跟你好谁倒霉，男人只要沾上你，准死。元大头只看了你一回光腚，就口吐鲜血而亡；倪虎儿跟你一相好，闹了个死无全尸……”

“够了！”夏茵一拳头砸在桌子上，恶狠狠地说，“隋瑞廷！你太狂妄了！咱走着瞧！我让你吃不了兜着走！”

尤西良见自己的一番话起了作用，就往前凑了凑，假惺惺地问：“夏书记！你没事吧？”

“没事！”夏茵说着，意识到自己失态了，便尽力让自己镇定下来。她坐回椅子上，刚要说话，就听尤西良说了句“没事我走了”，然后抽身就走。

二

柳宛婧拥抱了岳恒恺，到第二天就后悔了。从与老田头吵架后，她始终为他说的那半截儿话纠结。她似乎听懂了老田头话里的意思。想想这些年他们与韩宗振走的关系，她也开始觉得母亲与韩宗振不只是表兄表妹那么简单。也就是说，她很有可能是韩宗振亲生的。如果真像她想的那样，那么，她与岳恒恺就有杀父之仇。她怎么能嫁给一个仇人呢！杀父之仇，是人生最大的仇恨！

为了确认自己的想法，她试着问了母亲。她对母亲说，外面都传言彭兴德是韩宗振的亲儿子，如果真是这样，她就嫁给他，也算报答这些年表舅对自己的宠爱之情。母亲一听，马上反对道：“你就是嫁给岳恒恺，也不能嫁给彭兴德！”母亲见柳宛婧用异样的目光看着她，又解释道，“彭兴德家里太穷，明摆着嫁过去要吃苦受罪！就是要报恩，也犯不着往火坑里跳。再说，他那副长相会遗传给孩子，怕是将来生的儿子都不好找媳妇。岳恒恺好歹家庭宽裕，长相也出色。至于他杀你表舅的事，那也是为了执行上级任务，个人之间并没仇没怨。”

柳宛婧始终想着母亲的话，岳恒恺与表舅没有个人恩怨，杀表舅是为了完成上级任务。即便不是他来执行，领导也会让别人来杀的。然而，她心里却始终过不去这道坎儿。毕竟，表舅死在岳恒恺手里；毕竟，表舅有可能是她的亲爹！但是，在灵魂深处，她还是有点儿喜欢岳恒恺的。没有了唐涛，在泊镇的所有男人中，岳恒恺是她最好的选择。她觉得，不能再对岳恒恺忽冷忽热了，除非她一辈子不嫁人。再说，自己对他一会儿冷一会儿热，一来二去，会让岳恒恺看轻了她，认为她是一个变化无常的女人。如此反复，对她再执着的人，也会把心伤透。自己与唐涛的事，已经伤了岳恒恺一回了！也许，岳恒恺还能接受她，对她来说，已经是万幸，她该珍惜了。如果不是一个人深爱着另一个人，怎么会容忍对方如此移情别恋？为了自己心中越来越明显的爱恋，她最后答应嫁给岳恒恺；因了心中挥之不去的烦恼，她与岳恒恺约定，结婚后不能睡在一张床上。

岳恒恺犹豫了一下，最后答应了柳宛婧近于刁难的要求。他想，就当他们结婚后分床而睡的那段时间，是一个进行相互了解的恋爱期，或者说是一种新颖的、别具一格的恋爱形式。正像他原先想的那样，既然柳宛婧的身体已经在了，还怕她的心没有归来的那一天吗？他有能力，更有信心，去唤回她那颗爱他的心。如果两个人不是全身心地交融在一起，他得到她的身体又有什么意义？他觉得，既然爱她，就要尊重她的选择，哪怕她选择别人，也要为她祝福。

一个人让自己感到幸福的唯一方法，就是知足。柳宛婧能够与他走到一个屋檐下，他已经很满足了。小时候，他听父亲讲过画中人的故事：一个后生救了一只狐狸，狐狸的祖母化作一位老人送给后生一幅画，让他挂在家里。自此以后，后生每天从地里回来，家里都备好了可口的饭菜。后生很纳闷，就在中途悄悄回家，偷看家里发生的事。他看到，一个少女从画上飘然而下，开始为他做饭。于是，他溜进屋里将那幅画撕了。他想以此留住少女。谁知，少女回不到画中去，便化作一缕青烟消失了。从此，再也没人给后生做饭。岳恒恺知道，出现这样的事，全是因为后生心里不满足造成的。似这样得寸进尺，得陇望蜀，因贪得无厌而适得其反的事太多太多了！岳恒恺后来看过的“人心不足蛇吞象”“渔夫和金鱼的故事”，都是劝人知足常乐的。岳恒恺一直认为，不管是画中人里的后生，还是牛郎织女里的牛郎，其做法都是相当不人道的。他们违背了女子的意愿，用手段强行留住她们，跟贼人宵小无异。

岳恒恺与柳宛婧同居一室而不越雷池半步，不是想当柳下惠，而是不想像后生一样，做那有失体面甚至有失道德的事。他感到，眼前的柳宛婧比那画中人强多了，每天让他看到的，毕竟是个活生生的人。

每到晚上，柳宛婧就像个孩子似的，闹着让岳恒恺给她讲故事。这事，还是从他们刚睡在一个屋里时开始的。两个人乍在一起，都翻来覆去地睡不着。于是，岳恒恺就说，我给你讲“笑话”吧。由此，一发而不可收，只要一关灯，柳宛婧便让岳恒恺讲故事。岳恒恺搜肠刮肚，把父亲和母亲讲给他的故事都说了一遍。白天一有时间，他就赶紧看故事书，以便晚上讲给柳宛婧听。

“你知道柳下惠吗？”岳恒恺忽然想起柳下惠，随口问。

“柳下惠？”柳宛婧重复一句，想了想，说，“你是说，你睡在俺柳宛婧下边儿，吗也会？是这么个‘柳下会’吗？”

岳恒恺明知柳宛婧是跟他打岔闹着玩儿，心里却非常高兴。他觉得，柳宛婧比前些日子放松多了。那时候，她把自己包裹得紧紧地，像一只缩了身子的刺猬，只要他一动，她就警觉地“奓刺儿”，使得他常常屏住呼吸，动也不敢动一下。

“你想认识柳下惠吗？”岳恒恺进一步说。他想听柳宛婧接下来怎么回答。

果然，柳宛婧说了真话，她有几分顽皮地说：“俺认识他干吗？他都死了两千多年了！有你在就行了，以后俺就叫你‘惠哥’啦！真的，俺从小就想，俺上面要有个哥哥就好啦，就不担心被人欺负了！”

“你不要给我设圈套！”岳恒恺紧着说，“我这辈子，就想跟你做夫妻，保护你一生一世！你想过吗？所有的关系中，夫妻最近，夫妻也最远。夫妻最近，近到可以无话不谈，无话不说，可以在一起过几十年，甚至上百年，这一点，与亲生父母都做不到；夫妻最远，不但没有一丝一毫的血缘关系，一旦分开，可能永无相聚，甚至反目成仇，闹个你死我活。”

柳宛婧被岳恒恺“保护你一生一世”的话感动了，也被他分析夫妻关系的话打动了。她真想爬起来，像在火柴厂大门前一样紧紧地拥抱岳恒恺，却又固执地克制住了。她很清楚，他俩一旦在这个屋里搂在一起，两个人都会全线崩溃，做出让她悔之不及的事。男追女隔重山，女追男隔层纱！可能岳恒恺早就猴急地等着她宽衣解带，只囿于他们当初的那个约定。柳宛婧的心里很矛盾，有生以来，她的心情从来没有这么复杂和烦恼过。这是一种爱恨交加的情绪：恨他，却嫁给了他；爱他，却又将他拒之于千里之外！难道，这就是人们常说的，不是冤家不聚头吗？！

岳恒恺感觉，他与柳宛婧这样相处挺好。这是一种回味无穷的甜蜜，一种滋养灵魂的美好，他每天都沉醉在这种幸福的、妙不可言的感受里，甚至忽略了肉体的渴望。他认为，一个不自信的人，才急于把生米煮成熟饭。他向往着与柳宛婧身心融合的时刻，也十分珍惜如今与她在一起的时时刻刻。

“你回过头去，俺要换衣裳。”柳宛婧忽然说了一句。

“你换你的。黑灯瞎火的，你还怕我看到什么吗？”岳恒恺闭着眼睛，不无幽默地说。

“谁说？你看外面的月光多亮，都照到屋里来了！”柳宛婧坐在床上，仰望着窗外，天真稚朴地说。

岳恒恺睁开眼，看到院子里果然像下了雪一样白亮，一弯新月试探似的把一缕银色的光洒在柳宛婧的床上。

三

隋瑞廷被打成“反革命分子”，暂时关在民兵连资料室里。

岳振业得知，将只吸了几口的旱烟扣在地上，用脚踱灭了烟灰，提着烟斗就往厂子奔来。他清楚，眼下正是镇压反革命分子的档口，他去晚了，可能隋瑞廷的命就没了。

厂里的领导们正在开会，见岳振业闯进来，那些诧异的目光齐刷刷地投在了他的身上。还没等有人问话，岳振业就责问道：“隋瑞廷犯了吗罪？怎么你们说是反革命，他就成反革命了？”

“我们正在开会，这事等散会以后再跟你详细说！”夏茵抬了抬眼，很不高兴地对岳振业嚷了一句。

王凤迎站起来，走到岳振业面前，低声劝道：“你先到我屋里去坐一会儿，等散了会，我跟夏书记去跟你细说。”

“开会不就是要解决问题的吗？”岳振业问了句。他担心自己出去后，隋瑞廷的事就在这个会上决定了，再也无法挽回，便执拗地说：“你们先给我说明了这个问题，我没工夫等着散会！”

“那我就先跟你说说。”夏茵没见过岳振业这么倔强，心知不正面回答，他不会轻易离开。于是，她站起身，却依旧站在自己的位置上，放声说：“我先讲第一件事。我来问你，那年，是不是隋瑞廷把萧志川同志的心脏给挖出来，炒熟了端给日本人下酒的？就凭这一点，他就该千刀万剐。”

岳振业听了，“哈哈”一笑，反问：“这是谁说的？志川的遗体是我背回去的，他的心脏也是我揣在怀里带回去的。悄悄将志川的心脏给我的人，正是隋瑞廷！我还查过，挖出志川心脏的人，是韩宗振。如此心狠手辣，除了他，没有第二个人。”

夏茵的话，被岳振业毫不客气地给噎了回去。她愣了半天，才用责备的口气问道：“萧志川同志是不是你最好的朋友？说到他壮烈牺牲，你怎么还笑得出来？你这是寡情薄意！”

“我笑你们不经过了解，就胡乱给人定罪！”岳振业看着夏茵游移不定的眼睛，质问道。

“岳经理！你别激动！”王凤迎将岳振业拉到自己的椅子旁，恳切地说，“你先坐下来，有话咱慢慢说。”

“王厂长！你今天怎么回事？”夏茵用眼瞪着王凤迎，像是终于抓住他的把柄似的斥责道，“过去他是经理，现在人民当家做主了，你哪能还这么称呼他？这要让人听到，还以为资本家反攻倒算了！”

“夏茵！”岳振业吼了一声，正颜厉色地说，“亏你还是书记！怎么说话越来越离谱了？！”

夏茵大声反驳道：“你说话不离谱吗？你说隋瑞廷把萧志川同志的心脏给你带回来，那他端到酒桌上去的爆炒人心是哪儿来的？是，你可以说那是炒的猪心牛心，可这不是太玄乎吗？哪有这么巧的事？伙房里怎么就正好有动物的心脏？”

岳振业深吸了一口气，努力让自己镇定下来，然后一字一顿地说：“如果你不相信，你可以去调查。对你来说，这不是多么难的事吧？你去问问覃琴，去问问天雍，就全知道了。——你这才说了第一件事，那第二件是什么？”

“这一件事更反动！”夏茵认真地叙述道，“他在群众中广泛散布说，人好人坏，无关成分，都是人性使然。那些贫雇农家庭出来的，成了铁杆汉奸的少吗？——你说，这是不是反革命言论？”

“不要给扣这么大的帽子。我看，他说的也是实话。你不能否认有这种情况吧？再说，他这些话是对谁说的，在什么场合说的，用什么语气说的，是不是别人断章取义，你都问清楚了吗？还有，是什么人跟你说的，他跟你说的目的是什么？是随便一说还是告发？”岳振业一番发问后，看着夏茵劝道，“你不要被人利用了，别让人拿你当枪使。更不能公报私仇。”

“我看你管得太多啦！”听了岳振业的话，夏茵有点儿心虚了，于是很不耐烦地说，“你有闲心来管别人的事，还不如先回去管管自己家里的事。你有这个时间，去管管你儿子、媳妇，问问他们，都结婚好几年了，为什么还生不出孩子来？！照这样下去，怕是要断了你老岳家的香火了。”

岳振业被人点到痛处，一时无名火起，对着夏茵毫不顾忌地揶揄道：“生孩子的事用不着你操心！他们好歹还有希望，你是一点儿盼头也没有了！等你死的那天，肯定没有给你打幡抱罐儿的了！”

“你个老混蛋！”夏茵大骂一声，扬起手就冲岳振业的脸上打去。

“住手！”慕容巧莹正进会议室的门，见夏茵举手去打岳振业，急忙喊了一声。她快步走过来，用力将夏茵悬在半空的胳膊打下去，训斥道：“夏茵！你发的什么疯？！”

“你问他！他侮辱人！”夏茵很委屈地说。

慕容巧莹没有再理会夏茵，而是拿了两把椅子，让随她进门的两个人先坐了下来。然后，她才向在场的人介绍说，今天与她一起过来的，一位是中央某部的刘部长，一位是某省省委王书记。正当大家对上级领导的突然来访疑惑不解时，慕容巧莹紧接着说：“刘部长和王书记都是在泊镇工作过的老同志，今天有机会一起过来，一个是旧地重游，再一个就是要了却他们未了的心愿。”

大家以掌声表达了对刘部长、王书记的欢迎。鼓掌的那一刻，岳振业已经认出，坐在自己对面的，就是二十多年未见的刘律衡。他心里一阵激动，用力拍着手，等别人的掌声落了，他才把双手放下。

“都是革命同志，怎么吵起来了？”慕容巧莹看着夏茵，十分严肃地问，“你还想动手？”

“谁跟他是同志？”夏茵余怒未消，驳斥道，“他是反……”

刘律衡很快就插言说：“我跟振业是同志，是三十年前的老同志！当时，为了能让振业同志发挥更大的作用，一直让他做地下党员，与我直接联系。我离开泊镇后，把振业的情况交代给津南特委组织部部长，不幸的是，他在一次突围中牺牲了。”

“我是幸运的，还能等到老领导来给我落实关系！”岳振业的眼里满含泪水，激动地说。他还想讲些什么，一时哽咽便说不下去了。

“是啊，如果我再牺牲了，你的党员关系就很难落实了。”刘律衡微笑着说。随后，他又补充道：“这些年，我一直没有忘记你的组织问题。天津解放后，我派人来泊镇，想为你明确党员身份。不料，半路上他遇到了土匪，被杀害了！你的党员问题，真是一波三折！在这里，我只想说一句，振业同志，你受委屈了！”

“刚才我说了，我是幸运的。全国上下，可能有无数像我一样的党员，永远也等不到落实组织关系的一天。”岳振业动情地说着，站起身，恭恭敬敬地给刘律衡鞠了一躬。转回头，他见夏茵神情复杂地看着他，也朝她鞠了一躬，发自内心地说：“夏茵同志！我刚才有点儿着急了，说了过头话，请你原谅！”

夏茵慌忙站起来，先给岳振业鞠了一躬，恳挚地说：“振业大哥！是我不对，该请求原谅的是我！”

“你就不能叫我一声同志吗？”岳振业微笑着问。

“振业同志！”夏茵喊了一声，随后就笑起来，说，“我怎么觉得，还是叫振业哥比较亲切！”

在场的人为岳振业和夏茵鼓起掌来。同时，会场上闪起镁光灯刺眼的光亮。等人们发现身后有人拍照，傅冬已微笑着将相机挂在胸前。她走到岳振业身边，高兴地说：“岳叔！我们又见面了！”

“傅冬！原来是你呀！你什么时候到的？”岳振业惊喜地说着，也不顾男女间的礼数，伸出一双大手，就将傅冬的左手给抓住了。

傅冬一见，慌忙将右手握了上去，非常开心地说：“我跟刘部长一起来的。刚才，我拐了个弯儿，到‘城工部’拍了几张照片。”

“既然你们认识，就不用我来介绍了！”刘律衡看着岳振业和傅冬，笑呵呵地说，“没想到，振业同志交往面儿还挺宽，谁都认识！”

岳振业也笑着，不无诙谐地说："还不是当年给你做地下工作被迫锻炼出来的！这些年，已经形成习惯了，有意无意地去接触人，不管是上层还是下层，也不管是政还是商，三教九流都有我认识的人。"

"岳叔的本事，我可是亲眼见过的！"傅冬说着，从兜里掏出了一张报纸，介绍道，"我在报纸上，还给岳叔写了篇文章呢！"

"你还真写出来了？"岳振业从傅冬手里接过报纸，随口问，"你如今还在那家报社吗？"

傅冬很快地回答："我现在在北京一家大报社当记者。岳叔！你呢？又当了火柴厂的领导？你们现在是不是正开厂级干部会？"

经傅冬一问，岳振业像是突然想到来火柴厂的任务。他顾不得回答傅冬的问话，直接对夏茵说："你能不能先把隋瑞廷放了？他的事，我来担保。出了问题，你找我就行了。"

"既然有振业同志出面做证，就先让他回去。"夏茵说着，看了眼王凤迎，又对岳振业说了一句，"你让他老实点儿，再查出问题，我们就没有这么好说话了，绝饶不了他！——行了，你去让龚连长把他放了吧，就说是我说的。"

"你等一下。"岳振业刚想走，王凤迎一把拉住他，回头对夏茵说，"还是我去一趟吧。岳经理去了，怕龚连长不买他的账。"

王凤迎陪着岳振业刚要进民兵连办公室，岳恒恺和萧天雍就风风火火地赶了来。几个人一起见了龚连长，王凤迎把情况一说，龚连长便笑道："你们来得挺是时候！我正烦闷，隋师傅在这儿押着，我怎么去吃饭？"

"哈，你还等着隋师傅给你做饭？"岳恒恺开玩笑地说。

"恺儿！"岳振业向岳恒恺吩咐道，"你安排一顿饭，给隋师傅压压惊。把龚连长也一起请了。我去陪北京的客人，就不跟你们一起去了。"

"岳经理！"王凤迎笑着说，"我跟北京的领导都不熟，就不去陪他们了，去了也不自在。我跟他们小年轻的一块儿去，还能坐个上座。你替我跟领导们解释一下。"

"去不去随你吧！"岳振业笑了笑，打趣道，"挺好的一个巴结领导以图升迁的机会，就让你这么给错过了。"

"把机会留给年轻人吧！我最多再干两年，也跟你似的休息了，就不去做那抬轿的事啦！”王凤迎轻松地笑着说。

四

柳宛婧结婚多年不生育，最着急的是姬雪灵。姬雪灵知道丈夫心里也急，但他把话放在肚子里不说，表面上也看不出来。可她不行，早就急得心里火烧火燎的。她没少领着柳宛婧去看大夫，中医、西医都看过了，也没看出个子丑寅卯来。她甚至偷偷地去找了泊镇北头的“邢半仙”。那个半仙掐来算去，又看了半天点燃的香头，随着袅袅烟气，她幽幽地说，孩子应该是有。我这么看着，全都是女儿，没有子嗣。姬雪灵心里一沉，感到脑袋晕晕乎乎的，像是魂迷神散，竟不知道怎么从“邢半仙”家出来的。她说什么也想不通，老岳家忠义持家，从没做过缺德事，怎么就断了子孙？她倒是生了两个儿子，却让老天给收走了一个，剩下的这一个又养不出儿子来！姬雪灵就这样闷闷烦烦地过了几天，慢慢地便看开了，心想有女儿也行呀，好歹还能招赘一个，延续老岳家的香火就有了盼头。

正当姬雪灵看到一丝希望时，覃琴却跑来对她说：“嫂子！你也别再带着宛婧去看大夫了，这一头子那一头子的，怕是白操心受累！俺听妮儿说，她根本就不想给老岳家生孩子！”

“这话儿她是从哪儿听来的？”姬雪灵心头猛地一震，下意识地摇着头说，“这世界上，还没听说哪个女人不想生孩子。女人生了孩子，才真正算个女人，才在家里有自己稳固的地位。”

覃琴没有直接回答姬雪灵的问话，循着自己的思路继续说道：“一开始俺也不相信。进了岳家门儿，却不给老岳家生儿养女，这个女人得有多毒呀！俺这么看着，宛婧也不像这样的孩子。”

“是啊，宛婧是个很善良的孩子。”姬雪灵看了眼墙上挂着的岳恒恺与柳宛婧站在一起的照片，说，“她过门儿这几年，从没看到跟恺儿红过脸。俺还想呢，书上说的相敬如宾，也不过如此。她对俺和你表哥也挺好，出来进去的叫爹叫娘。一下班，就抢着干活儿，放下笤帚就是簸箕。在吃食上，俺做吗她吃吗，一次也没挑过饭食。俺常说，还是普通人家的孩子好，勤俭、心善，容易知足。”

“你还天天给她做饭呀？”覃琴随口说道，“俺现在是一次饭也不做了，都是孩子们做给俺吃。”

姬雪灵微微一笑，说：“你那是顾不过来，两个孩子就够你缠的了，哪有时间做饭。等俺有了孙子孙女，可能也没空儿忙活饭了。”

“俺怎么也捉摸不透，宛婧为吗不给咱生孩子？”覃琴又将话题绕了回去，皱着眉头说，“我觉得，只有一种解释，搞不好是跟恺儿、雍儿打死韩宗振有关系。”

“这话从哪儿说起？”姬雪灵两眼紧紧盯着覃琴，惶惑地问。

覃琴犹豫了一下，终于说开了：“这话俺本来是不想跟你讲的。你可能不知道，韩宗振是宛婧的表舅，两家多少年了，一直走得很近。宛婧她娘跟韩宗振好过，后来不知为吗没成。宛婧她爹死得不明不白，搞不好跟韩宗振有关。你忘了，元大头就是他给害的！听人说，宛婧有可能是韩宗振的孩子。”

“你这话就是瞎说了！”姬雪灵断然否定道。她被覃琴说得有点儿心烦意乱，脑子还算清晰。她见覃琴被自己驳得半天不说话，于是，像自我释疑地说：“要说宛婧，俺最明白。从她身上看不出一点儿韩宗振的影子。即便她真是韩宗振的亲骨肉，也得说老子是老子，孩子是孩子。再说，她若是知道自己是韩宗振的闺女，还嫁给恺儿干吗？她嫁过来也就算了，为吗还对全家人都这么好呢？”

“是啊！她若明知自己的亲爹是韩宗振，还嫁过来，她这个人就太可怕了！”覃琴顺口说着。她见姬雪灵一脸迷茫的样子，便压低了声音说：“俺想，她不会是为了报复咱吧？嫁给恺儿，却不给生孩子，让咱没了后人！你说，她要是这样，是不是连自己这一辈子也搭上了？至于吗？”

姬雪灵不认为宛婧是覃琴说的那样，她无法想象一个二十多岁的女孩儿有这么大的心计。在她的心里，一时难以抹掉宛婧那纯良稚朴的影子。于是，她有点儿执拗地说：“咱还是不要把宛婧往坏处想，她毕竟还是个孩子！”

覃琴怕姬雪灵误会，急忙说：“要不是咱们这种亲戚，俺也不跟你说这个。俺这话都憋在肚子里好久了，真是不愿说出来的！见你为了早点儿抱孙子，整日东跑西颠的，我心里实在不忍！”

“咱们哪儿还是亲戚？”姬雪灵看着覃琴，恳切地说，“你是表妹，志川跟你表哥又是最好的兄弟，咱早成一家人了！就是亲兄弟，也没有跟咱似的走得这样近的。所以，宛婧的事你就不该瞒着，有话一定要说出来，这样咱才知道事怎么处理，怎么去面对。别到时候，俺让人卖了，还去帮着人家数钱呢！”

听了姬雪灵的话，覃琴心里的不安顿时退去了。她轻松地说：“今儿的话咱哪说哪了，千万别跟恺儿说。你也别放在心里，当个事似的。俺想，人心都是肉长的，只要咱对她好，再硬的心肠也有化了的时候。何况，你们都相安无事地过了这么多年了。搞不好，你跟孙子的缘分还没到，缘分到了，孙子孙女就都有啦。”

“是啊，算命的说，俺能抱上孙女呢！”姬雪灵愉悦地附和道。

“你这么说，俺就放心了！”覃琴看了眼柜子上的座钟，站起身来，告辞说，“不拉了，俺该回去看孩子了。你不知道，那俩孩子在家可淘啦！俺不看着孩子，妮儿没法儿做饭。”

覃琴撩起门帘，竟然发现柳宛婧站在堂屋里。见覃琴从屋里出来，柳宛婧慌忙抹去眼角的泪水，喊了声：“琴姑！”

覃琴去看柳宛婧的眼睛，柳宛婧慌乱地躲开了她的目光。她朝门外走了几步，回过头来看了看，见柳宛婧还愣愣地站在堂屋里。于是，覃琴站下，对柳宛婧说：“你过来一下，俺有几句话跟你说。”

柳宛婧朝公公婆婆住的屋子看了一眼，心神不安地向覃琴走过来。覃琴转身来到院子里，见柳宛婧跟了来，才停下脚步，语气温和而轻柔地对柳宛婧说：“你是俺侄媳妇，与妮儿又是打小的好姐妹，有话俺就直说了。你看，妮儿跟你前后脚儿嫁人，她都俩孩子了，你这儿还一点儿动静都没有！不要再拖了，女人岁数大了生孩子，不光是受的罪大，还很危险呢！听说，女人上岁数后生的孩子，都不怎么聪明。所以，这事你一定要抓紧。”

“俺也着急呀！”柳宛婧目光游移，随口答道。

覃琴盯着柳宛婧的眼睛看了片刻，直截了当地说：“你就别瞒俺了！你也别埋怨妮儿多嘴，她跟你近，现在跟俺更近。你不想生孩子，俺是知道的。俺想说的是，你千万别乱来。俺听说，有的女人用麝香避孕，到后来，再想生也生不了啦！女人这一辈子不生孩子，到老了不只是后悔，还孤单呢！你想想，到老了的时候，你跟恺儿不管剩下谁，都会无依无靠的。”

“俺晓得。俺不会让岳家断了后的。俺要是真生不了，就是离开岳家，也不能让恒恺没儿没女。”柳宛婧诚恳地表白道。她说完，忽然为自己如此明了地流露心迹而暗暗诧异。这要放在几年前，她是断然说不出这种话的。她不得不承认，在内心深处，她已经把岳恒恺当作自己的亲人了，把岳家当成自己的家了。她在这里已经找到一种归属感，对岳家也有了一种推脱不掉的责任。

“有你这句话，俺就放心了！”覃琴的脸上露出欣慰的笑容，她慈和地说，“俺这话也就跟你讲一次。讲得对，你就听；不对，你也别往心里去。人到了俺们这个年纪，想得多！”

“这话俺记下了，琴姑！”柳宛婧答应着，心中却充满着迷惘和困惑。她呆呆地站在原地，茫然若失地目送覃琴一个人走出院门。

五

隋瑞廷与岳恒恺他们到烧麦馆喝了一场酒，由于心里高兴，他多喝了几杯，在酒桌上就晕乎了。他强打起精神坚持到最后，出了饭店便不能自已，在大街上边改边唱起了《三家店》：“‘将身儿来至在大街口，尊一声过往的宾朋听从头。一不是响马并贼寇，二不是歹人把城偷！’夏茵与我来争斗，因此上发配到沧州……”他唱完，感到还不尽兴，又说起了《林冲发配》上的道白：“俺隋某，‘自被奸佞陷害，流困沧州，在这草营城中，充当一名军卒，看守大军草料。唉，思想往事，怎不叫人痛恨……’”

“唱得好！说得更好！好，好！真是太好了！”尤西良在隋瑞廷身后鼓起掌来，紧接着，他对转过头来的隋瑞廷说，“特别是，你这唱词改得好，这要不让你到厂子舞台上去唱唱，就太屈你的才啦！”

隋瑞廷一惊，酒便醒了几分。他心里清楚，自己又惹祸了。

果然，傍晚厂子快下班的时候，夏茵就让龚连长带人把隋瑞廷押到她的办公室。龚连长他们将隋瑞廷推进屋就转身出去了，剩下隋瑞廷战战兢兢地站在墙角里。夏茵像是没看到隋瑞廷一样，等忙完了自己的事情，才离开办公桌，走到隋瑞廷面前，冷笑一声，嘲讽道：“听说你戏唱得不错，你再唱一遍，我也听听！”

“对不起！夏书记！我中午喝醉了！”隋瑞廷不住地道歉。

夏茵上上下下打量了一番隋瑞廷，不阴不阳地说：“喝醉了还唱得那么好，现在醒酒了，不是唱得还好吗？我更要听听了！”

隋瑞廷被吓得弯腰给夏茵鞠了一躬，带着哭腔说：“夏书记！你再饶我这一次吧！你大人不记小人过，宰相肚里能撑船，别跟我一个不明事理的人计较。”

“我是不想跟你计较。”夏茵冷冷地说着，突然变色道，“可是，我给你脸不要脸，跟我死杠上了！我再不给你点儿颜色看看，你连老天爷都不放在眼里啦！这一次，我一定让你长长记性，谁来给你求情也不行！”

“夏书记！我这次是真记住了！我是真改了，绝对不跟你过不去了！”隋瑞廷反复哀求道。

“你还让我信你？我还是信我自己吧！”夏茵说着，拉开办公室的门，冲外喊道：“龚连长！”

龚连长跑过来，十分殷勤地问：“夏书记！你还有什么吩咐？”

夏茵看了一眼隋瑞廷，盛气凌人地交代道：“把他给我弄到车间里去，叫他给工人们唱戏解烦。他要是不唱，就让他一直在那儿待着，直到唱得工人们满意为止！”

“好嘞！”龚连长笑嘻嘻地答应一声，用力拽了隋瑞廷一把，喊道，“还不快走！”

龚连长没去民兵连喊人帮忙，自己一个人带着隋瑞廷朝生产车间走去。走了一段距离，他回头对隋瑞廷说：“隋师傅！我别把你弄到上夜班的车间里去了，碰到那些嘎小子们，还不拿你当猴耍呀！我也不能放你回去，那样，夏书记就该跟我没完了！你没听说吗？‘青竹蛇儿口，黄蜂尾后针；两般由是可，最毒妇人心’！你怎么惹上夏茵了？你想，你得罪了她，还有你的好果子吃吗？——算了，我领你去排梗车间吧，今天那里没夜班儿。明儿一早，我再想法把你放出来。我也只能帮你到这儿了！”

“以前我还真不知道，龚连长是个义气人！太谢谢你了！”隋瑞廷千恩万谢地说。随后，他感慨道：“还是老祖宗说得好，宁可得罪君子也不要得罪小人。尤西良这个王八蛋，不知在夏茵面前说了我什么，让她一下子黑上我了！”

“也是。不怕没好事，就怕没好人！尤西良在解放前就不是个东西！”龚连长附和道。正说着，远远地看见尤西良与门立常搂着肩膀往大门口走，他便大声喊道：“尤西良！你过来！”

隋瑞廷正对龚连长喊尤西良的意图疑惑不解，龚连长低声对他说：“我今儿就让他陪着你在车间待一晚上！也算给你出出气。”

“龚连长！你叫我？”尤西良与门立常一前一后地来到龚连长面前，嬉笑着问，“是请我下馆子吗？我跟立常今儿还真有时间。”

“有时间就好！我还真怕你推托，说今儿晚上没空儿呢！”龚连长一时忍不住，笑着说，“夏书记让把隋瑞廷关到车间里去，你既然有时间，就在这里看一晚上吧。”

尤西良一听，急忙说：“别呀！你别让我们看着他呀！你这是关他还是关我们俩呀？”

“这是工作！反正我把隋瑞廷交给你俩看管了，出了事，你们自己去找夏书记解释。”龚连长非常坚决地说。他看着尤西良很不高兴的样子，怕他怀恨在心，便缓了语气，说：“你俩不是想喝酒吗？一会儿我让人给你们送坛酒、送俩菜过来，你俩在这儿喝一宿也没人管。只一条，这人得给我看好了。”

“要是这样，还差不多！”门立常插言道，“你放心，这么个大活人，还能没了呀！”

龚连长看着尤西良、门立常将隋瑞廷带进车间，转身回了民兵连。然后，他让连部的小邓买了两个菜、一坛酒送到了排梗车间。尤西良看到酒菜来了，就让门立常找了根绳子，将隋瑞廷的手脚绑了起来，然后两人面对面地坐下，在隋瑞廷面前喝起酒来。尤西良与门立常一样，平时爱喝酒，但是酒量并不大。两个人喝了几两酒，便有了醉意。喝着喝着，门立常用筷子夹起一块鸡肉，想送到隋瑞廷嘴里，尤西良身子向前一倾，死死拽住门立常的胳膊说：“你还给他肉吃？他差点儿害了你哥我！你知道吗？他竟然到厂部去告我，要不是我脑筋转得快，就让夏茵那个浪娘儿们把我给收拾了！”

“我给他的是鸡屁股。”门立常解释道。

尤西良瞪着发红的眼珠子，反驳道："鸡屁股也不能给他吃，好歹是块肉！"

"你刚才骂夏茵是浪娘儿们，就不怕他又到夏书记面前去告你？"门立常提醒一句，说，"你不能再喝了，说话都走板儿啦！"

"我今儿就没想让他活到明儿早上。要告，就让他到阎王爷那儿告去吧！"尤西良一手端着酒杯，斜眼看着隋瑞廷，恶狠狠地说。

门立常一边伸手去摁尤西良的胳膊，一边说："你看，你是不是喝多了？这话都说。"

"我说的是真的。夏茵早就想要了他的命，给他定了个反革命罪，就是要崩了他。要不是岳振业这个老东西，这个家伙早就是地狱里的饿鬼了。我今儿就替夏茵了却这个心事，她肯定欢喜！"尤西良手舞足蹈地说着，站起身，把嘴凑到酒杯上，一饮而尽，接着讲道，"再说了，凭什么他们都回家抱孩子搂老婆，让咱哥儿俩在这儿熬夜受罪？！你看，你看我腿上，让蚊子咬了好几个疙瘩了！我休息不了，他们谁也别睡安生觉！一会儿你去配点儿药过来，咱撒在这车间里，让全泊镇的人都给我起来看烟火！"

"尤西良！你不得好死！"隋瑞廷听了尤西良的话，知道他要把自己活活烧死，便破口大骂道，"我 × 你祖宗！"

尤西良冷笑着，说："今儿是你不得好死！我要把你烧成煳大雀儿，明儿扒拉出来喂狗。到了那边儿，你不但能见着我祖宗，也能见到你祖宗，你愿 × 谁就 × 谁！你一个臭厨子，王八蛋，还想跟我斗！我让你回炉再炼炼吧！"

"西良哥！我这就去配药。"门立常吃了一口菜，将筷子放下，站起身来，说，"我喝好了。你也别再喝了，留着坛儿里那些酒，咱还能再喝一回。"

门立常走后，尤西良走到隋瑞廷跟前，一把揪住他的头发，向后一推，看着他的脸说："实话跟你说，谁跟我过不去，谁就是找死，亲哥们儿弟兄也不行！这些年得罪了我的人，还没有活过仨月的。就你这两下子，我玩儿似的就把你送上西天。"

"对你亲娘老子也这样儿？"隋瑞廷恨恨地问。

"你算说对了！看来，临死之前，你总算开了点儿窍儿！你要早这么明白，也不会葬身火海！"尤西良说完，抓住隋瑞廷的头，像拉风箱似的来回扽了几下，才撒开手。他咳嗽两声，哑着嗓子得意扬扬地唱道：“谈笑间，东风起！百万雄师，烟火飞腾，红透长江！一阵风留下了千古绝唱，赤壁火为江水生色增光……”

“来了，来了！”门立常托着一包自己用化学原料配成的药面儿走进车间。他将药面儿分为两份，递给尤西良一份，说：“你撒那半边儿，我撒这半边儿。”

尤西良接过药面儿，先朝隋瑞廷的身上撒去，边撒边说：“我给你多撒一点儿，省得烧不熟。”

被死神缠住的隋瑞廷，绝望地大骂着。在他凄怆的骂声中，尤西良和门立常将药面儿撒遍了车间。随后，他跑出车间，将火柴扔给门立常，命令似的说：“你点！”

在大火腾起的刹那间，尤西良看到一个黑影一闪，快速冲进车间，又扛着隋瑞廷跑了出来。他一愣，随即大喊起来：“隋瑞廷跑了，快抓住他！隋瑞廷放火了，快来抓人哪！”

尤西良正要追隋瑞廷，萧天雍跑来拽住他，着急地说：“快点儿救火吧，那人跑不了！”

“这么大的火，谁还救得了？隋瑞廷要是跑了，我就倒血霉啦！夏书记还不活剐了我呀！你来得正好，快跟我去把他追回来。”尤西良看了看“呼呼”燃烧的大火，拉着萧天雍朝远处的黑影追去。

“恒恺！是你吧？”隋瑞廷被人扛着跑了一段路，挣扎着说，“快把我放下来，这样，咱谁也跑不了！”

在厂子的东墙根，岳恒恺将隋瑞廷放下，然后替他解开绑着手的绳子。在隋瑞廷自己解腿上的绳子时，岳恒恺见他穿着一件白上衣，便把它拽下来，穿在了自己身上。然后，他把自己的深色衣服扔给他，嘱咐道：“你冲着运河的方向去。我知道你水性好……”

厂子上夜班的工人和巡逻的民兵被惊动了，有的跑去救火，有的拿着枪朝岳恒恺他们追过来。民兵们一边喊话一边开枪，子弹“啪啪”地打在墙上，溅起一道道火星。岳恒恺把隋瑞廷举过墙头，为了将追他们的人引开，他自己顺着墙根儿向北跑去。

萧天雍和尤西良追到厂子东大门时，碰上了到大门口来拦截隋瑞廷的龚连长和七八个民兵。等他们追出大门，发现一个黑影已经跑出去数百米。天上响起轰轰隆隆的雷声，在雷电的亮光里，人们看到前面的那个人正跌跌撞撞地向东跑。

“追！”龚连长朝夜空里开了一枪，撒腿就追。赶了几十米，他被尤西良拉住了胳膊。他站脚未稳，疑惑地吼道：“你这是干什么？”

尤西良不停地喘着粗气，断断续续地说：“这、这个人不、不是隋瑞廷！他、他穿的是、是白、白衣服，不、不是黑的。”

“你不早说！”龚连长冲着尤西良没好气儿地训斥道。

尤西良想反驳龚连长，因为隋瑞廷是他交给自己看守的，穿什么衣服他能不知道？！他略一迟疑着，厂子北面响起枪声，一个穿白上衣的人向城里跑去。于是，他大喊一声：“看！那个才是！”

“你跟我去抓他。”龚连长对尤西良说，随后回头向萧天雍交代道：“你带着他几个接着追前面这个人，他俩是一伙儿的。”

萧天雍带着几个民兵，一直追到运河岸上，眼看着那个逃遁的人跳到了河里。他们朝水里打了几枪，又在运河边站了一会儿，在闪电的光照里，发现河里连一点儿人影都没有。于是，他便带着人往厂子走。走下大堤，他说去解手，闪进一条胡同，然后又绕回运河岸。

隋瑞廷跳进水里，一个猛子向北游了几十米。他连着扎了几个猛子，便认为自己已经躲过了厂里人的追赶。他钻出水面，刚想上岸，忽然看到一个人向他走过来。他怕跳到水里弄出声音，便顺势轻轻地躺在水边儿。

萧天雍已经发现了隋瑞廷。他借着打闪的道道白光，看到隋瑞廷仰面躺在水里。他来到隋瑞廷跟前，嘴里嘟囔道：“恒恺还说他水性好，这不是已经淹死了吗？”

大雨点已经“噼里啪啦”地落了下来。萧天雍急急忙忙地把隋瑞廷弄到堤坡下的城隍庙前，放在那个六角亭下。他怕隋瑞廷是跳水后中了枪，便前前后后地看了看，并没有发现伤口。随着一声霹雳，隋瑞廷的身子禁不住动了一下。萧天雍一见，在心里暗暗地笑了。他知道，隋瑞廷是在他面前装死。于是，他从口袋里掏出一些钱，放在了隋瑞廷的肩膀下。离开前，他轻声说：“你要是活过来了，就出去躲躲吧。远远地走，有多远走多远，最好去东北深山老林，只要是别让人再抓回来就行。真要是被抓住，就谁也保不了你这条命啦！”

萧天雍冒着雨，匆匆忙忙地来到与岳恒恺约好的城工部前。这个院子已经闲置了，离民房又有一段距离，不用担心隔墙有耳。岳恒恺已经在城工部门口的飞檐下等他了。他快步走到岳恒恺身边，发现他赤裸着上身，胳膊上系着一块白布，像是特工人员的接头暗号似的。

“你没事吧？”萧天雍关心地问。

“没大碍，只是让子弹擦破一点儿皮。”岳恒恺说着，举了举受伤的胳膊，然后反问道，“隋瑞廷怎么样了？”

萧天雍欣喜地回答：“他没事。你定的这次行动很周全，环环相扣，结局圆满。我估计，这会儿隋瑞廷正急着离开泊镇。”

“是你配合工作做得好。”岳恒恺由衷地说。

雷雨之中，两个人会心地笑了。

六

柳宛婧感到有点儿疲惫，想躺在床上休息一会儿。她刚合上眼，婆婆就进来了。婆婆见她和衣而睡，便拿了件衣服，轻轻地搭在她身上，然后蹑手蹑脚地走了出去。

看着婆婆如此细微的关爱，柳宛婧心里一热，泪水从眼角簌簌地流出来，打湿了枕头。她心里的愧疚已无法排遣，她真切地感到自己这些年对不起公公婆婆，更对不起丈夫岳恒恺。他们是那样呵护她，包容她，而她却被一种莫名的无法确定的怨恨，折磨了他们好几年。折磨别人，更是折磨她自己，何况被折磨的人已经注定是她的亲人了！柳宛婧越来越强烈地想真正嫁给岳恒恺，与岳恒恺共同来走人生的漫漫长路，一起吃苦，一起欢笑，一起面对生活中发生的所有一切。她认为，只有这样，才是真正的幸福。几年的朝夕相处，她已经感受到，岳恒恺是个可以托付终身的人。他有爱心，有担当，有责任，有侠义情怀，对她当初像无理取闹一样的约定，不管自己承受多大痛苦，他也无怨无悔，始终这样友好地、充满挚爱地对她。还有，他对老人是那样孝敬，她没见他与父母争执过一次。可以说，他是个难得的好儿子、好丈夫，以后也一定是位好父亲。她不想再这样下去，她实在忍耐不住这种压力了，她也不忍心再继续伤害岳恒恺，那是她的丈夫哇！一个容忍她任性、容忍她犯错的丈夫哇！一个如此深爱着她的人，他有什么错？！不就是执行上级命令，杀了一个该杀的人吗？尽管在她看来，这个人不该杀，最起码不该他去杀。她原来的内心是非常苦闷的，因为她一直把自己唾手可得的欢乐关在笼子里。这一刻，她终于下决心打开那笼子，把欢乐放出来，将孤苦郁闷关进去。

一旦决定把自己彻彻底底地交给岳家，把自己的身心完完全全地交给丈夫，她就像搬开了一块压在心头很久的大石头，一下子放松了。甚至，她好像变成了过去那个无忧无虑的小姑娘，天真烂漫，欢蹦乱跳着。她脸上那掩饰不住的笑容，好似感染了家里的所有人。一家人在一起说话忽然欢快喜兴起来，说的也全是那些开心的话题。

岳恒恺早已看出从柳宛婧脸上流露出的这些微妙的变化，他觉得，柳宛婧自从嫁给他，从来没有这么由里而外地欢喜过。快乐起来的柳宛婧，身上更加充满了魔幻的魅力，让他不由自主地多看了她几眼。当他俩的目光碰撞时，柳宛婧竟然害羞了，在一瞬间慌乱地避开他热切的眼神。这情态，一下子让他心荡神迷，使他有了不顾一切地去抱她、亲她的冲动。

“你回过头去，俺要换衣裳！”柳宛婧笑眯眯地看着岳恒恺，温柔地说。此刻，她一如洞房花烛夜的新媳妇，娇羞里带着甜美，怯弱中含着渴望。她就像那开屏的孔雀，在自己钟情的异性面前展露出全部艳丽。

岳恒恺习惯地回过头去。他忽然发现，在他目光经常停留的地方，多了一个明亮的镜子，从镜子里，清楚地看到了宽衣解带的柳宛婧。他呆住了，傻傻地看着，直到柳宛婧扭过头粲然一笑，他才如梦方醒。倏然间，他像是顿悟一样，把所有的一切全看明白了。

“你猜，那镜子是谁放那儿的？”柳宛婧羞答答地问。

“我也没看到是哪位仙女过来放镜子呀！”岳恒恺说着，霎时间热血沸腾，他努力抑制住心头的激动和兴奋，天真地笑道，“我明白了，仙女把镜子放在这儿，自己就又跑到里面去了。仙女正在里面换衣服，然后还冲我笑了，真是‘回眸一笑百媚生’！要不是你在我身后，我就被她吸到镜子里去了！”

“你不想当柳下惠了？”柳宛婧轻轻笑着，打趣道。

在岳恒恺看来，柳宛婧诱人的笑意，富有撼动一切的力量。他终于知道，什么叫“一笑倾人城，再笑倾人国”了。他那颗心怦怦跳着，从来没有这么不安分过。他回过头来，与柳宛婧对视着，一时无法自持地说：“柳下惠碰到的女子太普通了，如若他怀里是一位仙女，跟我在镜子里看到的一样，怕是晚节难保了！你说是不是？”

柳宛婧笑而不答，像书中的铜版画《最初的亚当和夏娃》里的女主人公一样，赤裸着身子站在床前。她竟然不再羞涩，从决意把自己的身心毫无保留地献给深爱她的丈夫时，她就有了极大的勇气。

岳恒恺从床上一个翻滚到了柳宛婧面前，他双膝跪在床上，迅速甩掉了自己的上衣，一把将柳宛婧搂在怀里……

此时此刻，柳宛婧才意识到，因自己的任性和偏执，白白浪费了七八年最美妙的时光。她紧紧依偎在岳恒恺的怀里，脑子里像是一片空白，竟然忘记了以前发生的一切到底是为什么！是因为恨吗？她感觉自己心里早就没有恨了；是因为爱吗？那迷失的爱里虽然有着顽固的幻想，却早已离她远去！或许，她是让岳恒恺陪着她守护着一块爱的墓碑，就像守护一座不属于自己的破房子一样。她尽情地哭着，有歉疚，有懊悔，也有欣慰和幸福。

“是不是我弄疼你了？”岳恒恺接着问。他见柳宛婧只顾哭，不回答他的话，便伸出舌头舔了舔她脸上的泪水，然后故作惊讶地问：“你是蜜蜂吗？怎么这眼泪是甜的？”

柳宛婧用手拧了岳恒恺一下，娇媚地问：“疼吗？”

“你再使点劲儿！”岳恒恺鼓励道。他想让柳宛婧在自己身上发泄一下怨气，从而缓解一下因自己的粗鲁，可能给她造成的身体疼痛。

“俺是说你膀子上。”柳宛婧心疼地说。她发现，岳恒恺被自己咬的肩膀上，从牙印里渗出红红的血珠。

岳恒恺没有直接回答柳宛婧的问话，他自嘲地说：“我发现，我快成唐僧了，都想吃一口我的肉。前些天让子弹咬了一口，今儿又让你咬了一口！”

柳宛婧破涕为笑，开心地说：“那俺就可以长生不老了！俺要与你活个百年千年，做一对神仙伴侣。”

“你是仙女，本来就能长生不老！”岳恒恺十分陶醉地说，“我要与你一起活那么久，还得加把劲儿。我会努力的！我一定加倍努力地陪着你，不让你再孤单，再流泪！”

柳宛婧搂紧了岳恒恺，含情脉脉地说：“俺那样对你，你还对俺这么好！俺看你整天笑呵呵的，怎么一点儿看不出你烦恼生气来？”

“过去的事都过去了，以后不要再提了！你说，俺天天守着一个好看的媳妇，还生什么气？哪儿还有烦恼？”岳恒恺亦庄亦谐地说。他感到，自己就像一个苦苦修行的人，今天终于修成正果。人世间的任何事物，不经受一番磨难，都不是最完美的。一颗诱人的果实，要经过冬天的蕴藏、春天的发芽、夏天的生长和秋天的成熟，这期间，要忍受冰雪严寒、风雨雷电，要避开动物和害虫。易得者易失，真正的宝物都是经过千锤百炼、千辛万苦得来的。就像他与柳宛婧的爱情，经受了几千个日夜的培育，弥足珍贵，也会更加长久。最美好的东西，往往需要漫长的等待，等待过程是不断完善自己的过程，是一个做充分准备的过程，也是一个享受过程。没有等待，就不会有六十年的茯苓、百年的首乌和千年的人参，它们就不能跻身于世间九大仙草之中。假如岳恒恺在这几年的某一个时刻强行占有了柳宛婧的身体，她那颗走到中途的心就可能受到惊吓，然后像只小鹿似的跑开，很难再把它找回来。欲速则不达！急于求成，往往是揠苗助长，其结果不会完美，更不会使人心满意足。

柳宛婧撒开搂着岳恒恺的手，撒娇似的说：“过去的事你不提，俺肯定也不会提。”

岳恒恺感到，今天的柳宛婧就是千娇百媚的天仙。他激动着，陶醉着，沉浸在无边无际的欢乐里。

他们一点儿困意都没有。虽然两人说好全闭上眼睛，却是他闭上她睁开，他睁开她赶紧闭上，像两个调皮的小孩儿。柳宛婧知道他们都睡不着了，便伸出绵软的手指，一会儿抚摸他的眼睛，一会儿抚摸他的鼻子，一会儿又来回抚摸他的嘴唇。岳恒恺也不安分了，他一会儿亲亲她嫩滑的脸蛋儿，一会儿亲亲她柔润的胸脯，一会儿亲亲她绵软的肚子。再后来，他们又疯狂地翻滚在了一起。

终于，他们搂在一起不动了。喘息未定，岳恒恺对柳宛婧深情地吟咏道：

“将咱两个一齐打碎，用水调和。再捻一个你，再塑一个我。我泥中有你，你泥中有我！”

柳宛婧深切地感到，她与岳恒恺真正融合在一起，成了一个人了。

美好的时光总是过得太快，不知不觉天就亮了。岳恒恺听到父亲在院子里连着咳嗽两声，他一下从床上坐起来，抓过衣服就往身上穿。柳宛婧闭着眼睛，搂住他的大腿嗫嚅道：“你折腾一晚上了，还有力气练功吗？”

“放心，我有的是力气。跟你在一起，三天不吃不睡也用不完。练功不能停，不能三天打鱼两天晒网。练功练功，一日不练十天空！”岳恒恺说着，一边穿着衣服一边往外走。

看着岳恒恺的背影，柳宛婧虽然依恋不舍，心里却十分欣悦。她觉得，男人喜欢女人，却不沉湎女色，才是一个真正的男人。

七

隋瑞廷本来要爬去东北的火车，不承想，他慌里慌张地上错了车，一觉醒来，已到了河南境内。他想下去，再上回东北的车，却怕被人发现，将他押送回老家。同时，他也不愿再走回头路，从而路过自己的伤心地。他怕再看到泊镇，索性就跟着火车一路向南走。走着走着，他便想开了。他觉得，东北深山老林可能安全，但到了寒冷的冬天会遭很多罪，一旦没吃没穿，自己也就活到头了。南方不一样，冬天不冷，一年四季都能在野地里找到吃的东西，不至于冻饿而死。拿定主意后，他便塌下心来，辗转南行，爬了一列又一列火车。当看到波涛汹涌的大海时，他那颗惴惴不安的心才放下三分。

他第一次见到大海，望着辽阔的海面，看着海浪涌来退去，听着那哗啦哗啦的声音，他暂时忘却了自己的烦恼和忧愁。他漫无目的地在沙滩上往前走着，心情变得越来越舒畅。有人告诉他，海的那边是海南岛。他想，自己要是能到那里去，可能会更加保险。可是，他不知道这深不可测的海水里藏着什么，要是碰到鲨鱼、海蛇、海鳄，他就死无全尸了。那样，他逃了几千里地，又有什么意义呢！

隋瑞廷学着他人的样子，捡拾着海边的贝壳。遇到搁浅的鱼蟹，别人放到鱼篓里，他却将其投进大海。他感觉，自己就像这搁浅的鱼儿，随时面临着被装进篓子里的危险。也许，帮助它们就是帮助自己。后来，他把手里的所有贝壳给了一个要回家的孩子。赶海的人越来越少，太阳却越升越高。他看到远处出现了越来越多的人。他虽然心存戒备，却知晓，那些人肯定与他没有任何关系。他向那群人走去，发现是县里组织的泅渡海峡竞赛活动。各个乡村都组织了自己的竞赛队伍，县里调了几十艘渔船给他们护航。看到这个情景，隋瑞廷心里暗暗欢喜：真是天无绝人之路！他毫不犹豫地扔掉外衣，加入了庞大的渡海队伍。

到了海水里，隋瑞廷才知道，他的内裤不像在河水里一样紧贴在身上，而是鼓起一个大大的布包，像个灯笼似的箍在腰间，平添了游进的障碍。为了减省力气，他干脆将裤衩脱下来丢在水里。刚要跟着别人向前游，才想到自己光着身子上岸，可能会引起大家注意，于是便抓住内裤系在了大腿上。到了深水区，隋瑞廷才发现，看似平静的海面，大浪一个接一个，就像起伏不断的丘陵一样。他感到，在海水里游泳，比在河水里省力。以他在水里的本事，他是可以游到最前面去的。不过，为了自身安全，他一直处在队伍的中间。他怕碰到鲨鱼，更怕被人盯上。

游了四五个小时后，水流突然变得湍急起来，刚才齐头并进的队形，被冲得七扭八歪。有的人实在坚持不住，便游向外围的护航船，被人拉到甲板上。后来，船上的人为给人们鼓劲儿，带头唱起高亢嘹亮的歌曲。很快，船上船下，歌声响成一片："向前，向前，向前，我们的队伍向太阳，脚踏着祖国的大地，背负着民族的希望，我们是一支不可战胜的力量……"

歌声鼓舞了士气，人们不再往外围游，甚至游到护航船附近的人又重新回到队伍里。隋瑞廷真正体会到什么叫"一鼓作气"，什么是"热血沸腾"！气可鼓而不可泄，精神一振奋，就能异常发挥，就能创造人类奇迹；而坚定的意志一旦丧失，人就成了一摊软泥。他感到，人们正被争强争胜的信心鼓舞着，而他却被求生的欲望支撑着。

在湍急的海水里游了一个多小时，水流又变得平缓起来。隋瑞廷猜测，可能离对岸不远了，最起码，他们游了一多半的里程。果然，两个小时以后，就能清楚地看到岸边的树木了。这时，船上的人开始呐喊着为他们加油，水里的人也兴奋地回应着、叫嚷着。当看到停泊在岸边的船上那袅袅炊烟时，隋瑞廷就想退出队伍，然后选择一个远一点儿的地方上岸。谁知，他刚一落后，离他较近的一只船上就有人冲着他大喊：“再坚持一下！坚持就是胜利，胜利就在前头！”

隋瑞廷担心引起别人关注，只得重新回到队伍中间。眼看着离海岸越来越近，海上忽然间刮起了五六级大风。刚才平滑如缎的海面，掀起白色的浪花。接连几个浪头打来，隋瑞廷一不留神，喝了两口又苦又咸的海水。他知道，这是最后的困难与磨难，人们在海里游了八九个小时，已经到了冲刺阶段。

海岸上像变戏法似的出现了一群人，高举着红旗向他们挥动，那是兄弟县组织的迎接人员。很快，人们的双脚就踏到了海沙上，然后奔跑着，像两军会师似的与岸上的人抱在了一起。隋瑞廷在水里穿好裤衩，随着人流上岸，然后趁大家不注意，走进了海边的树林里。

隋瑞廷在树林里躲到了太阳沉入大海。他又来到自己上岸的地方，看到海边已经空无一人，沙滩上布满杂乱的脚印。他忽然感到，先前这里发生的一切，就像梦幻一般。他走到一条停泊在岸边的渔船旁，对一个渔民说，自己下海游泳，衣服被人拿走了，要向他买件衣服穿。渔民好像听懂了他的话，回到船舱拿了身衣服递给了他，却说什么也不收他的钱。隋瑞廷只听清了渔民对他说的大概意思，是让他回去穿了自己的衣裳，再将这身衣服送回来。隋瑞廷穿好衣服，又指着不远处的山岭问了问，渔民说，那是高山岭，是方圆百里最有名的一座山。

太阳落下的海面，涌起了一团黑云，像是要下雨的样子。隋瑞廷准备到山上去。他要去那里看看有没有山神庙，以便躲风避雨。他沿着海边走了一会儿，终于瞅见一条通向山林的小路，便径直走了过去。进了林子，隋瑞廷才发现，这里没有一棵自己能叫上名字来的树木。一方水土养一方人，一方水土也养一方树。他不知道自己能不能在这里扎下根。他看到，树林里没有一棵干枯的树，有的树看起来很苍老，却依然枝繁叶茂。甚至，那腐朽的树洞和树干上，都长着茂盛的花草。更奇特的是，在那看起来有七八米高的树上，也生长着一团团绿油油的野草。隋瑞廷猜想，那草籽不是风卷上去的就是鸟弄上去的。不管它是怎么长上去的，都彰显出这片水土接纳外来物种的品格。他希望自己如草木一样，在这片土地上落地生根。

隋瑞廷正胡思乱想着，突然从树上掉下一个绿树枝一样的东西。他怕掉在自己身上，下意识地用手去挡。直到那东西咬到了他的胳膊，他才看出那是一条浑身翠绿的蛇。他在厨房干了十几年，练得双手非常利索，自己习惯性的一个动作，就将那条一米来长的绿蛇摔死在前面的石头上。他不知道这是不是毒蛇，看到胳膊上有被蛇咬出的血，他用嘴紧着吸了几口，然后就大喊“救命”。他并没有指望有人马上来救他，叫喊只是出于一种求生的本能。没想到，他喊了一会儿，真的就有人来了。

跑来的是父女俩。父亲得知隋瑞廷被蛇咬了，看了眼石头旁的死蛇，对惊恐不安的隋瑞廷说：“这是条白唇竹叶青，毒性不大。一会儿我给你敷上点儿草药，过不了几天就没事了。”

父亲让女儿掐住隋瑞廷的胳膊，一个人去附近找草药了。看着他消失在树林里的背影，隋瑞廷想，自己今年可能是犯了太岁，不但招惹上夏茵那个毒妇，还让“青竹蛇”给咬了，真是倒霉到家了！然而，他是不幸的，却又是很幸运的，赶上那个沿海县组织泅渡琼州海峡竞赛，他得以跨海来到海南岛；被毒蛇咬了，又碰上来救他命的父女。他这段时间的遭遇，从始至终，就像老天爷拿他开玩笑一样。

“只要是毒蛇活动的地方，附近肯定有解这种蛇毒的草药。”父亲拿着一把青草回来，炫耀似的说。他将手里的草放到石头上，拿刀把儿捣碎，抓起来捂在隋瑞廷的伤口上，接着说：“这条蛇自己从树上掉下来，肯定是受到了惊吓。毒蛇是不会轻易咬人的，被树上掉下来的蛇咬到，比捡到狗头金还难。”

经父亲这么一说，隋瑞廷才想起，在绿蛇掉下来的同时，有一只大鸟扑棱着翅膀飞走了。他闹不清，是那鸟要吃蛇，还是这条蛇要吃那只鸟。

“你不是本地人吧？”父亲给隋瑞廷包扎好伤口，随口问道。

隋瑞廷略一迟疑，觉得人家救了他的命，他不能说假话，于是便把自己的遭遇原原本本地说了出来。

父亲对隋瑞廷上下打量了一番，诚恳地说：“咱在这山林里遇到，也是这辈子的缘分。天也快黑了，你今儿就到我那儿住一宿吧。”

“不会不方便吧？”隋瑞廷心里欢喜，嘴上却推辞道。

父亲很爽快地说：“不是有句话吗，同是天涯沦落人，相逢何必曾相识。你能跟我实话实说，就看出你也是个实诚人。再说，咱们还算是半个老乡。我祖籍山西榆次，爷爷那辈儿来这儿经商，后来就留下了。我姓童，儿童的童。到我这把年纪就是老顽童了。你叫我童叔也行，喊我老童也行。这是我女儿，她叫童昕。”

隋瑞廷与童叔说话时，童昕正举着猎枪瞄准一棵高大的树。后来，只听“砰”的一声，一只大鸟应声落下。童昕快步走过去，拾起那只鸟，站在远处冲他们喊：“是红毛鸡！”

看着拎着红毛鸡往回走的童昕，童叔大声叮嘱道：“把那竹叶青也带上，咱回家。”

童昕将红毛鸡和绿蛇与先前打的几只野味拴在一起，用枪挑起来就走。隋瑞廷要替她扛着，她看了他一眼，煞有介事地说：“你刚让蛇咬了，不能用力，免得毒气入心，俺爹就白救你了！”

“你这孩子！不要吓唬你隋大哥！”童叔对童昕斥责道。

童昕朝隋瑞廷做了个鬼脸，迈着轻快的脚步，沿着弯弯曲曲的山路朝前走。童叔的家在半山腰上，天要黑不黑时他们就赶到了。隋瑞廷看到，童叔父女的家是用石头依山砌成的三间矮房，比茅草屋强不了多少。房子四周的环境却很引人注目，房前房后，房左房右，上上下下都种满了果树，如世外桃源一般。隋瑞廷真切地感到，自己分明是到了一个童话世界。

“这些果树你以前都不一定见过。”童叔见隋瑞廷站在一棵果树下，便有点儿自豪地说，“这些果树，大都是我栽下的。我爷爷那辈儿经商，我爹那辈儿捕鱼打猎，到了我，就依靠这些果树生活。童昕她姥爷是在海上出的事，她娘就不愿让我下海打鱼了，于是，就开始在这门前屋后栽果树，越栽越多。现在，我在这山上山下栽了十几种果树，木瓜、芒果、莲雾、杨桃、菠萝蜜……能栽的我全栽了，保证每个季节都有水果卖。现在，打猎对我来说就是休息，陪着闺女玩儿。童昕从小就喜欢猎枪，跟男孩子似的。”

童叔说话时，隋瑞廷想，看来自己到海南岛来对了，这里既冻不着人也饿不着人。而且，这里的人淳朴善良，从借给他衣服穿的渔民，到童叔父女，都是这样可亲可近。

“爹！你今儿想吃什么？你把隋大哥叫家来，是不是想喝点儿酒？”童昕将打回来的猎物挂在石头墙上，回头看着父亲问。

“你隋大哥受了伤，就不喝酒了。”童叔说完，又补充道，“等过几天，我们俩补上，再好好喝一次。今儿多弄俩菜，先把那竹叶青和红毛鸡吃了，再炖只兔子。”

童昕听了父亲的话，将晚上要吃的猎物又从墙上摘了下来。她刚提在手里，隋瑞廷就上前接过来，说：“这活儿让我来吧。我还没跟你们说，我给人做了十几年的饭了。过去，我每天要伺候的有几百人，咱这三个人的饭，也就抽袋烟的工夫。”

“要是这样，我跟爹可就只等着吃了！”童昕很快活地说。她进屋给隋瑞廷拿来刀具，又补充了一句：“一会儿我给你烧火。”

“烧火也用不着你。做菜做饭好不好吃，要讲究火候儿，火大火小，得我自己来掌握。”隋瑞廷说着，见童昕像是有点儿失落似的，便吩咐道，“你这会儿要没事，把那条蛇帮我清理干净。家里有的油盐酱醋，也给我放到锅台上。”

“那些东西都在灶台上放着呢。”童昕说完，去抱柴火了。

隋瑞廷毕竟是多年的厨师，他做起饭来干净利落，也知道先做什么后做什么。他把兔肉、鸡肉炖到锅里后，就开始忙活主食，等主食熟了，肉也炖好了。最后，他才把蛇肉焖在锅里。

“你确定是自己做的？不是给变出来的吧？”童昕看着端上桌的饭菜，睁大了眼睛，盯着隋瑞廷追问。

童叔拿筷子夹了一块兔肉，放在嘴里咀嚼了一会儿，满意地点着头，说：“不愧是厨师！何止是做饭快，这味道也是绝了。童昕她娘做了一辈子的饭，也没做出这个味儿来。她去年这个时候走的，眼看着就快一年了。她活着，家里好歹还有个做饭的；她一走，剩下我们父女俩可就苦了。这些年，童昕整天跟我在外头跑，也没跟她娘学会做饭。一年下来，我们不是吃夹生的，就是吃烧煳的，已经谈不上饭菜的味道啦！”

“家里的作料不全，只能这样凑合了。”隋瑞廷自谦道，“等有机会去趟县城，我把需要的东西买全了，再做一回给你们尝尝。”

“县城就在前面山脚下，离这儿三四里地，说去就能去。”童叔放下筷子，像对子女说话一样，朝隋瑞廷吩咐道，“等天亮了，你和童昕摘些水果去城里卖，顺便把今儿打的野物给饭店送过去。”

隋瑞廷感到有点儿出乎意料，于是说："没想到县城离山这么近。有这座山为靠山，县城的风水肯定错不了。"

"你这话算是说对了！"童叔很开心地说，"当初，我爷爷选这里落脚，就是看中它的风水。县城前面是文澜江，后面是这高山岭。别看它叫高山岭，其实并不高，只有二百来米。这座山出名，就是因为上面有神石、神湖和神庙。传说印度婆罗教大师毗耶神来到山上，见它前面是江后面是海，一下子喜欢上了这里，便将自己的法身留在了山上的一块石头里，从此，这块大石头就成为毗耶灵石。灵石的左边是神湖，千百年来从未干涸；灵石的右边是神庙，庙里供的神仙非常灵验，几百年来抽签问卜的香客络绎不绝。正应了那句话，山不在高，有仙则名；水不在深，有龙则灵。"

听童叔说话时，隋瑞廷发现他身后摆着很多书。他想，怪不得童叔出口成章，原来他是位爱读书的人。童叔对他说，家里放的书他都读了，有的还读了两遍、三遍。他每天到县城都买份报纸回来，赶上刮风下雨，或者因事没去县城，卖报的便把报纸给他留着。他谐谑地说，他虽然住在山上，却没法儿跟山神比，神仙先知先觉，通晓天上人间发生的所有大事，而他要想知道外面的情况，只有去看报。

当童叔说完一个话题，隋瑞廷便去堂屋把锅里的蛇肉盛了上来。他将盘子放到童叔面前，说："北方人不吃蛇肉，我这是第一次弄，按红焖鳝鱼的做法，也不知好吃不好吃？"

童叔搛了一口已经酥烂的蛇肉放到嘴里，像是特别认真品尝似的吃着，然后笑着说："你第一次这么做，我第一次这么吃！不过，味道还不错。你也尝尝！"

"我从来没吃过蛇肉。"隋瑞廷像是心有余悸地说，"也不知为什么，我从小就有点儿怕蛇。在我们那儿，都叫它长虫。老人们说，它是能通灵的，修行千百年后，就成了长仙，所以大多数人都怕它，更不敢吃它。"

"那你就吃一块长虫肉吧！它能死在你手里，证明还没修行好，你可以放心大胆地吃。在这里，你不吃蛇肉，永远算是外乡人！"童昕给隋瑞廷的碗里夹了一块蛇肉，有点儿调皮地说。她说完，又夹了一段蛇肉放到自己嘴里，眼睛看着隋瑞廷，津津有味地吃着，像是给隋瑞廷做示范，又像是对他示威。

受童昕的鼓舞，隋瑞廷小心翼翼地从碗里夹起一点儿蛇肉，慢慢放到嘴里。他心里想着那条咬他的竹叶青蛇，有几分虔敬地说：你咬我一口，我咬你一口，咱算扯平了！隋瑞廷没有嚼，而是一口咽了下去，然后像完成一项十分危险的任务似的舒了一口气。他想，是不是吃了这蛇肉，自己就算半个海南人了呢？他太急于成为一个地地道道的海南人了，那样，他才算真正脱离了夏茵的魔爪。他非常清楚，自己如果在泊镇平静地生活着，是无论如何也不敢焖蛇、吃蛇的。

八

有人向龚连长举报了门立常，说车间着火的那天晚上，看到他一个人偷偷地在化工材料库配药。门立常离开仓库不久，排梗车间就燃起了大火。龚连长带人把门立常绑到了连部，连打带吓唬地审问了一个下午，最后他承认自己放火，却不坦白有同伙的事。无奈之下，龚连长直接问他，是不是与尤西良一起放的火，他吭哧了半天才说，他是趁尤西良去解手的时候，点燃了自己配好的药面儿。

门立常没出卖尤西良，尤西良却不放心门立常。夜幕降临后，尤西良就悄悄地来到连部附近，伺机进入连部。不久，就见龚连长带着两个人出去了，连部只留下两个人看守门立常。等其中一个暂时离开时，尤西良急忙从外面窗台上拿了块青砖，悄悄地接近了门口的那个看守。他本来是想用砖砸晕看守的，临时主意一变，飞起一脚踢在看守的太阳穴上，看守当时就晕死过去。他将看守拽到屋里，对愣在一旁的门立常说：“我带你去见夏茵，现在只有她能救咱们！”门立常高兴地说：“我就知道西良哥会来救我。他们那么打我骂我，让我说出同伙，我都咬紧牙关没说半个字。我明白，我要是把你再供出来，外面就没人救我了。”尤西良瞪了门立常一眼，厉声说：“别啰唆了，快走！”

尤西良带着门立常刚走出连部，就见刚才离开的那个看守回来了。他对门立常低声说了句“快跑”，等门立常跑出十几米后，他便在后面大喊：“门立常逃跑了！”看守听到，立刻从肩上摘下步枪，一边喊着一边开枪。尤西良见看守打了两枪也没打到门立常，就跑过去夺过他手里的枪，瞄准了门立常的后背“砰”地就是一枪。门立常应声倒地，尤西良追上去，见他还在挣扎，又对着他的脑袋开了一枪，然后将枪还给了跑过来的看守，说：“你立了一大功！英勇顽强地追杀了潜逃的纵火犯。”

门立常的尸首直到第二天上午才通知家属弄回去。尤西良怕自己沾上腥臊，始终没敢在他家露面。一个多月后，他觉得风声已经过去，才偷偷地溜进门立常家。

“是西良哥吧？你怎么才来？！”门立常的媳妇赫茹儿见到尤西良，像遇到多年没见的亲人一样，眼含着泪水说，“你兄弟一走，俺和你侄子可没法儿活了！要不是看你侄子还小，俺都想从运河桥上跳下去。俺那口子就你这么一个掏心掏肺的大哥，你要再不管俺娘儿俩，饿也得把俺饿死！”

“我这不是来了嘛！”尤西良站在离赫茹儿有两米远的地方，殷勤地说，“跟你说句实话，这些日子，我怕立常的事连我也牵扯进去，就是再想照看你娘儿俩也不敢贸然过来呀！你放心，从今往后，我就把孩子当自己的亲儿子，把你当我最近的人！有我一口饭吃，就不让你们饿着。”

“你说话可得算数！”赫茹儿说着，眼泪禁不住流了出来。

看着赫茹儿梨花带雨的样子，尤西良瞬间感觉她有一种独特的迷人之处。她的眼睛不大，却很娇媚；脸庞黝黑，却很耐看。从上到下，赫茹儿都长得匀称柔美，让人无可挑剔。尤西良没想到，门立常在家里还藏着这么一个尤物！他两眼盯着赫茹儿，笑嘻嘻地说：“立常兄弟可能跟你说过，我这个人最大的优点就是说话算话。我说到做到，只要你不嫌烦，我可以天天来看你娘儿俩！”

赫茹儿料想，一定是尤西良拉着自己男人烧的车间，可为了自己和孩子，她却不想说破。她知道，要想把孩子抚养大，还需要尤西良这么一个人。她认为，今天尤西良来家里，是上天给她的一个机会，她不愿放过。于是，她擦去了脸上的泪水，向尤西良面前迈了一步，抬眼看着尤西良，故作娇羞地说：“你刚才说拿俺当你最亲最近的人，也要说到做到。”

“那还用说！我说过的话，到什么时候我都会承认。”尤西良与赫茹儿对视了一下，面带笑容地说。他发现，从赫茹儿的这对儿小眼睛里放出来的光如霹雳闪电一样，震得他血流加快，心跳加速。他避开赫茹儿的眼神，将目光落在炕上的孩子身上。随后，他俯下身去，双手按在炕沿儿上，看着孩子问："孩子睡着了？多大了？"

"两周多了。刚喂了奶，吃着吃着就睡着了。"赫茹儿紧贴着尤西良的胳膊，双手摁在炕沿儿上回答。过了一会儿，她扭头瞟了尤西良一眼，温柔地问："你看这孩子的长相随谁？"

尤西良早已心猿意马，觉得自己要把持不住了，他信口说："肯定是随你们两口子，难不成还能随我呀？"

"要真随你就好了！"赫茹儿听着尤西良明显带有挑逗的话，不但没生气，还伸手抚摸了一下尤西良的手背，艳羡地说："你看，还是你们拿笔杆子的，这手多光滑，像女人的手一样。不像你兄弟，他那手摸在身上，跟钢锉似的！"

尤西良一扭身坐在炕上，双手捧住赫茹儿的脸，一边摩挲着一边问："我这手光滑吗？是不是拉你的脸？"

赫茹儿听出，尤西良说话的声音已经发颤，知道他已经像发情的牲畜，起了难以控制的欲念。于是，她抓住他的一只手放到自己的衣服里，嗲声嗲气地说："俺这脸不怕拉，不知身上会不会觉得拉？！"

尤西良一弯腰把赫茹儿抱到炕上……

不知过了多长时间，赫茹儿终于感觉累了，她"呼哧呼哧"地喘着粗气，像个玩儿倦了的孩子似的趴在尤西良的身上，嘴贴着他的胸口说："西、西良哥！你真、真厉害！"

"你不要寒碜我了！我觉得挺对不住立常兄弟的！"尤西良心口不一地说。古人讲，朋友妻不可欺！而今，他不仅杀了朋友，还在朋友尸骨未寒时，搞了他的媳妇！尤西良心里多多少少也有点儿不是滋味。

"你别提起裤子装好人了！你又不是第一次占俺便宜！"赫茹儿抬起头，看着尤西良的眼睛，娇嗔地说。

尤西良心里一惊，不禁疑惑地问："这话怎么说？"

赫茹儿似乎早已淡忘了当初的屈辱，像拉家常一样地说："你忘了，三年前，你在'一贯道'当什么文牍，一天晚上，引保师领着俺去见你。他出去后，你一句别的话也没对俺说，上来就让俺脱裤子，说是要替坛主'考色'。俺撅着屁股，双手扶着香案，你就开始从后面'考色'。完事后，你把引保师喊进来，就让他带着俺去见坛主了。”

尤西良实在记不起赫茹儿了，因为在“三青团”和“一贯道”的十几年，他不知睡过多少女人，丑的俊的，黑的白的，胖的瘦的……有时候晚上喝醉了酒，要不是别人第二天对他说，他都不知道头天晚上自己睡过女人。尤其是在“一贯道”的几年，他几乎“天天当新郎，夜夜入洞房”。他从道亲成为引保师，又成为文牍，就在将成为副坛主时，他一看大事不妙，“急流勇退”，保全了自己。如果不是风声越来越紧，他觉得自己不出五年，就能从副坛主、坛主，一路当到点传师、道长，最后坐上师尊的宝座。

“就是那天晚上，俺从坛主一直见到师尊。”赫茹儿接着说，“因为太晚了，俺在师尊床上睡了一宿。到第二天一大早，师尊又忙活了俺一通，才肯放俺走。回去的道儿上俺就想明白了，看着人模狗样的，说人话不办人事。他跟俺睡觉，也跟别人不一样，简直是个变态！真中了那句话，满口仁义道德，一肚子狼心狗肺！”

尤西良双手搂着赫茹儿的腰，津津有味地听她讲着，仔细体会着她趴在他身上说话时，胸脯一起一伏的那种感觉。听到她说师尊缠着她不放的话，他微微一笑，心想，看她这一做起来就不依不饶的劲头儿，要说是她逮着师尊不肯罢休还有人相信！他见过师尊一次，衣冠楚楚，不言自威，好像全身笼罩着一种神圣的光环。现在，听赫茹儿说起她和师尊睡觉的事，他不禁对赫茹儿的身体重新感兴趣。于是，他将她从自己身上抱下来，平放在炕上，像审视一件稀有的艺术品一样，从头到脚、翻来覆去地瞅起来。他发现，赫茹儿的肚脐旁边儿有一个黄豆粒大的红痦子，立时觉得似曾相识。他感觉就像是在梦中见过，它应该长在梦中情人的肚子上……

“男欢女爱，是人的本能。”尤西良为师尊辩解，也是为自己辩白，“也是周瑜打黄盖，打的愿打，挨的愿挨。所以，但凡有点儿姿色的，我们都过一遍手。”

“有这种好事，你怎么舍得退出？”赫茹儿非常好奇地问。

“我多聪明！我一看，就这种玩儿法早晚出事，我还是先保命吧！命没了，多好看的女人咱也摸不着啦！结果，我前脚儿刚退出，它后脚儿就被灭了。”尤西良得意地回答。

…………

孩子突然“哇”的一声大哭起来。赫茹儿下意识地推开尤西良，赶紧爬着去抱孩子。

“好儿子！是你救了我这条命啊！”尤西良像虎口脱险似的看着哭闹的孩子说，“以后，我拿你当亲儿子，拿你娘当亲媳妇！”

赫茹儿抬头看了尤西良一眼，魅惑地笑道：“你还别说，按日子推算，没准儿这孩子真是你的种。”

第四章　童年的故事

一

泊镇永华火柴厂自建成投产，近半个世纪的时间，出的都是硫化磷火柴。这种火柴，是将发火剂和燃烧剂混合在一起，蘸涂在火柴梗上。硫化磷火柴使用的是黄磷，不仅资源短缺，还容易自燃。存放和携带这种火柴非常危险，因为它能在砂纸、墙面、鞋底甚至衣服上擦燃，稍有不慎，就会引起火灾。而且，黄磷有毒，生产工人一不小心就会中毒身亡。因此，岳恒恺带着蘸药车间的专业技术人员开始试制安全火柴。一个月后，火柴厂开始转产这种火柴。安全火柴用的是无毒无味的赤磷，它在空气中不会自己起火。作为发火剂，他们把赤磷涂在火柴盒的左右两侧，把蘸了燃烧剂的火柴梗放在内盒里。由于泊镇安全火柴质量好，购销任务迅速加大，只靠火柴厂职工难以满足社会需求，于是，厂里便将糊火柴盒的工作放到民间。一时间，泊镇城乡居民都开始糊火柴盒。

为欢庆火柴厂全面转产安全火柴，厂子召开了声势浩大的全厂职工大会。会议在厂子中心的骏马雕塑前举行，大红条幅和彩旗布满了整个会场。慕容巧莹代表市委、市政府前来道贺，她在致辞中说，即将过去的一年，火柴厂取得了社会效益与经济效益双丰收，利润和产量都创下了自建厂以来的最高纪录。厂长王凤迎在大会结束前宣布，为了让全体职工及家属分享这一喜悦，新年厂子放假三天。会场上的气氛如熏风吹麦浪，人们虽然站在零下八九摄氏度的寒风中，心里却暖洋洋的。会议开的时间很短，只用了二十多分钟。按庆祝活动的安排，会后，锣鼓声起，职工们打着条幅、举着彩旗浩浩荡荡地向厂子大门走去。早在大门外准备好鞭炮的工人看到队伍过来，马上点燃了药捻儿，很快，鞭炮“噼里啪啦”地响成一片。炸开的纸屑，如快乐的蝴蝶般飞起，又如雪花般飘落。当游行的队伍举着红艳艳的横幅踩在满地的碎纸片儿上时，浓浓的火药味儿还没有消散。前面最宽最长的红色横幅上，写着“热烈庆祝泊镇火柴厂成功转产安全火柴”，后面的小型条幅上有“凝心聚力、再创辉煌”“争取首季开门红”“向建国十年献礼”……飘动的红旗上，分别写着“卸梗车间”“排梗车间”“蘸药车间”“刷磷车间”“包装车间”……

岳恒恺带着蘸药车间的高跷队过来了，他们后面是卸梗车间的旱船，然后是排梗车间的舞龙，还有刷磷车间的小车会，厂部的大秧歌，职工夜校的武术队，最后，是厂小学和幼儿园的小竹马。岳恒恺的两个女儿是小竹马里最小的演员，她俩刚满五岁，大的叫岳小桦，小的叫岳小俪，取“华丽”之音，明眼人一看，就知道她们是双胞胎。

小竹马是泊镇独有的一种民间舞蹈，又叫跑竹马、十二竹马，演员都是十岁以下的孩子。他们跑起来天真活泼，俏皮欢快，洋溢着浓浓的童趣。顾名思义，十二竹马，就是有十二个小演员，她们身挎竹马，肩系背瓶，手拿腕手，穿着传统戏剧服装，装扮成生、旦、净、末、丑等各种角色。背瓶呈梯形，看着就像纵向剖开的半个六角工艺花瓶。腕手就是马鞭，长八十厘米左右，与舞台上戏剧表演中的马鞭一样。在唢呐和锣鼓的伴奏下，小演员们手持腕手，做出“扬鞭催马”“侧身打马”“怀中搂月”等各种灵活敏捷的动作，就像真的骑在马上似的。他们上身要一直保持端正，双脚走小碎步搓地行进，通过脚底与地面的摩擦，使背瓶里的花束抖动，就像春风吹拂花朵一般。小竹马大多时候以“跑圆场儿”“二龙出水”“单篱笆花”出场，在行进中不断变化队形，一会儿“龙摆尾”，一会儿“双排队”，一会儿“剪刀股”，一会儿“四门斗”……在泊镇所有民间花会表演中，小竹马是最引人注目的。人们看的是孩子们那童真稚嫩又认真专注的表情，听的是那欢快如泉水般奔流的音乐。此时，不管你心里有多少烦恼，都会在这一瞬间烟消云散，心头豁然开朗起来。

高跷队走在徒步游行的队伍后面，就像一艘大船的驾驶舱，高高地俯视着前后左右的一切。这艘“大船”沿着日华大道一直向东，“乘风破浪”地前进着。岳恒恺看到，道路两边早已站满了围观的人群。观众后面是各类商业门市，各个门店前几乎都晾晒着糊好的火柴盒，远远望去，一片连一片，像庄稼人耕作好的田畴。

在十里香酒厂门前的广场上，一字排开十面大鼓。这是从泊镇北郊毛三庄村买来的直径为两米的牛皮鼓，敲起一面鼓，传送到运河里的鼓声便回响不断。二十世纪四十年代初，日本鬼子派人来村里学制鼓工艺，传承人说什么也不收日本人做徒弟。鬼子恼羞成怒，随即给他定了个罪名就将他绑到运河边儿，要在河坡下的刑场上砍下他的脑袋。泊镇警察局刘局长出面为其求情，鬼子于是让人把他做的最大的一面鼓扔到运河里，说过半个时辰，如果还能敲响，就饶了传承人的性命。到了时间后，人们七手八脚地将鼓从河里捞上来，用鼓槌一敲，声音依旧响亮，震得运河水都涌起了浪花。鬼子无话可说，只得放人。

酒厂的鼓手们看到火柴厂的人们过来了，就一齐敲响了大鼓。顿时，大地都跟着剧烈地震动起来，围观的人们急忙向后退去。同时，广场四周悬挂的鞭炮就像激战的枪声一样“砰砰啪啪”地响起来。

按泊镇习俗，鸣放鞭炮，是请花会队伍“撂场儿”。于是，岳恒恺用手里的木棒拨开人群，在广场的一角打开了场子。他们表演的高跷，是从明朝开始就流传于泊镇南头回族人聚居区的黑旗高跷。当时，几个实力大的船老板都住在这片区域，他们拥有的商船停满了整个运河。运河封冻后，船工们要维修船只，以备来年开春使用。闲来无事时，这些船工就用各种方式自娱自乐。其中一位船工忽发奇想，将替换下来的旧桅杆截成两段绑在腿上，试图从船上观看河堤外面的风景。别的船工见了，纷纷效仿，带着绑腿在甲板上“咚咚咚咚”地走来走去，其余的人便敲打船帮为其助兴。脑筋活络的船老板看到这一情景后，就将它照搬到岸上，配上锣鼓点在节日演出。演来演去，就逐步发展成一种新颖的民间艺术形式。

到了清朝乾隆年间，乾隆皇帝南巡回来，在泊镇停船上岸。地方官吏为取悦皇上，就组织花会表演，让乾隆皇帝观看。当时，高跷队为了避讳清朝的“八旗”颜色，临时制作了高七十厘米、宽五十厘米的黑色队旗。因为是皇帝与民同乐，队旗上就用白漆写上了“同乐会”。乾隆皇帝看完高跷表演，“龙颜大悦”，特意为“同乐会”题写了“黑旗高跷”四个大字。从此，黑旗高跷就在地方上叫响了。

高跷分武跷和文跷两种，武跷腿子低，文跷腿子高。黑旗高跷为文跷，它的腿子是墨绿色，高一米七，在一米二的地方安装脚踏板。黑旗高跷表演的是宋江三打祝家庄的情节，里面的主要人物都是梁山好汉，同时融入了脍炙人口的仙怪传说中的主人公。给乾隆皇帝演出时，为了不使梁山好汉举旗造反的故事让他反感，组织者就给各个人物取了“艺名”，分别是棒头、卖豆的、老座子、樵夫、渔翁、白杆儿、青杆儿、刘二哥、刘二姐、公子、傻小儿、傻老婆、瘸子、瞎子及两个敲腰鼓的、两个敲镗鏇（小锣）的，总共十八个角色。

岳恒恺扮演的棒头，是行者武松的形象。他头戴黑绒八角壮士帽，身着黑缎劲衣，腰系巴掌宽的白丝锦，足蹬黑白相间的抓地虎鞋，发缀一颗鲜红的英雄胆，充满豪气侠风。棒头既是高跷队的队长，又是开路先锋。萧天雍扮演的是卖豆的，为浪子燕青的形象，是高跷队的副队长。白杆儿是神话故事里的白蛇，青杆儿是青蛇，表演时，十八个角色双双为伍、两两成对：棒头与卖豆的，老座子与樵夫，白杆儿与公子，青杆儿与渔翁，刘二哥与刘二姐，傻老婆与傻小儿，瞎子和瘸子，然后是两个敲鼓的，两个敲镗鏇的。

黑旗高跷虽然是文跷，但每个人都有自己的基本功，有的角色没有深厚的武术功底是表演不下来的。岳恒恺要表演的有出场三棒、抬头棒、抬腿棒、左右棒、五花棒、背花棒、翻身棒……一场下来，要准确无误地完成精彩的三十六棒。萧天雍要表演的功夫是鹞子翻身、大铡草、小铡草、抱盒子……最后是难度较大的背剑收场。

一开始，锣鼓点响的是慢点，这时，岳恒恺带着各个角色慢步儿入场。这是黑旗高跷与其他高跷不同的地方，踩慢步要有真功夫，是“吃功夫”的活儿。慢步入场时，要亮出每个人的看家本事，用行话说是慢点儿“调毛儿”，“毛儿”即是角色的意思。“调毛儿”后，马上进入快步跑圆场。岳恒恺他们跑的快步比一般高跷快一个点，也就是说，它的鼓点要“多一番”。

在慢步入场、快步跑场后，才重点推出角色，开始下单对儿。首先下场子的是岳恒恺与萧天雍，他们要通过高超的武打动作和逼真的表情，展示宋江三打祝家庄的戏剧性和故事性。只见他们两个人剑、棒翻飞，像杀入敌阵一样，使出浑身解数，一路搏杀打遍了整个场子。一时间，豪杰蹈火，英雄浴血，好一场腥风血雨。他们炉火纯青的表演，引得周围群众一阵阵喝彩。岳恒恺与萧天雍回来后，老座子与樵夫、白杆儿与公子依次出场，正所谓八仙过海，各显神通。每对儿有每对儿的故事，每对儿有每对儿的亮点，或庄重，或风趣，或顽皮，内容丰富，风格奇异，像极了人世百态。尔虞我诈、风霜雪月；苦辣酸甜、悲欢离合！按高跷队的行话说，这叫“闹故事”。因为高跷队表演大多是在喜庆日子里，所以要尽力营造出欢乐活泼、诙谐幽默的喜剧效果，如苦中作乐一般。所有笑料，在傻老婆与傻小儿的表演中达到高潮，从而让围观的人们哄然大笑。

等一双双一对对地表演完，高跷队就开始展示最后一个拿手绝活儿——牵象出场。牵象是由岳恒恺、萧天雍等十一个角色组成的精彩的艺术造型，看上去如一头大象的形状。岳恒恺站中间，扮演白杆儿、青杆儿的人站在他左右，然后是三人一排，站成三排。他们将老座子横着扛在肩上，萧天雍扮演的卖豆的跳到老座子上面，一头威猛的大象就完成了。然后，傻老婆解下腰间的绿绸，一头让老座子叼在嘴里，一头拿在自己手里在前面牵着，傻小儿和公子在“她”左右又是戏弄，又是调笑。锣鼓声中，“大象”威风凛凛地离场。

岳恒恺带着高跷队演了不下十场，最后一场是在运河西岸的正太茶庄门前。这是近百年来泊镇花会庆祝活动中的老规矩。正太茶庄有二百七十多年的历史，最初为正大茶庄。后来，因其他地方冒出了众多的正大茶庄，掌柜的就把“大”字改成“太”字，意为比别的茶庄多一点儿、好一点儿。正太茶庄是高大的青砖建筑，四四方方，应了一个“正”字。在房门上方那硕大的“正太茶庄”砖雕两侧，分别是字体遒劲的“梅兰”“秋菊”砖刻。这里的主人早已备好了烟酒糖茶：英雄角色，可以饮一杯酒；扮女角儿的，可以喝一碗茶；不饮酒不喝茶的，可以抽烟吃糖。傻老婆和傻小儿无拘无束，他们能大把地抓糖、大口地吸烟，要装的自己口袋里都是糖和烟，真是“吃不了兜着走”。演出中，傻小儿会将糖果扔给围观的群众，以增强喜庆气氛。

在正太茶庄演出结束后，岳恒恺将腿子解下来交给萧天雍，吩咐道：“你把它放到厂子后，马上到家来。我先回去接待一下亲友。”

“孩子过十二晌，是女人的事，吕妮儿去了就行了，我就不去了吧？！”

萧天雍推辞道。

岳恒恺撂下脸来，假装不高兴地说：“咱们这种关系，你还跟我客气吗？谁不去你也得去！你舅高兴，让准备了两桌男的，他们老哥儿几个一桌，咱们一桌。”

“要是这样，我放下腿子就赶紧过去。”萧天雍说完，抱起腿子一溜儿小跑地走了。

岳恒恺沿着运河岸往回走。过去，这里是泊镇有名的顺河街，商铺林立，昼夜不息。他记得，这里有竹器、瓷器、铁器、铜器、茶业、糖业、酒业、鞋业、绸缎专营店，也有杂货店、大车店、饭店、旅馆、当铺、钱庄；商号有义盛永、义发顺、义顺和、天顺成、天泉涌、天庆和、永泰和、永利生、永利号、万顺成、万盛永、万庆和、福兴号、福泰永、鸿巨盛、鸿源德、益盛合、益顺和、六顺和、六合斋、恒开泉、恒开源、恒开祥、同义德、同盛德、玉发祥、力林祥、履泰盛、元合号、金记号、裕华号……如今，这些店铺大多迁到了繁华的胜利街上，有的由私立改为公立。他看到，在这些往昔的店铺前，晾满了天蓝色的火柴盒，像一条蓝色的河流，与绿色的运河水相映成趣。他想，现在整个泊镇就像一个大火柴厂了！火柴厂不只养活着职工家庭，也养活着搬运工、挑水工，养活着大半个泊镇。他心里一时高兴，禁不住翻来覆去地唱起母亲曾经对小桦、小俪说的火柴谜语：满屋娃娃，圆圆脑瓜儿；出门一滑，开朵红花！

三

老辈儿人说，婴儿到了十二天，女人生孩子时打开的骨缝就完全闭合了。孩子闯过了极其凶险的“四六风”这一关，产妇也度过了月子里最重要的一关。

按泊镇风俗，女孩是出生十二天过十二晌，而男孩则提前一天，到十一天时就过十二晌。岳恒恺虽然不知道这里面有什么说法，却只能按照父母的心意，随乡入俗。在他看来，过十二晌，就是亲朋好友欢聚在一起，喜迎一个小生命诞生的一场隆重庆典。岳恒恺也很乐意与亲友和街坊邻居共同分享这一快乐，他很享受与人们在酒桌上畅谈的那种感觉。大家天南海北、推心置腹地说话，过去的一些小纠纷、小摩擦也瞬间化解。

岳恒恺到家时，亲友们已经来了不少。他怕有人借他的装扮戏耍打闹，就急忙跑到书房洗了脸，换上了平时穿的衣服才出来一一见面打招呼。他看到，大锅鱼、大锅肉都用院子里临时支起的土灶炖上了，灶里火光闪闪，锅里热气腾腾，整个院子都飘着诱人的香味儿。

“你回来得正好！”岳振业看到儿子，马上吩咐道，“男方亲戚都安排在前边了，你过去看看，缺桌子就去借桌子，缺凳子就去借凳子。安排停当了，就赶紧操持人们去坐下。”

岳恒恺刚走到门外，就见慕容巧莹匆匆忙忙地走了过来。他迎上去叫了一声“莹姑”，就领着她进了院子。

“你怎么还过来了？你一个大忙人！”岳振业见到慕容巧莹，就亦庄亦谐地说。

慕容巧莹走到岳振业面前，笑着说：“再忙也得来看看俺孙子！我其实早就想来了，又怕你不让见孙子，害得我白跑一趟！”

“这一回，你真成姑奶奶了！”岳振业掩饰不住自己心里的欢喜，满面笑容地说，“你从十几岁就自称姑奶奶，这到了几十岁了，终于有人正正式式地叫你姑奶奶了。”

岳振业和慕容巧莹说笑着，带她来到儿媳妇的屋门口。他停下脚步，对慕容巧莹说：“你先进去吧，我还得去张罗张罗。”

“你去忙吧！今天你是大忙人！”慕容巧莹说着，撩起门帘进了屋。她看到，屋里坐满了人。见她进来，有的人便知趣地走了出去，屋里只剩下姬雪灵、覃琴、夏茵和吕妮儿。柳宛婧正抱着孩子喂奶，见了慕容巧莹，便将孩子放在了床边儿，以便让她看得真切。慕容巧莹弯腰看了眼孩子，抬起头对姬雪灵说：“这孩子看着就让人喜欢，才十来天就长开了，看这大眼睛！看这脸蛋，白白生生的！记得俺养孩子那会儿，快一个月了还长得跟个猴儿似的！”

姬雪灵粲然一笑，说：“你那是解放前，现在不是解放后了吗？条件好了，孩子吃得上，长得就快。再说，就凭你跟老仝这身子骨，生出的孩子也错不了，不可能像你说得这么夸张！”

“不骗你，我坐月子时，真是这样！”慕容巧莹“咯咯”地笑着，快言快语地说，“我生完孩子，老仝抱到我面前，我一看，这是生了个什么玩意儿！我以前看到别人家的孩子都白白胖胖的，怎么我生出来的又黑又小，还一身蔫蔫皮，没硌硬死我！”

听了慕容巧莹的话，屋里的人都忍不住笑起来。

“你以前看的可能都是过了满月的孩子。”姬雪灵对慕容巧莹分析道，“过去，孩子不过满月，是不轻易让别人看的。一个是孩子不好看，一个是怕给孩子带进不好的东西。那时候，人们都迷信。”

站在一旁的夏茵笑着插言道：“就是，孩子还没长好看，也不能让人随便看，省得出去说他们家生了个小猴子！”

这一次，慕容巧莹带头笑起来。笑完，她看着柳宛婧说：“你是老岳家的大功臣！一上来就给生了个双胞胎，现在又给生了个大胖小子！我说你怎么好几年都不生，原来是给老岳家憋宝呢！”

柳宛婧冲慕容巧莹盈盈地一笑，脸上却掠过一丝他人不易察觉的尴尬与歉疚。姬雪灵似乎体会到柳宛婧的心思，她笑呵呵地说：“俺这媳妇真是岳家的功臣，是福星！俺一辈子才生了俩孩子，她几年就生了仨孩子，还都这么讨人喜欢！”

夏茵本来还想说话的，听了姬雪灵说的“福星”，她一下子想起隋瑞廷骂她是“扫把星”的话。这几年，她一直在想，隋瑞廷到哪儿去了？活不见人，死不见尸，弄得挺好的一家妻离子散！现在她临近退休，回头看看，才觉得自己对隋瑞廷做得有点儿过头。单凭尤西良的几句话，她就往死里整他，岂不是真让别人拿着当枪使了。

“哪讨人喜欢？”柳宛婧接过婆婆的话茬儿，扭头看着慕容巧莹，诉苦说，“你是不知道，这孩子从生下来就一宿宿地哭，跟投错胎了似的，吵得全家人都睡不了安稳觉。俺说这哪是来了个小子，分明是来了个活祖宗！”

“那你就叫他宗儿吧！”慕容巧莹像是很郑重其事地说，“大家‘宗儿宗儿’地叫上几天，他可能就不哭了。我那孩子刚生下来，也是晚上哭，吵得邻居都睡不好觉。后来他们给我送过来一页黄草纸，上面写着‘天皇皇，地皇皇，俺家有个夜哭郎；过往君子念三遍，一觉睡到大天亮’。他们让我贴到街上去，我没贴，只给孩子起了个小名儿，喊了两天就不哭了。

这个法儿，我是听一个‘老神仙’说的。”

听了慕容巧莹的话，柳宛婧趁机说：“正好，孩子还没起名儿，你就给起一个吧，将来好跟你一样当官。”

“当不当官没关系，孩子健健康康、平平安安就好。”姬雪灵看着慕容巧莹，插言道，“你这当姑奶奶的能给起个名儿最好，长命！按家谱，到他这辈儿，是在‘祥’字上。”

“那叫宗儿就挺好。”慕容巧莹仍然坚持自己的想法，并进一步补充道，“小名儿叫宗儿，大号叫祥宗、岳祥宗，你们觉得怎么样？”

姬雪灵开心地说：“小子是传宗接代的，俺看叫祥宗挺好！”

“你们回头再征求一下他爷爷的意见。我还有事，得赶紧走。”慕容巧莹从随身带的包里掏出一些东西，看着姬雪灵说，“我知道，过十二晌，孩子要穿姑的袄、姨的裤。我这当姑奶奶的，也不知道该买什么，就买了一身小衣服、一把长命锁，图个吉利吧！”

“姑奶奶现在是不花钱的。”覃琴笑着对慕容巧莹说，“他吗时候能给你磕头拜年了，你吗时候再花钱。你花钱的时候还在后头呢！”

“该花的钱，我什么时候也花。”慕容巧莹爽快地说。

姬雪灵打开慕容巧莹给买的一身小红衣服，高兴地说：“他姑奶奶给买的这身衣服好！刚才还说今儿孩子没有红衣服穿呢，你就给买来了。妮儿！把你买的小裤子拿过来，给宗儿穿上吧。”

吕妮儿答应一声，拿过一条青色的小裤，与柳宛婧一起给孩子换衣服。她一边穿一边说：“这回是姑奶奶的袄，姨的裤！——鞋呢？把那双迷糊鞋放哪儿了？”

迷糊鞋是泊镇民间的说法。它不像其他鞋那样鞋底、鞋帮分开，而是鞋帮、鞋底为一体，鞋底上再点缀一绺七彩缨子。据说，孩子穿上此鞋，那还没与肉身真正融为一体的灵魂便迷糊了，忘了来投胎的路，只能在此扎下根。所以，就有了“姑的袄，姨的裤，妗子的花鞋迷了路”的歌谣。姑的袄要红色的，姨的裤要青色的，意思是红红火火过日子，清清白白长成人。给孩子戴的帽子是用花手帕做的，看上去像一顶官帽，其意为长大后当官发财。

最引人注目的，是柳宛婧的母亲送来的九双不同颜色的虎头鞋。她说，孩子穿虎头鞋可以祛病辟邪，保佑外孙长命百岁。她做的那虎头鞋上，除了栩栩如生地绣着虎头、虎眉、虎目、虎须外，还有莲花、牡丹、石榴、南瓜。在泊镇流传着这样一首民谣："一对牡丹一对莲，养的孩子中状元；一对石榴一对瓜，孩子活到九十八。"她这当姥姥的，一次给孩子做九双鞋，就是希望自己的外孙活得长长久久。

"你看，孩子这一打扮，跟个小大人似的！"慕容巧莹大声地笑着说，"宗儿宗儿，快点儿长大吧，好来接你姑奶奶的班儿。现在，姑奶奶得替你去工作了！"

姬雪灵将慕容巧莹送出屋门，正碰上岳恒恺过来。她让儿子去送慕容巧莹，自己停住脚，目光越过院子里来来往往、忙忙碌碌的亲友，看着他们走出大门，才转身回了屋。

岳恒恺将慕容巧莹送出胡同，刚想回家，就见尤西良和彭兴德手提着东西走过来。他俩离老远就冲岳恒恺喊："岳主任！恭喜恭喜！你喜得贵子，我们来喝喜酒了。"

尽管岳恒恺从心里就不喜欢尤西良和彭兴德，但是好汉不打上门客，他还是满面笑容地迎上去，说："你看，又让你们破费啦！"

"我们刚听说，不会嫌来晚了吧？"尤西良将手里的那坛子酒递给岳恒恺，说，"我放了十几年的老酒了，一直没舍得喝，正好拿来给你添喜！"

"你来就来，还拿什么酒？"岳恒恺很客气地接过酒，戏言道，"你到我这儿来，是喝儿子十二晌的酒，还是喝你自己的酒？"

尤西良很快地接话儿说："那还用问，当然是喝十二晌的酒啦！虽然是来喝十二晌的酒，我们也不能空着手来呀！你要不想收这酒，一会儿我再带着走。"

"别的都可以带走，就是这坛酒得留下！"岳恒恺像是爱不释手似的说。他领着尤西良和彭兴德来到前邻的北房，然后进了西屋。

屋里已经坐着萧天雍、龚连长和几个社会上的朋友，看到岳恒恺和尤西良、彭兴德进屋，龚连长马上说："咱这桌人满了，可以开席啦！兴德，你去催催菜。看看今儿是谁当厨子，不行的话，你去给咱弄几个菜上来。我尝着，你做的那水爆肚还行。"

龚连长说完，笑着与萧天雍对视了一下。萧天雍心里立时明白，龚连长的话里有话，暗示尤西良和彭兴德是不受欢迎的人，来这里是给人们“添堵（肚）”。龚连长好像是怕这话被人点破，给今天的喜事上添乱，又赶忙向在座的朋友说：“你们老几位不知道，我们食堂原来的负责人老隋前几年失踪了，彭大厨接了他的班儿，掌管着千人大食堂，着实有两下子。”

彭兴德听了，只是傻笑着冲桌上不熟悉的几个人点头示意，尤西良却面对着岳恒恺，疑惑地说：“说也奇怪，隋瑞廷这么一个大活人，一下子就凭空消失了，一点儿痕迹也没留下，别说尸首了！这几年，你也没听到他有什么消息吧？”

“咱们还不是一样，我要有他的消息，你也早听到了。”岳恒恺柔中带刚地应付道。

“我说尤大科长！”萧天雍紧盯着尤西良的眼睛，问，“你今儿是来喝酒呢，还是要来看看隋瑞廷是不是藏在这里？”

“天雍！你别光顾着说话了，快去告诉后边儿上菜。”岳恒恺一拉萧天雍的胳膊，命令似的说道。他担心萧天雍与尤西良的话越说越多，弄得双方不愉快，便想支走一个。

萧天雍刚要出屋，就听到外面喊：“各位！慢回身，菜来了！”

三

童昕在高山神庙前等了半晌，终于轮到她上香了。她像其他香客一样，恭恭敬敬地走上前，将手里的三炷香虔诚地插在磨盘大的香炉里。她被香炉里腾起的烟雾呛了一口，眼泪都快出来了，却忍住不流泪也不咳嗽，而是专注地面朝神像倒退三步，跪在黄色大蒲团上。她双手合十，挺直了身子，没学别人那样默默祈祷，而是大声说：“我叫童昕，住在前面的山腰上。神仙爷爷，你一定在山上见过我，也照望过我，我在这里先谢谢爷爷了！我喜欢上了瑞廷哥，虽然他结了婚，却七八年没见媳妇面了，嫂子生死未知。眼下，我想嫁给他，照顾他，请神仙爷爷保佑我们。如果瑞廷哥有一天与嫂子团聚，我会及时离开，请神仙爷爷做证。现在，请神仙爷爷做我们的大红媒，祝福我与瑞廷哥相亲相爱，和和美美地过日子！”

童昕祷告完，认认真真地磕了三个头。她站起身来，又凝视了眼前的神像一番，像是要让神仙记住她的模样及说的话一样。最后，她又向神像鞠了一躬，才转身走出神庙。站在一旁的隋瑞廷发现，童昕的眼睛里依然含满泪水，不知是刚才被烟熏的，还是祷念时太动情所致。童昕的脸上还留存着虔诚的神情，没了半点儿平时的稚气及顽皮，像换了个人似的。隋瑞廷意识到，最近两年，童昕已经不像当初那样单纯，目光中多了几分信赖与依恋，神情里多了一些羞涩和成熟。

“咱俩要是结了婚，是你照顾我呀，还是我照顾你？”隋瑞廷将童昕拉到一旁，故意逗起她来。

“你偷听我说话！”童昕羞红了脸，却假装生气地朝隋瑞廷的胳膊拧了一把，娇嗔地说。

隋瑞廷“呵呵”地笑着，说：“你那么大声音，还用偷听吗？你没看到人家祷祝时，都在心里说，不出声的。你不知道吗？人间细语，天听如雷。你这一祷念，估计神仙得捂着耳朵听。”

童昕夸张地举起拳头，像是要打隋瑞廷的样子。见隋瑞廷跑开，她撒娇似的在后面喊：“我不跟你玩了！你要是再欺负我，我就去跳海，看我爹不向你要人！”

隋瑞廷知道童昕说的都是孩子话。他也知道，童昕跪在蒲团上说的话，大多是让他听的。他比童昕整整大了一旬，最初他只拿她当个调皮可爱的小妹妹，想不到日子一长，她会对自己动了感情。更想不到，他也越来越喜欢这个妹妹了，他真不愿眼瞅着她嫁给别的男人。虽然他知道自己的这个想法很自私，甚至觉得有点儿忘恩负义，却始终摆脱不开。在最痛苦与深深自责时，他甚至想一走了之，远远地离开他们父女俩，却又怕那样做更残忍，童昕难免不会哭着喊着满世界找他。他之所以烦恼郁闷，是不知道自己该不该接受童昕的爱，更不知道自己远在几千里之外的妻子、女儿怎么样了！迟疑不决是最折磨人的，闹得他和童昕一天天就像有把刀扎在心上一般。终于，他下了决心，想不再折磨童昕，也不再折磨自己了。他对童昕说，只要童叔不反对，他就娶她。谁知，童叔竟然很痛快地点了头。于是，他这颗悬着的心踏实下来。他想，不管以后会发生什么情况，此时，他不能再辜负童昕了，不能无休止地去伤害一个痴情的女孩子！如果与原配一直不能团聚，他怎能让童昕就这样一直等下去，等一辈子！那样，他不是负心郎，也是白眼狼！

隋瑞廷来到一个大石头上，看着远方，也俯视着大海。远方有他的妻女，他看不到，就像他看不到大海的波浪一样。但他知道，海的波涛起伏如茫茫荒漠里连绵不断的沙丘，海的浪花如昙花一样乍开乍落，发出十分动听的声音。他的身后，是那座六层宝塔。他曾登到塔顶，从那里能看到偌大的县城，看到文澜江如一条白练般飘过县城，弯弯曲曲地流向大海；能看到山上山下的木瓜园、荔枝园、芒果园；看到蔚蓝色的大海与深绿色的原野。

宝塔下，有一块大石头，上面刻着红色的字。隋瑞廷从来没注意那上面刻的是什么。今天，站在这块石头前，才发现那一行行的字，竟然是一首诗："穿天透地不辞劳，到底方知出处高；溪涧焉能留得住，终须大海作波涛。"

"你今天怎么想起看它来了？"童昕站在隋瑞廷身后，声音非常低沉地问。不知什么时候，她已经来到他身边。见隋瑞廷聚精会神地看着石头上的文字，她脸上倏地掠过一丝阴云，心里"咯噔"一下，像是有了一种不祥的征兆似的。

隋瑞廷明白，童昕是被那句"焉能留得住"伤着了。为了使她开心，他没话找话地说："结婚前，咱俩是不是再去趟县城？我也不知道你们这里的风俗，我是不是要给你买点儿什么？"

"只要是你给买的，买什么我也喜欢。"童昕激动地回答。一听说结婚的事，她立时展露出以往那纯稚率真的笑脸。但是，那首诗的最后两句，始终让她如鲠在喉。回到家，见父亲正在树荫下看书，她第一句话就问："爸！石头上为什么刻那首诗呀？"

童叔抬起头，疑惑地问："哪块石头上？什么诗？"

"就是那首'溪涧焉能留得住'！"童昕很详细地说。

隋瑞廷会心地一笑。他觉得，自己猜得不错，童昕果然是为这一句诗纠结起来。看来，她一直担心的是留不住他，是失去他。而他，又何尝不是如此！几千个日日夜夜，他早把她当成了亲人，把童叔当成了自己的父亲。

"你说的是这首诗啊！这是太平天国时南王冯云山作的诗，叫《咏瀑布》。冯云山就是海峡对岸的人。据说，他曾经从这山上用望远镜看到过自己的村子，于是就留了首诗在这里。”童叔耐心地说，“其实，这诗是他仿写的。唐朝香严闲禅师说的是‘千岩万壑不辞劳，远看方知出处高’，唐宣宗李忱接的下两句，是‘溪涧岂能留得住，终归大海作波涛’。冯云山在这基础上改了几个字，更有了深意。表面上看，他们都是在写瀑布，实际上是说自己不甘寂寞，有出人头地的志向。有志者事竟成，他们一个当了皇帝，一个成了南王。”

“怪不得书上有那么多好诗，偏偏刻了这么一首在山上！”童昕像是自言自语似的说。

“你怎么忽然问起这首诗来？”童叔看着女儿，好奇地问。

隋瑞廷替童昕回答道：“刚才在山上，她跟我一起看了这诗，只觉得写得好，却没弄懂说的是什么意思。”

童叔“哦”了一声。他看了一眼童昕，打开手里的书，从中间拿出一封信来，对隋瑞廷说：“我有个事跟你说。前些天，我瞒着你给泊镇写了封信，今天收到了回信。你先看看吧。”

隋瑞廷心头一紧，觉得有些意外。他心情复杂地从童叔手里接过信，看着看着，双手像被铁水烫伤一样剧烈地颤抖起来。

童昕不知发生了什么事，她忍不住走过去，从隋瑞廷手里抢过那封信，急切地读起来：

老童同志：

来信收悉。您问的那个隋瑞廷，是我最好的朋友。前几年，因被人诬陷，避难而去，不知所终。他的妻子在等了几年后，于去年春天带着女儿隋媛改嫁。后来，女儿不愿跟她继父一起住，便借住到萧天雍家。萧天雍也是隋瑞廷的朋友，他儿子萧鸿堃与隋媛都在读小学一年级。隋媛特别懂事，他们全家对她很好，她成了他家人人都喜爱的一名成员。一有时间，萧天雍就带着两个孩子到我家来玩儿，我家的人也得以关爱和照顾隋媛。

隋瑞廷是个非常好的人，待人热情，诚实守信，有非常强的工作能力。他做事认真负责，是火柴厂难得的人才。他离开后，泊镇的朋友都很惦记他。如果您有他的消息，一定要告诉我，让我们知道他现在的情况，免得大家担心。

此致

敬礼

岳恒恺

一九五九年十月六日

童昕看完了信，便将它还给了父亲。她默默地走到隋瑞廷身边，抱住他的胳膊，充满温情地安慰道："嫂子、孩子都平安，你也该放心了。你要理解嫂子，不能怪她。她一个人带着孩子过了六七年，已经很不容易了。等有一天见到她，你一定得谢谢人家。我也要谢谢她，她为我的男人照顾了好几年孩子！"

隋瑞廷没有说话，只是将手放到童昕的手上。

不知过了多长时间，童叔才开口说："瑞廷啊！你不要怪你童叔，我就是想在女儿嫁给你之前，把事先弄明白！"

"我理解！"隋瑞廷诚恳地说，"如果是我女儿要嫁给一个来历不明的人，我也不会放心。说起来，我很感激你！是你让我知道了家里的情况，这样，我便了无牵挂，能心安理得地与童昕在一起了！"

"你能这样想，我非常高兴！"童叔欢喜地说，"我没看错你，你做事有板有眼，很让人放心。从信中可以看出，你泊镇的那些朋友对你也很佩服。这是你用自己的人品换来的。常言道：人心换人心，四两换半斤，你对人家好，人家自然就对你好。不管怎么说，通过今天这个事，我可以放心地嫁女儿了，你也可以安心地娶我女儿了！我知道，刚刚获知家里发生的这些变故，你要慢慢开解，慢慢认同。等你心里平复了，我就操办你和童昕的婚事。"

"童叔！你想得真周全！这几年，我跟你学了很多东西！"隋瑞廷诚挚地说，"我有时候会觉得，我是来山上拜师学艺的。终归有一天，我学成下山，找到自己的用武之地。"

"那我就是你的小师妹了！"童昕像是又恢复了过去俏皮的样子，开玩笑地说，"师兄！你什么时候下山，师妹我助你一臂之力！可是，有人当了皇帝，有人做了王，咱下山弄个什么当当？"

“别斗嘴了！你肚子还不饿呀？”童叔板起脸来，对童昕说。

童昕调皮地冲父亲一笑，回头看着隋瑞廷说：“要是这样的话，师兄，你下山前先上灶吧，我给你扮一回烧火丫头杨排风！”

四

“那天晚上，下着大雨，还下着雹子。红军战士卢进勇被子弹打伤的腿让雨一淋，发了炎，疼得走不动道儿，就被大部队落下了。”姬雪灵给围在自己身边的几个孩子讲着王愿坚的《七根火柴》。这是一篇小说，主人公叫卢进勇。

坐在姬雪灵面前的孩子，除了孙女小桦、小俪，孙子宗儿，还有萧天雍的儿子堃儿，隋瑞廷的女儿媛媛。这几个孩子，一不上学了，就缠着姬雪灵给他们讲故事。姬雪灵从奶奶和母亲那里听来的故事，从丈夫那里听来的故事都讲完了，只好“现学现卖”，自己去读故事书，然后说给孩子们听。

“后来雨停了，卢进勇身上也湿透啦，冻得他一个劲儿地发抖。他想啊，这会儿要是有一堆火烤烤该多好哇！但是，他没有火柴，附近也没有可以生火的干柴火。打前几天，他们那个连就没有火柴用了。”姬雪灵继续给孩子们讲着，“他不光是冷，还饿。他把手伸到裤子口袋儿里，摸到了一点儿弄湿了的面粉，他高兴地翻开口袋儿，用手指刮到一起，有鸡蛋那么大的一团。”

“奶奶！我吃鸡蛋！”只有两岁多的宗儿用稚嫩的声音说。

姬雪灵的心一下子被触痛了。她家已经有几个月没有鸡蛋吃了。现在是国家困难时期，粮食都吃不饱，哪还有钱买鸡蛋？！可能别人家的生活还好过一点儿，她家七口人，是个大家庭，日子自然比一般人过得更紧。

“你别闹！听奶奶讲完了再说。要不，姐不跟你玩儿了！”小桦将宗儿搂在怀里，黑着脸吓唬道。

宗儿果然不闹了。他心里可能还想着鸡蛋，表面上却瞪着大眼睛听奶奶接着讲故事。姬雪灵心疼地看了一眼宗儿，继续说道：“卢进勇已经一天一宿没吃东西了。他怕把面团儿一口吃下去，就搓成了一个长条，想一点点地慢慢咬。就在这会儿，他听到附近有人小声叫‘同志’。他在一棵小树底下找到了喊他的人，那人也是红军战士，已经饿得站不起来了。他将自己手里的面团儿给战士吃，那个战士说：‘没用了，我吃了也活不成啦。’战士让卢进勇从自己的胳肢窝下摸出一个油纸包，然后抖抖索索地打开一看，是个党员证。证里，夹着几根火柴，战士用他那僵硬的手指头一根一根地数了很长时间，才数完那七根火柴。他把党员证合起来，交到卢进勇手里，然后用力抬起胳膊指着红军队伍去的方向，慢慢地闭上了眼睛。”

“他死了吗？”媛媛忽闪着一双又黑又亮的大眼睛，十分迫切地追问道，“后来怎么样了？”

“是，那个战士牺牲了！”姬雪灵看着媛媛，慈爱地说，“后来，卢进勇追上了大部队，用那火柴为战士们点起了一堆堆的篝火。他找到了自己的指导员，打开党员证，把剩下的六根火柴一根一根地数给指导员看，就像那名牺牲的战士数给他看一样。”

“红军战士为什么不多带点儿火柴？”堃儿天真地说，“要是我爸爸在就好了，多分给他们点儿火柴，他们就冻不着，也饿不着了。我爸爸也是党员，也有党员证。”

“那时候，你爸爸没赶上。”姬雪灵笑着说，“好了，今儿就讲这些，你们自己玩儿吧。不能打架，也不能吵嘴。我看，你们还是猜谜语吧！小桦，你先说，让堃儿和媛媛猜。一会儿，再……”

堃儿还没等姬雪灵说完，就抢过话茬儿说道：“我先讲，你们几个来猜。都听着：四四方方一间房，里面住着白木郎；头上戴着乌纱帽，碰到墙壁就发光。”

“我知道！是……”媛媛站起来，刚想说，被堃儿拦住了。

堃儿对媛媛说：“你知道，你不能说！”

“你不让她说我也知道，是火柴，对不对？”小桦歪着头，骄傲地说，“该我说了：一张小床长四方，困着许多小和尚；抓起和尚墙上撞，和尚头上放金光。”

“你说的也是火柴！”堃儿手指着小桦，得意地说。

小俪提议道：“咱今儿就说火柴的谜语吧，谁说不出来了，谁就唱歌。

刚才我姐和堃儿说了，该我了：一个和尚头，头上光油油；墙上撞一撞，冒火烧掉头。——媛媛，到你了。”

媛媛想了想，说：“身穿白衣袍，头戴小红帽；刚跟癞子亲嘴，便把小命儿送掉。——堃儿哥，又到你了！”

…………

孩子们讲谜语时，姬雪灵打开自己陪嫁的樟木箱，拿出母亲给她的首饰。首饰用一个淡蓝色的手帕包着，里面大多是银制的物品，只有耳环和一个戒指是金的。金的首饰还亮闪闪的，而银的却生了黑色锈斑。她拿起金戒指看了看，又放了回去。戒指是丈夫送给她的，她无论如何也不会给别人。她又拿起小时候戴的长命锁看了看，与金戒指一块儿放在了一边。最后，她将一个墨绿色的玉手镯、一对银手镯、一对银脚镯和一副金耳环包了起来，小心翼翼地揣到怀里。

“堃儿，你是大哥哥，看着妹妹和弟弟点儿。不愿在屋里待着，就到院子里玩儿，可别出大门。”姬雪灵对堃儿嘱咐道。临出屋时，她又回过头对几个孩子说：“别玩儿火柴，听到了吗？”

姬雪灵揣着首饰来到运河桥头，见平时卖禽蛋的地方还有几个摆摊儿的。她走到跟前才发现，大多是卖活鸡活鸭的，只有一个摊儿卖鸡蛋。卖鸡蛋的是一个岁数与她相仿的老妇人。她走过去时，那老妇正用眼看着她，热切地问：“是买鸡蛋吗？”

“俺没带钱，用首饰换行吗？”姬雪灵小声问，像是怕路过的熟人听到似的。

老妇断然说：“俺要首饰有吗用？它不当吃也不当喝！俺是想卖点儿鸡蛋，去买粮食的。家里的人都快饿死了，等着买吃的回去呢！”

姬雪灵看了眼妇人篮子里玉石一样的鸡蛋，十分不舍地走开了。她围着那卖鸡卖鸭的摊子转了一圈儿，准备朝回走时，被卖鸡蛋的老妇叫住了。妇人说：“俺看看，你那是吗首饰？”

“什么首饰也有！”姬雪灵听到老妇的话，急忙来到她面前，很快地从怀里掏出那包首饰。她打开手帕，双手托着让老妇去瞅。

“是银的呀！这不都是小孩儿戴的吗？你看，都长锈了！这是哪年的东西呀！这年头，人都快饿死了，哪儿还有气力生孩子呀！”老妇一边看一边念叨着说，“这玉手镯挺漂亮，是过去大家闺秀戴的吧？俺们庄户人家戴这个不行，天天干体力活儿，一不小心就碰碎了！这副耳环倒是金的，给你八个鸡蛋行吗？行咱就换。俺看你都拿出这些首饰来换鸡蛋了，想必也是急着要鸡蛋。”

“俺是想换给孙子、孙女们吃的。孩子有半年没吃到鸡蛋了！”姬雪灵向老妇诉苦道，“俺家大人孩子有九个，四个大人、五个孩子。孩子们一人两个鸡蛋，正好是十个。你给十个鸡蛋吧，十个俺就给你耳环。不瞒你说，这耳环是俺娘留下的。她闭眼前，让俺从她的耳朵上摘了下来！”

“十个就十个吧！”老妇见姬雪灵说得有点儿动情，便答应了。

姬雪灵用衣服兜着鸡蛋，像得到稀世宝贝一样匆忙地离开桥头，欢欢喜喜地往家走去。

五

尤西良一进食堂就嚷道：“今儿这是什么日子？怎么还没到年就炖肉啦？我打老远就闻到了肉味儿！估计这香气都飘到各车间去了，他们早就流了哈喇子！”

“尤科长！这段时间怎么总往食堂跑？”彭兴德放下手里的舀子，笑着问，“是不是你肚子里长馋虫了？”

“见到肉谁不馋？我先尝一块，看看熟了没有。”尤西良说着，拿起锅上的大铁勺子就要去盛肉。

彭兴德一把拉住他，小声说：“这是我一个乡下亲戚送过来的，病死的猪，没煮烂可不能吃！”

“你哄我的吧？你就是不想让我尝，也别用这话儿来哄我！”尤西良瞪着眼睛说，“用病猪肉给大伙儿吃，你这胆子可真不小！你也就能跟我说，要是跟别人说，你这食堂主任也干到头儿了！”

“我的那个亲哥哟！你小点儿声，你想害死我呀？！”听了尤西良的话，彭兴德吓得赶紧去捂他的嘴。过了一会儿，彭兴德说：“你给我看着锅点儿，我去趟茅房。”

尤西良哈哈一笑，说：“看，我一说，就把你吓出尿来了！”

彭兴德出去后，尤西良见人们各忙各的，没人注意他，便急忙从衣服口袋里掏出一包东西倒进锅里。他将包药的纸扔进火里后，拿起那把大铁锨似的锅铲，开始搅拌锅里炖的肉。等彭兴德回来，他用手帕擦着手，说：“今儿饭好，有肉有鱼！我一会儿早点儿过来，弄点儿鱼呀肉呀的。”

“你想得美！”彭兴德揶揄道，“咱有规定，想吃肉就不能吃鱼，要吃鱼就不能吃肉！这大困难时期，外面的人都快饿死了，你还想大鱼大肉地吃呀？！今儿能吃一样就不错了，下次吃，还不知道是猴年马月呢！”

“那也得早点儿来。我看，还是想吃肉的多。我要是来不了，你小子给我留一份儿肉。要是不留，我就把你身上的横肉割下来，扔锅里炖巴炖巴吃了！”尤西良与彭兴德开了一句玩笑，倒背着手优哉游哉地往办公室走去。

路过厂子北大门时，尤西良听到门外传来孩子凄切的喊叫声。他跑出厂门一看，见一个孩子倒在地上，另外几个孩子正围着她叫喊着。尤西良快步走过去，问：“怎么啦？”

“叔叔！快救救她！”堃儿站起来，拉住尤西良的手说，“小桦自己倒了，叫也叫不醒。”

尤西良蹲到小桦身旁，用手掐住了她的人中。然后，他对堃儿说：“快去厂子喊大夫。你们认识她家吗？去把她家的大人喊来。”

“已经去喊大人了。”堃儿说着，让媛媛留下看着小桦和宗儿，自己飞快地跑进了厂子。

不一会儿，萧天雍就带着一名厂医跑了过来。医生看了看，从药箱里拿出一瓶药液，掰开小桦的嘴喂了进去。然后，抬起头对萧天雍说：“是饿的，没什么事，一会儿就醒了。”

小俪陪着奶奶跑过来了。见了姬雪灵，萧天雍说：“别担心，孩子是饿昏了。——怎么把孩子饿成这样？！”

“刚才他们从家里出来时，我给一个孩子煮了一个鸡蛋，怎么会饿着呢？！”姬雪灵疑惑不解地说。

“我姐把她那个鸡蛋给宗儿吃了。”小俪在一旁说。

小桦睁开了眼睛，先叫了声“奶奶”。

姬雪灵又疼又怜地对小桦说：“你个傻孩子！谁让你把鸡蛋给弟弟吃

的？把弟弟撑着了，你娘还跟你有完吗？！”

小桦笑了一下，说：“撑不着他。上回宗儿也吃了两个鸡蛋，也没撑着。”

姬雪灵听出，这些日子她给孩子们煮了两回鸡蛋，小桦一个也没吃，全给宗儿了。这个当姐的，太疼她弟弟了！她心里一酸，眼泪出来了。她怕让孩子们看到，慌忙抬起胳膊，用衣袖擦了擦眼睛。

萧天雍从地上抱起小桦，说：“走，跟雍叔去食堂里吃点儿东西。”

“别让她去啦，俺家里也熟饭了。”姬雪灵拉着小桦的手说。

“这儿不是离食堂近嘛！”萧天雍坚持道，“大娘！你带着孩子们回去吧，一会儿吃饱了饭，我就把小桦送回去。”

萧天雍抱着小桦走进厂子大门，小桦在他怀里说：“雍叔！你放我下来吧，我自己能走。”

“这就到了！”萧天雍往上抱了抱小桦，疾走几步进了食堂。他将小桦放到凳子上，去窗口买了一份炖肉、一个馒头和一个煮熟的鸭梨。他将饭放到小桦面前，温和地说：“慢慢吃，别着急。”

“雍叔！你也吃吧。”小桦将馒头掰开，拿起筷子说。

“雍叔吃过饭了，你吃吧。”萧天雍说着，怕小桦当着自己的面不好意思吃，便借故走了出去。他到厂子转了一圈儿，回来时小桦已经放下了碗筷。那个鸭梨她没吃，于是萧天雍便坐在小桦身旁，将梨啃着吃了。他刚吃完梨，就见小桦手捂着肚子，脸上露出痛苦的神情。

“雍叔！我肚子疼！”小桦说着，汗珠儿已经布满了额头。突然，她“哇”的一声，将吃的东西吐了出来。

萧天雍也没多想，抱起小桦就往医务室跑。医务室只剩下一个值班的女医生，萧天雍将小桦放到病床上后，她看了半天也没看明白孩子得的到底是什么病。于是，她给小桦打了一针止痛药，对萧天雍说：“萧厂长！这孩子太虚弱了，别耽误了，你赶紧叫车，送市医院吧。”

萧天雍刚要抱着小桦走，便听到外面有工人“咚咚咚”地跑过来喊道：“医、医生！快、快去食堂看、看看吧，倒、倒了一片！”

“什么倒了一片？”萧天雍看着累得气喘吁吁的工人，惊诧地问。

“萧、萧厂长也在呀！”那名工人与萧天雍打了个招呼，接着说，“吃、吃饭的人，倒了一片，疼得在地上打滚儿呢！”

萧天雍知道厂里发生了大事，那些工人应该和小桦一样，是食物中毒了。于是，他对女医生说：“你马上给孩子打一针解毒的药，我得赶紧过去看看。”

厂长去天津开会了，现在厂里的行政事务全由萧天雍一个人负责。他跑到食堂一看，宽大的饭厅里一片呻吟声，有倚着墙坐着的，有在地上躺着的，横七竖八地倒着有几百号人。这些人与小桦的症状一样，上吐下泻，弄得饭厅里到处都弥漫着一股刺鼻的臭味。萧天雍心里有点儿发慌，表面看上去却很镇定。他把几个还没吃饭的厂部人员叫到面前，分别安排他们去向医院求救、向市委汇报，并派人联系远在天津的厂长，让厂长向省委、省政府求援。同时，他让龚连长将食堂的所有厨师都带到连部去。这样做，一是有利于清查可疑人员，二是可以保护无辜的人，免得职工家属因情绪激动与他们发生冲突。一切安排好后，萧天雍马上跑回了医务室。一进医务室，就见女医生脸色苍白地倚墙站着，看到他后才哆哆嗦嗦地说：“孩子，孩子不行了！”

“你说什么？！”萧天雍万分惊愕地大吼一声，跑到病床前一看，发现小桦闭着眼睛，安静地躺在病床上，像沉睡了一般。她那张稚气的脸上没有一丝血色，口鼻也没了一点儿呼吸。

“萧厂长！我……”女医生想解释什么，刚走过来，就被恼羞成怒的萧天雍重重地打了一个耳光。

“连个孩子也救不了，要你干什么？给我滚回家去吧！”萧天雍冲女医生发了一顿脾气，然后抱起小桦向外走，留下女医生一个人在屋里“呜呜咽咽”地哭泣。

萧天雍觉得自己快承受不住了，数百工人倒下了，那场面像极了惨烈的战场！往下是个什么样的结局，还很难预测。要是这几百人都像小桦似的，厂子也就彻底完了！那几百个家庭也完了！这些工人，可能都是家里的顶梁柱哇！小桦没了，一个活蹦乱跳的、这么乖巧的孩子，眼看着就没了！他怎么向恒恺交代，怎么向岳家交代？他好心带着孩子来吃顿饱饭，却要了她的命！早知如此，还不如让她奶奶领回家吃饭！

萧天雍快走到厂门口时，岳恒恺迎着他跑来。岳恒恺一听到工人中毒的事，就急忙过来了。进了厂门，他瞅见萧天雍抱着小桦踉踉跄跄地走过来，心里猛地一震，一种不祥的预感从心头涌出。

“恒恺哥！小桦……”萧天雍刚一开口，被压抑很久的眼泪就“哗”地流了出来，他愧悔地说，“都怪我！怪我呀！”

岳恒恺没有说话，他看了小桦一眼，从萧天雍怀里抱过孩子，扭头就走。萧天雍像个影子似的，在后面紧紧跟随着。出了厂门，岳恒恺发现萧天雍还在后面跟着，就回过头大声斥责道：“你还不快去食堂看看，跟着我来干吗？！”

萧天雍停住了双脚，等岳恒恺转身走了，他又跟了过来。这一次，岳恒恺真急了，大声骂道：“你浑哪？厂子那些人要是死了，你担得起这个责任吗？厂长不在家，有个一差二错，你就是犯罪！”

“我想见面跟嫂子解释……”萧天雍嗫嚅道。长这么大，他第一次看到岳恒恺发这么大的脾气。他觉得，自己面前就像站着一个凶神恶煞一般，让他心惊胆战。

“解释什么？你是想让她骂你一顿，还是想让我揍你一顿？”岳恒恺用眼瞪着萧天雍，满腔怒气地问。

“你们打我也行，骂我也行，这样我心里还能好受一点儿！”萧天雍向岳恒恺诉说着自己的心里话。

岳恒恺依然用强硬的语气说：“人又不是你害死的，你用不着这样！小桦已经活不过来了，你跟着有什么用？你赶紧去食堂盯着，那里要是乱了，要是再死了人，你百身莫赎！”

听了岳恒恺的话，萧天雍只好打消了去见柳宛婧的想法。他眼看着岳恒恺抱着小桦一步步走远，才转身回了厂里。他担心听到消息的职工家属全都拥进厂来，造成现场混乱，就首先派人去大门口守着，并给闻讯赶来的人做安抚工作。刚安排完，医院的救护车就拉着十几名医生赶到了。医生们开始抢救病人时，市委靳书记带着市委、市政府的人也来了。随后，医院院长与第二批医生被消防队的车拉了过来。

靳书记在萧天雍的陪同下，察看了饭厅内外的病人，然后将医院院长、消防队长等人叫到一起，严肃地说：“大家也看到了，这里的情况十分糟糕！你们一定要全力以赴，紧急抢救，要钱要物冲我说，谁也不能耽误事。一句话，要不惜一切代价，确保不死一人！”

“现在最需要的是车辆。”医院院长看着靳书记说，“看这情势，可能要去上级医院调药品，危重病人也要转到沧州甚至天津！我们只有一辆救护车，跑不过来。”

“这事好办。”靳书记扭头看着消防队队长，果断地说，“救人如救火，把你们消防队的这两辆车先让医院用着。没我的话儿，不得擅自往回叫。人命关天，一切服从大局！”

“明白！”消防队队长很爽快地说，“我今儿就在这儿给刘院长当助手，要车我出车，要人我来人，要血咱输血！”

“好！你们赶紧去忙吧。”靳书记说完，把萧天雍叫住，嘱咐道：“萧厂长！你今儿最大的任务，是稳定职工家属的情绪。我刚过来时，看到门口围了许多人，一定要拦住他们，不能让他们进厂，免得影响医生救人。同时，要让他们闪开道路，绝对不能耽误车辆出入。”

萧天雍答应一声，让龚连长留下陪着靳书记，自己向大门口走去。快到北大门时，迎面碰上公安局局长带着几个警察赶了来。他们互相打了声招呼，局长便跑着来见靳书记。

“你们来得正好！”靳书记对公安局局长说，“我看了一圈儿，不好确定是食物中毒还是有人投毒。你们先把食堂的所有人员给我控制起来，一个也不要放过。”

“萧厂长已经让我们把食堂的人都弄到民兵连去了。”龚连长对公安局局长说，“我将他们都交给你们吧。”

一切都布置下去后，靳书记就坐在工人给他搬过来的长条凳上。这时，站在他身旁的秘书打开公文包，从里面拿出一个吃了一半的窝头递给他，他看也没看地就咬了一口，慢慢嚼起来。

一个小时后，沧州与附近县市的救护车载着医务人员陆续赶来了。太阳快落山时，厂长与天津各个医院的专家们一同进了火柴厂。

萧天雍向厂长说了厂子目前的状况，便急忙赶到岳恒恺家。在大门口，他碰到了岳振业。岳振业拦住他说：“你别进去了，他们都在气头上，说话没轻重，嚷嚷起来就不好了。小桦已经让人拉到城北，埋在运河边上了。这里没事了。你赶紧回火柴厂吧，这个时候那里最需要你。”

听到小桦已经被埋进土里，萧天雍的心像被刀绞一样疼起来。那个见了他就喊“雍叔、雍叔”的懂事的孩子，他这辈子永远也看不到了！他下意识地往院子里望了一眼，正看到柳宛婧从屋里出来。柳宛婧一眼瞅见他，像疯了似的跑过来，嘴里骂道：“萧天雍！你个混蛋！你还我女儿！你把小桦还给我！”

蹲在书房门口的岳恒恺见柳宛婧冲向萧天雍，急忙追上来抱住她，然后朝萧天雍喊道：“不让你到家来，你怎么就不听话儿呢！快滚！”

柳宛婧哭闹着，张嘴就咬岳恒恺搂着她的手。岳恒恺抱起她来，将她四脚朝天地弄回了屋里。她趴在床上“哇哇”地哭起来。

“你都哭了半天啦，不能再哭了！”吕妮儿用手拍着她的身子，哑着嗓子说，“你就是哭死了，小桦也听不到了。你还有小俪和宗儿，你要是哭坏了身子，他们俩谁来照顾？！”

“你说生孩子干吗？”柳宛婧一边儿流泪一边儿说，“要是不生孩子，就没有这么多事了！”

“你别说傻话了！当女人，哪有不生孩子的？”吕妮儿不住地劝道，“人家不是说嘛，夭折的孩子都是父母的讨债鬼，她讨清了债，一拍屁股走人了，你还没完没了地伤心难过，不光剩下折磨自己了？我知道，别人怎么劝你也没用，你还得自己想开点儿……”

岳恒恺见柳宛婧的情绪渐渐平复下来，便撩起门帘走出屋。在堂屋里，母亲叫住他，说：“俺想了，过几天就带着宗儿回河间老家去。俺们一走，剩下你们三口就能吃饱饭了。现在地里的东西都下来了，随便到洼里弄点儿东西就饿不着。”

“你怎么忽然想起这事来了？”岳恒恺诧异地看着母亲，说，“你跟我爹商量吧，爹要同意，我也没意见。”

母亲说：“这事，俺也不是今儿才想起来的。俺考虑多少天了，也跟你爹提过，你爹担心你们两口子不让俺们带着宗儿到乡下去。可如果不带他走，五六个人宠着一个孩子，他一辈子也长不大，就是长大了也长不出息。这次，要是小桦不惯着他，将鸡蛋让他吃了，她自己就饿不昏，就不会让天雍带到厂子食堂里吃饭，吗事也就没有了！全都是让吃不饱肚子闹的！”

“现在，乡下的日子也不好过。”岳恒恺顾虑重重地说。

母亲坚持道：“乡下的日子再不好过，也比城里强。就是到了立冬后，去地里捡捡白菜帮子，挖挖白菜疙瘩，也能吃些日子。等春天一来，地里的野菜就又长出来了。”

六

火柴厂有六百多名工人中毒。有看到的人对外面说，最严重的，从嘴里喷出了半盆子血。仗着年轻的工人和消防队员们献血、输血，才把他们从死亡线上救回来，没有一人像小桦那样不幸丧命。

这个事件，被定性为食物中毒，主要原因是病死猪肉、没煮透的烂梨和食堂里飞来飞去的苍蝇。彭兴德让公安局戴上手铐押走，很快就被投进监狱。

萧天雍对这一结论心存疑虑，他觉得，如果是食物中毒，人们又吐又拉的，毒物早已出来大半，怎么还会出现这么严重的症状？他想彻底把事情弄明白，免得再发生这样的事故。

尤西良见萧天雍紧盯着这件事不放，心里就开始着急。他想来想去，最后跑到厂长那里告了吕妮儿一状，说她利用当现金会计的便利条件，拿厂子的信纸、信封给亲戚朋友写信。按尤西良的想法，只要打乱萧天雍的心绪，他就无心再去追查职工中毒的事。果然，厂长把萧天雍和吕妮儿都叫到自己的办公室，让萧天雍自己说怎么处理吕妮儿侵吞公共财产的问题。萧天雍说，那就扣她一个月的工资，让她在科里做检查。厂长说，这样处罚，怕是让人们说你用副厂长的权力袒护自己的老婆。再者，也起不到杀一儆百的作用。最后，厂长说：“我看这样，让你媳妇到厂子大门口站三天，让工人们知道，私占公共财产，谁也保不了！”

萧天雍心里虽然不痛快，为了不与厂长撕破脸，也只能隐忍了。他这一忍，吕妮儿便丢大了脸。她站在厂子大门口西侧，后面墙上贴着一张大纸，用毛笔写着她的检讨书。一个平时不愿抛头露面的女人，如今，竟然让过来过去的人瞅来瞅去。尤其是工人下班的时候，两千多工人从她面前走过，各种各样的目光在她身上扫过来扫过去，让她恨不得找个地缝钻进去。最受不了的，是认识她的人和她打招呼；尴尬难堪的，是认识她的人装作没看到她，快走到她面前了，又扭过头去。还有那好事的人，上来很认真地看她写的检查，甚至读出声音来。有人看完检讨书，冲她一笑，说：“写得挺好！”有的在说完“写得挺好”后，又来了一句：“是你自己写的吗？不会是萧厂长替你写的吧？！”有人戏谑地说：“这检查你用完了千万别扔，等领导让我写检讨时，我好按你这个来写……”

工人下班离厂，也就十几分钟的时间，吕妮儿感到就像过了一个世纪一样漫长。好不容易等到最后一名工人走远，她就像被人抽了骨头一样瘫在地上。她将脸埋在两腿之间，用双手抱住头，脑子里一片空白。过了一会儿，厂子看门的人走过来，弯下腰小声喊道：“吕会计！你饿了不？我这儿有个烧饼，你吃了吧。这是杨家烧饼，挺好吃的，不信你尝尝。现在的面不好买，杨家每天只做几十个烧饼，我这是托人从他家买出来的。”

吕妮儿抬起头，很感激地望着守门人。

“你尝尝。”看门人用温厚的声音说，“要是愿意吃，明儿我再去给你买一个来。”

吕妮儿不想要别人的东西，可看到守门人期待的眼神，她只得伸出手去。守门人善意地冲她笑了笑，转身回了门房。吕妮儿实在吃不下东西，便将烧饼放到衣兜里。她刚抽出手来，就见宗儿拿着两块蛋糕磕磕绊绊地跑了来。她急忙冲宗儿喊道：“别跑，小心摔着！”

宗儿来到吕妮儿面前，将手里的蛋糕举到她嘴边儿，用稚气的声音说：“姨！吃吧。”

看到宗儿，吕妮儿的心里才愉悦了一些。她一把抓住宗儿的手，将他的小手推回去，慈和地说：“宗儿吃吧，姨不饿！”

“姨不吃，宗儿也不吃。”宗儿单纯的执拗，让人忍俊不禁。

吕妮儿笑了笑，故意问：“谁让你这么说的？”

“娘！”宗儿脱口说道。

“你娘在哪儿？”吕妮儿抬头看了一眼空无一人的大道问。

宗儿忽闪着眼睛，像是很神秘地说：“娘说，她没来。”

“你娘不来，我不吃。你去叫你娘过来。”吕妮儿说。

“你吃一口，我才去叫娘来。”宗儿学着大人的样子说。

吕妮儿被宗儿逗笑了，她说：“我怕吃了肚子疼。你先咬一口，我再吃。”

“那好吧！”宗儿迫不及待地吃了一口，然后将蛋糕举到吕妮儿面前说，“肚子不疼，你吃吧。”

吕妮儿很夸张地张开大嘴，却咬了一小口。她冲着宗儿眨眨眼，像是吃得很香甜似的嚼着。蛋糕在她嘴里，没有吃出那传统的味道。她又仔细品了品，忽然想起来，这可能就是人们说的，用棒子核儿做出来的新式蛋糕。

宗儿吃着蛋糕，没用吕妮儿再催，就跑回去把他娘从不远处的一座房子后面叫了出来。他拉着柳宛婧来到吕妮儿面前，将剩下的蛋糕递过来，说：“姨！娘来了，你吃吧。”

“咱俩换着吃。”吕妮儿从兜里掏出杨家烧饼，像是很认真地说，“你要是不跟我换，我就不吃你的蛋糕。”

宗儿仰起脸看着母亲，直到柳宛婧点了点头，他才将蛋糕给了吕妮儿，然后接过烧饼，又补了一句话：“好吧！换就换吧！”

吕妮儿与柳宛婧相视一笑，问：“你怎么还领着孩子来了？”

“明儿他爷爷、奶奶就带着他去乡下了，俺让他来见见你。”柳宛婧说着，情绪一下子又低落下去。

“去乡下好，能吃的东西多，不会挨饿了。”吕妮儿很快地接话儿说。她知道，小桦刚没了，爷爷、奶奶又带着宗儿走，柳宛婧心里一定很难过。但是，此时此刻，她又不知道该说什么才好。

柳宛婧用手抚摸着宗儿的头发，满怀依恋地说：“好是好，就是有点儿舍不得！可这事儿又不能拦着。小桦一走，爷爷、奶奶在家里出来进去地念叨，经常把小俪叫成小桦。俺想，让他们离开一段时间也好，免得看着小桦的东西伤心！他们这么大岁数啦，别扭坏了，也是俺们的心思。换一个环境，对他们好。”

“你能这样想，俺特别替你高兴！没想到，你这么快就看开了。我总替你担心，怕你钻了牛角尖，走不出来。”吕妮儿假装欢喜地说。

“看不开又能怎样？！”柳宛婧叹了口气说，“你讲得对，想不开，折磨的是自己。事到如今，俺也只当没生那个孩子！”

吕妮儿看出，柳宛婧已经不愿再提小桦的名字。于是，她岔开话题，问：“你是怎么知道俺在这里示众的？”

“宗儿他爹回家说的。”柳宛婧说着，露出纯真的神情，向吕妮儿问道，“你还记得吗？咱俩上小学时，有一回老师罚俺站到讲台那儿去，你也陪着俺去了前边儿！今儿，俺也陪你站几天。”

“俺这儿不用你陪，一会儿自然就有人来陪我了。”吕妮儿充满信心地说着，向厂子里面看了一眼。

柳宛婧知道吕妮儿说的那个人是萧天雍。今天，她不想面对萧天雍，便找了个借口，说：“宗儿到了睡晌觉的时候，俺先把他送回去，等他睡着了，俺再来陪你。”

柳宛婧拉着宗儿的小手往回走，快拐弯时，回头看了看，发现萧天雍正一手托着一只碗，瞅着吕妮儿吃饭。

七

当年的姬府，如今成了刘家村大队部。村里人听说姬雪灵要带着丈夫和孙子回来，就准备将原来姬华民夫妇住的北房给腾出来，毕竟姬家后代才是这里的主人。

岳振业发现书房的锁还是昔日自己挂上去的那一把，便知道村里的人一直没使用这里的房子。他与姬雪灵商量后，便对村干部说，他们三口人住书房就可以了。村里人见用不着腾房子，自然高兴，很快派了三名妇女和两个小伙子，来帮他们打扫房间。两个年轻人找来锤子和钳子，三下两下就弄开了门锁。推开门一看，屋里布满了蜘蛛网，几乎遮住了所有的书橱和桌椅。有一对不知从哪儿飞进来的麻雀，见人们进来，惊得在屋里乱飞乱撞。年轻人想关上门抓麻雀，被岳振业拦住了。他让人将屋里的窗户全都打开，不一会儿，那两只麻雀就像逃出牢笼一样，欢快地叫着飞向高空。

看着几个乡亲忙碌，姬雪灵想搭把手，一个瘦小的妇女快言快语地说：“灵姑！有俺们几个就行了，你不用动手啦！走了这么远的路，歇一歇吧！好些年没家来了，要不，你们去院子里转转。”

岳振业早想到后院儿看看了。他想，等乡亲们打扫完房子，他再整理屋里的东西也不迟。于是，他和姬雪灵各自牵着宗儿的一只手，慢慢向内院儿走去。这些年，尽管他年年给村里寄钱修缮房子，看上去还是破败了不少。屋脊上的砖瓦有不少坏的地方，那上面长出的杂草有一尺多高。他想，寒冬来临之前，要换换瓦；等日子好起来，自己再盯着大修一次。

后花园里的竹子长疯了，跟蚯蚓似的钻得四处都是，将甬道拱得高一块低一块，像癞蛤蟆身上的疥癣。假山前的水池里，莲花开得正盛，粉的、紫的、黄的布满了池面。一只红蜻蜓在一朵核桃大的花蕾上落着，静静地享受着和煦的阳光。

“你看，这棵玉兰树还活着！”姬雪灵惊喜地用手拍着玉兰树苍老的树干，神采飞扬地说，“你还记得吗？那年，你就是从这棵树上给俺姐儿俩拿下来的鸡毛毽子！”

岳振业走到树下，用手抚摸着粗糙的树皮，说：“这事还能忘了？我那是第一次见到你，简直惊为天人！我还以为自己碰到玉兰仙子了！说句真心话，我想都没敢想，这辈子能娶你为妻。在回去的路上想起你来，还认为自己是癞蛤蟆想吃天鹅肉呢！”

姬雪灵笑起来，脸上似乎流露出少女时的开心和羞赧。她歪着头看着岳振业，问：“你知道吗？就是你纵身去摘鸡毛毽子的样子，让俺一下子动心了！”

“奶奶！什么是动心？”宗儿仰着脸，天真地问。

“就是你看到一块糖，想吃了，就叫动心。”岳振业笑着将宗儿抱起来，替姬雪灵回答道。他想，不管是少男还是少女，可能都会因为对方的一句话、一个动作甚至一个眼神而动心，这个心一动，往往是一辈子也忘不掉。

姬雪灵“咯咯”地笑起来，忍不住打趣道：“你这块糖够大的，让俺吃了一辈子！”

“这才四十多年，只能算是半辈子！”岳振业好像很认真地纠正道，“我这块老糖，还能陪你四十多年。”

“就你这身板儿，再活个四五十年，俺相信；俺不行了，现在不是这儿有毛病，就是那儿有毛病，再活十年、二十年，就阿弥陀佛了！”姬雪灵有几分伤感地说，“你说这人怎么还活不过树呢！你看这树，能千百年地活着，人却很难活过百年！”

“是啊！你说得没错！人熬不过树，树熬不过草，草熬不过石头。石头能经受风吹日晒千万年，草和树能活千百年，人只能活百十年！”岳振业附和着姬雪灵的话，感慨道，“看着生命力越强的，存在的时间越短。”

姬雪灵笑道：“人能和树比，能和石头比吗？石头是没有生命的东西，整着是石头，碎了还是石头。”

“谁说石头没有生命？孙悟空是石头变的，贾宝玉带的通灵顽石也是有生命的，奈何桥边的三生石还掌管着人的前世、今生和来世的姻缘呢！”岳振业颇有兴趣地说，“我看到《太平广记》上讲，杭州天竺寺也有一个三生石，是唐朝隐士李源与圆观和尚相约再见的地方。他们俩是至交，圆观自觉自己来日不多，就叫李源陪自己去峨眉山玩一次。在长江边儿，他们看到了一个孕妇，圆观和尚说，他就要成为这个妇人的儿子了，并与李源约定，十三年后的中秋夜，在天竺寺的三生石旁相见。当晚，和尚就圆寂了。十三年后，李源跑了两千多里路来到天竺寺，在三生石上见到一个牧童，对他唱道：三生石上旧精魂，赏月吟风莫要论；惭愧故人远相访，此身虽异性长存。”

姬雪灵听着岳振业诵诗，似懂非懂。等岳振业的话音落地，她禁不住笑道：“你说的都是神话传说，不能算数的。俺活了几十年，没看见哪块石头成了精！”

“没见石头成精，还没见过家里、庙里供奉的石像吗？它要没有灵性，人们拜它干吗？”岳振业提醒一句，然后若有所思地说，“人这一辈子，许多美好的东西其实都是虚幻的，也说不清是真是假。神话也好，传说也好，就是一种寄托，是向往，更是期盼。无非是希望在自己身上达不成的愿望，从一个理想的化身上得以实现。有了这些神话和传说，人们的日子过得才更有滋味，才能让饱经世间苦难的身心获得一些慰藉。美丽动听的神话传说，就像阳光雨露一样，温暖和滋润着人们的生命……”

“我一猜，你们就来后花园了！”姬雪灵的堂叔姬华贵拄着拐杖走了过来，还没到跟前就大嗓门地说，“我等了你们一头晌，在这儿等到家里熟饭，也没见到你们来！我都准备好几天了，等你们到了去家里吃饭。那年三哥给我的一坛白酒，我埋在院子里几十年了，前些日子听说你们要回村，我才挖出来，就等着你们来尝尝了！”

姬雪灵听堂叔提到父亲，看到他如此殷切的心意，心头一热，眼里忽地有了泪水。她上前扶住姬华贵，解释道：“头晌再赶到村里来吃饭，就太晚了。俺们在路上随便吃了点儿，才往这儿走。”

“咱晚上过来吃饭也好，有的是时间，能多说会儿话！”姬华贵说着，被姬雪灵扶到回廊的凳子上坐下。

岳振业与姬华贵面对面地坐在回廊一侧，亲切地说："六叔！这么多年没见，你身子骨儿还是这么硬朗！"

"不行啦！我感到身板儿已经大不如从前了！你看，我这不是拄上拐杖了吗？！我是耳不聋、眼不花，就是腿脚跟不上了。年轻时听人说，人老先老腿，还真是这样！"姬华贵说话时底气十足，那声音好像布满了整个后花园，"我想，就是刘爷再世，怕是也治不好我这腿脚了！"

岳振业听姬华贵说到"刘爷"，禁不住问道："我来时看到村头修了一个刘爷庙，你说的就是这个刘爷吧？"

"是。刘爷要活着，现在有八百多岁了。在老辈子，能活八百多岁的，可能只有彭祖一个人。刘爷只活了八十多岁。他原名叫刘完素，号河间居士、通玄处士。他家是前村的，因为对咱刘家村有恩，他过世后咱村就给他修了一座刘爷庙。小鬼子来了以后，把刘爷庙给毁了。前几年，人们又凑钱按着原来的样子建了起来。"姬华贵十分耐心地介绍道，"刘爷是个了不起的大夫，别说十里八村，就是三五百里都有名。据说，他家门口天天挤满了看病的人。有的人是死着抬来的，让他扎上几针，就能自己走着回去。有一次，他在路上碰到一个为孕妇出殡的，说是难产死的。他拦住去路，让人家打开棺材看看，丧家一瞅是刘大夫，就放下了棺材。他在产妇脚底扎了两针，那女的就醒了，还生下了一个大胖小子。产妇一家齐刷刷地跪了一地，从此把刘大夫视若神明。刘爷医术好，心也善，不但不收贫苦人家的医药钱，还给困难的病人送药。后来皇帝听说了，请他到朝廷做官，他说什么也不去。皇上很敬重他，给他封了个'高尚先生'的名号。"

岳振业与姬华贵说话时，姬雪灵看到那个瘦小的妇女朝他们走过来。她领着宗儿迎了上去，就听那个妇女说："灵姑！俺看弄得差不多了。你再去瞅瞅，趁着人多，帮你都拾掇利索了。"

"好！俺去看看。你们受累了！"姬雪灵恳切地说。

瘦女人咧开大嘴一笑，畅快地说："都是自家人，你说这话儿就太见外了！干这么点儿活儿，累不着人。"

姬雪灵走到瘦女人跟前，与她一起回了书房。进了屋，她感到眼前一亮，仿佛又回到了几十年前。屋里的东西一件不少，还是父亲在的时候那样摆放着。岁月催老了所有的人，这些红木家具却旧貌依然。姬雪灵坐在父亲经常与人谈笑品茶的位置上，心里百感交集、五味杂陈。她用双手来回摩挲着圈椅扶手，眼前似乎浮现了父亲的慈颜、母亲的笑脸。如今，父亲不在了，母亲去世了，哥哥、姐姐们都在外地，只有她一个人又回到了这里。她做梦也没想到，有一天，她还会回到自己生活了十几年的姬府！此时此刻，她心里有欣喜也有失落，有甜美也有苦涩，有希冀也有迷惘。

“灵姑！你要没事，俺们就回去啦！”瘦女人站在书房门口说。

“等一下！”姬雪灵站起身，喊住了那几个要离去的乡亲。她走到院子里，将宗儿交给刚从后院儿回来的岳振业，然后走到停放在门前的大车旁。她解开车上的一个麻袋，一边伸手去抓散装火柴，一边说：“俺也没带别的东西来，给你们点儿火柴拿回去用吧。如今成品受限制，只能买这些下脚料回来，你们千万别见怪！”

“这个不一样用吗？！挺好的！”瘦女人抢先回答。

姬雪灵用草纸将火柴包了五份，分别给了站在她身边的几个人，然后又一人给了一张刷了磷的硬纸。她将他们送到大门口时，见一个六十多岁的老妇正迈上台阶。

听到姬雪灵和乡亲们说话的声音，老妇抬起头，脸上堆满笑容地看着姬雪灵问：“灵姐！你还认得俺不？俺是郑妈的女儿兰兰！”

姬雪灵盯着自称“兰兰”的老妇看了半天，也没找到过去那个兰兰的影子。曾经听郑妈说，她给自己的女儿起名叫兰兰，就是因为姬家后花园有一棵白玉兰和一棵红玉兰。小时候她见过兰兰几次，也没留下很深的印象。后来听说，兰兰十四五岁就嫁到了南郭村，从那以后就没见过面。

“是兰兰哪！你怎么来了？”姬雪灵装作很熟悉的样了说。

“兰姑她男人前几年死了，她回来嫁给了榔头那个老光棍儿！”瘦女人将嘴凑到姬雪灵耳边说。

“你知道个毛呀！”姬雪灵身后的那个妇女拽了瘦女人一把，哑着嗓子笑骂道。

瘦女人以为别人要拉她走，便大声对旁边的人们说：“你们先走吧，俺陪灵姑再说会儿话。”

姬雪灵与兰兰在前面走，瘦女人紧跟在她们身后又回到了书房里。姬雪灵接过兰兰带来的菜和粮食，心有不忍地说：“这时候，大家的日子都不好过，你把粮食拿来，家里人吃吗？！”

兰兰似乎还有点儿很难为情地说：“你也别嫌东西少了，多了俺也拿不出来！你也不用担心，俺现在就两口人过日子，饿不着。往前庄稼就都熟了，俺再多给你送点儿。”

“既然兰兰给拿过来了，就都别说客套话啦！这个季节，还能饿着人吗？”姬华贵在一旁帮腔说。

“俺们这一回来，给大伙儿帮不上忙，光给村里的人添乱了！”姬雪灵说着，让兰兰坐在椅子上。她自己紧挨着她坐下，两个人手拉着手，你看着我，我看着你，像久别重逢的亲姐妹。

姬华贵看了眼岳振业，像是已经深思熟虑地说：“听说振业把式不错，不如就在村里收徒传艺，一来拢一拢孩子们的心；二来也心安理得地收点儿东西，就够你们一家吃喝了。”

听了姬华贵的话，岳振业马上说：“教孩子们练练武可以，不能算收徒，更不能因此收大伙儿的东西。能帮帮村里人，教教孩子们，本来是件很高兴的事，一收东西这事就变味了！”

“要是这样，姑父也算有恩于刘家村。”瘦女人插言道，“村东头不是修了一个刘爷庙吗，以后再从村西头给姑父建个岳爷庙！”

看着瘦女人口无遮拦的样子，岳振业笑着瞅了眼姬华贵。他发现，姬华贵已经笑得眼都睁不开了。

八

在岳振业夫妇带着宗儿回村半年后，柳宛婧又怀上了孩子。为此，岳恒恺特意去了趟刘家村，与父母商量留不留这个孩子的事。姬雪灵叹了口气说：“这个孩子怎么在这个时候来呀？！留下吧，明摆着给家里添负担；不留吧，就是作孽！依着俺，既然这孩子投奔咱来了，哪能不收留？”听完母亲的话，岳恒恺将目光转向父亲。岳振业瞪了儿子一眼说：“这事还用问吗？你不要这个孩子，政府愿意吗？没准儿正抓典型呢，你就想往枪口上撞！回去跟你媳妇说，好好养着，不管是男是女，都是值得高兴的事。”

柳宛婧生了个女孩儿。岳振业陪着姬雪灵回去看了一眼，见亲家母来伺候自己女儿，就带着宗儿又回到了刘家村。他们已经习惯了乡村简单的生活，与村落、田野和父老乡亲融为了一体。对于他们来说，这里似乎是一个世外桃源，可以无拘无束地享受自然风光和人文景色，没有了复杂多变的人际关系的羁绊，没有了城市的喧嚣，只有朴实可爱的百姓，四处都呈现着一种很原始的静美。

宗儿一天天地长大，虽然岳振业夫妇还在喊着宗儿，村里的孩子们却开始喊他祥宗。他与村里同龄的男孩儿、女孩儿一起长大，一起练武，一起砍菜，一起拾柴，一起捉迷藏，一起掏鸟窝，一起逮蚂蚱。上了小学后，岳祥宗的名字就越叫越响，他不但有一个比平常孩子高半头的个子，有一种好打抱不平的性格，还有一个教附近几个村的孩子习武的爷爷。而且，姬家的房子里，不但有大队部，还有四五年级的学生教室。

岳祥宗成了村里的孩子头儿，他走到哪里，后面都跟着一群孩子。他也把自己当作领头儿的，有的孩子干活儿偷懒，他要训几句；有的孩子背的草筐太沉了，他就在后面用一只手给抬着。他等所有孩子都将草筐背上肩，才背起自己的筐子，在后面慢慢跟着走。

“祥宗！前几天，我看到南郭村的到咱村西洼来砍菜了。咱去把他们的筐子给扣了，看他们下次还敢来不？！”三丑儿从后面往前跑了几步，站在岳祥宗面前说。

水蛋儿很快就反驳道：“扣他们筐子干吗？拿回去也让南郭村的大人来要走。我有个好主意，咱等他们砍满了筐子再过去，把筐里的菜全扣下分了。”

水蛋儿和三丑儿说完，见岳祥宗始终不说话，便同时追问道：“你说行不？”

岳祥宗看看三丑儿，又看看水蛋儿，然后像个战场指挥官似的说：“我看，人家到咱村儿的地里来，咱就到他村儿的地里去。如果他们不管咱，咱以后也不能管人家。他们要是撵咱们，下次咱见一个扣一个。这就叫先礼后兵！”

“你说得对！就按你说的做。”三丑儿很欢喜地说。

岳祥宗带着几个孩子离开小道儿，从麦子地里穿过去，直接奔南郭村东洼而去。绕过一片杏树林，他们看到有几个女孩子正在南郭村的麦子地里砍菜。岳祥宗为了引起她们的注意，故意唱着歌向前走。离她们很近时，他发现新耕的土地上有一片嫩绿的青青菜，就让人们停下，七手八脚地挖起菜来。

秋后的田野，麦子地里长着嫩绿的青菜，新耕作的土地上也长满鲜嫩的青菜。孩子们将这些青菜弄回家，大人们就做成菜团子、菜饼子和拿糕、糊饼、菜粥、菜饭，甚至干脆直接蘸酱吃。一年里，只有春秋两季的野菜最好，又鲜又嫩，还不容易放蔫放烂。新耕的土地本来是留着明年春天种玉米的，无意间却让野菜一下子获得了新生。野菜原本是与野草一起生长的，土地一翻耕，野草就变成了底肥，只能等来年以后，靠那散落的草籽再发芽破土；而野菜却倚仗顽强的根须，十天八天就重新钻出土来，如雨后春笋般快速生长，瞬间让光秃秃的黄土上缀满翠生生的绿色。

岳祥宗正专心地砍菜，猛然听到女孩子的尖叫声。他抬头向她们挖菜的地方望去，见那几个女孩儿正从麦子地里逃难似的跑出来。他没有多想，扔下筐子就奔了过去。一个女孩儿看到他，惊魂未定地说："长虫！在我筐子里。"

岳祥宗大着胆子走到菜筐前，往里面一看，果然有一条深棕色的蛇在里面。那条蛇似乎把菜筐当作自己的窝，盘着身子静静地躺在野菜上面。他从小到大，没见过几回蛇，却经常听奶奶给他讲蛇的怪异故事，于是对蛇充满了敬畏。如果是平时一个人时，他是无论如何也不敢去碰那蛇的。今天，在众多小伙伴面前，他不想示弱。于是，他将手里的镰刀掉过头儿来，用镰刀把儿轻轻地将蛇从筐子里挑了出来。蛇在刀把儿上很温顺，一放在地上，很快就向前爬去。他与三丑儿追出了二十多米，直到看不到蛇的影子才罢休。

水蛋儿已经将岳祥宗他们的筐子拿了过来，全放在了麦子地里。他们去背筐子时，猛然发现一条棕色的蛇正在三丑儿的筐子上，像条绳子似的缠绕着。岳祥宗去赶那条蛇，那蛇却张开大嘴，吐着红芯子冲他"咝咝"地叫。他一犹豫，水蛋儿拿着镰刀冲了过来，天不怕地不怕地说："看我的！"

岳祥宗一把拉住了水蛋儿，刚要说话，就听站在旁边的女孩儿说："把它赶走就行了，别伤它！它可能与刚才那条是一对。”

那条蛇好像听懂了人言，眨眼间从筐子上爬下去，一晃就不见了。岳祥宗他们各自背起筐子，当他走过女孩儿身边时，笑着对她说：“过去有个东郭先生和狼，现在有个南郭小姐与蛇！你们快离开这儿吧，小心那对长虫一起回来。”

“你不光胆子大，还会耍贫嘴！”女孩儿一甩辫子，随后瞥了岳祥宗一眼，调皮地揶揄道。

“祥宗现在跟他爷爷一块儿练武，功夫最好，这叫艺高人胆大！”水蛋儿在一旁说，“小丫头！你叫什么？”

“小小子儿！我凭什么告诉你？”女孩儿冲水蛋儿倔生生地说，“就不告诉你！”

水蛋儿冲女孩儿做了个鬼脸儿，转身追上了岳祥宗他们。岳祥宗带着小伙伴们砍满了筐，就一路打打闹闹地往家走。太阳快要落山了，余晖将他们的影子拉得很长。在孩子们的追逐跑跳中，那影子如甩动的水袖一样在地上舞蹈。他们来到村南的那个大水坑时，正看到一群各式各样的鸡，鸣叫着从坑南一棵高大的柳树上飞下来，如刚出窝的鸟儿一样笨拙地往坑北飞。三丑儿弯腰从地上捡起一个蒜头大的土坷垃，往那飞着的鸡群掷去，正打在一只黄鸡上，黄鸡像断了线的风筝，一头栽到水里！

“打着了！”三丑儿看着在水面上挣扎的鸡，兴奋地喊。

水蛋儿踹了三丑儿一脚，训斥道：“你还嚷！一会儿人家就来找你赔鸡啦！”

“你们看！那边儿还有一只落水鸡！”三丑儿好像没有听到水蛋儿的斥责，依然大声叫喊着。

岳祥宗顺着三丑儿手指的方向望去，见一团黑鸡一样的东西在水里挣扎。他说了一声“是个人”，便撂下筐子，朝水坑的西北角飞跑过去。到了跟前，他顾不得脱衣服，就“扑通”一声跳进水里。

落水的是个女孩子，只能看到水面上飘动的一团黑发，人已经挣扎得筋疲力尽了。听长辈说，救落水的人不能从前面去抱，见到来救的人，濒临死亡的人会不顾一切地将你紧紧地箍住，让你无法游动。一开始，岳祥宗还担心自己被她死死地抱住，靠近她后，他才发现她已经喝饱了水，有气无力了。他将女孩儿推到岸边，在三丑儿的帮助下将她弄到坡上。女孩儿紧闭着双眼，一动不动，像睡着了似的。前几年，岳祥宗曾看到村里一个溺水的男孩儿，被大人放在牛背上，围着村子一圈圈儿地走。最后，那个男孩儿吐出了肚子里的水，又活了过来。于是，他就将女孩儿扛在肩上，围着坑边儿来回转起来。

“她吐了！”三丑儿在岳祥宗后边儿喊。

岳祥宗又走了几个来回，感觉女孩儿在他肩上动了，才慢慢地将她放了下来。

“是姨子！”水蛋儿惊叫道。他猫着腰看着姨子一点点地缓过来，颇为疑惑地问：“祥宗！你今儿这是怎么闹的？救了俩小丫头？！”

三丑儿马上纠正道：“南郭的那个女的，不救也死不了；姨子要是再晚捞一会儿，可就真死了！”

“祥宗！你是怎么看出水里的是人？我跟三丑儿一样，还真以为是只黑鸡在那儿扑腾呢！”水蛋儿抬起头来，看着岳祥宗好奇地问。

岳祥宗笑着说：“你们没看见坑边儿上的洗衣盆吗？盆子那儿没人，水里有东西扑腾，还用问，肯定那人掉水里了。”

岳祥宗他们说话时，姨子已经睁开了眼睛。她直勾勾地看着眼前的一切，那神情像来到了一个陌生的世界一样。

水坑里再也没有了动静。那只被三丑儿打落的鸡，也不知是爬上了坑沿儿，还是沉入了水底。

九

“祥宗！”女孩儿一眼看到了岳祥宗，马上跑了过来，惊喜地喊道。

岳祥宗定睛一看，发现叫他的是去年秋后那个在麦子地里挖野菜的女孩儿，于是，便有几分风趣地笑着问：“都过去好几个月了，你还认得我？是不是我长得太好认啦？这一回，你是不是可以告诉我，你叫什么名字了？”

“你也没问过我呀？你要问，我肯定告诉你。”女孩儿开朗地说，“上次问我的那个小孩儿，一看就是个小鬼羔子，我不待见他！”

“你不待见谁呀？”水蛋儿从女孩儿身后走过来，问了一句。

女孩儿一愣，等反应过来后，才笑道：“说别人对不起你！”

“你待见祥宗就行了！俺们全听他的。”水蛋儿坏笑着说。

女孩儿也不示弱，大大方方地说：“这事儿还真用不着你管！你就是想管，也管不了。”

水蛋儿抢白道：“你一个小丫头子，该去找那些女生玩儿，不要过来跟俺们男生说话！”

“肃静，肃静！”一位女老师走上讲台，大声喊着。等教室里静下来后，女老师才接着说：“同学们！带上你们的东西，到外边排队。男生一队，女生一队，按个头从前往后排。”

岳祥宗与女孩儿先后走出教室，等前面排好，他们也开始选择位置入列。选来选去，两个人又并排站在了一起。女孩儿冲岳祥宗粲然一笑，开心地说：“看来，咱俩个头一样高！”

“可能吗？”岳祥宗实实在在地反驳道，“我怎么能看到你头顶？你们女生都矮，比男生矮一截儿呢！”

队列前边的学生开始进教室，在老师的监督下，按照身高从前往后坐，男生和女生双双对对成为同桌。岳祥宗与女孩儿坐在一张书桌前。他将书包从肩上摘下来放到抽屉里，抬起头看着女孩儿问：“你是不是要在桌上画条线？上小学时，班上的女生都在中间画线。”

“俺就没画过。”女孩儿笑着说，“俺觉得，画了线受约束。不画线的话，俺还能往你那边儿放点儿东西。俺胳膊长，没有中间线，胳膊肘儿也能伸到你那边儿去，是不是？”

岳祥宗知道女孩儿说的是玩笑话，也诙谐地说：“我爷爷就是不会缩骨功，要不然，我一定好好学学，将身子缩小，在这儿多给你腾点儿地方，让你伸胳膊、踢腿都不碍事。”

女孩儿被岳祥宗的话逗得“咯咯咯咯”地笑起来。

岳祥宗感到，女孩儿笑的样子真好看。

学生们都坐好后，老师走上讲台，用黑板擦敲了几下桌子，教室里就安静了下来。老师用目光扫视了一下，便让学生按前后顺序一个个自报姓名。岳祥宗介绍完自己，女孩儿站起来说：“俺叫郭若璨！”

女孩儿坐下后，看了岳祥宗一眼，从书包里拿出铅笔盒和一个笔记本，然后用钢笔在本上写了“郭若璨”三个字。岳祥宗对她点了点头，算是一种回应。

学生们分别报过姓名，老师便让大家自由活动二十分钟。这时，郭若璨对岳祥宗说：“上次就听说你会把式，能不能给同学们练练？俺也学个一招半式的。”

岳祥宗刚要婉拒，坐在前排的水蛋儿站起来说：“练练就练练，让你也开开眼！你现在想学，已经晚三春了，俺们可是从三四岁上开始练的，都十年了！”

岳祥宗走出教室时，三丑儿和娱子正在门口等他。三丑儿拦住岳祥宗，小声说：“娱子想调班，跟你到一个班上来。我也想调过来，这样，回来回去的就能一起走了。你陪俺们去找校长说说呗！”

娱子还没等岳祥宗说话，就迫不及待地问：“谁跟你一张桌？”

岳祥宗一指郭若璨，娱子马上走过去，对郭若璨说：“咱俩换换班行吗？你要同意，我就去找老师说，就不用去找校长了。”

郭若璨想逗逗娱子，就说：“祥宗他们正要展示拳脚，你要是也能跟着他们练，我就答应你！”

“你这是给自己挖了个陷阱！娱子练得比我不差！”岳祥宗急忙说。他被郭若璨爽快的性格所吸引，很想与她在一起，心里不愿让娱子与她对换。娱子虽然与他一个村，却比别人表现得强势，以至于上小学时，四周的同学都不敢招惹她。她虽然对自己很友善，时间一长，难免在不经意间流露出霸道的一面，让他避之不及。

“你先别说了，我把刚才说的话收回来！”郭若璨听了岳祥宗的话，慌忙上去捂住娱子的嘴，唯恐娱子与她较起真儿来。

“各位同学！”水蛋儿站在教室前的一块半截儿碌碡上，大声说道，“有钱的凑个钱场，没钱的凑个人场！没钱的给有钱的让一下，看我跟师兄、师妹给大家练一段功夫！——师兄！走起。”

岳祥宗也想在郭若璨面前炫示一下自己的武术，当水蛋儿喊他时，便与三丑儿、娱子一起站了过去。操练起来后，又有刘家村的几个孩子加入了进来，最后竟然达到十几个，成了一次集体武功展演。他们走、转、起、跳，推、点、擒、拿，单钉腿、连环跳、侧身踹、顶心膝，走如龙行、转如轻风、起如急浪、跳如腾云，看得周围的同学们不断鼓掌。他们还没收势，上课铃就敲响了。于是，岳祥宗带着大家猛地“嗨”一声，然后向各自的教室跑去。

郭若璨坐在课桌前，刚想去拿铅笔盒，就听到里面有异样的声音。她迟疑了一下，对岳祥宗说：“你看看，我铅笔盒里怎么有动静？”

岳祥宗将铅笔盒拿过来，打开一看，发现里面竟然有一只壁虎。壁虎乍一被放出来，支着两只前腿，脑袋来回摆动着，两只蛇目一样的眼睛警觉地看着岳祥宗和郭若璨。郭若璨“啊”地惊叫一声，岳祥宗早已用两个手指将壁虎夹了起来。

“给我看看。”水蛋儿没等岳祥宗点头，就将壁虎抢了过去。他将壁虎攥在手里，只露出一个脑袋，然后冲着郭若璨举了举，说：“你看，这歇了虎子的脑袋跟长虫的脑袋是不是一样？它可是长虫的舅，有它在屋，家里就轻易不会进长虫了。”

“你快带家走吧！”郭若璨顶了水蛋儿一句。

“你如果不要，我就要了。”水蛋儿说着，将壁虎放到了书包里。

郭若璨看了一眼岳祥宗，犹豫了一会儿，从身上掏出一块栗羊羹，悄悄地塞给他，说：“犒劳你的！你尝尝，可好吃啦！”

“你吃吧，我不要！”岳祥宗推辞道。

“给你吃，你就吃！”郭若璨像是命令似的说，“快吃！一会儿老师就来了。”

岳祥宗以前没有吃过栗羊羹。他拿着棕红色的栗羊羹仔细看了看，就用牙去撕包在外面的塑料纸。他咬了半天也没撕开，最后接过郭若璨递过来的小刀，放在课桌上用刀子开了封。他轻轻咬了一口，慢慢嚼着，感到嘴里甜甜的、滑滑的，是一种从未有过的滋味。

“好吃吗？”郭若璨微笑着问岳祥宗，像姐姐哄小弟弟一样。

岳祥宗愉快地点点头，将最后一点儿栗羊羹放到嘴里。他想将栗羊羹的塑料包装扔到教室后面的簸箕里去，却被郭若璨要走，夹在了她的日记本里。上课时，岳祥宗时不时回想一下栗羊羹的滋味，心里依然能体味到一种甜美。直到放学，他还感觉嘴里有栗羊羹的味道。

“好吃吗？”水蛋儿学着郭若璨的口吻对岳祥宗说，“你也不知道给我剩下点儿，让我也尝尝。”

岳祥宗瞪了水蛋儿一眼，说：“还让你尝尝！郭若璨要知道是你在她铅笔盒里放歇了虎子，就该给你尝尝她的巴掌了！”

“你怎么知道那歇了虎子是我放的？”水蛋儿“嘿嘿”一笑，好奇地问。

“除了你，还会有别人吗？刚开学，她没得罪别人，就说了你几句，你说不是你行吗？”岳祥宗反问道。

“你都快成狄公了！”水蛋儿对岳祥宗说了一句，用力一蹬自行车，骑到了最前面。

三丑儿也不示弱，追着水蛋儿往前骑。两个人你追我赶，玩儿命地蹬着车子。岳祥宗陪着媄子在后面骑着自行车，不知不觉也加快了速度。地里的麦子已经长了起来，如绿地毯一样快速地向后抛去。路旁的柳树也发了芽，在微风中轻轻摆动着。岳祥宗心想，快到撸柳叶、挖野菜的时候了。

经过一个麦场时，水蛋儿看到一群麻雀在麦秸垛前飞上飞下，就猛蹬几下车子，径直朝麻雀轧过去。麻雀们受了惊吓，“腾”的一声飞起来，如一片云似的向麦秸垛南边飘去。水蛋儿骑着车从麦垛北面绕过去时，正遇上麻雀们转过来。一只麻雀在慌乱中撞到了水蛋儿的额头上，一下子落到了地上。

三丑儿扔下车子，从地上捡起那只麻雀，用手指着水蛋儿“哈哈”地笑着说：“你哪是水蛋儿，就是个铁蛋儿呀！”

“少说废话！你看看我脑门儿破了吗？”水蛋儿说着，撒开了捂着额头的手。

“我不是说了吗，你就是个铁蛋儿！”三丑儿瞅了一眼水蛋儿的额头说，“这小雀儿和你碰，还不是鸡蛋碰石头！”

水蛋儿听了三丑儿的话，便知道自己脑袋没伤着。他用手揉了揉额头，然后一把从三丑儿手里抓过麻雀，看着它恨恨地说：“你个小玩意儿，敢撞我！我一会儿就把你烧着吃了！”

媄子停下自行车，看了眼水蛋儿手里的麻雀，说：“就这么一只雀儿怎么吃，你快放下吧，没准儿一会儿能缓过来。”

“咱们再去打只兔子吧，回去和这雀儿一锅炖了。”三丑儿说着，指了指麦场的西北角说，“那片棒子秸里可能有兔子，我那天看到一只兔子跑了进去。”

“祥宗，你去吗？”水蛋儿看着岳祥宗问。

岳祥宗不想让大家扫兴，回答道：“去就去！”

他们来到那片码在一起的棒子秸旁，将车子放好，然后一人找了一块砖头。姨子去搬那一捆捆的棒子秸，岳祥宗他们几个男孩儿围成一圈儿，握着砖头准备着。姨子挪了半天，眼看着搬走一大半儿的棒子秸了，也没见野兔的影子。他们正失望时，突然从姨子脚下跑出一只兔子来。姨子尖叫一声，岳祥宗和水蛋儿同时用砖头向野兔砸过去，只听一声惨叫，兔子在地上连着翻了几个跟头，便一动不动了。三丑儿兴奋地叫着，将它捡了回来，然后高举着让岳祥宗他们看了看。他们都以为这片棒子秸里不会有第二只兔子，不料想，姨子挪最后几捆儿棒子秸时，又一只兔子“噌”的一声蹿了出来。听到姨子的叫喊，岳祥宗再猫腰去捡砖头时，兔子已经跑出去三四十米。他将拿在手里的砖块扔出去，落在了飞跑的兔子后面。他们眼看着那只兔子向前奔窜，突然听到“砰”的一声枪响，兔子便滚翻在地。

岳祥宗他们跑过去，看到兔子头上被铁砂打了好几个窟窿。这时，一个猎人走过来，弯腰抓住兔子的一条后腿，提起来看了看，然后扫视着眼前的几个孩子。

“你真行！枪法这么准，正打在兔子脑袋上。”水蛋儿见猎人盯着他看，禁不住赞叹说。

“你们才是真行呢！空手就抓到了兔子。”猎人声音宽宏地说，“这么多人，一只兔子也不够吃呀？算了，这个兔子就给你们吧。”

“太好了！”三丑儿惊喜地嚷着，上前接过猎人递过来的兔子。

岳祥宗没想到，放学的路上会发生这么多有趣的事。他想，明天到学校后，水蛋儿一定会将今天的事绘声绘色地讲给郭若璨听。

第五章 工人的故事

一

岳恒恺带着十几个人的技术攻关小组，投入试制火柴自动连续机的工作。他们去北京、天津图书馆查找资料，去河北工业学院请教专家、学者，逐步弄明白了连续机的基本原理和组成部分。于是，他们白天画图、制作配件，晚上集中学习讨论“工业学大庆”的新指示、新精神。

“周总理说：‘要把冲天的革命干劲儿同严格的科学态度结合起来，大搞技术革新、技术革命，多快好省地完成生产任务。这一条的基本精神是学习大庆，学习大庆把革命干劲儿和科学实验结合起来的经验，这很重要，这是实事求是的态度。……大庆是全国的标兵，每个城市、每个县、每个厂矿还要树立自己的“大庆”；每个工厂、车间、班、小组都要有自己的标兵。’”岳恒恺看了一眼工友们，充满激情地说，“我们学习大庆，是学习他们自力更生、艰苦奋斗的精神，学习他们吃苦耐劳、公而忘私的精神。大庆是我国工业战线的一面旗帜，我们火柴厂要成为我省工业战线的一面旗帜，我们车间要成为火柴厂的一面旗帜！大庆的一次会战，开创出全国闻名的油田；我们也要搞一个会战，一鼓作气，制成这台火柴连续机。毛主席教导我们说：‘世上无难事，只要肯登攀。’这是厂里给我们的任务，也是学习大庆的一次重要实践。大庆精神是‘有条件要上，没有条件创造条件也要上’。我们现在的条件，比大庆好得不是一星半点儿，吃得好、住得好，工作条件也好。大庆会战时，几万名工人，包括大学教授和各级领导，他们既无房子，也没床铺，就在临时支起来的帐篷里办公、住宿。有的一线工人累了一天，晚上也只能在野地里睡。他们直接躺在地上，几十个人盖一个大篷布。赶上下雨，他们好几个人顶着一块雨布，挤着坐一宿，第二天照样干活儿。吃的就更不用说了，连锅碗瓢勺都不够用的！……”

岳恒恺的话，唤起了工友们的信心和干劲儿。一名工友提议晚上学习结束后接着干活儿，得到了其他人的积极响应。岳恒恺见大伙儿热情很高，就兴奋地说：“大家知道，连续机的制作，已到了最后阶段。咱们再努把力，争取在月底前完成，向国庆献礼！”

岳恒恺他们试制的火柴连续机，由一万多个零部件组成，整机重量达到十八吨。他们借助泊镇是铸造之乡的优势，奔走于铸造厂和火柴厂之间，日夜不停地画图、铸制、组装，用了三个月的时间，终于在九月下旬试车成功。这台设备将火柴生产的理梗、蘸药、烘干、卸梗等一系列工序集于一机完成，减少了工人的劳动强度，增加了产量。

工厂将火柴连续生产设备试制成功的消息上报后，引起了省里的重视和关注。国庆节刚过，省化工厅就通知各地主管部门，要在泊镇火柴厂召开技术改革与创新现场会。

开会这一天，火柴厂像过节一样，热情地迎接来自省、市的领导及化工企业的同行们。厂子大门口，在前一天就悬挂上了大红条幅，上面写着“热烈欢迎各级领导和各位同仁光临指导”，条幅两侧，无数彩旗猎猎飘扬。上午十点的会议，不到九点半参加会议的领导和企业人员就陆陆续续地赶来了。

会场设在火柴厂中心广场。参加会议的人员，在工人的引导下，先来广场签到集合，然后一同参观火柴连续机。岳恒恺陪着萧天雍忙前忙后，在会场做着接待工作。当人员基本到齐，会议主持人开始点名时，萧天雍悄悄对岳恒恺说：“你马上回车间，检查一下设备，然后开机运行。记住，设备一定要再仔细检查一遍，不能出半点儿差错。”

岳恒恺一溜小跑儿地往回赶，快到车间时，发现工人们都在门外等着。他将萧天雍的话对大家说了一遍，然后带着工人们开始上上下下地检查火柴连续机。

“岳主任！你快来看！”一个工人高声叫道，“不知是谁发坏，在这齿轮上卡了一个铁块！”

岳恒恺跑过去一看，脸上的汗马上冒了出来。他看到，有一块竹叶大的三角铁正放在两个齿轮里面，一旦开机，就会将齿轮损坏。如果放在平时，这不过是一次单纯的事故；今天，是全省观摩会，如果出事，他这个主任就有坐牢的风险。此时此刻，他不禁从心里暗自佩服萧天雍周到细致的工作态度和能力。

“大家检查得再仔细一点儿，千万别有遗漏！”岳恒恺一边说着，一边认真地察看着火柴连续机的各个关键部件。这套机械的结构十分复杂，一台设备，包括了皮带传动、齿轮传动、链条传动、蜗杆传动和连杆机构、棘轮机构、凸轮机构、间歇运动机构……可以说，目前所有的传动方式在连续机上都有所应用。

又有一名工人发现有一块拳头大的铁块卡在传动链板处。正在这时，厂办公室的小吴跑进来，告诉岳恒恺，萧天雍已经陪同省领导和企业代表们过来了。岳恒恺确认没有再发现问题，就让工人们全部离开机器，然后对站在开关旁的操作人员说：“开机！”

车间的工人们感到，这场景，就像几个月前国家试爆氢弹一样轰轰烈烈。这时，岳恒恺的心里是很悲壮的，他忽然心里没了底，不知道设备能不能顺利运行，或者还有被破坏的地方他们没有发现……他闭上了眼睛，像是跳入深不可测的大海中做最后一搏似的。他屏住呼吸，感到自己半生都没有赌过，今天不得不赌一次了！成功了，他不会被送上浪尖；一旦失败了，却要被卷入谷底，也许，会被打得粉身碎骨。直到火柴连续机发出平稳和悦耳的金属声音，他才睁开眼，长长地舒了一口气，泪水在心头涌了几涌，又被他强行压了下去。他像之前没有见过这种设备一样，围着连续机转了一圈儿，看到它运转正常，才快步向车间门口走去。

萧天雍陪着走过来的省领导是慕容巧莹和唐涛。慕容巧莹五年前从泊镇调到了省里，现在是化工厅副厅长。她看到岳恒恺第一句话就问：“你父亲还在乡下吗？”

“在乡下。”岳恒恺如实回答。

“他也不是小年纪了，现在也过了困难时期，能回城里就让他回来，毕竟这里看病方便。”慕容巧莹关切地说，“再说，回到城里来，对宗儿的教育也有好处。”

岳恒恺与站在慕容巧莹身后的唐涛对视了一眼，才向慕容巧莹说：“我娘愿意住在村里，我爸只好陪着。莹姑！你说得对，下次见到我娘，就对她说城里的学校好，让宗儿回来上学。”

“你父母不在城里，我开完会就直接回省，不去你家了。”慕容巧莹直爽地说。她回头看了一眼唐涛，向岳恒恺介绍道：“唐涛你认识，他现在是科技处处长，你以后有技术方面的问题就直接找他。”

唐涛走上前来握住岳恒恺的手，高兴地说：“希望你有时间到省里来。我这次来，本想去你家吃一顿羊肉韭菜馅儿的饺子，慕容厅长不去，我也没理由去了！”

“现在恰好是吃韭菜的时候。咱这儿的胎韭菜，也就是头茬韭菜，刚下来，正香！一会儿我去告诉宛婧，让她早点儿回去包饺子。”岳恒恺诚恳地说。

唐涛“哈哈”一笑，爽朗地说：“我跟你开玩笑呢！你千万别当真，今儿确实没时间去家里。改日我一个人来，就能自己随意安排了。好饭不怕晚，你记住欠我一顿饺子吃就行啦！”

岳恒恺发现，十几年未见，唐涛像变了个人似的，性格明显开朗了，也有了很强的亲和力，言谈以至神情都幽默风趣起来。

慕容巧莹见参观火柴连续机的人都向前走了，便对岳恒恺说：“咱们也过去吧，看看你们制作的自动连续机。”

岳恒恺陪着慕容巧莹和唐涛来到连续机前，首先介绍了整个设备的组成部分和功能，随后又介绍起机器从排梗、蘸油、蘸药到烘干、卸梗的具体细节。

唐涛看到，随着梗板的传动，顶着红药头的火柴梗如成千上万的士兵一样整齐划一、威武雄壮地列队前行，忽然翻江倒海般涌下来，忽然乘风破浪般冲上去，就像千军万马在追击残敌似的。他看着看着，禁不住赞叹道：“太震撼了！我敢保证，这场面，我一辈子也忘不了！”

“是挺震撼的！”慕容巧莹附和道，“不仅有视觉的震撼，也有内心的冲击！工人们真了不起！”

唐涛紧接着慕容巧莹的话，补充道：“太了不起了！它不仅需要一种科学精神，更需要一种工匠精神，严谨求实，精益求精！”

“慕容厅长和唐处长过奖了！”岳恒恺谦虚地说。

慕容巧莹笑着看了岳恒恺一眼，似乎很不习惯岳恒恺这样称呼她。

萧天雍带着参观的人群看过了火柴自动连续机，又观看了排梗、蘸药、卸梗等几个主要生产车间，最后，回到了会场。市长主持了会议，岳恒恺在会上介绍了火柴连续机的试制过程和经验，省内几个主要化工企业作了表态发言，最后是慕容巧莹讲话。

慕容巧莹在讲话中说："据悉，泊镇火柴厂试制的这台自动连续机，是国内第一台独立试制的火柴设备，也是世界上最先进的火柴连续生产机械！独立自主，自力更生，艰苦创业，拼搏进取，这就是大庆精神，是无产阶级的大无畏精神！这种精神，这些工人，正是我们要努力学习的榜样！我们每个化工企业的干部职工，都要用这种革命精神武装自己，不断总结成绩和经验，找到自己奋斗的方向，敢于面对，敢于担当，敢于创新，敢于超越！要胸怀全局，为国争光，为中华民族争气……"

经久不息的掌声如浪涛般飞向高空，席卷了那一朵悠闲的白云。云朵飘散后，只留下瓦蓝瓦蓝的天空。

二

赫茹儿正背着身舀水，尤西良悄悄地走过去，伸手抱住了她。赫茹儿一惊，将水舀子掉到了缸里。她回过头来一看，见尤西良正色眯眯地盯着她，便娇媚地骂道："你要死呀？！"

"我真的要死了！"尤西良嬉皮笑脸地说，"再看不到你，我就死了！憋死的！"

赫茹儿禁不住扑哧一笑，说："你这是想吗呢？瞧你这点儿出息！"

"你笑什么？还不是想你想的！"尤西良说着，将手伸进赫茹儿的衣服里。

"别摸了！光斌这就回来了。"赫茹儿抓住尤西良那两只不安分的手，满心顾虑地说。

尤西良一愣，问道："光斌不是出差了吗？"

"他吃了晌午饭才走呢！"赫茹儿从尤西良的怀里转过身来，依然被他抱着，说道，"他去娟子家了，说是回来吃饭。"

“你看，光斌这是出差前去泻泻火，比我没出息大了！”尤西良坏笑着说，“我出差时没能来你这儿，孩子他娘又去照顾自己的爹了，害得我没有败火就走了。昨天半夜回来，我满心以为孩子他娘在家，到门口一看，大铁锁还挂在门上，急得我当时就想过来找你！”

“你胆子越来越大了！真是色胆包天！”赫茹儿嬉笑着说。

尤西良臆测道：“咱俩这么多年了，你当光斌不知道是怎么回事呀？他心知肚明，就是嘴上不说罢了。再说，他那么小咱们就睡在一块儿了，可能他早已经习惯了！”

“你别瞎说了！咱俩还是避着点儿好。”赫茹儿仰起脸看着尤西良，疑惑地问，“你不是今儿去唐山培训吗？怎么还有时间过来？”

尤西良一弯腰将赫茹儿抱起来，随口问：“你听谁说的？”

“光斌告诉俺的，说是今儿你带队去唐山，有七八个人呢！”赫茹儿在尤西良怀里挣扎着说，“不能再到炕上去了！真要是让光斌撞见，就成笑话了！”

“谁爱笑话谁笑话！”尤西良像已经拉满弓的箭，急不可耐地说，“我可舍不得再离开你那么长时间，就推掉了，让萧厂长的老婆带队去。我这刚出差回来，又想让我出去！要去半个月呢，老子哪儿受得了！——你别乐，我真受不了啦，趁着光斌没回来，咱快点儿吧！”

赫茹儿被尤西良连抱带摸的，心也动了。她撒开抓着尤西良胳膊的手，说：“你快放我下来，就在这儿吧，别上炕了！你说，你这么大岁数了，还跟个小伙子似的，火急火燎的！”

“你不喜欢吗？你忘了，前些年，一见了我，你不是也急急忙忙地扒我的衣裳吗？”尤西良说着，将赫茹儿放下，让她双手撑在锅台上，从后面去解她的裤子。

赫茹儿趴在锅台上，像只绵羊似的抬着头，两眼直勾勾地盯着院子里的两扇大门。她的裤子刚被尤西良扒下来，就看到门外出现了两只摆动的脚。她飞快地提起裤子，站起身来说：“光斌回来啦！”

“我 × ！这不是要我命嘛！”尤西良骂了一句，提着刚解开的裤子，躲进了里屋。他在屋里系好腰带，坐在炕头上，两手扣在一起放到双腿之间。

门光斌走进堂屋，见赫茹儿正往锅里添水，便撂下脸来，很不高兴地问："怎么才做饭？我不是说了吗，吃了饭我还要出门？！"

"你尤叔才出门回来，俺陪他说了几句话。"赫茹儿慌忙解释道。

"尤叔不是去唐山了吗？"门光珷嘴里嘟囔着，一撩门帘进了里屋。他见尤西良正襟危坐地看着自己，便很不自然地冲尤西良笑了一下，叫了声"尤叔"，然后不解地问："你不是带着财务科的人去唐山学习了吗？"

尤西良煞有介事地说："我岁数大了，把学习的机会让给了他们年轻人。再说，我早就不管具体业务了，去参加培训，不是白白浪费时间吗？"

"尤叔是个明白人，比我们科长强！"门光珷似乎是发自内心地说道，"我们那个科长，自己愿干的事不让人插手，不愿干的全派给别人！"

"你们科长是有点儿小心眼儿，这事人们都知道。"尤西良像是对门光珷很关心地说，"不过，他跟我关系还行！有时间我跟他说说，让他多关照你点儿。"

门光珷急忙说道："你千万别跟他说！他这个人跟别人不一样，你不说兴许还好点儿，说了他真往死里用你，把你当三孙子似的。明着说是给你锻炼的机会，实际上就是玩儿你！"

"他要是这样，我就知道怎么跟他说了。你放心，有我在，他不敢欺负你！"尤西良说着，感觉自己的身心已经恢复了常态，就站了起来，边往外走边说，"我还有个酒场，得走了。你娘还没做熟饭，要不你跟我一块儿去，随便吃点儿赶紧走。"

"别让光珷去了。两个人的饭好做，一会儿就熟了。"赫茹儿看着灶台里的火，头也不抬地说，"既然你有人请，俺就不留你了！"

门光珷将尤西良送出屋门，便转身回去了。尤西良一个人出了大门，然后回身将两扇木门关上了。正要离开，猛然看到一只半尺多长的大老鼠从大门北侧的草堆里跑出来。它应该是要进院子，见有人堵在门口，急忙逃到门南面的柴火垛里去了。尤西良心里正压着一股无名火，就气急败坏地朝柴火垛踢了一脚。岂料，柴火里盖着一个磨盘，尤西良不偏不倚地踢在上面，疼得他"哎哟"一声差点儿摔在地上。他站在柴火垛前缓了半天，最后扭头看了一眼赫茹儿家的大门，一瘸一拐地向胡同南头走去。

三

萧天雍被摇醒，很快就反应过来，大喊了一句："闹地震啦！"

他双脚站在院子里时，堃儿也紧跟着跑了出来。他觉得院子里那棵粗大的香椿树或许能抵挡随时会发生的强震，便与儿子走到树下站了一会儿。萧天雍发现天快放亮了，就准备去厂子看看。堃儿想回屋接着睡觉，萧天雍嘱咐道："不知道还会不会再发生地震，你千万别到屋里去。要睡，就抱个凉席出来，铺在这树底下睡会儿。"

萧天雍与儿子跑到屋里，急急忙忙地拿了一身衣服，又来到了院子里。他穿着衣服，又一次对堃儿说："记住，你不要再回屋了。我到厂子去一趟，看看有没有事。"

在火柴厂大门口，萧天雍碰到从家里赶来的办公室主任。他们聊了几句关于地震发生时的各种情况，便一起走进了厂子。他们看到，各个车间都已经断电停工。上夜班的工人大多数都回家了，没走的全汇集在火柴雕塑前，一边议论着，一边侧耳听着中央广播电台的新闻。人们不知道是哪里发生了地震，也不敢妄自猜测。十年前的邢台地震，也是这样将人们在睡梦中惊醒，这一次又是哪儿呢？

萧天雍与办公室主任围着厂子转了一圈儿，发现有几处破旧的工房出现了倾斜甚至开裂，随时都有倒塌的可能。他让办公室主任将这些危险的地方记下来，准备上班后向厂长汇报。看着这些危房，萧天雍忽然希望发生地震的地方就在火柴厂附近。他知道，地震越近越好，离得近，说明地震级别不大；如果离得远，地震级别就高了，距离越远地震烈度就越强，震级就越高。

两个多小时过去了，中央广播电台还没有播报关于地震的任何消息。于是，人们说，看来是一次不大的地震，到不了中央台。正当人们要去吃早餐时，中央电台《新闻和报纸摘要》中就传来了地震的消息："北京时间三点四十二分，河北省唐山丰南一带发生强烈地震，波及天津、北京，地震造成的人员伤亡和破坏情况……"

在场的人们一阵惊呼！他们知道，吕妮儿带着财务和统计科的七个人到唐山学习，才去了三天！唐山到泊镇有五百多里，这里的震感如此强烈，唐山的地震还不知有多大呢！萧天雍心里猛地一沉，方寸之间顿时像长满草一样乱糟糟的。他连跑带颠地去了厂子广播室，一进门就问：“有没有接到唐山打来的电话？咱们财务科的人还在唐山，他们没有来电话吗？”

广播员看着萧天雍着急的样子，心里就完全明白了，赶忙劝道：“萧厂长！你也别这么焦心！一地震，可能电话线就中断了。你放心，吕科长她们不会有事的。等接到她们的电话，我马上告诉你。”

萧天雍寄希望于唐山来的电话。他知道，只要吕妮儿她们还安全，只要唐山还能打出电话来，吕妮儿她们怕家里人担忧，一定会来电话报个平安的。

“我先回办公室。唐山有人来电话，马上给我转过来。”萧天雍说完，见广播员应声了，才怀着复杂的心情离开广播室。

萧天雍坐在办公桌前，却怎么也静不下心来。在他的记忆中，自己活了四五十岁，这是第一次出现如此浮躁的情况。以往经历了那么多大大小小的事，他都能很冷静地面对，这一次，却无论如何也镇静不下来。他在椅子上坐了一会儿，感觉如坐针毡似的，便站起来在屋里来回踱步。后来，他又站到窗前，俯视着偌大的火柴厂，一个角落一个角落地看去，看那歪扭的厂房，看那高大的树木，看雕塑前来来往往的工人，以图转移自己的思绪。

办公室的小吴敲了敲门，探进脑袋来对萧天雍说：“厂长让你到会议室开会。”

萧天雍来到会议室时，厂长已经坐在那里了。他见萧天雍进来，指了指他旁边的椅子，说：“你先坐下。”

厂长没等开会的人到齐，就说起来:“你们可能都知道，唐山闹地震了！我估计，这个地震太小不了。咱们财务科、统计科的七八个人正在唐山学习，其中就包括萧厂长的爱人。我的意思，派厂里的吉普车去唐山，把他们先接回来。看看你们有什么要说的吗？”

“一辆吉普也全接不回来呀！”尤西良刚进会议室，听到厂长的话，站在办公室主任旁边说，“我认为，这次地震很大，没准儿唐山早就实行军管了。咱去一辆吉普车，恐怕连进都不让进，人家还以为咱是要发国难财，进去抢东西的呢！”

“尤科长这话说得对！”厂长看了尤西良一眼，回头瞅着萧天雍说：“我光着急去接人了，没有考虑这么多！”

尤西良见厂长与萧天雍说完话，又转过脸来看他，便补充道：“按我的想法，咱去一辆吉普，再去一辆货车，就说车上拉的是救灾物资，这样就没人敢拦了。”

“尤科长这个主意好！”办公室主任赞同地说着，拉了一把尤西良，让他坐在了自己身边。

厂长看着萧天雍，征询道：“你觉得这样行吗？——你不要以为自己爱人也在唐山，就不好意思说话！吕科长是你的爱人，也是厂子的职工，你该说就得说。我看，咱去一辆货车太少，起码要去两辆。正好昨天晚上来了一车苫布，还没有卸车，就直接拉去吧。再看看咱仓库里还有什么东西，灾区人民用得上的，也一块儿拉走。还需要购置什么，就由萧厂长来定。这次去唐山，萧厂长肯定是要去的，你们在座的，还有谁能去？”

尤西良见厂长的目光落在他身上，马上说：“我去吧！在唐山学习的，我们财务科的人多，就别让统计科赵科长去了。”

“好！”厂长很满意地看着尤西良，提高声音说，“你别说，关键时候，尤科长还真能冲得上去！我刚才到职工宿舍转了转，有几家的房子已经破裂了，再来个余震，非倒不可。所以，我还要留在厂里处理这些事，就不能去唐山了。”

“尤科长我们俩去就行。”萧天雍表态道。尽管他很讨厌尤西良，在去唐山这个事上，财务科谢科长不在，副科长尤西良就是最合适的人选。

四

萧天雍和尤西良乘着吉普车上了公路时，看到部队的绿色军车正一辆辆地向北疾驰。写着“抗震救灾”的车辆还不是很多，过了天津，才偶尔能看到一辆半辆载满物资的货车。

天津以北，原来又平又直的公路变得弯弯曲曲的，路面上出现了大大小小的裂缝。越靠近唐山，路上的裂缝越大，裂缝旁还有从地下冒出来的煤灰一样的东西。道路像波浪般忽高忽低，时不时地就遇到严重错位的路面。被地震毁坏的桥梁越来越多，走着走着就可能过不去了。最后，萧天雍让司机跟上了一队军车。军车停，他们就停；军车走，他们就走；军车绕行，他们也绕行；军车往回转，他们也跟着往回转。萧天雍知道，军车一定是赶往唐山的，他们回返或改道，肯定是前面出现不能通行的地方。

路过的村子里，倒塌的房屋越来越多。到丰南时，村镇的房屋已倒了十之八九，几乎看不到一座完好无损的房子。

汽车越开越慢，不时地绕开路上宽大的裂缝和倒塌的房屋。快进唐山时，尤西良对萧天雍说："咱不能再跟着军车走了！吕科长她们住在胜利桥旁边的跃进旅馆，得咱自己去找。我住过那个旅馆，现在这个样子，也不知道在哪儿了！"

正如尤西良预料的那样，唐山到处都是军人。看到萧天雍他们的车，军人们打了个敬礼，就让他们进了城区。城区的房子基本倒塌了，没倒的也已严重损坏，像一个个怪兽，张着狰狞恐怖的大嘴，似乎要将活着的人都吞吃了。远远近近，上上下下，到处弥漫着死亡的气息，让人心里非常压抑。不知从哪儿飞来一群群的乌鸦，盘旋着，起落着，发出一阵阵瘆人的叫声。过来过去的人，不管是抬人的还是被抬的，身上都沾满鲜血，也不知是自己受了伤还是搬运伤员时弄上的血污。每个人都面无表情，像是已经麻木了一样。

萧天雍的心里越来越沉重，他预感到，厂里的那几个人已经没了全部平安无事的希望。只是还不知道，谁没伤着，谁受了伤，伤在哪儿，严重不严重，甚至是……萧天雍不敢往下想了。

来到城区中心的一个救灾物资接收点，萧天雍让司机停下了车。他找到接收点的负责人，让他安排人将车上的东西卸下来。负责人激动地看着他，忽然眼里流出泪来，紧紧地握着萧天雍的手说："谢谢！谢谢你们！谢谢毛主席派来的救命恩人！"

看着负责人千恩万谢的样子，萧天雍心里一热，眼里也盈满了泪水。他想到，这里的工作人员可能还不知道自己家里的受灾情况，也顾不得亲人的生死，就在这里为灾区百姓服务着了！

负责人说，人们都在急着救人，这里连他只有三个人。萧天雍一听，便让货车司机留下来帮着卸车。他心急去跃进旅馆，问明了去那里的路线，就急匆匆地钻进吉普。车刚启动，那名负责人追过来，说派一个年轻人给他们带路。这时，尤西良又打开车门，对负责人嘱咐道：“等卸完了车，给我们打个收条。”

胜利桥已经坍塌了。萧天雍他们连走带爬地过了桥，又走了三百多米，来到了跃进旅馆。尤西良看着已经倒塌的五层楼房，表情复杂地说了句：“就是这里！”

尽管萧天雍已经预想到这个结局，但眼见旅馆像个被天外来物砸瘪了的汽车似的瘫在地上，他的精神还是几近崩溃。他像傻了一样看着正在废墟上搜救的人们，直到司机小庞发现了刘会计的尸体。

有几十名军人和民兵正在跃进旅馆的废墟上用铁棍、铁锹、镐头救人，他们掀开一块块破碎的水泥板，搜寻着被砸在里面的人。找到死亡的人，就放在一边；救出受伤的人，便抬着或背着向不远处的一架直升机那儿跑。后来才知道，直升机装满了伤员后，全运到唐山机场，在机场经医生简单包扎处理后，送往各大城市的医院救治。

“是刘会计！”尤西良跑过去，又仔细辨认了一下，摇着头说，“已经没救了！太让人心疼了！可惜，可惜啦！怎么会这样？！”

“再找找，看看还有没有咱们的人？”萧天雍说着，与小庞和尤西良一起，在死人堆里一个个地看着。

萧天雍他们围着跃进旅馆看了一遍，找到了五名职工的尸体，却没有发现吕妮儿和小穆。他们将死去的几个人搬到一起，抻过旁边的一个被单儿盖在了上面。萧天雍抬头看了眼忙着救人的战士们，摘下了自己身上的水壶和挎包，准备去废墟里寻找吕妮儿。

“你想做什么？”尤西良一把拉住萧天雍说，“你从早晨到现在，两顿饭都没吃了！要到那上面救人也行，你好歹先吃点儿东西。依我看，咱没找到吕科长，可能是好事！没准儿，她只受了点儿伤，被飞机送到医院去了。你没看到那些直升机吗？就是送伤员的。”

萧天雍甩开尤西良的手，决然地说：“你们吃吧，我吃不下！找不到堃儿他娘，说什么也不行！除非把旅馆翻一个底儿朝天！”

“你愿去就去吧，我给瞅着点儿，看看那些当兵的救出来的人，有没有小穆。”看着萧天雍疯了似的冲进瓦砾堆里，尤西良在后边大声喊道。在尤西良心里，一直为自己没来唐山感到庆幸，不然，这惨死的人里可能就有他了。或许，人真有天命，而他是福大命大造化大的人，是老天让他躲过了这一劫！

萧天雍在发现火柴厂这几名会计的地方，用手疯狂地往下挖着。他认为，如果吕妮儿还被压在楼板下，应该离刘会计他们住的房间不远。他盼着出现奇迹，盼着吕妮儿正躲在床下或桌子底下等着他来救。他必须加快速度，哪怕快一秒，里面的人也能减少一秒的痛苦。他们已经被埋在下面十几个小时了，正承受着绝望的煎熬。他们多想快点儿出来呼吸一下外面的空气呀！可是，萧天雍只挖了一阵儿手就磨破了。他好像忘了疼，直到一名军人发现被他搬过的每块水泥板上都沾满了血，才过来拉住他。军人将手里的铁棒给了他，自己用手与他一起撬预制板。尽管这名军人戴着手套，过了一阵儿，手也磨破了。萧天雍又把铁棒还给他，自己去搬一块松动的水泥板。当这块水泥板被挪开后，下面露出一个人来。军人喊了一声，过来几个当兵的，一起将被墙压着的人扒出来，却发现这人早已断了气。

“萧厂长！”小庞跑过来，有气无力地对萧天雍说，“你一定要挺住，别太难过！别让自己先垮了！”

“你想说什么？快说！”萧天雍见小庞吞吞吐吐的样子，心里咯噔一下，像是明白了什么。

小庞见萧天雍急了，只得说：“吕、吕科长，在……”

萧天雍没等小庞说完，就朝小庞手指的方向深一脚浅一脚地跑去。等他跌跌撞撞地跑到尤西良面前，又被尤西良拽住了。尤西良像是很痛苦地摆着手，说：“萧厂长！你也别看了！人已经这样啦！”

吕妮儿的上身和头部被一个脏兮兮的床单盖上了，只露着两条腿。虽然她穿的睡裤已经弄得没了模样，萧天雍也能看出那就是自己妻子的衣服。当初，吕妮儿买这件睡衣时，也给他买了一身。他曾不高兴地说，穿什么睡衣呀！吕妮儿便说，出差的时候穿呗！

“萧厂长！你没事吧？”小庞走上来，看着萧天雍的脸问。

萧天雍那一颗悬着的心终于落地了。他感到自己出奇地冷静，之前的焦急、烦躁一下子全没了。这个结果，是他早就想到的，只不过心里不愿承认，心中总是抱着一丝希望。此时此刻，只剩下了这个残酷的无法改变的现实。他的吕妮儿，堃儿的母亲，在与他朝夕相处二十多年后，与唐山这万千百姓一起，被上天收走了！她走得不孤独，有她的几位同事陪着，有这么多唐山人民陪着！只恐怕，阴曹地府一下子进去这么多人，地狱的门就要被挤碎了！

“小穆也被扒拉出来了！”尤西良与小庞抬着穆会计走过来，放在离吕妮儿一米远的地方，凄凉地说，“这可好，来学习的几个人，一个也没能活着回去！”

萧天雍看了看小穆，然后撩开在吕妮儿脸上蒙着的床单。他从身上掏出手绢，让小庞将背壶的水倒在手绢上，慢慢地给吕妮儿擦着脸，低声说：“妮儿！咱回家吧！咱跟同事们一起回家！”

五

岳祥宗在河间上了一年初中就转学了，与爷爷、奶奶一起回了泊镇。他知道，这是因为爷爷、奶奶年纪大了，爸爸不放心他们一直住在村里，就给他办了转学。他回泊镇上学，爷爷、奶奶自然就没有了留在乡下的理由。岳祥宗在泊镇一中上完初中，又直接上了两年高中。毕业时，正赶上国家恢复高考，他以应届生的优势，考取了河北工业学院。入学前，他回了趟刘家村，才知道水蛋儿、三丑儿、媄子甚至郭若璨都落榜了。看着当日的玩伴儿们那艳羡的眼神，岳祥宗在自豪的同时，心里竟然有一种莫名的失意。他在刘家村只住了一夜，第二天一早就返回了泊镇。

到了第二年，岳祥宗才听说，水蛋儿和郭若璨复习了一年，终于考上了大学。水蛋儿考取了山东的一所大学，郭若璨考取了北京的一所大学。而三丑儿和媄子，再一次名落孙山。

岳祥宗大学毕业后，按照父亲的意愿，分到了泊镇火柴厂。父亲的意思是要留儿子在身边。正好岳祥宗回地方分配，他的表叔又管毕业生分配工作，父亲只去打了个招呼，他就进了火柴厂。岳祥宗报到时，厂子刚被省政府命名为“大庆式企业”，如日中天，以至他的几个大学同学都非常羡慕他能分配到火柴厂工作。

岳恒恺想让儿子直接去车间上班，认为那儿才是用武之地。萧天雍却坚持让他去了技术科，并兼任职工夜校的教师。

岳祥宗很享受在火柴厂上班的快乐。他最爱做的，是站在远处看火柴厂的几千名男男女女，从厂子的大门里走进走出，那浩浩荡荡的阵势，太让他激动了。有时候，他就处在这人流里，昂首阔步地随着工人们向外走、向里走。终于有一天，他在这人群里看到了那个让他一见就心动的女孩儿。从此，他更热衷于看人们上下班，看女孩儿轻盈地走过来。他会跟在离女孩儿五六米远的地方，随着女孩儿走一段路，有好几次竟然走过了自己回家的巷口。每天能看到女孩儿，是他去火柴厂的一种动力和一项重要内容，一天不见，他心中便怅然若失。忽然有一天，女孩儿走过他身边时看了他一眼，他便怦然心动，自认为那一眼，是对他有了好感。他似乎从女孩儿的眼神里，读懂了她的心思。

让岳祥宗没有想到的是，这个女孩儿竟然是三丑儿让他认识的。那是在职工夜校的门口，岳祥宗刚要进门，就听到后面有人喊他的名字。他回过头去，就看到三丑儿与女孩儿一起走过来。岳祥宗一时忘了三丑儿的“大号”，再喊他三丑儿又不太合适，只好直接问：“你怎么到这儿来了？”

“我来给岳老师当学生呢！”三丑儿嘻嘻地笑着，说，“我还给你带来了一个学生，我表妹程舒雯。”

程舒雯冲岳祥宗笑了笑，算是“见面礼”。岳祥宗很想去握一下程舒雯的手，见她根本就没有与他握手的意思，他一个大男人也不好主动去握女孩子的手。这个晚上，给三丑儿和程舒雯他们上课时，岳祥宗的心里竟然紧张起来，他挣扎了半天，才把心态调整好。他觉得，初次给程舒雯讲课，一定要讲得自然漂亮，给她留下一个好的印象。不然，所有后面的事情，就全毁了！

事后才知道，三丑儿还是托了爷爷的关系，在火柴厂运输队找了个临时工作。而程舒雯，是火柴厂考工时进来的，现在是卸梗车间的工人。岳祥宗没有想到，程舒雯是个活泼的女孩儿，课间课下，总是能听到她快乐的声音，甚至听到她那动人的歌声。程舒雯哪次单独见到他，都会嫣然一笑，然后甜甜地叫一声“岳老师”。

从开始给程舒雯他们上课，岳祥宗单独见到她的机会一下子多了起来。

程舒雯常常是最后一个离开教室，然后与等在外面的三丑儿一起，慢慢消失在夜色之中。

这天晚上，三丑儿没来夜校。程舒雯一个人往回走时，岳祥宗不放心，就悄悄地在她后面跟着。果然，在她穿过一条小胡同时，就碰到了麻烦。程舒雯一喊“来人哪”，岳祥宗就飞奔过去。他见有三个“小流氓”挡在程舒雯面前，便大喊了一声：“让开！你们胆子不小，谁也敢劫呀！”

为首的“小流氓”右手握着刀子，亡命徒似的用刀刃拍打着左手手心，威胁道：“我看是你胆子不小，敢跑过来送命！”

岳祥宗将程舒雯挡在身后，然后拉开了架势，喝问：“你们是一个个地来，还是一齐上？”

拿刀子的人猛地用刀在空中做了一个砍与捅的连续动作，然后将刀子往肩后一送，站在他身后的人便伸出双指夹走了刀子。他夸张地活动活动拳头，又扭了扭腰，盛气凌人地说：“我要用刀就是欺负你！常言说，杀鸡焉用宰牛刀。我今儿要是一个人收拾不了你，我就是你小舅子！”

岳祥宗与“小舅子”过了几招，发现他竟然用的也是唐拳。于是，他见拳化拳，见招拆招，像猫戏耗子似的与之对打了一番，正要给“小舅子”最后一击，却见他虚晃一拳，跳出圈外，说：“这儿施展不开手脚，咱到后边大道上再较量较量。”

几个人来到日华大道中间，“小流氓”们摆出三足鼎立之势，将岳祥宗围在中间。岳祥宗刚准备接招，“小舅子”忽然喊了一声：“三弟、四弟，咱撤！”

岳祥宗正在疑惑，只见“小舅子”弯腰拿起放在地上的大录音机，回过头来冲着程舒雯笑着说：“姐！我只能帮你到这儿了！”

“小舅子”坐上一个人的摩托车后，打开了录音机。很快，四个喇叭的录音机里响起了热情缠绵的流行音乐：“我一见你就笑，你那翩翩风采太美妙！跟你在一起，永远没烦恼……”

三个人骑上两辆摩托车，在飞扬的歌声中“突突”地飞驰而去。

看着摩托车一溜烟儿地走远，程舒雯袅袅婷婷地走到岳祥宗身边，解释道：“岳老师！你别生气！我弟弟就是想跟你比试比试功夫。他说用这个方法，能让你使出真本事。哪知道，他跟人家学了好几年拳了，到现在，还是这三脚猫的功夫，真没本事！”

“他几年时间练到这个程度，已经很不错了。我几岁就跟着爷爷练拳，已经二十年了。”岳祥宗替“小舅子”说着话，慢慢转过身来看着程舒雯问道，“三丑儿今天怎么没来？”

“他回河间了，说是有个丧事，要过几天才能回来。”程舒雯回答了一句，然后问，“我见你也没喊过他的名字，你是不是忘了他叫邱梓昌？”

岳祥宗笑了笑，想对程舒雯承认，话到嘴边儿，却说：“我跟他是十年的伙伴儿，从小喊他三丑儿，已经习惯了，总是改不过口来。你是不是不愿让我这样叫你表哥？”

“那倒不是。”程舒雯笑了笑，说，“我只是认为，你不能再这样喊他了，毕竟他也二十多了。‘三丑儿’这个名字要是在厂子叫响了，怕是他连媳妇都找不到！”

“你怎么知道我会在后面跟着你？”岳祥宗好奇地问。

程舒雯畅快地一笑，答道：“我早就看出来了，你是个心细的人，也很有爱心。我知道，你一直留意我和表哥。今天表哥没来，你一定会送我回家的。——怎么，你不愿意来送我，来保护我？”

“只要你愿意，我可以保护你一辈子！”岳祥宗随口说道。他将憋在肚子里的话说出去，虽然觉得有点儿唐突，可心里却是很甜的。他万万没有想到，自己认为遥不可及的人，日思夜想的人，就在这一瞬间把距离拉近了。尽管他不确定，今晚发生的一切是程舒雯精心安排的，但从她的话音里已经听出，她把他当成了可以依赖的人。

“这话可是你说的！你不会明天就反悔吧？”程舒雯十分开心地问了一句，随即露出迷人的笑脸。

“这是我求之不得的！能当一个护花使者，我这么多年的功夫就没有白练！”岳祥宗激动地说。直到后来，他才知道，程舒雯之所以这么匆匆忙忙地与他确定关系，是因为她已经觉察到，表哥邱梓昌要对她表白了。她与邱梓昌本来没有一点儿血缘关系，就因为她舅和邱梓昌的父亲是结拜兄弟，她才认了他这个表哥。一年多交往下来，她觉得自己并不喜欢邱梓昌，而邱梓昌却越来越表现出对她的感情。甚至在有的时候，他在别人面前竟以她的对象自居。邱梓昌几次想对她明确表达爱慕之情，都被她巧妙地回避了。她越来越担心，一旦邱梓昌把话挑明了，她再回绝，两人的关系就弄僵了，连“表兄妹”也没得做了。因此，她急着找到自己中意的人，把关系确定下来，让邱梓昌从此死了心。她之所以物色上岳祥宗，一方面他是大学生，又吃商品粮，而且三代人都在火柴厂，根基深，可以说，无论从哪方面看，都比邱梓昌的条件好。邱梓昌不过是火柴厂的一个临时工，是一点儿前途都没有的人。

六

尤西良听说厂里的民兵明天要进行实战训练，就趁机溜进民兵连，将炸药包上的药捻儿换了下来。他做的药捻儿放的药多，比普通药捻儿燃烧得快，快得不等点火的人躲开，炸药包就会爆炸。

东方刚现出霞光，火柴厂的三百多名男女民兵就列队出发了。走在队伍前边的民兵，扛着五六式或七九式半自动步枪，枪端都上了剑形刺刀。在晨曦的辉映下，刺刀闪着一道道寒光。走在队伍最后的民兵，肩上扛着自制的炸药包，威风凛凛地走着，不禁让人联想到手举炸药包的英雄董存瑞。

出了城区，走上乡间的土路，龚连长为鼓舞士气，带头唱起了威武雄壮的歌曲《我是一个兵》：“我是一个兵，来自老百姓。打败了日本侵略者，消灭了蒋匪军。我是一个兵，爱国爱人民，革命战争考验了我，立场更坚定。嘿嘿嘿，枪杆握得紧，眼睛看得清，敌人胆敢侵略，坚决把他消灭净……”

三百多人放声一唱，撼天震地，惊得树上的鸟们四散乱飞。

田野里的麦子全都收割了，有的地块已翻耕种上了夏玉米，有的地块刚刚翻耕，有的还长着枯黄的麦茬。岳祥宗似乎明白了，为什么上级要安排这个季节搞民兵训练。民兵每年要进行两次训练，一次是夏季，一次是秋季，都是在成熟的庄稼已经收获、新的庄稼刚刚要种不种的时候。这样安排，一个是视野开阔，另一个是不损坏农民辛辛苦苦种出来的庄稼。

岳祥宗扛着的是一支五六式步枪，那木制枪托已经被磨掉了黄色的油漆，露出了惨白的原始面目。本来，龚连长发给他的是一支七九式新枪，他见程舒雯拿到的是这支破旧的步枪，就换给了程舒雯。岳祥宗喜欢的是扛枪的感觉，不在乎是新枪还是旧枪。小时候，他与三丑儿、水蛋儿等小伙伴们各自扛着一个木棍，也那么扬扬得意。现在，他扛着真正的步枪，似乎又找到了过去那种自我陶醉的感觉。

到了靶场，民兵们分成了三组，有打靶的，有拼刺刀的，有匍匐前进的，轮流训练。每个打靶的民兵只给三发子弹，很少有人正中靶心。岳祥宗只有一发打在靶子上，得了三分。不过，他心里还是挺高兴，因为这是他从小到大第一次放枪。他从地上爬起来后，龚连长拍了拍他的肩膀，摇着头说："你还得练！打枪跟练武不一样，你功夫再好，枪不一定打得准。功夫一天不练都不行，打枪这玩意儿，你只要练出来，一辈子也忘不了。这就叫艺不压身。"

"只要领导给我机会，我一定坚持练，苦练杀敌本领！"岳祥宗向龚连长表态道。他知道，龚连长与父亲关系好，所以处处关照他。

"行！我抽时间给你开小灶。"龚连长慈和地笑着说。

程舒雯打完了靶，兴奋地跑过来，对岳祥宗说："我打了十七环，还可以吧？你打了多少环？"

"我得了三分！"岳祥宗很尴尬地回答。

"不会吧？"程舒雯以为自己听错了，追问道，"你不会三枪都打在最边儿上了吧？"

岳祥宗苦笑道："他们说，靶子上只有一个枪眼儿。"

程舒雯惊讶地问："那两枪呢？"

"我估计，那两发子弹也从这个枪眼儿里穿过去了。"岳祥宗说完，自己先笑了起来。

"你还笑呢！"程舒雯嗔怪着，自己忽然也"噗"的一声笑开了。

民兵们训练完第一个项目，就进入实地爆破。档案科王科长首先夹起炸药包，很迅速地来到"碉堡"前。他将炸药包放好后，点燃了引信。还没等他闪开，炸药包就"轰"的一声炸开了。王科长一声惨叫，倒在血泊之中。

龚连长带着人跑过去一看，见王科长头部、胸部都已血肉模糊，急忙喊道："快送医院！快点儿！"

安排人将王科长送往医院后，龚连长搬起一个炸药包看了看，怒气冲冲地说："有人在这引信上做了手脚！他娘的！这不是吃饱了撑的吗？！"

岳祥宗接过龚连长手里的炸药包，将药捻儿搓开，用手指弹去了一些药粉，然后说："让我再试一次。"

"不行！"龚连长很坚决地说，"你再有个三长两短，我这个连长还干不干？还不得去蹲大牢！"

这时候，程舒雯也走到岳祥宗身后，悄悄地拽了一下他的衣襟。岳祥宗像是没领会一样，接着对龚连长说："你别看我打枪不行，身手还是很快的。你尽管放心。"

"要试也得我去试。"龚连长说着，就来拿岳祥宗手里的炸药包。

岳祥宗一收胳膊，顺势将炸药包夹在腋下，然后学着王科长的样子，匍匐向前，飞快地将炸药包放在爆破点上。他点着了引信，一个就地翻滚，迅速离开了炸药包。

"轰隆"一声，炸药包将泥土卷上了天。

还没等尘土落尽，程舒雯就激动地跑了过去，一下子搂住了岳祥宗。岳祥宗感到自己终于挽回了面子，一高兴，将程舒雯抱了起来。龚连长看着他们兴奋的样子，叫了一声"好"，热烈地鼓起了掌。

七

"闪开！"萧鸿堃大喊了一声，猛地将岳祥宗的身子提了起来。他用力一点儿滚过来的大圆木，打了一个趔趄，然后站稳了脚跟。

圆木直接往前一滚，像下坡的碌碡一样，从白队长身上轧了过去。他刚才还与岳祥宗面对面说话，转眼间就到了鬼门关。

邱梓昌跑到岳祥宗面前，关切地问："祥宗哥！你没事吧？"

"你这个人，怎么干活儿的？"萧鸿堃猛地踹了邱梓昌一脚，指着躺在地上的白队长，叱问道，"你看看，能没事吗？！"

邱梓昌走到白队长面前，本想将他抱起来，看着他满身是血的样子，双腿打战，感觉自己一点儿力气也没有了。

"滚开！"萧鸿堃冲邱梓昌骂了一句，抱起白队长就往医务室跑去。他来到医务室，将白队长往病床上一放，喊道："快救人！"

医生走过来，将白队长从头到脚地看了看，摇着头说："人都这样了，怕是神仙也救不了啦！"

岳祥宗看着萧鸿堃，说："咱赶快告诉他家里人吧！"

"先送医院，到那儿再说。"萧鸿堃说着，重新抱起白队长，一边往外走，一边说，"他死在医院，比死在这里强！"

岳祥宗觉得萧鸿堃的话很有道理。将人送到医院，说明他们全力抢救了，他的家人到了那里也就无话可说了。

正如厂医说的，医院也没能把人救过来。

邱梓昌闯了大祸，厂子很快就决定将他辞退。岳祥宗为此找了萧天雍，也没能将他留下来。

程舒雯听说岳祥宗险些被木头砸着，一下班就跑了来。她上下打量了岳祥宗一番，问："你没什么事吧？"

"我能有什么事？"岳祥宗轻松地说，"一听到鸿堃哥喊，我用脚一点地，就躲过了木头。"

"你还吹呢！"程舒雯笑道，"我听说，是萧鸿堃将你一把抓了起来，才没被木头碰着。"

岳祥宗坚持说："我要是脚下不用力，他能把我这一百多斤提起来？你当是抓只鸡呢！"

程舒雯走上前替岳祥宗抻了抻衣服，柔婉地嘱咐道："不管怎么说，在外边你也得承认是萧鸿堃救的你。不然，别人会说，你这么大能耐，怎么不去救白队长呢！再说，如果这话传到萧鸿堃耳朵里，人家还以为你不知道感谢他呢！"

"你这话说得对是对，可我家跟鸿堃哥家是父一辈子一辈，三代的关系了，没有谁感谢谁的话。"岳祥宗解释道。虽然他嘴上这么说，心里却很认可程舒雯说的话，觉得她思索问题很细致，也很敏感。俗话说，祸从口出，他觉得自己有时候说话欠考虑，心里一冲动就把话说出来了。说出来的话收不回去，就容易得罪人。

"我听说，你还去给表哥求情，你怎么这样实在呢？！"程舒雯犹豫了一会儿，终于说道，"我说句话，你千万别跟外人说。我觉得，表哥这是蓄意的，是冲着你来的。"

岳祥宗诧异地问：“你这话怎么讲？”

程舒雯怕岳祥宗误会，只好实话实说道：“表哥听说咱俩的事，找了我，见面就喊起来：我走了才几天，你就跟他好了！你忒无情，他也忒不仗义！——表哥那气呼呼的样子，就像是要杀人似的。”

“不要把人想得这么坏！”岳祥宗劝道，“他可能是一时接受不了说的气话。我了解他，他不至于这么狠。”

“我只是给你提个醒，你不信也不要紧，自己长个心眼儿就行了。”程舒雯看看天要黑了，便说，“既然你没事，我就回去了。”

程舒雯说完，却迟迟没有要离开的意思，岳祥宗似乎看出了她的心思，赶紧说：“我请你吃个饭行吗？”

“吃什么？”程舒雯很开心地问。

“你想吃什么？”岳祥宗反问道。

程舒雯好像用心想了想，却没想起要吃什么。于是，她干脆说：“你请，你说了算。请我吃什么，我都高兴！”

“要我说，那就去吃烫面饺吧。南头新开了一家烫面饺餐馆，味道不错。”岳祥宗像是早有预谋地说。

“你说不错，那肯定是不错了！”程舒雯附和道。

岳祥宗看看天已经黑下来，四处又没有认识的人，便伸手拉住了程舒雯的手，一起往前走。程舒雯跟着走了几步，也握紧了岳祥宗的手，将自己的温情传递给了岳祥宗。走到一处寂静的地方，岳祥宗轻轻一拽程舒雯的手，就势将她抱在怀里。

“你这是得寸进尺呀！我还以为你是个老实人呢，怎么也这么坏？！”程舒雯娇柔地说着，将头倚在岳祥宗的肩膀上。

岳祥宗抱紧了程舒雯。他想对她说，第一次拥抱，还不是你主动的！话在他心里转了一圈儿后，便像被龙卷风旋起的鱼儿似的扑落在一个角落里。最后，他在她耳边轻声说：“有你在，真好！”

一切都静了下来。被他们惊扰的蛐蛐，又欢快地叫出了声。

下篇

第一章　富翁的故事

一

童昕刚走到老街的四牌楼，就听到了那熟悉的民间音乐。她拉了拉隋瑞廷的手，站在楼前侧耳听了一会儿，说：“没错！这就是咱县的八音舞。怎么跑海口来了呢？”

隋瑞廷陪着童昕循着音乐走出骑楼老街，终于看到了跳“八音舞”的队伍。他们聚在一面写着“临高符姓”的杏黄色大旗下，是来海口参加“第六届世界符氏恳亲大会”庆祝活动的。

“这八音舞跟我老家的‘小竹马’有一些相似。”隋瑞廷贴近童昕的耳朵说，“不同的是，‘小竹马’是十二个孩子，所以也叫‘十二竹马’；八音舞是八个孩子。你看，连这天真烂漫的舞姿，这欢快的旋律都一样！”

隋瑞廷说话时，跳八音舞的孩子们正进行新一轮的表演。只见四个男童、四个女童分别持着小锣、小镲、小鼓、碰铃和瓷盅、瓷勺、瓷盘、瓷碟，一边击打一边舞蹈。站在他们后面的八个乐手，拿着唢呐、喉管、竹笛、竹箫及月琴、椰胡、二胡、三弦为之伴奏。乐手们依次演奏着“南灵”“南星”“一丁金”“结婚小调”……隋瑞廷惊异地发现，在临高八音曲中，童男童女们竟然也是骑着竹马表演。他们以“三脚马”转马步定型的舞蹈为主要动作，依次展示出“两岸飞来”“江河横流”“莲花并蒂”“八字穿梭”，其动律、节奏、步法、姿态是那样的风趣诙谐、欢畅活泼，活脱脱就是“小竹马”的姐妹舞蹈。在舞蹈中，八音舞融进了蒙古舞的颤臂、新疆舞的移颈、云南花灯舞的颠发，尤其是那独特的颤膝动作，灵活、优美，像潺潺溪流在阳光下的奔流跳动一般美妙动人。

整个会场是一片旗帜的海洋：三角旗、四方旗、龙纹角旗、龙纹方旗；挂旗、队旗、指挥旗、司标旗、广场旗……微风中，各样旗帜猎猎飘动。从队旗可以看出，他们有的来自泰国、柬埔寨、新加坡、马来西亚、澳大利亚等国家，有的来自山东、陕西、甘肃、湖南、河南、广西等省区。几乎每个队伍前，都有民间文艺表演，舞龙、舞狮、秧歌、高跷，盅盘舞、招龙舞、打柴舞……甚至还有军乐队演奏。

隋瑞廷与童昕看过了八音舞，又看了高跷和舞狮，正要接着往前看，就听广场上的大喇叭里传来恳亲会主持人的声音。很快，沸沸扬扬的人群就安静下来，各支队伍像一条条五颜六色的河流一样，涌向主席台前。气氛一下子便肃穆起来，就听主持人大声宣读道："公元一九九二年，岁次壬申年农历十二月十二日，兹为宗祠落成，符氏合众子孙，迎祖登坛。孝思不匮，追报宗恩；恭备隆礼，诚心奉请：敕封秦符玺令受姓始祖忠爰显烈符雅公、宋渡琼始祖浙江提督讳盟字进勇符公之神位……"

"他讲的是什么，怎么我一句也听不懂？"童昕悄悄问隋瑞廷。

隋瑞廷笑了笑，解释道："他说的是海口符家宗祠落成，姓符的子孙们，迎接列祖列宗登坛。他们的祖先符雅，在秦朝时当符玺令；宋朝的符盟，字进勇，当过浙江提督，是来海南岛的符氏先人。"

"听不懂！咱走吧，到家也快天黑了。"童昕说着，拉着隋瑞廷挤出人群，往大街上走去。

广场上的扩音器里还在讲着："……符氏列祖列宗及历代先贤。为昭为穆，赫赫若临，来格来歆。兹有符氏子孙，跪拜于我中华符氏受姓始祖雅公灵像、各位渡琼先祖神位之前，稽首而祝曰：乾坤至泰，龙凤呈祥；巍巍黄帝，亿德流长。开延姬姓，瑞发文王；周公合道，伯禽露芒。受封于鲁，立鼎拓荒；楚强侵占，鲁弱消亡。公雅仕秦，符玺令掌；因官得氏，符之滥觞。琅琊郡望，衍义阳堂；令奇殉国，忠义昭唐……"

走在去汽车站的大街上，隋瑞廷向童昕介绍道："前两年，你不是天天看《封神榜》吗？是蓝天野演的姜子牙。姜子牙辅佐的是周文王、周武王。周朝建立后，周文王的儿子姬旦和孙子姬伯禽的封国是鲁国。鲁国的主要部分在山东省境内，国都是曲阜。伯禽在鲁国传位三十多代，到鲁顷公时被楚国灭了。后来，鲁顷公的孙子姬雅当了秦国的符玺令，他的子孙便以他的官名符玺令的‘符’字为姓。”

“你这隋姓是怎么来的？”童昕好奇地问。

“隋姓的来历，我还真知道。”隋瑞廷有点儿得意地说，“隋是从周朝的诸侯国随国而来。随国在湖北省，国君是炎帝的后裔。隋姓本来是随便的随，随国公杨坚建国后，忌讳随字的本意，就去掉了随中间的‘走’，立国号为隋。”

童昕听了，开心地一笑，说：“一开始，我还担心你有一天会走呢！原来从千百年前，就去了走，不会说走就走，也不能随随便便地一走了之啦！”

“你说得没错！甭看我姓隋，却从来不敢随便。一千多年前，就被打上了这个烙印。”隋瑞廷附和着童昕说。他抬头看看，发现离汽车站还有一段距离，便说：“我还查过你们童姓的起源。童姓是个很了不起的姓，它来自上古时期，是黄帝的后裔。黄帝的孙子颛顼是三皇五帝的‘五帝’之一，他有个儿子叫老童。老童天生一副好嗓子，嗓音像洪钟一样响亮，是音乐的始祖。他还是第一任火神，后来传给了他的儿子祝融。火神是管理火、分配火和教给人们使用火的神仙。因为老童太有本事了，后世子孙就以他的名字‘童’字为姓。”

童昕扭头看了隋瑞廷一眼，嬉笑道：“我说这些年怎么没对你发过火呢，原来我老祖宗是管理火的。他大公无私，分给我的火太少了！”

“是你火候把握得好！知道什么时候该发火，什么时候不该发火，不该发火的时候绝对不发。”隋瑞廷亦庄亦谐地说，“就像炒菜，火候掌握得好，才能炒出色、香、味俱全的菜肴。”

“我觉得自己命挺好，吃了一辈子大厨炒的菜、做的饭！”童昕有几分感动地说。

隋瑞廷用力摆了一下童昕的手，像是承诺一样地说：“谁说你吃了一辈子，是半辈子？！我还能再给你炒几十年好菜呢！”

“那就太好了！”童昕笑起来，像是又回到了与丈夫初识时那个天真无邪的少女时代。

隋瑞廷始终把童昕当作一个小妹妹。几十年来，他不清楚自己什么时候就离开童昕，所以非常珍视与她在一起的每一个日夜。在对童昕的疼爱与珍惜中，时光一天天过去。不管是生儿育女，也不管是风里雨里，他都展现出一个丈夫应有的责任与担当。他认为，夫妻生活在一起，难免有磕磕绊绊，只要能像炒菜一样，注意火候，就一定会把日子过得有滋有味。

二

刚拐进通向他们家的山路，隋瑞廷就听到了呼救声。他停下来，然后瞅了瞅身边的童昕。

“过去看看！”童昕说了一句，径直穿过树林向前走去。

隋瑞廷脚步疾，迈的步子也大，很快就走到童昕前面。他到了一个山崖下，见一个五十岁左右的男人躺在那里。男人见隋瑞廷走过来，便懊丧地说道：“大哥！我从上面掉下来了。”

“怎么这么不小心？”隋瑞廷说着，便想将男人扶起来。他刚一拥，男人就疼得“哎哟哎哟”地叫起来。

童昕走上来瞅了一眼，皱着眉头说：“看来，摔得不轻！”

隋瑞廷蹲下身子，分别抓起男人的两只胳膊看了看，然后去抬他的两条腿。他刚一摸男人的右腿，男人就又疼得“哎哟”叫了一声。隋瑞廷舒了一口气，说：“是伤着腿了！只要不是伤了脊椎就好！”

“你不是本地人吧？”童昕问道。

“我叫符茂霖，是从香港过来的。我祖籍在这儿。”符茂霖自我介绍道，“我来海口参加恳亲会，顺便回老家看看。”

在童昕与符茂霖说话时，隋瑞廷猛地一拽一推符茂霖的小腿，然后说：“好了！你先别动，我去找点儿东西给你固定一下。你这小腿有根骨头断了，我刚给你接上。”

符茂霖虽然疼得满脸汗水，却不忘心怀感激地说：“我这是遇到贵人啦！没想到，大哥还有这本事！”

“我是跟孩子他姥爷学的。在山上住，不懂点儿医术真不行。”隋瑞廷说完，向山坡上的一棵歪歪斜斜的大树走去。

童昕用手压着符茂霖的腿，说：“你幸亏遇到了我们，要不，你在这儿喊破了嗓子也没用。等天一黑，有你受的！我活了五十多岁，还是第一次碰到从这儿掉下来的！”

符茂霖苦笑了一下，说："我想从上面拍一张县城的照片，只看相机了，忘了脚下。我躺在这儿有一会儿了，一开始喊了几声，没喊来人。后来听到你唱歌，才喊的。你唱得真好听！”

“你倒是知道节省气力！”童昕笑道。

隋瑞廷抱了一些树枝和竹子过来，按符茂霖小腿的长度，截成了一段段的。他弄了十几段，然后脱下自己的上衣，扽下两个衣袖，用牙咬着撕成了布条。他与童昕一起，用布条将木棍、竹棍绑在了符茂霖的腿上。看看没有问题了，隋瑞廷便蹲下，去背符茂霖。

“等一下！”符茂霖一摆手，指着长在山崖上的一棵小树说，“我那电话还挂在那儿。还有相机，也不知掉哪儿去了？！相机值不了几个钱，我拍的东西不能丢了，尤其是恳亲大会上的那些照片。”

“你带的装备够全的！”隋瑞廷说着，拿着一根竹竿来到树下，用竿子捅了几下，在手提电话掉落的瞬间，伸手接住了。他将电话递给符茂霖，又与童昕找了半天，最后在一个草窠里看到了相机。

“相机是不是摔坏了？”符茂霖看着朝他走过来的隋瑞廷说。

隋瑞廷很简洁地答道：“没坏。”

符茂霖接过相机看了看，摇着头说：“该坏的没坏，不该坏的坏了！你说，我这腿什么时候能好呢？！”

“什么也不该坏！”童昕插了一句，说，“你这两个物件，得值个钱儿吧？我还是第一次摸这些东西！”

“这电话已经没电了！没电的电话，跟块砖头没什么区别。”符茂霖用手掂着电话，轻松地说。

隋瑞廷已经看出，符茂霖是个有钱的商人。他手里拿的手提电话，就是城里人说的“大哥大”，几万块钱一部，一般人买不起。他见符茂霖毫不爱惜的样子，便打趣道：“拿好你的砖头，咱回家。”

“你扶着我走吧。”符茂霖有些难为情地说。他不忍心让一个比自己大十几岁的人背着走。

“你走？”隋瑞廷瞪了符茂霖一眼，直截了当地说，“三五天之内，就是给你个双拐，你也走不了。”

隋瑞廷毕竟是上了年纪，他背着符茂霖走了只有几百米就坚持不住了。他将符茂霖放下后，喘着粗气说：“老了！换成十年前，我能把你一口气背到家。现在，心有余而力不足了！”

“我去看看冶之在家吗？让他来背这位大哥。”童昕说着，没等隋瑞廷点头，就沿着山路往回走去。走出不远，她又接着唱起了《哩哩美》：“渔村自古歌如海，渔歌唱得浪花开；渔家一唱鱼满网，海陆处处是歌台，哩呀哩哩个美……”

“听你刚才说，你祖籍是这儿？”隋瑞廷陪着符茂霖坐在山坡上，一时无聊，便没话找话地问了一句。

符茂霖很认真地回答：“是，我老家是透滩村。明朝海南四大才子之一的王佐，就是我们村的。”

“王佐与海瑞、丘浚、张岳崧并称‘海南四绝’。王佐为诗绝，丘浚为著绝，海瑞为忠绝，张岳崧为书绝。”隋瑞廷颇有兴趣地说，“我去过一次透滩村，在那座宋朝的石桥上，看到了王佐的一首诗。据说，那诗是王佐站在桥头随口作出来的。”

“你听，是不是这一首：‘浓阴爱好西桥过，影午交枝几树榕；钟秀地形山叠叠，斗声滩势水重重。’”符茂霖慢慢吟咏道。

“你是有心人，把诗记得这么清楚！”隋瑞廷由衷地赞叹说。

符茂霖兴致勃勃地说：“王佐的诗我都读过。他写透滩村的那些诗，我都能背下来。”

“你有多少年没来透滩村了？”隋瑞廷把符茂霖受伤的腿往上搬了搬，随口问道。

“五十年了！”符茂霖诡秘地一笑，随后解释道，“我爷爷那一辈儿去的香港。我生在香港，今年整五十了。”

隋瑞廷笑道：“这么说，你从来没到过透滩村？”

“这次，我就是来圆故乡梦的。”符茂霖说完，话题一转，问，“听你的口音，不像是本地人？”

“我老家在河北。”隋瑞廷如实说道，“年轻时，一个人闯海南，一上山就让毒蛇给咬了，是孩子他姥爷救了我。”

“有点儿意思！”符茂霖笑着说，“你一上山让蛇咬了，我一上山摔下来了！你岳父救了你，你救了我！有句古话说，同是天涯沦落人，相逢何必曾相识，以后你就是我大哥了！等我的腿好了，就与你结拜。”

隋瑞廷婉拒道：“我这个大哥有点儿大，大你快二十岁了！”

“现在不是时兴‘大哥大’嘛！”符茂霖将电话朝隋瑞廷眼前举了举，眉开眼笑地说。

符茂霖与隋瑞廷说话时，隋冶之从山路上跑了过来。到了跟前，他礼貌地冲符茂霖点了点头，关切地问：“还疼吗？”

“叫符叔！”隋瑞廷朝儿子大声说。

“符叔！”隋冶之不失礼数地喊了一句。

符茂霖看着隋冶之，眼前一亮，说：“你这儿子生得真好，看着就让人喜欢！”

“这是我的小儿子，叫隋冶之。”隋瑞廷一边从儿子手里接过外敷的药膏，一边说，“他刚读完法学博士，还没找到合适的工作，说是要自己开一个律师事务所，也不知道行不行？！”

“行啊！冶之很有头脑！”符茂霖赞叹道。他很用心地观察着隋冶之的一言一行，看着他很麻利地帮着隋瑞廷给自己换药，心里忽然有一种莫名的亲切感。

隋瑞廷给符茂霖换着药，有些骄傲地说：“我这药膏的配方，是冶之他姥爷传给我的，主要是一口盅、补骨脂、盘龙七，我又添加了青风藤和怀牛膝，一会儿你就觉不出疼了。”

“高人在民间，这话一点儿也不假。”符茂霖说着，见隋瑞廷已经上好了药，便让隋冶之背起来往回走。他发现，隋冶之真是身大力不亏，走山路如履平地，不一会儿就到了山中的一处石头房子前。他扫了一眼，看到一位白发苍髯的老人，正在一棵古老的芒果树下活动筋骨，不禁感叹道：“我岂不是进了仙境，见到老神仙了嘛！”

隋冶之将符茂霖放到一个石凳上，介绍道：“那就是我姥爷。他每天练两次五禽戏，上午太阳出来前，下午太阳落山后。五禽戏是模仿虎、猿、熊、鹿、鸟的动作，为了练好它，姥爷去猴岛看了好几天猕猴。他说，动物园的猴子没了天性，看了也没用……”

符茂霖惊异地发现，院子里竟然悠闲地走着几只孔雀和拖着漂亮尾巴的野鸡。于是，他扭头看着隋冶之问：“这孔雀是自己飞来的？”

“是从我家的养殖场跑出来的。”隋冶之指了指身后的树林，说，“这后面养的就是孔雀和山鸡，经常有跑出来的。它们也不往远处飞，就到这儿来找食吃。”

符茂霖点了点头，用手托住移动电话，很亲热地说：“冶之！我这手机没电了，你明天去趟县城，看能不能给手机充上电。我得尽快跟家里联系，免得他们担心。”

隋冶之接过符茂霖手里的电话，看了看，说：“要是这样的话，我吃了饭就去县城。我估计，县城里还没有卖这种手机充电器的，得找个大老板借用一下充电器。晚上去，也方便找人。”

三

符茂霖在隋瑞廷家住到第三天上，女儿符竺燕给他打来电话，说她跟公司的人正从海口赶过来。

撂下电话，符茂霖喊来隋冶之，像是对子女说话一样吩咐道：“公司的人来接我了，已经过了海口，一会儿你到山下去迎一迎他们。”

隋瑞廷从外边进来，听了符茂霖的话，便对隋冶之说：“你现在就去吧，走得远一点儿，最好能到大道上，免得他们看不见你。”

“不用走那么远。”符茂霖将手里的电话交给隋冶之，说，“你带着它，到时候他们就跟你联系了。你到山下就行，没必要再往前走。他们知道沿着上山的路过来，没准儿你们在山路上就能碰到。”

隋冶之出去后，符茂霖让隋瑞廷坐在自己旁边，说：“我还没跟你说呢！其实，我回老家看看是一方面，主要是来这高山神庙给女儿求婚姻的。我在海口时听说，这神庙里的神仙挺灵验的。”

“是灵验。”隋瑞廷随即言道，“不瞒你说，我跟你嫂子的婚姻，就是求高山神庙的神仙保佑的。三十多年了，我俩从来没有红过脸。两个女儿都嫁了个好人家，小儿子也博士毕业了。我跟你嫂子没在孩子们身上费多大心思。”

符茂霖瞅着隋瑞廷，稍微犹豫了一下，说：“我有个想法，你看咱俩能不能做个儿女亲家？冶之是博士，我女儿是硕士，年龄、学历都挺般配的。要是此事成了，这神庙的神仙就真神了，真灵验了。”

“我没意见，就看两个孩子对眼不对眼了。”隋瑞廷心里高兴，嘴上却说，“他俩的年龄和学历是般配，就是你们家条件太好，怕冶之高攀不上。再说，恐怕令爱也瞧不上俺们这山野村夫。”

“你怎么知道我条件好？你看出来了？”符茂霖故作诧异地问。

隋瑞廷笑了笑，实实在在地说：“还用看吗？凭你这手机、相机和穿衣打扮，就不是普通人。”

“怎么就不普通了？”符茂霖高声笑道，“现在，大陆的银行贷款太方便了，有许多人拿银行的钱买了汽车、摩托车开着，买了‘大哥大’拿着，四处招摇，比大款还大款，比老板还牛气！”

“那样的人，我一眼就能看出来。”隋瑞廷满怀敬意地说，“看你这气质和谈吐，就是货真价实的大老板。”

符茂霖“哈哈”一笑，诚实地说：“大哥的眼力不差！我也不瞒你，我是香港茂福集团的董事长。”

“这可是个大集团公司！我前几天还在报纸上看到了报道茂福集团的文章。”隋瑞廷像是恍然大悟似的说，“我明白了，茂福就是取的你名字前面的两个字，‘福’‘符’同音不同字。”

“大哥的脑筋真厉害，什么事一看就明白！”符茂霖竟然有点儿逢迎地说。

隋瑞廷不住地摇着头，说：“不行！要是这样的话，冶之跟你的千金真不合适，相差太悬殊了！简直是一个天上，一个地下！”

符茂霖抓住隋瑞廷的手，恳挚地说：“什么天上地下？！你刚才不是说了嘛，就看俩孩子对眼不对眼了？！他们要互相看不上，咱说也没用；要有这个意思，咱俩就给他们再往一起撮合。至于条件，我就这一个女儿，他们要是在一起了，冶之不也是有钱人了吗？”

“婚姻还是要讲个门当户对。”隋瑞廷固执地说，“两个人的生活经历和习惯不同，很难过到一块儿去。你女儿在蜜罐里长大，我儿子在山上长大，你一想就知道不是一路人。”

“大哥！你这话就说得不对了！”符茂霖反驳道，“就说你跟嫂子吧，一个在北方长大，一个在南方长大，地域、文化和生活习惯的差距大不大？再说，你又比嫂子大这么多岁，不一样过得挺好吗？可见，男女之间，什么也不是问题，问题是两个人心中是不是有爱，是不是有好的品德和家庭责任，是不是知道互相感恩、互相爱护。反正，我是看上冶之了，也愿意与你做亲家。孩子们的事要成了，咱就是亲家；要是不成，咱就话复前言，我拜你做大哥！”

隋瑞廷刚想接话，童昕跑了进来，大声说：“冶之回来了，带来了那么多人！茂霖兄弟，看来你这派头不小哇！”

“他是茂福集团的大老板，当然派头不小了！”隋瑞廷对童昕说。见童昕一副迷惑的样子，就解释道：“这么跟你说吧，他的家业比咱县的资产都大！”

“天哟！你这不是个大富翁吗？！”童昕瞪大了眼睛说。

第一个跑进屋的是符竺燕。她进门叫了声“阿爸”，先看了符茂霖的脸，然后从头一直看到脚，关切地问：“你没事吧？”

“没事我能坐在这儿？”符茂霖笑着说，“我来了个单腿落地，就把骨头摔劈了。没什么大事，敷了你隋伯的药膏，也不疼也不痒了。你们要是再晚来几天，我就自己走回去了。”

“可把我吓死了！你从哪儿摔的？怎么这样不小心？”符竺燕说着，双手紧紧拉着符茂霖的胳膊，像是怕他再掉到什么地方去一样。

符茂霖充满慈爱地抚摸着符竺燕的头，见隋冶之走进来，便说：“冶之！你带着燕儿去看看我摔下来的地方。照张相，我要留着，要记住这是我摔断腿的地方。”

隋冶之刚要说什么，见父亲朝他使眼色，似乎一下子明白了什么似的对符竺燕说：“走吧，我陪你去看看。”

符竺燕接过父亲递过来的相机，柔情绰态地看了父亲一眼，说：“我去啦！一会儿就回来。”

“不急！让你冶之哥陪你到山上去转转。”符茂霖嘱咐道。

站在门口的一个中年人走进屋，向符茂霖请示道：“董事长！我叫几个人跟着小姐一块儿去吧？”

“不用。”符茂霖不假思索地制止道，“有冶之陪着就行了。他在这山里长大，没有不熟的地方，你们不用担心。”

符竺燕跟着隋冶之走到院子里，扭头看了看趴在树下的几只孔雀，对隋冶之说：“我要先跟孔雀照张相，你给我拍一下！”

“等等！”隋冶之说着，回屋抓了一把食物，先扔一些在地上，等几只孔雀站起来觅食后，才将手里的食物递给符竺燕。

符竺燕一看隋冶之手里的食物，吓得急忙缩回手去，惊问：“这是什么呀？”

“什么也有。蚂蚱、蚂蚁、蚕蛹、竹虫，都是孔雀最爱吃的。”隋冶之平和地说，“不用怕，都是死的。你用手拿着，孔雀就围过来了，我给你拍张孔雀环绕着你的相片，看上去你就像孔雀仙子了。”

符竺燕不想让隋冶之看她笑话，她大着胆子接过食物，然后伸出手去。几只孔雀跑过来，抻长了脖子来抢她手里的东西。

隋冶之趁机拍了几张照片。收起相机后，他对符竺燕说：“我先带你去看看我家的养殖园吧。你可能还没去过养孔雀的地方。”

“好！客随主便吧。”符竺燕拍打着手，疑惑地问，“你打哪儿弄了这些虫子？这要是把孔雀都喂饱了，得需要多少呀？！”

“我家养着上千只孔雀，还有山鸡，要是都喂虫子还了得？！”隋冶之带着符竺燕一边往外走，一边说，“也就喂一喂从养殖场跑出来的孔雀。到这儿来有好吃的，它们就不会往远处飞了。”

符竺燕咯咯一笑，说：“你这是什么理论？这不是鼓励它们不守规矩，越狱潜逃吗？！亏你还是法学博士！”

隋冶之煞有介事地说：“法律讲强制、教育、感化和挽救。对于违法跑出来的，我先感化和挽救它们，如果屡教不改，再对它们实行最后制裁。一会儿回来，我让你去看看‘顽固分子’的最终下场。”

“你怎么知道哪个是‘惯犯’？”符竺燕好奇地问。她说话时，没看隋冶之，而是充满渴慕与留恋地看着山路两旁的花草树木。她看到，小鸟啾啾叫着，在树间来回穿飞，野果在树上摇摆，野花在树下摇曳，一缕细小的山泉随着山路蜿蜒向前。

“你可能没注意，”隋冶之停下脚步，等符竺燕跟上来后才解释道，“它们跑出来一次，我就在它们腿上拴一条红绳，拴三次的，就该对它进行制裁了。”

符竺燕看了隋冶之一眼，笑道：“人家月老牵红绳，是成全有情人；你拴红绳，是绝生断命！”

“这也是没办法的办法，就像诸葛亮挥泪斩马谡。你不杀它，它会把别的孔雀带坏的。”隋冶之像个执法者一样冷峻地说，“我们讲惩前毖后，治病救人，关键时候，也不得不杀一儆百。”

来到孔雀养殖园，隋冶之打开门，让符竺燕先走了进去，然后把门重新关上。符竺燕看到，数不清的孔雀与山鸡或在树上栖息，或在地上僵卧，就像是监狱里无精打采的犯人一样。她抬头看了眼罩在树顶的硕大的网子，感慨道：“这真是天罗地网啊！怪不得它们往外跑，太不自由了，想飞高了都不行。”

“卢梭不是说过吗，‘人生而自由，却无往不在枷锁之中’。”隋冶之用演说家的语气说，“比起笼子里养的鸟，它们已经算是自由的了。你说地球上的人类自由吗？对浩瀚的宇宙来说，地球就是人的牢笼。从地球往上走十几公里，人就不能自由呼吸了。”

“看来，你不仅研究法学、哲学，还研究人类学、天文学！”符竺燕打趣道，“你研究这么多，怎么把这些孔雀研究得半死不活的？”

隋冶之笑道：“要是让这些孔雀都闹腾起来，我怕把你吓着。这孔雀每天喂两次，是在一早一晚。既然你想看它们活蹦乱跳的样子，我就破例喂一回让你看看。不过，你要有个备受打击的心理准备。”

“你说的怎么像是让我上战场似的！你以为我就这么胆小吗？”符竺燕说着，看了看隋冶之，眼睛里流露出倔强的神色。

“那就好！”隋冶之撂下一句话，便去一棵大树下的小屋里拿来了给孔雀吃的食物。他与符竺燕对视了一眼，回头冲着树林深处一喊，然后扬出了手里的食物。眨眼间，那些树上、地上、远处、近处的孔雀和山鸡就大声鸣叫着，“呼啦啦”地扇动一阵翅膀，突然像一支支利箭一般或奔突或滑翔而来，眼看就撞到隋冶之和符竺燕了，才张开翅膀蝴蝶般摆动着，降落在地上争抢食物。符竺燕被这阵势惊住了，不禁“啊啊”地大叫起来。隋冶之举起相机，连着抢拍了几张符竺燕又跳又叫的照片，然后冲她“哈哈哈”地大笑着，有几分幸灾乐祸地喊：“淑女，淑女一点儿！”

符竺燕像个小女孩儿似的夸张地叫着，往后退了十几步，才慢慢安静了下来。她看着那些抢食的鸟们，惊魂未定地说道：“吓死我了！我还以为它们要来吃我呢！”

“我不是跟你说了吗，它们飞过来时很吓人的。”隋冶之微笑着说，“它们提速快，刹车也快，见到食物就像不要命似的。”

符竺燕自我解嘲地笑了笑，然后定睛看着隋冶之，忽然说：“我想起来了，咱们在大学生联谊会上见过！”

“你才想起来呀？我早就认出你来了。”隋冶之微笑着回答。

“你这个人真讨厌，认出来了怎么不说？！害我想了半天！”符竺燕故作生气地埋怨道。

“我说了，你要是说不记得，让我多没面子！”隋冶之又像认真又像玩笑地说，“既然想起来了，咱该去山崖那儿拍照片了。”

符竺燕开心地笑着，瞟了隋冶之一眼，有几分娇羞地问：“你以为我阿爸让咱俩出来，就是为了去拍一张照片呀？”

隋冶之听出了符竺燕话里的意思。他还不想把话挑明了，因为他还不清楚符竺燕心里的真实想法。于是，他装作懵懂无知地说：“除了拍照片，可能也是想让你去实地看看他摔下来的地方。不然，这几天他就让我去拍了，不会等你来了才说。”

“那就快去吧！”符竺燕狠狠地瞪了隋冶之一眼，气呼呼地出了孔雀园，沿着山路就往下走。

隋冶之似乎看明白了符竺燕的心思，他暗自笑了笑，关好养殖园的门，站在门前冲着符竺燕的背影喊：“你走反了，山崖在上边。”

“你不早说！”符竺燕返回来，推了隋冶之一把，向山上走去。

隋冶之紧跟在符竺燕的后面，笑嘻嘻地说：“我还以为你有第六感呢！不是说，女孩儿的第六感挺准的吗？”

符竺燕可能是真不高兴了，她不再说话，一边看风景一边默默地朝前走。到了一个三岔路口，她才停下来说：“我没有第六感，你说往哪儿走吧？”

“跟我来。”隋冶之抬头往上看了看，说，“也快到了。”

符竺燕闪在一旁，然后用手指着隋冶之的鼻子，调皮地说：“你带路！”

来到山崖下，隋冶之发现地上有父亲弄折的树枝和竹竿，便对符竺燕说："就是这里了。你阿爸是从那儿掉到这儿的。"

"什么那儿这儿？你也不嫌拗口？！"符竺燕往上瞅了瞅，嘟囔道，"这也不高哇！怎么就连腿摔断了呢？！"

"这还不高？我估计，要不是上面那几棵树给拦了拦，就不是断腿的事了。"隋冶之分析道。

"就你明白！"符竺燕立在山崖下，对隋冶之说，"快点儿，在这儿给我照张相。"

隋冶之瞅着符竺燕的神情，知道她还在为刚才的话气恼。他不想与她这样僵持下去，毕竟她是一个女孩子，又是远道来的客人。于是，在给符竺燕照完相后，他看着她妩媚的眼睛问："我要说，我曾经做梦梦到过你，你相信吗？"

"我有这么难看吗？让你见了一面就做噩梦？"符竺燕明知隋冶之说的是什么意思，她想借此捉弄他一下，便像是没听懂似的说。

"记住一个女孩儿有两种情况，一种是长得特别丑的，一种是长得特别俊的。"隋冶之停顿了一下，见符竺燕不错眼珠地看着他，才将话说完，"你是第二种情况，属于长得漂亮的。"

符竺燕心里已经转恼为喜，脸上的表情却依然显得十分冷淡地说："这会儿你又会说话了！我还以为你是个死脑筋，不开窍呢！"

"怎么会呢？！"隋冶之沾沾自喜地说，"我好歹也是个博士。"

"博士怎么啦？一根筋的博士多了！"符竺燕不依不饶地说。

隋冶之看看树梢的阳光已经飘去，便与符竺燕往回走。快到家门口时，他才向符竺燕问道："我是不是长得很一般，要不，你怎么费了那么大的劲儿才想起我来？"

"那还用问吗？把你扔到人堆儿里，都不好找出来。"符竺燕说完，忍不住笑出声来。

符茂霖见女儿回来了，便对隋瑞廷说："我得快点儿走了，一会儿天就黑了。我们要赶到海口去住。"

"我也不说客气话了，你们这么多人，我这儿也住不下。"隋瑞廷诚恳地说，"我知道你有钱，什么也不缺。我准备了一筐孔雀蛋、一筐野鸡蛋，都是你嫂子的一点儿心意。”

“心意我领了，这两大筐我车上也放不下。”符茂霖略一思忖，说，“这样，我喜欢孔雀蛋，我们每个人拿一个，怎么样？”

隋瑞廷见符茂霖的话说到这儿了，也不再强人所难，说：“就听你的，能拿一个的拿一个，能拿俩的拿俩。”

茂福集团的十几个人，除了用担架抬符茂霖的那两位，一人拿了一个孔雀蛋往外走。走到院子里时，符竺燕用手拉了拉隋冶之的胳膊，指着前边或托着或举着孔雀蛋的人们，扑哧一声笑了。

符竺燕笑过后，才对一直望着她笑的隋冶之说：“这要走在大街上，大家都不知道他们拿的是什么武器！”

“看你说的，人们还不认识孔雀蛋吗？”隋冶之微笑着说，“托着原子弹能满大街地走吗？！”

隋瑞廷和儿子将符茂霖父女送到汽车上，符茂霖摇下车窗，对隋冶之说：“我看，你也别开什么律师事务所了。我这么观察着，海口近年就会有大的发展，你在这儿先弄一个高档酒店吧，我投资、你经营。这叫牛刀小试，等你有了经验，再向其他行业拓展。”

“符叔！我先谢谢你的栽培！你容我考虑考虑，过些日子，我再给你回话儿。”隋冶之不失分寸地回答。

符竺燕从车里探出头来，与隋冶之对视了一眼，俏皮地说：“大博士！希望你晚上做个好梦！”

“会的！”隋冶之冲符竺燕会心地一笑，欢喜地说。他看着符竺燕满目含情的样子，心里感到了一种从未有过的甜蜜。他想，或许这就叫一见钟情吧！

隋冶之向符竺燕挥着手，直到车越走越远，消失在暮色里。

“别看了！”隋瑞廷对儿子说。等隋冶之转回身来，他疑惑地问：“燕儿的话是什么意思？是不是嗤笑你，说你想娶她是做美梦啊？我跟她爸爸说了，咱两家的差距太大，要谈婚论嫁也太不现实了！”

“她说的不是这个意思。竺燕并不是那种挺势利、目中无人的女孩儿。”隋冶之对父亲说完，心里就开始想自己是不是接受符茂霖的投资，也想与符竺燕的关系该怎样发展下去。

四

蒋道长一进门，邱梓昌马上站起身来，像见到救星一样焦急地说："你终于来了！你快给我看看，我随身戴的这块和田玉碎了，有什么讲究不？"

"讲究肯定是有的，尤其是在你这运输公司开业的日子，打碎东西肯定有什么兆头。"蒋道长说着，接过邱梓昌递过来的玉佩看了看，然后"啧啧"了半天，才说，"这还是一个聚财的貔貅，更不能坏呀！是你自己弄坏的，还是别人给弄坏的？"

"是我不小心给掉地上了。"门光斌在一旁插嘴道。

蒋道长看了门光斌一眼，回头对邱梓昌说："你自己佩戴的玉器，不管是玉佩、玉镯还是玉戒，千万不能让别人碰，会沾染上他人的霉运的。还有，你这个貔貅，怎么能用黑绳儿系着呢？这是犯了大忌的。要想发财当老板，什么事你都要特别谨慎。"

"这玉佩是我从古玩市场上淘来的，一买就系着黑绳儿，我看是新拴上去的，就没换下来。"邱梓昌解释道，"我花了六千，回来让行家看了看，说是明末清初的老物件，能值几万，我捡了个大漏。"

"你呀！"蒋道长不住地摇着头说，"古人的东西你怎么能随便戴在身上呢？玉器要自己养，不是有句话嘛，人养玉三年，玉养人一生。古代的玉件，你不知道它带有什么信息，可以收藏，不可携带。"

邱梓昌有点儿虔诚地看着蒋道长，心有余悸地说："听你这么说，这玉佩碎了，未必是坏事。要是不坏，我天天戴在身上，没准儿给自己招灾惹祸呢！"

"不瞒你说，我天眼未开，这事我真还看不透。但是，你可以这么认为。"蒋道长见身后是一个大鱼缸，一回手将碎玉扔进去，神神秘秘地说，"很有可能，它是替你挡了一次血光之灾。"

"要是这样的话，你这玉佩就该着摔坏，只不过是借我的手掉在了地上。"门光斌像是松了一口气，说，"我还想赔你几千块钱呢，这么看，你还得感谢我！你也甭给我谢礼，多请我几回就行了。"

听了蒋道长的话，邱梓昌的心情明显好了起来。他用手使劲儿一拍门光斌的肩膀，爽快地说："你我是过命的交情，提钱就远了。以后我赚了钱，还不是咱弟兄们花。别说是请客喝酒了，家里媳妇不给报的账，我全给出了。"

"就凭你这么仗义，你不发财谁发财？！"门光斌奉承道。

蒋道长手托着一个大罗盘，在邱梓昌的办公室和休息室转了一圈，让在场的人帮着调整了一下办公桌、花盆和床的位置，然后对邱梓昌说："你这儿过去应该是一片坟场，阴气太重，是该多请朋友们来聚聚。我这话是当真的，不是跟你开玩笑。尤其是初一，属于月亮四象之'朔'，为太阴日，阴气最重。这一天，你这里最好是搞一搞聚人气的活动。"

"这事好办。"邱梓昌豪爽地说，"我弄了个大食堂，买了三张大桌子，弟兄们随时过来。我让食堂的师傅记住初一这个日子，每到那天咱就摆上三桌。"

门光斌看着蒋道长，说："你可能还不知道，他这个地方，之前就是片坟地，你说阴气重就对了。"

"我怎么会不知道？"蒋道长正色道，"他这个地方，是我给选的。按邱老板的生辰八字，越是这种地方，越能助他发财。再说，这里比其他地方便宜多了，他弄的这几十亩地，没花几个钱。"

"既然是蒋道长帮着买的，一定错不了。"门光斌急忙说，"现在城区是朝这边儿发展的，过不几年，这块地方就能值大钱了。"

蒋道长笑了笑，从怀里掏出表来看了一眼，抬头对邱梓昌说："时间差不多了。我还有个道场，一会儿就得走，咱开始吧。让你准备的东西都准备好了吗？"

"早就准备好了。"邱梓昌忙不迭地说，"该贴到车上的，我都让人贴上了。一会儿你再看看，不行的地方咱再改动。"

蒋道长打开自己带来的一个大布兜子，从里面拿出一张黄纸符，精心叠好，递给邱梓昌，说："你把它带在身上。白天揣着，晚上放在枕头下面。三天后的子时，你冲着西南方向烧了，再磕一个头。"

邱梓昌恭恭敬敬地接过纸符，很小心地放在自己口袋里，然后又用手从外面按了两下。他陪着蒋道长来到大院儿里，发现来帮忙的人已经把礼花和鞭炮摆满了院子。

蒋道长看到，邱梓昌新买的十辆大卡车一溜儿摆开，每辆车上除了贴着他给画的符咒，还有写着“昌隆运输公司”的大红横幅。走到跟前，他猛然发现卡车上挂满了鞭炮，于是就像被蝎子蜇了似的大叫道：“是谁把炮仗弄到车上的？赶快拿下来！”

“来人！快把车上挂的鞭炮都摘走！”邱梓昌紧随着蒋道长的话，冲着院子里的人们喊道。

人们围上来，七手八脚地将车上的鞭炮取下来，分别挂到了周围的树上、墙头上。

蒋道长把放在卡车前面的香案摆正，将案上的三炷高香点燃，然后正了正头上的纯阳巾，拂了拂身上的道袍，面朝香案倒退三步，又俯身拜了三拜，才敞开嗓子高声念诵道：“天地玄宗，万气本根；广修亿劫，证吾神通；三界内外，惟道独尊；体有金光，覆映吾身；视之不见，听之不闻；保罗天地，养育群生；受持万遍，身有光明；三界侍卫，五帝司迎；万神朝礼，役使雷霆；鬼妖丧胆，精怪忘形；内有霹雳，雷神隐名；洞慧交彻，五炁腾腾；金光速现，覆护真人。——天之光，地之光，日月星之光，普通之大光，光光照四方！吾奉太上老君急急如律令！”

蒋道长诵讫，一弯腰点着了地上堆放着的烧纸。随后拿起案子上的符咒，用桃木剑挑着，“噗”的一声从嘴里喷出一团火。等符咒燃烧起来，他把桃木剑往空中一扬，那黄色的纸片就一边烧一边往高处飞腾，最后化成纸灰，与烧纸腾起的灰烬一起，黑雪般飘落。

地上的纸钱燃尽后，邱梓昌带着他聘请的十名卡车司机，身着佩戴着“昌隆汽车运输公司”胸签的深蓝色工作服，恭敬肃穆地站到香案前，然后跪在地上，齐刷刷地磕了三个头。

“上车！”邱梓昌大喊一声，司机们纷纷跑向自己的车。他上了第一辆车，让司机打着火，慢慢向大门外开去。

汽车一启动，院子里就鞭炮齐鸣，“噼里啪啦”的声音震天动地，盖过了十辆汽车的轰鸣。烟雾四起，遮天蔽日。等最后几辆卡车驶出院子时，就像是从炮火硝烟里冲出来的一样。

邱梓昌带着车队先开上了日华西路，然后是日华中路、日华东路、红杏北街、红杏南街、火花东路、火花中路、火花西路……他要走遍城里的每条道路，告诉这里的每一个人，他的“昌隆汽车运输公司”成立了。

五

姬雪灵躺下后，才想起忘了擦灶台。她想爬起来，岳振业劝道：“这么晚了，明儿再擦吧。一天不擦，也脏不到哪儿去！”

可能是姬雪灵觉得累了，听了丈夫的话便没有起来。谁知，她这一倒下，就永远也起不来了。

岳振业醒来时，见姬雪灵还在睡着。他有点儿奇怪，以为妻子病了，睡眼惺忪地一摸她的额头，觉得冰凉冰凉的。他心里一惊，忽地从被窝里坐起来，发现姬雪灵的身体已经有些僵硬了。他一下子呆住，竟然不知所措了。他揉了揉眼睛，瞅着妻子安详的样子，一会儿摸摸她的脸，一会儿拢拢她雪白的头发。直到岳恒恺站在堂屋里叫他，他才带着哭腔大声说：“恺儿啊！你娘走了！”

岳恒恺推门进来，又问了一句：“你说什么？”

“你娘没了！”岳振业说完，便披上睡衣下了床。他直奔厨房，拿起抹布开始擦拭灶具和大理石台子。

柳宛婧听到丈夫的哭声，慌忙从屋里跑了出来。经过厨房时，发现公公正在里面忙活。在她的印象中，公公从来也没有进过厨房。于是，她忍不住走进去，问：“爹！你这是干吗呢？我娘怎么啦？”

“你娘昨儿晚上忘了擦炉灶，我来替她擦一擦，省得她心不安。”岳振业用力擦着灶台，头也不抬地说，“你去看看你娘吧！”

柳宛婧跑到公婆住的屋子时，见丈夫正跪在地上，双手搭在母亲身上“呜呜”地哭着。她撕心裂肺地叫一声“娘”，便搂着婆婆哇哇地哭起来。两个人哭了一阵儿，柳宛婧抹着眼泪对丈夫说：“咱给娘把衣服换上吧。”

姬雪灵在几年前就给自己准备好了“装棺衣裳”。当时，柳宛婧还不能理解。姬雪灵说，过去在村里，人一过七十就给自己买好了棺材和衣服，省得到时候抓瞎。

柳宛婧从那个老旧的樟木箱子里找出了衣服，与丈夫一起给婆婆穿上了。然后，她对岳恒恺说：“你去给宗儿打个电话，我给咱娘洗洗脸、洗洗脚。”

岳恒恺一出屋，就听到有人拍打大门。他急忙跑去将门打开，见闻声而来的邻居们都站在外面。没等邻居问，岳恒恺就哽咽地说：“我娘过去了！”

邻居们拥进来，女人们去了屋里，男人们站在院子里商量了一下，便分头去忙活了。很快，萧鸿堃就带着厂里的十几个人赶了过来。他们刚进院儿，萧天雍也陪着母亲覃琴过来了。

覃琴去屋里哭过了表嫂，见岳振业不在屋，就抽身出来了。她知道，此时最该她去关心和安慰的是活着的人。她在厨房里找到了岳振业，禁不住疑惑地问：“表哥！你在这儿干吗？”

“你表嫂昨儿忘了擦台子了，我刚替她擦干净。”岳振业神色僵硬地说，“你来得正好，你看看这厨房里还有什么该干的活儿，我今儿全干了，好让你表嫂放心地走。”

“表哥！你这是要干吗？”覃琴十分担心地问。

岳振业依然面无表情地说：“你表嫂昨儿晚上就要过来擦灶台，我没让她起来。我要多干点儿活儿，让她走得坦然一些。”

“依俺看，表嫂最不放心的是你！”覃琴关切地说，“这样吧，你去俺那儿待两天，免得孩子们一哭，你受不了。”

“我哪儿也不去。我要在这儿陪着她！”岳振业倔强地说，“你表嫂跟了我这么多年，没享多少福，光操心受累了！你也知道，过去她可是大人家的千金小姐，这些年，吃的苦比丫鬟还多！”

覃琴劝解道：“你这话说得就不对！俺们当女人的，能找到一个知冷知热的男人就满足了。为了自己的丈夫和孩子，累点儿、苦点儿也高兴。再说，只要心里痛快，做点儿家务什么的也不会觉得委屈，更不会感到苦累。你朝周围看看，像你跟表嫂这样恩爱的有吗？像你俩这样在一起过了七十年的有吗？你也不想想，俺跟志川过了还不到七年呢！俺这儿才叫真苦！要是俺也跟表嫂似的，有个陪着到老的丈夫，再苦再累俺也欢喜！”

“覃琴说得对！”夏茵走进来，感慨地说，“你看我们三个女人，谁有嫂子命好哇？！夫仁子孝，四世同堂！不像我似的，到老还是孤零零的一个人！”

“我就觉得，她活着时，我能替她多干点活儿该多好哇！我总觉得有机会照顾她、伺候她，谁知她说走就走，连个疼她、照顾她的机会都不给我留！”岳振业说着，两行老泪不由自主地从眼睛里淌了出来。夏茵掏出自己的手绢要给他擦泪，他抬起胳膊，用一只大手抹去了脸上的两行泪水。

覃琴忽然觉得，自己年轻丧夫过得不容易，表哥表嫂这些年过得也不容易。先是长子为国捐躯，后又死了大孙女，这都是从他们心尖儿往下割肉的痛苦事。

“覃琴！让他去你家住几天吧。”夏茵向门外看了眼，回过头来说道，“这儿又哭又闹的，会让他心里更难受。”

“俺刚才说了，他不去！”覃琴无奈地说。

岳振业又拿起抹布，胡乱擦着墙上的瓷砖，说：“我就在这儿陪着她，哪儿也不去！”

“你在这儿，孩子们还得担心你、照顾你！”夏茵进一步劝道。

“你俩谁也别说了，说我也不走。”岳振业红着眼睛说，“你俩也去忙吧。我把门关上，谁也不让来了，我自己静一静。”

覃琴拉了夏茵的胳膊一下，说：“咱俩出去吧，让表哥在这儿一个人待会儿。要不，来的人一多，他就静不了啦！”

正像夏茵说的那样，从早到晚，屋子里、院子里又哭又嚷地乱了整整一天，到掌灯时分，四下里才慢慢消停下来。岳振业把自己关在厨房里，岳祥宗给他送中午饭时都没有开门。

姬雪灵去世，似乎像个噩梦一般过去了。岳振业多么希望白天发生的一切只是一场梦啊！但是，等他打开门看到满院子的花圈时，心便一下子沉了下来。他拖着沉重的脚步来到堂屋，看到儿子、孙子还跪在姬雪灵身边。姬雪灵头朝外躺着，身上蒙着绣着七彩凤凰的白绸布。她前面有一个供桌，桌上摆着五个盛着馒头的青釉瓷碗，每个馒头上面都放着一个金黄色的馃子。向外的两个桌角上，一边放着黑色的香炉，一边放着白色的蜡烛。从院子里吹进来的风，让烛火摇曳着，忽明忽暗。岳振业感到，这烛光就像他的命一样，不知什么时候就被吹灭。人的命看起来很强大，其实是很脆弱的，一个意外瞬间就能要了一个人的命，不管你是三十岁五十岁，还是七十岁八十岁！就像老话说的，你头天晚上脱下来的鞋，第二天早晨未必能穿上。他与姬雪灵一样风里雨里地活了八九十岁，不知避开了多少意外和不测，才侥幸地生存下来。这一次，姬雪灵终于没有躲过死神。

姬雪灵的脚下，摆着那盆盛开的彼岸花。岳振业想，这花一定是儿子摆上的。因为，除了他，只有儿子知道姬雪灵十分喜欢这盆花。这花是姬雪灵在年前买的，说是过了年就开花。卖花的说，这棵彼岸花是红色的。谁知，姬雪灵精心养了几个月，等到它开放时，才知道是雪一样白的。尽管她有点儿失望，有点儿受骗的感觉，但看着白色彼岸花那圣洁的样子，慢慢地就喜欢上了它。姬雪灵对岳振业说：“你看，这花开得就像是几个女孩子跳舞！”

岳振业走到姬雪灵身旁，发现那洁白的花朵，真像一些纯洁的女孩儿在舞蹈。他想告诉姬雪灵，其实，这是一种不吉利的花，它常常开在坟墓旁。看着姬雪灵陶醉的样子，他欲言又止。传说，它也是开在黄泉路上的花，是漫长的冥途上唯一的色彩和风景。茫茫黄泉路，开着大片大片的彼岸花，白的、黑的像憩卧的黑白无常，红的像鲜血铺成的地毯……为此，彼岸花还被称作接引花、地狱花、幽冥花。

彼岸花是一种残酷无情的花：花开不见叶，叶生不见花；花叶两相错，生生又世世！然而，它的香味儿却有一种魔力，可以唤起死者生前的全部记忆。而当死者的灵魂渡过忘川河，就会忘却前世的一切，把曾经的欢乐和痛苦都留在了彼岸。

岳振业希望姬雪灵能在彼岸花的花丛中多逗留一会儿，多徘徊一阵儿，多想一想他们夫妻几十年的美好时光。

但是，不管是美好的还是悲戚的，都将成为过去。姬雪灵下葬的这一天终于到了。岳振业觉得，姬雪灵就要走过奈何桥，所有的一切她和他都无可奈何了！他感到了一种彻底的绝望，感到了一种心如乱刀脔割的苦痛。那个他梦想中的少女，那个贤惠勤劳的妻子，在陪了他几十年后，将化成一缕青烟，永远地飘去，再也找不到痕迹。

院儿外的两个说唱班在紧锣密鼓地喧闹着，一个唱着歌，一个唱着戏，演的都是些凄凄惨惨的曲目。管事的喊来了一个唱戏的女人，穿着比《秦雪梅吊孝》里的主人公还重的孝衣，跪在灵前像亲生女儿一样哭起来。她的哭喊，触痛了柳宛婧的伤心之处，让她想到了与婆婆一起生活的那些往事。她想起，在她不愿为岳家生孩子时，婆婆没有说一句怨言，还四处为她求医买药；想起在她和衣而卧时，婆婆为她轻轻地盖上衣被；想起在小桦夭折时，婆婆自己刚擦干眼泪就搂着她的头轻轻地安慰她……

哭诉的女人开始“大爬灵”。她从棺前跪着向前走，一边走一边声泪俱下地唱道：“一眼看见灵堂，禁不住泪水往下淌！疼人的娘啊你棺材里睡，孩儿就像做梦一样！儿的娘啊，让我再叫一声亲亲的娘！想起从前事，娘疼儿的一幕幕我终生难忘！儿记得，娘给儿把新衣穿；儿记得，娘送儿把学上；儿记得，娘给儿将饭做；儿记得，孩儿生病疼煞了娘！娘为儿吃尽千般苦，娘为儿受尽万分罪，娘为儿满头染雪霜，累弯了脊梁！孩儿把娘想，孩儿哭断肠，娘啊！你可回头将儿望？孩儿千呼万唤叫声娘，娘啊！你回来吧，孩儿不能没有亲娘！娘啊！你睁开眼，再看一眼你的孩儿吧！娘一去，孩儿怎么报答娘的养育恩？娘一去，孩儿再也见不到你慈祥的模样！娘一去，孩儿有苦跟谁诉？孩儿有话还能跟谁讲……”

女人围着姬雪灵的棺材爬了一圈儿，一边唱一边哭，哭得儿孙们号啕不止，让周围的所有人为之动容。

天空的白云，像是见不得这悲楚的情境，早已消失得无影无踪，只剩下孤寂的蓝天。人们说，越是体谅人、理解人、关心人的人，去世得越快，说走就走，最多病不过三五天，不累人也不折腾人。而且，到出殡的时候天气也好，不冷不热，没风没雨；那些爱麻烦人的人，活着的时候折磨人，一病多年，把儿女都累傻了，死的时候也给人添烦恼，不是碰到大热天就是赶上大冷天。出殡的那一刻，孝子们可能还要冒着风雪或暴雨，在一地泥泞里深一脚浅一脚，跌跌撞撞地把沉重的棺材送往墓地，让活人也死上一遭！

姬雪灵去世的这一年，温煦的春风来得早。田野里的花，地上的，树上的，都要开了。

六

岳恒恺陪着父亲来到华北局城市工作部旧址时，老领导们还没有来。工作人员很客气地迎上来，请他们进院儿去等候。父亲愿意在外面转转，岳恒恺就与父亲走进了门前的游园。紧贴着游园的墙上，有一幅幅的花岗岩浮雕壁画，展现的是中国共产党从成立到解放战争的一些典型场景，从南湖的红船，到井冈山反“围剿”；从延安的烽火，到百姓支援前线，再到渡江战役……看过壁画，岳恒恺与父亲穿过游园甬路，到六角亭里歇息了一会儿，就见一辆黑色轿车与两辆大面包车开了过来。岳恒恺知道，是客人们到了。

来的人大多是在“城工部”工作过的，四十多年过去，当年意气风发的年轻人，也都雪染双鬓，大多从工作岗位上退了下来。岳振业站在第一辆面包车旁，看了半天下车的人，也没见到熟悉的面孔。忽然，有人来到他面前，问道：“岳叔！你还认识我吗？”

岳振业瞅着面前儒雅的女士，迟迟疑疑地说：“你是……”

“我是傅冬啊！”傅冬欢快地说，“四十年未见了，我是不是老得你都认不出来了？”

“说不老是假话，你确实有点儿发福了！”岳振业笃实地回答。看着傅冬花白的头发，他深切地感到，岁月无情，给每个人都留下了沧桑烙印。四十年前，傅冬还是个伶俐活泼的女孩子，现在已成为六七十岁的优雅老人。

傅冬向后退了退，等刘律衡他们走过来，连忙向岳振业介绍道：“这是刘书记，你的老领导！这是王主席，五十年前也在泊镇工作过。——对了，上次在火柴厂，你们见过面。”

岳振业看了王主席半天，才想起他就是四十年前去某省上任的王书记。

“老哥！你好哇？！”刘律衡握着岳振业的手说，“看你的身板儿，比我还壮实呢！前天，我跟慕容厅长通电话，她说你身体挺好。我特意嘱咐，回来要见到你。也许，咱老哥俩这是最后一次见面了！”

“是啊！到了咱这风烛残年，不定哪边儿来股风一吹，就倒下起不来了！”岳振业感慨地说。

岳振业与刘律衡身后的王主席握了握手，相互寒暄了几句。刚放下手，慕容巧莹就走了过来，笑着说：“哥呀！咱俩也握握手吧！咱也有几年没见了！”

“我怎么看着，你比上次年轻了呢？”岳振业握住慕容巧莹的手，微笑着打趣道。

慕容巧莹抽出手，“啪”地打了岳振业胳膊一下，嗔怪道：“什么越活越年轻，你把我说成老妖婆了！”

岳振业和慕容巧莹说笑着，跟在刘律衡身后走进了“城工部”。

岳恒恺看到了随慕容巧莹一起来的唐涛，便走上去主动说道：“唐厅长！这回该跟我到家吃顿饭了吧？一晃又过去二十多年了，我可没忘了欠你的那顿韭菜羊肉馅的饺子。”

“难得你还想着！”唐涛开心地说，“我记得，上次说这话时是秋天，现在是春天。按你说的，初春秋后，都是韭菜最好吃的时候。”

“是啊！就像是特意安排的一样。”岳恒恺随口说。

唐涛开心地笑道：“说老实话，这次我是不用来的。我就是想吃宛婧包的饺子了，慕容厅长一喊我，我就跟着来了。”

“太好了！”岳恒恺兴奋地说，“我这就回去告诉宛婧。”

“不急，”唐涛拽住岳恒恺说，“等老领导们看过了这里，我跟你一起走。他们下一步是去清真寺，还要到当年培训学员的几个村子去看看，我就不陪着去了，跟你一起回家。”

如今的“城工部”，已经成了革命历史展览馆，是全省爱国主义教育基地。屋里除了满墙的图片和文字介绍，还展示着“城工部”工作人员和先烈们用过的一些物品。在刘礼的大幅照片前，刘律衡停下了脚步。他对岳振业说：“刘礼同志你应该认识。他走了快二十年了，去世时才六十多岁，有点儿可惜了！”

“是走得太早了！”岳振业附和道，“他在这儿当书记时，还请我吃过一次饭呢！我说要回请他，他一直没腾出时间。后来才知道，他那会儿正为北京的和平解放奔忙呢！他去北京后，我就更没有请他聚聚的机会了。”

“刘礼同志要是活到现在，也就八十出头儿，我一定会拉着他来这儿再看看。”刘律衡感慨地说，“别看这个地方不大，它为平津解放做出了很大贡献。接管北京、天津的干部，有相当一部分是在这里经过培训，走上领导岗位的。蒋介石派出十万兵力偷袭西柏坡的消息，也是从这儿发出的。毛主席演了一出空城计，轻松地化解了党中央的这次危机。不然，后果不堪设想。”

刘律衡说完，便与岳振业向前走去。岳恒恺来到慕容巧莹身旁，拉住她的胳膊，轻声说：“巧莹姑！晌午唐厅长到家里去吃饭，你也一块儿去吧？”

“他来的路上，还跟我提宛婧包的饺子好吃呢，这回终于想上了！”慕容巧莹笑着说，“我就不去了。你代我向宛婧和你母亲问好！”

“我母亲已经过世了！”岳恒恺低声说。

慕容巧莹心里一惊，急忙问：“什么时候的事？”

岳恒恺回答：“就是前几天。”

“你这孩子！这么大的事，你怎么不告诉我一声呢？”慕容巧莹埋怨道，“我与你母亲认识几十年了！再说，就我跟你父亲这种关系，无论如何也该回来送送她！”

“母亲走得太急了。晚上睡觉的时候还好好的，第二天一早就发现没了。谁也不清楚她什么时候走的。”岳恒恺悲切地说，“我们都慌神儿了，该通知的有许多都没通知到。”

“不管你找什么理由，也不该瞒着我！”慕容巧莹正色道，“我看到你父亲的身子骨也大不如从前了，你们一定要注意照顾好他！”

岳恒恺随声说：“我也发现了。尤其是母亲过世后，他天天往厨房里跑，一待就是半天。有时候，还喊我娘的名字。”

慕容巧莹温和地说：“这倒不要紧！你母亲刚走，他怎么着也得适应一段时间。你与宛婧都退休了吧？抽时间多陪陪你父亲，他现在正是需要人的时候。”

岳恒恺一边听慕容巧莹说话，一边跟着她向前走，很快赶上了刘律衡他们。慕容巧莹来到岳振业身旁，扭头看了看他，然后就形影不离地陪着他看完了整个展览。临出大门时，慕容巧莹上去搀住了岳振业的胳膊，然后一个台阶一个台阶地往上走去。

早就候在门外的摄影记者，快速抓拍了慕容巧莹与岳振业相互搀扶的情景。

七

唐涛刚进岳恒恺家的院子，就停住了。他看着眼前青砖、青瓦的院落，惊羡地问：“这是你家的房子吗？得有一百年了吧？”

“一百多年了。”岳恒恺站在唐涛身旁，介绍道，“这房还是在我爷爷出生的时候盖的，好像是清朝同治年间。”

“这么说，你家原来还是个财主哇！”唐涛有点儿诧异地说，“这房子，没俩钱儿盖不起来。”

岳恒恺回答道：“我家祖上从事雕版印刷。东厢房是临街门市，除了制版印刷，还卖纸墨笔砚。西厢房是仓库，七间北房住人。”

唐涛发现，房子虽然算不上富丽奢华，几间北房却也是雕梁画栋。屋顶飞檐而出，积木般的斗拱前面，支着四根水桶粗的深红柱子。柱子放在青石雕制的柱础石上，纹丝不动。柱子与柱子之间，连接着半米高、一尺宽的木凳，上面摆放着许多花盆，有绣球、杜鹃、茉莉，也有吊兰、君子兰。唐涛想，这些花可能是柳宛婧养的。

听到有人说话，柳宛婧从正房与西厢房之间的角门里走出来。她一手拿着小葱，一手拿着菠菜，热情地说：“来客人了？！”

“你看看是谁来了？”岳恒恺欣然地问妻子。

就在柳宛婧愣神儿时，唐涛大声说：“我是唐涛！”

“哎哟，可真是稀客呀！”柳宛婧欢天喜地地笑道，“我说今儿一大早喜鹊就叫个不停呢，原来有贵人来！”

“是贵客！”岳恒恺微笑着纠正道。

柳宛婧依然笑着说：“对，是贵客，贵客！快屋里坐吧！”

“唐厅长是来吃你包的饺子的。”岳恒恺郑重其事地说。

“这么多年了，你还记得这事呢？！”柳宛婧看着唐涛，有点儿难为情地说道，“别看那时候你觉得好吃，现在未必能吃出原来的味儿了。那阵儿条件不行，放点儿肉就吃着挺香。现在你一个大厅长，吃了这么多年的好东西，再吃多好的东西，也尝不出好来了。”

唐涛笑了笑，自我解嘲地说：“你说得有点儿道理。我今儿可不是为了吃来的。主要是到你这儿瞅瞅，看看快五十年未见的工友，变成什么样儿了。”

“还用看吗？想也能想到。”柳宛婧快言快语地说，“那时候你长得跟个二郎神似的，迷倒了一大片厂里的小姑娘！现在，不也变得跟南极仙翁一样了吗？”

“说了半天，你还是把我看成神仙了！”唐涛“哈哈”笑着说。

柳宛婧看了看手表，说：“不跟你开玩笑了，我去买羊肉。”

“别麻烦了！”唐涛拦住柳宛婧，说，“就像你说的，我这些年什么好东西没吃过？真要吃了今儿这饺子，尝不出过去的那个味儿，就破了我一个挺好的念想了！家里有什么吃什么，咱多说会儿话。”

“也不麻烦，出了门儿就是卖牛羊肉的。”柳宛婧亦庄亦谐地说，“你既然来了，这顿饺子是必须包的，破不破念想，是你的事！”

柳宛婧将手里的菜放到厨房，急急忙忙地走出了大门。唐涛看了一眼西厢房旁边的角门，向岳恒恺问道：“我刚才看到宛婧从那儿过来，你家是不是有个后院儿呀？带我过去看看。”

岳恒恺陪着唐涛来到西院儿，说：“这个院子是我父亲买的。当时这儿是一户人家，有五间土房。那户人去了天津，父亲就把房子买过来，将它拆了，改成了一个小花园。可以说，这个花园是父亲特意为我母亲弄的。我姥爷是个真正的财主，当时是火柴厂最大的股东。母亲家有个后花园，比这个地方大好几倍。父亲给母亲搞了个缩小版的花园，你看那竹子、月季、玫瑰，还有这一红一白的两棵玉兰树，都是按我母亲家花园的布局来种的。”

“听你这么一说，你父亲挺爱你母亲的！”唐涛很受感动地说。

“我母亲算是大家闺秀，父亲一直认为自己是高攀了。”岳恒恺言道，“可以说，父亲这一辈子也没让母亲受委屈。他说，人要知道感恩，夫妻之间也是这样。互相有个感恩的心，日子才能过好。”

唐涛点了点头，说：“你父亲说得好！现在人们嘴上常讲理解万岁，不如人人都知道感恩，都有一颗感恩的心。”

花园里已经开垦出七八个菜畦，有几个蒙着一尺多高的白色塑料布。柳宛婧割的小葱和菠菜就是这小塑料棚里的。旁边种的一畦韭菜虽然没有盖塑料，也长了有半尺高了。岳恒恺拿起柳宛婧刚用过的镰刀，从韭菜地里割了一把韭菜，举到唐涛面前说：“你看，这就是紫根儿韭菜。别的菜可以吃大棚的，韭菜最好吃露天的。大棚里种出来的韭菜，也不辣也不香。”

“给我镰刀，我试试。”唐涛说着，从岳恒恺手里接过镰刀，蹲下割起韭菜来。

“够用的了！”岳恒恺说话时，东院儿传来“咚咚”的声音。他知道，那是柳宛婧正在剁肉馅。

岳恒恺与唐涛来到厨房时，柳宛婧正用刀在一个大木墩子上剁着肉馅。唐涛走过去，疑惑地问：“怎么还要自己剁馅？卖羊肉的没有绞肉机吗？”

柳宛婧一边剁肉，一边说：“包饺子的肉馅，最好自己剁。”

“幸亏你们住的是平房，要是跟我们似的住在楼房里，这动静就太扰民了，还不跟闹地震似的！”唐涛笑着说。

“人哪，到什么时候说什么时候！”柳宛婧放下菜刀，拿起一个铝盆，看着唐涛说，“要是住楼了，也不能这样剁了。孩子们都住楼，到他们那儿，我也是买绞好的肉馅。”

岳恒恺拿起面盆上的盖帘看了一眼，说：“够快，面都和出来了！”

“宛婧干活儿还挺利索！”唐涛赞许地说。

“前些年，她做饭更利落！这会儿，没准儿饺子都下锅了。”岳恒恺很夸张地说。

“是吗？”唐涛假装信以为真，笑着问。

柳宛婧一边往铝盆里放肉，一边说：“你别听他瞎说！要是拿冰箱里冻的饺子，这会儿还上桌了呢！”

岳恒恺见唐涛习惯性地掏了掏口袋，知道他要拿烟抽，便满怀歉意地说：“只顾着说话了，忘了问你抽不抽烟！”

“唐厅长不抽烟吧？”柳宛婧猜测道。

“你家里要有烟，就给我拿一根。我带的烟忘到车上了！”唐涛解释道，“我原来在实验室时不吸烟，坐办公室以后学会的。”

柳宛婧很直白地说：“家里的烟有是有，是前几天过事用的，就怕你嫌太次。当时把整条的烟都退了，剩下几盒散的。”

唐涛连忙说：“我现在也抽烟也喝酒，就是对烟酒没研究。多好的酒也尝不出好来，多孬的酒也尝不出孬来。吸烟也是，有什么烟就吸什么烟。”

“既然是这样，就给他把那几盒烟都拿过来。”柳宛婧用三根筷子来回搅拌着肉馅，对岳恒恺吩咐道。

岳恒恺回屋将烟拿来，放到唐涛面前，很不好意思地说：“你看看，是不是烟太孬了？咱们这儿过事，都用这个烟。”

“这烟我吸过几次，挺好！”唐涛为了让岳恒恺心安，特意强调说。他熟练地打开烟盒，拿出一根烟点上，缓缓地吸了一口，试探地说：“刚才你们说到过事，我有句话不知现在说合不合适？！我在城工部那儿，见慕容厅长与你父亲相互搀扶着，就有了一个想法。你母亲不在了，能不能把他们说合到一起，互相做个伴儿？”

“我也注意到了。”岳恒恺一边切着韭菜，一边说，“当时，这个念头在我脑子里一闪。我没敢往下想，一方面巧莹姑是厅级干部，我父亲只是一个普通百姓，地位悬殊；另一方面，我父母感情挺好，母亲刚走，父亲肯定接受不了别人。”

柳宛婧将拌好肉馅的铝盆放到岳恒恺眼前，爽快地说：“这事我没意见。既然母亲已经走了，现在最重要的是让父亲高兴。人也就活这一辈子，该放下的，越早放下越好。我可不希望父亲天天想着母亲、念着母亲，心里总是悲悲戚戚、别别扭扭的。”

“话是这么说，可人是有感情的，不可能说忘就忘，说放下就放下！”岳恒恺反驳道。

“我就是先这么一提，不是说马上就办。你们有机会时，先跟你父亲渗透渗透这个意思。”唐涛打了个圆场，说，“老仝去世的这几年，我见慕容厅长一个人怪可怜的。她不愿意跟儿女们在一起住，说是要去养老院呢！”

听了唐涛的话，柳宛婧动情地说：“这话我来跟父亲说。要作恶人，我做。反正，我是为父亲好。咱也得替巧莹姑想想，这么多年，她可为老岳家挡了不少事。就说这老宅子，当初，下边人要不是看她的面子，早把咱挤对走了！”

岳恒恺觉得柳宛婧说得入情入理。他沉默了一会儿，像是刚想起什么似的说：“唐厅长说能喝点儿酒，我去外面买几个菜，陪着好好喝喝！”

“我随口这么一说，你还往心里去了？！”唐涛笑着说，“就着饺子喝两杯就行了。咱这儿不是说‘饺子就酒，越喝越有’嘛！咱俩吃着饺子，弄个三两二两的挺好。”

岳恒恺听唐涛的意思，是要喝点儿。于是，他故意向柳宛婧要了几十块钱。柳宛婧将钱给了岳恒恺，不解地瞪了他一眼，然后看着丈夫出了门。

唐涛将烟掐灭，扔到烟灰缸里，问：“我来帮你干点儿什么？”

“行了！只剩包了，你也帮不上忙，歇会儿吧。”柳宛婧说着，开始揉面。她将面放到板上，迟疑了一下，回头看着唐涛，淡然问道：“听说那年你来火柴厂时，已经有对象了，为吗不明说呢？”

唐涛一愣，随即笑嘻嘻地说：“我要是说了，还能吃到饺子吗？这些年，我一直忘不了那饺子的香味儿。我让家里人按着你说的做过几次，就是做不出那个味儿来！”

“你这个人太有心计了！怪不得能当上厅长呢！”柳宛婧说着，似乎体会到当年被戏耍的感觉。

“你说的话，是褒义还是贬义？”唐涛明知故问地笑道。

“你怎么理解都行！”柳宛婧苦笑着回答。这一瞬间，她感到自己藏了几十年的心结终于打开了，虽然有苦楚，总的感觉是畅快的，就像终于吐出了一口浊气。这句话她憋了半天，本来想当着岳恒恺就问的，又怕会是对丈夫的一种伤害和不尊重。何况，唐涛也不会说真心话！最后，让三个人都尴尬。不过，尽管这样，她也不认为唐涛今天说了真话。她一直怀疑，当年她只是填补了唐涛一时的精神空虚。

听到大门响，柳宛婧以为是岳恒恺回来了。直到岳振业一咳嗽，柳宛婧才回过头来，问：“爹！你怎么回来了？”

“他们到村里去了，你巧莹姑怕我累着，就让车将我送回来了。”岳振业回答了一句，然后对唐涛说：“唐厅长！去书房里坐一会儿吧，先喝点儿茶，等恒恺买回菜来，咱再摆酒。宛婧干活儿快，咱喝着，饺子就熟了。”

“爹！你该多陪陪巧莹姑。”柳宛婧话里有话地说，“听唐厅长说，她现在一个人过得挺苦的。”

岳振业不假思索地说：“她苦什么？又有儿又有女的！”

柳宛婧旁敲侧击地说：“儿女能代替老伴儿吗？巧莹姑都要一个人去养老院了！不行的话，你就把她留下来，在咱家住些日子。”

“亏你想得出来！”岳振业倔生生地说，“你娘刚没了，我就把一个老太太领家来，让邻居们怎么看？！我这张老脸还往哪儿放？就是人们不笑话，等我去了那边，也没法面对你娘……”

“岳叔！你别生气！这话是我提出来的。”唐涛慌忙解释道，“这几年，慕容厅长总是对我说起泊镇的一些事。她说，小时候她就是你的跟屁虫，可崇拜你了，一天天跟在你后边疯跑。我说句话你别不高兴，她跟我说过一次，要知道男女之间只有谈婚论嫁才能在一起玩儿一辈子，她早给你当媳妇了！”

岳振业听唐涛说完，皱着眉头说：“那是不可能的事。我跟恒恺他娘认识的时候，她还是个不懂事的小孩子，当着恒恺他娘的面儿，还搂着我的脖子玩儿呢！”

柳宛婧装作不知道慕容巧莹的年龄，惊讶地看着岳振业说：“原来巧莹姑比你小这么多？！她过去那么崇拜你，要是让她来照顾你、伺候你，她准高兴！”

“她照顾我？让我照顾她还差不多！你是不知道，小时候，她可是个……假小子。”岳振业当着唐涛的面儿，差一点儿说走嘴，将人们过去称慕容巧莹是“疯丫头”的话说出来。

唐涛趁机说道：“岳叔！你那可是老皇历了。慕容厅长现在可会伺候人呢！她孙子媳妇坐月子，都请她去给做菜，说她做得好吃。”

“那你们还哄我说，她要去养老院！”岳振业像是受了骗似的，很不高兴地说，“有孩子缠着，她就是想去也去不了。”

“孩子已经上幼儿园了。”唐涛赶紧说，“她儿子、儿媳一退休，就用不着她了。我刚才跟宛婧说了，慕容厅长不愿跟孩子们住在一起，她嫌太别扭，太不方便，就一个人孤零零地住在一边。”

柳宛婧像是很难过地说：“你怎么一说孤零零的，我心里就不好受呢！一个女人自己过日子，也太难了。我看到覃琴表姑，就想到巧莹姑有多不容易了！”

“行了！你别跟我说这些了！”岳振业发誓般地对柳宛婧说，“现在你娘尸骨未寒，我要是动这个心思，就太对不起她了！我就是想让你巧莹姑来，也得满三年。你们三年之后，再跟我说这话吧！”

“你们说什么呢？什么三年？”岳恒恺拿着菜回来，一进门就问。他大概明白了父亲正在说什么，就借题发挥道：“我记得，姥爷最爱唱的，就是‘孝三年改三月，孝三月改三日，孝三日改三时’！现在都什么年代了，还这么古板？巧莹姑……”

“我这话刚说过了，你又来添乱！你快弄你的菜吧，我先陪着唐厅长到书房里去喝茶。”岳振业说完，拉着唐涛离开了厨房。

岳恒恺把菜放到橱柜上，瞅着柳宛婧笑着问道：“怎么样？咱爹不吐口吧？我就知道是这么个结果。咱娘刚过去，依他的性格，就是再想把巧莹姑接过来，也得等个三年两载的。”

“不管怎么说，咱爹没有一口回绝。这事还有的商量。”柳宛婧像是十分欣慰地说。她觉得，到了公公这个年纪，考虑得有点儿多了，又是想着与婆婆的感情，又是想着亲友的看法，唯独不怕难为了自己，错过了缘分！不像她那时候，就是一个单纯的少女，看到自己喜欢的人就去追，也不考虑地位，也不考虑经济，也不怕观念不同、修养不同。现在想来，要是真嫁给了唐涛，她可能像保姆似的活一辈子。没有相敬如宾，只有举案齐眉！因为，他俩受教育的程度差距太大！过去讲女子无才便是德，不就是为了娶一个没文化、没思想的女子，去给男人当老妈子吗？她们看着自己的男人娶三妻四妾也不吭声、不反抗，甚至自己不能生育的话，还主动给男人张罗着娶个小老婆来传宗接代。

柳宛婧忽然想，公公如果有一天把巧莹姑接过来，他们俩能过到一块儿吗？别看他俩从小一起在运河边长大，曾经青梅竹马、两小无猜，现如今，毕竟是一个始终没有离开过大运河，一个却早已从运河走向了大江大海！

第二章　夫妻的故事

一

岳祥宗刚走到厂子门口，就被一个新来的警卫给拦住了。警卫从他放在自行车上的兜子里，查到了一个螺丝扳手。他知道，这个铁扳手一定是妻子放到里面的。

“咱家没有扳子呀？你把这破家伙放在兜子里，也不怕把兜子弄坏？你真是，拿什么也当好的！”程舒雯急赤白脸地冲岳祥宗嚷道。

“二车间有台机子出了毛病，我带着扳子去维修，回来忘了拿出来了。”岳祥宗耐心地对警卫解释说。尽管他心里很生妻子的气，却不敢说扳子是她背地里放兜子的，那样，偷厂子东西的事就算自己承认了。他如此说，还有一个回旋的余地。

警卫让岳祥宗到门卫室做个登记，说明自己是哪个车间的，拿的什么东西。程舒雯一听就急了，她对警卫大吼大叫道：“把这个破玩意儿给你不就完了嘛，干什么不依不饶的？从厂里往家拿东西的多了，你逮住了几个？连你个破门卫也欺负老实人……”

萧鸿堃听到程舒雯的吵闹声，急忙跑了过来。他问明了情况，拉住警卫说：“扳子是我放到岳主任兜子的，就是想看看你们做警卫的是不是负责任，能不能查到这个扳子。”

“原来是萧厂长做的一个局呀！”警卫像是恍然大悟般地说，“刚才岳主任还说，是他放到兜子里忘了拿出来。”

“他不这么说，不就承认是偷的了吗？”萧鸿堃拍了拍警卫的肩膀，赞赏道，“你做得好！下午我就告诉你们科长，先给你记上一功。好好干，有机会我一定重用你。”

“谢谢萧厂长！我叫桑树东，往后全靠你栽培了。”警卫十分高兴地说着，满脸笑容地目送萧鸿堃和岳祥宗夫妇一起出了厂门。

走出几十米后，岳祥宗回头看了一眼，对萧鸿堃说：“堃哥！今儿亏了你，要不，我这人丢大了！”

“咱哥儿俩还用这么客气吗？”萧鸿堃看了一眼程舒雯，然后对岳祥宗说，“以后下班，检查一下兜子，免得让别人给你栽赃。”

岳祥宗懊丧地说：“有这一回，我就长教训了！”

“跟我去喝点儿吧？给你压压惊！”萧鸿堃诚挚地说。

“我就不去了！下午还干活儿呢！”岳祥宗推辞道。

萧鸿堃停了一下，说：“不去就不去吧，有机会咱晚上再喝。中午喝了酒，下午碰着手碰着脚的就麻烦了，弟妹还跟我有完哪！”

等萧鸿堃走远，程舒雯忽然“哈哈哈哈”地笑起来。岳祥宗瞪了她一眼，压着火气问道：“你还笑得出来？！你没受刺激吧？”

“你才受刺激呢！你看人家，不但有人请，还天天坐办公室。不像你，中午连个酒都不敢去喝！”程舒雯说着，从自己兜里掏出一把全新的钳子，“你看，还是我厉害吧？这叫瞒天过海！我就知道，警卫查到你，肯定就不会再查我了。”

“你这是干吗？这钳子是我上午才领出来的，你给拿来，大伙儿用什么？”岳祥宗气呼呼地说。

“不是新的，我还不拿呢！”程舒雯得意地说，“我看你领了好几把钳子，也不缺这一把。”

岳祥宗恼恨地说：“让我说你什么好呢？！”

“你愿说什么就说什么，反正我是死猪不怕开水烫了！”程舒雯说着，把钳子又放进自己兜里。

岳祥宗以为程舒雯已经在车子后座上坐好了，哪知他一蹬车子，程舒雯正往后车座上蹿。车子一动，程舒雯坐了个空，一下子跌在地上。她摔疼了屁股，坐在地上大声骂道：“岳祥宗！你他娘的故意的呀！你摔死我有什么好处？还能去找个大姑娘吗？”

岳祥宗一见，慌忙支好车子，上前将程舒雯扶了起来。程舒雯刚站稳了，就狠狠地将他推了个趔趄，然后骂骂咧咧地说：“你就知道冲我撒气！我往家拿东西，还不是为了咱过日子？！你看看，有不拿厂里东西的人吗？现在是撑死胆儿大的，饿死胆儿小的。”

“咱管不了别人，但能管好自己。”岳祥宗说着，推起车子。

“是，你觉悟高！你是党员，我是落后群众。”程舒雯一边拍打裤子上的灰土，一边说，“我还没跟你算账呢！我让你给我姐儿们拿点儿棉线擦车子，你倒好，跑到土产买了一斤来！要不是我在你口袋里看到发票，还以为你真是从车间里拿出来的呢！”

岳祥宗看着程舒雯坐上车子，说：“我还是那句话，不爱厂的人，也不会真正爱家，不会爱媳妇！”

“我就不愿听你这句话！人家往家拿东西，怎么就不爱家了？不正说明人家爱媳妇、爱孩子，是个过日子的人吗？”程舒雯像是得了很大的理一样争辩道。

“你要这么认为，我没法儿跟你说话！”岳祥宗用力蹬着车子说。

程舒雯从后面拧了岳祥宗一把，说：“你现在连话都懒得跟我说了！你是不是早就后悔当初找了我呀？”

“你不要胡搅蛮缠！我娶你，从来就没有后悔过，到死也不会后悔。”岳祥宗扭过头来大声说。他说的是真心话。他认为，是程舒雯给了他美好的爱情，给了他一个家，给他生儿育女，他伺候她一辈子是心甘情愿的。他记得，当初与程舒雯好上后，眼里就再也没有比她好看的女人。他不懂的是，程舒雯模样好时，性情也好；模样变得不好了，性情也随之变得不好了！一个聪明的女人，应该在生命的长河里不断充实自己，让自己变得越来越优雅，越来越有高贵的气质，以填补岁月风霜给自己带来的外貌缺憾。而程舒雯恰恰相反，她不但不注重自身修养了，还像鸡蛋里挑骨头似的天天从岳祥宗身上找毛病，然后放大了来看，然后翻来覆去地指责。

“你说得好听！”程舒雯伤心地说，“我看，在你眼里，我还不如厂子的机器，还不如你的徒弟！”

岳祥宗很不高兴地说：“你说这话就没有意思了！我看，是你太习惯了我对你的好，现在我对你有多么好你也感觉不到了！”

岳祥宗记得，刚结婚时，程舒雯吃饭时都用欣赏的眼光看他，几乎是吃两口饭看他一眼。后来，那目光变得挑剔了，看到的只有他蓬乱的头发，和头发上偶尔出现的皮屑。程舒雯是左撇子，岳祥宗放吃饭的筷子时，总是特意放在她左手的位置，然后将凳子从桌子下面拽出来，放在她正好坐的地方。一开始，程舒雯还能说句“谢谢”，后来，他再不给她放好筷子，她就大喊大叫“筷子呢”！

因为程舒雯的挑剔和训斥，岳祥宗每次做饭前都要到梳妆台前照一下镜子，看看头发是否凌乱，是否有头皮屑。将饭菜端上桌后，他再去照一照镜子，拢一拢散落的头发，剪一剪从鼻孔里露出来的鼻毛，然后像陪着宾客吃饭一样干净利索地坐在程舒雯面前。

岳祥宗的徒弟们都说他整天干干净净的，不像个天天与满是油污的机械设备打交道的人。他们哪里知道，这些好习惯都是妻子“培养”的。刚结婚时，家里还没有洗衣机，他每天洗洗涮涮，手纹和指甲里藏的污垢都能随时洗掉，看上去手上干干净净的。后来，买了洗衣机，靠洗几只碗已去不掉手上的黑渍，结果，在吃饭时让程舒雯一眼看到就奚落了半天。为此，岳祥宗买了一次性塑料手套放在车间里，在戴线手套前，先戴上一次性手套。虽然费事费钱，手却白净了。

跟程舒雯过了十几年日子，为了少听她唠叨，岳祥宗慢慢学会了重复利用时间。洗衣机洗着衣服时，可以做饭、擦地；做饭时，可以烧水，把暖瓶斟满；熬粥时，可以洗菜、切菜；切菜时，可以先烧上焯菜的水……

随着日月飞逝，岳祥宗感到，与程舒雯交流越来越困难了。程舒雯时不时地就翻旧账，已经过去多少年的事，她也能想起来。想起来了，就再抱怨一通，斥责一通，甚至像要召开诉苦大会、批判大会一样。甚至当初轻而易举地就过去了的事，经过程舒雯多年的纠结与演绎，也成了非常严重的事，以致闹得比事情发生时还凶，她胡搅蛮缠，死缠烂打，不依不饶的。岳祥宗说她天天跟个怨妇似的，她便振振有词地说：“你看谁好，就跟谁过去！哪家的媳妇不叨叨？要是祝英台嫁给了梁山伯，他俩跟咱现在也差不到哪儿去，没准儿两个人早就离了。你让牛郎、织女天天在一起试试，早打到天上去了！”

“咱爷爷、奶奶一块儿过了那么多年，不照样恩爱如初！”岳祥宗说。他想举个身边看得见、摸得着的例子，让程舒雯无话可说。

哪知道，程舒雯却说："谁能跟奶奶比呀？奶奶那是大家主，从小没为难过，也不为吃喝发愁，当然没有怨言了！"

岳祥宗想说，奶奶如果不为吃喝发愁，就不会与爷爷带着他去乡下生活了。话到嘴边，他又及时收了回去。他深切地体会到，家是讲情意的所在，不是讲道理的地方。跟程舒雯讲一讲感情，或许还能获得一时的风平浪静；一旦去讲事理，肯定会闹得鸡飞狗跳。再者，让家庭安宁的唯一办法，就是学会尽早闭嘴。

二

隋冶之眼睛盯着出生十几天的儿子，眉开眼笑地说："宝贝儿！我爱死你了！让我亲亲！"

符竺燕以为丈夫要来亲自己怀里抱着的儿子，谁知，她看着隋冶之俯下身来，不料他半路里忽地一转头，在她的脸上亲了一口。

"讨厌！我还以为你要亲咱儿子呢！"符竺燕有点儿娇羞地说。

隋冶之开心地笑着，说："咱儿子太小，还不敢亲，别中了口毒。"

"你就不怕我中口毒呀？"符竺燕笑盈盈地问。

"你要中，也是中我的爱情之毒！"隋冶之得意地说，"你要不是中了我的爱情之毒，就凭你这富家千金的身份，怎么会心甘情愿地嫁给我一个山野村夫呢！"

符竺燕嗔怪道："你要再说这话，我就不理你了！是阿爸看中你，又不是我看上你！阿爸说，冶之这孩子错不了！我当时说，是啊，跟着他渴不着。冶之冶之，有椰子汁喝！"

"闹了半天，咱俩的结合，是父母之命、媒妁之言呀！这可够传统的！"隋冶之半戏谑半认真地说，"你跟了我，我不但渴不着你，更不能让你饿着。"

"你知道，我最不缺的就是这些。那优越的生活条件，父母早就给我了。"符竺燕有点儿庆幸与自豪地说。

隋冶之很快回答："我说的，不是物质上的。我要让你从精神上饿不着、渴不着，不让你受一点儿委屈。"

"这还差不多！要是这样，我阿爸就没看错你。"符竺燕很舒心地微笑着说。

“我有句话一直想问，他姥爷这么有钱，为什么还单身这么多年呢？”隋冶之试探地问。

符竺燕听了，板起面孔问：“孩子才出生，怎么咱爸就成了他姥爷了？你以后要是再这么说，我就抱着孩子找他姥爷去！”

隋冶之以为符竺燕真生气了，赶忙赔着笑脸说：“是我不对！我认为这么说，就是没拿咱孩子当外人！哪知道，你却觉得这么称呼是拿咱爸当外人了！你千万别生气，一生气奶就回去了，孩子没吃的了咱不说，关键是你要受罪呀！”

“你知道就好！”符竺燕说着，脸上便露出了笑容。

“来，我给你顺顺气！”隋冶之说着，用手推了推符竺燕的后背，然后又开始摩挲她的前胸。

“行了，行了！”符竺燕觉得隋冶之的手触到自己柔软的胸脯时，竟然有一种麻酥酥的感觉，便笑吟吟地说，“你这哪是给我顺气，分明是又要占我的便宜！”

“有便宜谁不占，何况是个大便宜！”隋冶之坏笑着说。

符竺燕推开了隋冶之的手，说：“我最受不了你这种笑了！跟个登徒子似的！”

“我可不是登徒子，登徒子找的是个蓬头卷耳、弯腰驼背的丑妇人。”隋冶之欣欣然地说，“我找的可是一位天下少有的漂亮媳妇，‘增之一分则太长，减之一分则太短；著粉则太白，施朱则太赤；眉如翠羽，肌如白雪；腰如束素，齿如含贝；嫣然一笑，惑阳城，迷下蔡’，足以倾国倾城、沉鱼落雁！”

“还说你不是登徒子，怎么把《登徒子好色赋》背得这么熟？”符竺燕笑着揶揄道。

隋冶之辩解道：“我之所以记住这篇文章，是想按‘东家之子’的相貌来找媳妇。免得娶个像登徒子的老婆那么丑的人，到最后，与媳妇生个孩子也被人说成好色。”

“也不知道是我这硕士跟不上你这博士，还是我这学经济的没法儿跟你这学法律的比，反正，我是说不过你。”符竺燕说着，脸上露出很无奈的神情，心里却满是幸福感。她真真切切地感到了丈夫对她的宠爱，也看到了丈夫对现有生活的满足。满足与感恩，是一个人最可贵的品格和修养。不知足，不懂得感恩，就容易走向偏执，自己一辈子也不会有幸福感，也让家人的心情变得糟糕透顶，失去了一个家庭应有的和谐与欢乐。她记得有人说过这样一句话：家庭的和睦美满，需要全家每个人的共同努力；而造成家庭的不幸，有一个人就足够了！婚姻也是，幸福的婚姻，需要两个人的努力；不幸的婚姻，有一方就够了。她看着丈夫笑逐颜开的样子，自己的身心也陶醉在甜蜜之中，感到一种从未有过的美好。她低头看了看怀里的孩子，抬起头痴情地看着隋冶之，柔情脉脉地问："你是不是特别想要个男孩儿？"

"你怎么这么问？"隋冶之温和地反问道，"只要是咱俩的孩子，男孩儿女孩儿有区别吗？要是说心里话，我倒是喜欢女孩儿。女孩儿怎么打扮都漂亮，看着心里也痛快。听我老爸说，在我们老家，都说女孩儿是父母的小棉袄。"

符竺燕接着问："假如咱生不了男孩儿，你就不怕咱们这么大的家业没人继承吗？"

"咱爸不也就你一个女儿吗？"隋冶之将手放在符竺燕的头上，体贴地说。

"我想说的就是这事。"符竺燕忽然有点儿忧郁地说，"你刚才问我，咱爸这么多年为什么还是一个人，其实，这也是我心里越来越不踏实的地方。小的时候我不懂事，一直怕咱爸再找一个女人。爸安慰我说：我绝不会给你找后妈。茂福集团是我跟你母亲一同创建的，不会找个不相干的女人来享受这富贵！爸说，他不会对不起我母亲，不会让我受委屈。我觉得，最主要的，是咱爸怕我受后妈的欺辱。"

隋冶之很受感动地说："原来，咱爸是这么重情重义的人。他不愧是一个伟大的父亲！现在，这样的好男人越来越少了。"

"我也这么认为。"符竺燕动情地说，"假如爸找了别的女人，我跟他就没有这么亲了。可能我会恨他，会看不起他。正如咱爸说的，茂福集团是我母亲和他一起辛辛苦苦创下了的，母亲也是为了救我和爸，被仇家的车给撞的。当时，爸抱着我，母亲用尽全力推开了咱爸，自己被车从身上轧了过去！”

“我说你始终不愿让提父母的事呢！咱以后再也不说这事了。”隋治之眼里含着泪水，充满深情地说，“不管到什么时候，我跟你也要好好孝敬咱爸！他太让人疼了！”

符竺燕欣慰地说：“我这辈子感到最幸运的，是有一个好母亲、好父亲！现在，还有一个好丈夫、好儿子。”

“是啊，咱孩子有一个好妈妈，一个好姥爷，错不了。”隋治之用手搂着符竺燕的肩膀，看着儿子，问，“昨天他姥爷来，没给孩子起名字吗？”

“起了个‘志成’的名字，我觉得有点儿太普通了。我跟他爷爷奶奶一说，他们倒挺高兴，说寓意好，将来也是事业有成。”符竺燕说。看她的神情，分明已经默认儿子叫“隋志成”了。

“是咱爹、咱娘！”隋治之笑着向符竺燕纠正道。

符竺燕将头倚在隋治之身上，说：“我喊错了！是咱爹、咱娘！”

三

岳恒恺与儿子走进慕容巧莹家的客厅时，看到她已经将东西拾掇好了。她家里所有的物件几乎都没动，只带了一个旅行箱、一个背包和一个大提包。

“奶奶！就捎这点儿东西吗？”岳祥宗向慕容巧莹问道。来的路上，父亲已经叮嘱过他，见了面不要再叫“姑奶奶”了，直接称奶奶。岳祥宗以为慕容巧莹要带的东西一定不少，一路上还担心两辆车盛不下，没想到她只有三个包裹。

“用得着的东西都带了，实在想不起还拿什么？！”慕容巧莹说完，领着岳恒恺父子到各个屋看了看。她前几年准备一个人去养老院时，想带的东西更少，只装了一个旅行箱，就像工作时要出差一样。这次，她特意多拿了些东西，尤其是带了几件岳振业可能喜欢的东西。现在回泊镇，比当年从泊镇来省里时带的东西少多了。可能人这一辈子就是这样，前几十年都在往家敛东西，后几十年却在舍弃东西。尤其是到最后，才能确确实实地感到，一切都是身外之物。她当年那么喜欢的家具也好，艺术品也好，字画也好，此刻已觉得是多余的。她感到，自己就像在运河边的老宅子里做了个梦一样，当镇长、当书记、当处长、当厅长，醒来时，却发现自己依然还躺在运河岸边。她不得不佩服写出“黄粱梦”的古人，梦里享尽荣华富贵，睁开眼时才知道“黄粱犹未熟”。

“我爹的脾气你清楚，太古板，非得让三年以后才来接你，差一天也不行！”岳恒恺有点儿过意不去地说。他想替父亲表达一下歉意，从而让慕容巧莹心里舒坦一些，高兴一些。

慕容巧莹慈和地笑着，说：“你爹的一些脾气，我比你了解。他要没有这三年之约，我还看不起他呢！在我的眼里，你爹是个好丈夫，也是个好父亲，更是个好党员。他这一辈子，对得起妻子，对得起朋友，对得起同志。他比我入党早十几年，默默地为泊镇的解放做了那么多工作，暗中保护了那么多同志，受了那么大委屈，却从来没抱怨过一个字。这点，是常人很难做到的，也最能让人服气。”

岳恒恺万万没有想到，父亲在慕容巧莹心中，有这么高的地位，有这么好的评价！虽然她的话语里，还透着一些过去的官场气，却是饱含着真情的。怪不得，她能等父亲三年，而且在三年后能离开自己的儿孙，毅然决然地回泊镇去陪伴父亲。

“我这么大岁数了，也不怕你爷儿俩笑话。”慕容巧莹说着，自己先笑了。停了一会儿，她才接着说：“你爹跟你娘刚结婚那阵儿，我曾跑到你家前邻的房顶上去，看他们说笑打闹。我当时想，我就是嫁给你爹做小也行啊！后来听说，夏茵也正哭着闹着想嫁给你爹，要给你爹做小呢！你爹不同意，说一辈子只娶你娘一个人。那时候，夏茵长得漂亮，比我好看多了。我一瞅，你爹连她都不要，我就更没戏啦！从此，我也就踏踏实实、装疯卖傻地跟你爹做‘哥们儿’了。”

听着慕容巧莹的话，岳祥宗忍不住笑起来。他怕父亲说他不礼貌，赶紧找了个话题说：“夏茵已经没了，就在上个月。”

“是吗？”慕容巧莹很惊讶地问。

“她过世时，娘家的一个侄子把我和爹叫了去。”岳恒恺述说道，“我爹一去，她忽然睁开眼，想说什么，说了半天也没说出来。我爹便过去攥住了她的手，她笑了笑，才闭上了眼睛。”

慕容巧莹感慨地对岳恒恺说："她这是心有不甘。我不该说了，夏茵有点儿悲剧的一生，不能说与你爹没有关系。你爹把她从地痞无赖手里救下来，她就认准了他。求之不得，她便破罐子破摔，与一个流氓好上了。偏偏那个家伙是个短命鬼，与她好了没多长时间就死了。到这个时候，也不知是夏茵忘不了你爹，还是与那个人有了感情，从此，她就不再找男人，一个人孤孤单单地过了一辈子。要听你这么讲，她拉着你爹的手才闭了眼，说明她心里还是有你爹这个人。"

"是，你说得没错。"岳恒恺看着慕容巧莹说，"这两年，她托人来找我爹好几次，说是要来照顾他。她还提出，要与我爹领个结婚证。到最后，我爹干脆直接对来人讲：'别说还取结婚证了，不取结婚证也不需要她照顾。到时候，会有人来照顾我。'不知来人回去跟夏茵怎么说的，反正，从那以后就没人来提这事了。"

"夏茵想要个名分，咱也得理解。"慕容巧莹通情达理地说，"她可能是惦记了你爹一辈子，就是想最后要个名分。你家又不像过去那样家大业大，她要与你爹领个结婚证，绝对不是想过来分家产。人老了，会盼着到那一天有个归宿。有了结婚证，不管到时候是'夹葬'还是'排葬'，总比孤在一边强多了！"

岳恒恺听了慕容巧莹的话，心里便生出无限感慨。他想不到，父亲年轻时，会有这么多女孩儿喜欢他、惦记他甚至暗恋着他；他更想不到，这些人一直将父亲放在心里，一放就是半个多世纪！慕容巧莹是把父亲放在心海的一个角落里，当看到茫茫大海里只剩下他一个人时，她才乘风破浪地过来找他，与他相拥取暖，与他一起面对生命前路的风风雨雨。

"听奶奶这么一说，我终于明白了。"岳祥宗像是恍然大悟似的说，"一开始，我还说，夏奶奶都那么大岁数了，要找个伴儿就找个伴儿呗，还办结婚证干吗？都这么大年纪了，谁还来查结婚证啊！不是多此一举吗？！我还以为她是当官当得，什么事都想按规矩来。"

"你们以为，我就不想要个名分吗？"慕容巧莹笑着说，"有了名分，不只这辈子，也许下辈子还能遇见；没有这名分，下辈子还不知投胎去哪儿了！"

"奶奶！你当了这么多年干部，怎么还迷信？"岳祥宗看着慕容巧莹，疑惑不解地问。

慕容巧莹叹了一口气，说："到了我这把年纪，可能都有点儿迷信了！我真希望有下辈子，希望能投胎转世，把这辈子的一些遗憾弥补一下。再说，没有结婚证，我不就像给你爷爷找的一个不花钱的保姆吗？不光不花钱，我自己还带着工资去！"

岳祥宗用双手握住慕容巧莹的一只手，说："你就是与爷爷互相做个伴儿，我们可不敢让你去伺候人。伺候人的事，有我们呢！"

慕容巧莹心想，自己暗恋了岳振业这么多年，这辈子能伺候伺候他，与他一起过几天快快乐乐的日子也好哇！她想，见到岳振业的第一句话，她会说："咱俩终于在一块儿了，真好！"

四

岳祥宗送走了白金水一家，觉得头有点儿疼，就和衣躺在了床上。

吃了一顿饭，岳祥宗才想起来，水蛋儿的大名叫白金水，媄子的大名叫白紫媄。如今，两个人结为夫妻，还生了一对龙凤胎。

白金水大学毕业后，分配到沧州工作。这时，白紫媄与父亲在沧州城里开了一家酒店，老乡见老乡，又是一起长大的朋友，于是白金水成了酒店的常客。一天晚上，他在店里与朋友饮酒，喝了个酩酊大醉，被人扶到了楼上的客房休息。等他醒来，才发现与白紫媄赤条条地睡在一起。白紫媄见他醒了，一把抱住他，在他耳边说："你知道吗？我从小就稀罕你！"白金水愣了半天，想到白紫媄也算是个有钱人，这些时日对她也有了一点儿好感，便顺水推舟地说："我也是，从小就喜欢你！"白金水还告诉白紫媄，当年，是他最先发现她落水的。要是再晚看到一会儿，她就没命了。白紫媄说："你救我也不白救，到最后还不是把整个人儿都便宜了你！"

白紫媄来泊镇谈业务，快中午时，想到与自己的救命恩人有十几年没见了，便让白金水联系了岳祥宗。岳祥宗听说他们要到自己家里来，担心程舒雯当着他的发小儿说三道四，让他在朋友面前下不了台，就找了个理由让她回了娘家。程舒雯一向对不速之客有种本能的厌烦，有时当着人就撂脸子。岳祥宗觉得，他跟白金水多年未见，这次谋面后，又不知哪年再相逢，所以不愿让他知道自己夫妻关系不好。

岳祥宗出去买了几个菜，挑了一瓶酒。等菜快做好时，白金水夫妇就带着两个孩子来了。他与白金水将一瓶酒喝完，白紫媖又打开她带来的酒，给他们一人斟了一大杯。本来岳祥宗就喝多了，送白金水一家出门时，又让风一吹，回到屋里就觉得脑袋不舒服，便倒头躺在床上，没脱外衣，也没盖被褥。

程舒雯从娘家回来后，看到岳祥宗还在“呼呼”大睡，便扯着嗓门大喊：“快起来！你看看都几点了？还不该做饭？！”

岳祥宗忽地坐起来，看了看外面的天色，才知道自己睡了一下午。他的头痛得很厉害，有种头痛欲裂的感觉。他找了两片安乃近，将药放到嘴里，摇晃着身子去倒水时，才发现暖壶里一点儿热水也没有了。于是，他打开自来水，接了半杯凉水，把药片送了下去。

“你喝这么多酒干吗？那酒不花钱？！”程舒雯指责道，“好不容易歇天班儿，你这一顿酒，花钱不说，大半天什么也没干！”

“我们从小一起长大，十多年没见了。人家到了咱这儿，不陪着喝点儿合适吗？”岳祥宗解释道，“何况，酒是他们拿来的，说什么也要打开，我能拦着吗？”

“你看弄得家里这个乱！”程舒雯抱怨着，将沙发上的东西扔到一边，然后一屁股坐在沙发里。她打开电视，从茶几下面拿出一袋瓜子，“嘎吱嘎吱”地嗑起来。

岳祥宗走进厨房，开始刷洗中午放在水池子的碗碟。洗着洗着，一不小心，将一个盘子掉在地上，“啪”的一声摔碎了。

“你把什么给打了？”程舒雯一听到声音马上跑到厨房门口，看着地上破碎的瓷片，大声叱责，“你这是想干吗？是你那边儿来人，你弄得叮当乱响，又丢碗又扔碟儿，要摔给谁看？！”

“你快去看电视吧，我小点儿声音就是了。”岳祥宗心里有火气，却不敢发出来。他料想，程舒雯可能又输钱了。这两年，只要她打麻将一输钱，就回家来耍脾气。她现在的脾气越来越没准儿，越来越暴躁，任何一个外因或内因，都能触发她的暴脾气，就像天雷、火柴都能引燃干柴一样。岳祥宗经常看到，她前一分钟还是烈日，下一分钟就成了暴雨。她这一会儿还在好好说话，忽然间就急得要撞墙似的。她每一次叫嚷，都是歇斯底里的，像个失去理智的疯子。他已经多次领教了，能息事宁人时，他绝不敢去碰程舒雯那根敏感的神经。女儿岳雪说，她可能是到了更年期了。

岳祥宗关上厨房的门，这样便不至于吵着程舒雯了。等他将饭菜都做好了，才拉开门，然后一手端着盘子一手端着碗走出来。他将盛满粥的碗先放到程舒雯坐的地方，放好筷子，然后一边往外拽椅子一边喊程舒雯吃饭。他喊了好几次，程舒雯才关上电视走过来。她看了一眼盘子里的菜，没好气地说："你就会炒菜，知道换换样儿不？这么吃，就是山珍海味也早腻了，何况，你这也不是山珍海味！"

"要么，我给你凉拌个白菜心，那个败火。"岳祥宗小心翼翼地说着，站起来就要去厨房。

"大晚上，我吃凉的不好受你不知道？！是不是你看着我难受，你心里才舒服？"程舒雯厌烦地说，"再说，你弄得这些菜吃完了吗？天天吃剩菜，你不知道吃剩菜容易得癌症啊？等我病了，就是你给害的！害死我，你能得什么好？！"

对于程舒雯的唠叨，岳祥宗已经习以为常了。如果吃饭时她不抱怨不埋怨几句，他反而觉得不正常了。岳祥宗在程舒雯的絮叨声中，到梳妆镜前照了照脸，拢了拢头发，然后才回到饭桌旁。他屁股刚一沾椅子，就见程舒雯"啪"地一摔筷子，大声吼道："你是不是诚心跟我对着干？我说你炒菜放的盐少，你今天就放这么多盐！你打死卖盐的啦！"

"我可能是放了两次盐。"岳祥宗用筷子夹起菜来尝了尝，说，"我是真喝多了！"

"你瞧瞧，喝醉了有多耽误事！"程舒雯埋怨道，"吃完饭你赶紧干点儿活儿，醒醒酒。先把地拖一遍，脏死了！还有那沙发上，准是让小孩子给弄的，乱七八糟的，跟进了贼一样！你这来的是什么人哪？也不知道管管孩子……"

岳祥宗手里的筷子停在了粥碗上。他怏怏地看着程舒雯说话的样子，感觉她的牙齿能切碎一只老鼠。她脸上那僵硬而布满杀机的皱纹里，似乎能夹死一条虫子。平时，他没注意到她脸上有这么多丑陋的皱纹！他想，一定是自己的酒还没醒，看重影了。

五

欧阳琳将自己的长发解开，然后洒脱地一甩头，乌亮的头发便如黑瀑布一样从她那张姣好的面容上轻轻滑过。随后，她甜腻腻地笑着，向岳祥宗问道：“师傅！你看我这个样子是不是挺好看？”

“你找死呀！”岳祥宗回头扫了一眼，吼道。

“你是阎王爷呀，让你一看就死？！”欧阳琳反诘道。

岳祥宗用棉纱擦着手里的螺丝刀，严厉地说：“胡闹！这是车间，说出事就出事。你不知道，那年有一个女的，就是辫子被机器挂住了，整个脑袋差点儿被卷进去。我看你是真不想活了！”

欧阳琳将一只手搭在岳祥宗的肩膀上，笑嘻嘻地说：“谁说的！我还没活够呢！我爱别人，还没被别人爱过，怎么能死呢？”

“那一定是你爱了不该爱的人。”岳祥宗从欧阳琳的眼神里，瞅到了她的内心。他不是愚钝的人，他看得出来，欧阳琳时不时地就流露出对他的痴情和依恋。他始终闹不明白，现在的一些女孩子为什么要喜欢像他这个年纪的“大叔”。树上的果子太青涩了不好吃，人青涩一点儿不好吗？人太成熟了，不会像熟透的果子那样甜美，他的性情里融进了半生的苦辣酸咸，往往是没了激情，没了甜言蜜语。妙龄少女喜欢稳重成熟的男人，可能是因为她们自身的那种假性成熟吧！那种成熟，让她们觉得同龄的男孩儿们太幼稚，太浅薄，不如中年男人靠谱。他觉得，有必要对欧阳琳挑明自己的坚守和观念，免得她鬼迷心窍，在畸形情爱中越陷越深而不能自拔。想到此，他毫不犹豫地将欧阳琳的手推开，郑重地说：“你也不是小年纪了，该找个人结婚了。女孩儿就这么几年的好时光，错过了，再找个好男人就越来越难。女孩儿一过二十，一天比一天过得快，你真得抓紧了。咱厂也不乏优秀的年轻人，你看上哪个了，自己不好意思，我来给你牵线搭桥。你要是看上岁数太大的男人，从我这儿都通不过去。”

“就现在那些年轻的，我一个也看不上。”欧阳琳很认真地说，“我看他们都像三岁小孩子似的，胎毛还没褪呢！我邻居家的一个男孩儿，八九岁时还跟大人去女浴池洗澡。现在十多岁了，依旧跟他妈在一个被窝睡觉。所以，我看这些年轻的男孩儿，一个个都像大婴儿似的，你让我怎么去喜欢他们？嫁给他们去当保姆吗？！”

岳祥宗用螺丝刀将电闸上的保险丝上好，然后将外面的塑料盖扣上。车间的工人们一下班，岳祥宗就来检查一遍各个机械设备上的电闸，这是他多年的习惯。有的工人图方便，电闸上的保险丝烧了，就随便找一段铜线或铝线换上，无意中增大了安全风险。所以，等工人们都下了班，岳祥宗就来给换上保险丝。

“人跟人怎么能一样呢！有吃苦耐劳的，就有娇生惯养的。”岳祥宗用手指了指欧阳琳的头发，说，“你们女孩子就都一样吗？你看看你们宿舍的几个人，有头发长的，有头发短的；有爱笑的，有爱哭的；有泼辣的，有腼腆的；有好说的，也有不好说的。”

欧阳琳将头发盘起来掖进淡蓝色工作帽里，歪着头看着岳祥宗，笑问：“你看我们宿舍的几个人谁长得好看？”

“我看那个干吗？”岳祥宗表情漠然地说，“我一个老头子，总是盯着女孩子看哪个漂亮不漂亮，不成了老不正经啦！”

“我可是正经跟你说话。”欧阳琳娓娓地说，“爱美之心，人皆有之。你发现路边好看的花知道多瞅两眼，碰到长得好看的人就不能多看几眼吗？你没听说，男人每天看十分钟的美女，就能多活一分钟。你没注意那些与年轻女孩儿结婚的人吗，都活得岁数特别大，有的活到一百多岁，可能就是因为他们天天瞅着一个年轻漂亮的媳妇。”

岳祥宗反驳道：“见到美艳的花，你盯着它看没人说你是花痴；你要是盯着俊俏的女人看，就有人骂你是流氓，是花痴！”

“那是她们假正经！”欧阳琳大大方方地说道，“女人都愿别人说她长得好看，都愿让男人多看两眼，这叫回头率！现在，谁不希望自己的回头率高？”

“我不关心那些，我关心的是你什么时候能把自己嫁出去。”岳祥宗恳切地说，“你找个人嫁了，回家过自己的小日子，不比几个人挤在一个宿舍里强多了？早嫁早清静。”

欧阳琳像是口无遮拦地说：“我就是怕结婚。我怕自己结了婚，也变得像你媳妇那样，蛮横……”

“不要胡说！”岳祥宗很快打断了欧阳琳的话，说，“别看你师娘经常要脾气，其实她的心并不坏，就是人们常说的刀子嘴豆腐心。我要不是看她这点，能跟她过到现在吗？”

“我也挺纳闷儿，你说你们都打成那样了，还能在一块儿过日子？”欧阳琳疑惑地说，“换成现在的青年人，早就分开了。”

岳祥宗借题发挥道：“这就叫代沟！有了这个代沟，你不理解我们这代人，我更不理解你们这代人。你不知道，在过去，家里的东西坏了，首先想的是修修补补；现在家里坏了东西，想都不想就扔了买新的。你没听说，那些年，街上天天来‘锔盆锔碗锔大缸’的，现在还有那行当吗？”

“要修补，也得是能修补的。”欧阳琳赌气似的争辩道，“要是全碎成片儿了，怎么修补？有的夫妻都你死我活了，还能修修补补地在一起过日子吗？”

“其实，夫妻本身就是一对儿冤家。”岳祥宗深有感触地说，“常言说，不是冤家不聚头嘛！无仇不成父子，无冤不成夫妻。我看过一篇写夫妻矛盾关系的文章，说再恩爱的夫妻，一生中也有一百次离婚的念头，五十次想掐死对方的冲动。夫妻就是打打闹闹过百年，每个人都有床头打架床尾和的经历。所以，两口子在一起过日子，要多看对方的优点，不能总盯着那些缺点不放。一个人成熟的标志，是能包容别人的缺点，放大别人的优点，并心存感激。说到这儿，我想起一个故事：一名记者问一位与丈夫特别恩爱的老妇人‘你觉得大叔有缺点吗’，妇人说‘有，多得像天上的星星’。记者问‘有优点吗’，妇人说‘有，少得像天上的太阳’。记者觉得很奇怪，便问‘既然你发现大叔有这么多缺点，怎么还能在一起过一辈子呢’，妇人回答‘太阳一出来，就看不到星星了’。夫妻之间，就是这种道理。”

欧阳琳听岳祥宗讲完，趁他不注意，“叭”地在他的脸上亲了一口，嬉笑着说：“大叔真可爱！你不是想让我早点儿嫁出去吗？你看看咱厂子有没有像你这个年纪的男人，也像你这样合适我的！”

岳祥宗分明听出了欧阳琳话里的意思，却故作糊涂地说：“你一个女孩子，找比自己大一倍的男人，没有合适这一说。我刚才跟你说了，这事，在我这儿绝对过不去，你也别胡思乱想了。你看看那些娶年轻女孩儿的老男人，都是有钱有权的，在咱厂子找不到那样的人，找到也不行！”

“你这人，一点儿也不解风情！”欧阳琳向岳祥宗身边凑了凑，冲着他的耳朵大声喊道，“实在找不到，我就等你离了婚再说。”

“胡说！我跟你这辈子只能是师徒。如果逾越了师徒感情，就是出格，是乱伦，会招雷劈的！”岳祥宗推开欧阳琳厉声说。

话已经说开了，欧阳琳便像失去了理智一样猛地抱住了岳祥宗，大声说：“雷劈就雷劈吧！不能同生，我愿与你共死！就是死，也比看着你在家里那样受苦受罪强，也比我天天忍受着折磨强！”

岳祥宗知道欧阳琳暗地里喜欢自己，却万万没有想到她这感情已经到了如此炽热的程度，也没想到她今天爆发得如此猛烈。他虽然觉得自己处事很冷静，觉得自己不会像少年时那样容易冲动，此时此刻，心里还是受到强烈的撞击，感觉自己已经到了陷落和崩溃的边缘。他愣了半天，才用力将欧阳琳推开，然后一板一眼地说：“我今天说句话，你给我记住了！我没离婚不会找你；一旦离婚了，就更不会找你！”

“为什么？”欧阳琳带着哭腔问。她被岳祥宗如此绝情的话吓住了，她那颗柔软的心一下子被撕裂了，这是有生以来最大的伤害。

“这个还用我明说吗？”岳祥宗反问道，“如果咱俩到一块儿了，人们就会说咱师徒之间早就有了事，然后你师娘才跟我闹离婚的。咱们不清白了，人们首先指责的是我，说我为师不尊，失礼失德，对自己的徒弟下手。我让人戳脊梁骨不说，我的两个孩子在社会上也没法儿做人了。再说，我……”

“我、我、我！”欧阳琳越听越伤心，终于绝望地喊道，“你这话说得太自私了！我一直认为你是个敢作敢为的人，没想到你是一个胆小鬼，自私的胆小鬼！”

岳祥宗叹了一口气，冷冷地说：“自私就自私吧！毕竟，人活一张脸，树活一层皮。人要是没了脸，还有勇气活下去吗？没了脸，活着还有什么意思！”

“说来说去，是我不要脸了？”欧阳琳很屈辱地嚷了一声，“呜呜”地哭着，踉踉跄跄地跑了出去。

岳祥宗不忍再看欧阳琳的背影，他手扶着身旁的火柴连续机，痛苦地闭上了眼睛。他不认为自己做错了什么，或许，这才是他与欧阳琳最好的结果，也是他对徒弟最好的呵护与帮助。作为一个中年男人，身上背负的东西太多，顾虑也太多，他不能不做出这样的一种抉择。尽管很无情，甚至很残酷！

六

“结了婚的女人为什么称太太？”萧鸿堃喝一杯酒下肚，就像是喝多了似的冲岳祥宗问一句，随后又自问自答地说道，“那是她们太贤惠，太善良。”

岳祥宗笑了笑，直接质问：“你这是笑话我吧？分明是说你弟妹太蛮横，太霸道。”

萧鸿堃“哈哈”一笑，说：“我就喜欢你这一点，有自知之明。”

“我不能跟你比，你是厂长，嫂子当然要温柔地对你了。你弟妹说过，我要像你似的当上厂长，她天天像敬皇上一样伺候我。”岳祥宗说完，拿起桌上的筷子夹了一口水爆肚，放到嘴里嚼起来。

“媳妇温柔不温柔，跟当不当厂长没关系。厂长再大，也没有皇帝大吧？皇帝的老婆是泼妇的也多了。隋文帝的能耐够大了，还不是被老婆逼得离家出走！他做了几十年皇帝都不敢三宫六院，只能一夫一妻。宋光宗更窝囊，被老婆逼得自己躲在被窝里偷着哭。晋惠帝因为怕老婆贾氏，放任她在朝廷为所欲为，以致丢了江山。”萧鸿堃引经据典地说。

岳祥宗看着萧鸿堃的眼睛，没听懂似的问：“听你这意思，是我命不好，找了个厉害的媳妇呗？！”

“我可没说这话。”萧鸿堃马上纠正道，“你们刚结婚那几年，你媳妇多贤惠？我还让你嫂子跟她学呢！结果，你嫂子倒是越来越贤德了，你媳妇不知跟谁学的，一天比一天蛮横无理！”

“程舒雯同志是自学成才！”岳祥宗自嘲地说。

萧鸿堃端起酒杯与岳祥宗碰了一下，毫不客气地说：“什么自学成才？我这么看着，全是让你惯的。女人就跟小孩子一样，你惯什么毛病她就添什么毛病。”

“我要能找到像岳主任的爱人那样漂亮的媳妇，我也哄着惯着。”门光珷拿着六瓶啤酒来到萧鸿堃面前，笑嘻嘻地说，“我给你们添几瓶啤酒，就不敬你们酒了。”

萧鸿堃与门光珷客气了一句，等他离开后，才看着岳祥宗问：“这么多年，弟妹没跟你闹过离婚吗？我就不明白了，看着你俩都快你死我活了，却还能一起过下去！”

岳祥宗没有直接回答萧鸿堃的话，反问道：“你们是不是看我跟程舒雯过得太悲催了？其实，你只看到她在外面跟我吵、跟我闹，一点儿也不给自己男人面子，却没看到她对我好的那一面儿。”

“你这话说得没毛病。”萧鸿堃笑了笑，说，“是你跟弟妹天天在一起，别人肯定只看到了一点儿皮毛。我说这话你回去千万别跟弟妹说，你看厂子好几千人，有几个媳妇在厂里就骂丈夫的？你再到街上去看看，泊镇城区有十几万人，你看到过几回夫妻俩站在大街上又哭又闹的？”

“确实，程舒雯要是上来脾气，不管是什么场合，想要就要。不瞒你说，结婚这些年，她跟我闹离婚，闹过不下十次，都被我拖下来了。”岳祥宗苦着脸说，“要是我们没有这俩孩子，可能我一赌气也就一拍两散啦。有了岳冰、岳雪，离婚就不是我们两个人的事，牵涉到孩子，也牵涉到双方父母，还牵涉到亲戚朋友。”

萧鸿堃摇了摇头，说：“你想得太多！我就知道有句话说得好，当断不断，必受其乱。最后受折磨的不是别人，只是你自己！”

岳祥宗看着萧鸿堃，禁不住地问：“你看过《打芦花》吗？孔子的徒弟闵子骞，父亲用鞭子打出他棉衣里的芦花，才知道他受了后娘的虐待。父亲一气之下要休妻，他便跪在父亲面前说‘宁可母在一子单，不叫母去三子寒’。我家何尝不是这种情况？有你弟妹在，我们还是一个完整的家，跟她一离，家也就破碎了。离婚的家庭，会给孩子心理造成一辈子也抹不掉的阴影，影响到孩子的心理和性格。孩子小时候耽误学习，长大了都不好找对象，人家怕父母的矛盾直接影响到他们的人生观、家庭观和婚姻观。再说，我离了，可能还好找个人；程舒雯要离了，很难再找个年龄相当的。你没看到那些离婚的女人，能找个比自己大十来岁的，就算不错了。”

“我真佩服你！既然都离婚了，你还考虑她干吗？你心太软，让弟妹吃准了你，才敢那么放肆的。”萧鸿堃推断说。

“你说得不对！”岳祥宗反驳道，“跟她过了二十多年了，一开始是爱情，过着过着就有了亲情。她现在自理能力很差，一个人过不行，真要找个比她大太多的老头儿，别说她了，我也受不了！”

萧鸿堃端起酒杯，亦庄亦谐地说：“你今儿这一番话，还真让我对你刮目相看。来，我敬你一杯。”

他们碰了碰杯，一人喝了一大口。刚放下杯，火柴厂生产科的宋科长就过来了。他一手拿着一盒白酒，一手端着酒杯，满脸带笑地走到萧鸿堃面前，说：“萧厂长！我先敬你一杯。”

宋科长将手里的白酒放在桌子上，哈着腰与萧鸿堃喝了一口，然后搬过一把椅子就想坐下。萧鸿堃一见，立刻说：“你再与岳主任喝一个就回去吧。你那里需要我去敬杯酒吗？”

“不用，不用！我们就是几个小兄弟喝闲酒。”宋科长说着，与岳祥宗碰了一下酒杯，然后一仰脖儿喝了一口。临走，对萧鸿堃说：“我给你们添了盘儿软炸虾仁，一会儿就来了。”

萧鸿堃看着宋科长走远后，回头对岳祥宗说：“过去我还让你嫂子跟弟妹学，其实，我该跟你好好学学，也关心关心你嫂子。仔细想想，你嫂子这些年跟着我也真不容易！”

岳祥宗插言道：“你还跟我学……”

“你听我把话说完！”萧鸿堃说着，抓住岳祥宗的左手，怕它跑了似的将其摁在桌子上，诚恳地说，“跟你一比，我才觉得，这些年我对你嫂子关心得太少了。就说找她父亲的事吧，我一直没办成。”

“是啊，嫂子的父亲应该不难找到。”岳祥宗随口说。

萧鸿堃接着说：“一开始，我也是这么认为。跟你嫂子刚结婚的时候，我往海南写了封信，结果查无此人，那封信给退回来了。你嫂子说：‘咱不找了，他不联系我，我也不联系他。’一晃这么多年过去了，这期间我去过两次海南，竟忘了去找她父亲的事！”

“我觉得，她父亲应该就在哪个县里，只要想找，一定能找到。”岳祥宗迟疑了一下，又说，“不过，这么多年了，也不知道嫂子的父亲是死是活。活着还好说，要是死了也就没指望了。”

“等我退休吧。”萧鸿堃放开岳祥宗的手，动情地说，“你嫂子还没去过海南，等我退休，就带她去那里住一段时间，好好找一找。不管她父亲是死是活，我都要帮她弄个明白。”

宋科长给要的菜果然很快就端上来了。岳祥宗从服务员手里接过菜，放到萧鸿堃面前，然后说：“说来也奇怪，听我父亲讲，当时是让他去东北深山老林躲躲的，他怎么跑到海南岛去了呢！我父亲给海南回的信没退回来，说明他是收到了。我估计，后来一实行公私合营，那个商店准不知跟哪儿合了。”

萧鸿堃正要说什么，就听到有人在前台喊“萧厂长”。岳祥宗抬头一看，发现是火柴厂原来的那个警卫桑树东。桑树东见岳祥宗看到了他，便大声说：“你们的账我给结了。”

桑树东说完，就与身边的几个人一起出了饭店。

“看来，还是当厂长好哇！”岳祥宗不无妒忌地说道，“这一顿饭下来，又是添酒又是添菜，最后还有人主动给结账！下一次我请你时也到这儿来，咱就要一个菜，然后等着别人添菜添酒。”

“今天是碰巧了。”萧鸿堃很开心地笑着说，“你要真点一个菜，赶上没人来添酒添菜，只有替你结账的，不就出笑话了！”

“你说的也是！”岳祥宗跟着萧鸿堃笑了笑说。此时，他终于悟到，萧鸿堃为什么要坚持坐在饭店大厅里吃饭了。

萧鸿堃拿起酒瓶，将里面剩的酒匀到两个杯里，若有所思地说：“我想了，等我一退，就把这个副厂长让你来接。不管当副厂长是好是坏，我还真不想放给别人。”

“我现在只是个车间副主任，当主任我都没想过，对你这个厂长我更不敢想了。”岳祥宗由衷地说。

也许是萧鸿堃多喝了一点儿酒，也许是他认为到了该把话说透的时候，他看着岳祥宗，毫无避讳地说道：“这些年，我不知道你是不是对我有误会？反正，我对你诚心诚意。我一直没跟你说过，我兼着这个车间主任，是有很多原因的。首先，在会上我一提让你当主任，就有人反对说，他连自己的媳妇都管不了，要管一个大车间的百十号人，更玩儿不转了。古人讲，‘齐家治国平天下’，先是齐家，后是治国。他那个家都弄不好，车间主任更干不了啦。我看出他们说这话的意思，无非是想安排自己的人来当这个主任。我一看是这情况，就只好说让我兼着主任。其实我早有打算，退休前先把主任放给你，然后到退休时再向上边提条件，我这个厂长必须由你来接任。”

岳祥宗想，萧鸿堃说的也许是真话。但是，毕竟是酒言酒语，岳祥宗并没把萧鸿堃的话往心里放。

七

隋冶之一进家，符竺燕就迫不及待地问：“学校怎么说？”

符竺燕大概刚从游泳池里上来，正躺在沙滩椅上休息。她的身后是一排粗壮的老人葵，右手边是一溜儿红艳艳的三角梅。盛开的三角梅像一个红飘带从空中落下，将偌大的游泳池围住。她抬头一望，便看到了辽阔的大海，能听到“哗哗哗哗”的海浪声，能清晰地看到沙滩上漫步和玩耍的人，甚至那些起起落落的各种海鸟。有时候，这些鸟们会从游泳池的水面上掠过，却很少在这里停留。

“徐校长跟我谈的，要让志成休学。”隋冶之坐在符竺燕旁边的那把椅子上，叹道，“这孩子太能捣乱了！校长说他很少坐在教室里老老实实地听课。他不但破坏班上的纪律，还经常带着学生偷跑出去，喝得醉醺醺地回来。”

“都是让咱爸给惯坏了！”符竺燕忧心忡忡地说。

隋冶之接话道：“咱爹、咱娘也不在以下，没见他们这么疼孩子的！怪不得人们说，隔辈儿疼最要命，大多是溺爱。他们也知道惯孩子是害孩子，就是停不下来！”

符竺燕焦急地看着隋冶之，问：“这可怎么办呢？他在学校都不行，休了学不就废了吗？！咱这不是造孽嘛！养了个孽子！”

“回来的路上，我到心理诊所问了问医生。”隋冶之抓着符竺燕的一只手抚摸着，温和地说，“医生告诉我，孩子五岁以前的管教最关键，到十二岁性格就基本定型了，很难再改变。除非碰到特别大的变故和打击，才有扭转的可能。”

“听你这话，好像你有主意了？”符竺燕满怀希望地盯着隋冶之的眼睛问。她与隋冶之共同生活了近二十年，已经能从很远的地方就听出丈夫的脚步声，也能从他的一言一行里读懂他心里还没说出来的话。

“我确实有个想法，也不是很成熟。”隋冶之犹豫道。

看着隋冶之欲言又止的样子，符竺燕知道他想做的一定是很难决断的大事。于是，她大胆猜测道：“你不会是想把他赶出家门吧？要是这样，咱爹、咱娘还有咱爸，还不跟你玩儿命吗？”

“我倒不是把他赶出家门。”隋冶之终于说道，“不过，也有这个意思，想让他自己出去闯一闯。你看，在一些发达国家特别注重培养孩子的独立性，到了十八岁，便倡导他们自己去独立生活。中国有句老话，十年树木，百年树人，可见，培养锻炼一个人的难度。”

符竺燕辩解道：“人家孩子的独立，是从小就开始养成的。咱志成打小娇生惯养，一下子让他去独立生活，还不饿死呀！就像一个拄着双拐走路的人，你突然把他那双拐给拿了，他能不摔倒吗？”

“我就是想摔打摔打他。”隋冶之毫不隐瞒地说，“不是有句话吗，‘自古英雄多磨难，从来纨绔少伟男’！就志成现在这个样子，再不破釜沉舟，断其后路，他就真成废物了！我认为，必须置之死地而后生，治恶疾，就要用猛药。咱再不下狠心，一切都完了。咱就他这么一个儿子，全家还指望他来发展继承咱们的事业呢，照这样下去，怕是他连家业也保不住！在那个心理诊所，我正碰到一位母亲带着自己十几岁的儿子去看医生。后来儿子与母亲大吵大闹起来，居然用手打了他母亲。这一幕简直是触目惊心，让我不寒而栗！”

符竺燕皱了皱眉头，追问道：“说了半天，你心里是怎么打算的？”

隋冶之抬头看了眼波浪起伏的大海，郑重地说：“我想弄一个公司资不抵债的假象，让朋友先接管公司，借此让志成离开海口。”

“你这个想法也太离奇了吧？”符竺燕很吃惊地问。

“只要能让他获得新生，我会不惜一切代价的。”隋冶之像是下了决心似的说，“我看到过一种山鹰，小鹰出生几天后母鹰就把它从山崖的巢里推出去，让它连滚带翻地向山谷中坠去。在快要落地的时候，雏鹰终于展开翅膀飞了起来。”

符竺燕不停地摇着头，连连说：“不行，不行！你就不怕孩子一时想不开，做出傻事吗？你没看见，那山鹰的巢穴下面有多少没有等飞起来就摔死的鹰崽儿？！”

“我会暗地里安排几个人跟着他。等他真走投无路了，会帮他一把的。”隋冶之补充说。其实，一开始他并没有把这事想得如此细致，在与符竺燕的交谈中，他的思维慢慢地变得灵光了。

“这种事，很难操作好。”符竺燕犹疑地说。

隋冶之好像越来越有信心，坚定地说：“你放心，我一定把这事弄得跟真的似的，让它滴水不漏。等志成一离开海南岛，咱俩带着咱爸、咱爹、咱娘随后就走，做一个环球旅行。我总觉得，这可能是一举两得的事。咱们奋斗了这么多年，还没有一刻放松过，这回也彻底享受一下生活。尤其是几个老人，年纪越来越大，再过几年，咱想带他们出去都难了。这一回，也算完成一个大的心愿。少则一年，多则三载，等看着志成长点儿出息了，咱们再一起回来。”

符竺燕听着隋冶之的话，竟然有了几分感慨和感动。她认为，自己与丈夫在商场上拼搏了二十年，就像一头套上牛鞅子的蛮牛，一直拉着车奋力向前奔，都来不及看看沿途的风景，来不及陪陪自己的父母。像这样下去，公司再大、财富再多又有什么用？！如果不是她和丈夫一心想着把公司做大做好，也不至于疏忽了对儿子的管教！如果志成不是在富贵荣华之中长大，他也不会这么不成器！财富是把双刃剑，可以成就人，也可以杀伤人。

“你准备什么时候来做这件事？”符竺燕看出丈夫已经拿定了主意，不由得问。

“再有一个多月，就是志成的十八岁生日了。我想，给他过完生日，咱就来做这件事。”隋冶之回答。

符竺燕心里一沉，她没想到丈夫会这么快做决定。也就是说，她与儿子只有一个多月的相处时间了！再见面，也许一年，也许两年，甚至三年五载！不管志成现在多么不好，他毕竟是自己的亲生骨肉，一下子分开，又不知分离多久，心里不免泛起从来没有过的苦楚。

隋冶之可能看出了符竺燕心中的痛疚，他拿起放在石凳上的睡衣，披在她身上，疼爱地说：“我陪你到海边走走吧。”

他们沿着两侧栽满霸王棕的石径，挽着臂向前走着。脚掌踩在鹅卵石上，有种走在崎岖山路上一样的痛感。他们忘了有多久没到海边的沙滩上去了，尽管他们的别墅就在海边。

“你准备把公司让谁代管？”符竺燕有些疑惑和迫切地问。

“葛海录。你也知道，他是我最好的朋友。”隋冶之回答。

符竺燕很快地说：“我一猜就是他。虽然他是你最好的朋友，你也得慎重一点儿。现在不是有句话吗，把钱借给对手你会赢得他，把钱借给朋友你会失去他。你现在不是借给他几个钱的事，而是把这么大一个公司都交给了他。我觉得，你还是要留个心眼儿。”

“你说得对，我听你的。给自己留条后路，或者叫后手儿也行。”隋冶之附和道。尽管他早已想到了与朋友打交道要做最坏的打算，为了让妻子欢心，还是顺着她来说。这样一来，妻子就会以为他采纳的是她的建议和意见。

“还有一方面你也要想到，葛海录自己有公司，再放给他一个公司，他能不能挑得动。”符竺燕进一步提醒道，“国内有好多大老板，一开始把个企业搞得挺好，等一兼并别的企业就力不从心了。不少原来很兴盛的企业走向破产，都是这种情况。”

隋冶之解释道：“咱虽然把公司让他代管，我也会随时关注公司的发展情况。万一出现不好的苗头，我会及时处理的。”

听了隋冶之的话，符竺燕似乎舒了一口气。他们在沙滩上默默地走了一段路，符竺燕才问：“你准备让志成去哪里？有没有想到给他规划路线和地点？”

“我倒是替他想了个地方，就让他到老家去，一旦遇到事，还能找咱爹的朋友们帮忙。”隋冶之成竹在胸地说。

符竺燕扭头看了隋冶之一眼，没有再说话。隋冶之知道，她这是默认了。他望着面前的茫茫大海，心中不免有几分茫然，不知道为儿子计划好的这条路是错是对。他不奢望通过这种安排让儿子变得多么优秀，只希望他能强大起来，锻炼出应对大风大浪的能力。因为，在人生的海洋里，随时会遇到恶风险浪。

八

欧阳琳冲了个澡，擦干水珠儿后便开始往身上喷香水。这时，她忽然注意到梳妆镜里自己的身体，身材是那样好。她想，怪不得画家们都愿找女模特，原来看着女孩儿身体的感觉是这样美好。

看着看着，她便在镜前跳起舞来。她摆头抖肩，踮脚劈腿，像是随着音乐翩翩起舞一般。她觉得，自己应该留下影像，记录下这年轻的样子。最起码，要留下几幅照片，作为永久的记忆。

想着想着，她就想到岳祥宗说出的那无比绝情的话，心头便一下子笼上了阴云。她曾无数次地问，你既然不想娶我，不想让我喜欢，为什么要在我面前表现得那么出色，那么有本事？你鹤立鸡群，出类拔萃，简直不可替代！

“谁在里面呢？我要尿尿！”郭欣凯一边敲门一边喊叫着，“快点儿，快点儿，我要尿裤子啦！”

欧阳琳听到郭欣凯的叫嚷，急忙裹上浴巾打开门，讪笑道：“外面到处都有公厕，你至于憋成这样吗？！”

郭欣凯一边解裤子一边说：“你快点儿吧！我先不跟你讲，等我尿完了再跟你细说。”

欧阳琳一侧身让郭欣凯跑进去，然后替她关上了门。还没等她离开，就听到里面稀里哗啦的声音。欧阳琳会心地笑了笑，走进里屋，看着坐在床上的孟凝香问：“她要说什么？”

“你等她解完手，让她自己跟你说吧。”孟凝香微微一笑说。

郭欣凯从卫生间出来时，裤子还没有完全系好。她未曾说话，先哈哈地笑了几声，才神神秘秘地对欧阳琳说：“你猜我碰到谁了？我碰到余智姿的老爹啦！”

“你碰到就碰到呗，至于这么高兴吗？”欧阳琳疑惑不解地问。

“我是在厕所里碰到的。”郭欣凯手舞足蹈地说，“我一进厕所，就看到那儿立着一个‘清扫中’的牌子，我有点儿尿急，就走了进去。我以为在里面打扫的会是个老阿姨，就找个茅坑儿解决了。哪知道，正好跟余智姿她老爹打了个照面儿，我那个不好意思呀！”

孟凝香“扑哧”一笑，对欧阳琳说：“她还说她不好意思，人家才觉得尴尬呢！”

“关键是我都解开腰带了，就差脱裤子啦！”郭欣凯补充说。

“那会儿，她急得跟马上要尿裤子一样，看到人家，她这尿也憋回去了！”孟凝香述说道，“她这一道儿光乐了，也忘了尿急了。我还怕她笑尿裤子呢！”

欧阳琳微笑着向郭欣凯问：“你怎么认识余智姿的父亲？不会看错了人吧？”

郭欣凯很肯定地说：“你别看我不戴眼镜，我眼神儿可准了，只要让我见过一次，下次我就能认出来。我看到余智姿的老爹两次了，这是第三次，绝对错不了！”

“你哪是没戴眼镜，你这是戴了有色眼镜呢！”欧阳琳对郭欣凯说，“人家父亲不就是一个管理厕所的吗，你干吗这么笑话人家？！”

“要是别人的老爹，我哪能这么笑人家，没准儿还喊声‘伯伯’呢！”郭欣凯解释道，“余智姿跟别人不一样，她整天不是笑话这个，就是笑话那个。这次，也让我看回笑话。”

孟凝香插言道：“就是！我也以为她是多么高级的家庭呢，一会儿瞧不起这个，一会儿瞧不起那个！”

“余智姿不是说，她父亲在城市管理局上班吗？怎么成了打扫厕所的了？”欧阳琳有点儿困惑地问。

“反正不是来劳动改造的。扫厕所的也算城管局的人，只不过是管理城市屎尿的。”郭欣凯笑呵呵地解释道。

欧阳琳很实在地说：“管厕所也算不上丢人，我爸妈还是农村人呢！她老爹好歹在城里有个正式工作，等老了也有个退休金！我们农村人什么也没有，老的那天，全靠儿女养着。”

“别看你是农村的，我觉得余智姿还是有点儿怕你。她当面不敢说，背后也说过你，”郭欣凯大声说，“她说你看上岳主任，就是想在城里找个依靠。别人你靠不上去，只好找自己师傅下手。”

“这个余智姿！”欧阳琳有点儿气恼地说，“要不她跟谁也和不来呢，太爱嚼舌根！她吃亏就吃亏在这上面，却总是改不掉这个臭毛病！”

郭欣凯看着欧阳琳，直言道：“她说是她说，话说到这儿了，我也得说说你！咱宿舍就你长得好看，你干吗只盯着你师傅一个人？别说他有老婆孩子，没老婆你也不能找这么大岁数的。”

“现在时兴小女孩儿找‘大叔’，也是咱们女的让自己过上优裕生活的一条捷径。干得好，不如嫁得好。嫁个老几十岁的有钱人，就可以少奋斗几十年。”孟凝香不无羡慕地说，“要是能找个有钱的‘大叔’，我也愿意，省得累死累活地干了。”

“你要这么说，我给你介绍介绍杨书彤吧，他可是全沧州最有钱的人。听说，他前几年就单身鳏居了。”郭欣凯像是很热心地说。

孟凝香以为郭欣凯是拿她开玩笑，便揶揄道：“就凭你这性格，你要是认识杨老板，自己早冲上去了，还能轮到别人。”

“我是不认识，可有人认识。”郭欣凯认真地说，“杨书彤过去是个修鞋的，年轻时就在咱火柴厂门口摆地摊儿，厂子五十岁以上的全认识他。我妈说过，那时候你从他摊儿前路过，他不看你人，只盯着你的脚看。”

“看来，这个人年轻时就不简单，知道路在脚下！”欧阳琳赞叹道，“人家有思想，也有运气，看着看着别人的脚，就把自己脚下的路走通了，走宽了！”

“你要真给我介绍成了，等我嫁给他时，一定让你来做伴娘。”孟凝香梦呓般地说。

郭欣凯马上说：“我也正想跟你说这话呢！听说他有个儿子还没结婚，等你嫁过去后，我就借机把他儿子拿下。”

欧阳琳把手里的毛巾扔到郭欣凯身上，讥笑道：“你说着说着就把自己装进去了！她嫁给杨书彤，你嫁给杨书彤的儿子，她不成了你婆婆了，大了一辈儿呢！”

“我不在乎。”郭欣凯开朗地说，“反正不是亲的，各论各的，到时候我俩还是姐妹。”

“我在乎！”孟凝香反驳道，“天下哪有向儿媳妇叫姐的道理！”

“那你就别做美梦了！我也不能给你牵线搭桥，怕失去一个好姐妹。”郭欣凯笑着说，“我给你们两个作一首诗吧：大叔大叔你真好，你就像是无价宝；只要你想来娶我，小女愿意陪到老！”

孟凝香很含蓄地笑道：“你倒是挺有歪才！”

郭欣凯受到了鼓励，兴致勃勃地说：“既然你这么表扬，我就再给你俩作一首。听着……”

“郭大才女！你先别发神经了，食堂早就开饭啦，咱先喂脑袋去吧！”欧阳琳看了一眼手机，很开心地笑着说。

第三章　富二代的故事

一

“成哥！我刚才出去，发现一个特别迷人的妹子！”憨三儿将嘴巴凑到隋志成耳朵上喊着说，“我跟到她房间，她看都没看我一眼，把我关在门外就进去了。”

隋志成饶有兴趣地问：“你小子要是说让人迷住了，那她得长的什么样？走，带着哥过去看看！”

憨三儿领着隋志成上了三楼，向右走过了几个房间，停在一个枣红色木门前，兴冲冲地说：“就是这儿。”

隋志成啪地一下打开门，大声喊：“我看看是哪个妹子这么有魔性，能把我小弟的魂儿给勾走？”

屋里只有一张双人床，床上歪躺着一个女孩儿。见人推门进来，她依然一动不动，就像是一幅立体美人画一般。

隋志成走到女孩儿面前，见她眼睛一眨不眨地看着自己，一伸手用力拧了拧她的脸蛋儿，嘴里骂咧咧地说：“这他娘的是活的吗？”

“你他妈的把老娘弄疼了！”女孩儿骂着，冲着隋志成的左脸上来就是一巴掌。

隋志成眼疾手快，身子往后一仰，一把抓住了女孩儿的手，嬉皮笑脸地说：“我以为你他娘的是个假人呢！我只知道，长得最好的鲜花，跟假的一样；做得最好的假花，跟真的一样。原来，长得最好的美女，也跟假的一样！你长得跟个仙女似的，是从哪片天上下来的？”

女孩儿“扑哧”一声笑了，娇媚地说：“你个小屁孩儿，跟谁学得这么油嘴滑舌？！”

“我说的是真话！”隋志成像是欣赏一件定窑白釉器皿似的盯着女孩儿左看右看、上看下看，嘴里啧啧称奇地说，“我怎么看你长得都像个假的！你不会是个机器人吧？咱商量一下，让我亲亲你，看你嘴里有没有温度。”

“你他妈谁呀，逮着谁亲谁？”女孩儿说着，坐了起来，像是要躲开的样子。

憨三儿将女孩儿挡住，轻慢地说：“你还不认识吧？我估计，你长这么大，也没见过这么有钱的小爷！他家是咱海口的大富豪，他姥爷是香港的大富翁！他……”

“你别说了！你再说就吓死我了！”女孩儿冷笑道，“他再有钱也是他的，与我有什么关系？”

“你与他发生了关系，你们不就有关系了嘛！”憨三儿觍着脸，一副垂涎欲滴的样子，说，“你跟了他，他的就是你的了。”

隋志成将手搭在了女孩儿的肩上，淫笑道：“你陪我到楼下唱会儿歌，唱一首我给你一千块钱。”

女孩儿毫不犹豫地将隋志成的手打了下去，两眼瞪着他轻蔑地说：“出手真阔绰！还说是什么大富豪家的小爷，你打发要饭的呢？你俩给我站稳了，听我说一个字：滚！”

“一万一首！”憨三儿急忙替隋志成说道。

“唱几首？”女孩儿迟疑了一下，有点儿心动地说，“一首两首的，还不够折腾的呢，我可不奉陪。”

隋志成挨着女孩儿坐在床上，再一次将手搭在她的肩头，搂着她色眯眯地说：“你可着劲儿唱，什么时候说不唱了，咱什么时候算。”

“这话可是你说的？”女孩儿向隋志成确认道。

憨三儿站在一旁，接话道：“你放一百个心！这点儿事，难道还用签字画押吗？”

隋志成搂着女孩儿走到二楼时，被酒店掌柜的拦住了。他看着女孩儿祈求道：“这可使不得！要是让段老板知道了，我这买卖就干不下去了！你这不是要我命吗？就算我求你，快回房间吧！”

女孩儿向掌柜的伸出一个手指，冷傲地说：“你给我十万块钱！给我钱我就回去。”

掌柜的一看说不动女孩儿，便拉住隋志成说：“你不知道，她是段老板的人，咱可惹不起！快让她回房间，我就当什么也没看见。”

“你以为我是被吓大的？！”隋志成将女孩儿往自己怀里搂了搂，倨傲地说，“什么他娘的段老板？我今天就看看，他是敢断我胳膊还是敢断我腿！”

隋志成带着女孩儿进了屋，在灯的闪烁中，他看到自己带来的那些小弟兄们有的搂着女人唱歌，有的搂着女人跳舞，还有的与女人在沙发里嬉戏、喝酒。他对抱着话筒唱歌的一个弟兄喊道：“去，坐一边儿看着，听我跟这个妹子唱几首！”

女孩儿先点了一首男女对唱的流行歌曲。她唱了两句，等隋志成开口一唱，她便禁不住赞道：“行啊！快赶上歌星了！”

“成哥比歌星唱得好，就差走穴了！”一个男孩儿喊道。

憨三儿大声说：“哥是不差钱，差钱的话也早去走穴啦！”

在几个小兄弟们的起哄、叫好和呐喊声中，隋志成与女孩儿唱了三四首歌。大概是女孩儿对隋志成有了几分好感，她用手不由自主地搂住了他的腰。就在这时，屋门被踹开了，一个微胖的中年男人带着两个彪形大汉站在了门口。女孩儿一见，用力将隋志成推开，很委屈地向中年男人告状道：“段哥！他欺负我！”

“给我打！”段老板一句话，两个大汉冲了过来。

隋志成的几个小弟兄还算义气，围过来挡在他面前。憨三儿对段老板说：“他是隋氏集团的大公子，咱有话好好说。”

一名大汉不由分说，抓起茶几抡起来，“啪”地将屋里的大电视砸烂了，凶神恶煞般地说：“谁敢挡着，我就让他脑袋开花！”

被砸的电视“噼里啪啦”地冒了一阵火星儿，屋里的灯光就全灭了。黑暗中，几名女子尖叫着朝屋外跑去。女子们一跑，隋志成的几个小兄弟也随着向外逃窜。两名大汉以为隋志成也跑了，紧跟着追了出去。隋志成悄悄溜出门，转身想朝相反的方向跑。段老板听到身后有人，一返身抓住了隋志成的衣服。隋志成急中生智，脱下衣服就跑，跑了没几步，便一头撞到了一个人的怀里。

隋志成恐慌地抬头一看，发现被自己撞到的是葛海录。

“葛叔！救我！”隋志成惊魂未定地说。

段老板追了上来，见隋志成与葛海录认识，便问：“他什么人？”

“我朋友的孩子。”葛海录赔着笑脸问，“他得罪你了？”

“这小子胆儿够肥的，敢动我的女人！”段老板气恼地说。

葛海录上前抓住段老板的手，说：“一个孩子，你就别跟他计较了。回头，我带他老子去给你赔不是。”

“他真是隋氏集团的大公子？”段老板将信将疑地问。

葛海录一愣，然后说：“我本来不想对你讲的。既然你都知道了，就更不能不给面子了！”

“我跟隋氏集团没打过交道，”段老板的脸色缓和下来，用豪放的语气说，“我只看你葛老板的面子。”

说话间，他们走出酒店的旋转门。葛海录送段老板上了停在门口的汽车，回头对隋志成说：“别在外面惹事了，快回家吧。”

酒店掌柜的追了出来，急巴巴地问：“砸坏的东西算谁的呢？”

“全记到我的账上。”葛海录爽快地说。

隋志成给葛海录鞠了一躬，千恩万谢地说：“今天的事，多亏葛叔了！钱我会马上还你的。”

二

泊莲寺与清真寺隔河相望。清真寺是青砖碧瓦，泊莲寺是红墙灰顶，它们像两颗明珠一般，镶嵌在京杭大运河的臂弯里。千年运河滚滚向前，将梵音、赞词带向远方，娓娓地传播开去。

萧鸿堃跟杨书彤在斋堂前的莲花池旁碰了面。萧鸿堃向杨书彤招了招手，两个人相向而来，像久别的亲人一样攥住早就伸过来的手，又拍了拍对方的肩。寒暄了几句后，杨书彤正儿八经地说：“我想让苒苒到你们厂子去上班，你应该能给办了吧？”

“这么长时间没见你了，你怎么一见面就开这种玩笑？”萧鸿堃用手摸了摸杨书彤的额头，讥讽道，“你没发烧吧？你自己开着大公司，让女儿来火柴厂上班，我还以为你是烧糊涂了呢！”

“你看我像开玩笑吗？再说，这是佛门净地，也不是插科打诨的地方！”杨书彤很认真地说，“苒苒去年没考上大学，现在又复习半年了，成绩一直上不去，闹着不去学校了，要到公司上班。我想，真要去我公司了，下面的人全抬着敬着她，她也就越来越没出息了。”

萧鸿堃看着杨书彤严肃的样子，知道他并非心血来潮，是经过深思熟虑才说出口的。于是，他直言道：“像苒苒这样的富二代，是该吃点儿苦，该锻炼锻炼。他们不吃苦，就不知道什么才是真正的甜；不受罪，就不知道人这一辈子的幸福是什么。你还记得咱们下乡的时候，在一人多高的玉米地里锄地，又闷又热，等到地头让风一吹，就感觉舒服极了。要是有个树荫凉儿一待，给个皇帝也不换！”

“现在跟你说句实话，那时候，我挺不满的，不该让学生上山下乡。”杨书彤无所顾忌地说，“那时候我看不透事，认为如果不是上山下乡，我也不会吃那么多苦、受那么大的罪。你不知道，有时候在地里干活儿，又热又渴又累，觉得都到了生存极限，我恨不得去跳井。要不是我们在农村锻炼了体魄和意志，我的公司就走不到今天！你知道，那么多艰难时刻，一般人很难熬过来。可能就在一念之间，精神垮了，企业也黄了。”

“是啊，苦难是一种财富，也是一个人让自己变得优秀的必修课。俗话说，人没有受不了的罪，只有享不了的福。”萧鸿堃附和道。

杨书彤感慨道：“现在许多家长认为，自己年轻时吃了那么多苦，不愿让孩子再像自己一样去吃苦受罪，想方设法让孩子活得舒服一点儿、轻松一点儿。这样想、这样做，恰恰是害了孩子。许多孩子，已经是身在福中不知福了。不知感恩，不会知足，没有社会担当和责任。人们说的富不过三代，好像是一句谶语，其实就是没把后代培养好，让他们在富贵中颓废了。你看清朝的八旗子弟，清朝一亡，他们连要饭都不会。你别看一些富二代天天人模狗样的，像是本事挺大，实际上经不起一点儿风浪。遇到风浪时，还没等船翻，他就先掉海里了。前几天，我看到一个有钱人家的孩子，因为学校宿舍里没有空调就受不了啦，半夜里从楼上跳了下去。所以，我终于明白了上山下乡的真正意义，它锻炼了一大批人，现在他们很多人成为国家的栋梁。”

“阿弥陀佛！”远悟法师诵一声佛号，然后含笑看着杨书彤。他不知什么时候来到杨书彤和萧鸿堃身后，听了杨书彤的话，赞同地说：“最壮丽的风光，在那最高的山顶。一如人生的辉煌，总是在经历岁月的种种磨砺后才熠熠闪光。等走过去，一切都成了过往，才发现此刻会多么感激自己当时的坚强。虽然历经坎坷，然而当身处高高山顶时，极目远眺，一望眼前无涯的云海，波涛翻滚，气势磅礴！眼界的开阔，会让人顿然明白天地有多么宽广，你也会瞬间明白，所有的辛苦和付出都会得到远远超出自己想象的回报。”

“法师所言极是！”杨书彤双手合十，向远悟法师颔首示意道，“没有艰难的攀登，就到不了山顶，看不到美好的风光。可是，有的人临阵退缩；有的人半途而废；甚至有的人腿一软，就跌下了山崖。所以，锻炼意志和毅力，才是最主要的。”

远悟法师是沧州水月寺住持，与杨书彤是很好的朋友。他听了杨书彤的话，进一步说道：“生活的艰难，其实就是对自己认识生活的一种检验。困苦磨难，是命运的另一种善待。因为命运相信你能充实、能改善、能创造，要不然命运给你那么多折磨做什么。所以说，磨砺本身就是觉醒的开始。”

“书彤准备让女儿到我们火柴厂来磨炼磨炼。”萧鸿堃对远悟法师说，“我觉得，他这不是让命运引导孩子前行，分明是要改变孩子的命运，让她主动去承受生活的挫折和痛苦。”

“善哉！”远悟法师看着杨书彤，无限悲悯地说，“令爱就像是温室里的花朵，一下子移到外面，只怕会被强烈的阳光灼伤。放眼人世间，聚也是缘，散也是缘；高也是走，低也是走。寻个清闲处，何必强说愁。快乐才是智慧生活的重要标志。生活里允许有泪水，但不是和痛苦相伴！”

杨书彤没有完全领会远悟法师话中的内涵，他试探地问：“法师的意思，是要一切随缘吗？孟子说：‘天将降大任于斯人也，必先苦其心志，劳其筋骨，饿其体肤，空乏其身。’当年，没有恒修断腕，便修缮不了沧州水月寺；如今，没有恒诚三步一拜地募资，就建不成泊莲寺。所以，让子女们去受点儿苦累，未必是一件坏事。”

“一切世间法，都是佛法。”远悟法师含蓄地一笑，通达地说，“你今天对萧施主说了这事，就已经是一种机缘。只是，你要放下心中的偏执，才是随缘。因为，一个人来到这个世界上，就注定要经历风霜、悲欢和忧愁的煎熬！任何一个生命，都是从开始到结束的一趟艰苦的历程，既要背负命运的重荷，又要体味人间的苦乐。”

“你这么一说，我就明白了。”杨书彤顿悟般地说。

远悟法师慈和地说：“今日相见，我转送你两句话。一句是世尊说的，‘不能忍受毁谤、恶骂、讥讽如饮甘露者，不能名为有力大人’；一句是弥勒佛说的，‘有人骂老拙，老拙自说好；有人打老拙，老拙自睡倒；有人唾老拙，任它自干了；他也省力气，我也少烦恼’。”

“阿弥陀佛！我记下了。”杨书彤感激地说，“我回去就将法师的话转达给孩子，让她谨记在心。”

“善哉！”远悟法师向杨书彤和萧鸿堃施了一礼，转身飘然离去。

大悲楼方向传来悠扬的梵音，淡淡的檀香味也弥漫过来。天空是一片清澈的蓝，偶尔有一两朵白云悠闲地拂过，没留下一丝痕迹。莲花池里的绿叶刚刚铺展，还看不到花的影子。各色锦鲤像是参悟了佛法，在水中静静地游走，如瑶池仙境的动画一般。

“你怎么知道法师的话是送给苒苒的？”萧鸿堃不解地问。

杨书彤与萧鸿堃并肩朝大悲楼慢慢地走着，说：“我与远悟法师结缘不是一天两天了，他平时没跟我说过这样的话。他应该已经预知，苒苒到火柴厂来，注定是她人生路上的一段苦旅。”

“你呀！我有时候就看不懂你，有的想法跟别人真不一样！”萧鸿堃埋怨道，“既然知道苒苒到了火柴厂会吃苦受罪，你还狠心让她来！你不怕孩子恨你吗？”

“你忘了，那时候下乡，知道会吃苦，还满怀豪情地去！”杨书彤执拗地说，“苒苒去火柴厂能吃多少苦？别人家的孩子不都是这么工作的吗？她凭什么就不行？做我杨书彤的女儿，要比普通人更能吃苦耐劳才对。不然，我以后能把公司放心地交给他们吗？一个企业跟一个国家一样，创业难，守业更难。我费这一片苦心，全是为了企业的长远利益。公司对于我，不只是家庭财富，它关乎公司几千人的饭碗，关乎几千个家庭的生计。我跟你强调一下，一定要将苒苒安排到车间里干活儿，对外就说是朋友的孩子，千万别说是我的女儿。我就是要让她以普通人家孩子的身份，去与工人们相处，去真正了解最底层百姓的生活境况和喜怒哀乐。”

“你这哪是培养公司接班人，分明是在培养国家接班人呢！”萧鸿堃摇了摇头，担心地说，“哪有不透风的墙？厂子的人早晚都会知道苒苒是你这大富豪的女儿。”

“厂里的人什么时候知道了，什么时候就让她回来。”杨书彤有几分顾虑地说，“我现在最担心的，不是被厂里的人知道内情，而是你的特殊照顾。”

“要是那样，我岂不是与你对着干了吗？”萧鸿堃爽朗地一笑，说，“这方面你尽管放心，既然你是让她来历练的，不到万不得已，我不会特意去关照她。”

两个人说着话，一抬头就看见了大悲楼。此时，大悲楼下法音和畅，毗卢殿前梵呗清扬。朱红的柱子之间，悬挂着“泊莲禅寺大悲楼落成暨诸佛圣像开光法会”的大红条幅。来自河南、浙江、吉林、辽宁、北京、山西等地的数十位诸山长老、大德高僧，身披红色袈裟坐在殿前，如一片吉祥的云霞飘落在寺内。

望着雄伟的大悲楼，萧鸿堃不禁心生感慨。三年前，恒诚法师为募化净资，一路向北，三步一拜，感天动地，终于建成了天王殿、观音殿、地藏殿、伽蓝殿、往生殿、五爷殿和这占地一千多平方米的大悲楼，可谓功德无量。

法会开始，钟鼓齐鸣，各位法师在梵呗声中走进大殿为佛像开光。正慈法师、清远法师、妙侠法师、普正法师、果慧法师为南向观音菩萨开光点睛；明启法师、正修法师、绪佛法师为西向普贤菩萨开光；圆山法师、净明法师、身振法师为北向地藏菩萨开光；延参法师、静波法师、弘彻法师、远悟法师为东向文殊菩萨开光。然后，主法法师带领僧众礼拜圣像，齐念大悲咒。

众法师回到台前坐定，远悟法师致辞道：“泊镇坐落于古运河畔，历史文化深厚，千百年来声名远播。泊镇铸造、泊镇鸭梨、泊镇武术、泊镇火柴，让泊镇在历史长河中熠熠生辉。泊镇是千年大运河上的一个重要码头，一个重要的水陆驿站。历史变革中的文武将相，太平盛世的南北漕运，无数历史人物在这里留下了足迹，留下了诗篇，留下了数不胜数的典故和传奇故事。泊莲寺的创建，为广大信众开辟了一个清净的道场，让他们有机会在这里播种福田。冀望恒诚法师与各位弟子一起，发扬难忍能忍、难行能行的大乘菩萨道精神，以自利利他为己任，行愿大千，广度有情；共祈佛法兴盛，国运昌隆……”

恒诚法师请出一尊开光的菩萨圣像，赠给杨书彤，说：“泊莲寺感谢同德集团的护持，特将本寺毗卢殿供奉的菩萨圣像，请琉璃厂等比例缩小后，馈赠同德集团广结法缘。愿菩萨永远护念和加持集团每位员工，保佑他们身心安泰、如意吉祥！”

三

海水呈一种让人震撼的深蓝，这是真正的蓝色，比起天空那浅显的色调，海蓝更深邃和富有内涵。海浪平滑地起伏，一个波涛能游走十几米甚至几十米远，不管有多少暗礁海沟，以及鲨鱼、海蛇、毒鲉，都被掩隐在柔美的波浪下面。

隋冶之的游艇如一片硕大的树叶，在茫茫大海里随风漂荡，随浪摇摆。有的时候，海面上既看不到渔船，也看不到货船，只有他这艘孤零零的游船。忽然间，就看到一根桅杆从海的尽头出现，像大鱼的背鳍一般刺破天际和海平线。渔船来了，货轮来了，一只两只，一艘两艘，最多时能有十来艘船出现在这同一片海域。寂寥的海面，一下子热闹起来，像田野里忙着收割和耕耘的机械，东西南北地奔走。

符竺燕半躺半坐地在舱顶的平台上看书，右手边是一杯淡淡的咖啡。隋志成带着憨三儿在船头钓鱼；隋冶之与葛海录坐在船尾的甲板上，吃着海蟹，饮着白酒。符竺燕轻轻转动一下椅子，能看到船头的儿子，也能看到船尾的丈夫。

隋冶之很少饮红酒和啤酒，他觉得，与朋友欢聚还是喝白酒才会品味到饮酒的惬意，才能找到那种酣畅的感觉。葛海录在大场面儿上端红酒，与隋冶之对饮，也不得不斟白酒。他们两人并不多喝，每次一瓶五十多度的白酒，隋冶之六两，葛海录四两。隋冶之曾跟葛海录自嘲地说：“用我老家的话说，咱这是三八赶集，四六不动。”

隋冶之刚端起酒杯，就听到儿子与他的朋友在船头大呼小叫地嚷起来。

他料想，儿子那里应该是钓到大鱼了。不一会儿，就见隋志成手提着一条石斑鱼跑了过来，抑制不住满脸喜悦地喊："爸，爸！钓了一条一斤多的，我钓的！"

"快让我看看！"隋冶之像是迫不及待地说。他很为儿子高兴，脸上洋溢着许久不见的笑容。

隋志成将手里那条不断甩动的鱼送到隋冶之面前。隋冶之很认真地看了看，发现这是一条宝石石斑鱼。鱼的身上，甚至尾鳍、胸鳍、腹鳍都均匀地布满褐色斑点，像鹅卵石铺成的甬路一般。他高兴地向隋志成吩咐道："赶紧送到厨房去，让梁师傅做清蒸鱼。"

看着隋志成进了船舱，葛海录与隋冶之碰了一下酒杯，关切地问："你真舍得让志成一个人出去闯荡？"

"这也是没有办法的办法！"隋冶之喝了一口酒，叹道，"不下狠心，这孩子就毁了！我就这么一个儿子，要说不心疼那是假的。我经营公司这么多年，夜里从来没失过眠，自打有了让志成离开我们的想法，就经常睡不着觉。"

"我看，你应该还好点儿，最舍不得的是嫂子。"葛海录感慨道，"就你这种做法，要放在我这儿，你弟妹会跟我拼命的。"

隋冶之忧伤地说："这个我知道，我也是费了九牛二虎之力才把你嫂子说通了。谁让我们夫妻俩养了这么个儿子呢！我以为，只要我跟你嫂子努力创业，孩子耳濡目染，就会长成我们想要的模样。哪料到，他却变成了我们最不想看到的样子！孩子小的时候，我父亲也说，龙生龙，凤生凤，志成随我和你嫂子哪个也错不了。谁知道他会越来越不像话，惨痛的教训哪！"

"我很赞同你说的那句话，乱世要用重典，沉疴须下猛药。可是，你这样做给公司造成的损失太大。"葛海录担心地说，"一旦你破产的消息传出去，公司业务就很难做了，闹不好，会失去一些重要客户。冒这么大的风险，值得吗？"

"你不知道我现在的心情！就是用我全部的资产去换一个优秀的儿子，我也毫不犹豫。失去的财富，一年两年挣不上来，十年二十年总可以吧？我这个公司，走到现在也不过用了二十年的时间。可是，培养好一个人，却关系到他一辈子。志成不成器，不只是他一个人的事，会影响到子孙后代的！我觉得，日子是给孩子们过的。我们拼死拼活，还不是为了让孩子们过上好日子。就是过去那些前仆后继地抛头颅、洒热血的先烈们，流血牺牲还不是为了让子孙们过上无忧无虑的生活。这些，是我最近一段时间才有的感悟。”隋冶之诚挚地说，“何况，你接手了公司，可能比我做得更好。我做了这么多年，有些痼弊已经习以为常，难以发现和纠正，你正好帮着调整调整。我相信，你管的这段时间能让公司上一个新的台阶。”

葛海录与隋冶之碰了碰酒杯，谦逊地说：“我这两把刷子，别人不知道，你还不清楚吗？有些事，我都是跟你学来的。自从你说让我代管公司，我就感到压力挺大的。我怕弄不好，没法儿向你交代！”

“人们不是常说吗，有压力才有动力。”隋冶之笑道。

“有句话叫名不正、言不顺。”葛海录有点儿嗫嚅地说，“如果公司的法定代表人还是你的话，这事怕是白费力气，闹不好就弄砸了。”

隋冶之看着葛海录，已经听出了他的话外音。

“你是不是信不过我？”葛海录见隋冶之不说话，马上说，“要是那样的话，就当我刚才的话没有说。”

“你别误会！我要信不着你，还找你干吗？咱哥儿俩这么多年了，比亲兄弟还亲。就是亲哥们儿，也未必有咱俩在一起的时间长。你嫂子跟我说过，咱俩在一起的时间比跟她还多呢！”隋冶之解释道，“这事是我疏忽了！你的话很有道理，名不正则言不顺，言不顺则事不成。《红楼梦》上有句话，假作真时真亦假，无为有处有还无。真真假假，虚虚实实，才能把这个事做得滴水不漏。就这么定了，我把公司的法定代表人也换成你。”

可能是隋冶之说话的声音有点儿大，船舱上的符竺燕将目光从书上移开，向船艄看过来。直到隋冶之与她对视了一下，符竺燕的目光才又回到了书中。

“我认为，现在的网络太发达。如果让记者发现公司的法定代表人还是你，就会断定是假破产。他们在网上一报道出来，让志成或他的朋友们看到，咱这事就弄巧成拙了。”葛海录进一步说。他怕隋冶之没有完全理解他的想法，从而对变更法人的事犹豫不决。

“你刚才一说，我就反应过来了。”隋冶之领悟地说，“这事如果做不好，会适得其反，白费我们的一片苦心不说，还让志成恼了。”

葛海录附和道：“我最担心的就是这个。”

隋冶之与葛海录说话时，一条渔船慢慢地向游艇靠了过来。到了近前，船上的一位渔民冲着隋冶之喊道：“隋老弟！有好长时间没看到你到海上来了！你再不来，我可就去公司找你啦！”

“最近有点儿忙。”隋冶之站起来，走到游艇的船舷处，对渔民说，“你到公司来，我一定远接高迎！”

渔民憨厚地说：“我哪敢去呀！我就是穿多好的衣服，你公司的人也能看出我是打鱼的来，能让我进去吗？”

“你提前给我打个电话，我看谁敢拦你！”隋冶之说完，又补充一句，“你不是有我的电话吗？”

“有，有！”渔民连声应着，从甲板上提起一袋子东西，不由分说就冲着游艇扔了过来，说，“我捞到一点儿海胆，你尝尝吧。现在正是肥的时候。”

“我不能再要你的东西了！”隋冶之说着，向编织袋走去。他想将东西还给渔民时，渔船已经离开十几米远了。渔民很开心地笑着，向他挥着手。无奈，他只好远远地朝渔民拱了拱手。

隋冶之坐回桌前，梁师傅正端着清蒸石斑鱼走过来。等他放下盘子，隋冶之对他说：“你还要辛苦一下，把那袋子海胆做了，分给人们去吃吧。先弄几个生的过来，我与海录下酒。”

梁师傅走过去，打开那袋海胆看了看，然后拎到隋冶之面前，高兴地说：“这海胆真好！要都做出来，怕是当饭吃也吃不了。”

“那就做一半吧。”隋冶之说着，低头看了看，发现编织袋里都是刺猬般的紫海胆，每个都有七八两重，像是精心挑选的一样。

“你怎么跟什么人也打交道？！”等梁师傅拿着海胆离开后，葛海录盯着隋冶之，十分诧异地问。

隋冶之笑了笑，说：“前几年，他的渔船坏到了海上，是我用游艇给拖回去的。从那以后，他只要见到我，就给一些新鲜的海货。我觉得欠了人家的情，总想去他家看看，一直还没顾上。”

“我劝你还是别去的好。”葛海录皱着眉头说，“这些人近不得，真要让他们粘上，就有你烦的了。”

“你这话说得有点儿过了。我怎么听着，你好像把他们都说成小人了呢？！”隋冶之很不高兴地反驳道，“我觉得这些渔民都很淳朴，最起码比你我朴实得多。我不过是一个举手之劳，人家就记在了心里。这几年，都是他给我东西，我从未给过他们什么。你还记得我说过，我父亲赤身露体地从海里上来，就是一个渔民送给他衣服穿？所以，我对渔民有一种与生俱来的感情。”

葛海录冷漠地一笑，说：“我认为，你还是离他们越远越好。”

“我觉得，你哪像富豪，纯粹是土豪心理。”隋冶之看着葛海录，讥讽道，“有了点儿钱，就看不上穷亲戚了，怕这个来借，怕那个来沾。怪不得有人说，目前国内还没有真正的富人，更多的是土豪。他们一边穷奢极欲，一边拖欠着职员的工资。富人精神是什么？是要有悲悯情怀，是扶助弱势群体以完成自己的社会责任。”

“按这种说法，中国是没有富人。”葛海录不屑地摇了摇头，说，“你想当富人，也得有当富人的土壤才行。你看看人们的仇富情绪，你敢当富人吗？‘善门难开，善门难闭’，你的善心，很可能是没有善报。你救济了这个，那个又找上门来；你给了他十万，他还想要百万，恨不得把你的资产全弄过去他才高兴。”

隋冶之辩白道：“你的话虽然有一定的道理，却是以偏概全。不管富人穷人，还是良善的人多。‘仓廪实而知礼节，衣食足而知荣辱’，让那些粗鄙的人知足知耻，是富人的责任。你不能等穷人都变得知道感恩了，才去帮助他们，应该用慈善的言行去影响他们，让他们知道贪得无厌是最大的耻辱。”

“我感到，这些事与我无关，我真没有那么高的觉悟。来，喝酒！”葛海录与隋冶之又碰了碰酒杯，说，“我还是那句话，惹不起，咱躲得起。他们是光脚的不怕穿鞋的，我尽量不跟他们打交道就是了。”

“你这话，还是真不负责任。”隋冶之喟叹道，“你这辈儿可能躲开了，你敢确定你的儿孙们都躲得了？让你的子孙们生活在一些盼着‘打土豪、分田地’的人群里，你能清静得了？站得越高，越该敬畏百姓；过得越好，越要去做慈善。你看看，历史上有多少王朝是让最底层的人推翻的，有多少富人是让穷人打家劫舍的？”

葛海录笑道：“所以嘛！我前几年就劝你，要把一些财产转移到国外去。俗话说，把鸡蛋放到几个篮子里，摔了一个，还有吃的。”

“你就敢保证外国能长治久安？闹不好，你会客死他乡，死无葬身之地！古人认为，那是人生最悲惨的事。最荣耀的事，是衣锦还乡，也就是说‘独乐乐不如众乐乐’。你一个人跑到国外去，再富有也没什么实际意义，这就跟一个人躲在阴暗处喝酒没多少区别。金窝银窝不如自己的狗窝，国家再穷、再不行，也是老祖宗生活的地方。我们该做的，是把自己的狗窝改造成金窝银窝，而不是选择逃避。到了我们这个年纪就应该知道，外国再好，也找不到我们想要的那种幸福。真正的踏实和快乐，还是在祖辈们世世代代生活的这片土地上。”隋冶之有点儿动情地说，“讲到这儿，我想起四川有个富豪，他也是今年‘胡润全球富豪榜’上的人物。他坐拥几十亿资产，却选择了散尽家财，把建博物馆当作自己后半生的全部事业。他说，要‘为了和平，收藏战争；为了未来，收藏教训；为了安宁，收藏灾难；为了传承，收藏民俗’。他新建的抗战博物馆占地五百多亩，收存藏品一千多万件。想起来，我真是打心里佩服他。如果说国内有富人的话，他才是真正意义上的富人！”

“我也知道这个人。”葛海录淡漠地说，“我这辈子是没有他那种大境界了。我能管好我的企业，再替你守住你的公司就行了。”

梁师傅用盘子端上来四只打开壳儿的海胆，五瓣金黄色的海胆肉露出来，中间点缀着绿色的芥末酱，像盛开的花朵般诱人。

四

岳祥宗将煮熟的饺子刚端上桌，程舒雯就坐下自顾自地吃起来。她知道，大年初一的饺子，里面包了硬币，谁吃着谁这一年就有福气。程舒雯吃了两个饺子，夹第三个饺子时，饺子皮儿破了，一枚硬币从里面掉了出去。这时，岳祥宗刚坐下，筷子还没拿起来。程舒雯用筷子夹着饺子，恼怒地看了岳祥宗一眼，恶狠狠地将饺子甩到岳祥宗的脸上，骂道：“你他妈的还能干点儿什么！”

“你……”岳祥宗的脸被烫了一下，刚要发火，想到今天是新年伊始，便强忍了。老辈儿人说，大年初一吵闹，这一年都家庭不和，运气不顺。他抽了张餐巾纸擦了擦脸，赔着笑脸说：“我奶奶说，初一的饺子破在锅里，证明这一年全家每个人都顺，都好。”

“去你奶奶的！”程舒雯骂着，用手将眼前的几盘饺子全都推到地上，嘴里大声说，“这饭没法儿吃了！”

岳祥宗实在忍不住了，他抡起胳膊“啪”地一巴掌打了过去。程舒雯被岳祥宗从椅子上打到地上，捂着脸连嚷带骂地哭起来。结婚二十多年，岳祥宗这是第一次打她，她竟然一下子被镇住了。这要在平时，她会扯住岳祥宗不依不饶的，这一次，她却没了那个勇气。她知道，岳祥宗肯定是真生气了，她要再往前凑，换来的准是一顿暴打。捂着疼得火辣辣的脸，她似乎才意识到，岳祥宗是有功夫的。也许，这一掌他只用了三分功力。

“你俩这是干吗？吵架也不挑个日子！”儿子岳冰睡眼惺忪地从卧室里走出来喊道。他见母亲坐在地上哭闹，伸手去拽她，却被母亲不分青红皂白地打了一下。

“你甭管她，让她闹吧！这些年，让我惯得都不是玩意儿了！”岳祥宗赌气地说着，从厨房里拿了个铝盆，将地上的饺子一个一个地捡到里面。他用水龙头里的热水冲了冲盆里的饺子，又端上桌，对岳冰说：“快吃饭吧，一会儿凉了。”

岳雪也从自己的屋里出来了，一边儿伸着懒腰，一边抱怨道：“年年吃饭这么早干吗？天还没亮呢！我刚睡了两个小时就被吵醒啦！”

“你没看到咱妈坐在地上吗？还说风凉话！”岳冰瞪了岳雪一眼，斥责道。

“既然知道咱妈坐在地上，你扶起来不就得了。”岳雪说着，径自坐在椅子上。她用筷子夹起一个饺子放到嘴里，一边嚼着一边赞道，“今年的饺子好吃！爸，你是不是过水了？这样爽滑，挺好！”

程舒雯停住了哭闹，冲着岳雪吼道：“吃，吃！你就知道吃！你个死丫头，是饿死鬼托生的吗？”

岳祥宗将地上打碎的盘子扫到垃圾桶里，又用拖把将地擦干净，然后坐在岳雪旁边吃起饭来。岳冰看了看母亲，也坐在了椅子上。

程舒雯像是受了多大委屈似的哭了一会儿，从地上爬起来，看着吃饭的三个人喊道：“我要离婚！以后，你们仨就天天一起吃饭吧！”

“就是离婚，你也得等民政局上了班。”岳雪头也不抬地一边吃着饺子一边说。

程舒雯回屋穿好了衣服，打开大门就向外走。岳冰想起身去拦，被岳雪用筷子摁住了手，冷冷地说：“让她去吧。妈这是赶着去咱姥姥家吃五更饺子。”

“我怎么养了你这么个白眼狼！”程舒雯用手指着岳雪，恨恨地说。随后，她“咣”的一声关上门，像是忘了坐电梯，顺着楼梯就“噔噔”地往下走。

外面飘着细碎的雪花，如冰如霰。程舒雯犹豫了一下，终于快步向前走去。寒风夹着雪花钻进她的脖子里，让她下意识地裹紧了衣领。鞭炮和烟火远远近近地在地上炸响，在空中绽放，将夜色撕来撕去，像电闪雷鸣一般。程舒雯的心也被撕扯着，脸疼心也疼。她感到，自己当年与岳祥宗结合得太仓促了，为了躲避邱梓昌，急匆匆地嫁给了一个自己还没有深爱的男人。谁知道，风水轮流转，邱梓昌发了财，岳祥宗却没长多大出息。她这分明是从尿窝儿挪到屎窝儿里来了。当时要是跟了邱梓昌，她现在就成了人人羡慕的贵妇人，也不至于跟着岳祥宗苦巴巴地过日子。

程舒雯敲开娘家的门时，弟弟一愣，随后问道：“姐！今年怎么亲自来给爸妈拜年了？冰儿呢？”

程舒雯一句话不说，见母亲正坐在沙发里看电视，便径直跑过去，趴在她身上“呜呜”地哭起来。

母亲一把将她推开，有几分气恼地说：“你要哭回自己家里去哭，别来给我添堵！大初一的，你这是演的哪一出？”

“妈呀！你女儿让人给打了！”程舒雯哭着说。

母亲大概已经知道程舒雯是与丈夫吵架了，故意说：“你又有丈夫又有儿子的，让人打了不去找他们替你出气，你跑这儿来干吗？你是让我去打人吗？你当我是佘太君哪？！”

“就是岳冰他爸打的我！我不回来，等着让他把我打死呀？！”程舒雯伤心欲绝地哭诉着。

“有事说事，你哭什么？”母亲训斥道，“你愿哭，到外边儿去哭！吗时候哭够了，吗时候再进来。”

程舒雯见母亲不给她撑腰，便抬起头瞅着弟弟，责怪道：“咱妈老糊涂了。你怎么也用这种眼光看着我？你得给我去出气！要不，你们还是我的娘家人吗？！”

“姐！你还是饶了我吧！”弟弟装出很可怜的样子说，“当初，你哭着喊着要嫁给姐夫，不惜拿你亲弟弟去让人家练手！现在，还让我去出头呀？我哪是姐夫的对手！我看，你能过就过，过不下去就散！”

“你这是说的什么屁话？！”母亲冲弟弟喊道，“哪有撺掇别人离婚的！你不知道，宁拆十座庙，不毁一桩婚！”

弟弟刚要说什么，就听到敲门声。他打开门一看，是堂姐程舒慧夫妻俩一起来拜年了。他们与母亲寒暄了几句，便坐下来说话。程舒慧坐在程舒雯身边，好奇地问：“你今年怎么一大早就过来了？”

程舒雯的眼泪“哗”地流下来，哽咽道：“我让那个混蛋给打了！我冒着雪跑回娘家，他们一个个都不帮我！你看看我这脸被打的，现在还生疼呢！”

“哎哟！还真是，都肿成这样了！这是下了死手呀！”程舒慧夸张地说道，“有事说事，打人不行！再说，打人不打脸，你看把这脸打的！这个头儿一开，你挨打的日子还在后头呢！不行，别人不给你评理，我跟你去找他说说！不能让他欺负咱娘家没人！”

“你就别跟着添乱了！”母亲板着脸说，“你还嫌事不大呀？！”

程舒慧还想说什么，坐在她对面的丈夫用眼睛瞪了她一下，她那到了嘴边的话又咽了回去。

“我跟他没法儿过了！等上了班，我就去与他离婚！”程舒雯拿定了主意，很坚决地说。

“这话可不能随便说。”程舒慧以为是自己给捅了娄子，赶紧阻拦道，“他一个男人离了，说不定还能找个黄花大闺女；你都这个岁数了，还能去找个小伙儿怎么的？你千万别犯傻！咱可不能给他这个机会。既然他不让咱好过，咱也不能让他好过了，咱就赖着他，缠着他，让他一辈子也别想再去找年轻的女人。”

母亲看着程舒慧，笑道："你说了半天，就这话还像个话！"

"我一见到他就来气，恨不得一口咬死他！"程舒雯咬牙切齿地说。

程舒雯的弟媳从厨房里出来，看了看程舒雯，对自己的丈夫说："咱姐让你去，你就陪着姐去看看吧。到那儿听听姐夫怎么说，回来跟咱娘说说。又不是让你去跟姐夫打架，你怕什么？"

"这事你别插嘴！"弟弟厌烦地说，"咱俩要是吵架打仗，你也回娘家搬救兵啊？"

弟弟说话时，岳冰推门走了进来。他对客厅的人说了一些拜年的话，然后跪下给姥姥磕了一个头。岳冰进屋给姥爷磕过头，来到客厅后，见人们的目光齐刷刷地落在他身上，就疑惑不解地问："你们都看着我干什么？不认识了吗？"

"他们想知道，你爸为吗打你妈？"母亲对岳冰解释道。

"我也不知道他俩为吗打起来。我起床时，我妈就把几盘子饺子都给扔到地上了。"岳冰看了一眼程舒雯，吞吞吐吐地说，"听我爸说，我妈是因为那个有硬币的饺子破了，就不愿意了。"

弟弟像是先知先觉地说："我一猜就是我姐又发飙了！你们说，让我去找姐夫干什么？说我姐现在正是更年期，她骂你，你就听着；她打你，你就挨着！"

母亲好像心知弟媳让弟弟陪着姐回家的意思，无非就是想让程舒雯早点儿离开娘家，免得让那些来拜年的人看笑话。于是，母亲对弟媳说："听这个意思，你姐还没吃饭呢！你去把饺子热热，让她吃几个赶紧回去。"

"我不吃！"程舒雯伤心地说，"我挨了打，受了欺负，你们没有一个向着我的，我憋心！还吃什么饭？我吃不下去！"

"不吃就跟冰儿回去！"母亲非常严厉地下了逐客令。

五

"爷爷不该给我和哥起这个名字！"岳雪顽皮地对岳祥宗说，"除了冰，就是雪，没有一个暖心的，老妈不对你冷若冰雪才怪呢！"

岳祥宗耐心地解释道："爷爷的本心是希望你俩都冰雪聪明。杜甫有句诗，‘冰雪净聪明，雷霆走精锐’，你爷爷很喜欢这句诗，尤其是‘冰雪聪明’几个字。我跟你妈这是生了你们两个，要是再生俩，就叫‘岳聪’‘岳明’了。过去都是这样，不只家谱的用字是按古人的诗文排列，连兄弟们的名字也是按脍炙人口的诗句和经典文句排列，像‘仁义礼智信’‘温良恭俭让’‘忠勇孝悌廉’，用得最多。”

岳雪全无顾忌地笑道：“我感到，你没看到多少我和哥的聪明，只听到老妈的大发雷霆了！”

“你老妈就是急性子脾气！什么事也是五分钟的热度，过了那阵儿就好了。”岳祥宗替程舒雯辩白道。他一直认为，就是因为程舒雯的急脾气，她才能刚一认识就急急忙忙地嫁给他。成也萧何，败也萧何，她的暴脾气成就了他俩的婚姻，让他娶到自己想娶的女人；也是这脾气，让他在近些年饱受煎熬。他已经忘了是从什么时候，她那撒娇的小拳头从轻变重，最后变成了重重的大巴掌。一开始，他还觉得程舒雯的拳头像鼓槌一样，轻打重敲，紧打慢敲，敲出的是或激越或悠扬的鼓乐，它让枯燥的日子变得多姿多彩。后来才意识到，它也能敲出尖锐刺耳的声音，让他不堪忍受。

“这五分钟就足以要人命了！”岳雪端起茶杯喝了一口水，说，“你还真能忍我老妈！她闹了这么多次离婚，你为什么就是不肯离呢？这样下去，你们两个不是都受折磨吗？！”

岳祥宗一边整理着茶几抽屉里的东西，一边说：“还不是为了你和你哥！你们上学时，怕离婚影响你们学习；现在，担心你们不好找对象。单亲家庭的孩子，一般人家都不愿找，怕父母的婚姻变故影响到子女，让他们心理扭曲变态，从而对婚姻、对家庭失去信心。”

“可是，你却让自己受了这么大的委屈！”岳雪说着，眼里闪出了泪光。她怕让父亲看到，赶紧又端起水杯挡住了眼睛。

“等老了就好啦！等你妈塌下心来，不再去跟别人攀比，不再动离婚的心思，自然就消停了。常言说，休前妻，毁青苗，后悔到老。结发夫妻，不管多么不好，等有一个卧病在床，对方也能不离不弃地伺候照顾，哪怕是十年、二十年。假如是半路夫妻，一旦你病倒了，那一个很可能就卷铺盖走人。也就是说，原配夫妻能同富贵也能共患难，临时夫妻却只能一同享福，不能患难与共。”岳祥宗像是已经看到自己的希望一样，很轻巧地说，

“你看看周围，哪对儿夫妻不是吵吵闹闹地过一辈子？你爷爷奶奶够恩爱的了，不也拌过嘴吗？！夫妻关系是这个世界上最微妙的存在，最近也最远。说它近，近得能在一起过几十年甚至上百年，一直陪你走到生命尽头的，只有丈夫或妻子，这是父母和儿女都无法做到的。说夫妻关系远，因为他们之间没有一点儿血缘关系，把婚一离，也就风马牛不相及了。”

“你们俩这么闹来闹去，就不怕影响到我们的心理？有许多这种家庭出来的孩子，对婚姻产生了一种恐惧感，不愿结婚，不敢结婚，怕自己也像父母那样吵闹个不停。”岳雪有点儿伤感地说。

岳祥宗停下手里的活儿，看着岳雪说：“你说得没错，父母婚姻不幸，孩子可能会走两个极端，一个是恐惧婚姻，一个是吸取父母的教训，与爱人互相疼爱，及时沟通，化解矛盾，努力把自己的小日子过得和和美美，不蹈父母的覆辙。我希望你们能成为后者。我觉得，一个人别对婚姻期望过高，家庭无非是柴米油盐；别把对方想得太完美，多好的人也有自己的毛病和缺点。我说过，家是讲情的地方，不是讲理的地方。你总是想把一些道理争个清楚明白，锱铢必较，寸土不让，针尖儿对麦芒儿，慢慢地，爱就没了，情也没了。我之所以不跟你妈离婚，也是因为我对她还有感情，因此能不跟她争就不争。夫妻之间，争赢了又有什么用呢？只能伤心伤情，没有任何实际意义。尤其是当着你们的面儿，你看我很少还嘴，我就怕对你们有不好的影响。你要说委屈，我也不委屈，更不认为是一种折磨。你老妈是我深爱着的媳妇，你和你哥是我喜欢的孩子，在你们面前我吃点儿亏、受点儿气不是挺好吗？作为一个丈夫，一个家庭的顶梁柱，没有这点儿担当和退让，是委琐的，是没有出息的。我现在很后悔打了你妈。我一直认为，男人有脾气很正常，但男人的脾气可以对天发、对地发、对老板发，绝对不能对自己的媳妇发。对媳妇发脾气，也是一种无能的表现。”

“我老妈要是能理解你，也能像你这么想就好了！”岳雪感叹道，“现在社会上有句话，高情商的人，让别人高兴；高智商的人，让自己高兴；情商不高、智商也不高的人，自己不高兴，也惹得别人不高兴。我妈就属于最后一种。我觉得我妈这个人是活反了，她把好脸子给了外人，甚至都能给那些不认识的人一个笑脸，却将不好的情绪全带到了家里，有时候看着谁也不顺眼，不是打鸡骂狗就是挑三拣四。人家都说不要动别人的幸福，而她连儿女的幸福都随意践踏！有时候，你那烦心的事才忘了，刚想清静清静，她便给你折腾出来，翻过来掉过去地说个没完没了，简直能把你气疯了。这就像刚结痂的伤疤才要好，她就连血带肉地给你撕开。我发现老妈的记忆力挺惊人的，前八百年发生的事都能想起来，后五百年没发生的事她也要跟你唠叨唠叨。我感到，我妈就像几辈子也没喝孟婆汤似的。”

“就你老妈现在这暴脾气，我估计，孟婆一见也得吓跑了！”岳祥宗风趣地说，“你今天要不讲，我还真没想到你对你妈有这么多怨言！我劝你，以后一定要多看你妈好的地方，把不好的能忘就忘了。她从本质上是疼你们的，本心也是为你们好，就是不讲方法和方式，说话办事也不管你们能接受还是不能接受。你能说你老妈不疼你吗？反正我是觉得，这些年你老妈是真疼你们，比疼自己还疼你和你哥。我刚才跟你说了，无论是在家里还是在社会上，你周围的每个人都有自己的缺点，你要总盯着缺点看，越看越别扭，越看越来气。你要多看你老妈的优点，看她的长处，一俊能遮百丑。古人言，不以小恶掩大善，不以一眚掩大德。”

岳雪苦笑道：“就我老妈这种疼法，我可真受不了！她一点儿个人空间也不给你留，常常让你有要窒息的感觉。你说是关爱不是关爱，溺爱不是溺爱，反正是你的一言一行她都瞪大了眼睛来盯着，像福尔摩斯一样，不放过一点儿蛛丝马迹。抓住一个事，就给你指指点点的，品头论足，妄下雌黄，就像全家只有她最正确一样！”

“你妈变成这样，主要责任在我这儿。”岳祥宗慈和地笑着说。他感到，自己被女儿的话触动了。他忽然意识到，好女人不是被宠出来的，更不是被惯出来的。还是圣人说得对：“唯女子与小人为难养也，近之则不逊，远之则怨。”对妻子不宠不行，太宠也不行。宠得太多，就成了溺爱。像溺爱一样的情爱，会惯坏一个女人。就像那个苏妲己，在家时那么善良贤惠，让纣王一宠，一下子就变坏了。宠爱其实是毒性很强的药，用少了能治病，用多了要人命，关键是一个度的问题。这些年，他对程舒雯就是没有掌握好度，过多的爱，过多的亲昵，让她变得好使性子、发脾气，最后成了一点就着的火药桶。

“你这态度倒是挺端正！”岳雪淘气地一笑，说，“不管你承认不承认，你将我老妈惯坏了，我跟哥都跟着倒霉。这就叫城门失火，殃及池鱼。

要是你们恩恩爱爱，要是老妈的爱更温情一点儿，我们也能感到温馨，这个家就更温暖。”

岳祥宗发自内心地说：“你妈确实是让我宠坏的。记得跟你妈结婚时，你太奶奶就嘱咐我，成亲第二天，千万不能叠被子，要让新娘来做这件事。当时，我还认为是封建迷信。现在看来，就是不让男人形成叠被、拖地、做饭的习惯，不然很可能要干一辈子家务。媳妇就像小孩儿，你惯什么毛病就是什么毛病。就像你妈，因为刚结婚时我舍不得让她干家务活儿，慢慢地就养成了她好吃懒做的习惯。”

“我看过一个故事，”岳雪未说先笑，见父亲在等着听她说，才接着讲，“有一对夫妻，男的是二级厨师，却一直瞒着女的，天天让女的做饭炒菜。过了七八年，女的在家发现了厨师证，男的才露了馅儿。到这个时候，他已经成功地将女的培养成家庭主妇了。”

“习惯成自然，一旦形成，就很难改变了！”岳祥宗附和道。

岳雪看着父亲，笑着说：“你也很成功，成功地将我老妈培养成家里的大领导。我老妈那做领导的观念意识已经根深蒂固了。领导嘛，就是动嘴的，动嘴的人从来不动手，不但不动手，你干不好还骂你。所以，为了咱家的安定团结，你就踏踏实实地干活儿吧！”

六

财务部经理老佟风风火火地找到隋志成，焦急地说：“志成！你赶快躲一躲！葛海录与董事长翻脸了，说要抓你去当人质。”

“你说的什么？他为吗跟我爸翻脸？”隋志成一脸懵懂地问。在他的意识里，葛海录就像亲叔一样。从他记事起，葛海录便是家里的常客，是看着他一天天长大的。要说他与父亲闹翻，简直是无稽之谈。

老佟简单明了地说：“董事长从葛海录那儿拆借了一部分资金，他催了几次，公司一时没还上，他就急了，现在正带着人在董事长的办公室闹呢！”

“我去看看！”隋志成说着，站起来就往父亲的办公室跑。

“志成！你不能去！他们正找你，你哪能自投罗网啊？！”老佟在后面大声嚷着，追着隋志成来到董事长办公室。

隋志成跑进父亲的屋里，见两个汉子正将父亲的脑袋按在桌子上，嘴里骂骂咧咧的。他跑过去冲着他们喊：“放开我爸爸！”

“你快走！这里没有你的事。”隋冶之大声喊着，“佟经理，赶紧把志成弄走。”

“给我打！”葛海录向他的手下命令道。

一个大汉拿起办公桌上的砚台，猛地砸到隋冶之的头上。鲜红的血一下子流了出来，梅花般滴落到桌子上。

“葛海录！我 × 你娘！”隋志成见葛海录下了死手，大骂着扑向葛海录。

葛海录向后一闪，对手下说：“给我逮住这个小崽子，把他带回去，不怕他们不还钱。”

两个汉子放开隋冶之，要来抓隋志成，被闻声而来的人们挡住了。老佟趁机拽住隋志成的胳膊，与公司的另外两个人将他拉了出去。来到公司大楼外面，老佟把隋志成推上了董事长的轿车，然后自己也坐了进去，对司机说：“去机场。”

“去机场干什么？我要回家！”隋志成大喊大叫着。

“这是董事长交代的。”老佟解释道，“家你回不去了。你母亲给董事长打来电话，说葛海录派人将你的家占了。董事长让我给你买了去天津的机票，让你到老家避避风头。”

隋志成惊诧地问：“为什么要去老家？我谁也不认识，到老家我知道找谁呀？！”

“董事长说，你老家还有个大姑，让你去找她。”老佟说。

“五十多年没跟老家联系了，亏我爸想得出来！”隋志成抱怨道。

老佟摇了摇头，十分无奈地说：“董事长这也是被逼得走投无路了。但凡有办法，也舍不得让你一个人离开家。”

“我爸公司是怎么回事？好好的，怎么就连借款也还不上了呢？”隋志成疑惑不解地问。

老佟叹了一口气，说：“公司去年投了个大项目，被骗了，血本无归！要不是从葛总那儿拆借了两亿资金，早就撑不下去了。现在葛海录见董事长已经无力还款，才翻脸的。”

隋志成沉默不语了。他想不到，父亲的公司外面看着光鲜，却背了这么大的一个包袱！如此看来，公司很难存活下去。公司没了，家里没钱了，他将不是原来的阔少爷，他以前拥有的一切都将失去！他从来没想到自己会有这么一天，霎时感到眼前一片迷茫。他本来就不知道以后该怎样生活，现在父亲又让他一个人回老家避难，心里就更加无助和苦闷。

在美兰机场，老佟领着隋志成取了登机牌，然后从身上掏出五千块钱，对隋志成说："这是董事长让交给你的。省着用，怕是以后要过苦日子了。"

看着隋志成过了安检后，老佟就离开了。隋志成并没有随着人流去候机大厅，他在里面转了一圈，就回到了业务大厅。他去了趟卫生间，然后出了航站楼，上了一辆出租车。坐在车上，他想先给母亲打个电话。一掏手机，发现手机没了，老佟给的那五千块钱也丢了。他不知道是自己丢的，还是让别人偷了去。现在，他身上一分钱也没有了。无奈，他只好让出租车停了下来，然后给司机说了一顿好话。司机瞪了他一眼，让他下了车，又开车返回航站楼去重新排队。

隋志成身无分文，他不知道怎么回家，也不知道家里是否还有他的亲人。透过旅人蕉叶片间的缝隙，他看到太阳就要落下去了。他想，要是走着回去，到家也就半夜了。他心中懊恼，恨恨地冲着前面的木棉树吐了一口唾沫。黏稠的唾液挂在树枝上，被风一吹落了下来，正掉在他的裤子上。

"他娘的！"隋志成骂了一句，不知道是骂风还是骂葛海录。他终于知道，人要倒霉了，世界上的一切都会跟他作对。他从小到大，还没有在一天之内碰到过这么多不顺心的事。

他想掏纸擦身上的唾沫时，忽然摸到了口袋里的登机牌。他一阵暗喜，急匆匆地拿着登机牌返回了机场航站楼。

隋志成退了机票，重新打了一辆出租车。到家时，太阳刚刚沉入海面。他看了看四周，没有发现一个人。走到大门前，他才发现家里的门锁已经换了。他内心的第一个想法，就是葛海录把他家给霸占了。他抬起腿，气急败坏地朝大门踹了好几脚。

家回不去了，他只好颓丧地离开。他来到街上，找了个电话亭，准备与父母通个电话。他给母亲打电话关机，给父亲打电话也关机。他不知道父亲和母亲在哪里，也不知道他们为什么都关机。他在五六个大人们的宠爱下长大，从来没有尝到过与亲人突然失去联系的灰心和痛苦。一种不祥的念头咬噬着他的心，让他的心情坏到了极点。他几近绝望地在电话亭前愣了半天，最后给憨三儿打通了电话。

憨三儿说，他正在海边准备篝火晚餐，让隋志成到那里去找他。听着憨三儿说话的语气，隋志成心里就感到不舒服。之前，憨三儿一接到电话就屁颠屁颠地跑来见他，从未这样指使过他。隋志成一时也不想再找别人，只得忍着火气去了海边。好在离憨三儿烧烤的地方不远，在天完全黑下来之前，隋志成就找到了他。

“你怎么还敢回来呢？”憨三儿一见隋志成就惊叫道，“葛总正四处找你呢！他跟我们说，要是能帮他抓到你，一人给一万。”

“他抓我干什么？”隋志成随口问。

憨三儿瞪着两眼回答：“拿你当人质呗！他说你父亲的公司欠他两个亿，不知是真是假。如果是真的，他还指着你父母去筹钱还账，当然不会扣押他们，只能拿你当人质。葛海录知道，把你押在他这儿，比押任何人都管用。”

“你什么时候见着葛海录的？”隋志成疑惑地问。

“下午。”憨三儿说，“我去找你，正看到你父母扶着你姥爷上轿车。葛海录说他们去香港筹钱了。你家的大门就是葛海录锁上的。”

隋志成像是自言自语地说：“这就对了。我说大门怎么换了锁呢！”

“我也不留你喝酒了。”憨三儿唯恐避之不及地说，“你快走吧，一会儿让别人看到就不好了。”

“我是想走，可身上连买机票的钱都没有了！”隋志成苦着脸说。

憨三儿很滑稽地笑道：“你别跟我闹着玩儿了！瘦死的骆驼比马大，就是你父亲的公司黄了，你家里的钱三辈儿两辈儿也花不完！”

“我爸是给了我几千块钱，在机场被人偷了。”隋志成如实地说道。

憨三儿犹豫了半天，才说：“我这儿就一千块钱了，也不够你用的呀！要不，你到那边躲会儿，等他们来了我给你再借点儿。”

“有多少算多少吧。”隋志成有点儿着急地说，“快点儿给我，我赶紧走，别给你添事！”

憨三儿慢腾腾地从身上掏出钱，刚想数，就被隋志成一把抓了过去。隋志成也不再理会憨三儿的神态，转身就走，很快就淹没在无边无际的夜色中。

七

吴凤庙坐落在去阿里山的路上。在路的左侧，有一个燕尾式的朱红拱门，上书“阿里山忠王祠”。门两旁的矮墙朴实无华，如农家院落的墙头一般，将庙里的殿阁亭台拢在一起。围墙四周，一片片椰林，一棵棵古榕，装点出别样的风景。

褐色的榕树气根在风中飘荡，如浪子一般。它在枝丫间与树叶一起生长出来，吸收着大树的营养，却不能像树叶一样产生呼吸和光合作用，更不能像树根一样为树木提供营养。只有当它接触到土地，或与树干融为一体，才能承担起根的使命。它就像一个家庭的不孝子，唯有在他脚踏实地后，才能有发展和兴旺一个家族的担当。

隋冶之夫妇陪着几位老人走过拱门，首先看到的是参天的文笔树和一棵几十个人才能搂过来的“神树”。据说，这棵树平时是不准触碰的，只有在祭祀时，才砍下它的树枝，敬献在吴凤的灵位前。

隋冶之不知道这棵“神树”是什么树种，只知道阿里山的“神木”是桧树。一百年前，阿里山有三十多万棵生长了数千年的红桧、黄桧。日本人占领台湾后，在阿里山疯狂伐林三十多年，将桧树甚至珍贵的扁柏、铁杉都砍伐殆尽。

有两只朱雀在不远处的菩提树上“啾啾”叫着，红色的羽毛清晰可见。隋冶之不知父亲是被朱雀迷住还是被那几棵菩提树吸引，径自拉着母亲向树下走去。菩提树因为相互距离较近，经过数百年的生长，那六棵菩提树的树枝已经相互拱抱在一起了，乍看上去就像是一棵巨大的树木一样。

符竺燕搀着父亲上了两个台阶，并排坐到凉亭里，隋冶之紧跟着走进去，坐在了他们对面。隋冶之将拧开盖的水杯递给岳父，带着感情地介绍道：“吴凤在台湾很受敬重。他是清朝人，在康乾盛世时任阿里山的通事四十多年。为阻止当地居民杀人祭神，不惜搭上性命。这里就是吴凤生前理事的地方。”

“他是怎么死的？”符竺燕充满好奇地问。

“是被当地人杀的。”隋冶之继续说，“有一年阿里山闹瘟疫，死了很多人。当地人认为是这些年没用人头献祭，惹怒了神灵所致。他们找到吴凤，非要杀人敬神。吴凤见拦不住了，就说：‘明天早晨，有一个穿红袍、骑白马的人经过村口，你们可杀了他。但咱有言在先，只准杀这一个人了，以后再也不许杀人’。第二天，吴凤戴着红帽、穿着红袍、骑着白马奔驰而来，刚到村口，就被事先埋伏的当地人用乱箭射死了。”

符竺燕感叹道：“为了破一个陋习，至于自己去死吗？！”

“这就是古人奉行的杀身成仁。非常之事，必用非常之法！不然，很难达到目的。”隋冶之说，“后人为吴凤写了一副对联：‘秉浩然气，以救世心，为生民定命，立德立功同不朽；捐百年身，树千秋业，受万家户祝，其人其事永流芳。’吴凤用自己的命，救了许多人的命，也算死得其所了！”

“你俩今天一唱一和的，这是要干什么？”符茂霖像是听出了隋冶之夫妇话中的弦外之音，似笑非笑地问。

符竺燕没想到父亲已经到了能参悟玄机的程度，她觉得可能是这几年他一心研究周易和玄学有关。她不知道如何回答父亲的问话，便将目光投向隋冶之。

隋冶之从身上掏出手机，打开他事先放在上面的视频，递给岳父说：“你看看，这是志成最近的活动影像，是我安排人录的。”

符茂霖看到，视频里隋志成不但与人饮酒作乐，还有不堪入目的男女镜头。他感到没法儿再看下去，就将手机还给了隋冶之。

“吃喝嫖赌抽，他快占全了！”隋冶之气呼呼地说。他故意装出非常生气的样子，是以此来抵减岳父的脾气。找个旅游景点来对岳父说儿子的事，是他与符竺燕商量好的。他们认为，在人多的地方对岳父谈逼走隋志成的事，比在家里说要好一些。周围嘈杂的环境和诱人的风景，可以让岳父分散一些过激的情绪。只要岳父的思想做通了，再去说服父母就容易多了。至于选在吴凤庙，则是一个巧合。这个地方，正应了隋冶之“治沉疴，用猛药”的想法和说辞。

“学校已经让志成休学了！”符竺燕痛心地说，“他到现在是要文化没文化，要德行没德行！这样下去，将来怎么接管公司？我和冶之辛辛苦苦挣下的一切，全要败在他手里！”

符茂霖默想了一会儿，自责道：“他变成这样，全怪我！”

“怎么能怪你呢！他爷爷奶奶最惯着他。”隋冶之赶紧说道，“不只大人惯他，他自己也惯着自己！”

“他惯自己，还不是我们闹的。”符茂霖十分懊悔地说，“常言道，三岁看老。对别人的孩子，我们都明白这个道理，轮到自己的孩子，就糊涂啦！这些年，我给他的钱太多了！看来，孩子不愁吃不愁穿，再不干活儿，真不是什么好事。”

隋冶之看着岳父说：“古人讲‘养不教，父之过’，要说责任，应该都是我的。你和他爷爷奶奶是隔辈人，一方面隔辈儿疼大都会这样放任，一方面他容易在爷爷奶奶和姥爷这儿撒娇。都说慈母严父，主要是我这个做父亲的不合格！”

符竺燕插言道：“你俩都别说了！咱到这吴凤庙是来做检讨的吗？是不是还要叫过他爷爷奶奶来，一起开个批判会呀？！”

“你刚才说志成已经休学了，怎么没让他跟着来？”符茂霖向符竺燕问道，“我还以为他是因为上学出不来呢！你们这葫芦里到底卖的是什么药？”

“你先别生气，我跟你实话实说。”隋冶之赶紧替符竺燕解围道。他将事情的来龙去脉跟岳父说了一遍，最后说，“我派了两个人去保护他。刚才跟着他的人发来信息，说志成已经到了泊镇。这一路上，他没有什么异常表现。要是这么看的话，他还没有我们想得那样糟糕。”

符茂霖好像一时没有反应过来，他沉默了半天，才说：“难道就没有别的办法了吗？至于冒这么大风险，还让孩子去吃苦受罪吗？我看，你们演的这场戏太笨了，简直是一场儿戏！”

符竺燕见父亲听完隋冶之的话，并没有出现过激的情绪，便试探着说：“我觉得冶之说得对，下猛药才能治沉疴；非常之事，必须要用非常之法。你看看吴凤，为了救路人，用自己的命去换。在戏曲《打狗劝夫》中，妻子为了感化丈夫，竟然杀了自己养的一条看家狗。但凡有别的办法，他们也不会用这种狠法。”

“从你们俩能够意见一致这一点上，我感到挺高兴。”符茂霖转了个态度，很坚决地说，“但是，你们必须答应我，不能让孩子出一点儿事，要时刻盯着他，一旦有不好的苗头，就赶紧把他叫回来。另外，你们把公司交给朋友打理不要紧，但绝不能当甩手掌柜的，也要关注着点儿。说句真话，你们把这么大的一个公司撂给别人，我并不放心。多好的朋友，就是亲兄弟，在巨大的财富面前，也很难把持住，人心都是贪婪的。”

“你的话我记下了。”隋冶之见岳父并没有像他预想的那样大发雷霆，便欢喜而刚毅地说，“我一定想方设法，保证都不出差错。”

符竺燕那颗悬着的心也落了地，她很柔婉地对父亲说：“阿爸！要不你给测测，看看志成这次去北方是好还是坏？”

符茂霖犹豫了一下，随后从身上掏出几枚铜钱，宽和地说：“测测就测测，我也弄个心里明白。”

隋冶之站起身，走到符茂霖身边，敛声屏气地看他测卦。只见符茂霖将铜钱在手里摇一摇，然后在地上画一个符号。他摇了六次，画了六个符号，然后看着它慢慢解析道：“上卦为坤，下卦为坎，是为师卦。坤为地，坎为水。地下有水，数量无穷；水流所向，随势而行。总的来看，会让人归于正道，成就大业。但是，坎水也含藏风险，因为上坤为顺，所以就有行险而顺之象。师出有名，可以如意地解决问题，故而能化凶为吉。词曰：将帅领旨去出征，骑着烈马拉硬弓；百步穿杨射得准，箭中金钱喜气生！”

“这么说，志成将来还能成就大业！”符竺燕无比欣慰地说，“我跟冶之讲，只要孩子能学好，就是赔上全部资产也值得。让志成去接受痛苦的磨炼，也是怕他意志太薄弱。他从小在蜜罐里长大，担得好，担不得不好。做企业有成有败，我们怕他经受不住失败的打击。”

“最好的结果，是志成变好了，公司也发展了。”隋冶之虔诚地说，“如果能这样，我给各路神仙烧三天高香！”

符竺燕拉住父亲的手，要求道：“你再给测测公司的事吧。”

符茂霖拒绝道：“我的卦，每天只能测一次，多了就不准了。”

“志成没事，比什么都好。公司的事，我心里有数。”隋冶之说完，见父母往他们这边走过来，就搀起岳父，说，“咱进去看看吧。来了半天，还没去大殿呢！”

隋冶之扶着岳父在前边走，符竺燕陪着公婆在后面跟着进了正殿。殿内供奉着吴凤的塑像，迎面有蒋介石题的匾额“舍生取义”，左边是古人写的“仁必有勇”四个字，右边是吴凤着红袍戴红帽的半身油画像。从这种布局上，就能看出吴凤受世人崇拜的程度。

穿过正殿，还有一座后殿。他们来到后殿时，看到的是一个巨幅画像，那是吴凤穿红衣、骑白马的凛然形象，也是他成仁取义的最后留影。画像上面，有刻着“万世垂仁”的木质横匾。

“我总觉得，你安排两个人跟着他太少。”符茂霖悄悄地拉住隋冶之说，“最起码要派四个人跟着他。两个人容易松懈，人多了能互相监督，互相提防，就谁也不敢懈怠了。”

“行！”隋冶之爽快地说，“我马上再安排两个人。”

第四章　女工的故事

一

走在彷徨的路上，
我的心情暗自伤；
多少快乐的往事，
都随风儿去远方！
说好不悲伤，
为何泪红了眼眶？
…………

隋志成站在火柴厂与日华大道的交叉路口，唱着张健的歌曲《下定决心忘记你》。他觉得这首歌很符合自己当下的心境，因此唱得声情并茂，泪流满面，因而吸引了不少人围观。

他在这个路口已经唱了两天。前一天是清唱，虽然制了点儿歌牌，半天下来却没有几个点歌的，所以也没挣到钱。晚上，他找了一家歌厅去驻唱，谈好了一天一结，唱到凌晨，老板给了他二百块钱。第二天，他用这二百元和身上剩的钱从小家电批发市场买了一套简单的音响设备，又来到了这个路口。他在点歌牌上写了“点歌五元，听歌一元”。牌子下面，还写着一行大字：“寻亲不遇！有认识火柴厂隋瑞廷的，点歌免费。”

有了音响，听歌点歌的人就多了起来。没人点歌时，隋志成就用音响喊话：“有认识火柴厂隋瑞廷的，点歌不收钱。”

人们出于好奇，听到隋志成的喊声便围拢过来。半天下来，有几个上了年纪的人对他说，记得原来火柴厂是有个隋瑞廷，已经失踪几十年了。于是，他就迫不及待地问知道隋瑞廷有个女儿吗？知道她现在干什么吗？他们想了想便摇起头来。

隋志成到泊镇的第一天，就在火柴厂门口站了半晌。他一见到出入厂子的人，便拦住问是否知道隋瑞廷。问来问去，他看到的都是异样的眼光，像是怀疑他精神有毛病似的。他想到厂子里去问问，门房的警卫说什么也不让进。无奈之下，他才想到这个一边唱歌赚钱，一边找人的办法。

“小子！胆儿挺大呀！到蔡五哥的地盘上来赚钱，连个招呼都不打！”一个瘦子走上来拎起音响凶巴巴地说，“你今儿是想让我拿走这些东西，还是想让我把你的胳膊腿给打折了？”

“大哥！手下留情！我初来乍到，不认识蔡五哥！”隋志成知道碰到地痞了，慌忙求情道。他过去常听父亲说，出门矮三辈儿，人在屋檐下，不得不低头。

一个满脸胡须、留着爆炸头的大个子站到隋志成面前，黑着脸瓮声瓮气地说：“我就是你蔡五哥！以后别说不认识我，我这个人好认。我就纳闷儿了，人家残疾人才卖唱，你一个大小伙子也想卖唱赚钱？看来，我真得把你的腿打断了，到时你在这里卖唱就理所当然了。”

隋志成看着眼前又高又胖的人，知道自己惹不起，便乞求道：“五哥！你放过我吧，咱有事好说。别看我是外地口音，老家也是咱泊镇。以后我少麻烦不了五哥，等我赚了钱，就请哥儿几个喝酒。”

“我哪知道你小子什么时候赚钱？”蔡五哥像李逵似的瞪圆了眼睛，气恼地说，“你说这话不等于放屁吗？这么着，你现在把身上的钱掏出来，全给我就行了。”

“快点儿！”瘦子嚷道，“你不掏钱，我就把这音响拿去卖了。”

隋志成从身上拿出仅剩的几十块钱递给蔡五哥。蔡五哥一见，上来就是一巴掌，骂道：“你他妈打发要饭的呢？我也不跟你废话了，把他的东西都拿上，咱去换酒喝。”

“给我放下！”欧阳琳走上来，从瘦子手里夺过东西说，“你们好几个人欺负一个外地人，算什么本事？我都替你们害臊！”

“哟嗬！来了管闲事的啦！”蔡五哥流里流气地看着欧阳琳说，“你模样长得这么好，脾气为吗不好呢？”

欧阳琳叱骂道：“少废话！都给我滚！再不走，小心姑奶奶我收拾你们几个。”

蔡五哥不屑地一笑，说：“你是何仙姑哇，还是穆桂英啊？还想收拾我们几个，口气不小！哥儿几个给我上，我今儿真要看看她有多么厉害。”

“这地方太窄巴，都跟我到广场上去。”欧阳琳一指旁边的街边公园，威吓道，“我今儿不卸了你们的胳膊腿，你们就不知道马王爷有几只眼！”

来到公园广场，欧阳琳见蔡五哥的几个人围了上来，马上拉开架势，以马步迎战。地痞们一下子被镇住了，谁也不敢上前。

“真他妈熊包软蛋！”蔡五哥气恼地骂道，“都滚开，看我的。”

蔡五哥刚走了两步，不料从一侧闪出一年轻人挡在他面前，厉声说：“要想跟侠女交手，你先过了我这关再说。”

“你是谁？”蔡五哥诧异地问。

来人微微一笑，说：“你打赢了我，我便告诉你。”

蔡五哥仗着人高马大，挥拳就奔对手的面门而去。只见那人轻轻一侧身让过拳头，然后脚下一拌，上手一拨，蔡五哥就像一个掉落的麻袋一样重重地摔在地上。他从地上爬起来，不服气地说：“是我小看你了！这回不算，再来！”

年轻人也不答话，手抱着肩膀，依然笑吟吟地看着蔡五哥。等蔡五哥张牙舞爪地扑上来，他身子一转，猛地一脚踹在蔡五哥的肚子上，蔡五哥四腿着地直接趴下了。几个地痞搀起蔡五哥，他感到脸上无光，恼羞成怒地嚷道：“抄家伙，一块儿给我上！”

“上什么上？你们知道他是谁吗？”欧阳琳十分开心地“咯咯”一笑，说，“他是沧州大侠孙木松，咱泊镇第一高手！在国际和国内的武术比赛中，他都得过十多次大奖。你们再来几个也是白搭。”

蔡五哥一听，赶紧收起手里的刀子，朝孙木松双手抱拳道：“得罪，得罪！输在孙大侠的手里，我也不算丢人。咱后会有期！”

看着蔡五哥一瘸一拐地带着几个人离开，欧阳琳走到孙木松面前，笑问：“孙大侠！我这也叫借力打力吧？”

“原来你认识我？”孙木松惊奇地问，“我还没弄明白，你引他们到广场上来干什么？”

“要不是看到孙大侠在这里，我哪有那么大胆子跟他们较劲儿呀！”欧阳琳快活地说，“我怕你收拾他们的时候，人们看不清楚。在这广场上是‘圈儿大人薄，得看得瞧’。嘻嘻！”

孙木松看着欧阳琳，试探着问：“你不是练功的吧？”

“我不练功。”欧阳琳实话实说道，“我厂里的师傅练功，我就跟他学了个马步。程咬金有三斧子，我一斧子也不斧子。对了，我师傅叫岳祥宗，在泊镇武术界也挺有名气的，你应该知道。”

“我认识他，他好像练的是唐拳。”孙木松温和地说，“我主要练劈挂拳和通背拳，与他很少交集。不过，他的名气还是很大的。”

欧阳琳与孙木松说话时，隋志成手提着音响走过来，给他俩深深地鞠了一躬，真挚地说：“今天多亏了侠女和孙大侠，不然，我不被打残也得被他们把东西抢走啦！太感谢你们了！”

“你不用太客气，行侠仗义是练功之人的武德。”欧阳琳对隋志成说，“我看你是来寻亲的。泊镇姓隋的很少，我只知道我们萧厂长的媳妇姓隋。你与孙大侠都跟我来，咱先去找萧厂长，然后我喊上师傅，一起去饭店说说话儿。”

孙木松正想搭腔，在一旁站了半天的一位中年人说：“孙大侠留步！咱借一步说话。”

“你俩去吧，我就不奉陪了。”孙木松顺势对欧阳琳说。

中年人见隋志成跟欧阳琳转身离开，便向他身边的一个青年使了个眼色。等青年尾随着欧阳琳他们走后，他才回过头来对孙木松说：“抱歉！让你久等了。不瞒你说，唱歌的那个少年是我老板的公子。我们是特意来关照他的。”

孙木松看出了其中的奥妙，禁不住笑道：“看来，那位少年公子并不认识你们，也不知道有人暗中保护他。”

“孙大侠所言极是！”中年人坦诚地说，“我们是从海南过来的，就两个人。老板来电话，让从本地再找两位保镖。沧州是武术之乡，我们想请孙大侠帮忙，在这里找两个有功夫的。如果孙大侠能够屈就，那就再好不过了。”

“我们武林人，可以替人打抱不平，却不会帮人打架斗殴！”孙木松板起脸说。

中年人急忙解释道：“孙大侠不要误会！我们只是觉得，有点儿功夫的人更便于工作。假如再遇到今天这种场合，也好解围。”

“要是这样说的话，我考虑一下，明天上午给你回话儿。”孙木松说完，便与中年人握手告别。

二

欧阳琳带着隋志成在厂部找到了萧鸿堃。他正要下班，被欧阳琳拦住，一上来就问：“你家媳妇是不是姓隋？”

萧鸿堃看了眼欧阳琳身旁的隋志成，转回头来问道：“你突然找我问这事干什么？”

“他叫隋志成，到咱这儿来找认识隋瑞廷的人。”欧阳琳指着身边的隋志成说，“他说隋瑞廷过去在咱厂子干过。”

听了欧阳琳的话，萧鸿堃心里一震，不由得又打量了一眼隋志成，连忙说：“别在外面站着了，咱到屋里说话。”

萧鸿堃打开办公室的门，将欧阳琳和隋志成让进屋里。他给隋志成倒了杯水，放在他右手的条几上。

“萧厂长重男轻女呀！”欧阳琳打趣道，“怎么不给我倒杯水？”

“人家是客人！”萧鸿堃奚落道，“我没让你给倒水，就算照顾你了！想喝自己去接，有本事把那一桶水全喝了！”

欧阳琳顽皮地一笑，说：“厂长真大方！你这是逮着不花钱的水了！你要是舍得，一会儿给咱上点儿酒水，我把岳师傅也喊过来。”

“今儿还是真不行！我要去陪客户吃饭。”萧鸿堃像是刚想起还有公务在身，马上将目光转向隋志成，问道：“你是隋瑞廷的什么人？怎么一个人过来的？”

“他是我爷爷。”隋志成有点儿局促地回答，“我家在海口有一个公司，去年投资了一个项目，被骗了。我父亲从朋友那儿借了两亿，暂时还不上。朋友翻脸了，父亲怕他做出对我不利的事，就让我来投奔大姑，在这儿躲避一段时间。”

萧鸿堃静静地听着，还没说话，欧阳琳就张大了嘴巴惊诧地说：“我的个妈呀！借了两个亿？！那你家得多么有钱？我还以为你是村里来的呢，原来是富家公子！”

“我也不知道家里有多少资产，反正父亲交往的除了当官的就是有钱的。”隋志成实实在在地说，“其实，我从小就没有钱的概念，不知道钱的重要。这几天手里一缺钱，才觉出钱有用来。”

“真中了那句话，钱对于有钱人就是数字，对于穷人就是命啊！”欧阳琳感慨道。

萧鸿堃心里已经很清楚，隋瑞廷在海南已经结婚生子。也许，这就是他几十年没与家里联系的原因。不联系，他对不起的只有老家的妻子和女儿；一联系，他两边都对不住了。越是有钱有权的人，越不愿打破自己的安逸生活。他过着富人的日子，早已乐不思蜀了。

“你爷爷身体还好吗？”萧鸿堃关切地问。他急于知道，隋瑞廷是否还活着。五十多年过去，算起来他这个岳父已经是八十多岁的人了。虽然他对隋瑞廷没有一点儿印象，但他毕竟是自己的岳父，是妻子的亲生父亲。

“爷爷很壮实，能吃能喝，看上去跟奶奶岁数差不多。”隋志成很快地回答，“爷爷比奶奶大十来岁呢！现在两个人一出门就你扶着我、我扶着你，爷爷怕奶奶摔着，奶奶怕爷爷倒了。”

“萧厂长！既然嫂子姓隋，与隋志成就有缘分。”欧阳琳热切地说，“咱泊镇姓隋的也不多，你让嫂子费费心，打听打听有认识隋瑞廷的吗？志成说他爷爷已经八十多了，能给他找到女儿，也是做了一件行善积德的好事。”

萧鸿堃看着欧阳琳焦急的样子，笑道：“既然你这么热心，我就跟你嫂子说说，让她给扫听扫听。不过，泊镇姓隋的并不少，都是从清河县过来的。清河是隋姓的代表郡望，咱泊镇离那儿才二百公里，过来的人能少吗？”

“那我就先谢谢嫂子了。”欧阳琳开心地说，“还有，厂文艺队不是缺唱歌的吗，隋志成的歌唱得好，比歌星都好，你看看能不能让他到文艺队来。都说‘帮人帮到底，送佛送到西’，你管人事，不会连这点儿事也做不了主吧？”

萧鸿堃扭头看了看墙上的挂钟，说：“厂子进人的事，不是我一个人说了算的。咱先这样，你带志成去找宿舍管理员，就说我安排的，先在宿舍住下。明天我跟厂长说说，他要同意，再说具体干什么工作的事。”

“萧厂长果然大仁大义，怪不得岳主任总是在我们面前夸你！”欧阳琳不无奉承地说，“你还有公务，我带志成过去啦？！”

欧阳琳带着隋志成刚走到门口，萧鸿堃就在后面喊：“等一下！”

隋志成和欧阳琳站住脚，回过头忐忑不安地看着萧鸿堃，唯恐他改变主意。只见萧鸿堃走过来，从身上掏出钱，数了五百块钱递给隋志成，温和地说：“你先拿去置办点儿生活用品，不够的话再找我来要。咱说好了，你一发工资就记着还我。”

“谢谢厂长！”隋志成说着，给萧鸿堃鞠了一个躬。抬起头来时，眼睛里含满了泪水。自从离开海口，他一直过着走投无路、举目无亲的日子。整天面对的是孤寂、迷茫甚至绝望，似乎看不到生活的一点儿亮光。尤其当蔡五哥那一巴掌打过来时，他感到脸上疼，心里更疼，认为自己已经没法儿活了。从小到大，还没人动过他一个手指头！自他离开家，离开亲人的那一刻起，失落与痛苦就接踵而来，整个身心承受着从来没有过的折磨与煎熬。谁料，在他最无助的时候，忽然峰回路转，柳暗花明，碰到了欧阳琳，碰到了孙木松，又遇到萧鸿堃这样一位慈和的长者。他感到，真是中了那句话：“祖国处处有亲人！”

萧鸿堃将客商送回下榻的招待所，寒暄了几句，便匆匆忙忙地回了家。见到妻子隋媛，他第一句话就问：“你猜，我今天见到谁了？”

“你一天到晚见那么多人，我哪能猜到你见到了谁！”隋媛聚精会神地看着电视节目，随口说。

“我见到你侄子了，他叫隋志成。”萧鸿堃也不再卖关子，直截了当地说。

隋媛嘲讽道：“我哪有这么个侄子？你喝多了吧？”

“我今天没多喝酒。总共仨客人，两个是女的，那一个男的酒量也不行，我们连一瓶酒都没喝完。”萧鸿堃赶紧辩白道。

“反正你不是说醉话，就是说梦话！”隋媛质疑道，“我没哥也没弟的，哪来的侄子？”

萧鸿堃换了身睡衣，在沙发上半躺半坐地看着隋媛，解释道：“一开始，我也觉得跟做梦似的。我正想去招待所见客户，欧阳琳带着一个小伙子来找我，先问你是不是姓隋。她说，那个小伙子从海南来，叫隋志成，他爷爷叫隋瑞廷，是到泊镇来找他大姑的。”

隋媛将电视调成静音模式，两眼盯着萧鸿堃，迫不及待地问：“你说的可是真的？他爷爷还好吗？”

“这种大事，我什么时候逗过你？”萧鸿堃叙述道，“我问了，他说‘爷爷壮实，能吃能喝’，不像八十多的人。”

“你没认他吧？”隋媛关切地问。

萧鸿堃自诩道：“我是谁呀？没经过夫人同意，我哪敢乱认亲！”

隋媛舒了一口气，说：“没认就好！这么多年了，他也不联系，现在忽然跑来这么个大侄子，咱不能轻易就认。别说咱还不知道这是真的假的，就是真的咱也先不能认，那样，显得咱太贱了！”

“没联系，肯定有没联系的原因。再说，咱不是也没联系过孩子他姥爷吗？”萧鸿堃替隋瑞廷辩白道，“可能他得知你母亲带着你改嫁了，自己就结了婚。像这种情况，一般不好主动联系，除非你去找你父亲。就是你去找他，也不好找了，他早就不在县里了。他们在海口成立了一个公司，听着是规模不小，少说也得有十亿八亿的资产。”

“你是不是一听他这么有钱，就想认这个孩子？”隋媛忍不住取笑道，“你不会急着当富家女婿吧？”

萧鸿堃作色道：“看你说的！我有那么认钱吗？再说，人家有子有孙的，还能轮到我这个当女婿的去继承财产？咱不缺吃不缺喝的，惦记人家的钱财干什么？何况，你这个侄子说的话咱还不知道真假。我一直疑惑，为什么他一个人跑了来？！”

“就是！”隋媛附和道，“他不会是在海南惹祸了吧？”

“所以，我也不想让你急着认他。咱看看再说。我已经把他安排到厂子宿舍了，如果他想留下，我就在厂里给他找个活儿。”萧鸿堃有板有眼地说。他怕隋媛担心，始终没说隋家在海口的公司面临破产的事。他知道，别看隋媛表面上对隋瑞廷有怨言，心里一定牵挂着隋家的事。毕竟，隋瑞廷是她的父亲。

三

“这一回郭欣凯走运了！”欧阳琳看着杨兰梅和杨媛玉说，“咱宿舍一下子来了俩姓杨的。屋里有羊，锅里不空。一锅炖两只羊，正好满锅，一点儿也不浪费柴火。”

“欧了！”郭欣凯欢快地说，“此乃扬扬得意！这俩杨就交给我了。以后谁也不能因为她们新来乍到就欺负她俩，别忘了有我老郭罩着呢！常言道，不看僧面看佛面，杨家俩妹子跟我有宿缘，伤害她们就是不给我老郭面子。——不对不对，咱这儿还有条鱼呢！鱼羊为鲜，我老郭是要走红运了！”

郭欣凯的话音未落，余智姿就大惊小怪地嚷道：“你们快看哟！杨媛玉这是用什么搽手？”

余智姿一喊，宿舍的几个女人都将目光投向了杨媛玉，才发现她用来搽手的竟然是蛤蜊油，这在市场上已经很少见了。欧阳琳拿起来看了看，对余智姿说：“你真是少见多怪！过去人们都用这个。现在又兴回来了，大商场里都有卖的。”

“我小时候看到奶奶用过。还有杨媛玉骑来的那辆自行车，是秦始皇他老奶奶那辈儿的吧？早该送博物馆了！”余智姿有点儿尖酸地说。她说完，见郭欣凯用眼瞪她，便拿起自己床头的少半瓶面霜递给杨媛玉，倨傲地说：“别用那个了，给你这瓶儿面霜吧。你得紧着用，不然就过期了。”

“我不敢乱用护肤品，怕过敏。”杨媛玉很朴直地说。

余智姿误以为杨媛玉恼了她，故意不给她面子。她一时下不来台，便赌气地将面霜扔进垃圾桶里，刻薄地说：“我看你也不能用！用过敏了，我还得花钱给你去看。”

“你别扔呀，怪可惜的！”杨兰梅从垃圾桶里将面霜捡了回来，抽了一张纸巾擦拭着，说，“媛玉不用我用。”

“你们看看，俩杨也不一样。看来是一只山羊，一只绵羊。”余智姿依然尖嘴薄舌地说，“这两只羊要是放到一个锅里炖，进去不是一个味儿，出来也不是一个味儿。”

杨媛玉刚要说话，郭欣凯拦住她，讪笑道：“你可别惹余智姿，她家邻居是淘大粪的，小心泼你一身脏水。都说近水楼台先得月，她家是近粪的房子先得屎。你们没看见吗，她不但身体好，模样也长得好。这就叫没有大粪臭，哪来五谷香；没有好邻居，哪来俊脸蛋。”

“我屁股也比你脸长得好！生气不？气死你也活该！”余智姿不依不饶地说，“你还想追人家隋志成，也不撒泡尿照照自己！”

“你是好！”郭欣凯戏弄道：“你屁股上都镶着金边儿呢！”

“你要是长得再瘦点儿，脸再小点儿，再是个富婆，追隋志成就不是个问题了。”余智姿讥讽道。说完，她见郭欣凯瞪圆了眼睛，便急忙收回了目光。她从心里怵郭欣凯几分，想转移矛头，便斜了欧阳琳一眼，用嘲弄的语气说：“总起来看，郭欣凯比某人强。某人不是一直喜欢师傅吗？”

欧阳琳看着余智姿，斥责道：“你今儿要犯众怒！我喜欢谁，与你没有一毛钱的关系，你真是咸吃萝卜淡操心！”

“是跟我没关系，我肯定不会跟你去抢师傅。”余智姿调侃道，“常言说，要想学得会，搂着师傅睡。余言道：师傅好，师傅妙，师傅什么都知道！”

“邻居好，邻居妙，邻居什么不知道？”欧阳琳反唇相讥地说。

郭欣凯担心欧阳琳将余智姿把父亲说成邻居的事给捅出来，就抢过话头说：“我虽然不是喜欢大叔，也认为找个大叔没什么不好，大叔知道疼人、体贴人，关键是咱还少奋斗几十年。所以，此时此刻，老郭的诗兴油然而生，诗曰：大叔大叔真挺好，你就像是一块宝；有心跟你过到老，可是臭味受不了！”

“好！说得好！痛快！”欧阳琳像啦啦队员一样喊道。

“你们不饿吗？”孟凝香放下手里捧着的那本书，指斥道，“我看你们都像刚吃饱了似的！”

欧阳琳看了看手机，说：“还真是，快到吃饭的时候了！”

“到你们村里不是看太阳吃饭吗？”余智姿挖苦道，“不管时间，只要太阳一落山就做饭。冬天，五六点钟就吃了；到了夏天，八九点才吃呢！”

“你们城里人不看太阳！现在快六点了，还不快滚回家去吃饭！”欧阳琳笑骂道。她打开那台迷你冰箱，从里面拿出一袋东西，扭头问：“你们有吃团子的吗？上午我三叔刚送来的马齿苋团子，我让食堂去熥一熥，有想吃的说话。”

杨媛玉赶忙说：“我吃！我就爱吃马齿苋的团子和包子，最好是放了新炼的油渣儿。”

“真是鱼找鱼、虾找虾，乌龟爱找大王八！村里人就爱吃村里饭。”余智姿一撇嘴，鄙夷地说，“我可不敢吃，怕吐出来。我妈说，她有一次去村里，看到一个老太太一边擤鼻涕一边揉面。揉完面去了茅房，回来手都不洗，就开始烙饼。你说，这饼还能吃吗？”

“这就叫不干不净，吃了没病！”欧阳琳不以为然地说，“你们城里人倒是讲究，却三天两头儿地跑医院。”

余智姿耻笑道：“你们村里人在门上挂的肉皮一夏天都不坏，是不是也是由于不干净。我听说，家里人出门前都用肉皮擦擦嘴，看上去跟吃了肉似的。哎，我说杨媛玉，你在家是不是连蛤蜊油都舍不得用，天天用肉皮搽脸吧？”

欧阳琳冲余智姿“呸”了一口唾沫，说：“俺们村里人用这个搽脸！”

宿舍的几个女人“嘻嘻哈哈”地笑起来。

在人们的笑声中，余智姿终于松了一口气。每当人们提到邻居一词时，她的神经就紧绷起来。她经常懊恼地想，全怪自己虚荣心作祟，当着郭欣凯把自己的父亲说成是邻居！她终于切身体会到，讲一句谎言，要用十句甚至千百句谎言来圆的道理。

四

萧鸿堃见岳祥宗进来，第一句话就问：“苒苒工作怎么样？没惹你生气吧？”

“这孩子干活儿挺踏实，也很有教养。”岳祥宗由衷地说，“只是，我到现在也想不清楚，老杨不让她去上大学，弄到咱厂子来干吗？这么下去，不是把孩子耽误了吗？”

“老杨就是为了让她来磨炼磨炼。”萧鸿堃解释道，“她过去一直是锦衣玉食，不知道生活的难处，让她来接触接触工人，才能更有爱心和同情心。她在这儿也待不长，多说也就一两年的事。老杨说，等她从这儿回去，再让她去上大学。要有好的发展，没有真才实学说什么也不行。”

岳祥宗若有所悟地说：“这么说，还是老杨看得长远。我这么瞅着，苒苒这孩子已经很不错了，比我那俩孩子强多了。她一点儿也不像亿万富翁家的孩子，不娇气，也不傲气。”

“没想到，她与你还是亲戚。”萧鸿堃端起茶杯呷了一口水说。

“说起来，这亲戚就有点儿远了。”岳祥宗谦逊地说，“她太姥爷跟我爷爷是表兄弟。她太姥爷姓殷，解放前在沧州是数一数二的船老板。现在处于城中心的殷家花园，就是她太姥爷家的祖宅。”

萧鸿堃再一次叮嘱道：“苒苒是老杨的女儿，在厂里只有你和我知道，千万别透露出去。不然，老杨的一番苦心就白瞎了。”

“这事我明白！”岳祥宗终于领悟地说，“老杨费这么大心思，不就是要让苒苒作为普通女工与工友们相处吗？如果人们知道了她是富豪的女儿，就会对她高看一眼，她就不能真正体会到一个平常人的喜怒哀乐。老杨不让她到自己的公司去，怕的就是这一点。”

“你这不是看得很透彻吗？”萧鸿堃赞许地说，“我现在最担心的是，你对苒苒太关照，让她身边的工友们看出端倪。”

岳祥宗断然说道：“不会。我特意让她多干活儿，欧阳琳还说我欺负老实人，专拣好支的支呢！”

“怪不得隋志成说她是侠女呢，真爱打抱不平！”萧鸿堃笑道，“你看，什么事也别特意，一特意别人就觉得不对劲儿了。对苒苒跟对其他工人一样就行了，磨炼她并不是让她多干活儿。你刚才不是也说了嘛，主要是让她体味到一个普通工人的真实生活。”

岳祥宗刚要接话，萧鸿堃的手机响了。他“嗯嗯啊啊”地应付了几句，放下电话，对岳祥宗说：“桑树东到了楼下。你先到里屋坐会儿，等他走了咱再出去。”

岳祥宗刚进屋，桑树东就进来了。他四下里看了看，神神秘秘地说：“正好屋里没人！”

桑树东将手里提的兜子撂到办公桌上，从里面掏出一沓钱放到桌的一角，用报纸盖上后，抓过桌上的一大包纸巾扔到兜子里。整个过程是那样的熟练，就像装盒车间的工人一样快速而有条不紊。

“你这是干吗？”萧鸿堃明知故问道。他已经猜到，桑树东是为了厂区道路翻修工程招标而来。

“没什么。兄弟我有钱了，也给你送点儿花花。钱是王八蛋，花完咱再赚。我的钱就是你的钱，我就是你的管家，你用时尽管说话。”桑树东嬉皮笑脸地说，“我这次来，也顺便打听一下，看看咱厂子有没有适合我干的活儿。”

萧鸿堃奚落道：“你不是闻着味儿来的吗？”

“萧厂长一猜就对！”桑树东奉承道，“你猜得不错，我就是过来问问，厂区的道路能让我们公司来做吗？”

“你先把兜子里那包餐巾纸拿出来。”萧鸿堃说着，将盖在钱上的报纸掀开，用手一指说，“把这个装回去。”

桑树东慌忙说：“我说了，这是我自己的一点儿心意，与工程无关。你这工程给不给我，这钱我也得给你。我记得那年去你家，你家里什么也没有，太寒酸了！我给你撂这十万块钱，就算是扶贫了！”

萧鸿堃执意地说道：“你把这钱装起来，咱好说话。”

“萧厂长！我觉得你不是这个脾气呀！”桑树东有些犹疑地说，“你这不是打我脸吗？打人别打脸，揭人别揭短。我已经拿出来了，你再让我装回去，这不相当于让我把拉出来的屎往回抽吗？！”

“你也知道这钱是脏东西？你要是看得起我，就把这钱收起来。要是看不起我，你就赶紧走，我也不跟你废这个话了。我就快退休了，你这不是让我晚节不保吗？！”萧鸿堃板着脸说。

桑树东正不知所措，岳祥宗微笑着从里屋走出来。他瞅了眼桑树东，一伸手抓住了那叠百元大钞，故作欣喜地说：“谢天谢地！我这儿正缺钱呢，这钱我先拿走了。树东！你也别着急，我来给你做证，证明你给萧厂长送了十万块钱，也证明是我把这钱拿走了。你不知道，我给儿子买房正愁钱呢！”

“你就别添乱了！”桑树东惊魂未定地说，“你要是真需要钱，我借给你点儿还不行吗？”

“树东，你可能还不知道我跟祥宗这关系。我的就是他的，他的就是我的。”萧鸿堃笑着说，“这钱，要么你带着走，要么他带着走。你如果真想让我帮你，你就赶紧把这钱收起来。道路改造投标的事，你去找个有资质的企业来竞标，同样的条件，我肯定照顾你。”

桑树东很不情愿地将钱收起来，说：“有你这句话，我就放心了。我有句话今天撂这儿，只要让我干了道路工程，好处绝对比这个多。”

“我不看你的好处，只看工程质量。”萧鸿堃平和地说，“你只要把活儿干好了，别让人戳我脊梁骨，比送我一百万都强。”

桑树东出门后，岳祥宗笑着对萧鸿堃说：“你看，我一来，还给你救场了。”

“你不在也无妨。”萧鸿堃笑着说，“你可能不知道，我这屋里装着摄像头，即便有事也能说清楚，别人甭想诬陷我。这就叫害人之心不可有，防人之心不可无。”

“这么说，咱俩说话全录下来了？！”岳祥宗错愕地问道。

萧鸿堃坦率地说：“我安的摄像头还不能录声音。能录声音的已经有了，得需要大容量的存储盘，价格太高。我想，往后，大街小巷、角角落落都会装摄像头，让做坏事的人无处遁形。你不信，我也把话放这儿，以后，你在屋里屋外的所有活动，专职人员借助卫星都能看得一清二楚。只要想查你违法乱纪的事，锁定你几天，证据就全有了。再发展发展，就能通过电子设备，知道你心里的全部所思所想，那时，人类也就没有秘密可言。过去做坏事，是天知地知、你知我知，今后是想知就知。”

“看来，以后想当坏人也不容易了！”岳祥宗风趣地说。

“坏人丧魂落魄之日，便是好人扬眉吐气之时。”萧鸿堃“哈哈”一笑，十分畅快地说道。

岳祥宗疑惑地问：“桑树东说那年去过你家，你还有印象吗？”

萧鸿堃解释道：“那是火柴厂刚改制时的事了。他下了岗，就说没饭吃了，闹着到我那儿去吃饭。他到家里一看，发现冰箱里什么也没有。于是，他就蔫蔫儿地出去了。我以为他回了家，哪知道他去外面买了好多东西，把冰箱都给塞满了。”

“他还以为你这个副厂长家得多有钱呢！哪知道，他赔了夫人又折兵，真去你家扶贫了！”岳祥宗开心地笑道。

“你刚才说想给岳冰买房，之前怎么没听你说呢？”萧鸿堃关切地问，“需要钱跟我说一声，我帮不多，还帮不少吗？！”

岳祥宗淳厚地说：“我就是随口一说，买房的事还没上日程呢！真要买，肯定先跟你打招呼……”

萧鸿堃的电话又响起来。他打开手机，听里面说了几句话，便立即说：“我们马上就到。”

“是不是金水他们到了？”岳祥宗看着萧鸿堃问。

“是。”萧鸿堃回答，“邱梓昌说，白市长已经去了。咱也走吧。”

五

欧阳琳对杨媛玉说：“你别给志成夹肉了，让他少吃点儿。饱吹饿唱，你让他吃得太多，他就唱不出来了。”

“不吃饱了，哪有力气唱歌呀？”杨媛玉大惑不解地说。

“志成可能有体会，吃得太饱，歌就唱不好。”欧阳琳看着隋志成说，“什么叫唱得荡气回肠？就是让声音在肚子里有回旋的余地，这样唱出来才好听。”

隋志成附和道：“确实，唱歌时需要很大的肺活量，甚至要气发丹田。吃得饱了，肺活量受影响，声音自然欠佳。唱歌的都知道，‘肚饿嗓宽’，上台前两个小时不敢吃东西。”

“原来琳姐说得对呀！”杨媛玉非常敬佩地说，“我发现，琳姐不但豪爽侠义，懂得也特别多！”

“确实是，”杨兰梅紧跟着说，“郭欣凯谁也不服，就服琳姐一个人。”

欧阳琳愉悦地笑道：“咱四个我最大，当然比你们懂得要多，不然那几年咸盐就白吃了！至于郭欣凯，就是个炮筒子脾气，虽然嘴不饶人，心地挺好。她父母都是从咱火柴厂退的，她跟厂子三分之一的人都熟，所以在这里说话办事就显得放肆一点儿。你三个刚来，在厂里说话不能跟她一样，一定要格外注意。这些年火柴厂效益好，亲戚朋友都托门子扒窗户地到厂子来。所以，这里亲戚连亲戚，朋友接朋友。你不知道谁是谁的哥嫂兄妹，也不知道谁是谁的姑舅娘姨，一言不慎，得罪一大片。”

“亏了琳姐提醒得及时！”杨兰梅十分诚挚地说，“我就有爱多说话的毛病，为这总得罪人。”

“祸从口出，病从口入。”欧阳琳有几分睿智地说，“老人们讲‘逢人只说三分话，未可全抛一片心’很有道理。有时候，你觉得把一件私密的事告诉给最好的朋友，他会守口如瓶，不会给你说出去。哪知道，他还有最好的朋友，有心无心地就对朋友说了。说来说去，这事就传开啦。所以，话一从你嘴里出来，就由不得你了。”

杨兰梅发自内心地说：“今儿这顿饭不白吃，让我长了很多见识。这样吧，这顿饭我请了，你们谁也别跟我争，好吗？”

“哪能让你请！”欧阳琳断然回绝道，“刚才我说了，咱四个我最大，就该我来买单。再说，是我喊你们过来的，谁操持谁拿钱，这是规矩。你请，是想陷我于不义呀！”

“我看这样，”杨媛玉心思缜密地说，“这次还是让琳姐请，下次你再请。咱从年龄大的开始，最后是志成安排。”

“这个主意好！”隋志成非常赞同地说，“我提议，第一轮咱就吃这沙家馆涮羊肉。这里的羊肉还真不错，很地道。我以前吃过多少回涮羊肉，也没吃出这个味道来。”

听了隋志成的话，欧阳琳欣悦地说：“这沙家馆的生意，应了赵丽蓉在小品里说的那四个字：货真价实。一百年前，老掌柜的才经营这个饭店时，坐船去外地，刚上船，就见一老者在船尾哭。掌柜的是个热心人，过去一问，才知道这个人在沙家馆吃饭，喝多了酒，将五十两银子忘在了饭店里。掌柜的问：‘你回去找了吗？’老者说：‘找有什么用？这么多银子，别说是让他人拿走了，就是饭店的人捡到了也不会给。’掌柜的说：‘你不去找，怎么知道不给呢？我陪你去要。’掌柜的不由分说，拉着老者就回了自己的饭店。他让老者站在门外，自己一个人进去了。过了一会儿，他拿着五十两银子走了出来。老者看了看银子，说：‘这银子不是我的。’老掌柜解释道：‘饭店的伙计捡到了银子，等了半天也没人来认领，正好有来要货款的，就把你那银子用了。’老者一听，这才接过了银子，高高兴兴地走了。实际上，这五十两银子是掌柜自己拿出来的。他说‘顾客在沙家馆丢了钱财，我就得负责’。这事儿一传开，沙家馆就火了起来。

不光泊镇人，水陆来往的客商全来捧场。人们说，这样仁义的掌柜，用的东西一定是真材实料。”

“怪不得这羊肉的味道这么纯正呢！”隋志成称赞道，“现在，用真羊肉的饭店不多了。我听说，饭店的涮羊肉往里掺杂着鸭肉。”

欧阳琳纠正道：“烤羊肉串的才掺鸭肉。一块鸭肉一块羊油地串在一起，用炭火一烤，羊油流到鸭肉上，一般人就尝不出是鸭肉还是羊肉了。泊镇附近养貂、养貉、养狐狸和海狸鼠的比较多，所以，涮羊肉大多掺这些动物肉。养殖户养貉养貂主要是用来取皮，那肉不值钱，一只貂才卖五块钱，一只狐狸二十块钱，羊肉却卖到三十多一斤。饭店老板哪个不想多赚钱，于是就唯利是图，以假乱真。”

“看来还是羊值钱！”杨兰梅眼睛一亮，惊喜地说，“你们发现没有？咱们三个女生，姓名中有阳、杨、杨！咱‘三阳’开泰，喝一个。”

“我听说，沧州大老板杨书彤的女儿也在火柴厂。”隋志成困惑地说，“她父亲那么有钱，她到咱厂子来干吗？琳姐！你帮我打听打听，看她在哪个车间？”

欧阳琳笑着问：“你听谁说的？你扫听人家干吗？即便她在厂子里，也不可能下车间。”

“我就是好奇。”隋志成恳切地说，“我就是想问问她，为什么不去父亲的公司，要到这里来工作。”

“我跟媛玉都姓杨，你看看我们俩谁像是杨老板的女儿？”杨兰梅看着隋志成戏谑地问。

隋志成瞅了瞅杨兰梅和杨媛玉，摇着头说：“你俩就算了吧！琳姐不是说了吗，人家杨老板的女儿不会到车间里干活儿，肯定是在厂部的哪个科室里。”

“你要认识杨老板的女儿，是不是想给人家当乘龙快婿呀？”欧阳琳亦庄亦谐地说，“我如果找到她，就给你俩撮合撮合。”

“琳姐不要挖苦我了！”隋志成笃实地说，“人家是富豪千金，我是穷困潦倒的富二代！落毛的凤凰不如鸡，我哪敢有那个奢望！”

杨媛玉笑眯眯地看着隋志成问道：“你是不是叫志成？你这个志成，不能白叫！有志者，事竟成！套用琳姐刚才说的一句话，你不去试，怎么知道不行呢？”

“媛玉姐，你别取笑我了！现在我有几斤几两，我比谁都清楚。”隋志成自惭形秽地说。

“你一叫我姐，就连我叫大了！”杨媛玉嗔怪道，“我比你只大半个月，你叫我媛玉多好……”

欧阳琳看了看手机，匆忙地说：“时间差不多了！你们都吃好了吗？如果吃好了，我就下去结账了。我不上来了，在楼下等你们。”

欧阳琳他们离开饭店，急匆匆地来到火柴厂大礼堂时，里面已经是人影憧憧。舞台上方，悬挂着“庆祝泊镇火柴厂建厂九十九周年文艺演出”的大红条幅。喇叭里播放着《歌唱祖国》的旋律，让礼堂里充满着奋发昂扬的欢乐气氛。欧阳琳与年轻的女工们在后台换上红色的舞蹈服，上来跳了开场歌舞，然后留下十二个人，分别换成绿色和黄色的服装为隋志成伴舞。隋志成先唱了一首《从头再来》，随后唱起了《火柴之歌》：

从深山中走来，
从运河里走来；
千里万里，千呼万唤，
做出我这小小的火柴。
点燃百年历史，
点亮万家灯火，
点爆生活的绚丽色彩。
奉献是我的品格，
燃烧是我的期待……

杨媛玉专心跳舞时，被余智姿故意绊了一下，她站立不稳向前倒去，正好伏在隋志成身上，被他一回手揽住了。郭欣凯见余智姿使坏，曼舞到她身边时，突然一伸脚，余智姿直接趴到舞台上。

六

欧阳琳一大早就喊齐了宿舍的几个人，一块儿去看余智姿的父亲。她父亲患了肝坏死，查出来后医生建议做肝移植。她家拿不出那么多钱，住了几天院，只好回家养着。

宿舍的几个人凑了二百块钱，买了鸡蛋、牛奶、龙须面和水果，由孟凝香开车，前往余智姿家。她家住在运河边儿上，是早期的平房，还没拆迁改造。虽然运河两岸都修了柏油路，道路两头却埋着幻彩红的花岗岩大石球。石球像天外来客一样，倏地砸在河堤上，一半在地下，一半在地上。汽车不能通行，于是，她们就把车停在临近运河的日华中路，然后一人拎着一件东西，沿着运河岸向前走去。走着走着，就看到一家卖早点的，欧阳琳给每个人要了一碗老豆腐、一块油饼，匆匆忙忙地吃了早餐。

运河岸边的早市还没有散尽，剩下的摊位大多是附近的菜农。堤里堤外，树木纷杂，如原始森林一般。许多遛鸟的人，沿着树下的幽径，挂满了大大小小的鸟笼。笼里的鸟与笼外的鸟互相唱和，叽叽喳喳地叫个不停，像进了鸟市一般。在树木稀疏的地方，能看到白亮的运河水。偶尔有船只轻轻驶过，后面留下深绿色的波浪。

“一会儿回来咱买点儿青菜，让孟凝香带回家。”欧阳琳诚心诚意地说，“咱不能总是白用她的车。”

“别，”孟凝香赶紧拒绝道，“俺家人少，吃不了多少菜。你不能让我天天吃青菜吧？！把俺们一家人的脸吃绿了，别人还以为我们家是外星人基地呢！”

欧阳琳笑呵呵地说：“在京剧里，绿脸的都是侠骨义胆的人物。你看河边儿这些卖菜的老人，有的都七八十岁了。他们四五点钟就起来去地里割菜，卖到现在，很可能连饭还没吃呢！咱把那几位老人的菜都买了，他们就能回家吃饭了。”

“孟凝香！你得跟琳姐学着点儿，多一些慈悲心肠！”郭欣凯调笑道，“为了善良和仁义，不怕脸上泛点儿绿！”

“你这说的什么呀？！”孟凝香佯狂作癫地说着，用力捶了郭欣凯的胳膊一下。

郭欣凯闪到旁边，“哈哈”一笑，奚落道：“脸绿总比头上绿强吧？我不是没说那句话吗？”

“只要生活过得去，哪怕头上泛点儿绿！”杨兰梅把郭欣凯没说的话给说了出来。

“这话不是我说的吧？”郭欣凯得意地问道。

欧阳琳看了眼前面河坡下的那片平房，扭过头来说：“都别闹了！你们这样嘻嘻哈哈的，哪像是来看病人的！让余智姿看到，还以为你们幸灾乐祸呢！对了，刚才给余智姿家买点儿菜来就好了！咱这是聪明一世，糊涂一时呀！”

她们连续问了好几个人，才找到余智姿家。她家处在那一片平房的边儿上，那老旧的房子与后边的高楼形成了鲜明的对比。杨媛玉站在余智姿家破败的木门前，悄悄对杨兰梅说：“我以为只有农村才有这么破旧的房子，想不到城里也有这样的！”

“要不是等着拆迁，我家早就搬走了！”余智姿不知什么时候站在了杨媛玉身后，依然很要强地说，“前几年，多少家开发公司看上了这片地方，有的都谈得差不多了，就因为那几家房子好点儿的觉得自己吃亏，说什么也不签字，这事就黄了。从那以后，就没有开发商敢过来谈拆迁的事了！”

杨媛玉没想到自己的话让余智姿听到，一时有点儿尴尬，就躲到了一旁。她随着欧阳琳她们走进屋，听前面的几个人向余智姿的父母问候着。越过她们的肩膀，杨媛玉看到床上躺着一个面色蜡黄的人，见这么多人来看他，脸上勉强挤出一丝笑意。欧阳琳她们说了一些安慰和鼓励的话，最后说了句“好好养病”，便往外走。

回来的路上，欧阳琳果真买下了两位老人的青菜。杨媛玉记得去的时候卖菜的老人有不少，回来时，就剩下了这两位老人。她想，在她们去余智姿家的这段时间里，他们或许是卖完了菜，或许是带着没卖完的菜回家了。卖完菜的心里一定敞亮了；没卖完菜的，心里会觉得憋屈，恐怕吃饭也不香了。

欧阳琳她们刚到车间，办公室就通知岳祥宗去二楼会议室开会。岳祥宗开完会很快就回来了，他对车间的工人们说，厂领导让以车间班组为单位，给余智姿患重病的父亲捐款。一个小时之内，把捐款送到办公室。上午，厂领导们要带着捐款去慰问余智姿的父亲。

“我身上没有多少钱了，”杨媛玉对岳祥宗说，“回头，我直接给余智姿吧。”

“你想捐多少？我先替你垫上。”欧阳琳热心地说。

杨媛玉摇了摇头，真挚地说：“不用！我很快就会交给余智姿，误不了她替父亲看病。”

“媛玉说不用，你就不用管了。让她自己给余智姿更好。”岳祥宗应允道。他似乎知晓了杨媛玉的心思。

七

余智姿做梦也没想到，工人捐款和厂里资助一共送来十几万块钱。更让她感到惊喜和意外的是，她的工资卡上突然多出二十万元。她赶紧到银行查了一下，获知这笔钱是沧州的一家大集团公司打过来的。她想，难道真像欧阳琳说的那样，沧州大老板杨书彤的女儿在火柴厂上班吗？不然，怎么会有沧州的企业这么快就给她捐款呢！她觉得这个人就在自己周围，只有认识她的人才会如此真心帮她。她问了杨兰梅，杨兰梅很干脆地否定了这件事。她想到了杨媛玉，却很快就被自己排除了。从杨媛玉来到火柴厂，她就一直跟她作对，看到自己倒霉了，她高兴还来不及，万万不会帮她，就是菩萨也不会有这样的善心。何况，杨媛玉在她家门口便嘲笑自己，说她余智姿家的房子比农村的老房子还破旧。

有了这三十多万元，余智姿的父亲很快就回到了医院。经过医生的风险评估，最后让余智姿的大哥为父亲捐了部分肝脏。手术很成功，大哥不到七天就出院了，她父亲恢复得也很快。一个家庭的灭顶之灾，终于有了最好的结果。

余智姿知道，按照厂子的惯例，职工的直系亲属患了重病，厂里再给报销一部分医药费。她拿着医院的费用清单找到负责此事的门光斌，门光斌抬眼看了看余智姿，讥刺道：“你想什么呢？厂里已经给你父亲捐十几万了，你还想再报销医药费？！”

“一码归一码，捐不捐款厂里该给报销的也得报销。过去不都是这么办的吗？”余智姿固执地说。

“那是厂子效益好的时候。”门光斌坚持道，“现在厂子这么难，你还提过去的事！你看过去的许多福利现在还有吗？”

余智姿担心自己再犟下去，把门光斌惹恼了，事就更不好办了。于是，她便缓和了语气，说：“我也别说行，你也别说不行。麻烦你给问问，看看这事能给办不。就算我拜托你了！”

“科长出差了，我给你问谁去？”门光斌依然倔生生地说。

“科长不在家，还不是你副科长说了算！再不行，你帮我找找萧厂长。你跟萧厂长不是吃喝不分吗？你直接去问问他不就行了嘛！”余智姿尽力抬举着门光斌说道。

门光斌听余智姿这么一说，语气果然软了下来，却很不情愿地说：“要么，等一会儿我去问问萧厂长，你下班前再过来吧！”

余智姿赶忙对门光斌说了一些客气话，临出门时，面带笑容地说：“你要能给办成了，我晚上请请你，饭店由你选。”

“你一会儿来听话吧。”门光斌的脸上终于露出了一丝笑意。

临近下班时，余智姿又来到了门光斌的办公室。门光斌正在打电话，在电话里又说又笑的。他这一个电话打了将近半个小时，余智姿也如坐针毡地等了半个小时。等着等着，科室的人就全走了，只剩下门光斌和余智姿。门光斌放下电话又去了卫生间。回来后，他只字不提找萧鸿堃的事，却假仁假义地问起余智姿父亲的病情。然后钦羡地说：“你父亲有你这么一个女儿，也是有福了！又漂亮，又懂事！你不知道，我一见到你，心里就直痒痒。”

余智姿从门光斌的神色里已经看出他不怀好意。为了能把自己的事情办好，她只得装作懵然无知地说：“多谢门科长夸赞！我的事让你费心了！”

“光嘴上谢有什么用？”门光斌紧盯着余智姿的脸说，“你得拿出点儿实际行动来吧。”

“我刚才不是说了吗？晚上请你吃饭。”余智姿马上回道。

门光斌用色眯眯的眼光看着余智姿雪白的脖子和隆起的胸脯，傲慢地说：“我今儿晚上有安排了。”

“那就明天中午，明天晚上也行。”余智姿执意地说。

“这样吧，你也别请了。”门光斌终于忍不住说道，“门哥我惦记你许久了，今儿也是天意，给了咱俩这么好的一个机会！我也不做什么，就是想亲亲你，抱抱你！”

余智姿强忍住心头的火气，孤高地说：“你不是说我长得好看吗？我长得像我奶奶，脾气也像。当年，日本鬼子也惦记上了我奶奶，要对我奶奶无礼。最后，他们用刺刀逼着她，我奶奶宁死也不同意。鬼子投降都六七十年了，难不成你……”

“你别跟我说这个！”门光斌欲火难耐，对余智姿威胁道，“你同意，我就同意；不同意的话，你愿找谁就去找谁！你找谁，最后也是到我这儿。你自己想清楚了，我不逼你！”

“畜生！”余智姿骂着，拿起桌上的票据转身就走。

门光斌从椅子上跳起来，上前抓住余智姿的衣服，嬉皮笑脸地说：“你至于生这么大的气吗？哥喜欢你有错吗？你要真不愿意，就当我跟你闹着玩儿，不行吗？”

余智姿一回手抽了门光斌一巴掌，咬着牙说：“你哪是心痒，我看你是皮痒！”

还没等门光斌反应过来，余智姿就推开门，然后用手狠狠地一摔，急急忙忙地跑了出去。她一边跑，一边将手里的票据撕碎，扔在了空中。到了厂门口，她忽然感到一阵委屈，忍不住呜呜地哭了起来。她觉得，有些人还不如畜生。畜生永远是畜生，而人有时候却真不是人！

八

隋志成敲开了女工宿舍的门，他见欧阳琳她们都在，便故意放开喉咙说：“大家别忘了，晚上七点半，各个厂子的青年都来咱大礼堂跳舞。我不说你们也知道，表面上是跳舞，其实就是来找对象。你们几个一定要抓住机会，过了这个村，可就没有这个店了。”

“要是去了也找不到中意的怎么办？”郭欣凯调侃道。

“那还用问，谁再找不到对象，就只能嫁给我了！”隋志成一时亢奋，脱口说道。

郭欣凯“哈哈”一笑，戏言道：“我们就是嫁给蠢猪，也不嫁给你！除非你承认自己是猪八戒，爱背媳妇！”

宿舍的几个女孩“嘻嘻哈哈”地笑起来。

“我就是娶老母猪，也不娶你！”隋志成得意地说着，偷眼瞅了瞅欧阳琳。她正背对着隋志成在床上叠衣服，似乎没有听到他的话一样，头也不回地忙着自己的事。

屋里的几个人又开心地笑起来。在笑声中，隋志成离开去隔壁的宿舍下通知。这个活动是工会与妇联一起搞的，厂里怕女的去得太少，特别强调单身女工必须参加。尤其是住在厂子宿舍的女工，“一个都不能少”。为此，工会主席又让隋志成再通知一遍。

隋志成楼上楼下地走了一圈儿，看看时间还早，就去了离宿舍楼不远的荷塘。这里是从宿舍楼去礼堂的必经之路，他想在此等欧阳琳她们。到厂子一年多来，他感到自己已经融入火柴厂这个大家庭里。火柴厂就像是一个小社会，有学校、幼儿园，有职工医院、职工食堂和职工宿舍。他喜欢上了厂里优美的环境，喜欢上了厂里宽松的气氛，更喜欢上了厂里热情似火的工人们。他喜欢欧阳琳，觉得她热心快肠，有女侠风骨。比起他原来接触的那些妖里妖气的女人，欧阳琳就是他心中的女神。过去的一切，就像噩梦般逐渐被淡忘。忘不了的，是自己的父母，是姥爷，是爷爷奶奶。他不知道，他们为什么始终不联系自己，甚至连一个电话也不打来。他问了憨三儿和几个朋友，都说没有他亲人的消息，他们就像是凭空消失了一般。

月亮挂在天上，映在水里，让隋志成想到“月光浸水水浸天，一派空明互回荡”的诗句。他走在水中回廊上，看芦苇在微风中摇曳，看荷叶随水波荡漾。随着荡开的，还有那如银的月光，闪闪亮亮，浑似打碎的自发光的白玉片。青蛙在芦苇与荷花之中，此一声彼一声地叫着，像是喊嗓的演员，正在为登台做准备。隋志成知道，过不多久，这里的蛙声就此起彼伏，连成一片了。

已经有人开始往礼堂方向走了。隋志成一会儿看看天，一会儿看看水，耳朵却聆听着塘边那条水泥路上传过来的声音。他知道，女工们都是三五成群地走过来的；他还知道，郭欣凯的大嗓门老远就能听到。欧阳琳一定会跟郭欣凯一起出现，或者说，郭欣凯一定会等着欧阳琳一起过来。果然，就在离舞会开始的时间还有几分钟的时候，郭欣凯那无拘无束的笑声就传了过来。

隋志成站在路边，等欧阳琳她们过来后便说："我正想去催你们呢！舞会就等你们几位啦！"

"你什么时候成妇联主任了，这么负责？"郭欣凯开玩笑地说。

"我是工会的，好吗？"隋志成欢欣地回答。

欧阳琳看了隋志成一眼，关爱地说："我们几个是最后出来的。你往回走吧，宿舍已经没人了。"

隋志成跟在欧阳琳她们身后，快步来到礼堂。舞会还没开始，舞池里已经有男男女女随着音乐起舞。欧阳琳看到两把空着的椅子，便对杨媛玉说："你坐这儿吧。志成，你也坐吧，跑了半天了！"

杨媛玉坐下后，见隋志成还在犹豫，便笑吟吟地说："琳姐说了，你就坐下吧。你是不愿挨着我坐，还是怕我吃了你？"

"我又不是唐僧，你吃我干什么？！"隋志成风趣地说着，坐在椅子上。他看到，欧阳琳她们在前面找到了椅子，先后坐下了。

舞会开始前，市总工会和市妇联的负责人作了简短的发言，明确了以舞会友的主旨。舞会开始后，舞池的人从少到多渐渐活跃起来。杨媛玉看了隋志成两次，见他始终没有邀请自己跳舞的意思，心里不免有几分失落。后来，一个陌生的女孩儿向这边看了看，大大方方地朝隋志成走过来。此时，杨媛玉已顾不了许多，主动对隋志成说："咱俩跳一曲吧！让我也看看你的跳舞水平。"

"我早有此意！"隋志成顺水推舟地说。实际上，他的目光一直没有离开欧阳琳。他在等着欧阳琳，或者等欧阳琳与别人跳时，他再邀请杨媛玉。

隋志成先站起身，绅士般地向杨媛玉浅施一礼，幽默地问："这位美女，我可以请您跳舞吗？"

"尊贵的唐僧先生！多谢您赏光，请吧！"杨媛玉微笑着，戏谑地回敬道。

隋志成领着杨媛玉的手走到一个空位上，随着音乐翩翩起舞。他一直关注着欧阳琳，时不时地朝她坐着的地方看一眼。他担心由此冷落了杨媛玉，于是自我解嘲地说：“今天咱跟《西游记》摽上了！一会儿唐僧，一会儿猪八戒！”

“你要是唐僧，我就当玉兔精！”杨媛玉顽皮地说。

隋志成似乎从杨媛玉的眼睛里看到了她心里想说的话。于是，他慌乱地躲开她那火辣的目光，急不择言地说：“你适合当女儿国国王。可惜，我不是唐僧，顶多算猪八戒。你不知道，我高中没毕业，学校就让我休学了。那时候，我很少在学校里老老实实地上课，整天与社会上的一些朋友混在一起，出入高档饭店、酒吧和舞厅。”

“真想不到，你年龄不大，阅历还挺丰富的。”杨媛玉打趣道，“我说你这舞跳得这么好呢，原来是舞场老手！”

“姐呀！你别取笑我了！”隋志成懊悔不迭地说，“我那时候，就像是鬼迷心窍一般。现在想想，过去一定是被什么东西附体了。”

杨媛玉用力握了一下隋志成的手，看着他的眼睛，坦率地说：“你能认识到自己的过失，说明你本质挺好。浪子回头金不换！历史上，有好多杰出的人物年少时都放荡不羁。你像刘邦、曹操，少年时要么是地痞，要么是狂妄的纨绔子弟。现在一些演艺界的名人，小时候都挺叛逆，打架斗殴，旷课逃学都做过。”

“你知道得真多！哪像比我大十五天的，大十五岁我也相信。你太成熟了！”隋志成实实在在地说道，“我也不瞒你，我进火柴厂也是因为走投无路了。来这里干活儿，总比在大街上饿死强。”

“你的意思，是我长得老呗？！”杨媛玉娇媚地笑道。

“你知道，我不是这个意思。”隋志成的话没说完，一曲终了。他见欧阳琳起身离去，急忙对杨媛玉说：“回头再跟你解释！”

隋志成丢下杨媛玉，匆匆忙忙地追了出去。欧阳琳在前面走，他在后面紧紧跟着。后来，欧阳琳站住了，转过身来看着隋志成，责怪道：“你不陪着媛玉跳舞，跑出来干吗？”

“你一个人出来，我不是不放心嘛！”隋志成殷勤地说。

“你跟杨媛玉挺般配的，也算是金童玉女。”欧阳琳诚挚地说，“你自己不是说了吗，错过这个村，可就没有这个店了。”

隋志成笑道：“我还以为你没有听我说话呢，闹了半天就是背着身儿不愿看我。”

“还用看着你吗？你那么大声音，捂着耳朵也能听清。”欧阳琳与隋志成一边走一边说，“郭欣凯这是觉得配不上你，心里就放下来。如果不是这样，她也不会跟你开那样的玩笑。你可能不知道，她刚看到你时，便对你一见钟情，一心想嫁给你。后来，可能是余智姿嘲笑她的话，刺激到了她，让她打消了这个念头。郭欣凯真是个拾得起放得下的好女孩儿！”

“还有这事？说实在的，我还是真不喜欢她，我只对你一见钟情。看到你，我眼里再也没有别的女孩儿，包括杨媛玉。”隋志成话头儿一转，无所顾忌地说。他觉得，欧阳琳身边的女孩儿各有各的可爱之处，比他原来接触的那些浓妆艳抹的女人强多了。那些女人，随时都会为有钱的男人脱光衣服，想来就令人生厌。相比之下，火柴厂的这些女孩儿们都如此清纯，如莲似玉一般。郭欣凯虽然容貌普通一点儿，性格却活泼开朗；余智姿性情刁钻，模样却很俊俏；杨媛玉清秀可人，说话办事极有分寸……最完美的是欧阳琳，天性阳光，善良聪慧，姣好的脸庞和婀娜的身材，让人一见就怦然心动。此时此刻，在朦胧的月光下，他忽然有了拥抱欧阳琳的冲动。可是，古人说过，发乎于情，止乎于礼。他心里很清楚，如果他这样莽撞地搂住欧阳琳，她一定会说他是轻浮浪子，本性难改。以后，在她眼里，他就如地痞流氓一样，让她远远地躲开，永远不再理他。

“别胡思乱想了！”欧阳琳似嗔非嗔地说，“在我眼里，你还是个小毛孩子！你就是打死我，我也不会找个小女婿。”

“你想找个什么样的？”隋志成疑惑地问。

欧阳琳默想了一下，直言不讳地说：“你应该看出来了，我就想找岳师傅这样的。”

隋志成一愣，随即半开玩笑半认真地说：“咱师傅是被程阿姨这么多年给培养出来的。你要想有个像师傅这样的丈夫，必须自己用心培养才行。就像养鸟一样，最好是从小开始养才好驯服。你发现没有？我就有这方面的天赋，不信你就培养培养试试！”

“我怕把你没培养好，我却变成岳师傅的媳妇那样的怨妇！”欧阳琳调笑道，“我比你整整大了五岁，当你的老姐还行，别的方面你想也别想了。”

“泊镇不是有这么一句话，女大三，抱金砖吗？”隋志成不死心地说，“咱俩这是女大五，敲金鼓。说不定，你就是我隋志成的贵人，也是我老隋家的贵人。没准儿，你一过门，我家的企业就会东山再起。那时，人们就要说，女大五，腰包鼓了。”

“你别在我身上打主意了。我觉得你跟媛玉最合适。你要相信我的直觉，我可是有第六感的。你难道还没看出来吗？她对你已经动了心思！媛玉这个孩子很不错，说不定，她才是你老隋家的贵人。没准儿，她就是咱沧州富豪杨书彤的女儿。”欧阳琳笑着说。她说的最后一句话，套用了隋志成说话的语气。

隋志成诧异地问：“你这话从何说起？”

“我是从杨书彤给余智姿的父亲捐款这件事上看出来的。要不是杨书彤的女儿跟余智姿特别熟，怎么会给她父亲捐款？！余智姿说，与她接触密切的只有杨兰梅和杨媛玉。杨兰梅自己已经否认了，只剩下杨媛玉。杨媛玉个人并没有给余智姿捐款，而是让父亲捐的。岳师傅好像也知道杨媛玉的底细，在车间捐款时，媛玉说自己当面给余智姿钱，他一句不高兴的话也没说，轻而易举地就答应了。”欧阳琳细心地分析道，“不过，有一点讲不通。余智姿这些日子一直羞辱媛玉，能做到这样以德报怨，她得有多宽大的胸怀！”

“你不会私下里问问杨媛玉吗？”隋志成建议道。

欧阳琳摇了摇头，断然说：“这事问不得。杨媛玉既然隐瞒身份到厂子来，就有她的道理。我要是一问，她不对我说实话不合适；说了，也就背离了她自己的初衷。我不能去难为人家。”

“是这么个理。”隋志成附和道。

荷塘上白茫茫的，不知是水汽，还是雾气。水上的回廊与亭台，在月光与水雾中若隐若现，如海市蜃楼一般。在一片迷蒙中，青蛙的叫声格外响亮。

九

余智姿发现，在厂里所有她认识的人中，只有杨媛玉没有给父亲捐款。她认为，是自己平时总跟她对着干，让她怀恨在心。借助此事，杨媛玉要让她难堪，要给她点儿颜色看。余智姿自己也弄不明白，为什么她从一见面就不喜欢杨媛玉。论身份，她是市区的，杨媛玉是农村的；论长相，她比杨媛玉好看。所以，不存在妒忌的问题。她不喜欢杨媛玉是一种本能似的，就像她俩上辈子有什么恩怨一样。

思来想去，余智姿始终咽不下这口怨气。她是个睚眦必报的人，每天不沾点儿光心里就别扭，睡觉也睡不踏实。科室开茶话会或有人给他们办公室送来瓜子糖果，她总是把花生只嗑出一个果仁就丢到一边，或者故意将好瓜子掉到瓜子皮儿里。等人们把桌上的东西都吃光了，她再到自己扔的那堆垃圾里一个个地拣出来吃。这样，她就能比别人多吃一些。否则，她便觉得自己吃了很大的亏似的。

父亲出院后，她总想教训教训杨媛玉，却一直没有找到机会。这天，她在街上碰到了表弟，猛然灵机一动，心里有了一个主意。表弟跟着蔡五哥混，平时她最看不起他，这回却想利用他一次。表弟见她主动跟自己说话，顿时一脸的惊喜，用心听完她的想法，满口答应了。

晚上，余智姿谎称肚子不舒服，让杨媛玉陪她去诊所。杨媛玉想也没想，穿上衣服就跟她出来了。离火柴厂不远，有一个公厕。余智姿说要“蹲厕所”，就独自跑进去了。

余智姿刚离开，蔡五哥便从黑影里走过来。他一掌打晕了杨媛玉，往腋下一夹转身就走，瘦子和几个小混混儿在后面一路小跑儿地跟着他。到了他们经常鬼混的一处旧房子里，蔡五哥将杨媛玉扔在床上，打开了房间的灯。一个小混混儿急不可耐地走到床前，盯着杨媛玉看了看，十分欢喜地说：“五哥！这个妮儿不错，是我喜欢的那种。这次能不能让我先来，我都等不及了！”

“瞧你那点儿出息！”蔡五哥坐在八仙桌旁的椅子上，讥笑道，“你等她醒了再说。她现在跟个死人有什么区别？！”

“我怕她一醒，我就弄不住她了！”混混儿说着，就开始脱衣服。

蔡五哥鄙夷不屑地摇了摇头，说：“那就随你的便吧。”

“等等！”瘦子将正解杨媛玉衣服的混混儿推到一边儿，看着杨媛玉的脸说，“五哥！这个女孩儿怎么有点儿面熟？”

“泊镇就巴掌大的地方，有几分姿色的小妮儿看着面熟，也是很正常的事。”蔡五哥不以为然地说。

杨媛玉要苏醒了，嘴里“哎哟”了一声。瘦子又盯着她看了一眼，忽然大惊失色地说：“不对！五哥！她像是杨世昂的妹妹！你忘了，杨世昂说，他妹妹就在火柴厂，让咱关照着点儿。”

“你说什么？”蔡五哥坐不住了，他跑过来瞅着杨媛玉，懊丧地说，“她要真是世昂的妹妹，咱他妈的可就惹祸了！他托付咱照应妹妹，咱给照顾到床上来了，这可丢大脸了！”

“没错！”瘦子附和道。

蔡五哥瞪了瘦子一眼，喝问：“什么没错？你断定她是世昂的妹妹？我怎么认不出来？！”

“你给杨世昂打个电话，确认一下。”瘦子主张道。

“怎么确认？”蔡五哥像是六神无主地问。

瘦子急忙说：“她左嘴角下面有个小黑痦子，你一问就知道了。”

“你没听懂我的话吗？”蔡五哥很生气地说，“我是说，如果问明了，她不是世昂的妹妹不好，是他的妹妹就更不好！”

“你俩费这个劲儿干什么？”那个欲火难耐的混混儿在旁边嚷道，“咱先把她给办了，然后往大道上一扔，爱谁谁！”

蔡五哥冲混混儿吼了一声：“你他妈的活腻歪了？！任谁你也敢办？咱要动了世昂的妹妹，还不让他把咱们都碎尸万段！”

“我还有个办法。咱看看她手机上存的有没有杨世昂的电话号码，如果与你存的一样，就确定无疑了。”瘦子说着，上去掏出了杨媛玉的手机。他很快翻到了一个“哥”的电话，大声读给了蔡五哥。

“没错了，她真是世昂的妹妹！”蔡五哥懊恼地说，“他妈的！怎么能有这么巧的事！你们说，接下来咱该怎么办？”

瘦子急忙给杨媛玉整理好衣服，然后站在一边看着蔡五哥。蔡五哥看看屋里的几个混混儿们，发现他们或者倚着墙站着，或者蹲在地上，都像泥塑似的一言不发。

“抽脖儿挡不了挨刀！”瘦子有几分仗义地说，“给杨世昂打电话吧。这事儿因我而起，等他来了，我当面给他赔罪。他要打要骂，要杀要剐，我一个人顶着！”

蔡五哥赞许地拍了拍瘦子的肩膀，拨通了杨世昂的手机。

余智姿听到外面的声音，便知道杨媛玉被表弟他们带走了。她与表弟说好，让蔡五哥他们把杨媛玉羞辱一番，就赶紧放回来。她在公厕旁等了半个多小时，也不见杨媛玉回来，顿时慌了神儿。她居然有点儿后怕了，怕蔡五哥他们假戏真做，糟蹋了杨媛玉。假如杨媛玉一时想不开寻了短见，她就成了十恶不赦的罪人。余智姿越想越怕，慌忙给表弟打电话，哪知他的手机说什么也打不通。

一个霹雳撕开了半边夜空，震得大地都在颤动。余智姿浑身一抖，三魂七魄差点儿被吓出来。她太专注于杨媛玉的事了，竟然不知道西北天空黑压压的乌云已经冲腾而起，很快就涌到了自己的头顶上。余智姿下意识地想到，自己好像要遭天谴了。她正急得要哭，欧阳琳打来电话，问她和杨媛玉为什么还没回宿舍。余智姿没等说话，就“哇哇”地大哭起来。

欧阳琳在电话里嚷了半天，余智姿才把杨媛玉被人绑架的事说出来。欧阳琳问清了余智姿所在的位置，先报了警，又告诉了师傅，然后与郭欣凯、杨兰梅飞快地跑了来。

余智姿见到欧阳琳，抱住她就哭个不停。欧阳琳推开余智姿，暴怒地问：“怎么会发生这种事？”

欧阳琳问了好几遍，余智姿才把事情的经过一五一十地说清楚。欧阳琳一巴掌甩在余智姿的脸上，骂道：“你混蛋！你哪能干这种下三烂的事？！媛玉要是有个好歹，我饶不了你！”

“你这不是作死吗？”郭欣凯咬着牙说，“平时你尖酸刻薄也就算了，怎么干出这违法犯罪的事来？！”

“你这是恩将仇报！”岳祥宗急匆匆地赶过来，听了余智姿的话，说，“你知道吗？你银行卡上多的那二十万，就是杨媛玉让父亲给打的。她父亲就是沧州富豪杨书彤。”

“天哪！我这是做的什么事呀？！”余智姿大叫一声，身子一歪瘫倒在地上。

余智姿正歇斯底里地哭着，表弟打来电话。她一看是表弟的电话，一下子把怨气全撒在他身上，破口大骂：“你个小野种！你可把我害死了……”

欧阳琳一把从余智姿手里夺过手机，上来就问：“你们把杨媛玉怎么样了？你们这是犯罪，要坐大牢的！”

余智姿的表弟在电话里说：“我们哪敢把她怎么样？她是沧州大老板的女儿。她哥杨世昂是黑白两道上的人，我们活得不耐烦了，招惹他的妹妹？！你们先别离开，我这就将她送过去。”

欧阳琳接电话时，警车大声鸣响着往她们这边来了。

“原来媛玉真是杨书彤的女儿！”欧阳琳又惊又喜地说，“她哪像大老板的孩子？！”

“她父亲是让她到厂子来锻炼的。”岳祥宗解释道，“这事一出，她也在咱厂子待不住了！”

“我这是做的什么事呀！这不是猪狗不如嘛！我没脸见人了，死了算了！”余智姿懊悔地说着，一头向旁边的墙角撞去。

郭欣凯眼疾手快，一把拽住了余智姿。由于用力过猛，将余智姿扽翻在地。郭欣凯气呼呼地冲着余智姿喊道：“你少来这一套！现在你良心发现了？早干什么去了？”

余智姿用手抽打着自己的脸，追悔莫及地哭喊道：“我再也不敢了！我改了！只要杨媛玉原谅我，让我做什么都行！”

两辆警车闪着警灯，先后停在欧阳琳她们面前。警察们刚下车，就听到卸掉消声器的摩托车那刺耳的吼叫声，只见几辆大摩托从一个胡同里蹿出来，沿着日华西路向东疾驰而去。

“他们要跑！”欧阳琳喊了一声。

警察们来不及问话，迅速上了车，响着急促的警笛追了上去。

蔡五哥他们的摩托车刚过了运河桥，迎面碰上了杨世昂带来的几辆豪车。杨世昂见警车正在追赶逃犯，立刻紧急刹车，然后一掉头拦在了摩托车的前面。汽车、摩托车“吱吱”的刹车声，与雷声、警笛声一起在深夜的城市街道上爆响。

杨世昂与警察一起带着蔡五哥回来时，瘦子也陪着杨媛玉从胡同里走出来了。

“你没事吧？”杨世昂快步跑上前去，双手搭在杨媛玉的肩膀上，无比疼爱地看着她的眼睛问道。

“我挺好的，你不用担心。”杨媛玉很平静地说，像是什么也没经历过一样。

杨世昂将手放下，十分欣慰地说：“没事就好！快下雨了，赶紧上车吧。现在就跟哥回沧州。”

杨媛玉刚拉开车门，余智姿便跑了过来，“扑通”一声跪在她面前，哭着说：“媛玉！是我不知恩义，害得你……”

“你找死！”杨世昂气恼地说着，举起手就要打余智姿。

“算了！”杨媛玉抱住杨世昂的胳膊，说，“跟她，不值得！”

余智姿趴下身子“砰”地磕了一个头，然后跪在大道上，眼看着杨媛玉上了车，扬长而去。又一声炸雷过后，雨点儿便“噼噼啪啪”地落下来，越落越多，越下越大。

第五章 “土豪”的故事

一

“啊！羊啊！你奉献了纯美的肉体，让我嚼成渣儿……”蒋道长看着满满一大锅羊肉，伸出双手，非常抒情地吟诵着。

门光珷瞪了一眼蒋道长，嘲弄道：“羊肉哪来的渣儿？吃骨头才有渣儿！你真的是狼爱上羊了，爱得连骨头都不吐。”

“不！是爱上羊肉！”蒋道长手舞足蹈地说着，开始一捏一捏地往锅里放调料。

门光珷见蒋道长要朝锅里放八角，急忙拦住道：“你炖过羊肉吗？猪不椒，羊不料。这个你都不懂，还充大尾巴狼呢！”

“要不，你来！”蒋道长轻侮地骂道，“你是不是会做饭？每次都来吃现成的，还这么多毛病！”

门光珷奚落道：“没吃过猪肉，还没见过猪跑哇？你什么时候看到饭店的清炖羊肉放大料了？！”

“放什么就是什么味儿，哪有死规矩！”蒋道长争辩道，“这就跟你穿衣服一样，穿西装有穿西装的帅气，戴绿帽有戴绿帽的风度！”

“我说你怎么爱戴帽子呢！原来是过去戴绿帽留下来的老习惯。”门光珷“嘿嘿”地笑道。

邱梓昌从屋里走出来，呵斥道：“你俩光他娘的斗嘴了！怎么这半天了还不点火？白市长他们已经过来了。”

“这羊肉炖半个小时就行。”蒋道长解释道，“吃羊肉，就吃新炖的。在锅里一放，就没有鲜味儿了。等白市长一进门，咱就点火。”

“怎么听着跟放礼炮迎接外宾似的！”邱梓昌风趣地说，“我跟你们说，这白市长跟我从小一起光着屁股长大，是‘摸泥之交’。小时候，一到夏天，我们俩就到水坑里泡着。你们跟他别太拘束了。”

门光珷非常钦仰地说：“真羡慕你有个当大官的发小！我怎么就没有这么个人呢？！”

“亏了你没这么个人，要有的话，你媳妇早跟人家跑了！”蒋道长讪笑道。

没等门光珷说话，邱梓昌便对蒋道长说：“你做饭还戴着头巾干什么？一会儿白市长来了，还以为我请了个道士给羊肉下符咒呢！”

“我怕把头发掉进锅里。”蒋道长解释说。

邱梓昌诘问道：“你就不怕把帽子掉到锅里？！人家都戴白色厨师帽，你却戴了个黑色道士帽！”

“平时做饭他不戴这个帽子，都是戴着绿帽。今天，他那祖传的绿帽掉色了，他媳妇在家给染了，还没晾干。”门光珷戏谑地说。

“你怎么不说你老子给借走了呢？”蒋道长揶揄道。

门光珷“哈哈”一笑，说：“我老子早就去地下了，要借也得找你爷爷去借，找不到你头上。再说，你家那宝贝哪往外借过？”

“我差点儿忘了，你是从小就没爹管的玩意儿！我说你怎么长成这个德行！”蒋道长讥笑道。

“你有德行！诗没写出个一二三来，又开始装神弄鬼，扮道士糊弄人了！”门光珷反唇相讥。

邱梓昌见他俩越说越离谱，连忙说：“你们给我打住！光珷，你去门外迎一下。我估计，白市长该到了。”

门光珷出去有一根烟的工夫，就领着白金水、萧鸿堃和岳祥宗走进院来。白金水四下里看了看，抬头瞅着邱梓昌的别墅说：“都说你混得不错，一看你这片家当，在泊镇也数得着了。就你这套别墅，厅局级领导也住不上啊！”

“咱当不上官，再不发个财，这辈子不就白活了！”邱梓昌心里得意满脸带笑地说，“你说得没错，能住上我这个别墅的人，得往省级以上说。”

“看你小时候，哪想到会有今天这个生活！”白金水感慨地说。

邱梓昌黯然道：“那还用说！我父母早亡，从小跟着爷爷长大。后来爷爷也没了，只得去了刘家村姥姥家。我是吃过两个村的百家饭的。想想那时候，现在真知足了！”

“是老天爷一不留神让你发了财。”白金水诙谐地说。

“你是不知道我前些年的难处！”邱梓昌慨叹道，“我离开火柴厂后，都不知道去哪儿，也不知道干什么！当时，死的心都有了。白天我不愿出来见人，到了晚上，我便跟一个游魂野鬼似的在泊镇的大街上溜达。有好几次站在运河桥上扶着石栏杆，就觉得与死神只有一念之间的距离。后来转悠到银行门口，一下子茅塞顿开。第二天，我弄了个单位做担保，一次贷了几十万，买了十几辆货车和这片地。”

白金水笑道：“我以为你要抢银行呢！——不过，你这么做，跟抢银行没有多大区别。”

“过去银行就是这种政策，只要有个单位做担保，你想贷多少钱都行。就是这样，也没多少贷款的。银行看你有发展前景，在屁股后面追着让你贷款。那个时候人们的思想观念还比较落后，觉得去银行贷款跟借外人钱一样丢人。”邱梓昌庆幸地说，“亏了我离开火柴厂比较早。就像早下岗的工人大多发了财一样，那阵儿只要你肯弯腰，遍地都是钱，能一把把地往兜里装。后来下岗的就倒霉了，就业的路子没了，创业的资本不好弄了。能活到现在没饿死的，就算得了大便宜。你如今再去银行办个贷款试试，有人也不行，还得有抵押物。这就像人们常说的，过去看着是笑话，现在成了神话；过去的那些神话，现在成了笑话。”

“这真是，塞翁失马，焉知非福！”白金水赞叹地说，“你胆子够大！算撞了大运，也算顺风顺水。”

邱梓昌笃实地说：“这些年，自己受的罪自己清楚，我也是打掉牙往肚子里咽。你是不知道，刚跑运输时，那真是玩儿命。一天到晚，我把自己弄得又困又乏。有时候困得不行，就一边开车一边大声唱歌；再不行，就‘啪啪’地打自己的脸。”

“你都唱些什么歌？”萧鸿堃好奇地问。

“什么歌都唱，只要是能嚷出来的。”邱梓昌回忆道，“唱得最多的，是‘高楼万丈平地起’‘大刀向鬼子头上砍去’……”

邱梓昌与萧鸿堃说话时，白金水看到了那一锅羊肉，十分新奇地问："你这是要自己炖肉？"

"你俩干什么呢？怎么还没点火？"邱梓昌冲蒋道长和门光珷嚷了一句，回过头来才对白金水说："这是我自己养的羊。他俩吃了中午饭就把这只羊宰了，鼓捣了一下午，把羊头、羊蹄、羊下水都熏上了，剩下的这一锅羊肉，说等你来了再炖。我觉得，用土灶、大锅，这才是最原始的味道。"

"我俩正在商量，是用打火机点火，还是用火柴点火。"门光珷开玩笑地说。

"我屋里有火镰，你用火镰得了！"邱梓昌戏弄道。

白金水笑了笑，幽默地说："要说原始，就得说是钻木取火。"

"我看行！"门光珷狡黠地看着蒋道长说。

"你说行，你试试。"蒋道长用眼瞪着门光珷，嘲弄道，"你今天要能钻木取火，我叫你一声祖宗！"

门光珷尖刻地回驳道："我现在没有当你祖宗的愿望。你不是能喷火吗？你喷一次，将锅点着吧。"

"你们是不是没找到火柴呀？"白金水随口问着，从身上掏出打火机，给蒋道长递过去。

"还是市长水平高，一眼就能看出问题的关键。"蒋道长接过打火机，逢迎地说，"我就带了几根火柴，做熏肉时全用完了。"

邱梓昌看着蒋道长点燃灶火，接过打火机递给了白金水，然后说道："一起去看看我养羊的地方吧。"

"看那个干什么？"白金水不假思索地回绝道，"咱从小就放羊养羊，还没看够！"

"那就去看看我的特色种植。"邱梓昌马上改口说。

白金水还没说话，岳祥宗便说："去看看吧，我们也跟着开开眼。我来了几趟，他都不让进那些大棚，怕给带入病菌。这回金水一来，他也不怕有病菌了。"

"让你这么一说，好像我给金水抬轿似的。"邱梓昌尴尬地笑道。

"这还不算抬轿吗？你再用点儿劲儿，就把白市长抬到天上去了。"萧鸿堃插言道，"我跟祥宗来，你什么时候杀过羊？我听说，为了请白市长，你还从北美洲空运了帝王蟹、帝王蚌？真下老本儿了！”

邱梓昌得意地笑道：“这事你都听说了？肯定是听门光斌说的。说实话，今天主要不是请金水，是因为祥宗我们仨发小终于在泊镇聚齐了，要好好庆祝一下。金水这些年什么好东西没吃过？我宰羊也好，空运海鲜也好，只是聊表心意。从金水来到泊镇，我就说请他，他一直没抽出时间来。这回好不容易逮着他了，怎么着也得给他留个深刻的印象，让他来了还想来。”

“我还真没吃过什么帝王蟹、帝王蚌，在梓昌这儿第一次吃，印象肯定是深了。”白金水谦和地说。

几个人说着话，来到了别墅后面的几座大棚前。邱梓昌指着那些大棚对白金水说：“你看见这片地了吗？过去就是一片大坑，我花了五百块钱就买下来了。”

“现在得值一千多万了！”萧鸿堃欣羡地说，“真是越有钱越发财！你让我们这些穷人往哪儿说理去？！我们都是让没钱给耽误了！”

“你一个大厂长说没钱，还让平头百姓活不？”白金水反驳道。

邱梓昌直言不讳地说：“萧厂长说少了！我这片地两千万也不给你。你们进来，看看我这里都种的是什么？！”

白金水跟着邱梓昌走进了大棚，看到里面是一种开满花的植物。它的花形像兰花，叶子如竹叶一般。还没等他问，邱梓昌就自诩地介绍说：“我这个棚里种的，就是被称为九大仙草之首的铁皮石斛。我养羊，并不是为了吃肉，主要是为了用羊粪来种植石斛。我这些大棚，都是仿野生种植，比原产地的石斛质量还好。”

“你费这个劲儿干什么？想成为北方石斛专业户吗？”白金水不屑地笑道，“你要自己食用，去南方买点儿好石斛不就行了。”

“你这个市长当得有点儿官僚了！”邱梓昌辩驳道，“现在市场上，还有不用化肥、不打毒药的农产品吗？所以，外边的东西多好我也不放心。你没看到，我为了种植这些石斛，专门养了七百多只羊。羊粪是石斛最好的肥料，就跟人吃肉、吃海鲜一样。”

白金水谐谑道：“你那些羊吃的也是野生的东西吗？”

“那还用说，最起码吃的草料没有化肥农药。”邱梓昌带着白金水他们走出了石斛大棚，兴致勃勃地说，“挨着的这两个大棚就别去了，种的是铜皮石斛和米斛，跟这个长得差不多。只不过，米斛比铁皮石斛还珍贵，在原产地仿野生都没弄好，我这儿用了三年就种成了。——我还是领你们去看看我种的藏红花吧。”

“我想问问，你要是送我们几个人一些石斛怎么送？”白金水漫不经心地打趣道。那语气，像是在提醒邱梓昌。

邱梓昌笑了笑，坦言道：“那还用说。给祥宗米斛，给萧厂长铁皮，给你铜皮。祥宗是我从小就敬重的人，给他肯定是自己食用。给你的就没准儿了，你很可能去送人，你送铜皮别人也以为是铁皮。就像一个有钱的人，你穿一百块钱的衣服，别人也认为是万儿八千买的；你没有钱，穿一万元的衣服，别人也说只值百八十块。”

“你为什么不都种米斛，或铁皮石斛？”萧鸿堃困惑地问。

“米斛产量低，铜皮产量高。”邱梓昌解释道，“你们知道，我交际面大，来要石斛的人多，尤其是各职能部门，难以应付。仗着真懂石斛的人少，给他们点儿铜皮就行了。”

说着话，邱梓昌打开了种植藏红花的大棚。大棚里满是马兰花一样的植物，只不过，叶子细小，淡紫色的花朵聚拢着，托出三个红丝带一样的蕊。邱梓昌介绍道：“你们看到了吗？藏红花为什么这么珍贵，就是因为一朵花只取这三根红花丝。一百朵花，才能制成一克可以沏茶的藏红花。每天早晨，我的工人就来剪一次花，回去取出花柱，再用烤箱烘干。”

“你一年到头，这方面的投资也不少！”岳祥宗朴厚地说，“又是投资大棚，又是工人工资，最后种出来的东西却都送了人！”

“就是有钱闹的！”萧鸿堃很明了地说。他说完，掐了两朵藏红花，说：“我还没用这鲜花泡过茶，一会儿尝尝。”

“鲜花不如干花好喝。这就像芝麻一样，生芝麻不如炒熟的芝麻吃着香。你用茶树叶子泡水，肯定是苦涩的，找不到茶叶的味道。”邱梓昌笑道。他说完，才看着岳祥宗解释道：“我不种这些送人，就得花钱买烟酒、买特产去送人，背着抱着一般沉。我种花种草，平时心烦了过来看看，还落个好心情。这就像弄个后花园一样。”

邱梓昌的电话响了，是蒋道长打过来的。白金水一听，主动说：“咱回去吧。抽时间，我再过来用心参观参观别的大棚。我来了半天，到现在还没进你屋门呢！”

“进屋跟不进屋一样！反正里外就他一个人，在外面他是一个光棍儿，到屋里他是光棍儿一个！”萧鸿堃插科打诨地说。

“我也是才听说，这些年你一直没有结婚。”白金水借着萧鸿堃的话题说道，“你有这么多钱，不结婚生子，将来留给谁呢？”

邱梓昌苦笑道：“我是想结婚时没钱，有了钱又不想结婚了。”

“你是风流自在惯了，我也相信！你就怕结了婚，让一个女人给缠住，不能随心所欲了。”萧鸿堃毫不客气地讥讽了邱梓昌几句，回头对白金水说：“这些年，邱老板最大的爱好，中了那句话，就是拉良家妇女下水。别看他始终没结婚，一点儿也没受委屈。他跑大车时，路边店一个连一个，他想停就停，想开就开。”

“英雄难过美人关！谁也别吹牛，我不信你见着美女不动心。”邱梓昌狡辩道，“我不是英雄，可也不是狗熊。对于喜欢我的女人，我不能辜负人家；看到我喜欢的女人，我不能委屈了自己。所以，我这个人宁可背负骂名，也不能让爱我的女人伤心，更不能让我爱的女人留下遗憾，后悔自己年轻时没能与我相好。”

白金水冷笑着讽刺道：“你快别说了！说来说去，把自己都说成了一块臭肉，放到哪儿都能招来苍蝇！”

“金水这话说得带劲儿！”岳祥宗恳切地说，“我说过他多少次了，让他差不多就找个人结婚，他偏不听。他这样玩儿下去，弄得自己迎风臭十里，好人都不敢嫁给他了。”

“别看邱老板有时候胡闹，却不胡来。”萧鸿堃认真地说，“在泡女人上，他很明智。这些年，他从来不把外面的女人带到家里来，所以，这栋别墅还算是一片净土。”

岳祥宗笑道：“他是怕让那些女人发现他有这么大的家业，缠上他，哭着喊着也不离开了……”

邱梓昌好像没有听到岳祥宗的话，他将白金水领进了放满博古架的大厅，美滋滋地说：“金水！我跟你说，就我收藏的这些古玩，咱市博物馆都没有。”

白金水微笑着拿起那件唐三彩“骑驼乐舞俑”看了看，煞有介事地说道："你这件藏品，岂止市博物馆没有，据我所知，各省的博物馆都没有。你可得放好了！"

"这是我从西安古玩市场淘来的，当时花了六千，相当于现在的十几万呢！你说，是不是挺好？"邱梓昌得意扬扬地问道。

"是不是好我不敢说，反正做旧水平挺好，做旧如旧，比国家博物馆的那件还像真的。"白金水取笑道，"你是不是还有个书房？"

"梓昌的书房倒是挺像个样！"岳祥宗艳羡地说，"一般人想看的书，他这儿都有。"

邱梓昌在前面走，白金水在后面紧跟着进了书房。书房有一百多平方米，除了满屋子的书，一进门的地方还有个很大的茶台。白金水转了一圈儿，时不时抽出本书看看，对邱梓昌说："别说，你这些书还都是真的！前几年，我去过一个大老板的办公室，他那里的书都是空盒，做样子的。"

"我也怕让别人说咱富了口袋，穷了脑袋，一搬到这房子里就先买了书。"邱梓昌沾沾自喜地说，"祥宗说得没错，我这儿古今中外的文学书籍都有，只要你能说上名来，我准能给你找到。"

"你这些书正经八百地有几吨。"白金水翻看着一本绣像《金瓶梅》，戏耍道，"过去讲学富五车，你是书富五吨！怪不得现在社会上有句话，真有文化的，把自己弄得跟没文化一样；没文化的，把自己搞得跟真有文化一样！"

"闹了半天，你这话在这儿等着我呢！"邱梓昌听着白金水的冷嘲热讽，似笑非笑地说，"我算看明白了，今天请你们来，我是倒血霉了！本来想让你们给我说几句好话听听，哪知道你们有这么强的仇富心态，弄得我这宴会快成声讨会了！"

白金水"哈哈"一笑，嘲谑道："你又有钱财，又有美女，还想听我们给你说爱听的话，合着天底下的好事都是你的了？！"

萧鸿堃、岳祥宗跟着白金水一起大笑起来。

二

"难道让我给你跪下吗？"岳祥宗可怜巴巴地看着程舒雯，几近于哀求地问道。

程舒雯一边照镜子，一边冷冷地说：“你已经让我厌恶了，别再让我瞧不起！”

“嫁汉嫁汉，穿衣吃饭。这些年，你想穿什么我给你买什么，想吃什么我给你做什么，你还想怎么样？”岳祥宗凄切地问道。

“你拿我当猪养呢？”程舒雯轻蔑地反问道，“你还好意思说，还好意思问！你看人家吃的什么，穿的什么？！你再看看我！人家三天两头地下馆子，我连请姐妹们吃饭的话都不敢说！你还时不时地去饭店吃吃喝喝，我一年到头也去不了几次饭店。”

岳祥宗随口说：“你想下饭店就去，又没人拦着你！”

“放你娘个屁！”程舒雯情绪异常激动地说，“我有去饭店的那个资本吗？这些年，吃饭穿衣不花钱？日子过得少尾巴掉腚的，俩孩子上学的钱都没有，我还有钱去饭店吗？不让人家笑话呀？！你竟睁着两只眼说胡话！”

岳祥宗的心被程舒雯的话猛地触了一下。他忽然意识到，这些年他只一味地照顾她吃、照顾她喝，确实有点儿像喂猪一样。他对程舒雯缺少了精神上的关爱和肉体上的亲昵，让她从一个那么可爱的女人逐渐蜕变成了一个怨妇！用心想想，程舒雯的父母精心地将她养成一个人见人爱的少女，而他与这样的女孩儿结婚后，在与她处理夫妻关系问题上却败了个一塌糊涂！

“你等两个孩子都结了婚，再说咱们的事不行吗？”岳祥宗仍然怀着一线希望，恳挚地说，“咱俩离婚了，你让孩子还怎么找对象？”

“别再找借口了，你放过我吧！行吗？你就当行善了！”程舒雯毫不迟疑地说，“孩子读初中时，你说等他们上了高中；孩子读高中时，你说等他们考上大学！现在，他们都大学毕业了，你又说等到他们结婚！等，等，等！这些年，你一直借两个孩子来绑架我！”

这一刻，岳祥宗竟然感到，程舒雯跟着自己二十多年，真的受了不少罪！如果他能像白金水一样当官，如果他能像邱梓昌一样发财，哪怕像萧鸿堃一样当个副厂长，她也不会这样纠结抱怨，不会有这么多的负面情绪。是他的不争气，让她的怨气越来越多，越来越重，像浓厚的阴云一样笼罩在家庭之上。她的怨气折磨着他，更多的是折磨自己。他知道，事情不能再拖下去了。他本来以为，随着时间的推移，程舒雯会慢慢断了离婚的念头，塌下心来与他过日子。想不到，在她心里，这十几年是他用孩子束缚了她，绑架了她。

岳祥宗终于认识到，程舒雯与他离婚的想法，不是头脑一发热要做的糊涂事，而是等待已久，期盼已久，经过反复考虑的。她这个念头，已不可能随着时间而消磨掉，只会越来越强烈。他努力了这么多年，把两个孩子都培养出来了，早就筋疲力尽、心力交瘁，是时候让程舒雯解脱，也让自己彻底解脱了。

“既然你都这么说了，我就放过你！”岳祥宗伤心欲绝地说。

“谢天谢地！到时候，我给你烧一炷高香！”程舒雯说着，脸上居然露出天真的表情，像乌云散去的天空一样，有了一缕阳光。

岳祥宗有点儿失魂落魄地问：“是我离开这个家，还是你离开？不管是我离开还是你离开，都让孩子自己选择跟着谁，好吗？”

“咱这个破窝，还不如狗住的好，你快自己留着吧！”程舒雯真像是挣脱了一条拴了自己很久的锁链，一下子开朗起来，很豁达地说。

“好吧。”岳祥宗实在料不到，一向斤斤计较、患得患失的程舒雯，今天会这么开通起来，像是换了一个人似的。程舒雯大方，他也不能小气，于是便慷慨地说：“家里的东西，包括存折，你想要什么就拿什么。甚至，你还可以离婚不离家。”

程舒雯似乎被感动了，毅然决然地说：“除了我自己必需的东西，别的我一件也不要。既然都离婚了，我还住在这里干什么？我也不租房，就到孩子姥姥家去住。他们年纪大了，我正好去伺候几年，也算多尽点儿孝心。”

“既然你拿定了主意，我也不拦你。”岳祥宗试探地说，“只是，咱俩离婚的事，是不是先跟两个孩子说一声？”

“你是不是想反悔？”程舒雯警觉地问，“告诉他们，咱这婚还离得了吗？到时候他俩搬来爷爷奶奶、姥爷姥姥，咱甭想离了！”

岳祥宗痛苦地摇了摇头，嗓音压抑地说：“依着你吧！”

程舒雯与岳祥宗都没有想到，现在的离婚手续比他们领结婚证时还简便。他俩将户口本、身份证、结婚证和离婚协议书往桌子上一放，工作人员连问都没问，就给他俩一人发了一个离婚证。程舒雯拿着离婚证看了又看，像刚从监狱里放出来一样充满着欣喜。

走出民政局大门，岳祥宗看着程舒雯，用颤抖的声音说："我放过你了！我是爱你的，现在爱，以后也不会变。"

"你现在说这话是什么意思？"程舒雯疑惑不解地问。

"我还是那句话，你什么时候想回来了就直接回来。老岳家的大门，始终向你敞开着。"岳祥宗真挚地说着，终于控制不住，眼泪从脸上扑簌簌地流了下来。他始终闹不明白，为什么他不爱的人拿他当个宝，而他爱的人却拿他当棵草？！

程舒雯低下头，不忍去看岳祥宗的眼睛。毕竟，他们是共同生活了二十多年的夫妻，爱没了，亲情还在。过了一会儿，她抬起头，犹豫了一下，终于问道："奶奶收藏的火花，能让我带一套走吗？"

"当初，奶奶给咱四套，本来就有你一套，你带走是理所应当的。"岳祥宗爽快地说。他不知道，此时程舒雯怎么会忽然想起奶奶收藏的火花。奶奶从嫁到泊镇就开始收藏火花，一共完整地保存了十套，都是从火柴厂生产第一种火柴开始的。奶奶是有心人，在每一盒火柴上都标了生产日期，甚至将每个孩子的生日和结婚之日都写在了上面，是火柴厂与岳家的宝贵资料。奶奶去世前，自己留了两套，将其余的八套分给了儿孙。岳祥宗延续了奶奶的传统习惯，厂里一出新的火柴商标，他就给姐姐姐夫、父亲母亲和爷爷送过去，让他们放在每套火花里。

岳祥宗烦闷地想，如果奶奶活着，肯定也会将他与程舒雯的离婚日期写进火花册子里，这会是她老人家最痛心的一次标注，那字体肯定不会像标记喜事一样清秀，因为她那握笔的手一定是哆嗦着的。

"让我再抱你一次吧！"程舒雯看着岳祥宗失落的样子，有几分同情地说道。她觉得，最后抱一下岳祥宗，不仅是一种恩赐，也是与过去彻底告别的一个仪式。

"这个时候，还有意义吗？"岳祥宗回绝道。此时此刻，他感到自己的心是冰冷的，程舒雯的脸是冰冷的，与程舒雯这最后的拥抱，也一定会是冰冷的。他不想让这冰冷的拥抱寒透未来的日子，他要将过去那一个个温暖的拥抱，留在他美好的记忆里。

“给你脸不要脸！”程舒雯感到被岳祥宗毫不留情地驳了面子，一时难堪得下不了台，便恨恨地说，“也是，你有好几个年轻的女徒弟呢，哪缺少我这个黄脸婆的一抱！”

岳祥宗瞪了程舒雯一眼，斥责道：“你留点儿口德吧！你侮辱我不要紧，别侮辱孩子们！”

“你当我不知道呀！你与那个欧阳琳打情骂俏，表面上还跟个正人君子似的。”程舒雯冷笑一声，问，“你是不是早就盼着离婚？还假仁假义、假惺惺地跟我谈情呀爱呀！你听我一句劝，咱俩离了婚，你去找谁都行，哪怕找个十八九的黄花大闺女，就是不能娶欧阳琳。你们毕竟是师徒，这话好说不好听。”

程舒雯有几分恶毒的一番话，让岳祥宗又看到了她泼妇的样子。本来，他心里还很痛，还对她有诸多的不舍。这样一来，他的身心居然一下子轻松了，轻得似乎能像风筝般飘起来。

三

岳恒恺正仰坐在沙发里看着电视综艺节目，听到岳祥宗与程舒雯离婚的话，身子向前倾了倾，大声吼：“你再说一遍！”

岳祥宗又重复了一句，话还没说完，就被岳恒恺一脚踹到地上。

“你本事越来越大了！”岳恒恺恼羞成怒地训斥道，“你真给祖宗们长脸！咱老岳家，祖祖辈辈没有离婚的，你这是想给改家门儿呀！”

柳宛婧听到岳恒恺的喊声，急忙从厨房里跑出来。她见丈夫气得脸红脖子粗的样子，关切地问：“你这是嚷什么？不怕血压上来呀？！”

“你养的好儿子，长大能耐了！”岳恒恺气呼呼地说，“他把冰儿他妈给蹬了，要娶个年轻漂亮的媳妇！”

“到底怎么回事？”柳宛婧迷惑不解地问，“日子过得好好的，怎么说离就离了？”

岳恒恺怒视着儿子，教训道：“老话儿说，休前妻，毁青苗，后悔到老！你有儿有女的，就给孩子们做这种榜样吗？你离了结发原配，即便找个天仙，也有你受罪的那一天。”

“你爸说得对！儿大女大的，你瞎折腾什么？”柳宛婧附和道。

“这事也怪我！”岳恒恺忽然自责地说，“那天我听人说，他在车间里跟女徒弟眉来眼去，就该去给他提个醒！我万万没想到，事情真到了这一步！唉！现在说什么也晚了！让我说你什么好呢！快五十的人了，做事一点儿不靠谱！你让祖宗跟着蒙羞受辱，我也没脸再出去见人啦！”

柳宛婧还抱着一线希望地对岳恒恺说：“你换身衣服，咱俩去见亲家，看看有没有挽回的余地。”

“你们别费这个心啦！”岳祥宗劝阻道，“程舒雯想跟我离婚不是一天两天了，从两个孩子上初中的时候就闹腾，是我变着法儿地拖延了这么多年。现在，别说她父母，就是老天爷也无法让她回心转意。还是等等再说吧，等她哪一天有了悔意，可能还有希望。”

柳宛婧听了岳祥宗的话，为儿子感到委屈。她心疼儿子，想上前将岳祥宗拉起来，被岳恒恺拦住了。岳恒恺恨铁不成钢地说：“你给我跪好了！一个大男人，连家都守不住，还能干什么？！”

“这一点，你还真不如你爸。”柳宛婧满是怜爱地说，“你还记得吗？小时候我就跟你讲过，你爸杀了对我最好的一个表舅，我本来不想嫁给他。后来，为了报复你爸，我才跟他假结婚。再后来，你爸的一言一行终于打动了我，我不但认可了他，还给他生儿育女，跟他死心塌地地过了这么多年。”

母亲的话，让岳祥宗无地自容。父亲将一个不爱自己的女人，变成了一个深爱丈夫的妻子；而他，把一个痴爱自己的女人，过成了一个反目成仇的怨妇！

屋门一响，岳雪跑了进来。她见父亲跪在沙发旁，禁不住地问：“爸！你干什么呢？”

岳恒恺见孙女闯进来，马上将一只脚伸到儿子面前，随即向他使了个眼色。岳祥宗双手抓住那只脚，用手指摁压着说：“给你爷爷捏捏脚。你怎么来了？”

“你都跟我妈离婚了，我还不能到爷爷、奶奶这儿来住几天吗？”岳雪没好气地回答。

“你都知道了？”岳祥宗平静地问。

岳雪直来直去地说：“我回家时，正碰上我妈拿着她的东西要走。她让我跟她去姥姥家，我不放心你，就过来找你了。我一猜你就跑爷爷、奶奶这儿来了。”

“你看，好好的一个家，让你弄得四分五裂！”岳恒恺借机训斥道，“家的最大价值，不光是传承血脉，主要是继承好的传统。俗话说，老猫尿房檐，辈辈往下传。好的家风、家教，能培养优秀的子孙；不好的家风、家教，会影响子孙的命运。我现在最担心的，就是冰儿、雪儿两个孩子，别受你们的影响就行！”

“爷爷！你不用担心！我们都习惯了。”岳雪似乎大大咧咧地说，“这些年他们三天两头地吵闹，我和哥该写作业就写作业，该吃饭就吃饭，从来不受他们的影响。”

柳宛婧用一只胳膊搂着岳雪坐在沙发上，茫然不解地问：“以前怎么没听你和你哥说过这事呢？”

“我爸总是嘱咐我们，说家丑不可外扬，不让出去讲他们吵架的事。”岳雪解释道，“他不让告诉你们，就是怕爷爷、奶奶担心。这些年，我爸真不容易，他们离了，对我爸我妈未必是坏事。爷爷！你就别让我爸跪着了。要不，我给你按摩脚吧？我是学中医的，别看手劲儿比不上我爸，找穴位比他找得准。”

岳恒恺将脚从儿子面前收回去，叹了一口气，说：“起来吧。”

“我看着你妈这个人挺好的呀！”柳宛婧疑惑地对岳雪说。

“那是她在你们面前。”岳雪坦言道，“我妈除了对我们不好，对别人都行。我爸说得对，她把笑脸给了别人，把不好的情绪都带到了家里，全都撒在我们身上。”

“家应该是这个世界上最温暖的地方。”岳恒恺感喟道，“在外边劳累奔波了一天，家是舒适温馨的归宿。一个人有家回，有人等，不管多晚都有一盏灯为自己守候，是最幸福的事。家人和美，气氛融洽，才是人间好光景。我觉得，人最终的追求，就是汪曾祺说的那种‘家人闲坐，灯火可亲’的情境。有时候，这事看似简单，其实也是最难做到的。”

岳雪看着爷爷，十分敬佩地说：“爷爷说的话非常有哲理。”

“这是我活了几十年的感悟。”岳恒恺有几分怜爱地看着孙女说。

“别光说了。”柳宛婧站起身来，关切地问，“你俩都没吃饭吧？我包的饺子，你父女俩一来，咱改吃馄饨吧，连汤带水的，吃着心里也舒服一些。”

四

“我真不想失去你这个朋友！”隋冶之痛悔地说。他没有想到，自己和岳父最担心的事会成为现实。才一年多的时间，葛海录就变得让他完全不认识了。他像是患上了失忆症，对以前的承诺矢口否认。

葛海录好似非常无奈地解释道：“我也不想失去你这个朋友，毕竟咱哥儿俩交往这么多年了。我这是身不由己呀！不这样做，你弟妹就跟我闹离婚，你那三个侄子都要跟我断绝父子关系。他们说，明明是你的企业，凭什么转给别人？你侄子们闹腾得最厉害，说法人是我，公司就是我的，真是儿大不由爷！他们要与我走法律程序，让法院把公司资产依法裁定。”

“你个人是怎么想的？”隋冶之仍然抱着最后一线希望，深沉地问。他已经闹不清，葛海录是本性如此还是见钱眼开，在巨额资产面前蜕化成魔鬼。真中了马克思那句话：“资本来到世间，从头到脚，每个毛孔都滴着血和肮脏的东西。”这肮脏的东西，可能已经让葛海录的灵魂变得肮脏不堪了。隋冶之实在不愿相信，整天在一起吃吃喝喝近二十年的朋友，会在一年间变得如此冷酷无情。怪不得人们说，一个品德败坏的人，翻脸比翻书还快。

“我也没有多好的办法。我看，你只有起诉了。”葛海录闪烁其词地说，“你这官司赢了，他们也就没话说了。”

隋冶之至诚地提醒道：“一经法院，你我兄弟就算到头了！我不知道这个事对我好不好，反正对你绝对没有什么好处。你想，我要是赢了官司，你就成了出尔反尔、背信弃义的人。现在网络这么发达，各处一报道宣传，你在商场上还混得下去吗？这是我最后一次跟你说知心话，你听进去就听，听不进去我也没有办法了。有一点我跟你说开了，我的公司，我必须拿回来！”

"这就看咱各自的本事了！"葛海录面带威胁地说，"你离开商场一年多了，早已成了局外人，恐怕是有心无力了。我敢断定，这个官司你很难打赢。依我说，我给你一部分钱，够你下半辈子花的就行了。你要还想做企业，也未尝不可。"

"看来，你已经无可救药了！"隋冶之摇了摇头，叹息道，"人家说，不要拿金钱试女人，不要拿美女试男人。你真不像个男人，在钱财面前，变成了一个全无节操的人。"

葛海录奸笑一声，说："既然都明白了，你说这话还有什么意思？我看，咱也没有谈下去的必要了。"

"好吧！"隋冶之再一次提醒道，"话尽于此，你好自为之。你要懂得，人这一辈子，最大的破产，不是财富，而是个人信用。资产没了可以再去挣，失去信誉，一辈子也就彻底完了……"

没等隋冶之说完话，葛海录就抬起屁股头也不回地走了。隋冶之知道，他的话葛海录一句也没听进去。看来，葛海录是铁了心地想一条道儿跑到黑了。神仙难救该死的鬼，一切只能由他去了。隋冶之意识到，自己二十年来最大的错误，是认识葛海录并与之掏心掏肺地交往。如今，最大的红利，是在救赎儿子的同时，剔除了身边那些无情无义的朋友。就像刮骨疗毒，虽然万箭穿心般地疼，却扫净了自己生活和事业上的一些隐患。

葛海录刚走，财务部经理老佟就来了。他一进门，便关切地问："怎么样？他有没有活动话儿？"

"我以前还真没看出来，他这个人如此冥顽，真是不见棺材不落泪呀！"隋冶之苦恼地说，"我跟他谈了这几次，他一次比一次嘴硬。这回，他主动提出让我跟他打官司。"

"那是他已经认为，自己有了胜诉的把握。"老佟分析道，"你离开的这一年多，他在公司内外上蹿下跳，四处花钱买关系，上到政府官员，下到公检法司，又是请又是送，可能已经做好了与你打官司的充分准备。他早有预谋，也觉得势在必得。他对公司持有股份的中层以上管理人员说，等公司真正成为他的，就将人们的股份翻倍。"

隋冶之心里一震，急忙问："人们信了？"

"大多数人是将信将疑。"老佟诚实地说，"我这么瞅着，公司的人没有几个真想跟着他干的。人们说，他今天能坑董事长，明天就能坑大伙儿。用着人们时他是个笑面虎，一旦阴谋得逞，就会变成恶虎，露出獠牙利齿来。他与你这么多年的关系，还说翻脸就翻脸，更不用说对待别人了。”

“我没看错你！你是个真正的明白人，对事看得透彻。”隋冶之快慰地说，“常言道，得道多助，失道寡助，葛海录的如意算盘注定是打错了。我跟你说，其实，我对葛海录也是早有防备的。这么大的一个公司交给他，我能不留一手吗？不说是收放自如，也是手到擒来的事。他除了给我添个麻烦，什么也得不到。”

老佟直言道：“我一直后悔，没有事先提醒你。其实，外界对葛海录都有微词。那阵儿，你跟葛海录好得跟一个人似的，我要是说了，一方面你听不进去，另一方面你可能会对我有看法。毕竟，在你面前说你最近的朋友不好，是犯忌的。古人云，来说是非者，便是是非人。如果你一开始就提防葛海录，我就放心了。”

隋冶之打开房间的电视，从身上掏出 U 盘插在上面。很快，电视里出现了他与葛海录在办公室和游艇上的画面，并配上了他们谈话的声音。在老佟看电视时，隋冶之说：“有句老话说，‘害人之心不可有，防人之心不可无’，我能把公司做大，不可能心不设防。葛海录可能忘了，我是学法律的，熟知如何维权。再一个，我的那些大学同学，大多在政法系统工作，现在都有一官半职。如果我做了违法的事，不能让他们帮忙；这正当的诉求，他们哪一个也不会袖手旁观。葛海录想跟我斗，不说是以卵击石，也是不自量力。”

隋冶之说这些话，多半是说给老佟听的。经过了葛海录这件事，他不敢完全相信任何人。他不清楚，老佟会不会被葛海录收买，所以，不得不防着他，说些硬话、狠话给他听。此时此刻，他好像理解了曹操说的那句话：“宁我负人，毋人负我。”

老佟只看了几分钟的录像，就振奋地说：“有了这些有力的证据，就算咱政法部门没人帮忙，官司也输不了。”

“过去有句话叫不打无准备之仗。没有百分百的把握，我哪敢把自己辛辛苦苦做起来的公司交给葛海录，亲兄弟也不行！”隋冶之斟了杯茶水，放到老佟面前，说，“如果能把忘恩负义的人斗败、打倒，确实是一件快乐无比的事。通过这件事，我最大的收获是看清了一些人。没有大起大落，就不会有大彻大悟。我觉得，这件事我做得太值得了，不仅让志成浪子回头，也为今后看人、用人积累了经验。”

“我现在最担心的，是公司的经济损失。”老佟说着，从身上掏出折叠着的几张格纸，说，“这是公司去年和今年前几个月的会计报表。你不知道，葛海录刚接手公司时，他自己的企业已经成了空架子，资不抵债了。他从咱的公司拆借了巨额资金，才救活了他的企业。我估计，他可能是怕这事泄露出去，你找他算账，所以一不做二不休，起了霸占咱们公司的念头。”

隋治之从老佟手里接过报表，成竹于胸地说：“资金的事你不用担心，到时候，我会让他连本带利一块儿付，一分钱也少不了。我现在怕的是葛海录狗急跳墙，对你们几个跟我走得近的人下毒手，让我找不到一个证人。你主管财务，是他要针对的第一个目标。所以，我起诉前，你请几天假，先不要去公司了，以防万一。”

“我已经想到了。”老佟端起茶杯喝了口水，沉稳地说，“按你的吩咐，我把跟着志成的几个人叫回来了，就在楼下。刚才，是他们和我一起过来的。”

隋治之高兴地说：“好！万事俱备，只欠东风。等办完了这件事，我就能与儿子见面了。你是不知道，这一年多，我们这一大家子人有多么想儿子呀，都快想疯了！尤其看着他脱胎换骨，一天天成长起来，更想早一天见到他。”

“是不是给志成打个电话，把真实情况告诉他？”老佟试探道。

“还不到时候。”隋治之不假思索地说，“现在告诉他，只会给咱增添不必要的麻烦。一年多都等了，也不在乎再多等几天。”

老佟站起身，说：“如果没有别的事，我就先回去了。”

“你让老罗他们跟你一块儿走吧。法院开庭之前，让他们几个都跟着你。老罗和小林可以轮流回家看看，但必须有一个在你旁边。从泊镇过来的那两位不熟悉这儿的情况，别误事。”隋治之嘱咐道。

“我把他们带走了，你这儿怎么办？”老佟顾虑重重地问。

隋治之很轻松地说：“现在，葛海录不会动我。”

老佟从隋冶之的房间里出来，在一楼大厅里见到了老罗和小林。他把隋冶之的话对他们说了一遍，然后问："孙师父呢？"

"刚出去，可能在宾馆外面。"老罗回答。

老佟他们出了宾馆，还没走几步，就见五六个汉子迎面向他们走来。到了近前，领头的人不由分说上来就抓住了老佟的胳膊，其余的几个人凶神恶煞般拦在了老罗和小林的面前。

两个壮汉拖着老佟刚想往汽车里塞，孙木松和他的徒弟赶到，猛地将挟持着老佟的两个人扔到一旁。拦着老罗的人扑上来，被孙木松一顿拳脚放倒在地上。孙木松看着躺在地上的几个人吼道："滚！"

五

程舒雯站在水榭上，看着荷花池里一群群的游鱼，看着眼前豪华的别墅，感觉自己像到了仙境一样。她想，王母娘娘的瑶池也不过如此吧！她瞅着，这荷花池比火柴厂的那个苇塘还大，这别墅就像泊镇新建的五星级酒店。她想，岳祥宗没跟她说邱梓昌住在如此奢华的地方，一定是怕她心生羡慕和嫉妒，从而奚落讥诮他。

邱梓昌看着程舒雯两眼放光的样子，心中暗自得意。他料想，此时此刻程舒雯的心里肯定后悔当初没有嫁给他。如果嫁给他，她便是这里的女主人，早就享受着这无忧无虑、风风光光的生活。

能让程舒雯到家里来，邱梓昌已成功地走出了第一步。他知道，程舒雯是个追求物质的女人，同时又喜欢浪漫。这样的女人，一旦到了这种环境里，不怕她不动心。

"你离婚这么长时间了，不打算再往前走一步吗？"邱梓昌表面上漫不经心，心里却十分在意地问。

程舒雯笑了笑，说："那要看能不能碰上合适的人。"

"你想找个什么样的？"邱梓昌追问了一句。

"只要不是你这样的就行！"程舒雯盈盈一笑，脱口说道。

邱梓昌一时闹不清程舒雯说的是真心话，还是对他说的玩笑话。他瞅着程舒雯的眼睛，苦笑道："我就这么让你讨厌吗？"

“你以为你不让人讨厌吗？”程舒雯反问。

“你是讨厌我这个人，还是讨厌我这个家？”邱梓昌调笑道，“我就纳闷儿了，我在火柴厂当临时工，你不喜欢；我有钱了，你也不喜欢。这到底是为什么？”

程舒雯谐谑道：“你还不明白吗？我就是看不上你这个人，不管你有钱还是没钱。”

“也是，我这辈子没长好！下辈子我一定好好长，长成你喜欢的样子。”邱梓昌嬉皮笑脸地说，“看在我喜爱你二十多年的分儿上，你就不能喜欢我三天五天的吗？一天也行！”

“你什么时候变得油嘴滑舌了？”程舒雯看了邱梓昌一眼，问。

邱梓昌急忙说：“我这不是跟你学的吗？我以前就觉得你这个人十分有趣，说话又顽皮又犀利。这些年，你好像一直没变。”

“老了！孩子都快结婚了，能不老吗？！”程舒雯感叹道，“跟你费了半天唾沫星子，都口干舌燥了。给弄点儿水喝吧。”

“以后我这儿你说了算，想喝水就去喝，还客气什么？！”邱梓昌说完，领着程舒雯向别墅走去。

一进屋门，程舒雯就瞪大了眼睛。她发觉，客厅尤其富丽堂皇，她做梦都没梦到过。她有点儿拘谨地坐在酸枝木的仿古沙发上，看着邱梓昌去斟水。等邱梓昌端着一杯水走过来，她才说：“别看你是一个人住，各处打扫得还挺干净。”

“干净也不是我打扫的，不用夸我。”邱梓昌狡黠地笑道。

“你这么有钱，为什么至今还是一个人？”程舒雯喝了一口水，一面将水杯放在茶几上，一面问道。

邱梓昌“哈哈”一笑，圆滑地问：“谁规定有钱人必须结婚？”

程舒雯没料到邱梓昌会如此回答，一时不知说什么才好。她重新端起水杯，轻轻地抿了一口水，戏言道：“有钱人不结婚，岂不把那些爱钱的小姑娘们急死吗？像你这么有钱，还不得挤破门？！”

“你刚才不是看到了吗？大门一点儿也没坏，门前一个小姑娘都没有。”邱梓昌风趣地回答道。他看着程舒雯那有几分失落的神情，迟疑了一下，说：“我说句话，你千万别生气，也别笑话我。其实，这些年我一直在等一个人。我已经发誓，这辈子等不到，下辈子接着等。就是等上千年万年，我也要与自己喜欢的人在一起。”

“你说的那人是谁呀，这么有福气，让一个大老板如此倾心地等了几十年？我认识吗？”程舒雯明知故问地说。邱梓昌的话已经说得很明了，他等的那个人就是她，这让她心里不免有几分感动。她沉思了一下，说:“你喜欢的那个人，恐怕早已是半老徐娘了，还有什么可留恋的？你们男人，不都喜好年轻漂亮的女孩子吗？”

“那是他们男人。”邱梓昌很快就反驳道，“在我这儿，不管我当初喜欢的人变成什么模样，也是我心中的天使。‘曾经沧海难为水，除却巫山不是云；取次花丛懒回顾，半缘修道半缘君’！这一回，你该彻底明白了吧？”

程舒雯笑道：“你大学都没上过，这诗背得倒挺溜儿！”

“学历不能代表水平。我跟你说，楚辞、汉赋、唐诗、宋词和明清小说，七朝六绝唱，我研究得比大学生要多。”邱梓昌自夸地说，“我这就领你去看看书房。可以说，在泊镇藏书最多的，没人敢与我比。咱富了口袋，也不能穷了脑袋。”

程舒雯随着邱梓昌转了楼上楼下的一些房间，禁不住对他刮目相看了。她万万没有想到，邱梓昌会有如此深的修养，把自己的别墅搞得这么富有文化韵味。她原来一直以为，他不过是一个言行粗鄙的土豪。现在看来，他比岳祥宗更有文化。大学毕业的岳祥宗，如今更像一个卑贱无知的市井小民。

“怎么样？你看了这一圈儿，下了当女主人的决心了吗？”邱梓昌终于毫不掩饰地把话挑明了。

“你不是说，你在等一个人吗？”程舒雯故意逗引道，“现在不等了？要弄一个黄脸婆到家里来！你这不是自暴自弃吗？！”

邱梓昌一下子搂住程舒雯的肩头，满含柔情地说：“你不要再跟我装糊涂了，你知道我说的那个人就是你。我已经错过一回了，这一次不想再错过你了。不然，我会死不瞑目的！”

程舒雯愣了一会儿，将邱梓昌的手放下去，神色慌乱地说：“我今天一点儿心理准备都没有，你让我回去好好想想。”

“我不能再放你走了！”邱梓昌语气十分坚定地说，“我刚说了，我失去一次，不能再一次失去。我怕你这一走，我这辈子就再也没有机会。你今天要不答应我，我明儿一早就弄上三五十辆大车，写上‘程舒雯，我要娶你’，围着泊镇街道来回转，直到你答应为止。”

“你这不是逼婚吗？”程舒雯心里欢喜，嘴上却说，“你以为现在是旧社会呢，地主老财看上谁就抢来成婚。黄世仁强迫了半天，喜儿不也没嫁给他吗？”

邱梓昌执拗地说：“今天你爱说什么就说什么，我就逼迫你一回。明天一早，你要是还想走，我绝对不拦你了。”

“你净瞎胡闹！”程舒雯作色道。她一则怕邱梓昌真的做出开着车满街转的荒唐举动，二则从心里喜欢上了这里的环境，对邱梓昌也有了几分好感，便妥协地说：“在咱俩取结婚证之前，我是不会在你这儿过夜的。”

邱梓昌抬起胳膊腕子，看了一眼他那大得有点儿夸张的手表，兴奋地说：“离下班还有一段时间，我这就跟你去民政局登记。成了合法夫妻，谁也管不了咱啦。”

“怕是今儿来不及了。我不得回家拿户口本嘛！这事还没跟父母说，他们同不同意、给不给户口本还两说呢！”程舒雯婉辞道。

“这事没有那么麻烦，你跟我去办就行了。”邱梓昌信心十足地说，“你不要小瞧了我在泊镇的活动能量，少你的一个户口本不是问题，大不了过两天再给他们补手续。”

邱梓昌拉着程舒雯上了汽车，急急忙忙地去了民政局。下车时，程舒雯戴上了一个白口罩，然后将一个淡黄色的宽边儿布帽扣在脑袋上，才与邱梓昌一起进了大门。邱梓昌要去找关系，被程舒雯拦住了，低声说：“别找人了，户口本在我兜里。”

“闹了半天，你是有备而来呀！”邱梓昌打趣道。

“我前几天才把户口迁过来，忘了放下了。”程舒雯连忙解释道。

邱梓昌欣悦地说：“你看到了吗？一切都是定数，就该咱俩今日来领证，你今儿晚上注定要与我入洞房。”

程舒雯听到“入洞房”几个字，心情一下子变得复杂了。她不知道是喜是悲还是恐惧，精神开始迷茫起来。她神情恍惚地随着邱梓昌填表、签字、摁手印，直到拿到结婚证，心里还像做梦一样。

回到车上，邱梓昌像个不经事的少年一样冲动地抱住程舒雯，快活地说：“这回你放心了吧？你现在是我邱梓昌合法的妻子了！”

“别这样！”程舒雯惊慌地看了看车窗外面，推开邱梓昌，恳求道，“咱回去再说，行吗？”

“好！咱回家再说！有了这个小红本，我也不怕你再跑了！”邱梓昌说道，看着邱梓昌孩子般欢快的样子，程舒雯也跟着一起高兴起来。她忽然感到，二十年前自己没有选择邱梓昌是今生最大的失误。她深切地感到了对于邱梓昌的亏欠，暗自发誓要用后半生好好补偿他。她轻轻地伸出左手，搭在了邱梓昌的大腿上。邱梓昌感觉到了程舒雯的微妙变化，他深情地瞅了她一眼，脸上的表情更加灿烂可爱了。

“这一次，蒋道长没有骗我！”邱梓昌颇感欣慰地说，“他给我掐算了，说你与我有一段姻缘。”

“你挺盼着这个姻缘吗？”程舒雯温柔地问。

邱梓昌直言道：“那还用说！你不知道，我那年刚一见到你就喜欢上了。还记得，我在火柴厂赶大车时，每次看到你，我都把鞭子甩得‘叭叭’响，就为了让你注意我。”

程舒雯会心地一笑，说：“没想到，你这么痴情！”

“我要说，我为了你，什么也敢做，你相信吗？”邱梓昌有几分得意忘形地问。

“那也要看是做什么。”程舒雯随口说。她说完，蓦地想到当年邱梓昌卸大车差点儿砸死岳祥宗的事。这个念头只在她的脑海里一闪。她不认为那是邱梓昌故意而为，一是她不相信他心肠这么狠，二是她现在已成为他的妻子，心中只想念着他的好处。

邱梓昌信誓旦旦地说：“你要让我一个人去死，我肯定不会去，死了对我就没有意义了。要是你和我一块儿死，我一定陪着你。”

程舒雯被感动了，她觉得有一股暖流在身体里涌来涌去。当邱梓昌带她走进别墅说“让我抱你一会儿”时，她竟然很放纵地说：“抱吧！这回我让你抱个够。”

邱梓昌双手紧紧搂着程舒雯，脸贴着脸，胸膛压着胸膛，尽情地感受着她的一呼一吸。这是他想了二十多年的身体，此刻，终于到了他的怀里！他要慢慢体会从这个躯壳里散发出来的美妙气息，然后将自己的思绪与那气息紧密地融合在一起。

“我要给你个惊喜！”邱梓昌终于松开程舒雯，领着她轻快敏捷地走上了二楼。

程舒雯不知道邱梓昌能给她什么惊喜。在邱梓昌推开一个双扇木门的时候，她看到了一个大厅。厅里分区域摆着亮黑色的钢琴和深棕色的古琴、古筝，四周放有木雕、铜雕及汉白玉雕像，墙上布满油画和国画。其中，有一幅大型油画《解放了的普罗米修斯》吸引了程舒雯的目光。画面里，普罗米修斯仰身躺着，一只凶猛的大鹰落在他赤裸的胸膛上。在油画的一侧，是《年轻的萨提尔在吹笛子》的汉白玉裸体雕像。

“这就是你说的惊喜吗？”程舒雯疑惑地问，“你这里的乐器，我一件也不会弹。你这不是送给瞎子油灯吗？！”

“以后，这里就是你的家了，你可以乱弹琴，没人敢说你，也没人笑话你。”邱梓昌开玩笑地说。

程舒雯笑着嘲谑道：“你这个人原来就不靠谱，现在还喜欢乱弹琴！我可没空儿陪着你玩儿！”

“我也不跟你闹着玩儿了，咱直接入洞房吧！”邱梓昌说着，一弯腰抱起程舒雯，用腿顶开了大厅东南角上的一个屋门。他将程舒雯放到里面那张双人大床上，紧接着压住了她的身体。

程舒雯惊异地发现，这里布置的是个婚房。红彩带、红彩条、红拉花和大红喜字，将房间装饰得喜气洋洋。程舒雯无限激动地问：“这是谁的新房？”

“还能是谁的？就是咱俩的。算不算是个惊喜？”邱梓昌兴奋地说，“我刚才讲了，蒋道长掐算着我这个月大喜，我就赶紧找人把这里布置好了。”

程舒雯醉了，她心旌摇荡，主动地将嘴凑了上去。她与邱梓昌恣意地狂亲了一阵儿，便感觉邱梓昌开始解她的衣扣。

邱梓昌切身体会到，这种情感就像陈酒，等待时间越长，酒香越浓厚醇正，喝起来越酣畅淋漓；也像普洱老茶，放的时间越久，茶气越香越醇，品一口回味无穷。

程舒雯的眼里忽然流出泪来。她很清楚地知道，自己再也回不去了，从此与岳祥宗彻底断了关系。不知为什么，跟邱梓昌在一起，她竟然感觉自己像偷情一样。她想到与岳祥宗新婚时，她的肉体上疼痛，心里却是快乐的；现在，肉体上感受了快乐，心却是疼的。她认为，这种感觉可能也像初婚似的，几次以后就没了痛苦，只剩下越来越疯狂的快活和欢乐。

"是我把你弄哭的吧？我是不是很男人？"邱梓昌十分快意地问。其实，他心里并不清楚程舒雯为什么流泪，他宁可相信她是被真情感动了，相信她是被自己彻底征服了。他想了程舒雯这么多年，如今终于发生了神摇魂荡的肌肤之亲，可以死而无憾了！这些年，他一直是外面彩旗飘飘，如今有了家，他的心也不再流浪了。他突然领悟到，一个人不管在外头有多少女人，也不如家里有个相守的妻子。

六

"你还记得吗？小时候我是在这座桥下救的你。"岳振业与慕容巧莹扶着运河栏杆，指着日华桥下荡漾的水波说。

慕容巧莹扭头看着岳振业，脸上带着甜蜜的笑容，说："这事儿还能忘了吗？那时我才五六岁，在河边儿玩水时，滑进了一个深坑子里。要不是你救得及时，我就淹死了。后来，我母亲煮了五碗饺子来这桥头给河神上供。上完供，那饺子就给你送去了。"

"这事你也记得？"岳振业很开心地问。

"能不记得吗？我在家还等着吃那饺子呢！"慕容巧莹怅然说道，"母亲回来说，那饺子全给你送去了。你不知道我心里那个馋哪！为此，我下定决心要学好凫水，也去救掉到河里的人，好让人给我送饺子吃。"

岳振业笑呵呵地说："那饺子真好吃！我没舍得一次吃完，吃了两顿。我跟母亲说，你家包的饺子真香。母亲说，人家是给河神上供的，能不香吗？神仙就是闻香味儿，越香神仙越高兴。我让母亲吃，母亲说饺子是谢救命之人的，别人不能动，所以留给我吃了第二顿。"

"我在家只吃了两个。上供时，一个碗里放五个饺子，母亲把多出来的两个给我吃了。那次比家里平时包饺子放的肉多，所以特别好吃。"慕容巧莹解释道。

“一晃，这事过去好几十年了！”岳振业感慨道，“我都没想到自己能活到现在，以为活个八九十岁就行了。过去说长命百岁，真到一百岁的我还没见过。”

慕容巧莹扶着岳振业离开石头栏杆，一边向沿着运河的日华公园深处走，一边说：“我小时候见过一个，我姥姥那村的，是个老太太。人们都不知道她的实际年龄，每年问她岁数，她都说是九十九岁。母亲说，她恐怕一百二十岁也不止了。”

公园的甬路上，来来往往的人很多，想必都是去看油菜花的。人们走过相互搀扶的两位老人身边时，禁不住投来艳羡的目光。

岳振业发现，过来过去的人没有一个熟悉的面孔，他们像到了异域他乡一样，眼前的一切都是那样的陌生。他与慕容巧莹坐在树下的条椅上休息时，发现走过身边的人都会瞅他们两眼，便忍不住地说：“你看，这么多年，咱俩连个证都没领，算不算非法同居呀？”

“你个老东西，想什么呢？！”慕容巧莹嗔怪道。

岳振业以为是自己失口，急忙说：“宗儿上学时，我看到那课本上有句话‘树老根多，人老话多’，莫嫌我老汉说话啰唆。那会儿我还是老汉，现在成了老东西了！你没看到吗，咱身边的老朋友一个也没有了，全都走了！我有时候就想，要不是你陪着我，我可能早死了，也许骨头都快烂没了。我现在才感觉到，人活得就是一口气，这口气一泄，人也就完了。有你陪着我，我这口气就盛。我舍不得离开你，更怕把你一个人孤零零地扔在这个世界上……”

“你这个老汉，这会儿说话是够啰唆的！”慕容巧莹体贴地说，“你留着点儿气力，到那地方还不近呢！我说让孩子们弄着咱们来，你非要自己来！真累坏了，看谁管你？！”

“让他们跟着，与咱俩自己溜达能一样吗？”岳振业执拗地说，“咱俩在一起，想走就走，想停就停；想去哪儿就去哪儿，想说什么就说什么，多好！要是累了，咱就回去。实在不行，再给他们打电话，让他们来接咱。”

慕容巧莹关切地问：“现在累吗？不累的话，咱就接着往前走。”

穿过树木参天的林荫道，远远地就看到了那一片片黄灿灿的油菜花。

路边，开始出现运河文化雕塑，货船、纤夫、脚夫……或用水泥浇注，或用石头雕琢，以各种活灵活现的姿态和形象矗立在他们面前。在一尊被重负压弯腰的脚夫旁，岳振业若有所思地说："那时候，这些人干着又苦又累的活儿，还要经常跟你去与人拼命！"

"那也是被倪家逼的。他家欺负我父亲没儿子，我再不出头，慕容家就完了。"慕容巧莹果敢地说道，"我为什么从小去练武，就是不想让父亲的码头被别人霸占。不是有句话吗，'冲的怕愣的，愣的怕横的，横的怕不要命的'，我那会儿就是不要命的。别看倪家有龙、虎、豹三兄弟，我一次也没怕过他们。你说，是不是这回事？"

"他家兄弟再多，不过是一堆烂泥（倪），你怎么着也是赢（莹）！"岳振业风趣地说。

慕容巧莹笑道："说实话，我那时候就觉得，实在不行了，还有我一帮师兄弟呢！尤其是有你，我觉得你就像一座山一样矗立在我身后。有你在，我什么也不怕。"

"是，我那时候光给你平事了！"岳振业瞅着慕容巧莹的眼睛，微笑着说，"那次冯国璋总统来，正碰上你跟倪家的人打架。你见到我，就跟见到救星一样，朝我喊'振业哥，你来得正好！帮俺杀这些狗 × 的们'！当时，冯总统还以为我是你盟哥呢！"

"没办法，我那时候就得是那种天不怕地不怕的样子。"慕容巧莹说，"你是不是觉得我很粗鲁？我要不是这样，那次也就毁在石南谷岳手里了。我从这运河里，两次死里逃生！"

岳振业宽慰地说："这是你命不该绝。现在看来，你留着命，是要陪我到老呢！"

"是啊！这缘分的事真搞不清，你不知道自己会走到哪一步。"慕容巧莹感叹道，"走到今天，咱这一辈子也值了！"

山楂树广场西边的油菜花漫坡遍野地开了，这是在北方很难见到的壮丽景色。东边的一棵棵山楂树开满了白色的花朵，像到了郊外那无边无际的梨园一样。

"想不到，泊镇还有这么漂亮的地方！"岳振业欢欣地说。

岳振业抬头远眺，满眼都是绚丽的色彩。走进油菜花丛中，他一脚踩空，身子骤然向一旁倒去。慕容巧莹想拉住他，也被拽倒在地。躺在毯子似的油菜花上，岳振业十分依恋地看着慕容巧莹，用尽最后一点儿力气说："我累了！"

"我也是！"慕容巧莹说着，紧紧地抓住岳振业的手，合上了那双饱含深情的眼睛。

蔚蓝的天空中，一群白鸽飞过，悠扬的鸽哨随之响起，这是日华公园里最动听的天籁。

七

门光斌放下酒杯，一脸坏笑地看着邱梓昌说："你惦记了岳祥宗的媳妇二十多年，这回总算弄到手了。要不人们说，这世上有一种魔性的诱惑，是别人的媳妇。这真是，'安排新枕衾，接待旧情人'。——'大户自从收用金莲之后，不觉身上添了四五件病症。第一腰便添疼，第二眼便添泪，第三耳便添聋，第四鼻便添涕，第五尿便添滴'。邱老板，我说的是也不是？"

"看你把咱哥说的。"桑树东插言道，"昌哥是经过大风大浪的人，什么样的没有见过？新纳的嫂子再有姿色，也是四五十岁的人了，至于把昌哥累成那样吗？你没看到，昌哥腿肚子不抖，腰杆子不弯，跟二十多的小伙子似的。"

"你不懂！"门光斌辩驳道，"你没听人说，三十如狼，四十如虎，五十赛过金钱豹吗？现在，新嫂子正是如狼似虎的年纪。"

桑树东茅塞顿开似的说："我明白你那意思了。你是说，昌哥原来找的都是年轻的，身在风月场，不谙风月事。这一次，昌哥找了个虎狼之年的女人，算是碰到对手了。"

"我一直是这么认为，邱老板跟她一结婚，这些年心中最美好的东西就碎了一地。"蒋道长瞅着邱梓昌，很是惋惜地说。

邱梓昌满不在乎地说："碎了就碎了吧！至少我曾经拥有过。是宝贝也好，不是宝贝也好，碎在自己手里，也就没有遗憾了。"

"我原来以为邱老板只收藏老古董，哪知也喜欢收藏半老女人！"蒋道长开玩笑地说，"这女人跟古董可不一样，不是越老越好，也不是你一直惦记着的就好。古董你大不了买到赝品，这女人你要娶错了，不但败不了火，还让你天天上火！”

“对有钱人来说，古董是一种玩物，称为古玩；女人也是一种玩物，可称人玩。”桑树东有几分猥琐地说。

蒋道长淫笑道：“反正我是喜欢年轻漂亮的女人，尤其是小鸟依人地在怀里撒娇，说‘爷喂喂’的女人，看着就让人兴趣飞扬。”

“你别乱放屁！”门光斌作色道，“你长成个人样子，怎么天天不讲人话呢？”

蒋道长不明白门光斌为什么突然翻脸，诧异地问：“你发什么神经？我说邱老板，碍着你了？”

“你他妈的别在我面前装蒜！”门光斌骂骂咧咧地说，“我还不知道你个狗 × 的几斤几两啊！你还装道士？道貌岸然，说的就是你个杂种玩意儿！”

“你才是杂种呢！还有脸说别人？你他娘的认贼作父，连你八辈儿祖宗的脸都丢尽了！”蒋道长毫不示弱地骂道，“你现在是锅里吃锅里拉，泊镇街上谁不知道，也就你……”

门光斌勃然大怒，端起眼前的一杯热水就朝蒋道长泼了过去，嘴里不停地骂着。蒋道长也是急不择言，一边骂着，一边抓起桌子上的盘子朝门光斌砸去。门光斌一闪身躲过盘子，将手里的水杯向蒋道长扔了过去。

“都他娘的给我住手！”邱梓昌大声喝道，“我这是花钱买的！你们是不是想要我的命啊！”

“你俩这是蓄意来砸昌哥的古玩！”桑树东指责道，“刚才不是跟你们说了嘛，今天这桌上的盘盘碗碗可都是古董！”

邱梓昌离开桌子，一边捡着被打碎的瓷器，一边心疼地嘟囔道：“我这唐朝的碗儿呀！我这明朝的杯呀！我这……”

桑树东看着蒋道长和门光斌，疑惑不解地问：“你俩今天是哪根神经搭错了，说着说着怎么就急眼了？”

“他平时怎么说我都行，别拿孩子开涮！”门光斌余怒未消地说。

“胡扯！”蒋道长气呼呼地问，“谁拿你孩子开涮了？我提你孩子半个字了吗？”

门光斌瞪着大眼说：“你是没提半个字，你提了仨字！叶薇薇是我儿媳妇，也是你这当伯伯的拿来糟践着玩儿的吗？！”

“叶薇薇？”蒋道长愣了一下，“扑哧”一声笑道，“我说的是‘爷喂喂’，你什么耳朵？再说，你什么时候告诉我你儿媳妇叫叶薇薇了？”

门光斌一时僵住，不知说什么才好。

“你们这俩活宝！”邱梓昌伸出一个手指着蒋道长，又指着门光斌，恨恨地说，“平时你俩总是胡打乱闹，闹不起以后就别闹了。谁要是再急眼，就别进我这个门了！”

八

白金水看着岳祥宗，打着官腔说：“建博物馆，那是物质达到一定程度才去做的事！现在市里哪有这个实力？市财政得先保人头费，你不能叫政府跟老板拖欠农民工工资似的，让工作人员拿不到钱吧？让这些人都饿着肚子，谁还给国家干活儿呀？”

“我没说马上来建火柴博物馆，也不反对厂里拿出一部分土地搞房地产开发！我们只是请求留下那排蓝砖房和两个生产车间。”岳祥宗争辩道，“你可知道，那是当年冯国璋住过的房子。那房子盖得太结实了，都八九十年了，各处都很完整，再顶个上百年都没问题。”

“我听说，那还是萧鸿堃的爷爷牺牲的地方？”白金水放下手里的笔，看着岳祥宗问。

岳祥宗很快地说：“是！他爷爷就是在院儿里的那口水井旁被日本人剜了心。他爷爷是泊镇早期的党员，就凭这一点，也该把这里留下来。如果这里既有百年建筑，又有博物馆和火柴生产车间，将来不管是搞红色旅游还是工业旅游，都有很大的发展空间。”

“我知道你说得很有道理，领导们也都认为应该这样做，可现实情况不允许呀！”白金水像是很恳切地说，“开发商看上的是这片方方正正的土地，如果留下这片老房子，再留下个车间，人家开发商能干吗？一个完整的地方，凭空割下一块，而且还是东北角，轮到谁也不会同意的。”

“你不是常说，办法总比困难多吗？到这事上就没法儿了吗？”岳祥宗发急地问，“如果不想割一个东北角，可以从东到西割一整条，剩下的不还是方方正正很完整的一块吗？”

白金水摇了摇头，说：“这事不是你想得那么简单，也不是你说怎么割就能怎么割的。比如说，原来人家能在这片地上建十排房，按你说的割下一条地来，也许只能建七排了，土地利用率就低了。”

“我也是打个比方，领导们怎么可能按我说的办呢？”岳祥宗慌忙说，“别说我一个小老百姓，就是你说了，书记也不可能就按你说的办。我就是想让你把工人们的请愿书给递上去，等书记、市长们开会时研究研究。”

白金水刚想说话，秘书拿着一摞文件走了进来。他将文件放到桌上，扭头看了岳祥宗一眼，就抽身出去了。

“你看看，我这一天天的多忙啊！”白金水翻看着文件说，“你也瞅见了，我都这么忙，你想想那书记、市长得多忙啊！他们能在你说的这事上费那么多脑子吗？”

“我知道你忙！所以，你来了这几年，我就有数地找过你两回。”岳祥宗强调说，“这应该是第二回。”

秘书出去不久又返了回来，对白金水说：“我刚才忘说了，你让问的事，沧州市民政局回话了。那些年，资助你上学的人叫岳振业，是火柴厂的老领导。资助韩书记上学的也是他。”

“知道了！你出去吧。”白金水将秘书支走后，半天没有说话。最后，他神情复杂地望着岳祥宗，问：“这事你是不是早就知道？你爷爷一定跟你说过。”

“没有。”岳祥宗矢口否认道，“你别多想，爷爷真没跟我提过这事。你也知道，我爷爷是泊镇最老的那一批地下党，保密工作做得好，能说的不说，不能说的更不能说。”

白金水似乎相信了岳祥宗的话，他随后问道：“你爷爷的身体还好吧？他应该是二十世纪二十年代入党的老党员里唯一健在的，是泊镇的无价之宝了。抽时间，我约上韩书记，一起去看看他老人家。”

“爷爷已经不在了！”岳祥宗怆然说道，“上个月，他跟慕容奶奶一块儿到日华公园看油菜花，倒在地里，与慕容奶奶一起走了。”

“这话怎么说？！”白金水有几分吃惊地说，“他老人家这是连让我当面感谢他的机会都不给留呀！啧啧，啧啧！你看这事闹的！咱俩这么多年的关系了，你怎么也不告诉我一声呢？你说，能怪我埋怨你吗？让我说你什么好呢？！”

岳祥宗解释道：“爷爷和奶奶走得太突然，我们全蒙了。一下子为两位老人出殡，连着忙活了三天，好多亲戚朋友都没来得及通知。”

“行了，你也别辩解了！”白金水作色道，“说来说去，你就是没拿我真当朋友看！”

“你说这话就远了！我如果不拿你当朋友，就不来找你了。”岳祥宗挚诚地说。

白金水将面前的那摞文件往一旁推了推，然后搬过右手边的一摞东西，一边翻找一边问：“你是不是给我送过一份儿请愿书？”

“是。是许多工人签了字的。”岳祥宗回答。

白金水从上翻到下，也没找到岳祥宗说的那份请愿书。他抬起头，看着岳祥宗说：“这么长时间了，我也不知道放哪儿啦！你回头再送一份过来。”

“我这儿还有一份，给你吧。”岳祥宗说着，从身上掏出那份“泊镇火柴厂广大职工关于保留古建筑的请愿书”。

“你早说呀，害得我找了这么半天！”白金水责备着，接过请愿书看了一眼，随手放到桌上，说，“明天一早，我拿给韩书记看看。”

岳祥宗高兴地说：“要是这样，就太好了！”

“你说你一个车间主任，出的什么头儿？！”白金水站起来，脸上有点儿不快地说，“以后，你个人的事可以随时来找我，厂子的事你还是少管点儿吧。”

第六章　不是故事的故事

一

邱梓昌听到屋里“啪”的一声响，他推门进去，见程舒雯将他的骑驼乐舞俑打碎了。他感到一股血往头上直撞，怒气冲冲地训斥道：“我不是跟你说了吗？这屋里没有你喜欢的东西，你少往这儿来！这回好了，你这一下几十万没了！”

“我看这架子上灰尘太多了，想擦一擦，就把它碰下来了。”程舒雯自知理亏，颔首低眉地解释道。

“该打扫时，我就请人来打扫了，用你多管闲事了？你真是天生的贱骨头！”邱梓昌余怒未消地说。

程舒雯几十年都没让人这样责骂过，她忍了又忍，终于说道：“是我贱，我贱行了吧？你有什么了不起的？你不就是个赶大车的吗？一个戳驴屁股的，有了几个臭钱，就不知道自己姓什么了！”

“你胡说！我怎么把你这个泼妇弄家来了！我真是让猪油蒙了心啦！你闹离婚，我一直认为是岳祥宗不知道怜香惜玉，现在才知道，一切都是你的问题！”邱梓昌气急败坏地说，“我可不会像岳祥宗那样惯着你！他是什么？他弄回家的是一个年轻漂亮的女人，我现在养的是一个二婚疯婆子！”

邱梓昌的话刺痛了程舒雯，她跳着脚地说：“我可没让你养我，是你在我屁股后头哭着喊着求我嫁过来的！我是二婚，我没骗也没瞒，你又不是不知道。你现在后悔了，早干吗去啦？我这个二婚，又老又有脾气，不如那些女孩子年轻漂亮，会发嗲，会撒娇！你怎么不去找她们？你是怕她们给你戴绿帽子！”

“不可理喻！我怎么碰上了一条疯狗！”邱梓昌懊恼地说。他忽然觉得，女人就像油画，只可远观不可近瞧。远了，看到的是美丽的风景、秀丽的脸庞；离得太近了，看到的东西便一塌糊涂，像从天上掉到画板上的一坨鸟屎一样。

“你骂我是疯狗？”程舒雯歇斯底里地喊叫起来，“我就是疯狗了，我今天就疯给你看！”

程舒雯双手胡乱挥动着，将博古架上的瓷器“噼里啪啦”地扔到地上。最后，她还觉得不解气，抓住摆满古玩的木架就用力拽起来。邱梓昌伸出左手扶住架子，然后一脚蹬到程舒雯的大胯上，将她“咚”的一声踹翻在地。程舒雯的一只手摁在碎瓷片上被划破了，一阵疼痛之后，鲜血流了出来。

邱梓昌似乎没有看到程舒雯的手被扎破，他弯腰捡起一个看似完整的商鬲，拿到手里时却发现它已经裂开了。他顿时火冒三丈，狠狠地将陶鬲摔在程舒雯面前，吼道：“你给我滚出去！”

在邱梓昌看来，程舒雯也像一件陶器，在别人家摆着挺讨人喜欢，一旦到了自己手里，却发现它是那样粗鄙庸俗，又硌手又扎手。当这些已经让他失去兴趣的器物弄疼了他，他会毫不迟疑地随手一扔，任其在地上、墙上或者石头上摔成散落的碎片。

二

隋冶之出了法庭，走了不远就停住了。不知是出于一种什么样的心理，他很想听听败诉的葛海录会对他讲些什么。如果说在起诉之前，他对葛海录有恼有恨的话，现在，他心里淡然了许多，也释然了许多。毕竟，他与葛海录有二十多年的交往，如果说葛海录想霸占他的公司是一时鬼迷心窍，那么他就有可原谅之处。在巨额财产面前，一个普通人难免有非分之想。古往今来，像关羽那样不迷惑于义兄夫人的美貌，像诸葛亮那样不觊觎刘氏江山，必定寥寥无几。《史记》有云：“天下熙熙皆为利来，天下攘攘皆为利往。夫千乘之王，万家之侯，百室之君，尚犹患贫，而况匹夫编户之民乎！”把偌大的一个公司全权交给葛海录，本来就是他做得欠妥，这就像把一块香喷喷的烤肉挂在伸手可及的地方，以致让葛海录生出豺心狼性。

葛海录走过隋冶之身边，犹豫了一下，最后用充满讽刺、挖苦的神态和语气说了三个字：“你真行！”

瞅着葛海录咬牙切齿的样子，隋冶之动情地说：“我多么希望那录音录像都用不上啊！我说过，我不想失去你这个朋友！事情到了这个地步，我心里比你还难受。”

“你就别猫哭耗子假惺惺的了！”葛海录两眼满是仇恨地说，“没想到，你给我挖了个陷阱，看着我往下跳，让亲戚朋友来看我的笑话！你现在把我踩在脚下的感觉，是不是很爽？”

“你这话说哪儿去了？我相信，你心里比谁都清楚，我演这出戏，纯粹是为了挽救儿子。”隋冶之至诚地说，“从这事一开始，你就是为我出谋划策的人，现在怎么说这话？！”

葛海录瞪起眼睛，像是要一口吃了隋冶之似的说：“你想让我说什么话？你要不是想陷害我，你录音录像干什么？”

“你知道，我是学法律的，善于保存证据。我这么做，纯粹是一种职业习惯，为了让自己不受坑害和诬陷，绝不是针对你的。”隋冶之解释道。

“你以为，你说这话我能相信吗？”葛海录诘问道，“咱俩认识这么多年，我怎么不知道你有这个习惯？你还不是为了防我吗？说到底，你从一开始就不相信我！你说，我们这朋友还能相处下去吗？”

隋冶之真心实意地说：“不管你今后还是不是我的朋友，如果遇到难处，你尽管说话，在受法律保护的范围内，我一定会帮你。”

葛海录心头被触动了一下，他愣了愣神儿，说：“你现在是居高临下，当然可以说这话。你觉得，我还会求你吗？！”

“我不想把话说绝了，我劝你也不要把话说这么绝。”隋冶之有点儿依恋地说，“俗话说，两座山到不了一块儿，两个人总有到一块儿的时候。希望再见面时，我们把以前的事全都忘掉。”

“你将事已经做绝了，还怕我把话说绝吗？但愿今天是我们俩最后一次见面！”葛海录冷漠无情地撂下一句话，头也不回地走了。

隋冶之站在原处，怅然若失地看着葛海录走远，最后钻进自己的汽车里。他想，法院判决书执行以后，葛海录可能与自己再无瓜葛。在人生的这列火车上，他从一个车站上来，与自己共同走了一程，海阔天空地戏耍了一番，便从这个站点下去了。从此，再不相见。

“这种小人你还理他干什么？还想从他嘴里听到好话吗？！”老佟走过来，关切地对隋冶之说。

“毕竟这么多年的关系了，哪能说放下就放下！”隋冶之回头看着老佟感伤地说。

老佟充满义愤地说：“你念旧情，他葛海录可不念旧情。他但凡有点儿良心，知道感恩的话，也不会做出这猪狗不如的事来……”

“不说他了！”隋冶之打断了老佟的话，问，“我可以打电话了吗？”

“我已经把你原来的电话卡给开通了，可以打了。”老佟说着，从包里拿出手机递给了隋冶之。

隋冶之接过手机，双手忽然不住地颤抖起来。他已经有一年多没有与儿子通话了，此时心中五味杂陈，有欣慰，有内疚，也有渴望。他激动地拨打了儿子的电话，惶恐不安地等着隋志成接听。

“爸！是你吗？”电话里传来隋志成惊喜的声音。

隋冶之眼里的泪水流了出来，他清了清嗓子，努力让自己镇静下来，然后回答：“是，是我！志成，爸爸让你吃苦了！”

“爸！你不要这么说，是我让你和妈妈受苦了！”隋志成又是激动又是羞赧地说，“我现在已经明白了你和妈妈的一片苦心，我以前太不争气了，我对不起你们！我从心里谢谢你和妈妈！你们养育了我，又教我怎么做人。为了让我成人，你们不惜失去半生打拼出来的全部资产，这事让我心里很难过，很惭愧！”

“你已经知道了？”隋冶之诧异地问。

隋志成哭着说：“我从网上看到了。我愧对你们，愧对爷爷、奶奶和姥爷！你们把我当成隋家的希望，我却让你们失望了！”

“孩子！你不要这么说，你有了今天的转变，我已经很高兴了！”隋冶之努力控制着自己的情绪，宽和地说，“我们与葛海录的官司打赢了，咱家没有失去什么。这一年多，我们得到了很多，不管是你还是我和你妈妈，都得到了过去很难得到的一些东西。”

“爸！我是不是可以回家了？”隋志成迫不及待地说，“我想你和妈妈，想姥爷和爷爷奶奶！太想了！”

“你先别回来。”隋冶之迟疑了一下，说，“你爷爷想回泊镇看看，我与你妈准备陪着他去。到时候我们一起回海南。一会儿，你给你妈打个电话，她现在和你爷爷奶奶都在家呢！”

隋志成很失望地对父亲说：“我听你的。”

放下电话，隋志成恭恭敬敬地跪在地上，冲着家的方向磕了一个头，随后便“呜呜”地哭起来。等他抬起头来时，发现欧阳琳和车间的工人们都站在他面前。没等欧阳琳问，他就擦了擦眼泪对欧阳琳说：“你说得不错，与朋友打企业官司的就是我父亲。父亲说，刚才官司打赢了！”

“祝贺你！我们都替你高兴。”欧阳琳发自内心地说，“你的父母太伟大了，为了你下这么大的本钱，甘冒这么大的风险！你一定要记住父母的恩情，千万不能再辜负他们的希望！”

“我会努力的。”隋志成笃实地说。

欧阳琳关切地说：“你还没跟你母亲通话吧？赶紧打个电话吧！你母亲的手机肯定也能打通了。”

“是，我先给母亲打电话。”隋志成连忙说，“今天我高兴，等我打完电话，就请大伙儿去喝酒。咱车间的，有一个算一个。”

三

邱梓昌像是穿越了，他觉得眼前的一切都是古时的场景。古橱、古桌、古剑、古画、古琴与古装美人。他发现，叶薇薇天生具有古代女性的气质，最起码她扮的宋朝女子简直是惟妙惟肖。

叶薇薇坐在古琴前，随心所欲地弹奏着。她并不会弹琴，邱梓昌让她胡乱弹，她就胡乱弹起来。好在她十指尖尖，一弹一拨自带神韵。尤其她那生动活泼的神态，以眉目而传情，以顾盼而生姿，撩拨得邱梓昌心中无法自持。于是，他绕过古琴想去搂抱叶薇薇。叶薇薇一见，突然从凳子上跳起来，“咯咯”笑着跑到那张古桌后面，与邱梓昌玩起了老鹰捉小鸡的游戏。邱梓昌向右追，她就向左跑；邱梓昌往左追，她就往右跑，始终不让邱梓昌抓住。后来，邱梓昌累得伏在桌子上气喘吁吁地说："看来，我真不能跟你们年轻人比了！"

"你也不老哇？！"叶薇薇娇滴滴地说，"你打扮出来，显得英俊帅气，风度翩翩，风流倜傥。"

"倜傥不倜傥的，风流是让你说对了。"邱梓昌色眯眯地看着叶薇薇说，"我喜欢你。"

"我也喜欢你。"叶薇薇挑逗地说。

邱梓昌心急火燎地问："那还等什么？不要辜负这大好春光！"

叶薇薇妖媚地笑着，像只受惊的小鹿一般慢慢地向邱梓昌靠拢过来。快到邱梓昌面前时，趴在桌子上的邱梓昌突然似猎豹一样纵身一跃，猛地抓住了叶薇薇的胳膊。他趁势往前一拉，叶薇薇就到了他的怀里。邱梓昌阴谋得逞，搂着她"哈哈哈哈"地大笑起来。

"你弄疼我了！"叶薇薇无比娇柔地嗔怪道。

"是我太性急了！"邱梓昌怜爱地说，"小宝贝，我给你揉揉！"

叶薇薇用充满诱惑的声音说："你们男人都这么粗鲁，这么猴急，像是要把人家吃了似的！你不会……"

"你不可以，不可以！"叶薇薇睁圆了一双迷人的眼睛大叫着，两手却将邱梓昌拉向自己。随后，她闭上眼睛，做出一种被征服与很享受的样子。

风停鱼憩，叶薇薇缓过神来，笑着问："怎么样？我很入戏吧？"

"妙！太妙了！妙不可言！"邱梓昌忙不迭地说，"你太有才了，简直就是无师自通的天才！你演得比潘金莲还像潘金莲！"

"你是说我天生的贱骨头呗？！"叶薇薇噘起嘴撒娇道。

邱梓昌赶紧说："你别误解！在我眼里，你就是小美人赵飞燕。"

四

岳祥宗冲进火场时，发现余智姿抱着一摞资料倒在地上，她的一条腿被压在粗大的木梁下面。情急之中，岳祥宗用尽平生的力气猛地搬起木头，在余智姿的惨叫声中快速将她的腿拉了出来。就在这时，支撑木梁另一端的砖垛子倒过来，重重地砸在岳祥宗的左臂上。岳祥宗顾不得剧痛，用力抽出胳膊将余智姿夹在右臂下，飞快地从资料库里逃了出来。

他们俩刚离开，那几间存放工厂合同、契约和各种凭证的房屋像被霹雳击中的地震龙一般，“轰轰隆隆”地扑倒在地，浓烟与灰尘冲天而起，遮蔽了半边天空。

余智姿的一条腿被砸断了，她大声哭喊着，忍着伤痛还要往仓库废墟上爬。她十分清楚那些被压在里面的文字材料的重要性，那是火柴厂近百年的历史档案，是不能再得的宝贝！因此，当消防车急急忙忙地赶来救火时，她顾不得重伤的大腿哭喊着爬过去，抱着消防队员的脚，不让他们往废墟上喷水。她知道，大水一浇，那些纸质的文献资料就全毁了。

余智姿在蔡五哥绑架杨媛玉的事件后，被行政拘留了十天。回来后，她觉得人们都用异样的眼神儿看她，无地自容，便向领导要求离开厂办室，当了厂子资料室的专管员。在整理那些暗棕色文件盒时，她越来越意识到这些材料对火柴厂的重要意义，整个资料室就是一部庞杂而全面的厂子发展史，是工厂兴衰起伏的全记录。岂料，她来了不到一年，这个保存完整的百年资料库就着了火。据她后来说，是支撑木梁的柱子最先燃烧了起来，当她发现时，那柱子就快烧断了。于是，她一边喊人救火，一边急急忙忙地往外搬运仓库里的重要资料。事后厂子没有追究她的责任，一是由于她为公砸断了腿，二是因为她凭着一己之力抢救出许多宝贵的档案资料。

市里的消防车和救护车先后赶来时，围在仓库废墟旁的工人们便很快向一旁撤去，然后将受伤的岳祥宗和余智姿抬上了救护车。两个人均是粉碎性骨折，岳祥宗的左臂和余智姿的右腿都没能保住。

岳祥宗手术第二天程舒雯就来了。她不顾屋里有工厂的人，一看到岳祥宗就大喊大叫起来：“你是不是傻呀？那资料室有你什么事呀，让你不顾死活地往里跑？你要是死了也就罢了，好歹闹个烈士；现在你落了个残废，我看以后谁来管你……”

萧鸿堃面无表情地看了程舒雯一眼，没有说话。他不说话，屋里的其他人也沉默了。最后，还是岳祥宗咳嗽一声，冷冷地对程舒雯说：“你说了这么多有必要吗？我死也好，活也好；伤也好，残也好，跟你还有什么关系？你是不是还没睡醒就跑来了？”

程舒雯愣了一下，随后理直气壮地说：“怎么没关系？你现在这个样子，不是给岳冰、岳雪添负担吗？他们是你的孩子，也是我的孩子，我能不替他们焦心吗？”

“你放心，我不会成为他们的累赘的。”岳祥宗很自信地说，“别说我还有一条胳膊一只手，就是没有胳膊没有手，我用两只脚也能照顾好自己，绝不给别人添麻烦。”

“看把你能耐的！”程舒雯讥讽道，“都到这个时候了，你还逞英雄！我就纳闷了，不就着了个资料室吗，你充什么英雄好汉，往火里跑干吗？真要是跟你老子似的，杀鬼子、杀汉奸也值得；救个火丢了条胳膊，你冤不冤？”

“丢了一条胳膊救了一条命，我冤什么？！”岳祥宗无怨无悔地说，“不是我逞英雄，再碰到这事我还会进去救人的。”

萧鸿堃看着岳祥宗，疑惑不解地问：“我一直想不通，你怎么知道余智姿还在着火的资料库里面？”

“一开始，我并不清楚是谁在资料库里。我发现有人从里面搬出来许多资料，就料到里面还有人。”岳祥宗解释道。

“我知道，你做事一向是胆大心细。你这不是逞英雄，你就是英雄！”萧鸿堃赞赏道。

程舒雯急忙说：“你说他是英雄，厂子得把他这个英雄负责到底吧？他的工作和生活是不是要有所照顾？”

“那当然！”萧鸿堃肯定地说。然后，他看着身旁的几个人说道：“现在，我们非常需要他这样的英雄。不只厂子需要，社会上更需要！我不管别的地方怎么样，在咱们火柴厂，绝不让热心肠的人冷了心，绝不让操心的人寒了心，绝不让英雄流血流汗又流泪！”

“这话可是你讲的！”程舒雯紧跟着说了一句。

五

叶薇薇正赤身裸体地悬挂在邱梓昌的脖子上，手机响了。她让邱梓昌将手机递给她，一只手仍然勾着邱梓昌的颈部，双腿夹在他的腰上，开始接听电话。电话是门光斌打来的，问她在哪里。

“我还能在哪儿？当然是在厂子上班啦！你有什么事吗？”叶薇薇随口问道。她连着问了好几句，对方不知是没有听到，还是手机信号不好，始终不再说话。于是，她便将手机放回邱梓昌的手里。

邱梓昌刚把叶薇薇的手机接过来，门光斌就踹门进来了。他用一双冒火的眼睛瞪着叶薇薇，怒气冲冲地说：“你这班上得够美的！”

“你俩做的好事！”跟在门光斌身后的尤西良走上前来，两眼贪婪地看着叶薇薇那雪白的身体，大声嚷着。

“知道我们正做好事还进来？”邱梓昌那被人捉奸的胆怯与愧疚只在心头一闪就没了踪影。他不想让叶薇薇看到自己在别人面前软弱的样子，便比尤西良的声音提高了八度，喊道：“你们私闯民宅，信不信我叫人来拘你们？快给我滚，滚！”

叶薇薇被公公堵在床上，心中本来是惊恐和羞惭的，一见邱梓昌压倒一切的气势，胆子便跟着壮了起来。她不好冲门光斌发脾气，见尤西良正用淫猥的眼神看着她，就对他大骂道：“看什么看？你个老流氓！别以为你跟赫茹儿的那点儿破事我不知道！你的屁股还没擦干净，还有脸来管别人，我呸！”

“赫茹儿也是你叫的？！你个小贱人！”尤西良上前跨了一步，用手指着叶薇薇的脸咬牙切齿地辱骂。他一直记恨叶薇薇厌恶他的样子，同时又眼馋她性感的身体。为此，当听说她与邱梓昌私通时，便急不可耐地拉着门光斌来捉奸了。

“我就叫，就叫！赫茹儿，赫茹儿……”叶薇薇一掌打在尤西良的手腕上，不住声地说着。

门光斌从身上掏出一把半尺长的刀子，猛地向叶薇薇捅过来。叶薇薇尖叫了一声，躲在了邱梓昌的身后。邱梓昌拿出英雄救美的劲头儿，乘其不备，一拳将门光斌手里的尖刀打落在地，然后踩在自己的脚下。门光斌想去抢那刀子，就听尤西良在一旁说道：“你闪开！”

邱梓昌看到，尤西良手里端着一把很小的手枪，而且将黑洞洞的枪口对准了他。他一愣，随即笑道：“你个老东西，老糊涂了吧？怎么拿你孙子的玩具出来了！”

尤西良狞笑了一声，扣动了扳机。随着“砰”的一声枪响，邱梓昌脸上的笑僵住了。

屋里的几个人如雕塑般僵立着一动不动，时间好像停止了。

在邱梓昌的身体倒下的那一刻，叶薇薇抓起他脚下的刀子，疯了似的朝尤西良的身上捅去。她似机器人一般连着在尤西良肚子上扎了五六刀，最后像是被刀子烫到一样，骤然把刀扔下，光着屁股向外面跑去，一边跑一边哭喊着："杀人啦！杀人啦！"

六

程舒雯没有想到，邱梓昌一死会有这么多人过来吊孝，过来哭灵。出殡这天，单他本村和刘家村的人就来了一千多号人。三四十辆大客车一起开来，排出了有一里远。起灵时，偌大的场院儿里跪满了披麻戴孝的人，看上去白茫茫一片，像雪地，更像棉花场。在鼓乐和鞭炮声中，喧嚣的人流如浪涛般涌去，越走越远。最后，只剩下缥缥渺渺的唢呐声，如从天上传来一般。

热闹了几天的大场院儿，留下程舒雯孤零零的一个人。她茫然地望着空荡荡的大院子，忽然想起了《红楼梦》上的那句话："好一似食尽鸟投林，落了片白茫茫大地真干净！"

程舒雯断定，村里的人是来分邱梓昌的家产的。那些人，也有哭爷爷的，也有哭叔叔的；也有哭表舅的，也有哭表叔的，看上去跟关系多近、走得多亲一样。程舒雯想，全是因为邱梓昌无子无女，才惹得这么多人觊觎，才想来分一杯羹。不管怎么说，她与邱梓昌有结婚证在，注定能得一半的财产，自己下半辈子已经够吃够花了。至于属于邱梓昌的那一半，谁愿得谁得，谁愿抢谁抢，把人脑子打出狗脑子也与她无关。

回到客厅，程舒雯看到村主任正和萧鸿堃、蒋道长坐在沙发里一边喝茶一边说话。见程舒雯走进来，村主任站起身，像是毕恭毕敬地说："婶子，你快坐下歇歇。都忙了好几天了，别把自己累坏了！俺叔走了，你再把自己折腾病了，谁来伺候你呀？！"

程舒雯坐在与萧鸿堃斜对着的沙发上。她看了萧鸿堃一眼，发现他似乎不愿用正眼瞅她一样，将目光投向客厅一角的那块大灵璧石。她与人们默默地坐了片刻，忍不住说道：“你们谈你们的。如果不方便，我这就去楼上歇着。”

“婶子！你别走。”村主任远远地伸出手，像是能隔空拦住程舒雯一样，急忙说，“我们刚才说的事，正想听听你的意见。”

程舒雯两眼看着村主任，心里冷冷地一笑。她想，村主任这是等不及了，要向她提瓜分邱梓昌遗产的事。她听说，村主任都快七十了，比邱梓昌大十多岁，这几天却一口一个“俺叔”，一口一个“婶子”地叫个不停。看来，金钱的力量就是大，不管你多大的岁数，在钱财面前都会卑躬屈膝。

村主任有几分恭谨地说：“这事婶子可能知道。是这么回事，十几年前，俺叔放到村里五百万，后来追加到一千万。这笔钱，由我跟村会计管着，专门用来借给有需要的村里人。这些年，村里不管是娶媳妇盖房，还是看病就医，或者办企业做买卖，都能先借这钱来用。当时，俺叔给村里这个钱时，我和老书记过来拿的，萧厂长和蒋道长都在场……”

程舒雯心里一震，就像心头忽地起了迷雾，顿时感到恍惚和茫然起来，以致村主任后面说的话她一句也没听清。

不知过了多久，程舒雯的心才安稳了下来，她又瞅了萧鸿堃一眼。这一次，萧鸿堃没有回避，直接看着她说：“这个主意，还是我给梓昌出的。他刚发财那几年，总有老家的亲戚朋友跑来向他借钱。他手头儿宽绰时，能让来人欢欢喜喜地回去；一旦拮据，来借钱的人就噘了嘴。而且，有的人来了一次又一次，借了一回又一回，那些钱就是肉包子打狗一去不回。到最后，借了钱的不说他好，没借到钱的更不说他好，吃他喝他还骂他。就这样，我给他想了这个办法，让他把钱放到村里，老乡们需要钱时去找村干部，让村干部酌情安排。这样，他省了饭钱，乡亲们也省得大老远地跑来。”

“这事做得太好了！”村主任快慰地说，“俺叔出来这么多年了，对村里的人和事不了解，借出去许多冤枉钱。有的打着盖房娶媳妇的幌子，借了钱去，半路上就买了车自己享受了。自从俺叔把钱让村里管着，我们就定下了规矩，一般情况钱只借给一次，还了后才可以再借。对多少年都不还钱的，就没了第二次。真碰到天灾人祸，经村干部们研究，可以再帮一次，这便是最后一次了，有再一再二绝对没有再三再四。如今，村里人都念叨俺叔的好。一听说俺叔突然没了，大伙儿都哭得死去活来的。”

“你刚进来时，村主任正跟我说这钱的事。”萧鸿堃插言道，“他说，大伙儿都想知道，梓昌放到村里的这些钱，你是收回来，还是继续放那儿？”

程舒雯心里茫然无措，一时拿不定主意。后来，她看到村主任正用渴望的眼神看着她，才说：“梓昌走得急，也没留下一言半语。我想，既然他当初把钱放到村里，就是他的心意，也是他的遗愿。我看，还是由村主任你们费心管着吧！”

“没想到婶子这么开明！”村主任异常欣喜地说，“怪不得俺叔等了你这么多年，非你不娶！婶子不但长得好，心眼儿也好，真是一副菩萨心肠！俺叔这是没福呀，刚过上……”

程舒雯听着村主任的话，竟然也觉得自己变得慈善起来。

七

隋志成跪在隋冶之面前，双手抱着他的大腿，抹着眼泪说：“谢谢你，爸爸！谢谢爸爸！是你挽救了我呀！”

隋冶之用力将隋志成拉起来，仔细地端详了他半天，最后用手拍了拍隋志成的肩膀，宽和地说：“快去看看你妈妈吧！再见不到你，你妈妈就要疯了！”

隋志成回身时，母亲已经到了他的跟前，他叫了声“妈……”，就扑在了符竺燕的怀里。

看着隋志成与母亲抱头痛哭的样子，隋冶之心里一热，便急忙将目光移开了。一路上，他感到有许多话要跟儿子说，见到了隋志成却不知道该说什么才好。在儿子说“是你挽救了我”的时候，隋冶之的心头顿时百感交集。他觉得，这一次不但救了儿子，也救了他自己。几十年来，他在社会上结交了形形色色的朋友。广交朋友成就了他，有时候也会害了他。正所谓成也萧何，败也萧何。其实葛海录那样做也可以理解，人和动物一样都是趋利避害。一个人趋炎附势，攀高结贵，不愿与穷困潦倒的人交往，就像牛羊不去没草的沙地一样，并不可恨也不可怕。真正可怕的，是这个社会的人缺少了感恩的心，变得越来越不懂得感谢和回报对自己有过帮助的人。也许正是由于这样，社会上才努力提倡感恩。施恩于人，你不涌泉相报不要紧，绝对不能再落井下石。

隋冶之胡思乱想之际，隋志成已经先后见过了母亲和姥爷、奶奶和爷爷。隋志成与爷爷说话时，岳恒恺和萧天雍走了过来。看到岳恒恺，隋瑞廷愣了一下，最后丢下孙子跑过去紧紧抱住了岳恒恺。

“瑞廷哥！”萧天雍站在隋瑞廷面前，急切地说，“我都在这儿站了半天啦！你不会连我也不记得了吧？！”

隋瑞廷松开岳恒恺，两眼瞅着萧天雍，笑着打趣道：“我真不知道你是敌是友哇！”

“要是你的敌人，当初我早把你带回厂里，交给夏书记了！”萧天雍戏谑地说。

隋瑞廷“哈哈”一笑，一把抓住萧天雍的手，然后腾出另一只手用力捶打着他的肩头，开心地说：“当时，要不是你给我带那么多钱，我早就饿死了！”

“那些钱，是我跟恒恺两个人给凑的。”萧天雍解释道。

“我不是让你去东北吗，你怎么跑到海南去了？”岳恒恺大惑不解地说，“那年，突然从海南来了一封信，我还以为你分身了呢！”

“唉！一言难尽！”隋瑞廷叹了一口气，感慨地说，“离开泊镇后，不说九死一生，我也是侥幸活下来的。我这一路走去，有可能在任何时候、任何地点被抓、被扣。要不是在运河里练成了好水性，我早就葬身鱼腹了，根本去不了海南。”

岳恒恺看着隋瑞廷说：“当初我让你去东北，主要考虑到那里没有语言沟通上的障碍；再就是，万一有事，你往深山老林里一藏，神仙也找不到。不承想，你阴差阳错地去了海南，不但活下来，看这样子活得还挺滋润！”

“你别笑话我了！”隋瑞廷自我解嘲地说，“你说我当年怎么那样懵懂，竟然得罪了夏书记。真是，一曲《三家店》，半生离乡愁！”

“你是糊涂一时，聪明一世。”萧天雍插言道，“咱厂子还有个比你更有意思的人呢！那年，彭兴德被关进去，警察放他出来时，他一高兴，扯着嗓子唱‘狱警传，野狼嚎，我迈步出监’。结果，又被抓回去蹲了大半年。”

提起彭兴德坐牢的事，岳恒恺的脸上禁不住飘过一丝阴云。萧天雍知道，他又想起了夭亡的小桦。于是，他急忙转移话题说：“你还不知道吧，夏茵早就没了。尤西良前些天也死了，警察从他家搜出了特务潜伏证。没想到，他才是真正的坏分子。”

“你这一说，我还真有点儿遗憾。”隋瑞廷摇了摇头，说，“我这次回来，还想见见这两个人呢！”

“你这一走，五六十年了，许多你认识的人都不在了。”岳恒恺不无感伤地说。

隋瑞廷连着咳嗽了一阵儿，然后说：“我早就想到了。如今，我已过了鲐背之年，如风中残烛，说灭就灭。也许，我们这是最后一次见面了！”

“怎么会呢？”萧天雍很豪放地说，“现在交通这么发达，咱们想见就见。过去，都说人活七十古来稀，你看，咱都八九十岁了，跟过去六七十岁的有什么区别？不行的话，咱弄个约定，今年你来泊镇，明年我和恒恺去海南，常来常往。”

“这个主意好！”隋瑞廷高兴地说，“去海南时，多叫一些咱厂里的老伙计。”

萧天雍黯然言道：“那些老伙计们也不好联系了。厂子已经不行了，正在走破产程序。”

“我已经听说了。”隋瑞廷十分豁达地说，“一个工厂能生存一百年，已经很不错了。企业跟人一样，都有自己的运势，也有自己的寿命。泊镇火柴厂从民国初期到现在，已经算是高寿了。”

“今年正是火柴厂建厂一百周年，”岳恒恺看着隋瑞廷说，“大伙儿想让市里留下一个生产车间，也留下冯国璋住过的那片蓝砖房，再建一个火柴博物馆，发展工业旅游。毕竟，咱们厂子曾是亚洲最大的火柴企业。”

隋瑞廷点了点头说：“这个主意不错，是该搞一个火柴博物馆。有什么困难你随时告诉我，不行的话，我让隋冶之投资来建。”

“让我投资建馆可以，咱要签一个书面合同。”一直站在父亲身旁的隋冶之急忙插言道，“既然想搞工业旅游，生产和旅游收入要按投资比例分配。”

“这是自然，谁投资谁受益嘛！”岳恒恺笑道。

“再有，要让我姐夫参与管理。”隋冶之进一步补充道。

隋瑞廷扭头瞪了隋冶之一眼，呵斥道：“还没有见过你姐夫，你就开始替他谋差事，你知道他想干不想干？干了干不了？”

“有什么干不了的？”隋冶之很自信地说，“我听说，他当了二十多年副厂长了，还管不好这点儿事吗？”

“鸿堃很有能力，你女儿给你选的这个女婿真不错。”岳恒恺说着，四下里看了看，然后开始大声喊萧鸿堃。

隋冶之看到萧鸿堃后急忙走了过去。

隋瑞廷发现只有萧鸿堃一个人来了，心里便明白了几分。他知道，女儿一定还在记恨他。

萧天雍似乎看懂了隋瑞廷的心思，禁不住地问：“这些年，你怎么始终不回来，也不跟家里联系呢？”

“你当我不想联系吗？我不想女儿吗？”隋瑞廷有几分委屈地说，“我想，既然嫒儿的母亲已经嫁人了，就让她嫁得踏实一点儿吧！她要知道我还活着，一定会心怀愧疚过一辈子。那不是我想要的。再说，我也不想让童昕不高兴，让她提心吊胆地过日子。”

八

“你离婚的时候，怎么没想到跟我们商量呢？”岳雪看着母亲，生硬地说，“你们的事，我现在懒得管了。”

“你这个孩子，还没有你哥好说话呢！”程舒雯瞪了岳雪一眼，恨恨地说，“你呀！都是你爹把你惯坏了！”

岳雪站起身来，没好气地说：“谁好说话你去找谁！我还忙，得马上走了。”

程舒雯一把拉住岳雪的衣服，急赤白脸地叱责道：“越说你越来劲儿了！我还不是都为了你和你哥好？！你想，我与你爹复婚后，你邱伯伯留下来的家产还不全是你们的？你这脑袋瓜儿让什么给塞住了？怎么就不开个窍呢？！”

“别，你千万别这么想！”岳雪看着母亲，很坚决地说，“家当太大，我这辈子也无福消受。再说，赌受这种钱财，话好说不好听！”

“怎么就不好听了？又不是偷来的抢来的！”程舒雯追问道。

岳雪趁机挣脱了母亲的手，向前快走了几步，然后回过头来对程舒雯说：“那家业对你来说可能不是抢，对我来说跟抢差不多。我可不敢要，更不敢用它给自己添嫁妆！我哥不是好说话吗？你去问问他，看他是不是想着这个财产。”

“你个犟种！真是犟死你爹不戴孝帽子！”程舒雯看着岳雪匆匆远去的背影，咬牙切齿地骂道。

此时此刻，程舒雯有一种归心似箭的情绪。她感到，就像出门旅游一样，外面风景再好，也不是自己的家乡！她决意要回来，回到自己原来的家庭中来。她在邱梓昌的书房里闭门思过般地待了几个月后，忽然悟道，自己这一辈子没有看懂邱梓昌，更没有看懂岳祥宗。一个人就活这一辈子，她不想就此与岳祥宗永生永世地分开。正像书中说的那样，生命的长度自己把握不住，却能来掌握生命的宽度，她要活出一种宽度来，越宽越好。

程舒雯犹豫了一下，最后决定不去找儿子岳冰了，直接去跟岳祥宗摊牌。她想，你岳祥宗同意也好，不同意也好，我程舒雯都要和你生活在一起了。她一边想着见到岳祥宗怎么开口说，一边满世界去寻找岳祥宗，最后，终于把岳祥宗堵在了火柴厂办公楼的厕所里。

本来，程舒雯已经想好了，见到岳祥宗时说话柔和一点儿，温情一点儿，哪知道，话一出口还是那样冷傲。“岳祥宗，你过来！”程舒雯冲着刚走出卫生间的岳祥宗大声喊道。

岳祥宗抬头看到程舒雯，心里一愣，然后整理好自己的衣服，惴惴不安地朝程舒雯走过来。他将程舒雯拉到大厅里，诧异地问：“你怎么找到这儿来了？有事吗？”

“你是不是说过，你老岳家的大门一直对我敞着？”程舒雯直截了当地说。

“是，我是说过。”岳祥宗心里还没弄明白发生了什么事，嘴上却随口回答道。

程舒雯的脸上有了欢喜的笑意，急忙说：“你承认就好！现在，我想回你老岳家来。”

岳祥宗迟疑了一下，随后说道：“我住的房子说好了要给你，你想什么时候搬回来就搬回来。你什么时候搬回来我什么时候搬走。”

“你搬走我还搬回来干吗？”程舒雯似嗔非嗔地说，“你搬走也行，搬到我现在住的地方来。不管怎么说，这儿也比别处宽绰。”

“你想什么呢？我能搬你那儿去住吗？你把我看成什么人了？”岳祥宗面带愠色地问道。

程舒雯不管岳祥宗怎么说，很快从包里掏出一串钥匙，一把抓过岳祥宗的手就塞进去，然后很干脆地说：“这是我那儿的钥匙，你今天就搬过去。从明天开始，你就帮着打理公司的事。火柴厂都停产了，你还待在这儿干吗？有人给你开工资吗？！”

岳祥宗的心里忽地有了一种被耻笑和被侮辱的感觉。如果换作别人，他早就恶言相向，面对程舒雯他却忍住了。毕竟，程舒雯是个女人，是个刚刚死了男人的女人，是个可怜之人。常言道：可怜之人，必有可恨之处。如果说程舒雯闹离婚已经狠狠地伤了他，她跟邱梓昌的结合，等于在他受伤的心上又割了一刀，让他伤痕累累、肝肠寸断。

火柴厂停工，让岳祥宗的心里颓丧和失落到极点。为此，他还是每天都到厂子里来，与几个无所事事的老伙计一起打打牌、说说话，像是抱团取暖一般。这事，从程舒雯的嘴里说出来，却像是死皮赖脸地耗在厂子里似的。反正，他已经习惯了程舒雯这种说话和做事的方式，习惯了她对自己的不理解、不尊重。

岳祥宗的心里已经不敢装她程舒雯了。尽管心里装不得她，也得让她回到家里来。不只是因为自己向她许诺过，也不只是因为自己现在住的房子说好了给程舒雯，而是由于那一种已经形成和存在的亲情。自从程舒雯离开，他的心就像是被扔进冰柜里，冻了这几年，他不知道还能不能为她活过来，还能活多久！

“我还是那句话，你想搬回来就搬回来，反正我不会搬到你那儿去！”岳祥宗有点儿执拗地说。

“那好，你给我钥匙，我搬回来。”程舒雯说着，迅即向岳祥宗伸出手去。

岳祥宗想也没想，驯服地将手里的钥匙递给了程舒雯。

“我说的是咱家的钥匙。”程舒雯补充道。

“你……”岳祥宗欲言又止，一回手摘下了自己身上的钥匙。

程舒雯接过钥匙，像看到绿灯一样，轻快地离开了火柴厂。她想，既然我能跟你岳祥宗住在一起，不怕你不跟我去住那宽敞的房子！她先到别墅拿了些必要的生活用品，然后又是欣喜又是忐忑地回到了自己离开三年多的地方。进了门，她一边哼着歌，一边收拾了一下看起来有些凌乱的家。然后，她分别给岳冰和岳雪打了个电话，让他们晚上都回家吃饭。她想按手机视频里教授的烹饪方法，做几道像样的菜给岳祥宗和儿女们吃，以宣示她这个女主人回来了，回到了属于自己的家。最后，她打开冰箱看了看，便急急忙忙地下楼去买菜。

“亲爱的人哪携手前进，携手前进，我们的生活充满阳光，充满阳光……”程舒雯的手机铃声响了起来，是程舒慧打来的。程舒慧说要到她住的别墅去，程舒雯说自己已经回到了原来的家。程舒慧一听，似乎有些不高兴，很快挂断了电话。就在这时，她突然发现自己闯了红灯。她赶紧停住，一辆右转的轿车猝不及防猛地将她撞倒在地。

“别动！”有一个路人大声冲她喊。

听到喊声，刚爬起来的程舒雯又躺下了。这时，紧随着小轿车右转的厢式货车驶来，直接从她的身上轧了过去。

程舒雯醒过来时，发现自己正躺在医院里。她已经昏迷了两天。有两根肋条扎进她的肺里无法取出，引起了全身器官的衰竭。

医院已经给家属下了病危通知，岳祥宗没想到程舒雯会苏醒过来。他揣测，这应该就是人们说的那种回光返照。于是，他赶紧握住程舒雯的手，轻轻喊了一声“舒雯”。

“我会不会死？”程舒雯言语十分困难地问。

“怎么会呢！”岳祥宗强作笑颜地说，“你伤得并不重。等不输液了，咱就能回家养着了。”

程舒雯小孩子般地笑了笑，断断续续地说：“我觉得……也不会死。我还要拉着你……一起……去住……别墅呢！过去……我不理解你，不懂你……以后……我要好好……跟你过日子！过去，都是……你照顾我，以后，我……”

听着程舒雯发自肺腑的话，岳祥宗心里受不住了，他忍不住回过头去，眼里的泪水一下子滚落了下来。

“医生不让多说话！有话等你回家再说。”岳雪打断了母亲的话，然后推了父亲一把，说：“你守了大半天了，现在我妈醒了，你赶紧去休息休息吧！”

岳祥宗在那座别墅的书房里，看到了那本程舒雯没有读完的《从文家书》。在一页写着“祥宗”两个字的地方，程舒雯勾勒了一段文字，这是作家沈从文的妻子张兆和写的一段话：“从文同我相处，这一生，究竟是幸福还是不幸？……我不理解他，不完全理解他。后来逐渐有了些理解，但是，真正懂得他的为人，懂得他一生承受的重压，是在整理编选他遗稿的现在。过去不知道的，现在知道了；过去不明白的，现在明白了……太晚了！为什么在他有生之年，不能发掘他、理解他，从各方面去帮助他，反而有那么多的矛盾得不到解决！悔之晚矣！”

看着这段话，看着程舒雯写的“祥宗”两个字，岳祥宗心里不由得一阵心酸和难过。他似乎明白了，为什么程舒雯要回来找他。实际上，与程舒雯夫妻二十多年，他也没有真正发掘和理解她。与她在一起时，他常常表现的是那么不耐烦。可能真正了解和理解一个人，需要一辈子的时间；或者，一辈子也不能完全认识和懂得一个人，哪怕这个人是与自己同床共枕的。

九

隋志成陪着欧阳琳、杨媛玉走了海口周边的几个著名景点，福山、高山岭、铜鼓岭、文笔峰、东郊椰林和澜江文化公园。此刻，正走在流水潺潺的古银溪边。再往前走几百米，就是壮美的古银瀑布了。

几天来，隋志成总想找机会再向欧阳琳表白一番，却总是被她刻意避开。古银瀑布是她们在海南的最后一站，隋志成觉得有些话必须跟欧阳琳讲了，哪怕直接把与欧阳琳形影不离的杨媛玉支开。

古银溪边，有古铜色的木栈道，它时而在小溪的左侧，时而在小溪的右边。葱郁的丛林树木掩映着溪水，也掩映着栈道。向前望去，溪水、栈道忽隐忽现，溪水映衬了红花绿树的美艳，花树点缀了溪水的奇妙。高高低低的树木花草，时急时缓的清澈溪水，让人身处仙境一般。走过一棵被覆在栈道上的大树下时，杨媛玉似乎急于看前面的风景，脚步不停地走了过去。而欧阳琳却站在了树下，饶有兴趣地望着树上的果实。

“它长得怎么像无花果？”欧阳琳禁不住地问。说话时，她并没有看隋志成，却能感到他就在自己的身后。

“不是像，它就是无花果。”隋志成笑了笑，很殷勤地说，“这个世界很玄奥，许多植物只开花不结果，也有的不开花直接长果，就像这无花果一样。最平常的是先开花后结果。所以，你我的事不能光开花不结果，这样才合情合理，才合乎自然规律。”

欧阳琳回过头来，盯着隋志成问：“你我有什么事？怎么就只开花不结果了？”

“你这么聪明伶俐的人，怎么总跟我装糊涂？”隋志成恳挚地说，“你知道，我一直喜欢你，我也向你表白过。”

“你这孩子！怎么就一根筋呢？！”欧阳琳发急地说，“你还看不出来吗，最喜欢你的是媛玉？我叫她跟着来，就是为了让你们之间加深了解，培养感情。你现在应该去追她。”

隋志成望了眼已经走在那高高的栈道上的杨媛玉，有点儿执拗地说：“我听说过一句话，‘你根本忘不了一个你认认真真爱过的人，你以为错过的是一个人，其实你错过的是整个人生’。这一辈子，我就想跟你一起走。有你在，我觉得心里熨帖，心里踏实。”

“咱俩可以成为知己，却不可能成为夫妻。从见到你的那天起，我就始终没往这方面想。”欧阳琳决然地说道。

“你现在想也不晚嘛！”隋志成情真意切地表达道，“什么时候你想明白了，我什么时候娶你。反正，除了你我谁也不娶。”

欧阳琳弯腰拾起了一枚掉在地上的无花果，随后很无奈地说：“你这孩子，看来是着魔了！”

“真让你说对了，我就是磨上你了。”隋志成依然坚持道。

欧阳琳苦笑着摇了摇头。她发现，古银溪上有一条支流从乱石中涌出来，便径自走了过去。走上“知音桥”，她瞥见一块像卧牛似的石头，上面写着“高山流水有知音”几个红色的大字。白亮的溪水从高处瀑布般地淌下来，绕过石头，然后汇入古银溪中。溪水流经石丛，发出悦耳动听的声音，如琴瑟和鸣，弹拨着她的心弦。

“你还记得咱在高山岭瞅到的那首诗吗？”欧阳琳见隋志成跟了过来，便说，“我印象着是这样几句，‘穿天透地不辞劳，到底方知出处高；溪涧岂能留得住，终归大海作波涛’。我就像这小溪，而你就是大海。你我不是一类人，怎么会到一起呢？！”

“溪水终究归大海。你与我汇合在一起，不是天经地义的吗？”隋志成像是情急生智，很快地回答道。

欧阳琳将手里的无花果扔进草丛之中，然后在溪水里洗了洗手，站起身来说：“小溪汇入大海，还是小溪吗？要是我和你走到一起，我还是我吗？！”

他们说着话，便到了“初心桥”。站在桥上，隋志成看着欧阳琳，发誓般地说：“不管你怎么说，我也不会错过你。从今以后，每年的此时此刻我都会在这‘初心桥’上等你。喜欢你是我的初心，一辈子也不会变。你说我一根筋也好，说我一棵树上吊死也好，反正我认准的事就不会轻易改变。”

“有一种初心叫守望。对于我来说，远远地守望着你，比靠近你更好。如果你再这样固执下去，我保证以后永远不见你了。”欧阳琳断然说道。她注意到，满眼的花草树木都映现出热带雨林的独特景致，各种知名与不知名的植物蓬勃地一起生长，藤缠树，树裹藤，你为我遮阴，我为你挡风，到处都默示着一种打动人心的相生和包容。没有了大树，喜阴的小草可能就会枯萎；没有了野草，大树赖以存身的土壤就会被雨水冲走。正是它们有了这种朴素的品格，天地间才有了这无边的风景。

“你说的这种守望也太空蒙了！”隋志成辩驳道，“你穿着棉衣时，我正在挥汗；太阳冷冷地照你时，它正将火热的光线洒在我身上。可能，你侧脸看月亮时，我正仰着头看……这个时候，你怎能感受到我的炎凉？！”

欧阳琳看着隋志成认真的样子，心里也受了触动。她沉思了一会儿，等隋志成急躁的情绪稳定下来后，才解释说：“我做的一切，真是为你好。

你要想有一个幸福的婚姻、和睦的家庭，就应该去找一个痴心爱你的，而不是你喜欢的。杨媛玉和你最般配，她又特别爱你，你一定要珍惜才对。她听说你要到大学读书了，就准备去读大学，还想跟你一个学校……”

隋志成的手机响了，唱的是那首《不变的情缘》：“无论在海角在天边，啊，在我的心里面，我对你深深的情永远不变。就算今生不能在一起，我也不会忘记，期待着和你再相遇！”

欧阳琳看到，电话是杨媛玉打来的，禁不住地说：“你还愣着干吗？赶紧接电话呀！”

隋志成没有接听电话，只是与欧阳琳一起加快了脚步。他们很快就看到了杨媛玉，她已经站在听瀑亭下。杨媛玉也看到了他们，高兴地朝他们挥着手。

来到听瀑亭，瀑布的声音便如闷雷般传过来了。

十

余智姿快排到售票窗口时，一个男孩儿走了过来，说：“姐！我要赶火车，能让我在你前面买票吗？”

余智姿扭头看了看男孩儿，没有搭话，只是向后站了站，给男孩儿腾了个位置。男孩儿刚要挤进来，后面有人大声说道：“你倒会送人情！你让他插队，也不问问我们同意不同意！”

“你站这儿吧。”余智姿从队伍里走出来，对男孩儿说，“我没有急事，等会儿再买也行。”

“多谢了！姐不但长得好看，心地也好！”男孩儿笑着说。

余智姿瞪了男孩儿一眼，嗔怒道：“早知你这么贫气，就不给你让位置了！”

“别！我真是急着赶火车。”男孩儿表露出很诚恳的样子，说，“我说的是真心话，你千万不要见怪。”

余智姿来到了队伍最后，重新向前排着走。过了一会儿，男孩儿买完票走过来，从身上掏出一张名片递给余智姿，然后说：“我姓虞，虞美人的虞，你以后就叫我小虞吧。在咱泊镇，遇到事记得找我。”

“小鱼儿不错，比小虾儿好听！”余智姿接过名片并没有看，而是直接握在手里，十分开心地笑道。

“姐不但长得漂亮，还挺幽默。”男孩儿像是很坦然地说，“我这个人也爱开玩笑，看来咱俩有缘。”

听了男孩儿的话，余智姿心里高兴，嘴上却说：“你有完没完？我真后悔……”

“我不说了，不说了！省得你说我着急买票是假的。”男孩儿说着便匆匆往外走。走到售票厅门口时，他才回过头来喊：“姐！记得有事找我。下次见着，要告诉我你叫什么。”

男孩儿出门后，余智姿才瞅了瞅他塞给自己的名片。她看到，他在名片上署的是“虞氏防爆工具集团公司”副总经理的名号。余智姿听说，虞氏集团是泊镇一家很大的铸造工具企业，在国内也是独一无二。她想，男孩儿不会是虞氏集团的接班人吧？她很快就摇了摇头，她觉得，一个大企业的副总经理怎么会亲自到售票处来买票呢！何况，现在骗子太多，也许他就是一个打着虞氏集团公子哥儿的名义四处招摇撞骗的痞子。

余智姿买了票，骑上了自己的电动三轮车，然后在出站口等了一个去街里的顾客。她载着客人快到日华桥时，发现前面有查扣载客三轮车的交警，于是便停下车，回头对客人说：“又碰上扣三马子的了！你过了桥就到，我是给你去绕道儿还是你自己走过去？”

“我走过去吧。”客人十分通情达理地说。

“那你就少给两块。”余智姿主动地说道。

客人下了车，将手里已经准备好的五块钱递给余智姿，低头看了眼从她裤脚儿露出的假肢，蔼然可亲地说：“咱说多少就多少。你也不容易。再说，遇上这种特殊情况，不是你的责任。”

余智姿向前俯了一下身子，从自己的小皮包里摸出两元钱，回头再看客人时，他已经走出十几米远。于是，她冲着他的背影大声喊：“你是个好人！好人一定会有好报的！”

余智姿在胡同口掉转了车头，又扭头望了一眼日华桥，然后不慌不忙地向回走了一段距离，经红杏街拐上了泊火大道。远远地，她看到泊火桥上围了许多人。从路人口中得知，那里有个女孩儿跳了河，刚被救上来。

经过桥头围观的人群时，余智姿放慢了速度。不料，一个大汉身子往后一退，脚跟被三轮车的前轮碰上了。汉子勃然大怒，吼道："你瞎呀？瞪着个大眼往爷的脚上撞。你给我下来！"

"实在对不住！"余智姿赶紧赔礼道歉，说，"你看看伤着没有？要是破了，我先拉你去医院。"

"你自己下来看看。"汉子大喊大叫着，强横地说，"我脚疼，上不了车。要上医院，你抱我上去。"

余智姿刚想说什么，发现她的三轮车已经被汉子的同伙围住了。他们怪声怪调地起着哄，不断催她去抱汉子上车。汉子更是盛气凌人，粗暴地拉开车门，扯住余智姿的胳膊就往下拽。余智姿两手死死地抓着车把，大声喊"救命"。汉子见状，放开她的胳膊，顺手掐住了她的小腿。他用力一抻，便将余智姿的假腿撕了下来。汉子一愣，随即举起假腿，与他的几个同伙一起狂笑起来。笑过后，他用力将手里的假腿抛进了运河。周围的人不再观望跳河的女孩儿，而是陆陆续续地聚拢在余智姿的红色三轮车旁。

"都让开！"从火车站赶回来的小虞喊着，拨开人群走了进来。

汉子愣了愣神儿，然后虔敬地问道："虞二爷，你怎么来了？"

小虞没有搭理满脸堆笑的那个汉子，径直来到余智姿面前。他有几分惊讶地看了看她的断腿，将其从车上慢慢地扶了下来。然后，他一弯腰抱起余智姿，在人们凝视的目光中，朝自己的汽车走去。

余智姿的眼里忽地流出泪来。她感到，这是委屈的泪，也是激动的泪，惊喜的泪。

"你怎么还哭上了？！"小虞低头看着余智姿，有些困惑地问，"刚才在那些人面前都没哭，你现在为什么哭？你别担心，我只想带你去装个假肢，不是承人之危拐你走。"

"我今儿总是遇到好心人！"余智姿宽慰地说。

小虞笑了笑，说："你不是也遇到坏人了吗？这个世界上，有好人就有坏人，这就是辩证法。"

"那个人怎么会叫你虞二爷？"余智姿很奇怪地问。

"这些人，谁有钱就跟谁叫爷。"小虞鄙夷地说，"你可能不相信，我根本不认得那个人。我都不知道，他怎么会认识我。"

小虞将余智姿放到汽车的后排上，然后轻轻地关上车门，坐回自己的驾驶座上。这时，余智姿忍不住地问：“虞氏集团这么有钱，你怎么还开红旗轿车呀？不是外国车更好吗？”

“红旗车不好吗？”小虞反问道，“我感到，坐咱国产车比坐国外的车好。你要知道，过去只有国家领导人才能坐上红旗车。”

余智姿沉默了一会儿，接着问：“你一个虞氏集团的少爷，怎么自己去买票？你手下的人不多着呢？”

“我去送同学，哪能让别人代劳。”小虞热情奔放地说。

“你哪个大学毕业？”余智姿随口问道。

小虞回头看了余智姿一眼，笑问：“我要说是中国航空航天大学，你相信吗？”

“你就吹吧！”余智姿取笑道，“航空航天，我看你是想把自己吹上天！”

“不管你信不信，反正我的大学同学都是航空航天毕业的。”小虞有几分自豪地说。

余智姿不再说话。她时而看看车外，时而看看车内。她有生以来第一次坐如此高级的轿车，好像对什么都感到新奇。

过了一会儿，小虞坏坏地笑了笑说：“你猜怎么着，我刚才抱着你，让你那么一哭，感觉就像哭嫁似的。”

“你又来了！”余智姿有几分娇嗔地责怪道。此时此刻，她心里竟然有了一种甜甜蜜蜜的感觉。

十一

岳祥宗知道，平房有几年不住人，屋里就会布满蜘蛛网和老鼠洞，在风雨的交相摧残下，或者墙倒，或者屋塌；没想到，楼房有两年不管也会破败不堪。虽然他和几个老伙计还经常来办公楼活动，也只是杯水车薪，根本影响不了大楼走向支离破碎的命运。

就在今天傍晚，他听说火柴厂已经被拍卖，一个房地产开发公司买下了厂子，要在这里建设高档的居民小区。为此，他一撂下饭碗，就一个人来到厂子。在幽微的月光下，他转遍了所有车间，并在那百年蓝砖房前逗留了很长时间。他想把它古老的样子永远地铭记在自己的心里，因为这是爷爷年轻时亲手建造、生前经常提起的房子。最后，他来到了办公楼里。他一层层地转着、看着，时不时地感觉自己像个幽灵一般飘忽不定。来到顶层后，他蓦然心血来潮，决定到楼顶去看看。于是，他顺着墙上的扶手往上爬，然后用力拧开了捆在天井盖子上的铁丝。他的手被尖锐的铁丝划了一下，感到一阵钻心的疼。

楼顶上的风很凉，吹得西南角的那弯新月也凉凉的。四下里看去，不管是高楼上还是平房里，都陆陆续续地亮起了灯光。看着这万家灯火的样子，岳祥宗不禁感慨万千。他想，在过去，是一样的油灯，不一样的生活；而如今，是不一样的灯光，依然是不一样的生活。过去的万家灯火，都是用火柴点亮的；而如今，点亮一盏灯有了许多方法，可以拽，可以拉，可以按，可以触摸，甚至可以遥控……看那些灯光，也不像过去一样，是一种纯粹的橘黄色，暖暖的，柔柔的！举目望去，眼前的灯火有暖光也有冷光，有强光也有弱光，五颜六色的光，五颜六色的生活。也有重新点起的蜡烛，却再也找不到豆油灯、煤油灯！人们似乎已经远离了过去那种简单的生活和原始的快乐。楼越来越高，人们的烦恼却越来越多，穷人与富人的差距也越来越大。那无尽无休的烦恼哇，或为了生存，或为了生计；或为了生意，或为了升学；有的为了工作，有的为了升官……就像这高高低低、明明灭灭的灯光一样，有的像在天堂，有的像在地狱。一家有一家的艰辛，一家有一家的难处，家家有本难念的经。

回头望望如此死寂的火柴厂，岳祥宗真想痛痛快快地大哭一场。在小时候爷爷就告诉他，一个男人最大的成功就是成家立业。如今，他业没了，家也没了！如果说现在的人有的像在地狱，有的像在天堂，而他却在人间受着折磨。

也许，真如妻子程舒雯所言，火柴厂如果早几年破产可能会更好一些。那时候，工作好找，发财的路子也多。就像邱梓昌，如果不是被厂子开除，他便成不了有钱人。一件事对于一个人来说，真不知是福还是祸。现在看着是福，过一段时间再看，可能会是祸；眼下看着不是好事，到最后可能就成了好事。

在与程舒雯离婚后，他总去想她的坏处；而今她故去了，却总是想起她的种种好处。其实，程舒雯不是一个坏女人，就像她自己说的那样，她只是没看明白，没活明白。仔细想想，她那样的生活和那样的匆匆离世，尤其可惜和可怜。

岳祥宗从身上掏出一盒火柴，这是他刚刚从楼道里捡到的。他划燃了一根火柴，却很快被风吹灭。于是，他背过身去又划燃了一根火柴。火柴终于燃烧了，最后烧到有红色血痕的地方。那是从他手上流出来的血。他的心也在淌血，却不知能不能被这火光灼干。无论如何，这是火柴厂拆迁以前最后的火焰。这火焰燃烧得是如此壮烈，如此惊心动魄，如此义无反顾。它似乎想告诉人们，在不可知的未来，火柴还会走进每个人的生活，还会被依赖、被看重，当石油、燃气等能源枯竭，当摧毁一切的战争来临……

“我还以为你是跑上来跳楼呢，原来是要自焚！”欧阳琳的声音在岳祥宗的身后响起，同时有一双手臂搭在他的双肩上。

岳祥宗心头一震，很快回过头来，责怪道：“不要胡说！你将师傅看成什么人了？！”

“俗话说得好，知子莫若父，知师莫若徒！我还能不知道你是怎么想的？”欧阳琳调笑道，“我知道，师傅一听说火柴厂拍卖了，就一时想不开了。”

“你这是从哪儿听来的俗话？”岳祥宗看着欧阳琳问。

欧阳琳嫣然一笑，说道：“这是我说的，我的网名就叫‘俗话’。”

“你怎么不叫‘傻话’呢？”岳祥宗奚落道。

“叫‘傻话’不是不行。”欧阳琳说，“我就跟你说句傻话吧，我这辈子就想嫁给你。你什么时候想娶我了，我什么时候嫁给你，不管我在泊镇还是在外地，也不管我嫁人还是没嫁人。”

岳祥宗申斥道：“你这话不是一般的傻话，简直傻得都不透气了！我一个大老头子，值得你这么惦记吗？何况，我还是你的师傅。我说过，一日为师，终身为父，我们绝对没有那个可能。”

“一切皆有可能。”欧阳琳坚持道，“你想到一个富豪的儿子会看上余智姿吗？要是放到过去，你就是打死我我也不相信。可现在，事实就摆在眼前，不由得你不信。不是当着你说，她就是没少那条腿，我也不信她能嫁给有钱人。”

“自从出了杨媛玉被绑架的那件事后，余智姿的变化很大，简直是脱胎换骨了。咱现在不管你信不信，也不管可能不可能了，你还是先找个人嫁了再说。你们宿舍就你大了，现在比你小的都有了着落，你还执迷不悟。你让我说你什么好呢？！”岳祥宗直言不讳地说。他想，一些年轻男女的情爱往往是鬼迷心窍，欧阳琳也是如此。假如她真能嫁人，在幸福美满的家庭生活中，她会很快醒悟过来。其实，现如今社会上的很多事都成了畸形的。眼下的孩子们已不像自己小时候那样快活，那样无忧无虑地玩耍了。野蛮地夺走他们童年欢乐的，是那堆积如山的作业，是那上不完的补习班、爱好班……大街小巷，公园广场，只剩下了一群寻求欢乐的老头、老太太们。有一次，他竟然看到一帮老年人在表演小竹马，演和唱都是那样粗鄙笨拙，全然没有了少男少女的活泼和俏皮，失去了这个民间艺术应有的神韵和风采。

欧阳琳向岳祥宗恳求道：“你能不能不要总是以师傅自居？我叫你一声师傅，不过是对你的尊重。人家说的师父是那个师父，不是我们之间说的这个师傅。说到底，我们应该算是工友。”

“什么这个那个的，在我这儿师傅就是师父，不管怎么说都是一样。”岳祥宗依然固执地回答。

“师傅！我还是借你肩膀用用吧！”欧阳琳忽然调皮地说，“现在，厂子完了，我想嫁的人不要我，我受不了啦！不行了，说什么我也得趴你肩膀上哭一场！”

岳祥宗回身推开欧阳琳，说：“千万别！你上次弄了我一身鼻涕，我洗了三遍才洗下去。”

欧阳琳“咯咯咯咯”地笑起来。她做出一副超脱的样子，无非是想让岳祥宗走出沮丧的心境，轻松起来，高兴起来。听到他诙谐的声音，她感到自己已经达到了目的。

看着欧阳琳美好的样子，岳祥宗禁不住一阵心动。天底下，哪个男人不喜欢年轻貌美的女孩子？他也想遵从自己的内心，但前面总有一道最紧要的坎儿不能逾越。人不是独立地活在这个世界上，一个人的一言一行牵涉到社会和家庭的方方面面，要面对各种各样的社会关系。他娶了欧阳琳，人们怎么说他都无所谓，怕的是父母和儿女会被别人议论，被他人指指点点，那才是最要命的。

越过欧阳琳的肩头，岳祥宗看到远远近近那无穷无限的灯光，如天上明明灭灭的繁星一样数也数不过来。他祈望着，欧阳琳也去点亮那完全属于自己的一盏灯，来融入这灯的海洋。

这个普普通通的小城，自打日落以后，高楼、矮屋里的灯光便如洁白的梨花似的次第盛开，此刻是最繁盛、最温馨的时候。

尾声

尾　　声

火柴厂博物馆建在邱梓昌原来的运输公司所在地。经过土地置换，整个公司搬到了泊镇西外环，由岳冰和邱梓昌的一个远房侄子共同打理。

岳祥宗感到，百年泊镇火柴，博物馆是对它的一种祭奠，是火柴人的一个精神寄托。火柴厂那座百年的老房子拆了，运河边那个矗立几百年的正太茶庄拆了，钟鼓楼也拆了……这些物质建筑被拆除，只是一段历史的湮灭，只是让人感到可惜可叹；老祖宗几千年架构起来的意识宫殿和信仰庙宇被拆被毁，那些文化传统的戛然断裂，才是最最可怕的。火柴博物馆的一条连续生产线，能浓缩火柴厂的劳动场景，而那幢百年老屋，却再也无法凝缩和再现，只能永远地留在过去的时空和眼前的图片里。

许多外地来的游客，正站在博物馆展览大厅的“前言”下，听讲解员用不太标准的普通话诠释着上面的内容。这个“前言”是岳祥宗与萧鸿堃一起撰写的，里面叙述道：

“泊镇永华火柴厂创建于 1912 年 5 月，是河北省乃至全国兴建最早的民族企业。创始人为姬华民、李明隆、钱开福、岳振业。‘永华’，在当时释义为‘永远是中华民族的企业’，充分展现了创业者不媚附洋人，自立自强的英雄风骨和豪迈气节。历史上，它因中华民国代理大总统冯国璋投资入股而声名显赫。解放后的数十年间，它一直是全国火柴生产的最大厂家之一。企业先后晋升为省级先进企业、国家二级企业、轻工部重点骨干企业，入围全国百家最大化工企业。

“火柴厂的成立和成长，是我国民族企业在帝国主义、封建主义的双重压迫下，发生与发展的一个缩影。建厂百年间，它曾先后经历北洋军阀统治时期、国民党统治时期和日伪统治时期。在灾难深重的旧中国，它历尽劫难，几番起伏，几度兴衰。创始人姬华民因不甘做亡国奴，不愿依附于日本人，被日本鬼子蓄谋杀害。泊镇火柴厂在反抗封建统治和外来侵略中崛起，在优胜劣汰的竞争中发展，在腥风血雨中，它以不屈不挠的意志和顽强的奋斗精神而立于强手之林。

“1946年泊镇解放后，火柴厂很快成为晋察冀边区最早进行公私合营的企业。全国各解放区人民，大都开始使用‘泊镇永华’火柴。为此，中央领导曾专题听取冀中行署关于泊镇火柴厂的工作汇报，并作出‘增加生产，满足供应’的指示。火柴厂的广大职工不辜负党和政府的重托，激发更大热情，努力扩大生产，不断提高质量，为满足解放区人民生活的需要，为支援解放战争，做出了突出贡献。……”

岳祥宗走过展览厅，穿过火柴生产车间，又随着游客看了邱梓昌建的藏红花、铁皮石斛种植大棚，最后走过鸭梨采摘园，回到博物馆办公楼。办公楼此前是程舒雯住的别墅，除了将几间卧室改成办公室外，书房、古玩厅、艺术厅基本没动，与特色种植大棚、硕果累累的梨园一样，成了火柴博物馆的一个辅助旅游观光点。

一楼客厅里坐着十几个人，一边聊着一边看着电视。这是一个人物专访，栏目的主持人正采访一位知名女导演。

“观众应该跟我一样，很想知道，你是不是一个独身主义者？”主持人很平和地问。

“我并不赞同独身主义，我做梦都想谈一场轰轰烈烈的恋爱。”女导演笑着说，“大学毕业后，我一直忙于工作，一晃十年，一晃又十年，就这样不知不觉地过了半百。再晃个三晃两晃，我可能就让别人找不到了。”

主持人追问：“这么多年，你就没碰到过自己心仪的人吗？”

女导演依然笑道：“我想了想，可能就是你说的这人，把我这一生给耽误了。还是在我上初中时，碰到过一个十分优秀的男孩儿。我第一次见到他，就对他有了好感。第二次见到时，我不知是哪来的那么大勇气，主动跟他握了握手。多少年过去了，我感觉自己手上还有他那只手的余温。他成了我的同班同学，甚至成了我的同桌。我还悄悄给过他一个栗羊羹吃。那栗羊羹是我在北京的四姨带来的，之前我还从来没吃过。给了他，看着他吃，馋得我咽了好几口唾沫。后来，我把那裹栗羊羹的纸要过来放在日记本里，一直放了这么多年。看到它，我就想起他吃栗羊羹的样子。这么多年，我一碰到高兴的事就吃栗羊羹，一碰到烦心的事也吃栗羊羹；这么多年，我可能一直用他当初的样子去衡量周围的男人，所以再没发现让我动心的人。”

“你为什么不去找他？你不去对他表白，他怎么知道你一直暗恋着他？”主持人十分好奇地问。

“一开始是不好意思去找他，后来是不敢去找他。”女导演回答，“几十年来，他在我心中的形象，是我一点点地精心树立起来的，可能早就不是他原来的样子。他已经成了一个精美的艺术品，我真怕把它打碎。也就是说，我是怀春少女，他未必是多情少年。我现在不怕他穷，也不怕他老，就怕他已经成了一个赌徒，或者一个酒鬼。那样，我半辈子的寄托就毁了，后半生可怎么过呀？”

主持人说：“你可能知道，张爱玲的姑姑张茂源，到了八十岁才与暗恋了五十多年的人结合。你不去试试，怎么可能知道结果？”

“这个事我听到过。”女导演心有波澜地说，“听说他们结婚十年后，张爱玲的姑姑就去世了。不过，她也算没遗憾了。一辈子钟情于一个人，最后嫁给了这个人，不管早晚，也是一种幸事。我怕我不会有这么好的际遇。我不敢断定他成了什么样的人，却能断言他早已结婚生子，儿大女大了。”

“我还是从前那个少年，没有一丝丝改变……”萧鸿堃站在岳祥宗身后轻声地唱起来。岳祥宗扭头去看萧鸿堃，萧鸿堃也正微笑着看他。四目相对，萧鸿堃很确定地说：“这是你以前跟我说过的那个女孩儿。都几十年了，难得她还想着你！太让人感动了！”

“不可能。”岳祥宗矢口否认道，“你多想了！哪有这么巧的事。”

萧鸿堃戏谑地笑道：“你还说不可能。你两眼都红了，不会是吹进去沙子了吧？是我多想，还是你多想？”

“我……”

岳祥宗正要反驳，欧阳琳跑过来说，隋冶之他们已经到了。他与萧鸿堃快步出了大门，看到隋冶之与隋志成一起，正搀着隋瑞廷朝火柴博物馆走来。